LES

AUTEURS LATINS

EXPLIQUÉS D'APRÈS UNE MÉTHODE NOUVELLE

PAR DEUX TRADUCTIONS FRANÇAISES

Ces livres ont été expliqués littéralement, annotés et revus pour la traduction française par M. Materne, censeur du lycée Saint Louis.

Ch. Lahure, imprimeur du Sénat et de la Cour de Cassation
(ancienne maison Crapelet), rue de Vaugirard, 9.

LES
AUTEURS LATINS

EXPLIQUÉS D'APRÈS UNE MÉTHODE NOUVELLE

PAR DEUX TRADUCTIONS FRANÇAISES

L'UNE LITTÉRALE ET JUXTALINÉAIRE PRÉSENTANT LE MOT A MOT FRANÇAIS
EN REGARD DES MOTS LATINS CORRESPONDANTS
L'AUTRE CORRECTE ET PRÉCÉDÉE DU TEXTE LATIN

avec des sommaires et des notes

PAR UNE SOCIÉTÉ DE PROFESSEURS

ET DE LATINISTES

TACITE

LIVRES IV, V ET VI DES ANNALES

PARIS

LIBRAIRIE DE L. HACHETTE ET Cⁱᵉ

RUE PIERRE-SARRAZIN, N° 14

(Près de l'École de Médecine)

1854

AVIS

RELATIF A LA TRADUCTION JUXTALINÉAIRE.

On a réuni par des traits les mots français qui traduisent un seul mot latin.

On a imprimé en *italiques* les mots qu'il était nécessaire d'ajouter pour rendre intelligible la traduction littérale, et qui n'avaient pas leur équivalent dans le latin.

Enfin, les mots placés entre parenthèses doivent être considérés comme une seconde explication, plus intelligible que la version littérale.

ARGUMENT ANALYTIQUE

DU QUATRIÈME LIVRE DES ANNALES.

I. Origine et mœurs d'Élius Séjan.

II. Il aspire au pouvoir suprême en cherchant à gagner les soldats et le sénat.

III-VII. Situation des armées et de l'État à cette époque.

VIII-XI. Il s'achemine à son but en empoisonnant Drusus, de concert avec Livie, épouse de ce prince. Consternation du sénat; Tibère relève le courage des sénateurs, et leur recommande les enfants de Germanicus, les héritiers de l'empire.

XII. Endurci par ce premier crime, Séjan se dispose à les perdre avec Agrippine leur mère.

XIII-XIV. Députations et doléances de quelques provinces. Les histrions sont chassés d'Italie.

XV. Temple décerné par les cités d'Asie à Tibère, à Livie et au sénat.

XVI. Loi nouvelle au sujet du prêtre de Jupiter.

XVII. Tibère trouve mauvais que les pontifes aient recommandé aux dieux les enfants de Germanicus.

XVIII-XXII. Artifices de Séjan pour perdre les amis les plus dévoués de Germanicus. Diverses condamnations.

XXIII-XXVI. Dolabella termine la guerre d'Afrique par la mort de Tacfarinas.

XXVII. Guerre d'esclaves en Italie étouffée dès sa naissance.

XXVIII-XXXV. Vibius Sérénus est accusé par son fils. Condamnation de P. Suilius et d'autres accusés.

XXXVI. Cyzique perd sa liberté.

XXXVII-XXXVIII. Temple décerné par l'Espagne à Tibère, qui dédaigne cet honneur.

XXXIX-XL. Séjan, aveuglé par l'excès de sa fortune, demande la main de Livie.

XLI-XLII. Déchu de cette espérance, il engage Tibère à vivre loin de Rome.

XLIII. Députations des Grecs au sujet du droit d'asile.

XLIV. Mort de Cn. Lentulus et de L. Domitius.

XLV. L. Pison est tué en Espagne.

XLVI-LI. Poppéus Sabinus, vainqueur des Thraces, reçoit les ornements du triomphe.

LII. Claudia Pulchra est accusée et condamnée pour cause d'adultère.

LIII-LIV. Agrippine demande un mari à Tibère; refus de l'empereur.

LV-LVI. Onze villes d'Asie se disputent l'honneur d'élever un temple à Tibère. Smyrne obtient la préférence.

LVII-LIX. Retraite de Tibère en Campanie. Sur le point d'être écrasé par la chute d'une voûte, il est sauvé de ce danger par Séjan, qui le couvre de son corps. Ce trait de dévouement augmente le crédit de Séjan et son audace contre la famille de Germanicus.

LX-LXI. Néron est le premier but de ses efforts.

LXII-LXIII. A Fidène, la chute d'un amphithéâtre écrase ou meurtrit cinquante mille personnes.

Ce livre renferme l'espace de six ans.

Ans de Rome	Ans de J. C.	Consuls.
776	23	C. Asinius Pollion. C. Antistius Vétus.
777	24	Sergius Cornélius Céthégus. L. Visellius Varron.
778	25	M. Asinius Agrippa. Cossus Cornélius Lentulus.
779	26	Cn. Cornélius Lentulus Gétulicus. C. Calvisius Sabinus.
780	27	M. Licinius Crassus. L. Calpurnius Pison.
781	28	Appius Junius Silanus. P. Silius Nerva.

ANNALIUM

LIBER IV.

I. C. Asinio, C. Antistio consulibus, nonus Tiberio annus erat compositæ reipublicæ, florentis domus (nam Germanici mortem inter prospera ducebat), quum repente turbare fortuna cœpit : sævire ipse, aut sævientibus vires præbere. Initium et causa penes Ælium Sejanum, cohortibus prætoriis præfectum, cujus de potentia supra memoravi [1] : nunc originem, mores, et quo facinore dominationem raptum ierit, expediam. Genitus Vulsiniis [2], patre Sejo Strabone, equite Romano, et prima juventa C. Cæsarem [3], divi Augusti nepotem, sectatus, non sine rumore Apicio [4] diviti et prodigo stuprum veno dedisse, mox

I. Jusqu'au consulat de C. Asinius et de C. Antistius, l'administration de Tibère avait été marquée par neuf années de tranquillité pour la république et de bonheur pour sa famille ; car il comptait au nombre de ses prospérités la mort de Germanicus. Tout à coup ce bonheur se troubla ; le prince devint cruel ou autorisa des cruautés. Ce changement fut l'ouvrage d'Élius Séjan, préfet du prétoire. J'ai dit quelque chose de son crédit ; maintenant je vais parler de son origine, de son caractère, et des crimes par lesquels il voulut se frayer le chemin du pouvoir suprême. Séjan naquit à Vulsinies, de Séius Strabon, chevalier romain. Dans sa jeunesse, il s'attacha à Caïus César, petit-fils d'Auguste, et on le soupçonna de s'être vendu au riche et prodigue Apicius. Depuis il sut, par

ANNALES.

LIVRE IV.

I. C. Asinio, C. Antistio consulibus, annus erat nonus Tiberio reipublicæ compositæ, domus florentis (nam ducebat inter prospera mortem Germanici), quum repente fortuna cœpit turbare : ipse sævire, aut præbere vires sævientibus. Initium et causa penes Ælium Sejanum, præfectum cohortibus prætoriis, de potentia cujus memoravi supra : nunc expediam originem, mores, et quo facinore ierit raptum dominationem. Genitus Vulsiniis, Sejo Strabone, equite Romano, patre, et sectatus prima juventa C. Cæsarem, nepotem divi Augusti, non sine rumore dedisse veno stuprum Apicio diviti et prodigo,

I. C. Asinius *et* C. Antistius *étant* consuls, *cette* année était la neuvième pour Tibère de l'Etat bien-ordonné, de *sa* famille florissante (car il estimait entre les choses prospères la mort de Germanicus), lorsque tont à coup *sa* fortune commença à se troubler : lui-même *commença* à sévir, ou à fournir des forces à ceux qui sévissaient. Le commencement et la cause *en furent* à Élius Séjan, préposé aux cohortes prétoriennes, de la puissance duquel j'ai parlé plus haut :   [naître) maintenant je développerai (ferai con son origine, *ses* mœurs, et par quel crime il alla ravir la domination. Né à Vulsinies, Séius Strabon, chevalier romain, *étant son* père, et ayant suivi dans *sa* première jeunesse C. César, petit-fils du divin Auguste, non sans le bruit *qui courut* [déshonneur *lui* avoir donné à vente (avoir vendu) *son* à Apicius riche et prodigue,

Tiberium variis artibus devinxit adeo, ut obscurum adversum alios sibi uni incautum intectumque efficeret : non tam solertia (quippe iisdem artibus victus est) quam deum ira in rem Romanam, cujus pari exitio viguit ceciditque. Corpus illi laborum tolerans, animus audax; sui obtegens, in alios criminator; juxta adulatio et superbia; palam compositus pudor, intus summa apiscendi libido, ejusque causa modo largitio et luxus, sæpius industria ac vigilantia, haud minus noxiæ quoties parando regno finguntur.

II. Vim præfecturæ modicam antea intendit, dispersas per Urbem[1] cohortes una in castra conducendo, ut simul imperia acciperent, numeroque et robore et visu inter se fiducia ipsis, in ceteros metus, crearetur. Prætendebat lascivire militem diductum; si quid subitum ingruat, majore auxilio pariter

différents artifices, captiver Tibère, au point de rendre confiant et ouvert pour lui seul ce cœur impénétrable à tout autre. Au reste, ce fut moins l'effet de l'habileté de Séjan, puisqu'il succomba lui-même sous des ruses semblables, que du courroux des dieux contre Rome, à qui son élévation et sa chute furent également funestes. Il avait un corps infatigable, un esprit audacieux, habile à se voiler et à calomnier les autres, flatteur et insolent à la fois, cachant sous les dehors d'une modération étudiée un ardent désir de dominer, et, pour le satisfaire, employant tantôt les prodigalités et le luxe, tantôt l'activité et la vigilance, non moins nuisibles quand elles servent de masque à l'ambition de régner.

II. Avant lui, la préfecture ne donnait qu'un pouvoir médiocre; il l'étendit en réunissant dans un seul camp les cohortes jusqu'alors dispersées dans la ville. Son intention était qu'elles pussent recevoir ses ordres toutes à la fois, que la conscience de leur nombre et de leur force, l'habitude de vivre ensemble, en leur inspirant à elles-mêmes plus de confiance, imprimassent aux autres plus de terreur. Du reste, il prétextait les désordres qu'entraînait leur dispersion, les secours plus efficaces qu'on tirerait de leur réunion dans

mox variis artibus	bientôt par différents artifices
devinxit Tiberium adeo,	il enchaîna Tibère tellement,
ut efficeret	qu'il rendît
incautum intectumque	imprévoyant et non-couvert (franc)
sibi uni	pour lui seul
obscurum adversum alios :	ce prince dissimulé à-l'égard-des autres :
non tam solertia	et cela non tant par habileté
(quippe victus est	(car il fut vaincu
iisdem artibus',	par les mêmes artifices),
quam ira deum	que par la colère des dieux
in rem Romanam,	envers l'État romain,
exitio pari cujus	pour une ruine égale duquel
viguit ceciditque.	il fut-puissant et tomba.
Illi corpus	A lui était un corps
tolerans laborum,	qui endurait les fatigues,
animus audax ;	un esprit audacieux ;
obtegens sui,	cachant soi-même (dissimulé),
criminator in alios ;	accusateur contre les autres ;
adulatio et superbia juxta ;	de l'adulation et de l'orgueil à la fois ;
palam pudor compositus,	au dehors une modération arrangée (étu-
intus	au dedans [diée),
summa libido apiscendi,	une extrême passion d'acquérir (de do-
causaque ejus	et à cause de cette passion [miner),
modo largitio et luxus,	tantôt des largesses et du luxe,
sæpius industria	plus souvent de l'activité
ac vigilantia,	et de la vigilance,
haud minus noxiæ	qui ne sont pas moins nuisibles
quoties finguntur	toutes les fois qu'elles sont feintes
parando regno.	pour obtenir la domination.
II. Intendit	II. Il étendit
vim præfecturæ	la puissance de la préfecture
modicam antea,	médiocre auparavant,
conducendo in una castra	en réunissant dans un seul camp
cohortes	les cohortes
dispersas per Urbem,	disséminées dans la ville (Rome),
ut acciperent simul	afin qu'elles reçussent ensemble
imperia,	ses ordres,
numeroque et robore	et que par leur nombre et leur force [voir)
et visu inter se	et par la vue entre elles (l'habitude de se
fiducia ipsis crearetur,	la confiance en elles-mêmes fût créée,
metus in ceteros.	la crainte chez tous les autres.
Prætendebat	Il mettait-en-avant
militem diductum	le soldat séparé
lascivire ;	s'abandonner-à-la-licence ;
si quid subitum ingruat,	si quelque chose subite fondait-sur l'État,
subveniri	y être paré (qu'on pouvait y parer)
auxilio majore pariter ;	avec un secours plus grand à la fois ;

subveniri; et severius acturos, si vallum statuatur procul Urbis illecebris. Ut perfecta sunt castra, irrepere paulatim militares animos, adeundo, appellando; simul centuriones ac tribunos ipse deligere : neque senatorio ambitu abstinebat, clientes suos honoribus aut provinciis ornandi, facili Tiberio atque ita prono, ut socium laborum non modo in sermonibus, sed apud patres et populum, celebraret, colique per theatra et fora effigies ejus interque principia legionum sineret.

III. Ceterum plena Caesarum domus, juvenis filius, nepotes adulti, moram cupitis afferebant; et, quia vi tot simul corripere intutum, dolus intervalla scelerum poscebat, placuit tamen occultior via, et a Druso incipere, in quem recenti ira ferebatur. Nam Drusus, impatiens aemuli et animo commotior [1], orto forte jurgio, intenderat Sejano manus, et contra tenden-

---

les besoins pressants, et le maintien plus facile de la discipline dans des retranchements isolés, loin des séductions de la ville. Sitôt que le camp fut achevé, il s'insinua peu à peu dans l'esprit des soldats ; il les visitait, les appelait par leurs noms, choisissait lui-même les centurions et les tribuns ; il avait soin aussi de courtiser les sénateurs pour faire donner à ses clients des dignités et des provinces. Tibère s'y prêtait, et son inclination pour Séjan était si forte que, non-seulement dans la conversation, mais encore au sénat et devant le peuple, il l'appelait hautement le compagnon de ses travaux, et souffrait que ses images fussent honorées au théâtre, dans les places et dans les camps.

III. Toutefois, tant de Césars dont la maison impériale était remplie, un fils jeune, des petits-fils adolescents, retardaient l'exécution des projets de Séjan ; car il eût été dangereux de frapper tant de têtes à la fois, et la politique demandait un intervalle dans les crimes. Il préféra cependant les voies lentes, qui étaient plus secrètes, et résolut de commencer par Drusus, contre qui l'animait une colère toute récente. Drusus, naturellement emporté, et ne pouvant souffrir de rival, avait, dans une querelle survenue par hasard, levé la main sur Séjan, qui, en voulant se défendre, avait été frappé au

et acturos severius,
si vallum statuatur
procul illecebris Urbis.
Ut castra perfecta sunt,
irrepere paulatim
animos militares,
adeundo, appellando ;
simul ipse deligere
centuriones ac tribunos :
neque abstinebat
ambitu senatorio,
ornandi suos clientes
honoribus aut provinciis,
Tiberio facili
atque ita prono,
ut celebraret
socium laborum
non modo in sermonibus,
sed apud patres
et populum,
sineretque effigies ejus
coli per theatra
et fora
interque principia
legionum.
III. Ceterum
domus plena Cæsarum,
filius juvenis,
nepotes adulti,
afferebant moram cupitis ;
et, quia intutum
corripere vi
tot simul,
dolus poscebat
intervalla scelerum,
tamen via occultior
placuit,
et incipere a Druso,
in quem ferebatur
ira recenti.
Nam Drusus,
impatiens æmuli
et commotior animo,
jurgio orto forte,
intenderat manus Sejano,
et verberaverat os
tendentis contra.

et eux devoir se conduire p'us sévèrement,
si leurs retranchements étaient placés
loin des attraits de la ville.
Dès que le camp fut achevé,
il commence à s'insinuer peu-à-peu
dans les esprits des-soldats,
en les abordant, en les entretenant ;
en-même-temps lui-même se met à choisir
les centurions et les tribuns :
et il ne s'abstenait point
de brigue auprès-des-sénateurs,
en vue de pourvoir ses clients
d'honneurs ou de provinces,
Tibère étant facile
et si porté pour lui,
qu'il le disait-fréquemment
compagnon de ses travaux
non-seulement dans les conversations,
mais encore devant les sénateurs
et le peuple,
et permettait les images de lui
être honorées dans les théâtres
et sur les places
et dans les places-d'armes
des légions.
III. Au reste
la maison impériale pleine de Césars,
un fils jeune,
des petits-fils adolescents,
apportaient du retard à ses vœux ;
et, parce qu'il eût été peu-sûr
d'attaquer par la force
tant de têtes à la fois,
et que la ruse réclamait
des intervalles de crimes (entre les crimes),
cependant une voie plus secrète
lui plut,
et il lui plut de commencer par Drusus,
contre lequel il était porté
par un ressentiment récent.
Car Drusus,
impatient d'un rival
et trop ému par la colère,
une querelle s'étant élevée par hasard,
avait levé les mains sur Séjan,
et avait frappé la figure
de lui qui-luttait contre (résistait).

1.

tis os verberaverat. Igitur cuncta tentanti promptissimum visum ad uxorem ejus Liviam[1] convertere ; quæ soror Germanici,
formæ initio ætatis indecoræ, mox pulchritudine præcellebat.
Hanc, ut amore incensus, adulterio pellexit; et, postquam
primi flagitii potitus est (neque femina amissa pudicitia alia
abnuerit), ad conjugii spem, consortium regni et necem mariti impulit. Atque illa, cui avunculus Augustus[2], socer Tiberius, ex Druso liberi, seque ac majores et posteros municipali adultero[3] fœdabat; ut, pro honestis et præsentibus,
flagitiosa et incerta exspectaret. Sumitur in conscientiam Eudemus, amicus ac medicus Liviæ, specie artis frequens secretis. Pellit domo Sejanus uxorem Apicatam, ex qua tres liberos
genuerat, ne pellici suspectaretur. Sed magnitudo facinoris
metum, prolationes, diversa interdum consilia afferebat.

IV. Interim anni principio Drusus, ex Germanici liberis,

visage. Séjan, cherchant tous les moyens de se venger, et surtout
les plus prompts, jeta les yeux sur Livie, femme de Drusus. Elle
était sœur de Germanicus. D'une figure peu agréable dans le premier âge, elle était devenue ensuite d'une remarquable beauté. Séjan,
par les apparences d'une passion violente, l'entraîna dans l'adultère;
et, l'ayant une fois engagée dans ce premier crime, certain que le sacrifice de l'honneur rend une femme moins difficile sur les autres, il lui
inspira successivement le désir de l'épouser, de partager l'empire avec
lui et de faire périr son mari. Ainsi la nièce d'Auguste, la belle-fille
de Tibère, la mère des enfants de Drusus, n'eut point honte de dégrader ses ancêtres, ses descendants et elle-même, en se livrant à
un étranger, en sacrifiant des avantages présents et légitimes pour
des espérances coupables et incertaines. Séjan mit du complot Eudémus, ami et médecin de Livie, lequel, sous prétexte de son art, la
voyait souvent en secret. Il avait de sa femme Apicata trois enfants;
il la répudia, pour ôter tout ombrage à sa maîtresse. Toutefois la
grandeur du crime multipliait les craintes, les délais, les résolutions contradictoires.

IV. Ce fut au commencement de cette année que Drusus, un des

Igitur tentanti cuncta
promptissimum visum
convertere ad Liviam
uxorem ejus:
quæ soror Germanici,
formæ indecoræ
initio ætatis,
præcellebat mox
pulchritudine.
Pellexit hanc adulterio,
ut incensus amore;
et, postquam potitus est
primi flagitii
(neque femina
abnuerit alia,
pudicitia amissa,
impulit ad spem conjugii,
consortium regni
et necem mariti.
Atque illa
cui Augustus avunculus,
Tiberius socer,
liberi ex Druso,
fœdabat seque
ac majores et posteros
adultero municipali;
ut exspectaret
flagitiosa et incerta
pro honestis
et præsentibus.
Eudemus sumitur
in conscientiam,
amicus ac medicus Liviæ,
frequens secretis
specie artis.
Sejanus pellit domo
uxorem Apicatam,
ex qua gennerat
tres liberos,
ne suspectaretur pellici.
Sed magnitudo facinoris
afferebat metum,
prolationes,
interdum consilia diversa.
IV. Interim
principio anni
Drusus,

Donc à *celui-ci* qui tentait tout
le *moyen le* plus prompt parut *être*
de se tourner vers Livie,
femme de lui (Drusus);
laquelle sœur de Germanicus,
d'une figure désagréable
au début de l'âge,
l'emportait bientôt
par *sa* beauté.
Il engagea cette *femme* à l'adultère,
comme enflammé d'amour *pour elle ;*
et, après qu'il eut joui
de *ce* premier crime
(et une femme
ne saurait pas *en* refuser d'autres,
son honneur étant perdu),
il *la* poussa à l'espérance d'un mariage,
au partage de l'empire
et au meurtre de *son* mari.
Et celle-ci
à qui *étaient* Auguste *pour* oncle,
Tibère *pour* beau-père,
et des enfants de Drusus,
souillait et elle-même
et *ses* ancêtres et *ses* descendants
par un amant d'une-ville-municipale;
au point qu'elle attendait
des choses criminelles et incertaines
en-échange-de choses honorables
et présentes.
Eudémus est admis
dans la confidence,
ami et médecin de Livie,
assidu à *ses* secrets
sous prétexte de *son* art.
Séjan chasse de *sa* maison
sa femme Apicata,
de laquelle il avait engendré
trois enfants,
de peur qu'il ne fût suspecté de *sa* maî-
Mais la grandeur du crime   [tresse.
apportait de la crainte,
des délais,
quelquefois des desseins contraires.
IV. Cependant
au commencement de l'année
Drusus,

togam virilem sumpsit; quæque fratri ejus Neroni [1] decreverat
senatus, repetita. Addidit orationem Cæsar multa cum laude
filii sui, quod patria benevolentia in fratris liberos foret. Nam
Drusus (quanquam arduum sit eodem loci potentiam et concordiam esse) æquus adolescentibus, aut certe non adversus,
habebatur. Exin vetus et sæpe simulatum proficiscendi in provincias consilium refertur : multitudinem veteranorum prætexebat imperator, et delectibus supplendos exercitus; nam
voluntarium militem deesse, ac, si suppeditet, non eadem
virtute ac modestia agere, quia plerumque inopes ac vagi
sponte militiam sumant : percensuitque cursim numerum legionum, et quas provincias tutarentur. Quod mihi quoque
exsequendum reor, quæ tum [2] Romana copia in armis, qui
socii reges, quanto sit angustius imperitatum.

V. Italiam utroque mari dûæ classes [3], Misenum apud et

enfants de Germanicus, prit la robe virile. Tous les décrets rendus
par le sénat en l'honneur de son frère Néron furent alors renouvelés
pour lui. Tibère y ajouta un discours dans lequel il louait beaucoup
son fils de la bienveillance paternelle qu'il montrait aux enfants de
son frère. En effet Drusus, quoique la rivalité du pouvoir s'allie
difficilement avec la concorde, paraissait aimer ses jeunes neveux,
ou du moins n'avoir pas pour eux d'éloignement. Tibère reprit ensuite, avec aussi peu de sincérité que de coutume, son ancien projet de visiter les provinces. Il prétextait la multitude des vétérans et
la nécessité de recruter les armées, dans un moment où l'on ne trouvait presque plus d'enrôlements volontaires que parmi des indigents
et des vagabonds, qui n'avaient ni la même valeur, ni la même
retenue. A ce sujet, il donna le recensement succinct des légions
et des provinces qui leur étaient assignées. Je vais suivre son
exemple et faire connaître ce que Rome avait alors de forces militaires, de rois alliés, et combien l'empire était moins étendu qu'aujourd'hui.

V. Deux flottes, l'une à Misène, l'autre à Ravenne, protégeaient

ex liberis Germanici,
sumpsit togam virilem ;
quæque senatus decreverat
Neroni fratri ejus,
repetita.
Cæsar addidit orationem
cum multa laude sui filii,
quod foret
benevolentia patria
in liberos fratris.
Nam Drusus,
— quanquam sit arduum
potentiam et concordiam
esse eodem loci, —
habebatur æquus
adolescentibus,
aut certe non adversus.
Exin consilium
vetus et sæpe simulatum
proficiscendi in provincias
refertur :
imperator prætexebat
multitudinem veteranorum,
et exercitus
supplendos delectibus ;
nam militem voluntarium
deesse,
ac, si suppeditet,
non agere eadem virtute
ac modestia,
quia plerumque
inopes ac vagi
sumant sponte militiam :
percensuitque cursim
numerum legionum,
et provincias
quas tutarentur.
Quod reor
exsequendum mihi quoque,
quæ copia Romana
tum in armis,
qui reges socii,
quanto angustius
imperitatum sit.
V. Duæ classes
præsidebant Italiam
utroque mari,

un des enfants de Germanicus,
prit la toge virile ;   [nés
et *les honneurs* que le sénat avait décer-
à Néron, frère de lui,
furent renouvelés.
César (Tibère) ajouta un discours
avec un grand éloge de son fils,
de ce qu'il était
d'une bienveillance de-père
envers les fils de *son* frère.
Car Drusus,
— quoiqu'il soit difficile
la puissance et la concorde   [ble), —
être au même *point* de lieu (aller ensem-
était tenu *pour* favorable
à *ces* jeunes-gens,
ou du moins non hostile.
Ensuite le projet
ancien et souvent simulé
de partir pour les provinces
est reproduit :
l'empereur prétextait
la multitude des vétérans,
et les armées
à-compléter par des levées ;
car *il disait* le soldat volontaire
manquer,
et s'il suffisait,
ne pas se conduire avec le même courage
et *la même* retenue ;
parce que la-plupart-du-temps
c'étaient des indigents et des vagabonds
qui prenaient de plein-gré du service :
et il parcourut rapidement
le nombre des légions,
et les provinces
qu'elles protégeaient.
Ce que je pense   [aussi,
devoir être poursuivi (expliqué) par moi
quelle force romaine
était alors sous les armes,
quels rois *étaient nos* alliés,
et combien plus à l'étroit
on domina.
V. Deux flottes
protégeaient l'Italie
sur l'une-et-l'autre mer,

Ravennam, proximumque Galliæ littus rostratæ naves præsidebant, quas Actiaca victoria captas Augustus in oppidum
Forojuliense [1] miserat, valido cum remige. Sed præcipuum
robur Rhenum juxta, commune in Germanos Gallosque subsidium, octo legiones erant. Hispaniæ, recens perdomitæ [2],
tribus habebantur. Mauros Juba [3] rex acceperat, donum populi Romani. Cetera Africæ [4] per duas legiones, parique numero Ægyptus : dehinc, initio ab Syria usque ad flumen Euphraten, quantum ingenti terrarum sinu ambitur, quatuor
legionibus coercita: accolis Ibero Albanoque [5] et aliis regibus,
qui magnitudine nostra proteguntur adversum externa imperia. Et Thraciam Rhœmetalces [6] ac liberi Cotyis, ripamque
Danubii legionum duæ in Pannonia, duæ in Mœsia attinebant:
totidem apud Dalmatiam [7] locatis, quæ, positu regionis, a
tergo illis, ac, si repentinum auxilium Italia posceret, haud

l'Italie sur l'une et l'autre mer; les galères qu'Auguste avait prises
à la bataille d'Actium et envoyées à Fréjus avec de bons équipages
gardaient la partie des Gaules la plus voisine. Mais la principale force
consistait en huit légions sur le Rhin, destinées à contenir également les Germains et les Gaulois. Les Espagnes, récemment soumises, étaient occupées par trois légions; la Mauritanie, par le roi
Juba, qui l'avait reçue en don du peuple romain. Dans le reste de
l'Afrique il y avait deux légions, autant en Égypte, et quatre seulement dans ce vaste pays qui s'étend depuis la Syrie jusqu'à l'Euphrate, et qui comprend l'Albanie, l'Ibérie et d'autres royaumes
que la grandeur romaine protége contre les empires voisins. Rhémétalcès et les enfants de Cotys étaient chargés de la Thrace. Deux
légions dans la Pannonie, deux dans la Mésie, défendaient la rive
du Danube; deux autres, placées dans la Dalmatie, couvraient, grâce
à la position de cette province, les derrières des premières, et pouvaient même secourir l'Italie en cas d'attaque imprévue. Rome avait

apud Misenum	à Misène
et Ravennam,	et à Ravenne,
navesque rostratæ	et des vaisseaux à-éperons [Gaule,
littus proximum Galliæ,	*protégeaient* le rivage le plus proche de la
quas captas victoria Actiaca	lesquels *vaisseaux* pris dans la victoire
Augustus miserat	Auguste avait envoyés [d'-Actium
in oppidum Forojuliense,	dans la ville de-Fréjus,
cum remige valido.	avec un rameur (un équipage) solide.
Sed robur præcipuum	Mais la force principale
erant octo legiones	c'étaient huit légions
juxta Rhenum,	près du Rhin,
subsidium commune	ressource commune
in Germanos Gallosque.	contre les Germains et les Gaulois.
Hispaniæ,	Les Espagnes,
perdomitæ recens,	domptées récemment,
habebantur tribus.	étaient tenues par trois *légions*.
Rex Juba	Le roi Juba
acceperat Mauros,	avait reçu les Maurés,
donum populi Romani.	don du peuple romain.
Cetera Africæ	Les autres *parties* de l'Afrique
per duas legiones,	*étaient tenues* par deux légions,
Ægyptusque numero pari :	et l'Égypte par un nombre égal :
dehinc, initio ab Syria	puis, le commencement *étant* à la Syrie
usque ad flumen Euphraten	jusqu'au fleuve *de l'*Euphrate,
quantum ambitur	tout l'*espace* qui est entouré
ingenti sinu terrarum,	par *cet* immense circuit de territoire,
coercita	*tous ces pays étaient* contenus
quatuor legionibus :	par quatre légions :
Ibero Albanoque	l'Ibérien et l'Albanien
et aliis regibus,	et d'autres rois,
qui proteguntur	qui sont protégés
nostra magnitudine	par notre grandeur
adversum imperia externa	contre les empires étrangers
accolis.	*étant* limitrophes *à ces contrées.*
Et Rhœmetalces	Et Rhémétalcès
ac liberi Cotyis	et les enfants de Cotys
attinebant Thraciam,	gardaient la Thrace,
duæque legionum	et deux de *nos* légions
in Pannonia,	en Pannonie,
duæ in Mœsia,	deux *autres* en Mésie,
ripam Danubii :	*gardaient* la rive du Danube :
totidem locatis	autant *d'autres* étant établies
apud Dalmatiam,	en Dalmatie,
quæ, positu regionis,	lesquelles, par la position de *cette* contrée,
a tergo illis,	*étaient* sur les derrières à celles-là,
ac, si Italia [num,	et, si l'Italie
posceret auxilium repenti-	demandait un secours inopiné,

procul accirentur : quanquam insideret Urbem proprius miles,
tres urbanæ, novem prætoriæ cohortes[1], Etruria ferme Umbriaque delectæ, aut vetere Latio et coloniis antiquitus Romanis[2]. At apud idonea provinciarum sociæ triremes alæque et
auxilia cohortium : neque multo secus in iis virium ; sed persequi incertum fuerit, quum, ex usu temporis, huc illuc
mearent, gliscerent numero, et aliquando minuerentur.

VI. Congruens crediderim recensere ceteras quoque reipublicæ partes, quibus modis ad eam diem habitæ sint ; quando
Tiberio mutati in deterius principatus initium ille annus attulit. Jam primum publica negotia, et privatorum maxima, apud
patres tractabantur : dabaturque primoribus disserere ; et in
adulationem lapsos cohibebat ipse : mandabatque honores,
nobilitatem majorum, claritudinem militiæ, illustres domi
artes spectando ; ut satis constaret non alios potiores fuisse.

d'ailleurs ses troupes particulières, trois cohortes urbaines et neuf
cohortes prétoriennes, toutes levées presque entièrement dans l'Étrurie, l'Ombrie, le vieux Latium et les plus anciennes colonies
romaines. On avait en outre distribué convenablement dans les
provinces les flottes, la cavalerie et l'infanterie auxiliaires, forces
presque égales aux nôtres ; mais on ne peut rien en dire de certain,
parce que leur destination variait sans cesse, et que leur nombre
était tantôt plus grand, tantôt moindre.

VI. Je crois qu'il sera bon de jeter aussi un regard sur les autres
parties du gouvernement, et de voir quels principes les dirigèrent,
jusqu'à l'année qui apporta dans l'administration de Tibère de si
funestes changements. D'abord les affaires publiques et les intérêts
les plus considérables des particuliers se traitaient dans le sénat ; les
premiers sénateurs motivaient librement leur avis, et, quand
l'adulation s'y mêlait, le prince la réprimait lui-même. Dans la
distribution des honneurs, il consultait la noblesse de la naissance,
la grandeur des services militaires, l'illustration des talents civils ;

accirentur haud procul :
quanquam miles proprius
insideret Urbem,
tres cohortes urbanæ,
novem prætoriæ,
ferme delectæ
Etruria Umbriaque,
aut vetere Latio
et coloniis Romanis
antiquitus.
At apud idonea
provinciarum
triremes sociæ
alæque
et auxilia cohortium :
neque in iis
multo secus virium ;
sed fuerit incertum
persequi,
quum, ex usu temporis,
mearent huc illuc,
gliscerent numero.,
et minuerentur aliquando.
VI. Crediderim
congruens
recensere quoque
ceteras partes reipublicæ,
quibus modis habitæ sint
ad eam diem ;
quando ille annus
attulit Tiberio
initium principatus
mutati in deterius.
Jam primum
negotia publica,
ac maxima privatorum,
tractabantur apud patres :
dabaturque primoribus
disserere ;
et cohibebat ipse
lapsos in adulationem :
mandabatque honores,
spectando
nobilitatem majorum,
claritudinem militiæ,
artes illustres domi ;
ut constaret satis

pouvaient être mandées *n'étant* pas loin :
quoique un soldat particulier
occupât la ville (Rome),
à savoir trois cohortes urbaines,
neuf *cohortes* prétoriennes,
à peu près levées *en entier*
dans l'Étrurie et dans l'Ombrie,
ou dans l'ancien Latium
et dans les colonies romaines
d'ancienne-date.
Puis sur les *points* convenables
des provinces
étaient les trirèmes alliées
et des divisions-de-cavalerie
et des renforts de cohortes :
et dans ces *troupes auxiliaires*
il n'y *avait* pas beaucoup moins de forces ;
mais il serait incertain
de *les* poursuivre (énumérer),
vu que, selon le besoin du moment,
elles passaient ici *ou* là,
s'accroissaient en nombre,
et étaient diminuées quelquefois.
VI. Je croirais
convenable
de récapituler aussi
les autres parties de l'État,   [nées
de quelles manières elles furent gouver-
jusqu'à ce jour ;
puisque cette année-là
apporta à Tibère
le commencement de *son* règne
changé en pis.
Déjà d'abord
les affaires publiques,
et les plus importantes des particuliers,
se traitaient devant les sénateurs :
et il était donné aux principaux
de discuter ;
et il réprimait lui-même   [lation :
ceux qui s'étaient laissés-aller à l'adu-
et il confiait les honneurs,
en considérant
la noblesse des ancêtres,
l'éclat des services-militaires,
les talents distingués de la vie-civile ;
au point qu'il était établi (reconnu) assez

Sua consulibus, sua prætoribus species : minorum quoque magistratuum exercita potestas; legesque, si majestatis quæstio¹ eximeretur, bono in usu. At frumenta, et pecuniæ vectigales², cetera publicorum fructuum, societatibus equitum Romanorum agitabantur. Res suas Cæsar spectatissimo cuique, quibusdam ignotis ex fama mandabat ; semelque assumpti tenebantur, prorsus sine modo, quum plerique iisdem negotiis insenescerent. Plebes acri quidem annona fatigabatur; sed nulla in eo culpa ex principe : quin infecunditati terrarum aut asperis maris obviam iit, quantum impendio diligentiaque poterat. Et ne provinciæ novis oneribus turbarentur, utque vetera sine avaritia aut crudelitate magistratuum tolerarent, providebat : corporum verbera, ademptiones bonorum aberant.

VII. Rari per Italiam Cæsaris agri, modesta servitia, intra

et en général il eût été difficile de faire de meilleurs choix. Le consulat, la préture conservaient leur éclat extérieur, et les moindres magistrats exerçaient librement leurs fonctions. Quant aux lois, si l'on en excepte celle de lèse-majesté, elles avaient en vue l'intérêt public. Les approvisionnements des grains, la perception des impôts et des autres revenus étaient confiés à des compagnies de chevaliers romains. Pour ses affaires particulières, Tibère choisissait les hommes les plus considérés, quelques-uns sans les connaître, d'après leur renommée ; et sa constance dans son choix était telle que presque toujours il laissait vieillir le même homme dans les mêmes emplois. Le peuple à la vérité souffrait de la cherté des grains; mais ce ne fut point la faute du prince, qui n'épargnait ni soins ni dépenses pour remédier, autant qu'il le pouvait, à la stérilité du sol et aux accidents de la mer. Il veillait à ce que de nouvelles charges ne pesassent point sur les provinces, et à ce que les anciennes ne fussent pas aggravées par l'avarice et la cruauté des magistrats ; on ne parlait ni de punitions corporelles ni de confiscations.

VII. Les domaines du prince en Italie étaient peu étendus, ses

alios
non fuisse potiores.
Consulibus sua species,
prætoribus sua :
potestas quoque
magistratuum minorum
exercita;
legesque in bono usu,
si quæstio majestatis
eximeretur.
At frumenta,
et pecuniæ vectigales,
cetera
fructuum publicorum
agitabantur societatibus
equitum Romanorum.
Cæsar mandabat suas res
cuique spectatissimo,
quibusdam ignotis
ex fama;
semelque assumpti
tenebantur,
prorsus sine modo,
quum plerique
insenescerent
iisdem negotiis.
Plebes quidem fatigabatur
acri annona;
sed in eo nulla culpa
ex principe :
quin iit obviam
infecunditati terrarum
aut asperis maris,
quantum poterat
impendio diligentiaque.
Et providebat ne provinciæ
turbarentur
novis oneribus, ·
utque tolerarent vetera
sine avaritia aut crudelitate
magistratuum :
verbera corporum,
ademptiones bonorum
aberant.
VII. Agri Cæsaris
rari per Italiam,
servitia modesta,

d'autres *citoyens*
n'avoir pas été préférables.
Aux consuls *était* leur éclat-extérieur,
aux préteurs le leur :
le pouvoir aussi
des magistrats inférieurs
s'exerçait;
et les lois *étaient* d'un bon usage,
si la procédure de *lèse*-majesté
était exceptée.
D'autre-part le blé,
et l'argent des-tributaires,
et *tous* les autres *détails*
des revenus publics
étaient maniés par des compagnies
de chevaliers romains.
César (Tibère) confiait ses affaires
à chaque *citoyen* le plus considéré,
à quelques-uns inconnus *de lui*
d'après la renommée ;
et une fois choisis
ils étaient conservés,
tout-à-fait sans mesure,
puisque la plupart
vieillissaient
dans les mêmes affaires.
Le peuple à-la-vérité était épuisé
par une rigoureuse cherté-de-vivres ;
mais en cela aucune faute
ne *venait* du prince :
bien plus il alla au-devant (remédia)
à la stérilité des terres
ou aux rigueurs de la mer,
autant qu'il *le* pouvait
par des dépenses et des soins.
Et il pourvoyait à ce que les provinces
ne fussent pas troublées
par de nouvelles charges,
et à ce qu'elles supportassent les ancien- [nes
sans avarice ou (ni) cruauté
des (de la part des) magistrats :
les coups des (infligés aux) corps,
les enlèvements (confiscations) de biens
n'avaient-point-lieu.
VII. Les domaines de César (Tibère)
étaient rares dans l'Italie,
ses esclaves retenus,

paucos libertos domus; ac, si quando cum privatis disceptaret, forum et jus. Quæ cuncta, non quidem comi via, sed horridus ac plerumque formidatus, retinebat tamen, donec morte Drusi verterentur : nam, dum superfuit, mansere; quia Sejanus, incipiente adhuc potentia, bonis consiliis notescere volebat; et ultor metuebatur, non occultus odii et crebro querens, « Incolumi filio, adjutorem imperii alium vocari; et quantum superesse ut collega dicatur? Primas dominandi spes in arduo; ubi sis ingressus, adesse studia et ministros : exstructa jam, sponte præfecti, castra; datos in manum milites; cerni effigiem ejus in monumentis Cn. Pompeii[1]; communes illi cum familia Drusorum fore nepotes[2] : precandam post hæc modestiam, ut contentus esset. » Neque raro, neque apud

esclaves modestes, sa maison bornée à peu d'affranchis; et, s'il lui survenait des discussions avec des particuliers, les tribunaux et les lois décidaient. Il est vrai que ses formes n'étaient point aimables; il était farouche, et le plus souvent inspirait de la crainte; mais enfin il sut se contenir jusqu'à la mort de Drusus, où tout changea de face. Jusque-là le bien se faisait encore; car Séjan, dont le pouvoir ne faisait que de naître, avait voulu d'abord s'accréditer par une administration sage; il craignait dans Drusus un vengeur; déjà même celui-ci ne dissimulait point sa haine, et se plaignait souvent « que, du vivant d'un fils, un autre fût appelé publiquement le coopérateur et presque le collègue du souverain. Il n'y avait que les premiers degrés de difficiles pour l'ambition; une fois franchis, elle trouvait du zèle et des serviteurs pour la seconder. N'avait-on pas pris soin de construire un camp au favori? de réunir sous sa main des soldats? On voyait sa statue parmi les monuments du grand Pompée; les petits-fils de Drusus ne feraient qu'une même famille avec ceux de Séjan; après cela, il faudrait supplier sa modestie de se borner. » Et ce ne fut ni une fois, ni

domus	sa maison
intra paucos libertos ;	bornée à peu d'affranchis ;
ac , si quando disceptaret	et , si quelquefois il contestait
cum privatis ,	avec des particuliers ,
forum et jus.	le tribunal et le droit étaient son recours.
Quæ	Lesquelles habitudes
retinebat cuncta tamen ,	il conservait toutes cependant,
non quidem via comi ,	non certes d'une manière affable ,
sed horridus	mais farouche
ac plerumque formidatus ,	et le-plus-souvent redouté,
donec verterentur	jusqu'à ce qu'elles fussent changées
morte Drusi :	par la mort de Drusus :
nam mansere ,	car elles subsistèrent,
cum superfuit,	tant qu'il (Drusus) vécut ,
quia Sejanus ,	parce que Séjan,
potentia incipiente adhuc,	sa puissance commençant encore,
volebat notescere	voulait s'accréditer
bonis consiliis ;	par de bons conseils ;
et metuebatur ultor,	et il (Drusus) était craint comme vengeur,
non occultus odii	ne se cachant point de sa haine
et querens crebro.	et se plaignant fréquemment.
« Filio incolumi ,	« Le fils de l'empereur vivant ,
alium vocari	un autre être appelé
adjutorem imperii :	auxiliaire du gouvernement ;
et quantum superesse	et combien rester (s'en falloir)
ut dicatur collega?	pour qu'il soit dit collègue ?
Primas spes	Les premières espérances
dominandi	de dominer (de domination)
in arduo ;	être de difficile accès ;
ubi ingressus sis ,	dès que tu y es entré ,
studia et ministros adesse :	cabales et serviteurs être-là (être prêts) :
jam castra exstructa,	déjà un camp avoir été construit
sponte præfecti ;	par la volonté du préfet;
milites datos in manum ;	des soldats lui avoir été donnés en main ;
effigiem ejus cerni	l'image de lui être vue
in monumentis	dans les monuments
Cn. Pompeii ;	de Cn. Pompée ;
nepotes illi	les petits-fils à lui
fore communes	devoir être communs (du même sang)
cum familia	avec (que) la famille
Drusorum :	des Drusus :
post hæc modestiam	après cela sa modération
precandam ,	devoir être implorée,
ut esset contentus. »	pour qu'il fût content. »
Neque jaciebat talia	Et il ne jetait pas de telles plaintes
raro ,	rarement,
neque apud paucos :	ni devant peu-de personnes :

paucos talia jaciebat : et secreta quoque ejus, corrupta uxore, prodebantur.

VIII. Igitur Sejanus, maturandum ratus, deligit venenum, quo paulatim irrepente, fortuitus morbus assimularetur : id Druso datum per Lygdum spadonem, ut octo post annos cognitum est. Ceterum Tiberius per omnes valetudinis ejus dies, nullo metu, an ut firmitudinem animi ostentaret, etiam defuncto necdum sepulto, curiam ingressus est; consulesque, sede vulgari[1] per speciem mœstitiæ sedentes, honoris locique admonuit; et effusum in lacrymas senatum, victo gemitu, simul oratione continua erexit. « Non quidem sibi ignarum, posse argui quod tam recenti dolore subierit oculos senatus; vix propinquorum alloquia tolerari, vix diem adspici a plerisque lugentium; neque illos imbecillitatis damnandos; se tamen fortiora solatia e complexu reipublicæ petivisse. » Mise-

devant un petit nombre de témoins qu'il tint ces discours; d'ailleurs ses secrets même étaient révélés par sa femme, qui le trahissait.

VIII. Séjan, voyant qu'il n'y avait plus à différer, choisit un poison dont l'action lente et insensible imitât les progrès d'une maladie naturelle. Ce poison fut donné à Drusus par l'eunuque Lygdus, comme on le découvrit huit ans après. Tibère, pendant toute la maladie de son fils, et même dans l'intervalle de sa mort à sa sépulture, soit sécurité, soit affectation de courage, continua d'aller au sénat. Les consuls, pour marquer leur affliction, s'étaient assis parmi les simples sénateurs; Tibère les fit souvenir de leurs prérogatives et de la place qui leur appartenait; et, tandis que les sénateurs fondaient en larmes, il étouffa ses propres gémissements et les consola par un discours prononcé d'un ton soutenu. Il convint « que dans ces premiers moments de douleur qui rendent à la plupart des affligés la parole de leurs proches, et même la lumière insupportable, on pouvait le blâmer de s'être montré aux yeux du sénat; mais que sans accuser les autres de faiblesse, il avait cherché dans les bras de la république des consolations plus courageuses. »

et quoque secreta ejus
prodebantur,
uxore corrupta.

et aussi les secrets de lui
étaient trahis,
sa femme étant séduite.

VIII. Igitur Sejanus,
ratus maturandum,
deligit venenum,
quo irrepente paulatim,
morbus fortuitus
assimularetur :
id datum Druso
per spadonem Lygdum,
ut cognitum est
post octo annos.
Ceterum Tiberius
per omnes dies
valetudinis ejus,
metu nullo,
an ut ostentaret
firmitudinem animi,
ingressus est curiam,
etiam defuncto
necdum sepulto ;
admonuitque
honoris locique
consules
sedentes sede vulgari
per speciem mœstitiæ ;
et, gemitu victo,
simul erexit
oratione continua
senatum
effusum in lacrymas.
« Non quidem ignarum sibi
posse argui
quod subierit oculos
senatus
dolore tam recenti :
vix alloquia propinquorum
tolerari,
vix diem adspici
a plerisque lugentium :
meque illos damnandos
imbecillitatis ;
se tamen petivisse
solatia fortiora
e complexu reipublicæ. »
Miseratusque

VIII. Donc Séjan,
pensant falloir (qu'il fallait) se hâter,
choisit un poison,
lequel s'insinuant peu-à-peu,
une maladie fortuite (naturelle)
serait imitée :
ce *poison fut* donné à Drusus
par-l'intermédiaire-de l'eunuque Lygdus,
comme *cela* fut connu
après huit ans.
Au-reste Tibère
pendant tous les jours
de la maladie de lui (Drusus),
soit sa crainte *étant* nulle,
soit pour qu'il fît-parade
de fermeté d'âme,
entra au sénat,
même *Drusus* étant mort
et-pas-encore enseveli ;
et il fit-ressouvenir
de *leur* honneur et de *leur* place
les consuls
qui siégeaient sur un siége ordinaire
en signe de tristesse ;
et, *ses* gémissements étant vaincus,
en-même-temps il releva
par un discours suivi
le sénat
qui fondait en larmes.
« Certes n'*être* point ignoré de lui (il n'i-
lui pouvoir être accusé, [gnorait pas),
parce qu'il était venu-sous les yeux
du sénat
dans une douleur si récente :
à peine les allocutions des proches
être tolérées,
à peine le jour être regardé
par la plupart de ceux qui pleurent :
et ceux-là n'*être* point condamnables
pour faiblesse ;
lui cependant avoir recherché
des consolations plus courageuses
dans le sein de la république. »
Et ayant déploré

ratusque Augustæ extremam senectam, rudem adhuc nepotum
et vergentem ætatem suam, ut·Germanici liberi[1], unica præsentium malorum levamenta, inducerentur, petivit. Egressi
consules firmatos alloquio adolescentulos deductosque ante
Cæsarem statuunt. Quibus apprehensis : « Patres conscripti,
hos, inquit, orbatos parente tradidi patruo ipsorum, precatusque sum, quanquam esset illi propria soboles, ne secus
quam suum sanguinem foveret ac tolleret, sibique et posteris
conformaret : erepto Druso, preces ad vos converto, diisque
et patria coram obtestor, Augusti pronepotes, clarissimis majoribus genitos, suscipite, regite : vestram meamque vicem
explete. Hi vobis, Nero et Druse, parentum loco : ita nati
estis, ut bona malaque vestra ad rempublicam pertineant. »

IX. Magno ea fletu, et mox precationibus faustis, audita ;

Puis, après quelques réflexions douloureuses sur l'extrême vieillesse
de sa mère, sur l'inexpérience de ses petits-fils, si jeunes encore,
sur ses propres années qui penchaient vers leur déclin, il demanda
qu'on fît venir les enfants de Germanicus, unique consolation des
malheurs présents. Les consuls étant sortis rassurent ces enfants
et les amènent devant le prince. Tibère, les prenant par la main :
« Sénateurs, dit-il, voilà des orphelins qu'après la mort de leur
père je confiai à leur oncle, en le conjurant, quoiqu'il eût des
enfants lui-même, de chérir, d'élever ceux-ci comme les siens, et
de les former pour lui et pour la postérité. Drusus mort, c'est à
vous que j'adresse mes prières ; c'est vous qu'en présence des dieux
et de la patrie j'implore pour ces rejetons d'une tige illustre, pour
ces arrière-petits-fils d'Auguste. Sénateurs, adoptez-les, gouvernez-
les, remplissez envers eux votre devoir et le mien. Et vous, Néron,
Drusus, voici vos pères ; dans le rang où vous êtes nés, vos biens
et vos maux intéressent la république. »

IX. Ce discours fit couler beaucoup de larmes, et fut suivi

senectam Augustæ,	la vieillesse d'Augusta,
ætatem nepotum	l'âge de *ses* petits-fils
adhuc rudem,	encore sans-expérience,
et suam vergentem,	et le sien qui déclinait,
petivit ut liberi Germanici	il demanda que les enfants de Germanicus
inducerentur,	fussent introduits,
unica levamenta	uniques adoucissements
malorum præsentium.	des malheurs présents.
Consules egressi	Les consuls étant sortis
statuunt ante Cæsarem	placent devant César (Tibère)
adolescentulos	*ces* jeunes-gens
firmatos alloquio	affermis *d'abord* par une allocution
deductosque.	et accompagnés *par eux.*
Quibus apprehensis :	Lesquels *enfants* étant pris *par la main* :
« Patres conscripti, inquit,	« Pères conscrits, dit *Tibère,*
tradidi hos,	j'ai remis ces *enfants,*
orbatos parente,	privés de *leur* père,
patruo ipsorum,	à l'oncle d'eux-mêmes,
precatusque sum,	et j'ai prié *celui-ci,*
quanquam soboles propria	quoiqu'une progéniture propre
esset illi,	fût à lui,
ne foveret	qu'il ne *les* chérît pas
ac tolleret secus	et ne *les* élevât pas autrement
quam suum sanguinem,	que son *propre* sang,
conformaretque	et qu'il *les* formât
sibi et posteris :	pour lui-même et pour *nos* descendants :
Druso erepto,	Drusus *leur* ayant été ravi,
converto preces ad vos,	je tourne *mes* prières vers vous,
obtestorque	et je *vous* conjure
coram diis et patria,	en-présence des dieux et de la patrie,
suscipite, regite	prenez-en-main, dirigez
pronepotes Augusti,	les arrière-petits-fils d'Auguste,
genitos majoribus	nés des aïeux
clarissimis :	les plus illustres :
explete vestram vicem	remplissez votre rôle
meamque.	et le mien.
Nero et Druse,	Néron et Drusus,
hi vobis	*ces sénateurs seront* pour vous
loco parentum :	à la place de pères :
nati estis ita,	vous êtes nés de-telle-sorte,
ut vestra bona malaque	que vos biens et *vos* maux
pertineant	s'étendent
ad rempublicam. »	à la république. »
IX. Ea audita	IX. Ces *mots furent* écoutés
magno fletu,	avec de grands gémissements,
et mox	et bientôt
precationibus faustis ;	avec des vœux favorables ;

ac, si modum orationi posuisset, misericordia sui gloriaque
animos audientium impleverat : ad vana et toties irrisa revo-
lutus, de reddenda republica, utque consules, seu quis alius,
regimen susciperent, vero quoque et honesto fidem dempsit.
Memoriæ Drusi eadem quæ in Germanicum[1] decernuntur,
plerisque addįtis, ut ferme amat posterior adulatio. Funus
imaginum pompa maxime illustre fuit, quum origo Juliæ
gentis Æneas, omnesque Albanorum reges et conditor Urbis
Romulus, post Sabina nobilitas[2], Attus Clausus ceteræque
Claudiorum effigies, longo ordine spectarentur.

X. In tradenda morte Drusi, quæ plurimis maximeque fidis
auctoribus memorata sunt, retuli; sed non omiserim eorumdem temporum rumorem, validum adeo, ut nondum exolescat:
corrupta ad scelus Livia, Sejanum Lygdi quoque spadonis
animum stupro vinxisse ; quod is Lygdus ætate atque forma

d'acclamations et de vœux pour la prospérité du prince. Si Tibère
en fût resté là, il laissait tous les cœurs remplis d'attendrissement
et de respect. Il en revint encore à ses vaines propositions, dont on
s'était si souvent moqué, de quitter le gouvernement, d'en remettre
la conduite aux consuls ou à tout autre, et il décrédita ce qu'il y
avait de louable et de sincère dans ses sentiments. On décerna à la
mémoire de Drusus les mêmes honneurs qu'à celle de Germanicus,
et beaucoup d'autres encore, suivant l'usage de la flatterie, qui se
plaît à renchérir sur elle-même. La pompe des images distingua
surtout ces funérailles, où les portraits d'Énée, tige des Jules,
ceux des rois d'Albe, de Romulus, fondateur de Rome, des nobles
Sabins, d'Attus Clausus et des autres Claudes, parurent dans un
imposant appareil.

X. Dans le récit de la mort de Drusus, je me suis borné aux faits
rapportés par les auteurs les plus nombreux et les plus accrédités.
Cependant je ne puis taire un bruit tellement répandu alors, qu'il se
soutient même aujourd'hui. On disait que Séjan, qui, par la séduc-
tion, s'était assuré de Livie pour l'empoisonnement, avait employé le même moyen pour gagner l'eunuque Lygdus, chéri de
son maître à cause de sa jeunesse et de sa beauté, et l'un de ses

ac, si posuisset modum	et, s'il eût mis une borne
orationi,	à ce discours,
impleverat animos	il avait (aurait) rempli les âmes
audientium	de ceux qui l'entendaient
misericordia sui gloriaque :	de compassion pour lui et de sa gloire :
revolutus ad vana	mais étant revenu à des propositions vaines
et irrisa toties,	et moquées tant-de-fois, [ment,
de reddenda republica,	de remettre le (se dessaisir du) gouverne-
utque consules,	et que les consuls,
seu quis alius,	ou quelque autre magistrat,
susciperent regimen,	prissent la conduite des affaires,
dempsit quoque fidem	il ôta aussi toute créance
vero et honesto.	à ce qui était vrai et honorable.
Eadem decernuntur	Les mêmes honneurs sont décernés
memoriæ Drusi,	à la mémoire de Drusus,
quæ in Germanicum,	qui avaient été décernés pour Germanicus,
plerisque additis,	beaucoup étant ajoutés,
ut ferme amat	comme presque-toujours aime à le faire
adulatio posterior.	la flatterie postérieure.
Funus fuit maxime illustre	Les funérailles furent surtout distinguées
pompa imaginum,	par la pompe des images,
quum Æneas,	puisque Énée,
origo gentis Juliæ,	origine (tige) de la race des-Jules,
omnesque reges Albanorum	et tous les rois des Albains
et Romulus	et Romulus
conditor Urbis,	fondateur de la ville (Rome),
post nobilitas Sabina,	puis la noblesse sabine,
Attus Clausus	Attus Clausus
ceteræque effigies	et toutes-les-autres images
Claudiorum	des Claudes
spectarentur longo ordine.	y étaient vues en longue file.
X. In tradenda morte	X. En racontant la mort
Drusi,	de Drusus,
retuli quæ memorata sunt	j'ai rapporté ce qui a été dit
auctoribus plurimis	par les auteurs les plus nombreux
maximeque fidis ;	et les plus fidèles ;
sed non omiserim [porum,	mais je n'omettrai point
rumorem eorumdem tem-	un bruit des mêmes temps,
adeo validum,	tellement fort,
ut nondum exolescat :	qu'il ne perd-pas-sa-force encore :
Livia corrupta ad scelus,	Livie ayant été séduite pour le crime,
Sejanum vinxisse quoque	Séjan avoir enchaîné aussi
stupro	par l'infamie
animum spadonis Lygdi ;	le cœur de l'eunuque Lygdus ;
quod is Lygdus	parce que ce Lygdus
erat carus domino	était cher à son maître
ætate atque forma,	par son âge et sa beauté,

carus domino, interque primores ministros erat : deinde inter
conscios ubi locus veneficii tempusque composita sint, eo
audaciæ provectum, ut verteret, et, occulto indicio [1] Drusum
veneni in patrem arguens, moneret Tiberium vitandam potionem quæ prima ei apud filium epulanti offerretur : ea
fraude tum senem, postquam convivium inierat, exceptum
poculum Druso tradidisse; atque illo ignaro et juveniliter hauriente, auctam suspicionem, tanquam metu et pudore sibimet
irrogaret mortem. quam patri struxerat.

XI. Hæc vulgo jactata, super id quod nullo auctore certo
firmantur, prompte refutaveris. Quis enim mediocri prudentia, nedum Tiberius, tantis rebus exercitus, inaudito filio
exitium offerret, idque sua manu, et nullo ad pœnitendum
regressu [2]? Quin potius ministrum veneni excruciaret, auctorem exquireret, insita denique etiam in extraneos cunctatione
et mora, adversum unicum et nullius ante flagitii compertum,

esclaves de confiance. On disait encore que, le jour et le lieu de
l'empoisonnement étant convenus entre les complices, Séjan eut
l'audace de détourner les soupçons en accusant Drusus d'avoir
voulu lui-même empoisonner son père ; qu'il avait fait avertir
secrètement le prince de se défier du premier breuvage qu'on lui
présenterait à un souper chez son fils ; que, d'après ce faux avis,
Tibère, au commencement du repas, ayant reçu la coupe, l'avait
fait passer à Drusus ; que celui-ci, ne se doutant de rien, l'avait
avalée d'un seul trait, et que cela même avait fortifié les soupçons,
comme si la honte et la crainte l'eussent forcé à se donner la mort
qu'il préparait à son père.

XI. Tels étaient les bruits populaires ; mais, outre qu'ils ne sont
appuyés sur aucun témoignage, ils se réfutent d'eux-mêmes. En
effet, conçoit-on qu'un homme d'un sens médiocre, et encore
moins Tibère, qui avait une si grande expérience, eût présenté la
mort à son fils sans l'entendre, et de sa propre main, et sans se
ménager la ressource du repentir ? N'eût-il pas plutôt appliqué à
la question l'esclave qui lui offrait le poison, remonté à la source
du crime ; enfin employé pour un fils unique, et jusqu'alors
exempt de pareilles imputations, les précautions et les lenteurs qui

interque
primores ministros :
deinde, ubi locus
tempusque veneficii
composita sint
inter conscios,
provectum eo audaciæ,
ut verteret,
et, indicio occulto,
arguens Drusum
veneni in patrem,
moneret Tiberium
potionem
quæ offerretur prima
ei epulanti apud filium
vitandam :
tum ea fraude
senem tradidisse Druso
poculum exceptum,
postquam inierat convi-
atque, illo ignaro [vium ;
et hauriente juveniliter,
suspicionem auctam,
tanquam metu et pudore
irrogaret sibimet mortem,
quam struxerat patri.
    XI. Refutaveris prompte
hæc jactata vulgo,
super id , quod firmantur
nullo auctore certo.
Quis enim
prudentia mediocri,
nedum Tiberius,
exercitus
tantis rebus,
offerret exitium
filio inaudito,
idque suâ manu,
et nullo regressu
ad pœnitentiam ?
Quin excruciaret potius
ministrum veneni,
exquireret auctorem,
denique uteretur
adversum unicum
et compertum ante
  ullius flagitii

et *était* parmi
ses premiers serviteurs :
ensuite, dès que le lieu
et le moment de l'empoisonnement
eurent été arrangés
entre les complices,
Séjan s'être avancé là (à ce point) d'au- [dace,
qu'il changea *tout*,
et *que*, par une révélation secrète,
accusant Drusus
d'empoisonnement sur *son* père,
il avertit Tibère
le breuvage
qui serait offert le premier
à lui mangeant chez *son* fils
devoir être évité :
alors par cette fraude
le vieillard (Tibère) avoir remis à Drusus
la coupe reçue *de ses mains*,
après qu'il eut commencé le repas ;
et, celui-là (Drusus) ignorant *la chose*
et buvant en-jeune-homme,
le soupçon s'être augmenté,
comme si par crainte et par honte
il prononçait-contre lui-même la mort,
qu'il avait préparée à *son* père.
    XI. Tu réfuterais aisément
ces *propos* jetés dans la foule,
outre ceci , qu'ils *ne* sont confirmés
par aucun auteur certain.
Quel *homme* en effet
de prudence médiocre,
bien loin que *ce put être* Tibère,
exercé (rempli d'expérience)
par de si-grandes choses,
offrirait la mort
à *son* fils non-entendu,
et cela de sa main,
et sans aucun retour
vers le repentir ?
Que ne torturait-il plutôt
celui-qui-administrait le poison,
que ne recherchait-il l'auteur *du crime*,
enfin *que* n'usait-il
à-l'égard-d'un *fils* unique
et qui n'avait été convaincu auparavant
d'aucun crime

uteretur? Sed, quia Sejanus facinorum omnium repertor
habebatur, ex nimia caritate in eum Cæsaris, et ceterorum in
utrumque odio, quamvis fabulosa et immania credebantur,
atrociore semper fama erga dominantium exitus. Ordo alioqui sceleris, per Apicatam Sejani proditus, tormentis Eudemi
ac Lygdi patefactus est : neque quisquam scriptor tam infensus exstitit, ut Tiberio objectaret, quum omnia alia conqui-
rerent intenderentque. Mihi tradendi arguendique rumoris
causa fuit, ut, claro sub exemplo, falsas auditiones depelle-
rem, peteremque ab iis quorum in manus cura nostra venerit,
ne divulgata atque incredibilia, avide accepta, veris neque
in miraculum corruptis, antehabeant.

XII. Ceterum, laudante filium pro rostris[1] Tiberio, senatus
populusque habitum ac voces dolentum; simulatione magis

lui étaient si naturelles, et dont il usait même pour des étrangers?
Mais comme on croyait Séjan capable des plus grands forfaits, et
que l'excessive faiblesse du prince pour ce favori excitait contre
l'un et l'autre la haine publique, on adoptait les fables les plus
monstrueuses; car la renommée suppose toujours des circonstances
atroces dans la mort des souverains. D'ailleurs les dépositions
d'Apicata, femme de Séjan, celles d'Eudémus et de Lygdus pendant les tortures, ont dévoilé la marche du crime; et, parmi les
écrivains les plus acharnés contre Tibère, aucun ne lui a imputé ce
trait, quoiqu'ils aient recueilli soigneusement et exagéré tous les
autres. Pour moi, j'ai voulu rapporter ce conte populaire et le
réfuter, afin de confondre par un exemple frappant ces calomnies
historiques, et d'engager tous ceux qui liront mon ouvrage à
ne point préférer d'absurdes traditions, reçues avidement par la
multitude, à des faits vrais, et qu'on n'a point dénaturés pour les
rendre merveilleux.

XII. Au reste, l'air et l'accent de tristesse du peuple et du
sénat pendant que Tibère prononçait l'éloge de son fils à la
tribune n'étaient que dissimulation, et les cœurs se réjouissaient

cunctatione insita	de *sa* temporisation innée [gers ?
et mora etiam in extraneos ?	et de *sa* lenteur même envers des étran-
Sed quia Sejanus	Mais parce que Séjan
habebatur repertor	était tenu *pour* capable-d'inventer
omnium facinorum,	tous les forfaits,
ex caritate nimia	par-suite-de l'affection excessive
Cæsaris in eum,	de César (Tibère) pour lui,
et odio ceterorum	et de la haine de tous-les-autres
in utrumque,	envers l'un-et-l'autre,
quamvis fabulosa	*ces bruits* quoique fabuleux
et immania	et monstrueux
credebantur,	étaient crus,
fama semper atrociore	la renommée *étant* toujours plus cruelle
erga exitus dominantium.	à-l'égard-de la fin des souverains.
Alioqui ordo sceleris,	D'ailleurs la marche du crime,
proditus per Apicatam	trahie par Apicata
Sejani,	*femme* de Séjan,
patefactus est tormentis	fut dévoilée par les tortures
Eudemi ac Lygdi :	d'Eudémus et de Lygdus :
neque quisquam scriptor	et pas un écrivain
exstitit tam infensus	ne s'est rencontré si hostile
ut objectaret Tiberio,	qu'il reprochât *ce crime* à Tibère,
quum conquirerent	bien que *tous* recherchassent
intenderentque	et aggravassent
omnia alia.	tous les autres.
Mihi causa tradendi	Pour moi le motif de rapporter
arguendique rumoris	et de signaler *cette* rumeur
fuit ut depellerem	a été que je repoussasse
falsas auditiones	les fausses traditions
sub exemplo claro,	sous (à la faveur de) un exemple illustre,
peteremque ab iis	et que je demandasse à ceux
in manus quorum	dans les mains desquels
cura nostra venerit,	le fruit-des-soins-de-nous sera venu,
ne antehabeant	qu'ils ne préfèrent pas
divulgata	des *faits* divulgués
atque incredibilia	et incroyables,
accepta avide	accueillis avidement
veris	à des *faits* vrais
neque corruptis	et non altérés
in miraculum.	en *forme de* prodige.
XII. Ceterum,	XII. Au-reste,
Tiberio laudante filium	Tibère louant *son* fils
pro rostris,	du-haut-des rostres,
senatus populusque,	le sénat et le peuple,
simulatione	par feinte
magis quam libens,	plus que de-cœur,
induebat habitum	revêtait l'extérieur

quam libens, induebat, domumque Germanici revirescere occulti lætabantur. Quod principium favoris, et mater Agrippina
spem male tegens, perniciem acceleravere. Nam Sejanus, ubi
videt mortem Drusi, inultam interfectoribus, sine mœrore
publico esse, ferox scelerum, et, quia prima provenerant,
volutare secum quonam modo Germanici liberos perverteret,
quorum non dubia successio : neque spargi venenum [1] in tres
poterat, egregia custodum fide, et pudicitia Agrippinæ impe-
netrabili. Igitur contumaciam ejus insectari, vetus Augustæ
odium, recentem Liviæ conscientiam exagitare, ut superbam
fecunditate, subnixam popularibus studiis, inhiare dominationi apud Cæsarem arguerent. Adque hæc callidis crimina-
toribus (inter quos delegerat Julium Postumum, per adulterium Mutiliæ Priscæ inter intimos aviæ, et consiliis suis
peridoneum, quia Prisca in animo Augustæ valida) anum,

de l'élévation des enfants de Germanicus. Ce commencement de
faveur, et l'indiscrétion d'Agrippine, qui sut mal cacher ses espérances, accélérèrent leur perte. Séjan, qui vit que la mort de
Drusus, loin d'être vengée, n'excitait pas même les regrets publics,
plein d'audace pour le crime, et encouragé par un premier succès,
roula dans son esprit les moyens de perdre les enfants de Germanicus, dont la succession à l'empire était certaine. Le poison
ne pouvait réussir contre trois; la fidélité de leurs gardiens, la
vertu de leur mère étaient incorruptibles. Il se met donc à décrier
sans cesse le caractère inflexible d'Agrippine, il réveille contre elle
la haine invétérée d'Augusta, et usant de l'autorité que lui donnait
sur Livie leur crime récent, il les pousse toutes deux à accuser
devant Tibère l'ambition de cette femme, qui, fière de sa fécondité
et des suffrages de la multitude, n'aspirait qu'à l'empire. Des
fourbes adroits secondaient ses intrigues; il avait, entre autres,
choisi Julius Postumus, amant de Mutilie, devenu, par cette
liaison, confident d'Augusta, et très-propre aux desseins de Séjan,
parce que Mutilie, toute-puissante sur l'esprit de l'aïeule, alarmait

ac voces dolentum,	et l'accent de *gens* affligés,
lætabanturque occulti	et ils se réjouissaient en-secret
domum Germanici	*en voyant* la maison de Germanicus
revirescere.	reverdir.
Quod principium favoris,	Lequel commencement de faveur,
et mater Agrippina	et *aussi* la mère *de ces enfants* Agrippine
tegens male spem,	qui cachait mal *son* espérance,
acceleravere perniciem.	hâtèrent *leur* perte.
Nam Sejanus,	Car Séjan,
ubi videt mortem Drusi,	dès qu'il voit la mort de Drusus,
inultam interfectoribus,	impunie pour les meurtriers, [blic,
esse sine mœrore publico,	être sans (ne pas causer de) chagrin pu-
ferox scelerum,	audacieux pour les crimes,
et quia prima provenerant,	et parce que les premiers avaient réussi,
volutare secum	*commence à* rouler avec (en) lui-même
quonam modo perverteret	de quelle manière il perdrait
liberos Germanici,	les enfants de Germanicus,
quorum successio	dont la succession
non dubia :	n'*était* pas douteuse :
neque venenum poterat	et le poison ne pouvait pas
spargi in tres,	être jeté contre *eux* trois, [lente,
fide custodum egregia,	la fidélité de *leurs* gardiens *étant* excel-
et pudicitia Agrippinæ	et la vertu d'Agrippine
impenetrabili.	*étant* inaccessible.
Igitur insectari	Donc *il se met à* attaquer
contumaciam ejus,	la fierté de celle-ci,
exagitare	à exciter
vetus odium Augustæ,	la vieille haine d'Augusta,
conscientiam recentem	la complicité récente
Liviæ,	de Livie,
ut arguerent	pour qu'elles accusassent
apud Cæsarem	devant César (Tibère)
superbam fecunditate,	*cette femme* fière de *sa* fécondité,
subnixam	*et* appuyée
studiis popularibus,	de l'affection populaire,
inhiare dominationi.	de convoiter la domination.
Adque hæc	Et outre ces choses
criminatoribus callidis	par des délateurs adroits
(inter quos delegerat	(parmi lesquels il avait choisi
Julium Postumum,	Julius Postumus,
inter intimos aviæ	*qui était* entre les intimes de l'aïeule
per adulterium	grâce-à *son* adultère
Mutiliæ Priscæ,	de (avec) Mutilia Prisca,
et peridoneum	et très-propre
suis consiliis,	à ses desseins,
quia Prisca valida	parce que Prisca *était* puissante
in animo Augustæ)	sur l'esprit d'Augusta)

suapte natura potentiæ anxiam, insociabilem nurui efficiebat. Agrippinæ quoque proximi illiciebantur, pravis sermonibus tumidos spiritus perstimulare.

XIII. At Tiberius, nihil intermissa rerum cura, negotia pro solatiis accipiens, jus civium, preces sociorum tractabat. Factaque, auctore eo, senatusconsulta, ut civitati Cibyraticæ[1] apud Asiam, Ægiensi[2] apud Achaiam, motu terræ labefactis, subveniretur remissione tributi in triennium. Et Vibius Serenus, proconsul ulterioris Hispaniæ[3], de vi publica[4] damnatus ob atrocitatem morum, in insulam Amorgum[5] deportatur. Carsidius Sacerdos, reus tanquam frumento hostem Tacfarinatem juvisset, absolvitur; ejusdemque criminis C. Gracchus. Hunc comitem exsilii admodum infantem pater Sempronius[6] in insulam Cercinam tulerat. Illic adultus inter extorres et

la vieille impératrice, naturellement jalouse du pouvoir, et la rendait irréconciliable ennemie de sa bru. En même temps ceux qui approchaient Agrippine, gagnés par Séjan, exaspéraient par des suggestions perfides son âme altière.

XIII. Cependant Tibère, se livrant sans interruption aux soins du gouvernement, et cherchant des consolations dans les affaires, examinait les causes des citoyens, les demandes des alliés. Un tremblement de terre avait ruiné les villes de Cibyre en Asie, d'Égium en Achaïe; sur sa représentation, le sénat les déchargea de tout tribut pendant trois ans. Vibius Sérénus, proconsul de l'Espagne ultérieure, fut confiné dans l'île d'Amorgos; la dureté excessive de son caractère fut le motif de cette condamnation, qui fut prononcée en vertu de la loi sur la violence publique. On renvoya absous Carsidius Sacerdos et Caïus Gracchus, accusés tous deux d'avoir fourni des blés à Tacfarinas. Gracchus, étant encore au berceau, avait été emmené en exil par son père Sempronius dans l'île de Cercine. Là, élevé parmi des gens expatriés et sans édu-

efficiebat insociabilem
nurui
anum, anxiam potentiæ
suapte natura.
Proximi quoque Agrippinæ
illiciebantur,
perstimulare
sermonibus perfidis
spiritus tumidos.

il rendait irréconciliable
avec *sa* bru   [pouvoir
la vieille *impératrice*, craignant pour *son*
par sa *propre* nature.
Les proches aussi d'Agrippine
étaient alléchés *par Séjan*,
pour aiguillonner
par des propos perfides
son esprit gonflé *d'orgueil*.

XIII. At Tiberius,
cura rerum
intermissa nihil,
accipiens negotia
pro solatiis,
tractabat jus civium,
preces sociorum.
Eoque auctore,
senatusconsulta facta
ut subveniretur
remissione tributi
in triennium
civitati Cibyraticæ
apud Asiam,
Ægiensi apud Achaiam,
labefactis motu terræ.
Et Vibius Serenus,
proconsul
Hispaniæ ulterioris,
damnatus de vi publica
ob atrocitatem morum,
deportatur
in insulam Amorgum.
Carsidius Sacerdos,
reus   [to
tanquam juvisset frumen-
Tacfarinatem hostem,
absolvitur ;
Caiusque Gracchus
ejusdem criminis.
Sempronius pater
tulerat
in insulam Cercinam
hunc admodum infantem
comitem exsilii.
Illic adultus
inter extorres
et nescios

XIII. Cependant Tibère,
le soin des affaires
*n'*étant interrompu en rien,
acceptant les occupations
en-guise-de consolations,
s'occupait du droit des citoyens,
des prières des alliés.
Et lui *étant* le moteur,   [dus)
des sénatus-consultes *furent* faits (ren-
pour qu'il fût remédié
par une remise de tribut
pour trois-ans
à la ville de-Cibyre
en Asie,
à *celle* d'-Égium en Achaïe,
ruinées par un tremblement de terre.
Et Vibius Sérénus,
proconsul
de l'Espagne ultérieure,
condamné *d'après la loi* sur la violence pu-
pour la dureté de *ses* mœurs,   [blique
est déporté
dans l'île *d'*Amorgos.
Carsidius Sacerdos,
accusé
comme s'il avait aidé de blé
Tacfarinas *notre* ennemi,
est absous ;
et Caïus Gracchus
est absous du même crime.
Sempronius *son* père
avait porté
dans l'île *de* Cercine
celui-ci tout-à-fait enfant
comme compagnon d'exil.
Là ayant grandi
parmi des *hommes* bannis
et ignorants

liberalium artium nescios, mox per Africam ac Siciliam mu-
tando sordidas merces sustentabatur : nec tamen effugit
magnæ fortunæ pericula. Ac ni Ælius Lamia et L. Apronius,
qui Africam obtinuerant, insontem protexissent, claritudine
infausti generis et paternis adversis foret abstractus.

XIV. Is quoque annus legationes Græcarum civitatum habuit, Samiis Junonis, Cois [1] Æsculapii delubro, vetustum
asyli jus ut firmaretur petentibus. Samii decreto Amphictyonum [2] nitebantur, quis præcipuum fuit rerum omnium judicium, qua tempestate Græci, conditis per Asiam urbibus, ora
maris potiebantur. Neque dispar apud Coos antiquitas, et
accedebat meritum ex loco. Nam cives Romanos templo
Æsculapii induxerant, quum, jussu regis Mithridatis [3], apud
cunctas Asiæ insulas et urbes trucidarentur. Variis dehinc et
sæpius irritis prætorum questibus, postremo Cæsar de immo-

cation, il subsistait à peine d'un vil négoce qu'il faisait en Afrique
et en Sicile; il ne put cependant échapper aux dangers des grandes
fortunes. Si Élius Lamia et L. Apronius, qui avaient gouverné
l'Afrique, ne l'eussent protégé, l'influence de son père et de son
nom l'eût perdu malgré son innocence.

XIV. On reçut encore cette année des députations de la Grèce.
Samos réclamait pour le temple de Junon, et Cos pour celui
d'Esculape, la confirmation d'un ancien droit d'asile. Samos se
fondait sur un décret des Amphictyons, qui formaient le conseil
suprême des Grecs dans le temps que ce peuple couvrait de ses
colonies les côtes de l'Asie. Cos avait un titre aussi ancien, et de
plus le mérite d'un bienfait. Son temple d'Esculape avait servi de
refuge aux citoyens romains, lorsqu'on les égorgeait par ordre de
Mithridate sur tout le continent et dans toutes les îles de l'Asie.
D'un autre côté, les préteurs renouvelaient inutilement leurs

artium liberalium,	des arts libéraux,
mox mutando	bientôt en échangeant
merces sordidas	des marchandises viles
per Africam ac Siciliam ,	en Afrique et en Sicile,
sustentabatur :	il se soutenait (subsistait) :
nec tamen effugit	et pourtant il n'échappa point
pericula magnæ fortunæ.	aux périls d'une grande fortune.
Ac ni Ælius Lamia	Et si Élius Lamia
et L. Apronius,	et L. Apronius,
qui obtinuerant Africam,	qui avaient gouverné l'Afrique,
protexissent insontem ,	n'eussent protégé lui innocent,
abstractus foret	il aurait été entraîné à sa perte
claritudine generis infausti	par l'éclat d'une naissance funeste
et adversis paternis.	et par les malheurs de-son-père.
XIV. Is annus quoque	XIV. Cette année aussi
habuit legationes	eut (vit) les ambassades
civitatum Græcarum ,	de plusieurs villes grecques,
ut vetustum jus asyli	pour que l'ancien droit d'asile
firmaretur Samiis	fût confirmé aux Samiens
petentibus	qui le demandaient
delubro Junonis ,	pour le temple de Junon,
Cois	et à ceux-de-Cos
Æsculapii.	pour le temple d'Esculape.
Samii nitebantur	Les Samiens s'appuyaient
decreto Amphictyonum,	sur un décret des Amphictyons,
quis fuit	auxquels fut
judicium præcipuum	le jugement principal (capital)
omnium rerum ,	de toutes choses ,
tempestate qua Græci	dans le temps dans lequel les Grecs
potiebantur ora maris ,	étaient-maîtres de la côte de cette mer,
urbibus conditis per Asiam.	des villes-ayant été fondées en Asie.
Neque antiquitas dispar	Et l'antiquité n'était pas inégale
apud Coos,	du-côté-de ceux-de-Cos,
et meritum accedebat	et un mérite s'ajoutait pour eux,
ex loco.	mérite tiré du lieu même.
Nam induxerant	Car ils avaient fait entrer
cives Romanos	les citoyens romains
templo Æsculapii,	dans le temple d'Esculape ,
quum, jussu	lorsque, par ordre
regis Mithridatis,	du roi Mithridate,
trucidarentur	ils étaient égorgés
apud cunctas insulas	dans toutes les îles
et urbes Asiæ.	et dans toutes les villes de l'Asie.
Dehinc	Ensuite
questibus prætorum	sur les plaintes des préteurs
variis et sæpius irritis ,	différentes et plus souvent vaines,
postremo Cæsar retulit	enfin César (Tibère) fit-un-rapport

destia histrionum retulit : multa ab iis in publicum seditiose,
fœda per domos tentari; Oscum quondam ludicrum [1], levissimæ
apud vulgum oblectationis, eo flagitiorum et virium venisse,
ut auctoritate patrum coercendum sit. Pulsi tum histriones
Italia.

XV. Idem annus alio quoque luctu Cæsarem afficit, alterum
ex geminis Drusi liberis exstinguendo ; neque minus morte
amici. Is fuit Lucilius Longus, omnium illi tristium lætorum-
que socius, unusque e senatoribus Rhodii secessus comes. Ita,
quanquam novo homini, censorium funus [2], effigiem apud forum Augusti, publica pecunia, patres decrevere; apud quos
etiam tum cuncta tractabantur : adeo ut procurator Asiæ,
Lucilius Capito, accusante provincia, causam dixerit, magna
cum asseveratione principis, « Non se jus, nisi in servitia et
pecunias familiares, dedisse : quod si vim prætoris usurpasset,
manibusque militum usus foret, spreta in eo mandata sua ;

plaintes contre la licence des histrions ; enfin Tibère les dénonça au
sénat. Il parla de leurs propos séditieux en public, de leurs
mauvaises mœurs dans les maisons particulières; il dit que ces
farces, autrefois imaginées par les Osques, et qui ne donnaient au
peuple qu'un très-médiocre amusement, étaient devenues si licen-
cieuses et si fort en crédit, qu'elles méritaient l'animadversion du
sénat. Les histrions furent chassés d'Italie.

XV. Cette même année fut pour Tibère l'époque d'un autre
deuil. Il perdit l'un des jumeaux de Drusus, et, ce qui ne l'affligea
pas moins, son ami Lucilius, qui en tout temps avait partagé sa
bonne et sa mauvaise fortune, et le seul des sénateurs qui l'eût
accompagné dans sa retraite de Rhodes. Aussi, quoique Lucilius
fût un homme nouveau, le sénat lui décerna sur les fonds publics
des funérailles comme aux censeurs, et une statue dans le forum
d'Auguste; car c'était encore le sénat qui traitait toutes les affaires.
Tibère alla jusqu'à soumettre au jugement de ce corps le procès de
Lucilius Capiton, procurateur d'Asie, accusé par la province. Il
déclara hautement qu'il n'avait donné à Capiton de pouvoir que sur
ses biens et sur ses esclaves, et que, s'il avait usurpé l'autorité de
préteur et disposé des soldats, c'était au mépris de ses ordres ;

de immodestia histrionum :	sur la licence des histrions : [eux
multa tentari ab iis	*disant* beaucoup de choses être tentées par
seditiose in publicum,	d'une-manière-séditieuse envers le public,
fœda per domos ;	des choses honteuses dans les familles ;
ludicrum Oscum quondam,	un badinage osque d'autrefois,
oblectationis levissimæ	*objet* d'amusement très-léger (médiocre)
apud vulgum,	pour le vulgaire,
venisse eo flagitiorum	*en* être venu là (à ce point) de désordres
et virium,	et de forces (de crédit),
ut coercendum sit	qu'il devait être réprimé
auctoritate patrum.	par l'autorité des sénateurs.
Tum histriones	Alors les histrions
pulsi ex Italia.	*furent* chassés d'Italie.
XV. Idem annus	XV. La même année
afficit quoque Cæsarem	afflige aussi César (Tibère)
alio luctu,	d'un autre deuil,
exstinguendo alterum	en éteignant (faisant mourir) l'un
ex liberis geminis Drusi ;	des *deux* enfants jumeaux de Drusus ;
neque minus morte amici.	et non moins par la mort d'un ami.
Is fuit Lucilius Longus,	Celui-ci fut Lucilius Longus,
socius illi	associé avec lui
omnium tristium	dans toutes les choses tristes
lætorumque,	et joyeuses,
unusque e senatoribus	et le seul des sénateurs
comes secessus Rhodii.	compagnon de *sa* retraite de-Rhodes.
Ita patres decrevere,	Ainsi les sénateurs *lui* décernèrent,
quanquam homini novo,	quoique *étant* homme nouveau,
funus censorium,	des funérailles de-censeur,
effigiem	une statue
apud forum Augusti,	dans le forum d'Auguste,
pecunia publica ;	aux frais de-l'État ;
apud quos etiam tum	*les sénateurs* devant lesquels encore alors
cuncta tractabantur :	toutes *les affaires* se traitaient :
adeo ut procurator Asiæ,	tellement que le procurateur de l'Asie,
Lucilius Capito,	Lucilius Capiton,
provincia accusante,	la province *l'*accusant,
dixerit causam,	plaida *sa* cause,
cum magna asseveratione	avec une grande protestation
principis,	du prince, *à savoir* : [*à Capiton*,
« Se non dedisse jus,	« Lui-même n'avoir pas donné de droit
nisi in servitia	sinon sur *ses* esclaves
et pecunias familiares :	et *sur ses* biens de-famille :
quod si usurpasset	que s'il avait usurpé
vim prætoris,	l'autorité du préteur,
ususque foret	et *s'il* s'était servi
manibus militum,	des mains (de la force) des soldats
sua mandata spreta in eo ;	*ses* ordres *avoir été* méprisés en cela ;

audirent socios. ». Ita reus, cognito negotio, damnatur. Ob
quam ultionem, et quia priore anno in C. Silanum vindicatum
erat, decrevere Asiæ urbes templum Tiberio matrique ejus ac
senatui. Et permissum statuere : egitque Nero grates, ea causa, patribus atque avo, lætas inter audientium affectiones,
qui, recenti memoria Germanici, illum adspici, illum audiri
rebantur : aderantque juveni modestia, ac forma principe
viro digna, notis in eum Sejani odiis, ob periculum gra-
tiora.

XVI. Sub idem tempus de flamine Diali, in locum Servii
Maluginensis[1] defuncti, legendo, simul roganda nova lege,
disseruit Cæsar. Nam patricios, confarreatis parentibus[2] genitos, tres simul nominari, ex quis unus legeretur, vetusto
more; neque adesse, ut olim, eam copiam, omissa confar-
reandi assuetudine aut inter paucos retenta : pluresque ejus
rei causas afferebat; potissimam, penes incuriam virorum

qu'ainsi on eût à rendre justice aux alliés. En conséquence, l'affaire
instruite, l'accusé fut condamné. Ce châtiment, joint à la condamnation prononcée l'année précédente contre C. Silanus, excita
la reconnaissance des villes de l'Asie ; elles décernèrent un temple
à Tibère, à sa mère et au sénat. On leur permit de le bâtir, et
Néron, au nom de la province, remercia le sénat et son aïeul.
Son discours produisit de tendres émotions. Les Romains, tout
remplis de la mémoire récente encore de Germanicus, croyaient le
voir, croyaient l'entendre dans son fils ; et lui-même charmait par
sa jeunesse, par sa modestie, par la noblesse imposante de sa
figure, qualités que ses périls et les haines trop connues de Séjan
rendaient encore plus intéressantes.

XVI. A peu près dans ce temps, la nécessité d'élire un flamine
de Jupiter à la place de Servius Maluginensis, qui était mort, engagea Tibère à proposer une loi nouvelle. L'usage ancien obligeait de
nommer trois patriciens, nés d'un mariage contracté par confarréation, et de choisir parmi eux le flamine; or on avait alors peine à
trouver ce nombre, parce que l'usage de ces sortes d'unions s'était
perdu dans presque toutes les familles. Tibère en allégua plusieurs
raisons, dont la plus forte était le refroidissement des deux sexes pour

audirent socios. » | qu'ils écoutassent *donc* les alliés. »
Ita reus damnatur, | Ainsi l'accusé est condamné,
negotio cognito. | l'affaire ayant été instruite.
Ob quam ultionem, | A-cause-de cette punition,
et quia anno priore | et parce que l'année précédente
vindicatum erat | on avait sévi
in C. Silanum, | contre C. Silanus,
urbes Asiæ decrevere | les villes de l'Asie décernèrent
templum Tiberio | un temple à Tibère
matrique ejus ac senatui. | et à la mère de lui et au sénat.
Et permissum statuere : | Et *il leur fut* permis de *l'*élever :
Neroque egit grates, | et Néron rendit grâces,
ea causa, | pour ce motif,
patribus atque avo, | aux sénateurs et à *son* aïeul,
inter lætas affectiones | au milieu des joyeuses émotions
audientium, | de ceux qui *l'*entendaient,
qui, memoria recenti | *et* qui, par le souvenir récent
Germanici | de Germanicus,
rebantur illum adspici, | pensaient celui-là être vu,
illum audiri : | celui-là être entendu :
modestiaque, ac forma | et la modestie, et une beauté
digna viro principe, | digne d'un homme *qui est* prince,
gratiora | *qualités* plus intéressantes
ob periculum, | à-cause-du péril, [nues,
odiis Sejani in eum notis, | les haines de Séjan contre lui étant con
aderant juveni. | se trouvaient-dans le jeune *prince*.

XVI. Sub idem tempus | XVI. Vers le même temps
Cæsar disseruit | César (Tibère) parla
de flamine Diali legendo | d'un flamine de-Jupiter à-choisir
in locum | à la place
Servii Maluginensis | de Servius Maluginensis
defuncti, | qui était mort,
simul nova lege roganda. | et-aussi d'une nouvelle loi à-proposer
Nam tres patricios, | Car *il rappelait* trois patriciens,
genitos parentibus | nés de père-et-mère
confarreatis | unis-par-confarréation,
nominari simul | être nommés en même temps
more vetusto, | d'après l'usage ancien,
ex quis unus legeretur; | parmi lesquels un *seul* était choisi ;
neque eam copiam | et cette faculté
adesse, ut olim, | n'être pas, comme autrefois,
assuetudine confarreandi | l'habitude de s'unir-par-confarréation
omissa | étant délaissée
aut retenta inter paucos : | ou conservée parmi peu-de *citoyens* :
afferebatque plures causas | et il apportait plusieurs raisons
ejus rei ; | de ce fait ;
potissimam, | la principale,

feminarumque. Accedere ipsius cærimoniæ difficultates, quæ
consulto vitarentur, et quando exiret e jure patrio qui id fla-
minium apisceretur, quæque in manum flaminis conveniret.
Ita medendum senatus decreto, aut lege; sicut Augustus quædam, ex horrida illa antiquitate, ad præsentem usum flexisset.
Igitur tractatis religionibus, placitum instituto flaminum nihil
demutari. Sed lata lex, qua flaminica Dialis, sacrorum causa,
in potestate viri, cetera promiscuo feminarum jure ageret : et
filius Maluginensis patri suffectus. Utque glisceret dignatio
sacerdotum, atque ipsis promptior animus foret ad capessendas
cærimonias, decretum Corneliæ virgini, quæ in locum Scantiæ
capiebatur[1], sestertium vicies; et quoties Augusta theatrum
introisset, ut sedes inter vestalium[2] consideret.

XVII. Cornelio Cethego, Visellio Varrone consulibus, pon-

---

la religion, puis les difficultés mêmes de la cérémonie que l'on cherchait à éviter, et l'inconvénient de voir échapper à l'autorité paternelle les enfants qui devenaient flamines, et les filles qui épousaient
un des pontifes. Tibère fut d'avis qu'on y remédiât par un décret du
sénat ou par une loi, à l'exemple d'Auguste, qui, sur quelques
points, avait adouci, conformément aux mœurs présentes, l'austérité
trop rigide des vieux temps. On examina les rites religieux, et on
résolut de ne rien changer aux règlements qui concernaient les flamines eux-mêmes; mais, pour leurs épouses, on porta une loi par
laquelle elles ne seraient soumises à leurs maris que dans ce qui
concernait le culte, et pour tout le reste ne seraient point distin-
guées des autres femmes. Le fils de Maluginensis fut substitué à son
père. En même temps, afin d'augmenter la dignité du sacerdoce et
d'exciter l'émulation pour le service des autels, on décerna deux
millions de sesterces à Cornélie, qui allait occuper le rang de Scantia,
et l'on régla que désormais la place d'Augusta au théâtre serait sur
le banc des vestales.

XVII. Sous le consulat de Cornélius Céthégus et de Visellius Var-

penes incuriam	*ayant rapport* à l'incurie
virorum feminarumque.	des hommes et des femmes.
Accedere difficultates	Se joindre *à cela* les difficultés
cærimoniæ ipsius,	de la cérémonie elle-même,
quæ vitarentur consulto,	lesquelles étaient évitées exprès,
et quando qui apisceretur	et parce que *celui* qui obtenait
id flaminium,	ce titre-de-flamine,
quæque conveniret	et *celle* qui passait
in manum flaminis,	sous la main d'un flamine, [nelle.
exiret e jure patrio.	sortait de (échappait à) l'autorité pater-
Ita medendum	Ainsi devoir être remédié *à cela*
decreto senatus, aut lege ;	par un décret du sénat, ou par une loi ;
sicut Augustus	comme Auguste
flexisset quædam	avait fait-fléchir certains *usages*
ex illa horrida antiquitate	de cette rigide antiquité
ad usum præsentem.	aux mœurs actuelles.
Igitur religionibus	Donc les rites-religieux
tractatis,	étant examinés,
placitum nihil demutari	il plut rien n'être changé
instituto flaminum.	à l'institution des flamines.
Sed lex lata,	Mais une loi *fut* portée, [piter,
qua flaminica Dialis,	par laquelle l'épouse-d'un-flamine de-Ju-
in potestate viri	en puissance de *son* époux
causa sacrorum,	relativement aux choses saintes,
ageret cetera	se comporterait pour tout-le-reste
jure promiscuo	selon le droit commun
feminarum :	des femmes :
et filius Maluginensis	et le fils de Maluginensis
suffectus patri.	*fut* substitué à *son* père.
Utque dignatio sacerdotum	Et pour que la dignité des prêtres
glisceret,	s'accrût,
atque animus ipsis	et que l'esprit à eux-mêmes
foret promptior [nias,	fût plus empressé [au culte),
ad capessendas cærimo-	à prendre-en-main les cérémonies(se vouer
vicies	vingt-fois *cent milliers* (deux millions)
sestertium	de sesterces
decretum virgini Corneliæ,	*furent* décernés à la vierge Cornélia,
quæ capiebatur	qui était prise (choisie)
in locum Scantiæ ;	à la place de Scantia ;
et quoties Augusta	et *toutes les fois* qu'Augusta
introisset theatrum,	entrerait au théâtre,
ut consideret	*il fut décidé* qu'elle s'asseoirait
inter sedes vestalium.	parmi les siéges des vestales.
XVII. Cornelio Cethego,	XVII. Cornélius Céthégus
Visellio Varrone	*et* Visellius Varron
consulibus,	*étant* consuls,
pontifices	les pontifes

tifices, eorumque exemplo ceteri sacerdotes, quum pro incolumitate principis[1] vota susciperent, Neronem quoque et
Drusum iisdem diis commendavere, non tam caritate juvenum
quam adulatione; quæ, moribus corruptis[2], perinde anceps,
si nulla et ubi nimia est. Nam Tiberius haud unquam domui
Germanici mitis, tum vero æquari adolescentes seneclæ suæ
impatienter indoluit ; accitosque pontifices percontatus est
num id precibus Agrippinæ aut minis tribuissent. Et illi quidem, quanquam abnuerent, modice perstricti (etenim pars
magna e propinquis ipsius, aut primores civitalis erant) : ce-
lerum, in senatu, oratione monuit in posterum ne quis mobiles
adolescentium animos præmaturis honoribus ad superbiam
extolleret. Instabat quippe Sejanus, incusabatque diductam
civitatem, ut civili bello : esse qui se partium Agrippinæ vo-
cent ; ac, ni resistatur, fore plures ; neque aliud gliscentis

ron, les pontifes, et à leur exemple les autres prêtres, offrant des
vœux pour la conservation de l'empereur, recommandèrent aux
mêmes dieux Néron et Drusus, moins par intérêt pour ces jeunes
princes que pour flatter Tibère lui-même ; mais, quand les mœurs
sont corrompues, l'absence et l'excès de la flatterie sont également
dangereux. Tibère, qui n'avait jamais aimé la famille de Germanicus, voyant que des enfants obtenaient les mêmes honneurs que sa
vieillesse, en conçut un violent dépit. Il fit venir les pontifes, et
leur demanda s'ils n'avaient pas cédé aux prières ou aux menaces
d'Agrippine. Ils répondirent que non, et n'en furent pas moins
repris, mais légèrement, parce qu'ils étaient tous, ou les parents du
prince, ou les premiers de Rome ; mais dans le sénat il recommanda
expressément qu'à l'avenir on se gardât d'exalter par des honneurs
prématurés les esprits mobiles d'une jeunesse présomptueuse. C'était
surtout Séjan qui l'animait. Il lui parlait sans cesse d'une scission,
d'une guerre civile dans Rome, d'un parti qui se disait hautement le
parti d'Agrippine, et qui se fortifierait, si l'on n'y mettait ordre.

exemploque eorum	et à l'exemple d'eux
ceteri sacerdotes,	tous-les-autres prêtres,
quum susciperent vota	comme ils offraient des vœux
pro incolumitate principis,	pour la conservation du prince,
commendavere iisdem diis	recommandèrent aux mêmes dieux
Neronem quoque	Néron aussi
et Drusum,	et Drusus, [princes
non tam caritate juvenum	non tant par affection pour *ces* jeunes
quam adulatione ;	que par flatterie ;
quæ, moribus corruptis,	laquelle, les mœurs étant corrompues,
perinde anceps,	*est* également dangereuse,
si est nulla,	si elle est nulle,
et ubi nimia.	et lorsqu'elle *est* excessive.
Nam Tiberius	Car Tibère
haud unquam mitis	ne *fut* jamais favorable
domui Germanici,	à la maison de Germanicus,
tum vero indoluit	mais alors il se plaignit
impatienter	avec-impatience
adolescentes æquari	*ces* jeunes-gens être égalés
suæ senectæ ;	à sa vieillesse ;
percontatusque est	et il interrogea
pontifices accitos	les pontifes mandés *près de lui*
num tribuissent id	s'ils *n'*avaient *pas* accordé cela
precibus aut minis	aux prières ou aux menaces
Agrippinæ.	d'Agrippine.
Et illi quidem,	Et ceux-là certes,
quanquam abnuerent,	quoiqu'ils niassent,
perstricti modice,	*furent* repris, *mais* légèrement,
etenim erant magna pars	car ils étaient une (en) grande partie
e propinquis ejus,	d'entre les proches de lui,
aut primores civitatis :	ou les premiers de l'État :
ceterum, in senatu,	au-reste, dans le sénat,
monuit ne quis in posterum	il avertit que personne à l'avenir
extolleret ad superbiam	n'exaltât jusqu'à l'orgueil
honoribus præmaturis	par des honneurs prématurés
animos mobiles	les esprits mobiles
adolescentium.	des jeunes-gens.
Quippe Sejanus instabat,	Car Séjan insistait,
incusabatque	et accusait
civitatem diductam,	la cité (Rome) *être* divisée,
ut bello civili :	comme dans une guerre civile :
esse qui se vocent	*des gens* être qui s'appelaient
partium Agrippinæ ;	du parti d'Agrippine ;
ac, ni resistatur,	et, si l'on ne s'*y* opposait,
fore plures ;	*ces gens-là* devoir être plus nombreux ;
neque aliud remedium	et ne pas *exister* un autre remède
discordiæ gliscentis,	de (à) la discorde qui croissait,

discordiæ remedium, quam si unus alterve maxime prompti
subverterentur.

XVIII. Qua causa C. Silium[1] et Titium Sabinum aggreditur.
Amicitia Germanici perniciosa utrique; Silio, et quod ingentis
exercitus septem per annos moderator, partisque apud Germaniam triumphalibus, Sacroviriani belli victor, quanto majore mole procideret, plus formidinis in alios dispergebatur.
Credebant plerique auctam offensionem ipsius intemperantia,
immodice jactantis suum militem in obsequio duravisse,
quum alii ad seditiones prolaberentur[2]; neque mansurum
Tiberio imperium, si iis quoque legionibus cupido novandi
fuisset. Destrui per hæc fortunam suam Cæsar, imparemque
tanto merito rebatur. Nam beneficia eo usque læta sunt, dum
videntur exsolvi posse; ubi multum antevenere, pro gratia
odium redditur[3].

XIX. Erat uxor Silio Sosia Galla, caritate Agrippinæ invisa
principi. Hos corripi, dilato ad tempus Sabino, placitum; im-

Enfin il conseillait, comme l'unique remède au progrès du mal,
d'abattre une ou deux des têtes les plus séditieuses.

XVIII. Ces motifs décidèrent la ruine de Caïus Silius et de Titius
Sabinus. Leur amitié pour Germanicus les perdit tous deux : Silius
avait de plus contre lui l'honneur d'avoir commandé sept ans une
grande armée, les ornements du triomphe conquis en Germanie, sa
victoire sur Sacrovir; en outre, plus il était élevé, plus sa chute devait
répandre d'effroi. Plusieurs croyaient que la jactance et l'indiscrétion
de Silius avaient aigri les ressentiments de Tibère. En effet Silius
publiait partout qu'il avait su contenir son armée, tandis que les autres troupes se portaient à la révolte, et que, si ses légions eussent suivi
l'exemple de la sédition, jamais Tibère n'eût conservé l'empire. Par
là Tibère croyait sa fortune anéantie, et il se sentait accablé sous le
poids d'un si grand service. Car les bienfaits inspirent de la reconnaissance, tant qu'on croit pouvoir les acquitter; on hait, quand on
se sent insolvable.

XIX. Silius avait pour femme Sosia Galla; odieuse au prince,
Parce qu'elle était aimée d'Agrippine. On résolut leur perte, en remet-

quam si unus alterve
maxime prompti
subverterentur.

que si un *citoyen* ou un second (un ou
les plus audacieux   [deux citoyens)
étaient abattus.

XVIII. Qua causa
aggreditur C. Silium
et Titium Sabinum.
Amicitia Germanici
perniciosa utrique ;
Silio et
quod, moderator
ingentis exercitus
per septem annos,
triumphalibusque
partis apud Germaniam,
victor belli Sacroviriani,
plus formidinis
dispergebatur in alios,
quanto rueret majore mole.
Plerique credebant
offensionem auctam
intemperantia ipsius,
jactantis immodice
suum militem
duravisse in obsequio,
quum alii prolaberentur
ad seditiones:
neque imperium
mansurum Tiberio,
si cupido novandi
fuisset quoque
iis legionibus.
Cæsar rebatur
suam fortunam destrui
per hæc,
imparemque tanto merito.
Nam beneficia
sunt læta usque eo,
dum videntur posse exsolvi;
ubi antevenere multum,
odium redditur
pro gratia.

XVIII. Pour laquelle cause
il attaque C. Silius
et Titius Sabinus.
L'amitié de Germanicus
fut pernicieuse à l'un-et-l'autre ;
à Silius *ce fait* aussi *fut pernicieux*
que, commandant
d'une grande armée
pendant sept années,
et les insignes-du-triomphe
ayant été conquis en Germanie,
vainqueur de (dans) la guerre de-Sacrovir,
d'autant plus de crainte
était répandu parmi les autres   [masse.
qu'il tomberait avec une plus grande
La plupart croyaient
le ressentiment *de Tibère* augmenté
par l'indiscrétion de lui-même (Silius),
qui se vantait immodérément
en disant son soldat (son armée)
avoir persévéré dans l'obéissance,
lorsque d'autres se laissaient-aller
aux séditions ;
et l'empire
n'avoir pas dû demeurer à Tibère,
si le désir d'innover
eût été aussi
à ces légions.
César (Tibère) pensait
la croyance à sa fortune être détruite
par ces *faits,*   [grand service.
et *lui être* impuissant pour *payer* un si-
Car les bienfaits
sont agréables jusque-là,   [tés ;
tant qu'ils semblent pouvoir être acquit-
dès qu'ils ont excédé beaucoup *la mesure,*
la haine est rendue
au-lieu-de reconnaissance.

XIX. Uxor Silio
erat Sosia Galla,
invisa principi
caritate Agrippinæ.
Placitum hos corripi,
Sabino dilato ad tempus ;

XIX. L'épouse à (de) Silius
était Sosia Galla,
odieuse au prince
par l'affection d'Agrippine.
Il fut résolu ceux-ci être saisis,
Sabinus étant remis à un *autre* moment ;

missusque Varro consul, qui, paternas inimicitias obtendens,
odiis Sejani per dedecus suum gratificabatur. Precante reo
brevem moram, dum accusator consulatu abiret[1], adversatus
est Cæsar : « Solitum quippe magistratibus diem privatis dicere; nec infringendum consulis jus, cujus vigiliis niteretur,
ne quod respublica detrimentum caperet. » Proprium id Tiberio fuit, scelera nuper reperta priscis verbis obtegere. Igitur
multa asseveratione, quasi aut legibus cum Silio ageretur,
aut Varro consul, aut illud respublica esset, coguntur patres:
silente reo, vel, si defensionem cœptaret, non occultante cujus ira premeretur. Conscientia belli Sacrovir diu dissimulatus, victoria per avaritiam fœdata, et uxor Sosia arguebantur :
nec dubie repetundarum criminibus hærebant; sed cuncta
quæstione majestatis exercita. Et Silius imminentem damnationem voluntario fine prævertit.

XX. Sævitum tamen in bona, non ut stipendiariis pecuniæ

tant à un autre temps celle de Sabinus; et l'on mit en avant le consul Varron, qui, prétextant l'inimitié de son père, consentait sans
pudeur à servir les haines de Séjan. En vain l'accusé sollicitait un
court délai, pour attendre l'expiration du consulat de son ennemi.
Tibère s'y opposa, disant « que la loi autorisait les magistrats à citer
en justice des particuliers, et qu'il ne fallait pas porter atteinte aux
droits d'un consul qui, par ses veilles, s'efforçait d'empêcher que la
république ne reçût aucun dommage. » Ce fut le propre de Tibère
de déguiser ses criminelles innovations sous d'anciennes formules. Il
assemble donc le sénat avec des protestations hypocrites, comme si
les lois eussent été intéressées au jugement de Silius, comme si Varron eût été un consul, comme s'il y avait eu encore une république.
L'accusé se tut; ou, s'il hasarda quelques mots pour sa défense, il ne
cacha point de quels ressentiments il se croyait la victime. On lui reprochait d'avoir laissé longtemps ignorer les desseins de Sacrovir, qui
lui étaient connus, d'avoir souillé sa victoire par des rapines, enfin
on rejetait sur lui les déportements de sa femme. Certainement il
eût été difficile à l'un et à l'autre de se justifier du reproche de con-
cussions, mais tout le procès roula sur le crime de lèse-majesté.
Silius prévint une condamnation inévitable par une mort volontaire.

XX. On n'en sévit pas moins contre ses biens, mais non pour

consulque Varro immissus, / et le consul Varron *fut* lancé-contre *eux*,
qui, obtendens / qui, prétextant
inimicitias paternas. / les inimitiés de-*son*-père,
gratificabatur odiis Sejani / favorisait les haines de Séjan
per suum dedecus. / par son déshonneur.
Reo / L'accusé
precante brevem moram, / implorant un court délai,
dum accusator / jusqu'à ce que l'accusateur
abiret consulatu, / sortît du consulat,
Cæsar adversatus est : / César (Tibère) s'*y* opposa, *disant* :
« Quippe solitum / « En effet *ceci être* habituel
magistratibus / aux magistrats,
dicere diem privatis ; / d'assigner un jour aux particuliers ;
nec jus consulis / et le droit du consul
infringendum, / ne devoir pas être brisé (anéanti),
vigiliis cujus niteretur, / sur les veilles duquel reposait,
ne respublica caperet / que la république ne reçût pas
quod detrimentum. » / quelque dommage. »
Id fuit proprium Tiberio, / Ce fut le propre à (de) Tibère,
obtegere verbis priscis / de couvrir de mots (noms) anciens
scelera reperta nuper. / des crimes inventés récemment.
Igitur patres / Donc les sénateurs
coguntur / sont contraints *de s'assembler*
multa asseveratione, / par beaucoup de-protestations,
quasi aut ageretur legibus / comme si ou il s'agissait de lois
cum Silio, / avec Silius,
aut Varro esset consul, / ou *si* Varron était consul,
aut illud / ou *si* ce *gouvernement*
respublica ; / *était* une république ;
reo silente,   [nem, / l'accusé se taisant,
vel, si cœptaret defensio- / ou, s'il entreprenait *sa* défense,
non occultante / ne cachant point
ira cujus premeretur. / par le ressentiment de qui il était accablé.
Sacrovir dissimulatus diu / Sacrovir (le plan de Sacrovir) dissimulé
conscientia belli, / par complicité de guerre,   [longtemps
victoria fœdata / une victoire souillée
per avaritiam, / par l'avidité,
et uxor Sosia, / et *son* épouse Sosia,
arguebantur : / étaient accusés :   [teuse
nec hærebant dubie / et ils n'étaient pas pris d'une-façon-dou-
criminibus repetundarum, / par les accusations de *sommes à-réclamer*
Et Silius prævertit / Et Silius prévint   [(de concussion).
fine voluntario / par une fin volontaire
damnationem / une condamnation
imminentem. / imminente.
   XX. Tamen sævitum /   XX. Cependant on sévit
in bona, / contre *ses* biens,

redderentur, quorum nemo repetebat; sed liberalitas Augusti
avulsa, computatis singillatim quæ fisco petebantur. Ea prima
Tiberio erga pecuniam alienam diligentia fuit. Sosia in exsilium pellitur Asinii Galli sententia, qui partem bonorum pu-
blicandam, pars ut liberis relinqueretur, censuerat : contra
M. Lepidus quartam accusatoribus, secundum necessitudinem
legis[1], cetera liberis concessit. Hunc ego Lepidum, temporibus
illis, gravem et sapientem virum fuisse comperio. Nam pleraque-
que ab sævis adulationibus aliorum in melius flexit : neque
tamen temperamenti egebat, quum æquabili auctoritate et
gratia apud Tiberium viguerit. Unde dubitare cogor, fato et
sorte nascendi, ut cetera, ita principum inclinatio in hos,
offensio in illos; an sit aliquid in nostris consiliis, liceatque,
inter abruptam contumaciam et deforme obsequium, pergere
iter ambitione ac periculis[2] vacuum. At Messalinus Cotta,

rendre aux villes tributaires l'argent qu'aucune ne redemandait; on
démembra de sa fortune toutes les libéralités d'Auguste, et l'on
supputa rigoureusement ce que le fisc pouvait réclamer. Ce fut là le
premier trait de cupidité qui parut dans Tibère. Pour Sosia, elle fut
exilée d'après l'avis d'Asinius Gallus, qui voulait ne donner aux
enfants que la moitié des biens, et confisquer l'autre; mais M. Lépidus proposa d'accorder aux accusateurs le quart exigé par la loi,
et de rendre le reste aux enfants. Je trouve que pour un pareil siècle
ce Lépidus avait de la sagesse et de la fermeté. Souvent il fit adoucir
les arrêts barbares que dictait l'adulation, et toutefois il ne manquait
pas de prudence, puisqu'il sut, sans se compromettre, conserver sa
faveur auprès de Tibère. C'est ce qui nous fait douter si la haine et
l'affection des princes dépendent, comme tout le reste, des caprices
du sort et du hasard de la naissance, ou si la sagesse humaine ne
peut pas, en évitant également l'inflexibilité farouche et les complaisances avilissantes, fournir une carrière exempte à la fois de
bassesse et de périls. Messalinus Cotta, d'une naissance non moins

non ut pecuniæ redderentur stipendiariis,	non au-point-que l'argent fût rendu aux tributaires,
quorum nemo repetebat;	desquels aucun ne réclamait;
sed liberalitas Augusti avulsa,	mais les libéralités d'Auguste *furent* arrachées,
quæ petebantur fisco computatis singillatim.	*les biens* qui étaient réclamés par le fisc ayant été supputés un-à-un.
Ea diligentia fuit prima Tiberio	Cette préoccupation fut la première à Tibère
erga pecuniam alienam.	vis-à-vis-de l'argent d'-autrui.
Sosia pellitur in exsilium	Sosia est jetée en exil
sententia Asinii Galli,	sur l'avis d'Asinius Gallus,
qui censuerat	qui avait opiné
partem bonorum	une partie des biens [partie
publicandam, ut pars	devoir être confisquée, *et* qu'une *autre*
relinqueretur liberis :	fût laissée aux enfants :
contra M. Lepidus	d'autre-part M. Lépidus
concessit quartam	accorda la quatrième *partie*
accusatoribus,	aux accusateurs,
secundum necessitudinem	suivant la nécessité
legis,	de la loi,
cetera liberis.	*et* tout-le-reste aux enfants.
Ego comperio	*Pour* moi je trouve
hunc Lepidum,	ce Lépidus,
illis temporibus,	en ces temps-là,
fuisse virum	avoir été un homme
gravem et sapientem.	grave et sage.
Nam flexit in melius	Car il tourna à mieux
pleraque	la plupart *des traits*
ab sævis adulationibus aliorum :	*partis* des cruelles adulations des autres :
neque tamen egebat	et cependant il ne manquait pas
temperamenti,	de prudence,
quum viguerit	puisqu'il fut-puissant
apud Tiberium	auprès de Tibère
auctoritate	par une autorité
et gratia æquabili.	et un crédit soutenu.
Unde cogor dubitare	D'où je suis forcé de douter
inclinatio principum in hos,	*si* l'inclination des princes pour ceux-ci,
offensio in illos,	*leur* ressentiment envers ceux-là,
ita ut cetera,	de même que les autres choses, [sance;
fato et sorte nascendi ;	*existent* par destin et par un lot de nais-
an aliquid	ou si quelque chose
sit in nostris consiliis,	est dans (dépend de) nos conseils,
liceatque pergere iter	et s'il est permis de suivre une route
vacuum ambitione	vide (exempte) d'ambition
ac periculis,	et de dangers

haud minus claris majoribus, sed animo diversus, censuit
cavendum senatusconsulto, ut quanquam insontes magistratus, et culpæ alienæ nescii, provincialibus uxorum criminibus,
perinde quam suis, plecterentur.

XXI. Actum dehinc de Calpurnio Pisone, nobili ac feroci
viro. Is namque, ut retuli [1], cessurum se Urbe, ob factiones
accusatorum, in senatu clamitaverat; et, spreta potentia
Augustæ, trahere in jus Urgulaniam domoque principis excire
ausus erat. Quæ in præsens Tiberius civiliter habuit; sed in
animo revolvente iras, etiamsi impetus offensionis languerat,
memoria valebat. Pisonem Q. Granius secreti sermonis incusavit, adversum majestatem habiti; adjecitque in domo ejus
venenum esse [2]; eumque gladio accinctum introire curiam,
quod, ut atrocius vero, tramissum; ceterorum, quæ multa
cumulabantur, receptus est reus, neque peractus [3], ob mortem

illustre, mais d'un caractère bien différent, proposa un sénatus-consulte portant que tous les magistrats, lors même qu'ils ne seraient
pas complices des malversations de leurs femmes dans leur province et qu'ils ne les connaîtraient même pas, en seraient punis
comme de leurs fautes propres.

XXI. On instruisit ensuite l'affaire de Calpurnius Pison, Romain
d'une haute naissance et d'une âme fière. C'était lui qui, comme je
l'ai dit, avait souvent répété dans le sénat que les intrigues des délateurs le chasseraient de Rome, et qui, bravant le pouvoir d'Augusta, avait osé citer en justice Urgulanie, et pour ainsi dire l'arracher du palais de César. Tibère sur le moment n'avait point été
choqué de cette hardiesse; mais dans ce cœur haineux, qui se re-
pliait sur ses ressentiments, lors même que la première impression
d'une offense avait été faible, les souvenirs la fortifiaient. Q. Granius
accusait Pison d'avoir tenu en secret des discours contre la majesté
du prince; il ajouta que Pison avait du poison chez lui, et qu'il en-
trait toujours au sénat armé d'un poignard. Ces deux dernières
accusations furent jugées trop violentes pour être crues; mais on
décida que l'on entendrait la défense de Pison sur les autres faits

inter contumaciam	entre une inflexibilité
abruptam	roide
et obsequium deforme.	et une complaisance déshonorante.
At Messalinus Cotta,	Cependant Messalinus Cotta,
majoribus	d'aïeux
haud minus claris,	non moins illustres,
sed diversus animo,	mais différent de caractère, [nât)
censuit cavendum	proposa devoir être pourvu (qu'on ordon-
senatusconsulto,	par un sénatus-consulte,
ut magistratus,	que les magistrats,
quanquam insontes	quoique innocents
et nescii culpæ alienæ,	et ignorants d'une faute d'-autrui,
plecterentur	fussent punis
criminibus provincialibus	des crimes commis-dans-les-provinces
uxorum,	de (par) leurs femmes,
perinde quam suis.	de même que des leurs propres.

XXI. Dehinc actum de Calpurnio Pisone, viro nobili ac feroci. Namque is, ut retuli, clamitaverat in senatu se cessurum Urbe, ob factiones accusatorum; et, potentia Augustæ spreta, ausus erat trahere in jus Urgulaniam excireque domo principis. Quæ Tiberius habuit civiliter in præsens; sed in animo revolvente iras, etiamsi impetus offensionis languerat, memoria valebat. C. Granius incusavit Pisonem sermonis secreti, habiti adversum majestatem; adjecitque venenum esse in domo ejus, eumque introire curiam accinctum gladio, quod tramissum, ut atrocius vero; receptus est reus ceterorum, quæ cumulabantur multa,

XXI. Ensuite on s'occupa de Calpurnius Pison, homme noble et fier. Car celui-ci, comme je l'ai rapporté, s'était écrié-souvent dans le sénat lui devoir se retirer de la ville (Rome), à-cause-des factions des accusateurs; et, la puissance d'Augusta étant méprisée, il avait osé traîner en justice Urgulanie et la faire-sortir de la maison du prince. Lesquels actes Tibère eut (prit) en-citoyen pour le moment; mais dans son cœur qui roulait des ressentiments, [l'offense quoique le choc (le premier sentiment) de eût été-languissant (faible), le souvenir en était-puissant. C. Granius accusa Pison de propos secrets, tenus contre la majesté du prince; et il ajouta du poison être dans la maison de lui, et lui entrer au sénat ceint d'un poignard, accusation qui fut laissée-de-côté, comme plus atroce que vraie; [tres faits, Pison fut reçu accusé de (pour) tous les-au-qui étaient accumulés nombreux,

opportunam. Relatum et de Cassio Severo [1] exsule, qui sordidæ originis, maleficæ vitæ, sed orandi validus, per immodicas
inimicitias, ut judicio jurati senatus [2] Cretam amoveretur,
effecerat : atque illic eadem actitando recentia veteraque odia
advertit; bonisque exutus, interdicto igni atque aqua, saxo
Seriphio [3] consenuit.

XXII. Per idem tempus Plautius Silvanus prætor, incertis
causis, Aproniam conjugem in præceps jecit; tractusque ad
Cæsarem ab L. Apronio socero, turbata mente respondit, tanquam ipse somno gravis atque eo ignarus, et uxor sponte
mortem sumpsisset. Non cunctanter Tiberius pergit in domum, visit cubiculum; in quo reluctantis et impulsæ vestigia
cernebantur. Refert ad senatum, datisque judicibus, Urgulania, Silvani avia, pugionem nepoti misit. Quod perinde creditum, quasi principis monitu, ob amicitiam Augustæ cum
Urgulania. Reus, frustra tentato ferro, venas præbuit exsol-

accumulés par les accusateurs. La mort de Pison, qui survint à
propos, arrêta la procédure. On entendit aussi un rapport sur Cassius Sévérus, alors exilé. Cet homme, d'une extraction basse, d'un
esprit malfaisant, mais habile orateur, s'était attiré une foule d'ennemis, et avait mérité que le sénat, usant de la formalité du serment,
le reléguât dans l'île de Crète. Là, continuant de se livrer à son naturel pervers, il souleva de nouvelles haines et réveilla les anciennes;
on finit par le dépouiller de ses biens, on lui interdit l'eau et le feu,
et il vieillit sur le rocher de Sériphe.

XXII. Vers le même temps, le préteur Plautius Silvanus avait,
pour des motifs inconnus, jeté sa femme Apronia par la fenêtre. Son
beau-père L. Apronius l'ayant traîné devant César, Silvanus, avec
l'égarement d'un criminel, répondit que sa femme s'était tuée pendant qu'il dormait, et à son insu. Tibère, sans différer, se transporte
dans la maison, visite l'appartement, reconnaît des indices de la ré-
sistance d'Apronia et des efforts faits pour la précipiter. Il fait son
rapport au sénat, qui donne des juges au coupable; mais Urgulanie, son aïeule, lui envoya un poignard, et l'on pensa que c'était par
le conseil du prince, à cause de l'amitié d'Augusta pour Urgulanie.
Silvanus, n'ayant pas eu le courage de se percer lui-même, se fit ouvrir les veines. On accusa Numantina, sa première femme, d'avoir,

neque peractus,
ob mortem opportunam.
Relatum et
de Cassio Severo exsule,
qui originis sordidæ,
vitæ maleficæ,
sed validus orandi,
effecerat
per inimicitias immodicas,
ut amoveretur Cretam
judicio senatus jurati :
atque illic actitando, eadem
advertit odia
recentia veteraque ;
exutusque bonis,
igni interdicto atque aqua,
consenuit saxo Seriphio.

XXII. Per idem tempus
prætor Plautius Silvanus
jecit in præceps
conjugem Aproniam,
causis incertis ;
tractusque ad Cæsarem
ab L. Apronio socero,
respondit mente turbata,
tanquam ipse gravis somno
atque eo ignarus,
et uxor sumpsisset mortem
sponte.
Tiberius pergit domum
non cunctanter,
visit cubiculum ;
in quo cernebantur vestigia
reluctantis et impulsæ.
Refert ad senatum,
judicibusque datis,
Urgulania, avia Silvani,
misit pugionem nepoti.
Quod creditum
perinde quasi
monitu principis,
ob amicitiam Augustæ
cum Urgulania.
Reus,
ferro tentato frustra,
præbuit venas exsolvendas.
Mox Numantina,

et il ne *fut* pas poursuivi-jusqu'au-bout,
à cause de *sa* mort venue-à-propos.
On fit-un-rapport aussi
sur Cassius Sévérus exilé,
qui d'origine basse,
de vie perverse,
mais puissant (habile) à pérorer,
avait *tant* fait
par des inimitiés excessives,
qu'il fut relégué en Crète
par jugement du sénat qui avait juré : [ses
et là en continuant-à-faire les mêmes cho-
il tourna-contre *lui* (s'attira) des haines
récentes et anciennes ;
et dépouillé de *ses* biens,
le feu *lui* étant interdit ainsi-que l'eau,
il vieillit sur le rocher de-Sériphe.

XXII. Pendant le même temps
le préteur Plautius Silvanus
jeta en bas (par la fenêtre)
sa femme Apronia,
pour des motifs incertains ;
et traîné devant César (Tibère)
par L. Apronius *son* beau-père,
il répondit d'un esprit troublé, [sommeil
comme si lui-même *eût été* alourdi par le
et par là ignorant *de ce qui se passait*,
et que *sa* femme eût pris (se fût donné)
de *son* plein-gré.   [la mort
Tibère se rend à la maison
non avec-hésitation (sans différer),
visite l'appartement ;
dans lequel se voyaient des traces   [sée.
d'*une femme* qui résiste et qui est pous-
Il rapporte *l'affaire* au sénat,
et des juges étant donnés,
Urgulanie, aïeule de Silvanus,
envoya un poignard à *son* petit-fils.
Ce qui fut cru *avoir été fait*
comme si *cela s'était fait*
par un avis du prince,
à-cause-de l'amitié d'Augusta
avec (pour) Urgulanie.
L'accusé,
le fer ayant été essayé en vain, [veines).
offrit *ses* veines à-ouvrir (se fit ouvrir les
Bientôt Numantina,

vendas. Mox Numantina, prior uxor ejus, accusata injecisse
carminibus et veneficiis vecordiam marito, insons judicatur.

XXIII. Is demum annus populum Romanum longo adversum Numidam Tacfarinatem bello absolvit. Nam priores duces, ubi impetrando triumphalium insigni sufficere res suas
crediderant, hostem omittebant : jamque tres laureatæ in
Urbe statuæ [1], et adhuc raptabat Africam Tacfarinas, auctus
Maurorum auxiliis, qui, Ptolemæo [2] Jubæ filio juventa incurioso, libertos regios et servilia imperia bello mutaverant. Erat
illi prædarum receptor ac socius populandi rex Garamantum,
non ut cum exercitu incederet, sed missis levibus copiis,
quæ ex longinquo in majus audiebantur : ipsaque e provincia [3], ut quis fortunæ inops, moribus turbidus, promptius rue-
bant, quia Cæsar, post res a Blæso gestas, quasi nullis jam
in Africa hostibus, reportari nonam legionem jusserat ; nec

par des enchantements et des breuvages, troublé la raison de son
mari : mais elle fut déclarée innocente.

XXIII. La même année, enfin, délivra le peuple romain de cette
longue guerre contre le Numide Tacfarinas. Jusqu'alors, tous nos généraux, dès qu'ils jugeaient leur exploits suffisants pour mériter les
ornements du triomphe, laissaient l'ennemi tranquille. Il y avait
déjà dans Rome trois statues couronnées de lauriers, et Tacfarinas
désolait toujours l'Afrique. Il s'était fortifié du secours des Maures,
qui, voyant leur jeune roi Ptolémée, fils de Juba, abandonner à des
affranchis le soin de son royaume, avaient mieux aimé prendre les
armes que d'obéir à des esclaves. Le roi des Garamantes était le
recéleur de son butin et son associé pour le pillage, sans marcher
toutefois avec une armée ; il avait seulement envoyé des troupes légères, dont la renommée grossissait le nombre en proportion de l'é-
loignement. D'ailleurs tous les indigents, tous les séditieux de la
province couraient en foule se joindre à Tacfarinas ; d'autant plus
que Tibère, après l'expédition de Blésus, comme si l'Afrique n'eût
déjà plus eu d'ennemis, avait rappelé la neuvième légion ; et Publius

prior uxor ejus,	première épouse de lui,
incusata	accusée [la folie
injecisse marito vecordiam	d'avoir jeté-dans (inspiré à) *son* mari de
carminibus et veneficiis,	par des enchantements et des breuvages,
judicatur insons.	est jugée innocente.
XXIII. Is annus demum	XXIII. Cette année enfin
absolvit	acquitta (délivra)
populum Romanum	le peuple romain
longo bello	de *sa* longue guerre
adversum Numidam	contre le Numide
Tacfarinatem.	Tacfarinas.
Nam duces priores	Car les chefs précédents
omittebant hostem,	négligeaient l'ennemi,
ubi crediderant	dès qu'ils avaient cru
suas res sufficere	leurs exploits suffire
impetrando insigni	à obtenir l'insigne
triumphalium :	des *ornements* du-triomphe :
jamque tres statuæ	et déjà trois statues
laureatæ	ornées-de-lauriers
in Urbe,	*étaient élevées* dans la ville (Rome),
et Tacfarinas	et Tacfarinas
raptabat adhuc Africam,	ravageait encore l'Afrique,
auctus auxiliis Maurorum,	fortifié des secours des Maures,
qui mutaverant bello	qui avaient échangé contre la guerre
libertos regios	des affranchis royaux
et imperia servilia,	et des commandements d'-esclaves,
Ptolemæo filio Jubæ	Ptolémée fils de Juba
incurioso juventa.	*étant* insouciant par jeunesse.
Rex Garamantum	Le roi des Garamantes
erat illi receptor prædarum	était à lui-recéleur des butins
ac socius populandi ;	et compagnon de piller (de pillage) ;
non ut incederet	non au-point-qu'il marchât
cum exercitu,	avec une armée,
sed copiis levibus missis,	mais des troupes légères étant envoyées,
quæ ex longinquo	lesquelles de loin [renommée) :
audiebantur in majus :	étaient entendues en plus (grossies par la
eque provincia ipsa,	et de la province même,
ut quis	selon que quelqu'un
inops fortunæ,	*était* dénué de fortune,
turbidus moribus,	turbulent de mœurs, [ment,
ruebant promptius,	ils accouraient avec-plus-d'empresse-
quia Cæsar jusserat	parce que César (Tibère) avait ordonné
nonam legionem reportari,	la neuvième légion être ramenée *en Italie,*
post res gestas a Blæso,	après les faits accomplis par Blésus,
quasi jam nullis hostibus	comme déjà nuls ennemis *n'étant*
in Africa;	en Afrique ;
nec proconsul ejus anni,	et le proconsul de cette année,

proconsul ejus anni, P. Dolabella, retinere ausus erat, jussa
principis magis quam incerta belli metuens.

XXIV. Igitur Tacfarinas, disperso rumore rem Romanam
aliis quoque ab nationibus lacerari, eoque paulatim Africa
decedere, ac posse reliquos circumveniri, si cuncti, quibus
libertas servitio potior, incubuissent, auget vires, positisque
castris Thubuscum [1] oppidum circumsidet. At Dolabella, contracto quod erat militum, terrore nominis Romani, et quia
Numidæ peditum aciem ferre nequeunt, primo sui incessu solvit obsidium, locorumque opportuna permunivit : simul principes Musulanorum, defectionem cœptantes, securi percutit.
Dein, quia pluribus adversúm Tacfarinatem expeditionibus
cognitum, non gravi nec uno incursu consectandum hostem
vagum, excito cum popularibus rege Ptolemæo, quatuor agmina parat, quæ legatis aut tribunis data : et prædatorias

Dolabella, proconsul alors, n'avait point osé la retenir, craignant
plus de désobéir au prince que de courir les hasards de la guerre.

XXIV. Tacfarinas avait répandu de tous côtés le bruit que l'empire était déchiré par d'autres guerres, que c'était la raison pour laquelle une partie de nos troupes avait évacué l'Afrique, et que ce
qu'il en restait succomberait aisément sous l'effort et l'union de
tous les Numides qui préféreraient la liberté à l'esclavage. Fier de
l'accroissement de ses forces, il vient camper devant Thubusque et
l'assiége. Dolabella rassemble aussitôt ce qu'il a de soldats. Au
premier bruit de sa marche, la seule terreur du nom romain fait
lever le siége, les Numides ne pouvant jamais soutenir le choc de
l'infanterie romaine. Dolabella fortifie les postes avantageux ; quelques chefs des Musulans commençaient à remuer, il leur fait tran-
cher la tête. Et comme une expérience de plusieurs campagnes avait
appris qu'une armée pesante, marchant en un seul corps, échouait
contre des ennemis toujours errants, sitôt qu'il a reçu les auxiliaires
de Ptolémée, il forme quatre divisions qu'il donne à des lieutenants

P. Dolabella,
ausus erat retinere,
metuens jussa principis
magis quam incerta belli.
XXIV. Igitur Tacfarinas
rumore disperso
rem Romanam lacerari
ab aliis nationibus quoque,
eoque discedere paulatim
Africa,
ac reliquos
posse circumveniri,
si cuncti, quibus libertas
potior servitio,
incubuissent,
auget vires,
castrisque positis
circumsidet
oppidum Thubuscum.
At Dolabella,
quod erat militum
contracto,
solvit obsidium
primo incessu sui,
terrore nominis Romani,
et quia Numidæ
nequeunt ferre
aciem peditum,
permunivitque
opportuna locorum :
simul percutit securi
principes Musulanorum,
cœptantes defectionem.
Dein, quia cognitum
pluribus expeditionibus
adversum Tacfarinatem,
hostem vagum
non consectandum
incursu gravi
nec uno,
rege Ptolemæo
excito
cum popularibus,
parat quatuor agmina,
quæ data legatis
aut tribunis :
et delecti Maurorum

P. Dolabella,
n'avait pas osé *la* retenir,
craignant les ordres du prince
plus que les incertitudes de la guerre.
XXIV. Donc Tacfarinas,
le bruit ayant été semé
l'État romain être déchiré
par d'autres nations aussi, [à-peu
et pour cela *les Romains* se retirer peu-
de l'Afrique,
et ceux-qui-restaient
pouvoir être enveloppés,
si tous *ceux* pour qui la liberté
était préférable à l'esclavage,
avaient fondu (fondaient)-sur *eux*,
augmente *ses* forces,
et un camp étant assis
il investit
la ville *de* Thubusque.
Mais Dolabella,
ce qui était de soldats
étant rassemblé,
dénoue (fait lever) le siége
dès la première marche de lui,
par la terreur du nom romain,
et parce que les Numides
ne-peuvent-pas soutenir
un combat de fantassins,
et il fortifia
les *points* favorables des lieux *d'alentour :*
en-même-temps il frappe de la hache
les principaux des Musulans,
qui commençaient une défection.
Ensuite, parce qu'*il avait été* reconnu
par plusieurs expéditions
contre Tacfarinas,
cet ennemi errant
ne devoir pas être poursuivi
par une incursion pesante
ni par une *seule*,
le roi Ptolémée
étant appelé
avec ceux-de-*sa*-nation,
il prépare quatre corps,
qui *furent* donnés à des lieutenants
ou à des tribuns : [Maures
et des *hommes* choisis des (parmi les)

manus delecti Maurorum duxere; ipse consultor aderat omni-
bus.

XXV. Nec multo post affertur Numidas apud castellum
semirutum, ab ipsis quondam incensum, cui nomen Auzea [1],
positis mapalibus consedisse, fisos loco, quia vastis circum
saltibus claudebatur. Tum expeditæ cohortes alæque, quam
in partem ducerentur ignaræ, cito agmine rapiuntur. Simulque
cœptus dies, et concentu tubarum ac truci clamore aderant
semisomnos in barbaros, præpeditis Numidarum equis, aut
diversos pastus pererrantibus. Ab Romanis confertus pedes,
dispositæ turmæ, cuncta prœlio provisa : hostibus contra,
omnium nesciis, non arma, non ordo, non consilium ; sed,
pecorum modo, trahi, occidi, capi. Infensus miles memoria
laborum, et adversum eludentes optatæ toties pugnæ, se
quisque ultione et sanguine explebant. Differtur per mani-
pulos « Tacfarinatem omnes, notum tot prœliis, consecten-

et à des tribuns. Les plus braves des Maures conduisaient des troupes
légères : lui seul dirigeait tous les mouvements.

XXV. Peu de temps après, on lui donne avis que les Numides
avaient dressé leurs tentes près d'un château à demi ruiné et jadis
brûlé par eux-mêmes, dans un lieu nommé Auzéa, se fiant à la
bonté du poste, qu'enfermaient de tous côtés de vastes forêts. Sur-
le-champ, avec son infanterie légère et sa cavalerie, il fait une
marche forcée : tous ignorent où il les mène. Au point du jour, les
Romains, avec des cris terribles, au son des trompettes, l'infanterie
serrée, les escadrons déployés, tout disposé pour le combat, fon-
dent sur les barbares à moitié endormis, dont les chevaux étaient
attachés ou erraient dans les pâturages ; ceux-ci n'avaient aucune
connaissance de ce qui se passait, point d'armes, point d'ordre,
point de plan : ils se laissèrent chasser, enlever, égorger comme
des troupeaux. Le soldat romain, irrité par le souvenir de ses
travaux, jouissant enfin d'une bataille désirée si longtemps et si
longtemps éludée, s'enivrait de vengeance, se baignait dans le
sang. On fit publier dans les rangs que c'était à Tacfarinas qu'il
fallait s'attacher ; après tant de combats ils devaient tous le connaître ; on n'aurait la paix que par la mort du chef. Mais Tacfari-

duxere manus prædatorias;	conduisirent des bandes de-pillards;
ipse consultor	lui-même *comme* conseiller
aderat omnibus.	présidait à tout.
XXV. Nec multo post	XXV. Et non beaucoup après
affertur Numidas,	il est rapporté (on apprend) les Numides,
mapalibus positis	des cabanes ayant été posées
apud castellum semirutum,	près d'un château à-demi-ruiné,
incensum quondam	brûlé autrefois
ab ipsis,	par eux-mêmes,
cui nomen Auzea,	auquel le nom *est* Auzéa,
consedisse, fisos loco,	s'*y* être établis, confiants dans *ce* lieu,
quia claudebatur circum	parce qu'il était fermé *tout* autour
vastis saltibus. -	par de vastes forêts.
Tum cohortes expeditæ	Alors des cohortes légères
alæque,	et des escadrons,
ignaræ in quam partem	ignorant de quel côté
ducerentur,	ils étaient conduits,
rapiuntur agmine cito.	sont entraînés par une marche rapide.
Simulque dies cœptus,	Et en-même-temps le jour commença,
et concentu tubarum	et avec le son des trompettes
ac clamore truci	et avec des cris farouches
aderant in barbaros	ils arrivaient sur les barbares
semisomnos,	à-moitié-endormis,
equis Numidarum	les chevaux des Numides
præpeditis,	étant empêchés,
aut pererrantibus	ou errant-à-travers
pastus diversos.	des pâturages éloignés.
Ab Romanis	Du-côté-des-Romains
pedes confertus,	le fantassin *était* serré,
turmæ dispositæ,	les escadrons déployés,
cuncta provisa prœlio :	tout disposé pour le combat :
contra hostibus,	au-contraire aux ennemis,
nesciis omnium,	ignorants de tout *ce qui se passait*,
non arma, non ordo,	ni armes, ni ordre,
non consilium;	ni plan;
sed trahi,	mais *on les voyait* être entraînés,
occidi, capi,	être égorgés, être pris,
modo pecorum.	à la manière de troupeaux.
Miles,	Le soldat (les soldats) *romains*,
infensus memoria laborum	hostile (irrités) par le souvenir des travaux
et pugnæ toties optatæ	et d'un combat tant-de-fois désiré
adversum eludentes,	contre *des ennemis* qui *l'*éludaient,
se explebant quisque	se rassasiaient chacun
ultione et sanguine.	de vengeance et de sang.
Differtur per manipulos	*L'ordre* est porté parmi les compagnies
« Omnes consectentur	« Que tous poursuivent
Tacfarinatem	Tacfarinas,

tur : non, nisi duce interfecto, requiem belli fore. » At ille,
dejectis circum stipatoribus, vinctoque jam filio, et effusis
undique Romanis, ruendo in tela, captivitatem haud inulta
morte effugit. Isque finis armis impositus.

XXVI. Dolabellæ petenti abnuit triumphalia Tiberius, Sejano tribuens ne Blæsi[1] avunculi ejus laus obsolesceret. Sed
neque Blæsus ideo illustrior, et huic negatus honor gloriam
intendit. Quippe minore exercitu insignes captivos, cædem
ducis bellique confecti famam deportarat. Sequebantur et
Garamantum legati, raro in Urbe visi, quos Tacfarinate cæso
perculsa gens, nec culpæ nescia, ad satisfaciendum populo
Romano miserat. Cognitis dehinc Ptolemæi per id bellum
studiis, repetitus ex vetusto mos, missusque e senatoribus qui
scipionem eburnum, togam pictam, antiqua patrum munera[2],
daret, regemque et socium atque amicum appellaret.

nas, voyant ses gardes dispersés, son fils prisonnier, et les Romains
débordant de toutes parts, se jette au milieu des traits, et, vendant
chèrement sa vie, il se dérobe à la captivité par la mort. Ainsi finit
la guerre.

XXVI. Dolabella demanda les ornements du triomphe; Tibère les
lui refusa par égard pour Séjan, dans la crainte que le lustre de
son oncle Blésus n'en fût terni. Mais Blésus n'en eut pas plus de
gloire, et le refus d'un honneur mérité augmenta la renommée de
Dolabella, qui, avec moins de troupes, avait fait des prisonniers de
marque, tué le chef des ennemis et terminé la guerre. Il revint
suivi d'une députation des Garamantes, spectacle assez nouveau
pour Rome. Cette nation, découragée par la défaite de Tacfarinas,
et n'ignorant point ses torts, avait envoyé des ambassadeurs pour
faire réparation au peuple romain. On récompensa les services de
Ptolémée dans cette guerre, en lui députant un sénateur chargé,
selon un antique usage, de lui porter les présents du sénat, le bâton
d'ivoire, la toge brodée, avec le titre de roi, d'ami et d'allié.

notum tot prœliis :	connu par tant-de combats : [être,
requiem belli non fore,	le repos (la fin) de la guerre ne devoir pas
nisi duce interfecto. »	sinon le chef *ennemi* étant tué. »
At ille,	Mais celui-là ;
stipatoribus	*ses* gardes
dejectis circum,	ayant été renversés autour *de lui*,
filioque jam vincto,	et *son* fils déjà enchaîné, [parts ;
et Romanis effusis undique,	et les Romains étant répandus de-toutes-
effugit captivitatem	échappa à la captivité
morte haud inulta,	par une mort non sans-vengeance,
ruendo in tela.	en se précipitant parmi les traits.
Isque finis	Et cette fin
impositus armis.	*fut* mise aux armes (à la guerre).
XXVI. Tiberius	XXVI. Tibère
abnuit triumphalia	refuse les *insignes* du-triomphe
Dolabellæ petenti,	à Dolabella qui *les* demandait,
tribuens Sejano	accordant à Séjan
ne laus Blæsi avunculi ejus	que la gloire de Blésus oncle de lui
obsolesceret.	ne fût point ternie.
Sed neque Blæsus	Mais et Blésus
illustrior ideo,	ne *fut* pas plus illustre pour-cela,
et honor negatus huic	et l'honneur refusé à celui-ci
intendit gloriam.	augmenta *sa* gloire.
Quippe exercitu minore	Car avec une armée moindre
deportarat.	il avait remporté
captivos insignes,	des captifs de marque,
cædem ducis,	le meurtre du chef *ennemi*,
famamque belli confecti.	et la renommée de la guerre terminée.
Et legati Garamantum,	Aussi des députés des Garamantes,
visi raro in Urbe,	vus rarement dans la ville (Rome),
quos gens perculsa	lesquels la nation consternée
Tacfarinate cæso,	par Tacfarinas tué,
nec nescia culpæ,	et n'ignorant pas *sa* faute,
miserat	avait envoyés
ad satisfaciendum	pour satisfaire
populo Romano,	au peuple romain,
sequebantur.	suivaient *Dolabella*.
Dehinc studiis Ptolemæi	Puis le zèle de Ptolémée
cognitis per id bellum,	ayant été reconnu par cette guerre,
mos repetitus ex vetusto,	un usage *fut* renouvelé de l'ancienne cou-
eque senatoribus missus,	et *un* des sénateurs *fut* envoyé, [tume,
qui daret	qui *lui* donnât (pour lui donner)
scipionem eburnum,	le bâton d'-ivoire,
togam pictam,	la toge peinte (brodée),
antiqua munera patrum,	anciens présents des sénateurs,
appellaretque regem	et *qui l'*appelât (pour l'appeler) roi
et socium atque amicum.	et allié et ami.

XXVII. Eadem æstate mota per Italiam servilis belli semina
fors oppressit. Auctor tumultus T. Curtisius, quondam prætoriæ cohortis miles, primo cœtibus clandestinis, apud Brundusium et circumjecta oppida; mox positis propalam libellis,
ad libertatem vocabat agrestia per longinquos saltus et ferocia
servitia : quum, velut munere deum, tres biremes appulere
ad usus commeantium illo mari. Et erat iisdem regionibus
Curtius Lupus quæstor, cui provincia vetere ex more calles [1]
evenerat. Is, disposita classiariorum copia, cœptantem quum
maxime conjurationem disjecit. Missusque a Cæsare propere
Staius tribunus, cum valida manu, ducem ipsum et proximos
audaciæ in Urbem traxit, jam trepidam ob multitudinem familiarum, quæ gliscebat immensum, minore in dies plebe
ingenua.

XXVIII. Iisdem consulibus, miseriarum ac sævitiæ exemplum atrox, reus pater, accusator filius, nomen utrique Vibius Serenus, in senatum inducti sunt : ab exsilio retractus [2],

XXVII. Ce même été, une révolte d'esclaves pensa éclater en
Italie; le hasard l'étouffa. L'auteur de ce soulèvement, T. Curtisius,
ancien soldat d'une cohorte prétorienne, avait d'abord tenu des
assemblées secrètes à Brindes et dans les villes voisines. Bientôt il
afficha publiquement des placards où il invitait à la liberté tous ces
esclaves sauvages que le séjour des bois éloignés rendait plus en-
treprenants. Heureusement trois birèmes, destinées à protéger la
navigation de cette mer, arrivèrent, comme par une faveur des
dieux, dans cet endroit, où se trouva aussi le questeur Curtius
Lupus, auquel était échue la surveillance des pâturages, de tout
temps réservée aux questeurs. Celui-ci, avec le secours des soldats
de la flotte, dissipa sans peine la conjuration qui ne faisait que
d'éclore, et Tibère envoya promptement avec un corps de troupes le
tribun Staïus, qui prit et traîna à Rome le chef et les principaux
séditieux. L'alarme était déjà dans la ville, à cause de la multitude
des esclaves, dont l'accroissement devenait prodigieux, tandis que
la population libre diminuait de jour en jour.

XXVIII. Le même consulat offrit un exemple horrible des misères et de la cruauté de ces temps : un père accusé, un fils accusateur. Ils se nommaient Vibius Sérénus. Tous deux furent intro-

XXVII. Eadem æstate
fors oppressit
semina belli servilis
mota per Italiam.
Auctor tumultus
T. Curtisius,
quondam miles
cohortis prætoriæ,
primo cœtibus clandestinis,
apud Brundusium
et oppida circumjecta;
mox libellis
positis propalam,
vocabat ad libertatem
servitia agrestia et ferocia
per saltus longinquos :
quum, velut munere deum,
tres biremes appulere
ad usus commeantium
illo mari.
Et quæstor
iisdem regionibus
erat Curtius Lupus,
cui provincia calles
evenerat ex more vetere.
Is, copia classiariorum
disposita,
disjecit conjurationem
quum maxime cœptantem.
Staiusque tribunus,
missus propere a Cæsare
cum valida manu,
traxit ducem ipsum
et proximos audaciæ
in Urbem, jam trepidam
ob multitudinem
familiarum,
quæ gliscebat immensum,
plebe ingenua
minore in dies.   [libus,

XXVIII. Iisdem consu-
exemplum atrox
miseriarum ac sævitiæ,
pater reus, filius accusator,
nomen utrique
Vibius Serenus,
inducti sunt in senatum :

XXVII. Dans le même été
le hasard étouffa
les germes d'une guerre d'-esclaves
qui s'agitaient à travers l'Italie.
L'auteur de la révolte
fut T. Curtisius,
autrefois soldat
d'une cohorte prétorienne,
d'abord par des réunions clandestines,
à Brindes
et *dans* les villes environnantes ;
puis par des proclamations
affichées publiquement,
il appelait à la liberté
les esclaves sauvages et farouches
qui vivaient dans *ces* forêts lointaines :
lorsque, comme par un don (une faveur)
trois birèmes abordèrent   [des dieux,
pour les besoins de ceux qui naviguaient
sur cette mer.
Et le questeur
dans ces-mêmes contrées
était Curtius Lupus,
à qui le département *des* pâturages
était échu d'après un usage ancien.
Celui-ci, la troupe des soldats-de-marine
étant disposée *pour le combat,*
dissipa la conjuration
lorsque précisément *elle était* commen-
Et Staïus le tribun,   [çant.
envoyé à-la-hâte par César (Tibère)
avec une forte troupe,
traîna le chef lui-même
et les plus voisins de *son* audace
à la ville (Rome), déjà alarmée
à-cause-de la multitude
des familles *d'esclaves,*
qui s'accroissait excessivement,
la population libre
devenant moindre *de jour* en jour.

XXVIII. Sous les mêmes consuls,
exemple horrible
de misères et de cruauté,
un père accusé, un fils accusateur,
le nom à l'un-et-à-l'autre
étant Vibius Sérénus,
furent introduits dans le sénat :

illuvieque ac squalore obsitus, et tum catena vinctus pater,
orante filio. Paratus adolescens multis munditiis, alacri vultu,
structas principi insidias, missos in Galliam concitores belli,
index idem et testis dicebat; adnectebatque Cæcilium Cornutum prætorium ministravisse pecuniam : qui, tædio curarum,
et quia periculum pro exitio habebatur, mortem in se festina-
vit. At contra reus, nihil infracto animo, obversus in filium,
quatere vincula, vocare ultores deos, ut sibi quidem redde-
rent exsilium, ubi procul tali more ageret; filium autem quandoque supplicia sequerentur. Asseverabatque innocentem
Cornutum, et falsa exterritum; idque facile intellectu, si pro-
derentur alii : non enim se cædem principis et res novas uno
socio cogitasse.

XXIX. Tum accusator Cneium Lentulum et Seium Tubero-
nem nominat; magno pudore Cæsaris, quum primores civitatis,

duits dans le sénat; le père, arraché de l'exil, couvert de misérables
lambeaux, restait chargé de fers pendant le discours de son fils,
dont l'air joyeux et la brillante parure semblaient insulter à la misère
du vieillard. Le fils reprochait à son père d'avoir conspiré contre les
jours du prince, et d'avoir fomenté par des émissaires la révolte
des Gaules. Il était à la fois le dénonciateur et le témoin. Il impliquait Cécilius Cornutus, ancien préteur, comme ayant fourni l'argent. Cécilius, fatigué par les inquiétudes, persuadé d'ailleurs que
l'accusation ou la mort étaient une même chose, se hâta d'abréger
ses jours. Sa fin n'abattit point le courage de l'accusé; se tournant
vers son fils, et secouant ses chaînes, il invoquait les dieux vengeurs, et les conjurait de lui rendre son exil, où du moins sa vue
ne serait point souillée par de telles horreurs ; il attendait de leur
justice le châtiment d'un fils barbare ; il protestait que Cécilius avait
pris faussement l'alarme, et qu'il était innocent; qu'on en verrait la
preuve, si l'on produisait les autres complices; car apparemment
lui, Vibius, n'aurait point, avec un seul homme, tramé le meurtre
du prince et le bouleversement de l'empire.

XXIX. Alors l'accusateur nomma Cn. Lentulus et Séius Tuberon,
à la grande confusion de César, qui voyait les premiers de Rome,

pater retractus ab exsilio,	le père ramené-par-force de l'exil,
obsitusque illuvie	et couvert de malpropreté
ac squalore,	et de saleté,
et tum vinctus catena,	et alors lié d'une chaîne,
filio orante.	son fils pérorant.
Adolescens	Le jeune-homme
paratus multis munditiis,	arrangé avec beaucoup-de parure,
vultu alacri,	d'un visage joyeux,
idem index et testis,	le même (à la fois) délateur et témoin,
dicebat insidias	disait des embûches
structas principi,	avoir été dressées au prince,
concitores belli	des instigateurs de guerre
missos in Galliam ;	avoir été envoyés dans la Gaule ;
adnectebatque	et il ajoutait
Cæcilium Cornutum	Cécilius Cornutus
prætorium	ancien-préteur
ministravisse pecuniam :	avoir fourni l'argent :
qui festinavit mortem in se,	lequel hâta la mort contre lui-même,
tædio curarum,	par ennui de ces perplexités,
et quia periculum	et parce que son danger
habebatur pro exitio.	était tenu par lui pour (considéré comme)
At contra reus,	Mais au-contraire l'accusé, [sa perte.
animo infracto nihil,	son courage n'étant abattu en rien,
obversus in filium,	s'étant tourné vers son fils,
quatere vincula,	se mit à secouer ses fers,
vocare deos ultores,	à invoquer les dieux vengeurs,
ut redderent quidem sibi	pour qu'ils rendissent du moins à lui
exsilium,	l'exil,
ubi ageret	où il menait sa vie
procul tali more;	loin de telles mœurs;
supplicia autem	d'autre-part pour que les supplices
sequerentur filium	suivissent (atteignissent) son fils
quandoque.	quelque-jour.
Asseverabatque	Et il affirmait
Cornutum innocentem,	Cornutus être innocent,
et exterritum falsa;	et avoir été effrayé d'accusations fausses;
idque facile intellectu,	et cela être facile à comprendre,
si alii proderentur :	si d'autres témoins étaient produits :
se enim non cogitasse	lui en effet n'avoir pas médité
cædem principis	le meurtre du prince
et res novas	et un état-de-choses nouveau
uno socio.	avec un seul complice.
XXIX. Tum accusator	XXIX. Alors l'accusateur
nominat Cneium Lentulum	nomme Cnéius Lentulus
et Seium Tuberonem ;	et Séius Tubéron ;
magno pudore Cæsaris,	à la grande honte de César (Tibère),
quum primores civitatis,	puisque les premiers de l'État,

intimi ipsius amici, Lentulus senectutis extremæ, Tubero
defecto corpore, tumultus hostilis et turbandæ reipublicæ
arcesserentur. Sed hi quidem statim exempti. In patrem[1] ex
servis quæsitum : et quæstió adversa accusatori fuit; qui scelere vecors, simul vulgi rumore territus, robur[2] et saxum,
aut parricidarum pœnas[3] minitantium, cessit Urbe[4] : ac, retractus Ravenna, exsequi accusationem adigitur, non occultante
Tiberio vetus odium adversus exsulem Serenum. Nam, post
damnatum Libonem, missis ad Cæsarem litteris, exprobrave-
rat suum tantum studium sine fructu fuisse; addideratque
quædam contumacius quam tutum apud aures superbas et
offensioni proniores. Ea Cæsar octo post annos retulit, me-
dium tempus varie arguens, etiamsi tormenta, pervicacia servorum, contra evenissent.

XXX. Dictis dein sententiis, ut Serenus more majorum pu-

ses plus intimes amis, Lentulus, d'une extrême vieillesse, Tubéron,
d'une santé languissante, accusés d'avoir voulu soulever l'ennemi
et troubler la république. Tous deux furent aussitôt déchargés. On
mit à la question les esclaves du père : la question fut défavorable
à l'accusateur. Celui-ci, tourmenté de son crime, effrayé du cri public qui le menaçait du cachot, de la roche Tarpéienne, et même
du supplice des parricides, s'enfuit à Ravenne. Tibère le força de
revenir et de poursuivre l'accusation, ne cachant point son ancienne inimitié contre le vieux banni. Celui-ci, après la condamnation de Libon, étant le seul dont le zèle fût resté sans récompense,
s'en était plaint dans une lettre qu'il écrivit au prince avec trop de
hauteur pour ne point choquer des oreilles superbes et délicates.
Tibère rappela ces griefs au bout de huit ans, remplissant l'intervalle par des délits divers, « tous certains, disait-il, quoique,
malgré la torture, l'obstination des esclaves en supprimât les
preuves. »

XXX. Lorsqu'on alla aux voix, Tibère, paraissant vouloir calmer
le ressentiment des sénateurs, s'opposa à ce que Vibius fût puni de

amici intimi ipsius,	amis intimes de lui-même,
Lentulus	Lentulus
senectutis extremæ,	d'une vieillesse extrême,
Tubero corpore defecto,	Tubéron d'un corps épuisé,
arcesserentur	étaient accusés
tumultus hostilis	d'un soulèvement d'-ennemis
et turbandæ reipublicæ.	et de troubler la république.
Sed hi quidem	Mais ceux-ci à la vérité
exempti statim.	*furent* déchargés aussitôt.
Quæsitum in patrem	La-question-fut-employée contre le père
ex servis :	sur *ses* esclaves :
et quæstio fuit adversa	et la question fut défavorable
accusatori ;	à l'accusateur ;
qui vecors scelere,	qui égaré par le crime,
simul territus	en-même-temps effrayé
rumore vulgi,	par la rumeur du peuple,
minitantium	qui *le* menaçait
robur et saxum,	du cachot et de la roche *Tarpéienne*,
aut pœnas parricidarum,	ou des peines des parricides,
cessit Urbe :	se retira de la ville (Rome) :
ac, retractus Ravenna,	et, ramené-de-force de Ravenne,
adigitur	il est contraint
exsequi accusationem,	de poursuivre *son* accusation,
Tiberio non occultante	Tibère ne cachant point
odium vetus	*sa* haine ancienne
adversus exsulem Serenum.	contre l'exilé Sérénus.
Nam,	Car,
post Libonem damnatum,	après Libon condamné,
litteris missis ad Cæsarem,	une lettre ayant été envoyée à César (Ti-
exprobraverat	il avait reproché [bère),
suum studium tantum	son zèle si-grand
fuisse sine fructu ;	avoir été sans fruit ;
addideratque quædam	et il avait ajouté certains *mots*
contumacius quam tutum	plus fièrement qu'*il n'est sûr de le faire*
apud aures superbas	à des oreilles superbes
et proniores offensioni.	et trop portées au ressentiment.
Cæsar retulit ea	César (Tibère) rapporta ces *griefs*
post octo annos,	après huit années,
arguens varie	accusant diversement
tempus medium,	le temps intermédiaire,
etiamsi tormenta	quoique les tortures
evenissent contra,	eussent abouti contrairement *à son dire*,
pervicacia servorum.	par l'obstination des esclaves.
XXX. Dein	XXX. Ensuite
sententiis dictis,	les avis ayant été prononcés,
ut Serenus puniretur	pour que Sérénus fût puni
more majorum,	selon la coutume des ancêtres,

niretur[1], quo molliret iuvidiam, intercessit. Gallus Asinius
Gyaro aut Donusa claudendum quum censeret, id quoque
aspernatus est, egenam aquæ utramque insulam referens,
dandosque vitæ usus, cui vita concederetur : ita Serenus
Amorgum reportatur. Et, quia Cornutus sua manu ceciderat,
actum de præmiis accusatorum abolendis, si quis, majestatis
postulatus, ante perfectum judicium se ipse vita privavisset :
ibaturque in eam sententiam, ni durius contraque morem
suum, palam pro accusatoribus, Cæsar irritas leges, rempublicam in præcipiti, conquestus esset : subverterent potius
jura, quam custodes eorum[2] amoverent. Sic delatores, genus
hominum publico exitio repertum, et pœnis quidem nunquam
satis coercitum, per præmia eliciebantur.

XXXI. His tam assiduis tamque mœstis modica lætitia
interjicitur, quód C. Cominium, equitem Romanum, probrosi
in se carminis convictum, Cæsar precibus fratris, qui senator

---

mort. Gallus Asinius voulait qu'on l'enfermât à Gyare ou à Donuse.
Il rejeta encore cet avis, disant que ces deux îles manquaient d'eau,
et que, lorsqu'on accordait la vie à un accusé, on devait lui laisser
les moyens de vivre. Vibius fut donc renvoyé dans l'île d'Amorgos.
Comme Cécilius s'était tué lui-même, on proposa de ne plus accorder de récompenses aux délateurs, dans le cas où un homme accusé
de lèse-majesté s'ôterait la vie avant le jugement. Cet avis allait
passer sans Tibère; qui, contre son ordinaire, s'expliqua ouvertement en faveur des accusateurs, se plaignant durement « que les lois
perdaient leur sanction, que la république était au bord du préci-
pice. Autant valait anéantir toutes les lois que de leur ôter leurs
gardiens. » Ainsi les délateurs, cette engeance créée pour la ruine
publique, et que les supplices même ne purent jamais assez réprimer, étaient encore excités par l'espoir des récompenses.

XXXI. Au milieu de scènes si affligeantes et si souvent répétées,
on ressentit un moment de joie. Caïus Cominius, chevalier romain,
convaincu d'avoir fait des vers satiriques contre le prince, obtint sa

intercessit,
quo molliret invidiam.
Quum Gallus Asinius
censeret claudendum
Gyaro aut Donusa,
aspernatus est id quoque,
referens utramque insulam
egenam aquæ,
ususque vitæ dandos,
cui vita concederetur :
ita Serenus
reportatur Amorgum.
Et, quia Cornutus
ceciderat sua manu,
actum de abolendis
præmiis accusatorum,
si quis,
postulatus majestatis,
se privavisset ipse vita
ante judicium perfectum :
ibaturque
in eam sententiam,
ni Cæsar durius
contraque suum morem,
palam pro accusatoribus,
conquestus esset
leges irritas,
rempublicam in præcipiti :
subverterent jura
potius quam amoverent
custodes eorum.
Sic delatores,
genus hominum
repertum exitio publico,
et quidem
nunquam satis coercitum
pœnis,
eliciebantur per præmia.
  XXXI. Lætitia modica
interjicitur his
tam assiduis
tamque mœstis,
quod Cæsar concessit
C. Cominium,
equitem Romanum,
convictum
carminis probrosi in se,

il intervint,
afin qu'il adoucît la haine.
Comme Gallus Asinius
proposait *Sérénus* devoir être renfermé
à Gyare ou à Donuse,
il rejeta cela aussi,
alléguant l'une-et-l'autre île
être dépourvue d'eau,
et les moyens de vie devoir être donnés
à celui à qui la vie était accordée :
ainsi Sérénus
est reconduit à Amorgos.
Et, parce que Cornutus
était tombé (avait péri) de sa *propre* main,
on s'occupa d'abolir
les récompenses des accusateurs,
si quelqu'un,
poursuivi pour *lèse*-majesté,
s'était privé lui-même de la vie
avant le jugement consommé :
et on allait (on se rangeait)
à cet avis,
si César (Tibère) plus durement
et contre son habitude,   [teurs,
se montrant ouvertement pour les accusa-
ne s'était plaint
les lois *être* sans-effet,
l'État sur le penchant *de sa ruine :*
qu'ils détruisissent *tous* les droits
plutôt qu'ils *n'*écartassent
les gardiens d'eux.
Ainsi les délateurs,
race d'hommes
trouvée pour la ruine publique,
et certes
qui ne fut jamais assez réprimée
par les châtiments,
étaient attirés par des récompenses.
  XXXI. Une joie faible
est jetée-entre ces *scènes*
si continuelles
et si tristes,
parce que César (Tibère) accorda
la grâce de C. Cominius,
chevalier romain,
convaincu
d'un poëme injurieux contre lui,

erat, concessit. Quo magis mirum habebatur, gnarum melio-
rum, et quæ fama clementiam sequeretur, tristiora malle.
Neque enim socordia peccabat; nec occultum est quando ex
veritate, quando adumbrata lætitia, facta imperatorum cele-
brentur : quin ipse, compositus alias et velut eluctantium
verborum, solutius promptiusque eloquebatur, quoties subveniret. At P. Suilium, quæstorem quondam Germanici, quum
Italia arceretur, convictus pecuniam ob rem judicandam
cepisse, amovendum in insulam censuit; tanta contentione
animi, ut et jurando obstringeret e republica id esse. Quod,
aspere acceptum ad præsens, mox in laudem vertit, regresso
Suilio : quem vidit sequens ætas præpotentem, venalem, et
Claudii principis amicitia diu prospere, nunquam bene, usum.
Eadem pœna in Catum Firmium senatorem statuitur, tanquam falsis majestatis criminibus sororem petivisset. Catus,

grâce à la prière de son frère, qui était sénateur. Voilà ce qui rendait plus inconcevable la conduite de Tibère, qui n'ignorait pas le
prix de la bonté, la gloire attachée à la clémence, et qui préférait
la rigueur. Car ce n'était pas faute de lumières qu'il s'égarait; il
en faut peu d'ailleurs pour juger quand les louanges qu'on donne
aux actions des princes sont dictées par la vérité ou par une joie
simulée. Son élocution même, ordinairement laborieuse et con-
trainte, devenait plus douce et plus facile, quand il intercédait
pour des malheureux. Dans le même temps, P. Suilius, ancien
questeur de Germanicus, convaincu d'avoir reçu de l'argent dans
un procès dont il était juge, allait être seulement éloigné de l'Italie;
Tibère voulut qu'on le reléguât dans une île, appuyant son avis
avec tant de force, qu'il affirma, par un serment solennel, que
c'était le bien de la république. Ce trait, qui choqua dans le moment, tourna depuis à sa gloire, lorsque dans l'âge suivant on vit
le même Suilius, tout-puissant, passer de l'exil à la cour de Claude,
trafiquer de sa faveur, et ne marquer sa longue prospérité que par
des injustices. Le sénateur Catus Firmius fut condamné à la même
peine pour avoir intenté contre sa sœur une accusation calomnieuse

precibus fratris,	aux prières de *son* frère,
qui erat senator.	qui était sénateur.
Quo	Par quoi
habebatur magis mirum,	il était tenu *pour* (il semblait) plus étrange,
gnarum meliorum,	*un prince* connaissant *ce qui était* meilleur,
et quæ fama	et quelle renommée
sequeretur clementiam,	suivait la clémence,
malle tristiora.	aimer-mieux des *actes* plus sévères.
Neque enim peccabat	Et en-effet il ne péchait pas
socordia;	par défaut-d'intelligence;
nec est occultum	et *ceci* n'est pas caché,
quando facta imperatorum	quand les actes des empereurs. [ment),
celebrentur ex veritate,	sont célébrés d'après la vérité (sincère-
quando lætitia adumbrata :	quand la joie *est* simulée :
quin ipse,	bien-plus lui-même,
compositus alias,	apprêté les-autres-fois
et verborum	et de paroles
velut eluctantium,	comme rebelles,
eloquebatur	il s'exprimait
solutius promptiusque,	plus librement et plus facilement, [heur.
quoties subveniret.	*chaque fois* qu'il venait-en-aide *au mal-*
At censuit P. Suilium,	Mais il fut-d'avis P. Suilius,
quondam quæstorem	autrefois questeur
Germanici,	de Germanicus,
amovendum in insulam,	devoir être relégué dans une île,
quum arceretur Italia,	lorsqu'il était *seulement* exclu de l'Italie,
convictus cepisse pecuniam	convaincu d'avoir pris de l'argent
ob rem judicandam ;	pour une affaire à-juger ;
tanta contentione animi,	*et cela* avec une si-grande chaleur d'âme,
ut et obstringeret jurando	que même il s'engagea en jurant
id esse e republica.	cela être dans-l'intérêt-de la république.
Quod, acceptum aspere	*Ce* qui, accueilli sévèrement
ad præsens,	pour le *moment* présent,
mox vertit in laudem,	bientôt tourna à *sa* gloire,
Suilio regresso :	Suilius étant revenu :
quem ætas sequens	*lui* que l'âge suivant
vidit præpotentem,	vit tout-puissant,
venalem,	vénal,
et usum amicitia	et ayant usé de l'amitié
principis Claudii	de l'empereur Claude
diu prospere,	longtemps avec-bonheur,
nunquam bene.	jamais bien.
Eadem pœna statuitur	La même peine est décrétée
in senatorem	contre le sénateur
Catum Firmium,	Catus Firmius,
tanquam petivisset sororem	comme s'il avait attaqué *sa* sœur
falsis criminibus	par de fausses accusations

ut retuli, Libonem illexerat insidiis, deinde indicio perculerat.
Ejus operæ memor Tiberius, sed alia prætendens, exsilium
deprecatus est : quominus senatu pelleretur, non obstitit.

XXXII. Pleraque eorum quæ retuli quæque referam parva
forsitan et levia memoratu videri non nescius sum; sed nemo
Annales nostros cum scriptura eorum contenderit, qui veteres
populi Romani res composuere. Ingentia illi bella, expugnationes urbium, fusos captosque reges, aut, si quando ad interna præverterent, discordias consulum adversum tribunos,
agrarias frumentariasque leges [1], plebis et optimatium certamina, libero egressu memorabant. Nobis in arcto et inglorius
labor. Immota quippe aut modice lacessita pax, mœstæ Urbis
res, et princeps proferendi imperii incuriosus erat. Non tamen sine usu fuerit introspicere illa, primo adspectu levia,
ex quis magnarum sæpe rerum monitus oriuntur.

XXXIII. Nam cunctas nationes et urbes populus, aut pri-

de lèse-majesté. C'était lui qui, comme je l'ai dit, avait attiré Libon
dans le piége, et qui ensuite l'avait perdu par sa dénonciation. Tibère n'avait point oublié ce service, mais il prétexta d'autres motifs,
et demanda qu'on lui fît grâce de l'exil ; d'ailleurs il ne s'opposa
point à ce que Firmius fût chassé du sénat.

XXXII. Je ne me dissimule point que la plupart de ces faits, et
d'autres que je rapporterai, paraîtront peu importants peut-être et
peu dignes de mémoire; mais on ne doit point comparer ces Annales
avec les ouvrages qui contiennent les anciens exploits du peuple
romain. Là, des guerres mémorables, des siéges importants, des
rois chassés ou prisonniers ; et, au dedans, les querelles des consuls
et des tribuns, les lois agraires et frumentaires, les combats du peuple
et des grands, offraient un libre et vaste champ au génie de l'historien. Pour moi, nulle gloire dans les bornes étroites où je suis res-
serré : une paix constante ou faiblement altérée, les malheurs des
citoyens, un prince peu jaloux d'étendre l'empire. Cependant il
ne sera point inutile d'arrêter ses regards sur ces faits, peu importants en apparence, mais d'où l'on peut tirer souvent de grandes
leçons.

XXXIII. En effet, chez toutes les nations, dans toutes les villes,

majestatis.
de lèse-majesté.

Catus, ut retuli,
Catus, comme je l'ai rapporté,

illexerat Libonem insidiis,
avait attiré Libon dans des embûches,

deinde perculerat
ensuite il l'avait renversé

indicio.
par une dénonciation.

Tiberius
Tibère

memor ejus operæ ,
se souvenant de ce service,

sed prætendens alia,
mais prétextant d'autres *motifs*,

deprecatus est exsilium :
détourna-par-*ses*-prières l'exil :

non obstitit,
il ne s'opposa point

quominus pelleretur senatu.
à ce qu'il fût chassé du sénat.

XXXII. Non sum nescius
XXXII. Je ne suis point ignorant

pleraque eorum quæ retuli
la plupart de ces *faits* que j'ai rapportés

quæque referam
et que je rapporterai

videri forsitan parva
sembler peut-être petits

et levia memoratu;
et légers (frivoles) à mentionner;

sed nemo contenderit
mais personne ne doit comparer

nostros Annales
nos Annales

cum scriptura eorum
avec les écrits de ceux

qui composuere res veteres
qui ont arrangé (écrit) les faits anciens

populi Romani.
du peuple romain.

Illi memorabant
Ceux-là racontaient

egressu libero
d'une marche libre

ingentia bella,
de grandes guerres,

expugnationes urbium,
des prises-d'assaut de villes,

reges fusos captosque,
des rois défaits et pris,

aut, si quando
ou, si quelquefois

præverterent ad interna,
ils revenaient aux *faits* intérieurs,

discordias consulum
les discordes (démêlés) des consuls

adversum tribunos,
contre (avec) les tribuns,

leges agrarias
les lois agraires

frumentariasque,
et frumentaires,

certamina
les rivalités

plebis et optimatium.
du peuple et des grands.

Nobis labor in arcto
Pour nous le travail *est* dans un *espace*

et inglorius.
et sans-gloire. [étroit

Quippe pax erat immota
En-effet la paix était non-troublée

aut lacessita modice,
ou inquiétée faiblement,

res Urbis mœstæ,
les affaires de la ville tristes,

et princeps incuriosus
et le prince peu-jaloux

proferendi imperii.
d'étendre l'empire. [sans utilité

Tamen non fuerit sine usu
Cependant il n'aura pas été (il ne sera pas)

introspicere illa,
de porter-le-regard-dans ces *faits*,

levia primo adspectu,
légers (indifférents) au premier aspect,

ex quis oriuntur sæpe
desquels sortent souvent

monitus magnarum rerum.
des leçons de grandes choses.

XXXIII. Nam populus,
XXXIII. Car le peuple,

mores, aut singuli regunt : delecta ex his et consociata reipublicæ forma laudari facilius quam evenire, vel, si evenit, haud
diuturna esse potest. Igitur ut olim, plebe valida, vel quum
patres pollerent, noscenda vulgi natura, et quibus modis
temperanter haberetur, senatusque et optimatium ingenia qui
maxime perdidicerant, callidi temporum et sapientes credebantur; sic, converso statu, neque alia re Romana quam si
unus imperitet, hæc conquiri tradique in rem fuerit : quia
pauci prudentia honesta ab deterioribus, utilia ab noxiis
discernunt; plures aliorum eventis docentur. Ceterum, ut
profutura[1], ita minimum oblectationis afferunt : nam situs
gentium, varietates prœliorum, clari ducum exitus, retinent
ac redintegrant legentium animum; nos sæva jussa, continuas

le pouvoir est aux mains du peuple, ou des grands, ou bien d'un
seul. Une forme de gouvernement qui se composerait à la fois des
trois autres serait digne d'éloges, mais n'est guère réalisable; et,
si on parvenait à l'établir, elle ne pourrait subsister longtemps. Or,
comme, sous le gouvernement populaire, il fallait connaître le caractère du peuple et les moyens de le conduire avec prudence;
comme, sous l'administration patricienne, les politiques et les sages
étudiaient avec soin l'esprit du sénat et des grands; de même, aujourd'hui que la chose publique n'est autre que le gouvernement
d'un seul, il est bon de rechercher et de rapporter les faits que je
raconte. Peu d'hommes, par leurs seules lumières, distingueront ce
qui honore et ce qui dégrade, ce qui nuit et ce qui est utile. C'est
l'expérience d'autrui qui instruit le plus grand nombre. Au reste, si
ces objets ne sont pas sans utilité, j'avoue qu'ils offrent très-peu
d'agréments. La description des pays, les vicissitudes des combats,
les éclatants trépas des généraux soutiennent et raniment l'attention
des lecteurs. Mais moi, dans cette énumération fastidieuse d'ordres
tyranniques, de délations continuelles, d'amitiés perfides, de con-

aut primores, aut singuli	ou les grands, ou des *individus* isolés
regunt cunctas nationes	gouvernent toutes les nations
et urbes :	et *toutes* les villes :
forma reipublicæ	une forme de gouvernement
delecta ex his	choisie d'entre celles-là
et consociata	et alliée (tempérée par leur mélange)
potest laudari	peut être louée
facilius quam evenire ;	plus facilement que se réaliser ;
vel, si evenit,	ou, si elle se réalise,
haud esse diuturna.	ne *peut* être durable.
Igitur ut olim,	Donc comme autrefois,
plebe valida,	le peuple *étant* puissant, [voir,
vel quum patres pollerent,	ou lorsque les sénateurs avaient-le-pou-
natura vulgi	le caractère de la multitude
noscenda,	devait être connu,
et quibus modis	et par quels moyens
haberetur temperanter,	elle serait traitée avec-mesure,
quique perdidicerant	et *ceux* qui avaient étudié
maxime	le plus
ingenia senatus	l'esprit du sénat
et optimatium	et des grands
credebantur callidi	étaient crus habiles
temporum	*dans la science* des circonstances (intérêts)
et sapientes ;	et sages ;
sic, statu converso,	de même, l'état *des choses* étant changé,
neque re Romana alia	et la république romaine n'*étant* pas autre
quam si unus imperitet,	que si un *seul homme* commandait,
fuerit in rem	il sera pour l'utilité (il sera utile)
hæc conquiri tradique :	ces *faits* être recherchés et rapportés :
quia pauci prudentia	parce que peu *d'hommes* par *leurs* lumières
discernunt honesta	discernent les choses honorables
ab deterioribus,	des choses plus mauvaises,
utilia ab noxiis ;	les utiles des nuisibles ;
plures docentur	*et* que de plus nombreux sont instruits
eventis aliorum.	par les résultats (exemples) des autres.
Ceterum	Au-reste
ut profutura,	de même que *ces détails* seront-utiles,
afferunt	*de même* ils apportent
minimum oblectationis :	très-peu d'agrément :
nam situs gentium,	car la situation des nations,
varietates prœliorum,	les vicissitudes des combats,
exitus clari ducum,	les fins éclatantes des chefs,
retinent ac redintegrant	retiennent (attachent) et renouvellent
animum legentium ;	l'esprit (l'attention) des lecteurs ;
nos conjungimus	*quant à* nous, nous relions-ensemble
jussa sæva,	des ordres cruels,
accusationes continuas,	des accusations continuelles,

accusationes, fallaces amicitias, perniciem innocentium, et easdem exitu causas conjungimus, obvia rerum similitudine et satietate. Tum, quod antiquis scriptoribus rarus obtrectator ; neque refert cujusquam Punicas Romanasve acies lætius extuleris : at multorum qui, Tiberio regente, pœnam vel infamiam subiere, posteri manent; utque familiæ ipsæ jam exstinctæ sint, reperies qui, ob similitudinem morum, aliena malefacta sibi objectari putent : etiam gloria ac virtus infensos habet, ut nimis ex propinquo diversa arguens. Sed ad incepta redeo.

XXXIV. Cornelio Cosso, Asinio Agrippa consulibus, Cremutius Cordus postulatur, novo ac tunc primum audito crimine, quod, editis annalibus laudatoque M. Bruto, C. Cassium Romanorum ultimum dixisset. Accusabant Satrius Secundus et Pinarius Natta, Sejani clientes : id perniciabile reo[1], et Cæsar truci vultu defensionem accipiens; quam Cremutius,

damnations injustes, de causes qui toutes ont une fin pareille, il me faut lutter sans cesse contre les dégoûts de l'uniformité. D'ailleurs les anciens écrivains font peu de mécontents, et personne ne s'inquiète que l'on exalte les armées romaines ou les armées carthaginoises. Mais la postérité de la plupart de ceux qui subirent, sous Tibère, le supplice ou l'infamie, est encore existante ; et, fût-elle déjà éteinte, il se trouve des gens qui, par la conformité de leurs mœurs, regardent la censure des crimes d'autrui comme une satire personnelle. Il n'y a pas jusqu'à la gloire et à la vertu qui ne choquent, parce qu'à cette proximité elles semblent accuser trop hautement la honte des contemporains. Mais je reviens à mon sujet.

XXXIV. Sous le consulat de Cornélius Cossus et d'Asinius Agrippa, Crémutius Cordus fut poursuivi pour avoir, dans ses Annales, loué M. Brutus et appelé C. Cassius le dernier des Romains; c'était la première fois qu'on entendait parler d'un pareil genre de délit. Les accusateurs étaient Satrius Sécundus et Pinarius Natta, créatures de Séjan. Cette circonstance, jointe à l'indignation qui se peignit sur le visage du prince pendant le

amicitias fallaces,	des amitiés trompeuses,
perniciem innocentium,	la ruine des innocents,
et causas easdem exitu,	et des causes semblables par l'issue.
similitudine rerum obvia	l'uniformité des faits se présentant *à nous*
et satietate.	ainsi-que la satiété.
Tum, quod	Puis, *ajoutez* que
scriptoribus antiquis	pour les écrivains anciens
obtrectator rarus;	le détracteur *est* rare ;
neque refert cujusquam	et il n'importe pas à qui-que-ce-soit
extuleris lætius	que tu aies relevé plus favorablement
acies Punicas Romanasve :	les armées carthaginoises ou romaines :
at posteri manent	mais les descendants subsistent
multorum,	de beaucoup *d'hommes*,
qui, Tiberio regente,	qui, Tibère régnant,
subiere pœnam	ont subi un châtiment
vel infamiam ;	ou l'infamie ;
utque familiæ ipsæ	et en-supposant-que les familles elles-
sint jam exstinctæ,	soient déjà éteintes, [mêmes
reperies qui putent	tu trouveras *des gens* qui pensent
malefacta aliena	les méfaits d'-autrui
objectari sibi	être reprochés à eux-mêmes
ob similitudinem morum :	à-cause-de la ressemblance des mœurs :
etiam gloria ac virtus	même la gloire et la vertu
habet infensos,	ont des ennemis,
ut arguens nimis	comme accusant trop
diversa	des *mœurs* contraires
ex propinquo.	par-suite-de la proximité *des temps*.
Sed redeo ad incepta.	Mais je reviens aux *récits* commencés.
XXXIV. Cornelio Cosso,	XXXIV. Cornélius Cossus
Asinio Agrippa consulibus,	*et* Asinius Agrippa *étant* consuls,
Cremutius Cordus	Crémutius Cordus
postulatur,	est cité *en justice*,
crimine novo	l'accusation *étant* nouvelle
ac audito tunc primum,	et entendue alors pour-la-première-fois,
quod, annalibus editis	parce que, des annales ayant été publiées
Marcoque Bruto	et Marcus Brutus
laudato,	ayant été loué,
dixisset C. Cassium	il avait dit C. Cassius
ultimum Romanorum.	*avoir été* le dernier des Romains.
Satrius Secundus	Satrius Sécundus
et Pinarius Natta,	et Pinarius Natta,
clientes Sejani,	clients de Séjan,
accusabant :	*l'*accusaient :
id perniciabile reo,	cela *fut* funeste à l'accusé,
et Cæsar	ainsi-que César (Tibère)
accipiens defensionem	accueillant *sa* défense
vultu truci ;	d'un visage farouche ;

relinquendæ vitæ certus, in hunc modum exorsus est : « Verba
mea, Patres conscripti, arguuntur; adeo factorum innocens
sum. Sed neque hæc in principem aut principis parentem,
quos lex majestatis amplectitur. Brutum et Cassium laudavisse
dicor; quorum res gestas quum plurimi composuerint, nemo
sine honore memoravit. Titus Livius, eloquentiæ ac fidei
præclarus in primis, Cn. Pompeium tantis laudibus tulit, ut
Pompeianum eum Augustus appellaret : neque id amicitiæ
eorum offecit. Scipionem, Afranium[1], hunc ipsum Cassium,
hunc Brutum, nusquam latrones et parricidas, quæ nunc vocabula imponuntur, sæpe ut insignes viros, nominat. Asinii
Pollionis[2] scripta egregiam eorumdem memoriam tradunt;
Messalla Corvinus[3] imperatorem suum Cassium prædicabat :
et uterque opibusque atque honoribus perviguere. Marci Ciceronis libro, quo Catonem cœlo æquavit, quid aliud dictator

discours de l'accusé, présageait sa perte; mais lui, déjà résolu
d'abandonner la vie, parla en ces termes : « Pères conscrits, on
accuse mes paroles, tant mes actions sont innocentes! mais ces
paroles mêmes n'attaquent ni le prince ni sa mère, les seuls
qu'embrasse la loi de lèse-majesté. On me reproche d'avoir loué
Brutus et Cassius, dont les actions, racontées par plusieurs historiens, ne l'ont jamais été sans éloge. Tite Live, le plus éloquent et
le plus véridique de tous ceux qui ont écrit l'histoire, a donné
tant de louanges au grand Pompée, qu'Auguste l'appelait le Pompéien ; et leur amitié n'en fut point altérée. Afranius, Scipion, ce
Cassius, ce Brutus, qu'on traite aujourd'hui de brigands et de
parricides, n'ont jamais reçu de lui ces noms odieux, et souvent il
les qualifie de grands hommes. Les écrits d'Asinius Pollion con-
sacrent encore la mémoire de ces mêmes citoyens; Messala Corvinus
appelait hautement Cassius son général, et tous deux furent comblés de richesses et d'honneurs. Cicéron dans un de ses ouvrages

quam Cremutius,
certus relinquendæ vitæ,
exorsus est in hunc modum:
« Patres conscripti,
mea verba arguuntur ;
adeo sum innocens
factorum.
Sed hæc
neque in principem
aut parentem principis,
quos lex majestatis
amplectitur.
Dicor laudavisse
Brutum et Cassium ;
quorum quum plurimi
composuerint res gestas.
nemo memoravit
sine honore.
Titus Livius,
præclarus in primis
eloquentiæ ac fidei,
tulit Cn. Pompeium
tantis laudibus,
ut Augustus appellaret eum
Pompeianum :
neque id offecit
amicitiæ eorum.
Nominat nusquam,
latrones et parricidas,
quæ vocabula
imponuntur nunc,
sæpe ut viros insignes,
Scipionem, Afranium,
hunc Cassium ipsum,
hunc Brutum.
Scripta Asinii Pollionis
tradunt
egregiam memoriam
eorumdem ;
Messalla Corvinus
prædicabat Cassium
suum imperatorem :
et uterque perviguere
opibusque atque honoribus.
Libro Marci Ciceronis,
quo
æquavit cœlo Catonem,

laquelle *défense* Crémutius,
résolu de quitter la vie,
commença de cette manière :
« Pères conscrits,
mes paroles sont accusées ;
tant je suis innocent
d'actions (dans mes actions).
Mais ces *paroles*
ne sont dirigées ni contre le prince
ou (ni) *contre* la mère du prince,
que la loi de *lèse*-majesté
comprend.
Je suis dit avoir loué
Brutus et Cassius ;
desquels bien que plusieurs
aient composé (écrit) les actions,
personne ne *les* a rapportées
sans honneur (éloge).
Tite Live,
remarquable entre les premiers
pour *son* éloquence et *sa* véracité,
exalta Cn. Pompée
par de si-grandes louanges,
qu'Auguste appelait lui
Pompéien :
et cela ne nuisit point
à l'amitié d'eux.
Il ne nomme nulle-part
brigands et parricides,
lesquels noms
leur sont appliqués maintenant, [lustres,
souvent *il nomme* comme personnages il-
Scipion, Afranius,
ce Cassius lui-même,
ce Brutus.
Les écrits d'Asinius Pollion
transmettent
un noble souvenir
de ces-mêmes *hommes* ;
Messala Corvinus
appelait-hautement Cassius
son général :   [qu'au-bout
et l'un-et-l'autre furent-florissants-jus-
et de fortune et d'honneurs.
Au livre de Marcus Cicéron,
dans lequel
il égala au (éleva jusqu'au) ciel Caton,

4.

Cæsar quam rescripta oratione[1], velut apud judices, respondit? Antonii epistolæ, Bruti conciones, falsa quidem in Augustum probra, sed multa cum acerbitate habent; carmina
Bibaculi[2] et Catulli, referta contumeliis Cæsarum, leguntur :
sed ipse divus Julius, ipse divus Augustus, et tulere ista, et
reliquere; haud facile dixerim, moderatione magis an sapientia : namque spreta exolescunt; si irascare, agnita videntur.

XXXV. « Non attingo Græcos, quorum non modo libertas,
etiam libido impunita : aut, si quis advertit, dictis dicta ultus
est. Sed maxime solutum et sine obtrectatore fuit, prodere de
iis quos mors odio aut gratiæ exemisset. Num cum armatis
Cassio et Bruto ac Philippenses campos obtinentibus, belli
civilis causa, populum per conciones incendo? an[3] illi quidem,
septuagesimum ante annum[4] perempti, quomodo imaginibus
suis noscuntur, quas ne victor quidem abolevit, sic partem
memoriæ apud scriptores retinent? Suum cuique decus po-

éleva Caton jusqu'au ciel. Que fit César, tout dictateur qu'il était ?
Il répondit par un autre livre, comme s'il eût plaidé devant un
tribunal. Les lettres d'Antoine, les harangues de Brutus sont
pleines de traits, assurément injustes, mais sanglants, contre
Auguste; et dans les vers de Bibaculus et de Catulle, on trouve une
foule d'invectives contre les Césars. Cependant les Césars eux-
mêmes, et Jules et Auguste, ont enduré, ont dédaigné ces outrages, et je ne sais s'il faut louer en cela leur modération plus que
leur sagesse ; car le mépris fait tomber une injure, le ressentiment
qu'on en témoigne semble être un aveu qu'on la mérite.

XXXV. « Je ne parle point des Grecs, dont la liberté, dont la
licence même furent impunies ; ou, si quelqu'un s'en offensait, il se
vengeait d'un mot par un mot. Mais certes on ne contesta jamais
le droit de parler librement de ceux que la mort avait soustraits à
la faveur ou à la haine. Croit-on que je veuille par mes écrits
exciter le peuple à la guerre civile, ramener Cassius et Brutus en
armes dans les champs de Philippes? où pense-t-on que, morts
depuis soixante-dix ans, ils ne conserveront point une place dans
l'histoire, comme leurs traits sont conservés dans leurs images,

quid respondit aliud	que répondit autre chose
dictator Cæsar	le dictateur César
quam oratione rescripta,	que par un discours écrit-en-réponse,
velut apud judices ?	comme devant des juges ?
Epistolæ Antonii,	Les lettres d'Antoine,
conciones Bruti	les harangues de Brutus
habent in Augustum	ont (renferment) contre Auguste
probra falsa quidem,	des injures fausses il-est-vrai,
sed cum multa acerbitate ;	mais avec une grande aigreur ;
carmina leguntur	des vers sont lus
Bibaculi et Catulli,	de Bibaculus et de Catulle,
referta contumeliis	*tout* remplis d'outrages.
Cæsarum :	des (contre les) Césars :
sed divus Julius ipse,	mais le divin Jules *César* lui-même,
divus Augustus ipse,	le divin Auguste lui-même,
et tulere ista,	et supportèrent ces *outrages*,
et reliquere ;	et *les* laissèrent *impunis* ;
haud dixerim facile,	je ne dirais pas facilement,
magis moderatione	*si ce fut* plutôt par modération
an sapientia :	ou par sagesse :
namque spreta exolescunt ;	car *les outrages* méprisés s'effacent ;
si irascare,	si tu t'irrites,
videntur agnita.	ils semblent *avoir été* reconnus *vrais*.
XXXV. « Non attingo Græcos,	XXXV. «Je ne touche pas aux Grecs,
quorum non modo libertas,	dont non-seulement la liberté,
etiam libido, impunita :	*mais* encore la licence, *était* impunie :
aut, si quis advertit,	ou, si quelqu'un sévit,
ultus est dicta dictis.	il se vengea de paroles par des paroles.
Sed fuit maxime solutum	Mais *ceci* fut surtout dégagé *d'entraves* (li-
et sine obtrectatore,	et sans détracteur, [bre)
prodere de iis	de publier *sa pensée* sur ceux
quos mors exemisset	que la mort avait soustraits
odio aut gratiæ.	à la haine ou à la faveur.
Num incendo populum	Est-ce que j'enflamme le peuple
per conciones,	par des harangues,
causa belli civilis,	en vue de la guerre civile,
cum Cassio et Bruto	avec Cassius et Brutus
armatis	armés
ac obtinentibus	et tenant
campos Philippenses ?	les plaines de-Philippes ?
an illi quidem,	ou bien ceux-là certes,
perempti [te,	tués [(il y a soixante-dix ans),
septuagesimum annum an-	la soixante-dixième année auparavant
retinent partem memoriæ	*ne* gardent-ils *pas* une part de mémoire
apud scriptores	chez les écrivains
sic quomodo noscuntur	ainsi qu'ils sont connus

steritas rependit; nec deerunt, si damnatio ingruit, qui non
modo Cassii et Bruti, sed etiam mei, meminerint. » Egressus
dein senatu, vitam abstinentia finivit[1] : libros per ædiles
cremandos censuere patres; sed manserunt, occultati et editi[2].
Quo magis socordiam eorum irridere libet, qui præsenti potentia credunt exstingui posse etiam sequentis ævi memoriam.
Nam contra, punitis ingeniis, gliscit auctoritas; neque aliud
externi reges, aut qui eadem sævitia usi sunt, nisi dedecus
sibi, atque illis gloriam, peperere.

XXXVI. Ceterum postulandis reis tam continuus annus
fuit, ut, feriarum Latinarum[3] diebus, præfectum Urbis Drusum, auspicandi gratia tribunal ingressum, adierit Calpurnius
Salvianus in Sext. Marium : quod a Cæsare palam increpitum
causa exsilii Salviano fuit. Objecta publice Cyzicenis[4] incuria
cærimonarium divi Augusti, additis violentiæ criminibus

que le vainqueur même n'a pas détruites? La postérité assigne à
chacun sa part de gloire; et, si l'on me condamne, il ne manquera
pas de citoyens qui se souviendront de Cassius et de Brutus, et
même de moi. » Il sortit ensuite du sénat, et se laissa mourir de
faim. Les sénateurs condamnèrent son ouvrage à être brûlé par les
édiles ; mais l'ouvrage fut conservé ; on le cacha d'abord, puis on le
publia. Qu'on rie donc maintenant de l'aveuglement de ceux qui pensent que leur pouvoir éphémère étouffera la voix même des siècles
à venir. Au contraire le mérite opprimé en acquiert plus de prix; et
les rois, et tous ceux qui ont eu recours à de pareilles persécutions,
n'ont fait que préparer la gloire de l'écrivain et leur propre honte.

XXXVI. Au reste les délations se succédèrent toute l'année avec
une telle fureur, que, le jour même des féries latines, Drusus,
préfet de Rome, étant monté sur son tribunal pour prendre possession de sa charge, Calpurnius Salvianus vint aussitôt lui dénoncer Sext. Marius. Cette démarche, blâmée hautement par
Tibère, fit condamner Salvianus à l'exil. Les habitants de Cyzique,
accusés de négligence dans le culte d'Auguste, et en outre de

suis imaginibus,	par leurs images,
quas ne victor quidem	lesquelles pas même le vainqueur
abolevit?	n'a abolies?
Posteritas rependit cuique	La postérité paye à chacun
suum decus;	sa gloire;
nec deerunt,	et *les gens* ne manqueront pas,
qui meminerint	qui se souviendront
non modo Cassii et Bruti,	non-seulement de Cassius et de Brutus,
sed etiam mei,	mais encore de moi,
si damnatio ingruit. »	si une condamnation fond-sur *moi.* »
Dein egressus senatu,	Ensuite étant sorti du sénat,
finivit vitam abstinentia :	il finit *sa* vie par l'abstention *de nourriture* :
patres censuere	les sénateurs furent-d'avis
libros cremandos	*ses* livres devoir être brûlés
per ædiles;	par les édiles;
sed manserunt,	mais ils sont restés,
occultati et editi.	cachés et publiés.
Quo libet magis	C'est pourquoi il *me* plaît davantage
irridere socordiam eorum	de me moquer de l'aveuglement de ces
qui credunt memoriam	qui croient la mémoire [*hommes*
etiam ævi sequentis	même de l'âge suivant
posse exstingui	pouvoir être étouffée
potentia præsenti.	par la puissance du-moment.
Nam contra,	Car au-contraire,
ingeniis punitis,	les talents étant punis,
auctoritas gliscit;	*leur* autorité s'accroît;
neque reges externi,	et les rois étrangers,
aut qui usi sunt	ou *ceux* qui ont usé
eadem sævitia,	de la même rigueur,
peperere aliud,	n'ont pas enfanté autre chose,
nisi dedecus sibi,	sinon (que) de la honte pour eux-mêmes,
atque gloriam illis.	et de la gloire pour ceux-là.
XXXVI. Ceterum annus	XXXVI. Au-reste *cette* année
fuit tam continuus	fut si remplie
reis postulandis,	d'accusés à-poursuivre,
ut, diebus	que, pendant les jours
feriarum Latinarum,	des féries latines,
Calpurnius Salvianus	Calpurnius Salvianus
adierit in Sext. Marium	alla-trouver contre Sext. Marius
præfectum urbis Drusum,	le préfet de la ville Drusus,
ingressum tribunal	qui était monté-à *son* tribunal
gratia auspicandi :	en vue d'inaugurer *sa charge* :
quod increpitum palam	ce qui blâmé ouvertement
a Cæsare	par César (Tibère)
fuit Salviano causa exsilii.	fut pour Salvianus une cause d'exil.
Incuria cærimoniarum	La négligence des (dans les) cérémonies
divi Augusti	du divin Auguste

adversum cives Romanos : et amisere libertatem, quam bello
Mithridatis meruerant circumsessi, nec minus sua constantia
quam præsidio Luculli pulso rege. At Fonteius Capito, qui proconsul Asiam curaverat, absolvitur, comperto ficta in eum
crimina per Vibium Serenum. Neque tamen id Sereno noxæ
fuit, quem odium publicum tutiorem faciebat : nam ut quis
districtior accusator, velut sacrosanctus erat; leves, ignobiles,
pœnis afficiebantur.

XXXVII. Per idem tempus Hispania ulterior, missis ad
senatum legatis, oravit ut exemplo Asiæ delubrum Tiberio
matrique ejus exstrueret : qua occasione Cæsar, validus alioqui spernendis honoribus, et respondendum ratus iis quorum
rumore arguebatur in ambitionem flexisse, hujuscemodi orationem cœpit : « Scio, Patres conscripti, constantiam meam
a plerisque desideratam, quod Asiæ civitatibus, nuper idem
istud petentibus, non sim adversatus : ergo et prioris silentii

violence contre des citoyens romains , perdirent la liberté qui avait
été le prix de leurs efforts dans la guerre de Mithridate, lorsque, assiégés eux-mêmes, ils repoussèrent ce monarque par leur constance autant que par les secours de Lucullus. Fontéius Capiton,
ancien proconsul d'Asie, fut déchargé d'une accusation reconnue
calomnieuse, que lui intentait Vibius Sérénus. Et cependant il n'en
arriva rien de fâcheux au délateur; la haine publique faisait sa
sûreté : car, plus ces hommes montraient d'acharnement, plus leur
personne semblait devenir sacrée; obscurs et pusillanimes, on les
punissait.

XXXVII. Vers le même temps, l'Espagne ultérieure envoya des
députés au sénat pour demander la permission d'élever, à l'exemple
de l'Asie, un temple à l'empereur et à sa mère. Tibère, d'ailleurs
ferme dans son mépris pour les honneurs, saisit cette occasion pour
répondre à ceux qui l'accusaient d'avoir cédé à la vanité. Il adressa
ce discours au sénat : « Pères conscrits, je sais que plusieurs m'ont
reproché de la faiblesse, lorsque dernièrement, les villes d'Asie
ayant formé la même demande, je ne l'ai point combattue. Je viens

objecta publice Cyzicenis,
criminibus violentiæ
adversum cives Romanos
additis :
et amisere libertatem,
quam meruerant
circumsessi
bello Mithridatis,
nec rege pulso
minus sua constantia
quam præsidio Luculli.
At Fonteins Capito,
qui curaverat Asiam
proconsul,
absolvitur, comperto
crimina ficta in eum
per Vibium Serenum.
Neque tamen id
fuit noxæ Sereuo,
quem odium publicum
faciebat tutiorem :
nam, ut quis accusator
districtior,
erat velut sacrosanctus ;
leves, ignobiles,
afficiebantur pœnis.
XXXVII. Per idem tem-
Hispania ulterior,   [pus
legatis missis ad senatum,
oravit ut exemplo Asiæ
exstrueret delubrum
Tiberio matrique ejus :
qua occasione Cæsar,
alioqui validus
spernendis honoribus,
et ratus respondendum
iis rumore quorum
arguebatur
flexisse in ambitionem,
cœpit orationem
hujuscemodi :
« Patres conscripti,
scio meam constantiam
desideratam a plerisque,
quod non adversatus sim
civitatibus Asiæ,
petentibus nuper

fut reprochée publiquement à ceux-de-
des accusations de violence   [Cyzique,
contre des citoyens romains
étant ajoutées :
et ils perdirent la liberté
qu'ils avaient méritée
étant assiégés
dans la guerre de Mithridate,
et *ce* roi ayant été repoussé
non moins par leur fermeté
que par le secours de Lucullus.
Mais Fontéius Capiton,
qui avait administré l'Asie
comme proconsul,
est absous, *ceci* étant avéré
des griefs *avoir été* supposés contre lui
par Vibius Sérénus.
Et cependant ce *fait*
ne fut point à dommage à Sérénus ;
que la haine publique
faisait (mettait) plus en-sûreté :
car, selon que quelque accusateur
était plus acharné,
il était comme sacrosaint ;
légers (sans conséquence), obscurs,
ils étaient accablés de châtiments.
XXXVII. Pendant le même temps
l'Espagne ultérieure,
des députés étant envoyés au sénat,
supplia pour qu'à l'exemple de l'Asie
elle élevât un temple
à Tibère et à la mère de lui :
dans laquelle occasion César (Tibère),
d'ailleurs ferme
pour mépriser les honneurs,
et pensant falloir (qu'il fallait) répondre
à ceux par les propos desquels
il était accusé
d'avoir tourné à la vanité,
commença un discours
de-cette-sorte :
« Pères conscrits,
je sais ma fermeté
avoir été regrettée par la plupart,
parce que je ne me suis pas opposé
aux cités de l'Asie,
qui demandaient naguère

defensionem, et quid in futurum statuerim, simul aperiam.
Quum divus Augustus sibi atque urbi Romæ[1] templum apud
Pergamum[2] sisti non prohibuisset, qui omnia facta dictaque
ejus vice legis observem, placitum jam exemplum promptius
secutus sum, quia cultui meo veneratio senatus adjungebatur. Ceterum ut semel recepisse veniam habuerit, ita per
omnes provincias effigie numinum sacrari, ambitiosum, superbum : et vanescet Augusti honor, si promiscuis adulationibus vulgatur.

XXXVIII. « Ego me, Patres conscripti, mortalem esse, et
hominum officia fungi, satisque habere si locum principem
impleam, et vos testor, et meminisse posteros volo : qui satis
superque memoriæ meæ tribuent, ut majoribus meis dignum,
rerum vestrarum providum, constantem in periculis, offensionum pro utilitate publica non pavidum credant. Hæc mihi
in animis vestris templa, hæ pulcherrimæ effigies et mansuræ :

donc vous déclarer et les raisons de mon silence antérieur, et mes
résolutions pour l'avenir. Comme Auguste n'avait point empêché
Pergame de bâtir un temple en son honneur, et en l'honneur de
Rome, moi, pour qui ses actions et ses discours sont des lois sacrées,
j'ai cru devoir suivre un exemple déjà donné, d'autant plus qu'à
mon culte se joignait celui du sénat. Mais s'il est excusable d'avoir
accepté une fois, il y aurait aussi de la vanité et de l'orgueil à se
faire ériger en divinité dans toutes les provinces; d'ailleurs les
honneurs d'Auguste s'aviliront, si l'adulation les prodigue sans
discernement.

XXXVIII. « Oui, Pères conscrits, je sais que je suis mortel, que
je suis soumis aux mêmes devoirs que les autres hommes, et que
c'est assez pour moi de remplir la première place. Tels sont mes
sentiments; je vous en prends à témoin, et je veux que la postérité
s'en souvienne. Elle ne fera que trop pour ma mémoire, si elle me
juge digne de mes ancêtres, prévoyant pour vos intérêts, ferme
dans les dangers, ne craignant point de braver toutes les haines
pour l'utilité publique. Voilà les temples, voilà les statues, voilà les
autels que j'ambitionne dans vos cœurs; ce sont les plus beaux,

istud idem :
ergo aperiam simul
et defensionem
silentii prioris,
et quid statuerim
in futurum.
Quum divus Augustus
non prohibuisset
templum sisti
apud Pergamum
sibi atque urbi Romæ,
qui observem vice legis
omnia facta dictaque ejus,
secutus sum promptius
exemplum jam placitum,
quia veneratio senatus
adjungebatur meo cultui.
Ceterum ut recepisse semel
habuerit veniam,
ita ambitiosum,
superbum,
sacrari effigie numinum
per omnes provincias :
et honor Augusti
vanescet,
si vulgatur
adulationibus promiscuis.
    XXXVIII. « Ego,
Patres conscripti,
et testor vos
me esse mortalem,
et fungi officia hominum,
habereque satis
si impleam
principem locum,
et volo posteros meminisse :
qui tribuent satis superque
meæ memoriæ,
ut credant
dignum meis majoribus,
providum
vestrarum rerum,
constantem in periculis,
non pavidum offensionum
pro utilitate publica.
Hæc templa mihi
in vestris animis,

ce même *privilége* :   [fois
donc je découvrirai (ferai connaître) à la
et la défense (l'excuse)
de *mon* silence précédent,
et ce que j'ai résolu
pour l'avenir.
Comme le divin Auguste
n'avait pas empêché
un temple être établi
à Pergame
pour lui et pour la ville *de* Rome,
moi qui observe comme une loi
tous les actes et *tous* les mots de lui,
j'ai suivi avec-d'*autant*-plus-d'empresse-
un exemple déjà autorisé,   [ment
parce qu'un hommage du (au) sénat
était joint à mon culte.   [fois
Au-reste de-même-qu'avoir accepté une-
doit avoir (obtenir) une excuse,
ainsi *il serait* vain,
orgueilleux,
d'être consacré sous l'image des divinités
dans toutes les provinces :
et l'honneur d'Auguste (rendu à Auguste)
s'évanouira,
s'il est vulgarisé,
par des adulations banales.
    XXXVIII. « Moi,
Pères conscrits,
et j'atteste vous
moi être mortel,
et m'acquitter des devoirs des hommes,
et avoir assez
si je remplis
la première place,
et je veux *nos* descendants s'en souvenir :
eux qui accorderont assez et trop
à ma mémoire,
pourvu qu'ils croient
moi avoir été digne de mes ancêtres,
prévoyant
de vos intérêts,
ferme dans les dangers,
ne craignant pas les haines
pour l'utilité publique.
Ces temples *sont* à moi
dans vos cœurs,

nam quæ saxo struuntur, si judicium posterorum in odium
vertit, pro sepulcris spernuntur. Proinde socios, cives et deos
ipsos precor : hos ut mihi, ad finem usque vitæ, quietam et
intelligentem humani divinique juris mentem duint; illos ut,
quandoque concessero, cum laude et bonis recordationibus
facta atque famam nominis mei prosequantur. » Perstititque
posthac, secretis etiam sermonibus, aspernari talem sui cultum : quod alii modestiam, multi, quia diffideret, quidam, ut
degeneris animi, interpretabantur. « Optimos quippe mortalium altissima cupere. Sic Herculem et Liberum apud Græcos,
Quirinum apud nos, deum numero additos. Meliüs Augustum,
qui speraverit. Cetera principibus statim adesse : unum insatiabiliter parandum, prosperam sui memoriam; nam contemptu famæ contemni virtutes. »

XXXIX. At Sejanus, nimia fortuna socors et muliebri insuper cupidine incensus, promissum matrimonium flagitante

les plus durables des monuments : ceux qu'on élève avec la pierre,
si l'estime de la postérité se change en haine, ne sont plus regardés
que comme de vils sépulcres. Puissent donc les alliés, les citoyens
et les dieux entendre ma prière! Que ceux-ci m'accordent jusqu'à
la fin de mes jours une âme paisible et éclairée sur les principes des
lois divines et humaines; que les autres me donnent après ma mort
quelques louanges, et gardent un bon souvenir de mes actions et de
mon nom. » Depuis, dans ses épanchements même les plus intimes,
il marqua toujours un grand mépris pour un tel culte : ce que les
uns imputaient à sa modestie, plusieurs à sa défiance de lui-même,
d'autres à la faiblesse de son esprit, prétendant « que les désirs
s'élèvent à proportion que l'âme est grande. C'est ainsi qu'Hercule
et Bacchus chez les Grecs, Romulus parmi nous, montèrent au
rang des dieux. Auguste était plus louable d'avoir conçu le même
espoir. Les princes possédant tous les autres biens, il ne leur reste
à conquérir, à poursuivre sans relâche que l'estime de la postérité;
car le mépris de la gloire est aussi le mépris de la vertu. »

XXXIX. Cependant Séjan, enivré de sa haute fortune, et d'ailleurs excité par l'ardente passion de Livie, qui le pressait d'accom-

hæ effigies pulcherrimæ
et mansuræ :
nam quæ struuntur saxo
spernuntur pro sepulcris,
si judicium posterorum
vertit in odium.
Proinde precor socios,
cives et deos ipsos :
hos ut duint mihi ,
usque ad finem vitæ,
mentem quietam
et intelligentem
juris humani divinique;
illos ut prosequantur facta
atque famam mei nominis
cum laude
et bonis recordationibus ,
quandoque concessero. »
Perstititque posthac ,
etiam sermonibus secretis,
aspernari talem cultum sui:
quod alii interpretabantur
modestiam ,
multi, quia diffideret ,
quidam,
ut animi degeneris.
« Quippe optimos
mortalium
cupere altissima.
Sic Herculem et Liberum
apud Græcos ,
Quirinum apud nos ,
additos numero deum.
Augustum melius,
qui speraverit.
Cetera adesse statim
principibus :
unum parandum
insatiabiliter,
prosperam memoriam sui;
nam virtutes contemni
contemptu famæ. »
XXXIX. At Sejanus,
socors fortuna nimia
et insuper incensus
cupidine muliebri,
Livia flagitante

ces images *sont* les plus belles
et *ce sont celles* qui doivent durer : [pierre
car *les monuments* qui sont construits en
sont méprisés comme des sépulcres ,
si le jugement des descendants
se tourne en haine.
Donc je prie les alliés,
les citoyens et les dieux eux-mêmes :
ceux-ci qu'ils donnent à moi ,
jusqu'à la fin de *ma* vie,
une âme paisible
et comprenant
le droit humain et divin ;
ceux-là qu'ils accompagnent *mes* actes
et la renommée de mon nom
avec (par) des louanges
et de bons souvenirs,
quand je serai sorti *de la vie*. »
Et il persista dans-la-suite ,
même dans *ses* entretiens secrets ,
à rejeter un tel culte de lui-même :
ce que les uns interprétaient
comme modestie,
beaucoup, parce qu'il était-défiant,
quelques-uns ,
comme *signe* d'une âme dégénérée.
« Car les meilleurs
des mortels
désirer les plus hauts *honneurs*.
Ainsi Hercule et Bacchus
chez les Grecs ,
Quirinus chez nous ,
avoir été ajoutés au nombre des dieux.
Auguste *avoir* mieux *fait*,
lui qui avait espéré *l'être*. [ment
Les autres *biens* appartenir immédiate-
aux princes :
un *seul être* à-acquérir
sans-qu'on-puisse-s'en-rassasier ,
à savoir un heureux souvenir de soi;
car les vertus être méprisées
par le mépris de la renommée. »
XXXIX. Cependant Séjan,
égaré par une fortune excessive
et de plus enflammé
par la passion d'une-femme,
Livie réclamant *de lui*

Livia, componit ad Cæsarem codicillos : moris quippe tum erat[1], quanquam præsentem, scripto adire; ejus talis forma fuit : « Benevolentia patris Augusti, et mox plurimis Tiberii judiciis ita insuevisse, ut spes votaque sua non prius ad deos quam ad principum aures conferret. Neque fulgorem honorum unquam precatum; excubias ac labores, ut unum e militibus, pro incolumitate imperatoris malle. Attamen quod pulcherrimum adeptum, ut conjunctione Cæsaris[2] dignus crederetur ; hinc initium spei. Et quoniam audiverit Augustum, in collocanda filia, nonnihil etiam de equitibus Romanis consultavisse, ita, si maritus Liviæ quæreretur, haberet in animo amicum, sola necessitudinis gloria usurum : non enim exuere imposita munia; satis æstimare, firmari domum adversum iniquas Agrippinæ offensiones ; idque liberorum causa : nam sibi

plir le mariage promis, présente une requête à César. C'était alors l'usage de ne solliciter le prince, même présent, que par écrit. « Autorisé, lui disait-il, par les bontés d'Auguste et par les preuves récentes et multipliées de l'affection de Tibère, il ne formait pas de vœux et d'espérances qu'il ne crût devoir porter à l'oreille des princes avant de les adresser aux dieux. Jamais il n'avait désiré l'éclat des honneurs; les fatigues du simple soldat, les veilles pour la sûreté de l'empereur étaient plus de son goût. Toutefois il avait obtenu le plus grand de tous les honneurs, celui d'une alliance avec César : c'était là le commencement de son espérance; et, comme il avait entendu dire qu'Auguste, pour l'hymen de sa fille, avait jeté les yeux un moment sur de simples chevaliers romains, il espérait que Tibère, si l'on cherchait un époux à Livie, n'oublierait point un ami qui, dans cette alliance, n'envisageait que la gloire. En effet il ne renonçait point à ses fonctions accoutumées; il lui suffisait d'affermir sa maison contre les injustes ressentiments d'Agrippine; encore ne songeait-il qu'à

matrimonium promissum,	le mariage promis ,
componit codicillos	compose un mémoire
ad Cæsarem :	adressé à César (Tibère) :
quippe erat tum moris	car il était alors d'usage
adire scripto ,	de s'adresser par écrit au prince ,
quanquam præsentem ;	quoique présent ;
forma ejus fuit talis :	la forme de cet écrit fut telle :
« Insuevisse ita	« Lui avoir été accoutumé ainsi
benevolentia	par la bienveillance
patris	du père de Tibère,
Augusti,	Auguste, [ques d'estime)
et mox plurimis judiciis	et ensuite par plusieurs jugements (mar-
Tiberii ,	de Tibère,
ut non conferret ad de s	qu'il ne portât point aux dieux
spes suaque vota	ses espérances et ses vœux
priusquam	avant que de les porter
ad aures principum.	aux oreilles des princes.
Neque unquam precatum	Et jamais lui n'avoir sollicité
fulgorem honorum ;	l'éclat des honneurs ;
malle,	mieux-aimer,
ut unum e militibus,	comme un des soldats,
excubias ac labores	les gardes et les fatigues
pro incolumitate	pour la conservation
imperatoris.	de l'empereur.
Attamen adeptum	Cependant lui avoir obtenu
quod pulcherrimum ,	ce qui est le plus beau ,
ut crederetur dignus	à savoir qu'il fût cru digne
conjunctione Cæsaris ;	de l'alliance de (avec) César (Tibère) ;
hinc initium spei.	de là pour lui un commencement d'espoir.
Et quoniam audiverit	Et comme il avait entendu-dire
Augustum,	Auguste ,
in collocanda filia,	pour placer (marier) sa fille,
consultavisse nonnihil	avoir songé quelque-peu
etiam	même
de equitibus Romanis,	à des chevaliers romains ,
ita, si maritus	ainsi, si un mari
quæreretur Liviæ ,	était recherché pour Livie,
haberet in animo amicum,	qu'il (Tibère) eût dans l'esprit un ami,
usurum gloria sola	qui userait de la gloire seule
necessitudinis :	de cette alliance :
non enim exuere	car lui ne point dépouiller
munia imposita :	les charges imposées à lui-même ;
æstimare satis,	mais estimer assez ceci ,
domum firmari [nes	à savoir sa maison être affermie
adversum iniquas offensio-	contre les injustes ressentiments
Agrippinæ ;	d'Agrippine ;
idque causa liberorum :	et cela en vue de ses enfants :

multum superque vitæ fore , quod tali cum principe exple-
visset. »

XL. Ad ea Tiberius, laudata pietate Sejani, suisque in eum
beneficiis modice percursis, quum tempus tanquam ad integram consultationem petivisset , adjunxit : « Ceteris mortali-
bus in eo stare consilia, quid sibi conducere putent: principum diversam esse sortem, quibus præcipua rerum ad famam
dirigenda. Ideo se non illuc decurrere, quod promptum re-
scriptu : posse ipsam Liviam statuere , nubendum post Drusum, an in penatibus iisdem tolerandum haberet; esse illi
matrem et aviam , propiora consilia. Simplicius acturum : de
inimicitiis primum Agrippinæ; quas longe acrius arsuras, si
matrimonium Liviæ velut in partes domum Cæsarum distraxis-
set: sic quoque erumpere æmulationem feminarum, eaque
discordia nepotes suos convelli ; quid, si intendatur certamen
tali conjugio ? Falleris enim, Sejane, si te mansurum in eodem

ses enfants ; car, pour lui-même, il regardait comme assez longs
les jours qu'il pourrait passer avec un tel prince.

XL. Tibère, dans sa réponse, commença par louer l'attachement de Séjan ; il rappela légèrement ses bienfaits envers son favori ,
et après avoir demandé du temps , comme pour se décider, il ajouta
« qu'il n'en était pas des princes comme des autres hommes : ceux-
ci n'avaient à consulter que leurs convenances particulières; mais
les princes devaient surtout considérer l'opinion. Ainsi il aurait pu
se contenter de lui faire une réponse vague et de lui dire que c'était
à Livie elle-même à décider s'il lui convenait de remplacer Drusus,
ou de prolonger son veuvage dans le palais des Césars; qu'elle
avait une mère, une aïeule, ses conseils naturels. Mais il voulait y
mettre plus de franchise; et pour parler d'abord des ressentiments
d'Agrippine, n'auraient-ils pas bien plus de violence , si le mariage
de Livie venait former un nouveau parti dans la maison impériale ?
Sa famille n'était déjà que trop bouleversée par les rivalités de ces
femmes, rivalités dont ses petits-fils ressentaient les secousses ; que
serait-ce, si une telle alliance y portait de nouveaux troubles ? Car
tu te trompes, Séjan, si tu penses que cette union te laisserait dans

nam sibi	car pour lui
multum superque vitæ fore,	beaucoup et trop de vie devoir être,
quod explevisset	ce qu'il en aurait rempli
cum tali principe. »	avec un tel prince. »
XL. Ad ea Tiberius,	XL. A cela Tibère,
pietate Sejani laudata,	l'attachement de Séjan étant loué,
suisque beneficiis in eum	et ses bienfaits envers lui
percursis modice,	étant parcourus légèrement,
adjunxit,	ajouta (répondit),
quum petivisset tempus	après qu'il eut demandé du temps
tanquam	comme
ad consultationem	pour une délibération
integram :	entière (sans parti pris) :
« Ceteris mortalibus	« Pour les autres mortels
consilia stare in eo,	les résolutions consister en ceci,
quid putent conducere sibi :	quoi ils pensent être-utile à eux :
sortem principum	le sort des princes
esse diversam,	être différent,
quibus præcipua rerum	eux pour qui les principales des affaires
dirigenda ad famam.	doivent être dirigées vers la renommée.
Ideo se non decurrere illuc,	Aussi lui n'en pas venir là (à ceci),
quod promptum rescriptu :	qui était facile à répondre :
Liviam ipsam	c'est-à-dire, Livie elle-même
posse statuere,	pouvoir décider,
haberet nubendum	si elle avait à se marier
post Drusum,	après Drusus,
an tolerandum	ou à supporter la vie
in iisdem penatibus ;	dans les mêmes pénates ;
matrem et aviam,	une mère et une aïeule,
consilia propiora,	conseils (conseillers) plus proches,
esse illi.	être à elle.
Acturum simplicius :	Mais il disait (devoir agir plus franche-
primum	d'abord [ment :
de inimicitiis Agrippinæ ;	relativement aux inimitiés d'Agrippine ;
quas arsuras longe acrius,	lesquelles devoir s'enflammer bien plus
si matrimonium Liviæ	si le mariage de Livie [vivement,
distraxisset	avait divisé
domum Cæsarum	la famille des Césars
velut in partes :	comme en deux partis :
sic erumpere quoque	ainsi éclater aussi
æmulationem feminarum,	la rivalité des femmes,
suosque nepotes convelli	et ses petits-fils être ébranlés (désunis)
ea discordia ;	par cette dissension ;
quid, si certamen	que serait-ce, si la rivalité
intendatur tali conjugio ?	était accrue par un tel mariage ?
Falleris enim, Sejane,	Car tu te trompes, Séjan,
si putas te mansurum	si tu penses toi devoir rester

ordine putas, et Liviam, quæ C. Cæsari [1], mox Druso nupta
fuerit, ea mente acturam ut cum equite Romano senescat. Ego
ut sinam, credisne passuros qui fratrem ejus, qui patrem majoresque nostros in summis imperiis videre? Vis tu quidem
istum intra locum sistere; sed illi magistratus et primores,
qui, te invito, perrumpunt omnibusque de rebus consulunt,
excessisse jampridem equestre fastigium, longeque antisse
patris mei amicitias, non occulti ferunt, perque invidiam tui
me quoque incusant. At enim Augustus filiam suam equiti
Romano tradere meditatus est. Mirum hercule, si, quum in
omnes curas distraheretur, immensumque attolli provideret
quem conjunctione tali super alios extulisset, C. Proculeium [2]
et quosdam in sermonibus habuit, insigni tranquillitate vitæ,
nullis reipublicæ negotiis permixtos. Sed, si dubitatione Augusti movemur, quanto validius est quod M. Agrippæ, mox
mihi, collocavit? Atque ego hæc, pro amicitia, non occultavi :

ta condition présente, et que Livie, veuve de Caïus César et ensuite de Drusus, consentirait à vieillir dans la maison d'un simple
chevalier. Quand je le souffrirais, y ferais-tu consentir ceux qui
ont vu son père, son frère et tous nos aïeux revêtus des plus émi-
nentes dignités? Ta fortune présente, je veux le croire, suffit à tes
désirs; mais tous les magistrats; tous les grands qui assiégent ta
porte malgré toi, et te consultent sur toutes les affaires, publient
partout que tu es élevé depuis longtemps au-dessus de l'ordre
équestre, que les amis de mon père n'ont pas joui d'une telle
faveur, et l'envie qu'ils te portent fait qu'ils m'accusent moi-même.
Auguste, dit-on, eut l'idée de donner sa fille en mariage à un
chevalier romain. Faut-il donc s'étonner si, au milieu des chagrins
de toute espèce qui le dévoraient, ce prince, prévoyant le pouvoir
énorme que donnerait une telle alliance à celui qu'il en aurait jugé
digne, parla quelquefois de C. Proculéius et d'autres citoyens
paisibles, dont l'aversion pour les affaires lui garantissait la soumission? Mais enfin l'irrésolution d'Auguste aura-t-elle plus de
poids que sa décision, qui fut pour Agrippa d'abord, et ensuite

in eodem ordine,	dans le même rang,
et Liviam, quæ nupta fuerit	et Livie, qui a été mariée
C. Cæsari, mox Druso,	à C. César, puis à Drusus,
acturam ea mente	devoir se conduire dans cet esprit
ut senescat	qu'elle vieillisse
cum equite Romano.	avec un chevalier romain.
Ut ego sinam,	*Supposé* que moi je *le* permette,
credisne passuros,	crois-tu *ceux-là* devoir *le* souffrir,
qui videre fratrem ejus,	qui ont vu le frère d'elle,
qui patrem	qui *ont vu son père*
nostrosque majores	et nos ancêtres
in summis imperiis?	dans les plus hauts commandements?
Vis tu quidem	Tu veux toi à la vérité
sistere intra istum locum;	t'arrêter à cette place *où tu es;*
sed illi magistratus	mais ces magistrats
et primores,	et *ces* grands,
qui, te invito,	qui, toi ne-voulant-pas (malgré toi)
perrumpunt	forcent *ta porte*,
consuluntque	et *te* consultent
de omnibus rebus,	sur toutes choses,
ferunt non occulti	publient ne se cachant pas (ouvertement)
excessisse jampridem	*toi* avoir excédé depuis-longtemps
fastigium equestre,	l'élévation (la dignité) de-chevalier,
antisseque longe	et avoir dépassé de beaucoup
amicitias mei patris.	les amitiés (les amis) de mon père.
At enim Augustus	Mais en effet Auguste
meditatus est	songea
tradere suam filiam	à confier sa fille
equiti Romano.	à un chevalier romain.
Mirum Hercule,	Chose étonnante par-Hercule,
quum distraheretur	lorsqu'il était partagé
in omnes curas,	entre tous les soucis,
provideretque	et *qu'il* prévoyait
attolli immensum	*celui-là* être élevé sans-mesure
quem extulisset super alios,	lequel il aurait élevé au-dessus des autres
tali conjunctione;	par une telle alliance,
si habuit in sermonibus	s'il eut dans *ses* entretiens
C. Proculeium et quosdam,	C. Proculéius et quelques *autres*,
tranquillitate vitæ insigni,	d'une tranquillité de vie remarquable,
permixtos nullis negotiis	*et* qui *n*'étaient mêlés à aucune affaire
reipublicæ.	de la république.
Sed si movemur	Mais si nous sommes touchés
dubitatione Augusti,	de l'hésitation d'Auguste,
quanto est validius,	combien *ceci n*'est-il *pas* plus puissant,
quod collocavit	qu'il maria *sa fille*
M. Agrippæ, mox mihi?	à M. Agrippa, puis à moi?
Atque ego	Et moi

ANNALES. LIVRE IV.

5

ceterum neque tuis neque Liviæ destinatis adversabor. Ipse
quid intra animum volutaverim, quibus adhuc necessitudinibus[1] immiscere te mihi parem, omittam ad præsens referre :
id tantum aperiam, nihil esse tam excelsum, quod non virtutes
istæ tuusque in me animus mereantur ; datoque tempore, vel
in senatu, vel in concione, non reticebo. »

XLI. Rursum Sejanus, non jam de matrimonio, sed altius
metuens, tacita suspicionum, vulgi rumorem, ingruentem
invidiam deprecatur. Ac ne assiduos in domum cœtus arcendo
infringeret potentiam, aut receptando, facultatem criminantibus præberet, huc flexit ut Tiberium ad vitam procul Roma
amœnis locis degendam impelleret. Multa quippe providebat :
sua in manu aditus ; litterarumque magna ex parte se arbitrum
fore, quum per milites commearent ; mox Cæsarem, vergente
jam senecta, secretoque loci mollitum, munia imperii facilius

pour moi ? Voilà ce que mon amitié n'a pas dû te cacher. Au reste,
je ne m'opposerai ni à tes vues ni à celles de Livie. Quant aux
secrets desseins que j'ai formés sur toi, et aux nouveaux nœuds par
lesquels je prétends t'unir plus étroitement à moi, je ne veux point
t'en parler en ce moment. Sache seulement qu'il n'est rien de si
élevé dont tes talents et ton amitié pour moi ne te rendent digne ;
et, quand il en sera temps, soit devant le sénat, soit devant le
peuple, je ne m'en tairai pas. »

XLI. Séjan ne parla plus de son mariage. Les soupçons secrets,
les rumeurs populaires, les menaces de l'envie l'inquiétaient bien autrement. Il écrivit de nouveau à Tibère pour les combattre ; et, voyant
qu'il ne pouvait, sans affaiblir son pouvoir, éloigner de sa maison
cette cour assidue qui la remplissait ni la retenir sans donner un plus
libre champ aux accusations de ses ennemis, il résolut d'inspirer à
l'empereur le désir de vivre loin de Rome, dans quelque retraite
agréable. Il se procurait par là bien des avantages : les abords du
prince seraient sous sa main ; la plus grande partie des lettres, portées par des soldats, seraient à sa discrétion ; Tibère, déjà sur le déclin de l'âge, amolli dans l'ombre de la retraite, reporterait plus

non occultavi hæc,
pro amicitia :
ceterum adversabor
neque tuis destinatis
neque Liviæ.
Omittam
referre adpræsens
quid ipse volutaverim
intra animum,   [huc
quibus necessitudinibus ad-
parem immiscere te mihi :
aperiam tantum id,
nihil esse tam excelsum,
quod istæ virtutes
tuusque animus in me
non mereantur ;
temporeque dato,
non reticebo,
vel in senatu,
vel in concione. »
   XLI. Sejanus
non jam de matrimonio,
sed metuens altius,
deprecatur rursum
tacita suspicionum,
rumorem vulgi,
invidiam ingruentem.
Ac ne infringeret potentiam
arcendo cœtus assiduos
in domum,
aut præberet facultatem
criminantibus
receptando,
flexit huc
ut impelleret Tiberium
ad degendam vitam
procul Roma,
locis amœnis.
Quippe providebat multa :
aditus in sua manu ;
seque fore ex magna parte
arbitrum litterarum,
quum commearent
per milites ;
mox Cæsarem,
senecta jam vergente,
mollitumque secreto loci,

je n'ai pas caché cela,
en-raison-de *mon* amitié *pour toi* :
au-reste je *ne* m'opposerai
ni à tes résolutions
ni *à celles* de Livie.
J'omettrai
de *te* rapporter pour le moment
ce que moi-même j'ai roulé
dans *mon* esprit,
et par quelles alliances encore
je *me* dispose à unir toi à moi :
je *te* découvrirai seulement ceci,
rien n'être si élevé,
que ces (tes) qualités
et ton sentiment (attachement) pour moi
ne méritent ;
et, le temps étant donné (à l'occasion),
je ne *le* tairai point,
ou (soit) dans le sénat,
ou (soit) dans l'assemblée *du peuple.* »
   XLI. Séjan
ne *parle* plus de *son* mariage,
mais craignant plus profondément,
il cherche-à-détourner de nouveau
les *pensées* secrètes des soupçons,
la rumeur du peuple,
la haine qui fond-sur *lui.*
Et de peur qu'il ne brisât *sa* puissance
en éloignant les réunions assidues
qui se faisaient dans *sa* maison,
ou *qu'il* ne fournît une occasion
à ceux qui *l'*accusaient
en continuant-à-*les-*recevoir,
il tourna de ce côté
qu'il engageât Tibère
à passer *sa* vie
loin de Rome,
dans des lieux agréables.
Car il prévoyait de nombreux *avantages* :
les abords *du prince* dans sa main ;
et lui-même devoir être en grande partie
l'arbitre des lettres,
puisqu'elles passeraient
par les soldats ;
puis César (Tibère),
sa vieillesse déjà déclinant,
et amolli par l'isolement du lieu,

tramissurum; et minui sibi invidiam, adempta salutantum
turba; sublatisque inanibus, vera potentia augere. Igitur
paulatim negotia Urbis, populi accursus, multitudinem
affluentium increpat, extollens laudibus quietem et solitudinem, quis abesse tædia et offensiones, ac præcipua rerum
maxime agitari.

XLII. Ac forte habita per illos dies de Votieno Montano [1],
celebris ingenii viro, cognitio cunctantem jam Tiberium perpulit ut vitandos crederet patrum cœtus, vocesque quæ, plerumque veræ et graves, coram ingerebantur. Nam, postulato
Votieno ob contumelias in Cæsarem dictas, testis Æmilius, e
militaribus viris, dum studio probandi cuncta refert, et,
quanquam inter obstrepentes, magna asseveratione nititur,
audivit Tiberius probra quis per occultum lacerabatur : adeo-
que perculsus est, ut se vel statim, vel in cognitione, purga-

volontiers sur lui le soin de son empire; enfin l'envie serait moins
acharnée, quand on ne verrait plus autour de Séjan cette foule d'ado-
rateurs, et, en sacrifiant le faste de son pouvoir, il en augmenterait
la force. Il se mit donc insensiblement à déclamer contre les embarras de la ville, les importunités du peuple, l'affluence des courtisans,
vantant les douceurs du repos et de la solitude, où, à l'abri de
l'ennui et des dégoûts, on peut se livrer tout entier aux grandes
affaires.

XLII. Tibère était déjà ébranlé. Le procès de Votiénus Montanus
acheva de le décider à fuir les assemblées du sénat, où souvent il
entendait de dures vérités. Cet homme, célèbre par son esprit, était
accusé sur le témoignage d'Émilius, un légionnaire, de s'être permis
des invectives contre l'empereur. Comme Émilius par zèle ne voulait omettre aucune preuve, et que, malgré tout le bruit que l'on fit
pour l'interrompre, il insistait sur chaque détail, Tibère entendit
toutes les malédictions dont on l'accablait en secret. Il y fut si sensible qu'il s'écria qu'il voulait se justifier sur l'heure, ou par une

tramissurum facilius
munia imperii ;
et invidiam minui sibi,
turba salutantum
adempta ;
inanibusque sublatis,
augere vera potentia.
Igitur paulatim
increpat negotia Urbis,
accursus populi,
multitudinem affluentium,
extollens laudibus
quietem et solitudinem,
quis tædia et offensiones
abesse,
ac præcipua rerum
agitari maxime.
   XLII. Ac cognitio
habita forte per illos dies
de Votieno Montano,
viro ingenii celebris,
perpulit Tiberium
cunctantem jam
ut crederet cœtus patrum
vitandos, vocesque
quæ, plerumque veræ
et graves,
ingerebantur coram.
Nam, Votieno postulato
ob contumelias
dictas in Cæsarem,
dum testis Æmilius,
e viris militaribus,
refert cuncta
studio probandi
et nititur
magna asseveratione,
quanquam
inter obstrepentes
Tiberius audivit probra
quis lacerabatur
per occultum :
perculsusque est adeo,
ut clamitaret
se purgaturum
vel statim,
vel in cognitione ;

devoir transporter *sur lui* plus facilement
les fonctions de l'empire ;   [(Séjan),
et l'envie être diminuée contre lui-même
la foule de ceux qui venaient-*le*-saluer
étant supprimée ;
et de vains *dehors* étant enlevés,
il se voyait croître en véritable puissance.
Donc peu-à-peu
il se plaint des affaires de la ville,
du concours du peuple,   [foule-vers *lui*,
de la multitude de ceux qui venaient-en-
exaltant par des louanges
le repos et la solitude,   [tentements
desquels *il disait* les ennuis et les mécon-
être-éloignés,   [affaires
et où *il disait* les principaux *points* des
être traités le plus *à loisir.*
   XLII. Et l'instruction   [ces jours-là
tenue (qui eut lieu) par-hasard pendant
touchant Votiénus Montanus,
homme d'un esprit célèbre,
poussa Tibère
qui hésitait déjà
à ce qu'il crût les assemblées des sénateurs
devoir être évitées, et *aussi* des paroles,
qui, le plus souvent vraies
et dures,
étaient lancées en-*sa*-présence.
Car, Votiénus étant cité
pour injures
proférées contre César (Tibère),
pendant que le témoin Émilius,
de la classe des hommes de-guerre,
rapporte tous *ces propos*
par zèle de prouver
et appuie
avec une grande insistance,
quoique   [bruit,
au milieu *des sénateurs* qui faisaient-du-
Tibère entendit les outrages
par lesquels il était déchiré
en secret :
et il fut frappé tellement,
qu'il s'écriait-souvent
lui devoir *se* justifier
ou sur-le-champ,
ou dans l'instruction ;

turum clamitaret ; precibusque proximorum , adulatione
omnium , ægre componeret animum. Et Votienus quidem
majestatis pœnis [1] affectus est. Cæsar, objectam sibi adversus
reos inclementiam eo pervicacius amplexus, Aquiliam adulterii delatam cum Vario Ligure , quanquam Lentulus Gætulicus, consul designatus, lege Julia [2] damnasset, exsilio punivit;
Apidiumque Merulam , quod in acta divi Augusti non juraverat , albo senatorio [3] erasit.

XLIII. Auditæ dehinc Lacedæmoniorum et Messeniorum
legationes, de jure templi Dianæ Limnatidis [4], quod suis a majoribus suaque in terra dicatum Lacedæmonii firmabant ,
annalium memoria vatumque carminibus ; sed Macedonis
Philippi , cum quo bellassent, armis ademptum, ac post
C. Cæsaris et M. Antonii sententia redditum. Contra Messenii , veterem inter Herculis posteros divisionem Peloponnesi
protulere, « Suoque regi Dentheliatem agrum [5], in quo id

instruction expresse. Les prières de ceux qui se trouvaient plus près
de lui et les adulations de tous purent à peine le calmer. Montanus
subit le châtiment des criminels de lèse-majesté , et Tibère, endurci par
le reproche même d'inclémence, affecta de sévir avec plus de rigueur
que jamais. Aquilie, accusée d'adultère avec Varius Ligur, n'était
condamnée par Lentulus, consul désigné, qu'aux peines portées par
la loi Julia ; le prince la punit de l'exil. Apidius Mérula n'avait point
juré sur les actes d'Auguste ; il le fit rayer du tableau des sénateurs.

XLIII. On donna ensuite audience aux députés de Lacédémone
et de Messène. Ces deux villes se disputaient la propriété du temple
de Diane Limnatide, que les Lacédémoniens prétendaient avoir été
consacré par leurs ancêtres, et sur leur territoire. Ils citaient en leur
faveur des historiens et des poëtes : Philippe, roi de Macédoine, avec
qui ils avaient été en guerre, le leur avait à la vérité enlevé par la
force des armes; mais ce temple leur avait été restitué depuis par un
jugement de Jules César et de Marc Antoine. Les Messéniens pro-
duisirent de leur côté un ancien partage du Péloponèse entre les
descendants d'Hercule. Selon eux , « le champ de Denthélie, où se

componeretque animum
ægre,
precibus proximorum,
adulatione omnium.
Et Votienus quidem
affectus est
pœnis majestatis.
Cæsar amplexus
eo pervicacius
inclementiam
objectam sibi
adversus reos,
punivit exsilio
Aquiliam delatam adulterii
cum Vario Ligure, [licus,
quanquam Lentulus Gætu-
consul designatus,
damnasset lege Julia;
erasitque albo senatorio
Apidium Merulam,
quod non juraverat
in acta divi Augusti.
  XLIII. Dehinc
legationes
Lacedæmoniorum
et Messeniorum
auditæ,
de jure templi
Dianæ Limnatidis,
quod Lacedæmonii
firmabant
dicatum a suis majoribus
inque sua terra,
memoria annalium
carminibusque vatum ;
sed ademptum armis
Macedonis Philippi,
cum quo bellassent,
ac post redditum
sententia C. Cæsaris
et M. Antonii.
Contra Messenii protulere
veterem divisionem
Peloponnesi
inter posteros Herculis,
« Agrumque Dentheliatem,
in quo id delubrum,

et qu'il calma son cœur
avec-peine,
par les prières de ses voisins,
par l'adulation de tous.
Et Votiénus certes
fut frappé
des peines de lèse-majesté.
César (Tibère) s'attachant
d'autant plus opiniâtrément
à la rigueur
reprochée à lui-même
contre les accusés,
punit de l'exil
Aquilia dénoncée pour adultère
avec Varius Ligur,
quoique Lentulus Gétulicus ,
consul désigné,
l'eût condamnée d'après la loi Julia ;
et il raya du tableau des-sénateurs
Apidius Mérula,
parce qu'il n'avait pas juré
sur les actes du divin Auguste.
  XLIII. Ensuite
les ambassades
des Lacédémoniens
et des Messéniens
furent entendues,
concernant le droit du temple
de Diane Limnatide,
lequel les Lacédémoniens
assuraient
avoir été dédié par leurs ancêtres
et sur leur territoire,   [nales
d'après le souvenir (la tradition) des an-
et les vers des poètes ;
mais il avait été enlevé par les armes
du Macédonien Philippe,
avec lequel ils avaient été en-guerre,
et depuis rendu
par décision de C. César
et de M. Antoine.
D'autre-part les Messéniens exposèrent
l'ancienne division
du Péloponèse
entre les descendants d'Hercule,
« Et le champ de-Denthélie,
sur lequel s'élève ce temple,

delubrum, cessisse; monumentaque ejus rei sculpta saxis et
ære prisco manere. Quod si vatum, annalium, ad testimonia
vocentur, plures sibi ac locupletiores esse : neque Philippum
potentia, sed ex vero, statuisse; idem regis Antigoni, idem
imperatoris Mummii judicium; sic Milesios, permisso publice
arbitrio, postremo Atidium Geminum, prætorem Achaiæ,
decrevisse. » Ita secundum Messenios datum. Et Segestani
ædem Veneris, montem apud Erycum, vetustate dilapsam,
restaurari postulavere, nota memorantes de origine ejus, et
læta Tiberio : suscepit curam libens, ut consanguineus[1]. Tunc
tractatæ Massiliensium preces, probatumque P. Rutilii[2] exemplum : namque eum, legibus pulsum, civem sibi Smyrnæi addiderant; quo jure Vulcatius Moschus exsul, in Massilienses
receptus, bona sua reipublicæ eorum, ut patriæ, reliquerat.

XLIV. Obiere eo anno viri nobiles Cn. Lentulus et L. Domi-

trouve ce temple, était échu à leur roi. Cet acte était gravé sur d'anciens monuments de pierre et d'airain encore subsistants; et, s'il
fallait invoquer les témoignages des historiens et des poëtes, ils en
présenteraient de plus nombreux et de plus authentiques. Le jugement de Philippe avait été un acte de justice, et non d'autorité; le
roi Antigone, le général Mummius en avaient rendu un pareil; les
Milésiens, choisis publiquement pour arbitres, et enfin Atidius Géminus, préteur d'Achaïe, l'avaient confirmé. » On décida en faveur
de Messène. Les Ségestains demandèrent la reconstruction du temple
de Vénus sur le mont Éryx : ce temple était tombé de vétusté. Ils
n'oublièrent pas, sur sa fondation, les traditions qui pouvaient flatter
Tibère. Aussi, comme parent de la déesse, se chargea-t-il volontiers
de la dépense. On s'occupa ensuite d'une requête des Marseillais.
Vulcatius Moschus, exilé de Rome, était devenu citoyen de leur
ville, et, la regardant comme sa patrie, il lui avait laissé tous ses
biens, comme autrefois Publius Rutilius à Smyrne, qui l'avait adopté
depuis son exil. L'exemple de Rutilius fut une autorité.

XLIV. Cette année moururent deux personnages distingués,

cessisse suo regi ;	être échu à leur roi ;
monumentaque ejus rei	et des témoignages de ce fait
manere sculpta saxis	subsister gravés sur des pierres
et ære prisco.	et sur de l'airain ancien.
Quod si vocentur	Que s'ils étaient appelés
ad testimonia	à *citer* les témoignages
vatum, annalium,	des poëtes, des annales,
esse sibi	*ces témoins* être à eux
plures ac locupletiores :	plus nombreux et plus authentiques :
neque Philippum statuisse	et Philippe n'avoir pas décidé
potentia,	par (au gré de) *son* pouvoir,
sed ex vero ;	mais d'après la vérité :
idem judicium	même jugement
regis Antigoni,	du roi Antigone,
idem imperatoris Mummii ;	même *jugement* du général Mummius ;
sic decrevisse Milesios,	ainsi avoir décidé les Milésiens, [ment.,
arbitrio permisso publice,	l'arbitrage *leur* ayant été remis publique-
postremo	*ainsi* enfin
Atidium Geminum,	Atidius Géminus,
prætorem Achaiæ. »	préteur d'Achaïe. »
Ita datum	Donc *la chose* fut accordée
secundum Messenios.	en-faveur-des Messéniens.
Et Segestani postulavere	Les Ségestains aussi réclamèrent
ædem Veneris,	le temple de Vénus,
apud montem Erycum,	sur le mont Éryx,
dilapsam vetustate,	qui était tombé de vétusté,
restaurari,	être rebâti,
memorantes de origine ejus	rappelant sur l'origine de ce *temple*
nota et læta Tiberio :	des *traditions* connues et agréables à Ti-
suscepit libens	il se chargea volontiers [bère :
curam,	du soin *de la reconstruction,*
ut consanguineus.	comme parent *de la déesse.*
Tunc preces Massiliensium	Alors les prières des Marseillais
tractatæ,	*furent* examinées,
exemplumque P. Rutilii	et l'exemple de P. Rutilius
probatum :	*fut* approuvé :
namque Smyrnæi	car les Smyrnéens [eux) *comme* citoyen
addiderant sibi civem	avaient ajouté à eux-mêmes (admis parmi
eum, pulsum legibus ;	celui-ci, banni par les lois ;
quo jure	duquel droit *usant*
Vulcatius Moschus exsul,	Vulcatius Moschus exilé,
receptus in Massilienses,	reçu chez les Marseillais,
reliquerat sua bona	avait laissé ses biens
reipublicæ eorum,	à la république d'eux,
ut patriæ.	comme à *sa propre* patrie.
XLIV. Cn. Lentulus	XLIV. Cn. Lentulus
et L. Domitius ,	et L. Domitius ,

tius. Lentulo, super consulatum et triumphalia de Gætulis[1],
gloriæ fuerat bene tolerata paupertas, dein magnæ opes inno-
center paratæ et modeste habitæ. Domitium decoravit pater,
civili bello maris potens, donec Antonii partibus, mox Cæsaris,
misceretur. Avus Pharsalica acie pro optimatibus ceciderat :
ipse delectus cui minor Antonia[2], Octavia genita, in matrimonium daretur. Post, exercitu flumen Albim transcendit,
longius penetrata Germania quam quisquam priorum; easque
ob res insignia triumphi adeptus est. Obiit et L. Antonius,
multa claritudine generis, sed improspera : nam patre ejus,
Julo Antonio, ob adulterium Juliæ morte punito, hunc admodum adolescentulum, sororis nepotem[3], seposuit Augustus in
civitatem Massiliensem, ubi specie studiorum nomen exsilii
tegeretur : habitus tamen supremis honor; ossaque tumulo
Octaviorum illata, per decretum senatus.

Cnéius Lentulus et Lucius Domitius. Lentulus, au consulat et aux
ornements du triomphe qu'il obtint dans la guerre contre les Gé-
tules, joignait l'honneur d'avoir soutenu dignement la pauvreté, et
ensuite d'avoir acquis sans crime de grands biens, dont il jouit sans
faste. Domitius tirait un grand éclat de son père, qui, maître de la
mer pendant la guerre civile, était entré depuis dans le parti d'Antoine, et enfin dans celui de César. Son aïeul avait péri à Pharsale,
en combattant pour le sénat. Lui-même avait été choisi pour époux
à la jeune Antonia, fille d'Octavie. Depuis, il passa l'Elbe avec une
armée, pénétra dans la Germanie plus loin qu'aucun Romain avant
lui, et mérita pour cet exploit les ornements du triomphe. Un Romain d'un nom célèbre, mais malheureux, mourut aussi dans le
même temps. C'était Lucius Antonius, fils de ce Julus Antonius puni
de mort pour ses amours avec Julie. Lucius, dès sa tendre jeunesse,
fut relégué par son grand-oncle Auguste à Marseille, où le prétexte
de son éducation couvrit un véritable exil. Cependant sa cendre ne
resta point sans honneur; elle fut déposée dans le tombeau des
Octaves, par décret du sénat.

viri nobiles,	personnages nobles,
obiere eo anno.	moururent cette année.
Lentulo, super consulatum	A Lentulus, outre le consulat
et triumphalia de Gætulis,	et les *insignes* du-triomphe sur les Gétules,
fuerat gloriæ	*ceci* avait été à gloire,
paupertas bene tolerata ,	*d'abord* une pauvreté bien supportée,
dein magnæ opes	puis de grandes richesses
paratæ innocenter	acquises sans-malversations
et habitæ modeste.	et-possédées avec-modération.
Domitium pater decoravit,	*Quant à* Domitius *son* père *l'*illustra,
potens maris	maître de la mer
bello civili ,	dans la guerre civile,
donec misceretur	jusqu'à ce qu'il se joignît
partibus Antonii ,	au parti d'Antoine ,
mox Cæsaris.	puis *à celui* de César.
Avus ceciderat	*Son* aïeul était tombé
acie Pharsalica	à la bataille de-Pharsale
pro optimatibus;	pour les (la cause des) grands;
ipse delectus	lui-même *avait été* choisi
cui Antonia minor,	à qui Antonia la jeune ,
genita Octavia ,	née d'Octavie,
daretur in matrimonium.	fût donnée en mariage.
Post , transcendit exercitu	Depuis, il passa avec une armée
flumen Albim,	le fleuve *de* l'Elbe ,
Germania penetrata	la Germanie ayant été envahie
longius quam	plus loin que *n'avait fait*
quisquam priorum ;	aucun de *ses* prédécesseurs ;
obque eas res adeptus est	et pour ces faits il obtint
insignia triumphi.	les insignes du triomphe.
Et L. Antonius obiit ,	L. Antonius aussi mourut, [grande,
claritudine generis multa ,	*homme* d'une illustration de naissance
sed improspera :	mais malheureuse :
nam patre ejus,	car le père de lui,
Julo Antonio,	Julus Antonius ,
punito morte	ayant été puni de mort
ob adulterium Juliæ,	pour adultère de (avec) Julie ,
Augustus seposuit hunc	Auguste relégua celui-ci
admodum adolescentulum,	tout-à-fait jeune homme ,
nepotem sororis,	petit-fils de *sa* sœur,
in civitatem Massiliensem,	dans la cité de-Marseille,
ubi nomen exsilii	où le nom d'exil
tegeretur specie studiorum:	était couvert d'un prétexte d'études :
tamen honor habitus	cependant honneur *fut* rendu
supremis ;	à *ses* derniers *devoirs* (funérailles);
ossaque illata	et *ses* os *furent* apportés
tumulo Octaviorum ,	dans le tombeau des Octaviens,
per decretum senatus.	en-vertu-d'un décret du sénat.

XLV. Iisdem consulibus, facinus atrox, in citeriore Hispania [1], admissum a quodam agresti, nationis Termestinæ [2]. Is
prætorem provinciæ, L. Pisonem, pace incuriosum, ex im-
proviso in itinere adortus, uno vulnere in mortem affecit; ac,
pernicitate equi profugus, postquam sàltuosos locos attigerat,
dimisso equo, per derupta et avia sequentes frustratus est.
Neque diu fefellit; nam, prehenso ductoque per proximos
pagos equo, cujus foret cognitum : et repertus, quum tormentis edere conscios adigeretur, voce magna, sermone patrio, frustra se interrogari clamitavit : assisterent socii ac
spectarent; nullam vim tantam doloris fore ut veritatem eli-
ceret. Idemque, quum postero ad quæsitionem retraheretur,
eo nisu proripuit se custodibus saxoque caput afflixit, ut statim exanimaretur. Sed Piso Termestinorum dolo cæsus habe-

XLV. Sous les mêmes consuls, un crime affreux fut commis dans
l'Espagne citérieure. L. Pison, préteur de la province, voyageait
avec la sécurité que donne la paix. Un paysan termestin l'attaque
brusquement sur la route, le tue d'un seul coup, et s'enfuit à toute
bride. Arrivé dans un pays couvert et montagneux, il quitte son
cheval, et, grimpant sur des hauteurs inaccessibles, il échappe aux
poursuites. Ce ne fut pas pour longtemps. Son cheval fut trouvé; on
le mena dans les bourgs voisins; on découvrit quel en était le maître,
et on se saisit de lui. Comme on l'appliquait à la question pour lui
faire avouer ses complices, il se mit à crier de toutes ses forces, dans
la langue de son pays, qu'on l'interrogeait en vain, que ses compa-
gnons pouvaient accourir et regarder; qu'il n'y avait point de douleur assez forte pour lui arracher la vérité. Le lendemain on allait
recommencer la torture, lorsque, par un effort violent, il se dégagea
des gardes, courut se briser la tête contre une pierre et tomba mort.
On crut que les Termestins étaient d'intelligence dans l'assassinat de

XLV. Facinus atrox	XLV. Un crime atroce
admissum	*fut* commis
iisdem consulibus	sous les mêmes consuls
in Hispania citeriore	dans l'Espagne citérieure
a quodam agresti,	par un certain paysan,
nationis Termestinæ.	de la nation Termestine.
Is adortus	Celui-ci ayant attaqué
ex improviso	à l'improviste
in itinere	dans un voyage
prætorem provinciæ,	le préteur de la province,
L. Pisonem,	L. Pison,
incuriosum pace,	non-sur-ses-gardes à cause de la paix,
affecit uno vulnere	*l'*accabla d'une *seule* blessure
in mortem;	jusqu'à la mort;
ac profugus	et s'enfuyant
pernicitate equi,	par la vitesse de *son* cheval,
postquam attigerat	après qu'il eut atteint
locos saltuosos,	des lieux couverts-de-bois,
equo dimisso,	*son* cheval étant renvoyé,
per derupta et avia	à travers des *lieux* coupés et sans-chemins
frustratus est sequentes.	il éluda *ceux* qui *le* poursuivaient.
Neque fefellit diu;	Et il ne *leur* échappa pas longtemps;
nam, equo prehenso	car, le cheval ayant été saisi
ductoque	et conduit
per pagos proximos,	dans les villages voisins,
cognitum cujus foret :	*il fut* connu à qui il était :
et repertus,	et *le coupable* trouvé,
quum adigeretur	comme il était contraint
tormentis	par les tortures
edere conscios,	de faire-connaître *ses* complices,
clamitavit voce magna,	s'écria-souvent d'une voix forte,
sermone patrio,	dans la langue-du-pays,
se interrogari frustrà :	lui être interrogé en-vain :
socii assisterent	que *ses* compagnons se tinssent-auprès
ac spectarent;	et regardassent;
nullam vim doloris	aucune violence de douleur
fore tantam,	ne devoir être si-grande,
ut eliceret veritatem.	qu'elle *lui* arrachât la vérité.
Idemque,	Et *ce même homme*, [nouveau
quum postero retraheretur	comme le *jour* suivant il était traîné-de-
ad quæsitionem,	à la question,
se proripuit custodibus	s'arracha aux gardes
afflixitque caput saxo	et heurta *sa* tête à une pierre
eo nisu,	avec cet effort (un tel effort),
ut exanimaretur statim.	qu'il expira sur-le-champ. [tué
Sed Piso habetur cæsus	Mais Pison est tenu (passe) *pour avoir été*
dolo Termestinorum;	par un complot des Termestins;

tur ; qui pecunias e publico interceptas, acrius quam ut tolerarent barbari, cogebat.

XLVI. Lentulo Gætulico, C. Calvisio consulibus, decreta
triumphi insignia Poppæo Sabino, contusis Thracum gentibus,
qui montium editis inculti, atque eo ferocius, agitabant. Causa
motus, super hominum ingenium, quod pati delectus et va-
lidissimum quemque militiæ nostræ dare aspernabantur ; ne
regibus quidem parere nisi ex libidine soliti, aut, si mitterent
auxilia, suos ductores præficere, nec nisi adversum accolas
belligerare. Ac tum rumor incesserat fore ut disjecti, aliisque
nationibus permixti, diversas in terras traherentur. Sed, antequam arma inciperent, misere legatos amicitiam obse-
quiumque memoraturos ; et mansura hæc, si nullo novo onere
tentarentur : sin ut victis servitium indiceretur, esse sibi ferrum
et juventutem, et promptum libertati aut ad mortem animum.

Pison, qui pressait, avec une rigueur insupportable à des barbares,
la restitution des deniers publics dont ils avaient frustré le trésor.

XLVI. Sous le consulat de Lentulus Gétulicus et de C. Calvisius,
Poppéus Sabinus obtint les ornements du triomphe pour avoir réduit
les montagnards de la Thrace, qui vivaient dans une indépendance
d'autant plus farouche qu'ils étaient moins policés. A leur férocité
naturelle se joignait le chagrin de se voir enlever leur jeunesse la
plus robuste pour recruter nos armées ; ce fut ce qui les poussa à la
révolte. Ils n'avaient jamais obéi, même à leurs rois, que selon leur
caprice, voulaient, lorsqu'ils servaient, nommer eux-mêmes-leurs
chefs et ne faire la guerre que sur leurs frontières ; et le bruit avait
couru alors qu'on allait les disperser dans des terres éloignées, et les
incorporer avec d'autres nations. Toutefois, avant d'éclater, ils envoyèrent des députés pour assurer que leur amitié et leur obéissance
seraient toujours les mêmes, si on ne les provoquait point par de
nouvelles charges ; mais que, si on leur imposait l'esclavage comme à
des vaincus, ils avaient du fer et de jeunes guerriers déterminés à

qui cogebat pecunias	*lui* qui levait les sommes
interceptas e publico,	interceptées au *trésor* public,
acrius quam	avec-plus-de-rigueur qu'*il n'eût fallu*
ut barbari tolerarent.	pour que des barbares *le* tolérassent.
XLVI. Lentulo Gætulico	XLVI. Lentulus Gétulicus
C. Calvisio consulibus,	*et* C. Calvisius *étant* consuls,
insignia triumphi	les insignes du triomphe
decreta Poppæo Sabino,	*furent* décernés à Poppéus Sabinus,
gentibus Thracum	les peuplades des Thraces
contusis,	ayant été écrasées,
qui agitabant	lesquels passaient *leur vie*
inculti,	sans-culture,
atque eo ferocius,	et par cela d'une-manière-plus-sauvage,
editis montium.	sur les *points* élevés des montagnes.
Causa motus,	La cause de la révolte,
super ingenium hominum,	outre le caractère de *ces* hommes,
quod aspernabantur	*fut* qu'ils répugnaient
pati delectus	à souffrir des levées
et dare nostræ militiæ	et à donner à notre armée
quemque validissimum ;	chaque *homme* le plus robuste *des leurs ;*
ne soliti quidem	n'étant pas même habitués
parere regibus	à obéir à des rois
nisi ex libidine,	si ce n'est par caprice,
aut, si mitterent auxilia,	ou, s'ils envoyaient des secours,
præficere	*habitués* à mettre-à-*leur*-tête
ductores suos,	des chefs à-eux (choisis par eux),
nec belligerare	et à ne pas faire-la-guerre
nisi adversum accolas.	sinon contre des *peuples* limitrophes.
Ac tum rumor incesserat	Et alors le bruit s'était répandu
fore ut disjecti,	*ceci* devoir arriver, que dispersés,
permixtique	et mêlés
aliis nationibus,	à d'autres nations,
traherentur	ils seraient traînés
in terras diversas.	dans des contrées lointaines.
Sed antequam inciperent	Mais avant qu'ils commençassent
arma,	*à prendre* les armes,
misere legatos	ils envoyèrent des députés
memoraturos	devant rappeler
amicitiam obsequiumque ;	*leur* amitié et *leur* soumission ;
et hæc mansura,	et ces choses devoir durer,
si tentarentur	s'ils *n'*étaient éprouvés
nullo onere novo.:	par aucune charge nouvelle :
sin servitium indiceretur	mais-si l'esclavage *leur* était imposé
ut victis,	comme à des vaincus,
ferrum esse sibi	du fer être à eux
et juventutem,	et de la jeunesse,
et animum promptum	et un courage prêt

Simul castella rupibus indita, collatosque illuc parentes et
conjuges ostentabant, bellumque impeditum, arduum, cruen-
tum, minitabantur.

XLVII. At Sabinus, donec exercitus in unum conduceret,
datis mitibus responsis, dum Pomponius Labeo e Mœsia cum
legione, rex Rhœmetalces [1] cum auxiliis popularium, qui fidem non mutaverant, veniret, addita præsenti copia, ad
hostem pergit, compositum jam per angustias saltuum : quidam audentius apertis in collibus visebantur; quos dux Romanus, acie suggressus, haud ægre pepulit, sanguine barba-
rorum modico, ob propinqua suffugia. Mox, castris in loco
communitis, valida manu montem occupat, angustum et
æquali dorso continuum usque ad proximum castellum, quod
magna vis armata aut incondita tuebatur; simul in ferocissi-
mos, qui ante vallum, more gentis, cum carminibus et tripu-
diis persultabant, mittit delectos sagittariorum. Ii, dum emi-

vivre libres ou à mourir. En même temps ils montraient leurs forte-
resses, où étaient réunis leurs pères, leurs mères, leurs femmes, et
nous promettaient une guerre terrible et sanglante, au milieu de
leurs précipices et de leurs rocs.

XLVII. Poppéus, qui n'avait pas encore rassemblé ses forces, répondit favorablement. Mais dès que Labéon lui eut amené une légion
de Mésie, et Rhémétalcès un détachement des Thraces qui étaient
restés fidèles, joignant ces deux corps au sien, il marche vers l'ennemi déjà posté dans des défilés entre des bois. Quelques-uns des
plus hardis se montraient sur des collines découvertes. Poppéus les
attaque les premiers et les déloge sans peine; mais ils perdirent peu
de monde, parce qu'ils trouvèrent des refuges aux environs. Le proconsul, s'étant retranché dans cet endroit, fit occuper par un nombreux
détachement une montagne dont le sommet, par une langue étroite,
mais unie, s'étendait jusqu'à un premier fort, où les ennemis étaient
rassemblés en grand nombre, guerriers et autres. Les plus braves
s'agitaient devant le rempart, en chantant et en frappant sur leurs
armes à la manière des barbares. Poppéus envoya contre eux l'élite

libertati aut ad mortem.	pour la liberté ou pour la mort.
Simul ostentabant	En même temps ils montraient-fièrement
castella indita rupibus,	leurs châteaux placés-sur des rochers,
parentesque et conjuges	et leurs parents et leurs femmes
collatos illuc,	réunis là,
minitabanturque	et ils menaçaient [stacles),
bellum impeditum,	d'une guerre embarrassée (pleine d'ob-
arduum, cruentum.	difficile, sanglante.
XLVII. At Sabinus,	XLVII. Mais Sabinus, [données,
responsis mitibus datis,	des réponses douces (favorables) étant
donec conduceret exercitus	jusqu'à ce qu'il réunît ses armées
in unum,	en une,
dum Pomponius Labeo	pendant que Pomponius Labéon
veniret e Mœsia	viendrait de Mésie
cum legione,	avec une légion,
rex Rhœmetalces	et le roi Rhémétalcès
cum auxiliis popularium,	avec des auxiliaires du-pays,
qui non mutaverant fidem,	qui n'avaient pas changé de foi, [ajoutée,
copia præsenti addita,	la troupe qui-était-sous-sa-main étant
pergit ad hostem,	marche à l'ennemi,
jam compositum	déjà arrangé (posté)
per angustias saltuum :	dans les défilés des forêts :
quidam audentius	quelques-uns avec-plus-d'audace
visebantur	étaient vus
in collibus apertis;	sur des collines découvertes;
quos dux Romanus,	lesquels le général romain,
suggressus acie,	s'étant avancé en bataille,
pepulit haud ægre,	chassa non avec-peine,
modico sanguine	avec peu-de sang
barbarorum,	des barbares,
ob suffugia propinqua.	à-cause-des asiles voisins.
Mox, castris	Bientôt, un camp
communitis in loco,	ayant été fortifié sur le lieu même,
occupat valida manu	il occupe avec un fort détachement
montem angustum	une montagne étroite
et continuum	et non-interrompue
dorso æquali [tellum,	dans sa croupe unie
usque ad proximum cas-	jusqu'au premier château,
quod tuebatur magna vis	que défendait une grande troupe
armata aut incondita;	armée ou irrégulière;
simul in ferocissimos,	en-même-temps contre les plus farouches,
qui persultabant	qui bondissaient
ante vallum	devant le retranchement
cum carminibus	avec des chants
et tripudiis,	et des danses,
more gentis,	à la manière de la nation,
mittit delectos	il envoie des hommes choisis

nus grassabantur, crebra et inulta vulnera fecere ; propius incedentes, eruptione subita turbati sunt, receptique subsidio Sugambræ[1] cohortis, quam Romanus, promptam ad pericula, nec minus cantuum et armorum tumultu trucem, haud procul instruxerat.

XLVIII. Translata dehinc castra hostem propter, relictis apud priora munimenta Thracibus, quos nobis adfuisse memoravi : iisque permissum vastare, urere, trahere prædas, dum populatio lucem intra sisteretur, noctemque in castris tutam et vigilem capesserent. Id primo servatum; mox, versi in luxum et raptis opulenti, omittere stationes, lascivia epularum aut somno et vino procumbere. Igitur hostes, incuria eorum comperta, duo agmina parant, quorum altero populatores invaderentur, alii castra Romana appugnarent, non spe capiendi, sed ut clamore, telis, suo quisque periculo intentus

de ses archers. Ceux-ci, tant qu'ils combattirent de loin, firent impunément beaucoup de mal à l'ennemi ; mais, dès qu'ils s'approchèrent, une brusque sortie les mit en désordre ; ils furent soutenus par une cohorte de Sicambres, que le général avait disposée près de là, et qui, aussi intrépide que les Thraces, avait des chants de guerre et un appareil non moins terribles.

XLVIII. Poppéus rapprocha ensuite son camp de l'ennemi, et laissa dans ses premiers retranchements les Thraces auxiliaires dont j'ai parlé. On leur permit de ravager, de brûler, de piller, pourvu que leurs courses finissent avec le jour, et qu'ils restassent la nuit dans le camp en faisant bonne et sûre garde. L'ordre fut suivi d'abord ; bientôt, enrichis, corrompus par le pillage, ils se livrèrent à la débauche, au sommeil, abandonnèrent les postes. L'ennemi, instruit de leur négligence, forme deux détachements ; l'un devait assaillir ces pillards, l'autre le camp des Romains, non dans l'espoir de le forcer, mais afin que distraits par les cris, par les traits, par

sagittariorum.
Ii fecere vulnera
crebra et inulta,
dum grassabantur eminus ;
incedentes propius
turbati sunt
eruptione subita,
receptique subsidio
cohortis Sugambræ, [cula,
quam promptam ad peri-
nec minus trucem
tumultu cantuum
et armorum,
Romanus instruxerat
haud procul.

XLVIII. Dehinc
castra translata
propter hostem,
Thracibus, quos memoravi
adfuisse nobis,
relictis
apud priora munimenta :
permissumque iis
vastare, urere,
trahere prædas,
dum populatio sisteretur
intra lucem,
capesserentque in castris
noctem tutam et vigilem.
Id servatum primo ;
mox, versi in luxum
et opulenti raptis,
omittere stationes,
procumbere
lascivia epularum
aut somno et vino.
Igitur hostes,
incuria eorum comperta,
parant duo agmina,
altero quorum
populatores invaderentur,
alii appugnarent
castra Romana,
non spe capiendi,
sed ut clamore, telis,
quisque intentus
suo periculo

de (parmi) ses archers.
Ceux-ci firent des blessures
nombreuses et impunies,
tant qu'ils attaquaient de loin ;
mais s'avançant plus près
ils furent troublés
par une sortie subite,
et recueillis (soutenus) par le renfort
d'une cohorte sicambre,
laquelle prête aux dangers,
et non moins terrible
par le bruit de ses chants
et de ses armes,
le *général* romain avait disposée
non loin.

XLVIII. Ensuite
le camp *fut* transféré
près de l'ennemi,
les Thraces, que je j'ai dit
avoir aidé nous (notre armée),
ayant été laissés
dans les premiers retranchements :
et *il fut* permis à eux
de ravager, de brûler,
d'entraîner des butins,
pourvu que le dégât s'arrêtât
dans-les-limites-du jour,   [camp
et qu'ils prissent (observassent) dans le
une nuit bien-gardée et vigilante.
Cela *fut* observé d'abord ;
bientôt, tournés au plaisir
et enrichis de rapines,
ils commencent à négliger les postes,
à s'affaisser (se relâcher)
par la licence des repas
ou par le sommeil et le vin.
Donc les ennemis,
la négligence d'eux étant connue,
préparent deux détachements,
par l'un desquels
ces pillards seraient assaillis,
tandis que les autres attaqueraient
le camp romain,
non dans l'espoir de *le* prendre,
mais pour que par les cris, par les traits,
chacun attentif
à son *propre* danger

sonorem alterius prœlii non acciperet : tenebræ insuper delectæ, augendam ad formidinem. Sed qui vallum legionum
tentabant facile pelluntur. Thracum auxilia, repentino incursu
territa , quum pars munitionibus adjacerent , plures extra pa-
larentur, tanto infensius cæsi, quanto perfugæ et proditores
ferre arma ad suum patriæque servitium incusabantur.

XLIX. Postera die Sabinus exercitum æquo loco ostendit,
si barbari, successu noctis alacres, prœlium auderent : et,
postquam castello aut conjunctis tumulis non degrediebantur,
obsidium cœpit per præsidia, quæ opportune jam muniebat;
dein fossam loricamque contexens[1], quatuor millia passuum
ambitu amplexus est. Tum paulatim, ut aquam pabulumque
eriperet, contrahere claustra arctaque circumdare : et strue-
batur agger, unde saxa, hastæ, ignes, propinquum jam in
hostem jacerentur. Sed nihil æque quam sitis fatigabat, quum

leur propre danger, nos soldats n'entendissent point le bruit de
l'autre combat. On choisit encore la nuit pour augmenter la frayeur.
L'attaque du camp des légions fut repoussée facilement, mais l'autre
réussit. Les auxiliaires furent épouvantés d'une irruption aussi subite ; les uns dormaient auprès des retranchements, les autres
erraient dans la campagne ; ils furent massacrés avec d'autant plus
d'acharnement qu'on les regardait comme des transfuges et des
traîtres, qui se battaient contre leur propre liberté et celle de leur
patrie.

XLIX. Le lendemain Poppéus déploya son armée hors des retranchements, dans l'idée que les barbares, animés par les succès de la
nuit, pourraient hasarder une bataille ; mais comme ils ne quittaient
point leur forteresse ou les hauteurs voisines, il se mit à les assiéger.
Il avait déjà élevé des redoutes de distance en distance; il les unit
par une tranchée et une palissade, dont le circuit embrassait quatre
milles. Insensiblement, pour ôter aux assiégés l'eau et le fourrage,
il resserre son enceinte et les enferme plus étroitement. Quand on fut
assez près, on construisit une terrasse, d'où on lançait des feux, des
pierres, des javelines. Mais rien n'incommodait l'ennemi autant que

non acciperet sonorem	ne reçût (n'entendît) point le bruit
alterius prœlii :	de l'autre combat :
insuper tenebræ delectæ,	en-outre les ténèbres *furent* choisies,
ad augendam formidinem.	pour augmenter la frayeur.
Sed qui tentabant	Mais *ceux* qui attaquaient
vallum legionum	le retranchement des légions
pelluntur facile.	sont repoussés facilement.
Auxilia Thracum,	Les auxiliaires des Thraces,
territa incursu repentino,	effrayés par *cette* irruption soudaine,
quum pars	comme une partie
adjacerent munitionibus,	était couchée-auprès des palissades,
plures	*et que* de plus nombreux
palarentur extra,	erraient en dehors,
cæsi infensius,	*furent* massacrés avec-plus-d'acharne-
tanto quanto perfugæ	d'autant que transfuges [ment,
et proditores	et traîtres
incusabantur ferre arma	ils étaient accusés de porter les armes
ad suum servitium	pour leur esclavage
patriæque.	et *celui* de *leur* patrie.
XLIX. Die postera	XLIX. Le jour suivant
Sabinus ostendit exercitum	Sabinus montre *son* armée
loco æquo,	sur un terrain uni,
si barbari,	*pour voir* si les barbares,
alacres successu noctis,	animés par le succès de la nuit,
auderent prœlium : [bantur	oseraient *engager* le combat :
et, postquam non degredie-	et, comme ils ne descendaient pas
castello.	du fort
aut tumulis conjunctis,	ou des hauteurs attenant *au fort*,
cœpit obsidium	il commença le siége
per præsidia,	au-moyen-de redoutes,
quæ muniebat jam	qu'il fortifiait déjà
opportune ;	à propos ;
dein contexens	ensuite formant
fossam loricamque,	un fossé et un parapet,
amplexus est ambitu	il embrassa dans *cette* enceinte
quatuor millia passuum.	quatre milliers de pas.
Tum paulatim	Alors peu-à-peu
contrahere claustra	*il commence à* resserrer les barrières,
circumdareque	et *à* mettre-autour *des assiégés*
arcta,	des *lignes plus* étroites,
ut eriperet	pour qu'il *leur* ôtât
aquam pabulumque :	l'eau et le fourrage :
et agger struebatur,	et une terrasse était construite,
unde saxa, hastæ, ignes	d'où des pierres, des javelines, des feux
jacerentur in hostem	fussent lancés contre l'ennemi
jam propinquum.	déjà proche.
Sed nihil fatigabat	Mais rien ne *le* fatiguait

ingens multitudo bellatorum imbellium uno reliquo fonte
uterentur. Simul equi, armenta, ut mos barbaris, juxta clausa,
egestate pabuli exanimari : adjacere corpora hominum, quos
sitis peremerat : pollui cuncta sanie, odore, contactu. Rebus-
que turbatis malum extremum discordia accessit, his deditionem, aliis mortem et mutuos inter se ictus, parantibus. Et
erant qui non inultum exitium, sed eruptionem, suaderent ;
neque ignobiles, quamvis diversi sententiis.

L. Verum e ducibus Dinis, provectus senecta, et longo usu
vim atque clementiam Romanam edoctus, ponenda arma,
unum afflictis id remedium, disserebat. Primusque se cum
conjuge et liberis victori permisit : seculi ætate aut sexu imbecilli, et quibus major vitæ quam gloriæ cupido. At juventus
Tarsam inter et Turesim distrahebatur. Utrique destinatum
cum libertate occidere : sed Tarsa properum finem, abrum-

la soif. Il ne restait qu'une fontaine pour tant de combattants et
de gens sans armes. Leurs chevaux, leurs troupeaux, renfermés
avec eux, suivant l'usage des barbares, mouraient faute de pâturage ;
les hommes périssaient de soif ou de leurs blessures. L'entassement,
l'ordure, l'infection corrompaient tout autour d'eux. Pour comble
de maux, la discorde s'y joignit. Les uns parlaient de se rendre, les
autres de s'entre-tuer tous ; un troisième parti, non moins coura-
geux, quoique d'avis différent, voulait bien périr, mais non sans
vengeance, et en risquant une sortie.

L. Dinis, un des chefs, vieillard instruit par une longue expérience de la valeur et de la clémence romaines, conseillait de mettre
bas les armes, disant que c'était le seul remède dans ces extrémités ;
et, le premier, il vint se livrer au vainqueur avec sa femme et ses
enfants. Tous ceux qui étaient faibles, soit par l'âge, soit par le
sexe, et qui préféraient la vie à la gloire, le suivirent. La jeunesse
se partagea entre Turésis et Tarsa, qui tous deux s'accordaient à
ne point survivre à la liberté ; mais Tarsa voulait qu'une mort

æque quam sitis,   autant que la soif,
quum ingens multitudo   puisque *cette* grande multitude
bellatorum, imbellium,   de combattants, de non-combattants,
uterentur uno fonte   usaient d'une *seule* fontaine
reliquo.   restante.
Simul equi, armenta,   En-même-temps les chevaux, les trou-
clausa juxta,   renfermés avec *eux*,   [peaux,
ut mos barbaris,   comme *c'est* la coutume aux barbares,
exanimari   de périr
egestate pabuli :   par le manque de fourrage :
corpora hominum,   les corps des hommes,
quos vulnera,   que les blessures,
quos sitis peremerat,   que la soif avait fait-mourir,
adjacere :   d'être-gisants-auprès *d'eux* :
cuncta pollui sanie,   tout d'être souillé par la corruption,
odore, contactu.   par l'odeur, par le contact *de la mort*.
Extremumque malum,   Et un dernier mal,
discordia,   la discorde,   [trouble),
accessit rebus turbatis,   se joignit aux affaires troublées (à ce
his parantibus deditionem,   ceux-ci préparant une reddition,
aliis mortem   les autres la mort
et ictus mutuos inter se.   et des coups mutuels *échangés* entre eux.
Et erant qui suaderent   Et *quelques-uns* étaient qui conseillaient
non exitium inultum,   non une mort sans-vengeance,
sed eruptionem ;   mais une sortie ;
neque ignobiles,   et *ceux-là* n'*étaient* point sans-grandeur,
quamvis diversi sententiis.   quoique différents de résolutions.
  L. Verum e ducibus,   L. Mais *un* des chefs,
Dinis, provectus senecta,   Dinis, avancé en vieillesse,
et edoctus longo usu .   et instruit par une longue expérience
vim atque clementiam   de la force et de la clémence
Romanam,   de-Rome,
disserebat arma ponenda,   exposait les armes devoir être posées,
id remedium unum afflictis.   ce remède *être* le seul pour *eux* accablés.
Primusque   Et le premier
se permisit victori   il se remit au vainqueur
cum conjuge et liberis :   avec *sa* femme et *ses* enfants :
secuti   *d'autres le* suivirent
imbecilli ætate aut sexu,   faibles par l'âge ou par le sexe,   [sion
et quibus major cupido   et *ceux* à qui *était* une plus grande pas-
vitæ quam gloriæ.   de vie que de gloire.
At juventus distrahebatur   Mais la jeunesse se partageait
inter Tarsam et Turesim.   entre Tarsa et Turésis.
Utrique destinatum   A l'un-et-à-l'autre *il était* résolu
occidere cum libertate :   de succomber avec la liberté :
sed Tarsa clamitans   mais Tarsa criant-sans-cesse
finem properum,   *qu'il voulait* une fin prompte,

pendas pariter spes ac metus, clamitans, dedit exemplum,
demisso in pectus ferro; nec defuere qui eodem modo oppete-
rent. Turesis sua cum manu noctem opperitur, haud nescio
duce nostro. Igitur firmatæ stationes densioribus globis : et
ingruebat nox nimbo atrox, hostisque, clamore turbido, modo
per vastum silentium, incertos obsessores effecerat : quum
Sabinus circumire, hortari ne ad ambigua sonitus, aut simu-
lationem quietis, casum insidiantibus aperirent, sed sua
quisque munia servarent immoti, telisque non in falsum
jactis.

LI. Interea barbari, catervis decurrentes, nunc in vallum
manualia saxa, præustas sudes, decisa robora, jacere; nunc
virgultis et cratibus et corporibus exanimis complere fossas;
quidam, pontes et scalas ante fabricati, inferre propugnaeulis,
eaque prensare, detrahere, et adversus resistentes cominus
niti : miles contra deturbare telis, pellere umbonibus, muralia

prompte terminât à la fois leurs espérances et leurs craintes. Lui-
même il donna l'exemple en se plongeant un fer dans le sein, et il
ne manqua point d'imitateurs. Turésis, avec sa troupe, attend la
nuit: mais notre général n'ignorait pas son dessein. Aussi tous les
postes furent garnis de nombreux renforts. Avec la nuit s'était
élevée une affreuse tempête. L'ennemi, tantôt poussant des cris
épouvantables, tantôt restant dans le plus profond silence, tenait les
Romains dans l'incertitude. Poppéus parcourt aussitôt tous les
rangs, recommande à ses soldats de ne point s'alarmer de ces
clameurs trompeuses, de ne point se fier à ce calme apparent, de
garder constamment leur poste et de ne lancer des traits qu'à coup
sûr.

LI. Cependant les barbares descendent avec toute leur infanterie;
ils jettent contre les retranchements des pierres, des pieux durcis
au feu, des tronçons de chênes. Les claies, les fascines, les corps
morts remplissent les fossés. Quelques-uns, qui avaient préparé des
ponts et des échelles, montent aux palissades, les saisissent, les
arrachent; ils s'attachent aux défenseurs, ils luttent corps à corps
avec eux. De leur côté, nos soldats les inquiètent avec leurs traits,
les repoussent avec leurs boucliers, lancent d'énormes javelines, et

spes abrumpendas	les espérances devoir être brisées
pariter ac metus,	pareillement et (en même temps que) les
dedit exemplum,	donna l'exemple, [craintes,
ferro demisso in pectus;	le fer étant plongé dans *sa* poitrine ;
nec defuere	et *d'autres* ne manquèrent pas
qui oppeterent	qui mourussent
eodem modo.	de la même manière.
Turesis opperitur noctem	Turésis attend la nuit
cum sua manu,	avec sa troupe,
nostro duce haud nescio.	notre chef ne *l'*ignorant pas.
Igitur stationes firmatæ	Aussi les postes *sont* renforcés
globis densioribus :	de détachements plus compactes :
et nox ingruebat	et la nuit tombait-sur *la terre*
atrox nimbo,	terrible par un orage,
hostisque	et l'ennemi
obsesserat incertos	avait assiégé *les nôtres* incertains
clamore turbido,	*tantôt* avec des cris désordonnés,
modo per vastum silentium:	tantôt, pendant un morne silence :
quum Sabinus circumire,	quand Sabinus *se met à* parcourir *les rangs*,
hortari	à exhorter *les soldats*
ne aperirent casum	à ce qu'ils n'ouvrissent pas une chance
insidiantibus,	à *ceux* qui *leur* tendaient-une embûche,
ad ambigua sonitus,	*se laissant tromper* à (par) l'ambiguïté d'un
aut simulationem quietis,	ou un semblant de calme, [son,
sed servarent immoti	mais qu'ils gardassent immobiles
quisque sua munia,	chacun ses fonctions,
telisque jactis	et *leurs* traits étant jetés
non in falsum.	non à faux.
LI. Interea barbari,	LI. Cependant les barbares,
decurrentes catervis,	descendant par bandes,
nunc jacere in vallum	tantôt de jeter sur le retranchement
saxa manualia,	des pierres lancées-avec-la-main,
sudes præustas,	des pieux brûlés-par-le-bout,
robora decisa;	des branches coupées ;
nunc complere fossas	tantôt de remplir les fossés
virgultis et cratibus	de fascines et de claies
et corporibus exanimis ;	et de corps inanimés ;
quidam, fabricati ante	quelques-uns, ayant fabriqué auparavant
pontes et scalas,	des ponts et des échelles,
inferre propugnaculis,	de *les* porter-contre les parapets,
prensareque ea,	et de saisir ces *parapets*,
detrahere,	d'arracher *les palissades*,
et niti cominus	et de lutter de près
adversus resistentes :	contre *les nôtres* qui résistent :
miles contra	le soldat de-*notre*-côté
deturbare telis,	de *les* renverser par des traits,
pellere umbonibus,	de *les* repousser avec *les* boucliers,

pila¹, congestas lapidum moles, provolvere. His partæ victo-
riæ spes, et, si cedant, insignitius flagitium; illis extrema jam
salus, et adsistentes plerisque matres et conjuges, earumque
lamenta, addunt animos : nox aliis in audaciam, aliis ad formidinem opportuna ; incerti ictus, vulnera improvisa; suorum
atque hostium ignoratio; et montis anfractu repercussæ,
velut a tergo, voces adeo cuncta miscuerant, ut quædam munimenta Romani, quasi perrupta, omiserint. Neque tamen
pervasere hostes, nisi admodum pauci : ceteros, deleto promptissimo quoque aut saucio, appetente jam luce, trusere in
summa castelli, ubi tandem coacta deditio. Et proxima sponte
incolarum recepta : reliquis, quominus vi aut obsidio subige-
rentur, præmatura montis Hæmi² et sæva hiems subvenit.

LII. At Romæ, commota principis domo, ut series futuri
in Agrippinam exilii inciperet, Claudia Pulchra sobrina ejus

roulent sur eux des monceaux de pierres. Chez les Romains, le
désir de conserver leur victoire, la crainte d'un affront plus sanglant, s'ils venaient à céder; chez les barbares, la nécessité, le
désespoir, les lamentations de leurs mères, de leurs femmes qui se
tiennent à côté d'eux, animent les combattants; la nuit accroît
l'audace des uns, favorisé la lâcheté des autres; les coups sont incertains, les blessures imprévues; on méconnaît et les siens et
l'ennemi; les voix, répercutées par l'écho des montagnes, semblent
éclater par derrière et répandent une telle confusion que, dans
quelques endroits, les Romains croient leurs retranchements forcés
et les abandonnent. Cependant les ennemis n'y pénétrèrent qu'en
petit nombre; les plus braves furent tués ou blessés, et au point du
jour on refoula le reste jusqu'au sommet du roc, où ils furent contraints de se rendre. Les bourgades voisines se soumirent volontairement; les autres eussent été réduites par la force ou par la famine,
sans l'hiver rigoureux et prématuré du mont Hémus, qui les
sauva.

LII. Cependant à Rome, après avoir ébranlé la famille impériale
par la mort de Drusus, on s'acheminait à la ruine d'Agrippine en
faisant accuser sa cousine Claudia Pulchra par Domitius Afer. Cet

provolvere pila muralia,	de rouler *sur eux* des javelines murales,
moles lapidum congestas.	des masses de pierres amoncelées.
His spes victoriæ partæ,	A ceux-ci l'espoir de la victoire obtenue,
et flagitium insignitius,	et une honte plus éclatante,
si cedant,	s'ils cèdent,
addunt animos ;	ajoutent du courage ; [me.
illis salus jam extrema,	à ceux-là, *une chance de* salut déjà suprê
et matres et conjuges	et les mères et les épouses
adsistentes plerisque,	qui se tiennent-auprès-de la plupart,
lamentaque earum :	et les lamentations d'elles :
nox opportuna	la nuit favorable
aliis in audaciam,	aux uns pour l'audace,
aliis ad formidinem ;	aux autres pour la crainte ;
ictus incerti,	des coups incertains,
vulnera improvisa ;	des blessures inattendues ;
ignoratio suorum	l'ignorance des leurs
atque hostium ;	et des ennemis ;
et voces repercussæ	et les voix répercutées
anfractu montis,	par l'anfractuosité de la montagne,
velut a tergo,	comme *venant* par derrière,
miscuerant cuncta adeo,	avaient confondu tout tellement,
ut Romani omiserint	que les Romains abandonnèrent
quædam munimenta,	quelques remparts,
quasi perrupta.	comme forcés.
Neque tamen hostes	Et cependant les ennemis
pervasere,	ne pénétrèrent pas,
nisi admodum pauci :	sinon tout-à-fait peu-nombreux :
quoque promptissimo	chaque *homme* le plus hardi
deleto aut saucio,	ayant été tué ou *étant* blessé,
luce appetente jam,	la lumière approchant déjà,
trusere ceteros	ils chassèrent les autres
in summa castelli,	jusqu'au sommet du fort,
ubi tandem deditio coacta.	où enfin la reddition *fut* forcée.
Et proxima recepta	Et les *lieux* voisins *furent* repris
sponte incolarum :	du plein-gré des habitants :
hiems præmatura et sæva	l'hiver prématuré et rigoureux
montis Hæmi	du mont Hémus
subvenit reliquis,	vint-en-aide à ceux-qui-restaient,
quominus subigerentur	*pour empêcher* qu'ils ne fussent réduits
vi aut obsidio.	par la force ou par un siége.
LII. At Romæ,	LII. Cependant à Rome,
domo principis commota,	la famille du prince étant ébranlée,
ut series exitii futuri	pour que la série *des menaces* de ruine fu-
in Agrippinam	contre Agrippine [ture
inciperet,	commençât,
Claudia Pulchra	Claudia Pulchra
sobrina ejus	cousine d'elle

postulatur, accusante Domitio Afro [1]. Is, recens prætura, modicus dignationis, et quoquo facinore properus clarescere,
crimen impudicitiæ, adulterum Furnium, veneficia in principem et devotiones, objectabat. Agrippina, semper atrox, tum
et periculo propinquæ accensa, pergit ad Tiberium, ac forte
sacrificantem patri reperit; quo initio invidiæ : « Non ejusdem, ait, mactare divo Augusto victimas, et posteros ejus insectari : non in effigies mutas divinum spiritum transfusum;
sed imaginem veram cœlesti sanguine ortam intelligere discrimen, suscipere sordes : frustra Pulchram præscribi,
cui sola exitii causa sit, quod Agrippinam stulte prorsus ad
cultum delegerit, oblita Sosiæ [2] ob eadem afflictæ. » Audita
hæc raram occulti pectoris vocem elicuere, correptamque
Græco versu admonuit « Non ideo lædi [3], quia non regnaret. »
Pulchra et Furnius damnantur. Afer primoribus oratorum

---

homme, récemment sorti de la préture, et médiocrement considéré,
cherchait par toutes sortes de voies une prompte célébrité : il accusa
Claudia de déréglements, d'adultère avec Furnius, de maléfices et
d'enchantements contre le prince. Agrippine, toujours violente, et
alors irritée du danger de sa parente, court chez Tibère et le trouve
sacrifiant à Auguste. Cette circonstance enflammant sa colère, elle
s'écrie : « Qu'il n'est point du même homme d'immoler des victimes
à Auguste et de poursuivre ses descendants; que ce n'est point dans
des marbres inanimés que réside cet esprit immortel, que c'est
dans elle-même, son pur sang et sa vive image; qu'elle voit les
coups qu'on lui porte; qu'elle ne prend point le change sur Claudia,
dont tout le crime est d'avoir trop aimé la malheureuse Agrippine,
et de ne s'être pas souvenue qu'un motif semblable avait causé la perte
de Sosia. » La dissimulation de Tibère eut peine à tenir contre cet emportement. Un mot lui échappa, ce qui était rare : il lui répondit sévèrement par un vers grec, que, si elle ne régnait pas, ce n'était pas qu'on
eût méconnu ses droits. Claudia et Furnius furent condamnés. Afer
prit place parmi les premiers orateurs. Ce procès venait de révéler

postulatur,	est appelée *en justice*,
Domitio Afro accusante.	Domitius Afer *l'*accusant. [préture,
Is, recens prætura,	Celui-ci, nouveau (récemment sorti) de la
modicus dignationis,	médiocre en dignité,
et properus clarescere	et pressé de s'illustrer
facinore quoquo,	par un acte quelconque,
objectabat	*lui* reprochait ,
crimen impudicitiæ,	le crime d'impudicité,
Furnium adulterum,	Furnius complice-d'adultère,
veneficia in principem	des maléfices contre le prince
et devotiones.	et des enchantements.
Agrippina, semper atrox,	Agrippine, toujours violente,
tum et accensa	alors aussi enflammée
periculo propinquæ,	par le péril de *sa* parente,
pergit ad Tiberium,	se rend auprès de Tibère,
ac reperit forte	et *le* trouve par hasard
sacrificantem patri ;	qui sacrifiait à *son* père ; [elle dit :
quo initio invidiæ ait :	duquel commencement d'invective *usant,*
« Non ejusdem	« N'*être* pas du même homme
mactare victimas	d'immoler des victimes
divo Augusto,	au divin Auguste,
et insectari posteros ejus :	et de persécuter les descendants de lui :
spiritum divinum	l'esprit divin *d'Auguste*
non transfusum	n'*avoir* point *été* transfusé
in effigies mutas ;	dans des images muettes ;
sed imaginem veram	mais *elle,* image vraie *d'Auguste,*
ortam sanguine cœlesti	issue de *ce* sang céleste
intelligere discrimen,	comprendre le danger,
suscipere sordes :	se couvrir de deuil :
frustra Pulchram	en-vain Pulchra
præscribi,	être mise-en-avant,
cui sola causa exitii sit,	à qui la seule cause de ruine est,
quod delegerit	qu'elle a choisi
prorsus stulte	tout-à-fait sottement.
Agrippinam ad cultum,	Agrippine pour *son* culte,
oblita Sosiæ	ayant oublié Sosia
afflictæ ob eadem. »	abattue (perdue) pour les mêmes *faits.* »
Hæc audita	Ces *paroles* entendues
elicuere raram vocem	tirèrent quelques mots
pectoris occulti,	du cœur caché (dissimulé) *de Tibère,*
admonuitque	et il avertit *Agrippine*
correptam versu Græco	censurée par *ce* vers grec :
« Non lædi ideo,	« *Elle* n'être point lésée pour cela,
quia non regnaret. »	parce qu'elle ne régnait point. »
Pulchra et Furnius	Pulchra et Furnius
damnantur,	sont condamnés. [premiers
Afer additus primoribus	Afer *fut* ajouté aux (placé parmi les)

additus, divulgato ingenio, et secuta asseveratione Cæsaris,
qua suo jure disertum eum appellavit; mox, capessendis ac-
cusationibus aut reos tutando, prosperiore eloquentiæ quam
morum fama fuit : nisi quod ætas extrema multum etiam eloquentiæ dempsit, dum fessa mente retinet silentii impatientiam [1].

LIII. At Agrippina, pervicax iræ et morbo corporis impli-
cata, quum viseret eam Cæsar, profusis diu ac per silentium
lacrimis, mox invidiam et preces orditur : « Subveniret soli-
tudini, daret maritum; habilem adhuc juventam sibi, neque
aliud probis quam ex matrimonio solatium : esse in civitate
qui Germanici conjugem ac liberos ejus recipere dignarentur.»
Sed Cæsar, non ignarus quantum ex republica peteretur, ne
tamen offensionis aut metus manifestus foret, sine responso,
quanquam instantem, reliquit. Id ego, a scriptoribus annalium non traditum, reperi in commentariis Agrippinæ filiæ [2];

son génie, et le prince dit de lui que l'éloquence était son domaine.
Depuis, continuant de se porter accusateur ou défenseur des
accusés, il donna de son talent une idée plus avantageuse que de son
caractère; cependant sa réputation déchut beaucoup sur la fin de sa
vie, parce que son esprit affaibli ne sut pas se résigner au silence.

LIII. Quant à Agrippine, implacable dans son ressentiment, elle
tomba malade, et reçut une visite de l'empereur. Elle pleura longtemps sans rien dire; enfin, éclatant en reproches et en prières,
elle lui demande « d'avoir pitié de son abandon, de lui donner un
époux. Son âge ne lui interdisait point encore ce lien, et une femme
vertueuse ne pouvait demander de consolation qu'à l'hymen. Il y
avait dans Rome des citoyens qui s'honoreraient de recevoir la veuve
de Germanicus avec ses enfants. » Tibère sentit toute l'importance
de cette demande; mais, ne voulant point laisser paraître ses haines
ou ses craintes, il sortit sans rien répondre, quelque instance que
lui fît Agrippine. J'ai trouvé ce fait, qui n'est rapporté par aucun

oratorum,	des orateurs,
ingenio divulgato,	*son* génie ayant été divulgué *alors*,
et asseveratione Cæsaris	et *cette* affirmation de César (Tibère)
secuta,	ayant suivi,
qua appellavit eum	par laquelle il appela lui
disertum suo jure ;	éloquent de son droit *propre;*
mox, capessendis	bientôt, en entreprenant
accusationibus	des accusations
aut tutando reos,	ou en défendant des accusés,
fuit fama	il fut d'une renommée
prosperiore	plus heureuse
eloquentiæ quam morum :	*en fait* d'éloquence qu'*en fait* de mœurs :
nisi quod extrema ætas	si ce n'est que *son* dernier âge
dempsit etiam	*lui* ôta encore
multum eloquentiæ,	beaucoup de *son* éloquence,
dum retinet mente fessa	pendant qu'il garde avec (malgré) un es-
impatientiam silentii.	l'impatience du silence. [prit fatigué
LIII. At Agrippina,	LIII. Mais Agrippine,
pervicax iræ	obstinée dans *son* ressentiment
et implicata	et engagée
morbo corporis,	dans une maladie de corps,
quum Cæsar viseret eam,	comme César (Tibère) visitait elle,
lacrimis profusis	des larmes ayant été versées
diu ac per silentium,	longtemps et en silence,
mox orditur	bientôt commence
invidiam et preces :	l'invective et les prières :
« Subveniret solitudini,	« Qu'il vînt-en-aide à *sa* solitude,
daret maritum ;	qu'il *lui* donnât un mari ;
juventam sibi	la jeunesse à elle
adhuc habilem,	*être* encore propre *à l'hymen*,
neque aliud solatium	et *nulle* autre consolation
probis	*n'être* aux *femmes* de-bien
quam ex matrimonio :	que *celle qu'elles tirent* du mariage :
esse in civitate	*plusieurs* être dans la cité
qui dignarentur recipere	qui daigneraient recevoir
conjugem Germanici	l'épouse de Germanicus
ac liberos ejus. »	et les enfants d'elle. »
Sed Cæsar,	Mais César (Tibère),
non ignarus	n'ignorant point
quantum peteretur	quelle grande chose était demandée
ex republica,	par-rapport-à la république,
tamen ne foret manifestus	cependant pour qu'il ne fût pas convaincu
offensionis aut metus,	de haine ou de crainte,
reliquit sine responso,	la laissa sans réponse,
quanquam instantem.	quoique insistant (quoiqu'elle insistât).
Ego reperi in commentariis	Moi j'ai trouvé dans les mémoires
filiæ Agrippinæ,	de *sa* fille Agrippine,

quæ, Neronis principis mater, vitam suam et casus suorum posteris memoravit.

LIV. Ceterum Sejanus mœrentem et improvidam altius perculit, immissis qui per speciem amicitiæ monerent paratum ei venenum, vitandas soceri epulas. Atque illa, simulationum nescia, quum propter discumberet, non vultu aut sermone flecti, nullos attingere cibos; donec advertit Tiberius, forte, an quia audiverat : idque quo acrius experiretur, poma ut erant apposita laudans, nurui sua manu tradidit : aucta ex eo suspicio Agrippinæ, et intacta ore servis tramisit. Nec tamen Tiberii vox coram secuta; sed obversus ad matrem : « Non mirum, ait, si quid severius in eam statuisset, a qua veneficii insimularetur. » Inde rumor, parari exitium; neque id imperatorem palam audere, secretum ad perpetrandum quæri.

historien, dans les mémoires où Agrippine sa fille, mère de l'empereur Néron, a raconté sa vie et les malheurs de sa famille.

LIV. Séjan porta un coup plus funeste encore à la triste et imprudente Agrippine. Ses émissaires, feignant de s'intéresser à son sort, l'avertirent de se défier des festins de son beau-père, qui voulait l'empoisonner. Celle-ci, incapable de dissimulation, se trouvant un jour à la table de Tibère, demeura sans rien dire, les yeux baissés, et ne touchant à aucun mets. Tibère le remarqua, soit par hasard, soit qu'il fût prévenu, et, voulant s'assurer mieux de la vérité, il affecta de louer des fruits qui étaient devant lui, et les offrit à sa bru. Les soupçons d'Agrippine en furent augmentés: elle fit passer les fruits aux esclaves sans y goûter. Tibère ne lui dit rien, mais se tournant vers sa mère : « On pourrait, lui dit-il, me pardonner quelque sévérité contre une femme qui me traite en empoisonneur. » De là courut le bruit qu'on méditait la perte d'Agrippine, et que Tibère, n'osant la consommer ouvertement, cherchait la solitude pour accomplir ses desseins.

quæ, mater	qui, mère
principis Neronis,	de l'empereur Néron,
memoravit posteris	a raconté aux descendants
suam vitam	sa vie
et casus suorum,	et les malheurs des siens,
id non traditum	ce *fait* non transmis
a scriptoribus annalium.	par les écrivains d'annales.
LIV. Ceterum Sejanus	LIV. Au-reste Séjan
perculit altius	frappa plus profondément
mœrentem et improvidam,	*cette femme* chagrine et imprévoyante,
immissis	*des gens* étant lâchés
qui per speciem amicitiæ	qui sous prétexte d'amitié
monerent	l'avertissent
venenum paratum ei,	du poison *être* préparé à elle, [évités.
epulas soceri vitandas.	*et* les repas de *son* beau-père devoir être
Atque illa,	Et celle-ci,
nescia simulationum,	ignorante de *toute* feinte,
quum discumberet propter,	comme elle était-à-table auprès *de Tibère*,
non flecti vultu	de ne point bouger de visage
aut sermone,	ou (ni) de conversation,
attingere nullos cibos;	de ne toucher à aucun mets;
donec Tiberius advertit,	jusqu'à ce que Tibère *le* remarqua,
forte, an quia audiverat :	par hasard, ou parce qu'il *en* avait en-
quoque experiretur id	et pour qu'il éprouvât cela [tendu *parler* :
acrius,	d'une-manière plus-pénétrante,
laudans poma	louant les fruits
ut apposita erant,	dès qu'ils eurent été servis,
tradidit nurui sua manu :	il *les* passa à *sa* bru de sa main :
suspicio Agrippinæ	le soupçon d'Agrippine
aucta ex eo,	*fut* augmenté de cela,
et tramisit servis	et elle *les* remit aux esclaves
intactá ore.	non-effleurés de *sa* bouche.
Nec tamen vox Tiberii	Et cependant *aucun* mot de Tibère
secuta coram;	ne suivit en-présence *d'Agrippine*;
sed obversus ad matrem	mais s'étant tourné vers *sa* mère
ait	il dit [faudrait pas s'étonner)
« Non mirum,	« Ne *devoir* pas *être* étonnant (qu'il ne
si statuisset	s'il avait décidé
quid severius	quelque chose de plus sévère
in eam, a qua	contre cette *femme*, par laquelle
insimularetur veneficii. »	il était accusé d'empoisonnement. »
Inde rumor,	De là ce bruit,
exitium parari;	la perte *d'Agrippine* être préparée;
neque imperatorem	et l'empereur
audere id palam,	ne pas oser cela ouvertement,
secretum quæri	mais le secret être recherché
ad perpetrandum.	pour exécuter *le crime*.

LV. Sed Cæsar, quo famam averteret, adesse frequens senatui, legatosque Asiæ, ambigentes quanam in civitate templum statueretur, plures per dies audivit. Undecim urbes
certabant, pari ambitione, viribus[1] diversæ : neque multum
distantia inter se memorabant; de vetustate generis, studio
in populum Romanum, per bella Persi et Aristonici[2] aliorumque regum. Verum Hypæpeni Trallianique, Laodicenis ac
Magnetibus[3] simul, tramissi, ut parum validi. Ne Ilienses[4]
quidem, quum parentem urbis Romæ Trojam referrent, nisi
antiquitatis gloria, pollebant : paulum addubitatum, quod
Halicarnassii[5] mille et ducentos per annos nullo motu terræ
nutavisse sedes suas, vivoque in saxo fundamenta templi,
asseveràverant. Pergamenos (eo ipso nitebantur), æde Augusto ibi sita, satis adeptos creditum. Ephesii Milesiique, hi
Apollinis, illi Dianæ cærimonia, occupavisse civitates visi. Ita
Sardianos inter Smyrnæosque deliberatum. Sardiani decretum

LV. Le prince, pour détourner ces rumeurs, redoubla ses assi-
duités au sénat, et entendit pendant plusieurs jours les députés de
l'Asie. Onze villes de cette province se disputaient l'honneur de
construire le temple de Tibère. Avec des richesses inégales, toutes
avaient la même ambition; l'ancienneté de leur origine et leur
attachement pour les Romains dans les guerres de Persée, d'Aristonicus et des autres rois les mettaient toutes à peu près sur la
même ligne. Mais d'abord on exclut Tralles, Hypèpes, Laodicée,
Magnésie, comme trop peu importantes. Ilion même, quoique
représentant l'ancienne Troie, mère de Rome, n'avait de mérite que
son antiquité. On pencha un moment pour Halicarnasse, qui assu-
rait n'avoir point ressenti de tremblements de terre depuis douze
cents ans, et qui promettait d'asseoir sur le roc vif les fondements
du temple. Celui d'Auguste, sur lequel s'appuyaient les prétentions
de Pergame, fut son titre d'exclusion. On crut cet honneur suffisant
pour cette ville. On trouva que Milet et Éphèse étaient entièrement
dévouées, l'une au culte d'Apollon, l'autre à celui de Diane. Ce fut
donc entre Sardes et Smyrne qu'on balança. Sardes produisit un

LV. Sed Cæsar,
quo averteret famam,
adesse frequens senatui,
audivitque per plures dies
legatos Asiæ,
ambigentes
in quanam civitate
templum statueretur.
Undecim urbes certabant,
ambitione pari,
diversæ viribus :
neque memorabant
distantia multum inter se,
de vetustate generis,
studio
in populum Romanum,
per bella
Persi et Aristonici
aliorumque regum.
Verum Hypæpeni
Trallianique
simul Laodicenis
ac Magnetibus,
tramissi, ut parum validi.
Ne Ilienses quidem,
quum referrent Trojam
parentem urbis Romæ,
pollebant,
nisi gloria antiquitatis :
addubitatum paulum,
quod Halicarnassii
asseveraverant
suas sedes nutavisse
per mille et ducentos annos
nullo motu terræ,
fundamentaque templi
in saxo vivo.
Creditum Pergamenos
adeptos satis,
æde sita ibi Augusto
(nitebantur eo ipso).
Ephesii Milesiique
visi occupavisse civitates,
hi cærimonia Apollinis,
illi Dianæ.
Ita deliberatum
inter Sardianos

LV. Mais César (Tibère)
afin qu'il détournât la renommée,
d'assister assidu (assidûment) au sénat,
et il entendit pendant plusieurs jours
les députés de l'Asie,
qui disputaient
dans quelle cité
un temple serait élevé *à Tibère*.
Onze villes rivalisaient,
avec une ambition pareille,
mais différentes de forces (importance) :
et elles ne rappelaient pas
des titres différant beaucoup entre eux,
touchant l'antiquité de *leur* race,
leur zèle
pour le peuple romain,
pendant les guerres
de Persée et d'Aristonicus
et d'autres rois.
Mais ceux-d'Hypèpes
et ceux-de-Tralles,
avec ceux-de-Laodicée
et ceux-de-Magnésie,
furent négligés, comme peu forts.
Pas même ceux-d'-Ilion,
quoiqu'ils rappelassent Troie
avoir été mère de la ville *de* Rome,
n'avaient-du-crédit,
sinon par la gloire de l'antiquité :
on hésita un peu,
parce que ceux-d'Halicarnasse
avaient assuré
leurs demeures n'avoir vacillé
pendant mille et deux-cents ans
par aucun tremblement de terre,
et les fondements du temple
devoir être assis sur le roc vif.
On crut ceux-de-Pergame
avoir obtenu assez,   [guste
un temple étant élevé là (chez eux) à Au-
(ils s'appuyaient sur ce *fait* même).
Les Éphésiens et les Milésiens
parurent avoir rempli *leurs* cités,
ceux-ci du culte d'Apollon,
ceux-là *de celui* de Diane.
Ainsi on délibéra
entre ceux-de-Sardes

Etruriæ recitavere, ut consanguinei : nam « Tyrrhenum Lydumque, Atye rege genitos, ob multitudinem divisisse gentem : Lydum patriis in terris resedisse ; Tyrrheno datum novas ut conderet sedes : et ducum e nominibus indita vocabula,
illis per Asiam, his in Italia ; auctamque adhuc Lydorum opu-
lentiam, missis in Græciam populis, cui mox a Pelope nomen [1]. » Simul litteras imperatorum, et icta nobiscum fœdera
bello Macedonum, ubertatemque fluminum suorum, temperiem cœli, ac dites circum terras, memorabant.

LVI. At Smyrnæi, repetita vetustate, seu Tantalus Jove
ortus illos, sive Theseus divina et ipse stirpe, sive una Amazonum condidisset, transcendere ad ea quis maxime fidebant,
in populum Romanum officiis, missa navali copia, non modo
externa ad bella, sed quæ in Italia tolerabantur, « Seque pri-

décret des Étrusques qui attestait leur consanguinité. Tyrrhénus et
Lydus, fils du roi Atys, s'étant partagé leurs sujets, qui étaient
devenus trop nombreux, Lydus resta dans sa patrie, tandis que
Tyrrhénus alla former un nouvel établissement ; et les deux chefs,
celui-ci en Italie, l'autre en Asie, donnèrent leur nom au pays
qu'ils occupèrent. Dans la suite, les Lydiens accrurent encore leur
puissance et envoyèrent des colonies dans la partie de la Grèce à
laquelle depuis Pélops donna son nom. Sardes se prévalait encore
des lettres de nos généraux, des traités conclus avec nous pendant la
guerre de Macédoine, des rivières qui fertilisaient son sol, de la
beauté de son climat et de la richesse des pays dont elle était
entourée.

LVI. Smyrne rappela aussi son antiquité, soit qu'elle eût pour
fondateur Tantale, fils de Jupiter, ou Thésée, issu également des
dieux, ou bien une des Amazones ; mais le titre dans lequel elle
avait le plus de confiance était son attachement pour nous. Elle
prouva « que dans les guerres étrangères, et même dans celles
d'Italie, elle avait fourni aux Romains des forces navales ; qu'elle

Smyrnæosque.

Sardiani recitavere
decretum Etruriæ,
ut consanguinei :
nam
« Tyrrhenum Lydumque,
genitos rege Atye,
divisisse gentem
ob multitudinem :
Lydum resedisse
in terris patriis ;
datum Tyrrheno
ut conderet sedes novas :
et e nominibus ducum
vocabula indita,
illis per Asiam,
his in Italia ;
opulentiamque Lydorum
auctam adhuc,
populis missis
in Græciam,
cui mox nomen a Pelope. »
Simul memorabant
litteras imperatorum,
et fœdera icta nobiscum
bello Macedonum,
ubertatemque
suorum fluminum,
temperiem cœli,
ac terras dites circum.
    LVI. At Smyrnæi,
vetustate repetita,
seu Tantalus ortus Jove,
sive Theseus
et ipse stirpe divina,
sive una Amazonum
condidisset illos,
transcendere ad ea
quis fidebant maxime,
officiis
in populum Romanum,
copia navali missa,
non modo
ad bella externa,
sed quæ tolerabantur
in Italia,
« Seque primos

et ceux-de-Smyrne.
Ceux-de-Sardes citèrent
un décret de l'Étrurie,
comme *étant* parents *des Étrusques* :
car *ils disaient*
« Tyrrhénus et Lydus,
nés du roi Atys,
avoir partagé *entre eux* la nation
à-cause-de la multitude *des habitants* :
Lydus avoir résidé
sur les terres de-*ses*-pères ;
mission avoir été donnée à Tyrrhénus
pour qu'il fondât des demeures nouvelles :
et des noms-des *deux* chefs
des dénominations *avoir été* données,
à ceux-là en Asie,
à ceux-ci en Italie ;
et l'opulence des Lydiens
s'être augmentée encore,
des peuples ayant été envoyés
dans la Grèce,
à laquelle bientôt le nom *vint* de Pélops. »
En-même-temps ils citaient
des lettres de *nos* généraux,
et des traités frappés (conclus) avec-nous
dans la guerre des Macédoniens,
et la fécondité
de leurs fleuves,
la température de *leur* ciel,
et des terres riches *tout* autour.
    LVI. Quant aux Smyrnéens,
leur antiquité étant rappelée,
soit que Tantale issu de Jupiter,
soit que Thésée
aussi lui-même de race divine,
soit qu'une des Amazones
eût fondé eux,
passèrent à ces (des) *titres*
dans lesquels ils se confiaient surtout,
c'est-à-dire leurs services
envers le peuple romain,
une force navale ayant été envoyée,
non-seulement
pour des guerres étrangères,
mais *pour celles* qui étaient soutenues
en Italie,
« Et eux les premiers

mos templum urbis Romæ statuisse[1], M. Porcio consule, magnis quidem jam populi Romani rebus, nondum tamen ad
summum elatis, stante adhuc Punica urbe, et validis per Asiam
regibus. » Simul L. Sullam testem afferebant, « Gravissimo in
discrimine exercitus, ob asperitatem hiemis et penuriam vestis, quum id Smyrnam in concionem nuntiatum[2] foret, omnes
qui adstabant detraxisse corpori tegmina nostrisque legionibus misisse. » Ita, rogati sententiam, patres Smyrnæos prætu-
lere. Censuitque Vibius Marsus ut M. Lepido, cui ea provincia
obvenerat, super numerum legaretur, qui templi curam susci-
peret : et quia Lepidus ipse deligere per modestiam abnuebat,
Valerius Naso, e prætoriis, sorte missus est.

LVII. Inter quæ, diu meditato prolatoque sæpius consilio,
tandem Cæsar in Campaniam[3], specie dedicandi templa, apud
Capuam Jovi, apud Nolam[4] Augusto, sed certus procul Urbe

avait, la première, érigé un temple à la ville de Rome, sous le
consulat de M. Porcius, et dans un temps où le peuple romain,
quoique déjà puissant, n'était point encore parvenu au faîte de la
grandeur, et avait dans Carthage et dans les rois de l'Asie des
rivaux redoutables. » Elle citait encore le témoignage de L. Sylla,
« dont elle avait secouru l'armée, réduite à la plus grande détresse
par la rigueur de l'hiver et le manque de vêtements. La nouvelle en
était venue à Smyrne dans un moment où le peuple était assemblé.
Tous les assistants s'étaient dépouillés aussitôt de leurs vêtements et
les avaient envoyés à nos légions. » Aussi fut-ce à Smyrne que les
sénateurs donnèrent leurs voix. Vibius Marsus proposa d'envoyer à
M. Lépidus, proconsul de cette province, un lieutenant extraor-
dinaire, pour veiller à la construction du temple ; et comme Lépidus
refusait modestement de le choisir lui-même, on recourut au sort,
qui désigna Valérius Nason, ancien préteur.

LVII. Enfin s'exécuta ce projet médité depuis longtemps et souvent différé. Tibère partit pour la Campanie, sous prétexte de faire
à Capoue la dédicace du temple de Jupiter, et à Nole de celui d'Auguste, mais intérieurement résolu de ne jamais rentrer dans Rome.

statuisse templum	avoir élevé un temple
urbis Romæ	de la ville de Rome,
M. Porcio consule,	M. Porcius étant consul,
rebus populi Romani	les affaires du peuple romain
magnis quidem jam,	étant grandes certes déjà,
nondum tamen elatis	non-encore cependant élevées
ad summum,	au plus haut point,
urbe Punica stante adhuc,	la ville carthaginoise subsistant encore,
et regibus validis	et des rois puissants
per Asiam. »	régnant en Asie. » [saient)
Simul afferebant	En même temps ils apportaient (produi-
L. Sullam testem,	L. Sylla comme témoin,
« In discrimine gravissimo	« Dans un danger très-grave
exercitus,	de son armée,
ob asperitatem hiemis	à-cause-de la rigueur de l'hiver,
et penuriam vestis,	et du manque de vêtements,
quum id ñuntiatum foret	lorsque cela eut été annoncé
Smyrnam in concionem,	à Smyrne dans l'assemblée-publique,
omnes qui adstabant	tous ceux qui étaient-présents [corps
detraxisse tegmina corpori	avoir arraché leurs vêtements de leur
misisseque	et les avoir envoyés
nostris legionibus. »	à nos légions. »
Ita patres,	Ainsi les sénateurs,
rogati sententiam,	consultés sur leur opinion,
prætulere Smyrnæos.	préférèrent les Smyrnéens.
Vibiusque Marsus censuit	Et Vibius Marsus fut-d'avis
ut M. Lepido,	que à M. Lépidus,
cui ea provincia obvenerat,	à qui cette province était échue,
legaretur	un homme fût donné-pour-lieutenant,
super numerum,	au-dessus du nombre légal,
qui susciperet curam	lequel prendrait soin
templi :	de la construction du temple :
et quia Lepidus	et parce que Lépidus
abnuebat per modestiam	refusait par modestie
deligere ipse,	de choisir lui-même,
Valerius Naso, e prætoriis,	Valérius Nason, un des anciens-préteurs,
missus est sorte.	fut envoyé par le sort.
LVII. Inter quæ,	LVII. Sur ces entrefaites,
consilio meditato diu	le projet ayant été médité longtemps
prolatoque sæpius,	et différé souvent,
Cæsar tandem	César (Tibère) enfin
in Campaniam,	partit pour la Campanie,
specie dedicandi templa,	sous prétexte de dédier des temples,
apud Capuam Jovi,	l'un à Capoue à Jupiter,
apud Nolam Augusto,	l'autre à Nole à Auguste,
sed certus degere	mais résolu à vivre
procul Urbe.	loin de la ville (Rome).

degere. Causam abscessus, quanquam, secutus plurimos auc-
torum, ad Sejani artes retuli, quia tamen, cæde ejus patrata,
sex postea annos pari secreto conjunxit, plerumque permo-
veor num ad ipsum referri verius sit, sævitiam ac libidinem,
quum factis promeret, locis occultantem. Erant qui crederent
in senectute corporis quoque habitum pudori fuisse : quippe
illi prægracilis[1] et incurva proceritas, nudus capillo vertex,
ulcerosa facies ac plerumque medicaminibus interstincta : et
Rhodi secreto, vitare cœtus, recondere voluptates insuerat.
Traditur etiam matris impotentia extrusum, quam dominationis sociam aspernabatur, neque depellere poterat, quum dominationem ipsam donum ejus accepisset. Nam dubitaverat
Augustus Germanicum, sororis nepotem et cunctis laudatum,
rei Romanæ imponere ; sed, precibus uxoris evictus, Tiberio

J'ai, d'après le plus grand nombre des historiens, rapporté sa retraite à la politique de Séjan. Mais comme, après le supplice de son
favori, ce prince vécut encore six ans dans la même retraite, je
pencherais plutôt à n'attribuer ce dessein qu'à Tibère lui-même, qui
voulait sans doute ensevelir dans la solitude des débauches et des
cruautés qui n'éclataient que trop. Quelques-uns ont prétendu aussi
que les difformités de sa vieillesse, son grand corps grêle et voûté,
sa tête chauve, son visage couvert d'ulcères et parsemé d'em-
plâtres, causaient quelque honte au prince, qui d'ailleurs dans sa
retraite de Rhodes s'était accoutumé à fuir les réunions et à cacher
ses plaisirs. On dit encore que le caractère impérieux de sa mère
causa son départ. Il souffrait de partager l'autorité avec elle, et
pourtant il ne pouvait lui refuser sa part d'un bien qu'il tenait
d'elle : car Auguste voulait choisir pour son successeur à l'empire
Germanicus, petit-fils de sa sœur, environné de l'estime publique ;
mais, obsédé par les prières de sa femme, il adopta Tibère, en lui

Quanquam ,	Quoique ,
secutus	ayant suivi
plurimos auctorum,	la plupart des auteurs ,
retuli	j'aie rapporté
causam abscessus	la cause de *cette* retraite
ad artes Sejani ,	aux artifices de Séjan ,
quia tamen,	comme cependant ,
cæde ejus patrata ,	le meurtre de lui ayant été exécuté,
conjunxit	il passa-consécutivement
sex annos postea	six années après
pari secreto ,	dans une semblable solitude ,
plerumque permoveor	le plus souvent je m'inquiète (me demande)
num sit verius	s'il n'est pas plus vrai
referri ad ipsum ,	*cela* être rapporté à lui-même,
occultantem locis	qui cachait par les lieux
sævitiam ac libidinem,	*sa* cruauté et *son* déréglement ,
quum promeret factis.	lorsqu'il *les* trahissait par des actes.
Erant qui crederent	*Quelques-uns* étaient qui croyaient
habitum corporis	la constitution de *son* corps
fuisse quoque pudori	avoir été aussi à honte *pour lui*
in senectute :	dans *sa* vieillesse :
quippe illi proceritas	car à lui *étaient* une haute-taille
prægracilis et incurva,	très-grêle et voûtée,
vertex	le sommet-de-la-tête
nudus capillo ,	dépouillé de cheveux,
facies ulcerosa	la face couverte-d'ulcères
ac plerumque interstincta	et le plus souvent semée
medicaminibus :	d'emplâtres :
et secreto Rhodi ,	et *déjà* dans *sa* retraite de Rhodes,
insuerat vitare cœtus,	il s'était habitué à éviter les réunions ,
recondere voluptates.	à cacher *ses* voluptés.
Traditur etiam extrusum	Il est dit aussi *lui avoir été* chassé *de Rome*
impotentia matris,	par l'humeur-impérieuse de *sa* mère,
quam aspernabatur	qu'il répugnait-à-avoir
sociam dominationis ,	*comme* compagne d'autorité,
neque poterat depellere ;	et *qu'*il ne pouvait repousser,
quum accepisset	puisqu'il avait reçu
dominationem ipsam	l'autorité elle-même
donum ejus. [rat	*comme* un don d'elle.
Nam Augustus dubitave-	Car Auguste avait délibéré
imponere rei Romanæ	de mettre à-la-tête-de l'empire romain
Germanicum ,	Germanicus ,
nepotem sororis,	petit-fils de *sa* sœur ,
et laudatum cunctis ;	et loué de tous ;
sed, evictus	mais, vaincu
precibus uxoris,	par les prières de *sa* femme ,
adscivit Tiberio	il fit-adopter par Tibère

Germanicum, sibi Tiberium adscivit : idque Augusta exprobrabat, reposcebat.

LVIII. Profectio arcto comitatu fuit : unus senator consulatu functus, Cocceius Nerva [1], cui legum peritia; eques Romanus, præter Sejanum, ex illustribus Curtius Atticus [2]; ceteri
liberalibus studiis præditi, ferme Græci, quorum sermonibus
levaretur. Ferebant periti cœlestium iis motibus siderum excessisse Roma Tiberium, ut reditus illi negaretur : unde exitii
causa multis fuit, properum finem vitæ conjectantibus vulgan-
tibusque; neque enim tam incredibilem casum providebant,
ut undecim per annos libens patria careret. Mox patuit breve
confinium artis et falsi, veraque quam obscuris tegerentur :
nam in Urbem non regressurum haud forte dictum; ceterorum
nescii egere, quum propinquo rure aut littore, et sæpe mœnia
Urbis assidens, extremam senectam compleverit.

faisant adopter Germanicus; et ce bienfait, Augusta le rappelait
sans cesse et en demandait le prix.

LVIII. La suite de Tibère ne fut pas nombreuse. Un seul sénateur, consulaire et habile jurisconsulte, Coccéius Nerva, Séjan et un
autre chevalier romain du premier rang, Curtius Atticus, com-
posaient tout son cortége, avec des littérateurs, Grecs la plupart,
dont l'entretien l'amusait. Les astrologues prétendaient que la
position des astres, au moment de son départ, annonçait que Tibère
ne reviendrait plus à Rome; ce qui causa la perte de plusieurs,
qui, supposant sa fin prochaine, publièrent leurs conjectures : car
ils ne prévoyaient point que, par une bizarrerie inconcevable, ce
prince, pendant onze ans, s'exilerait volontairement de sa patrie.
La suite fit voir clairement combien l'erreur tient de près à l'art, et
quels nuages y enveloppent la vérité; on prédit bien en effet avec
certitude que Tibère ne reviendrait plus à Rome, mais on se trompa
sur tout le reste, puisque ce prince, qui vint dans la campagne, sur
les rivages voisins, et souvent même sous les murs de Rome,
atteignit une extrême vieillesse.

Germanicum	Germanicus,
sibi Tiberium :	et adopta pour lui-même Tibère :
Augustaque	et Augusta
exprobrabat id,	reprochait cela,
reposcebat.	et le redemandait (en demandait le prix).
LVIII. Profectio	LVIII. Le départ de Tibère
fuit comitatu arcto :	fut (eut lieu) avec un cortége étroit (peu
unus senator	un seul sénateur [nombreux) :
functus consulatu,	sorti du consulat,
Cocceius Nerva,	Coccéius Nerva,
cui peritia legum ;	auquel était de l'habileté dans les lois ;
eques Romanus,	un chevalier romain,
præter Sejanum,	outre Séjan,
Curtius Atticus	Curtius Atticus
ex illustribus ;	d'entre les plus distingués ;
ceteri,	tous-les-autres,
prædicti studiis liberalibus,	pourvus de connaissances libérales,
fermé Græci,	étaient généralement des Grecs,
sermonibus quorum	par les entretiens desquels
levaretur.	il fût récréé. [(les astrologues)
Periti cœlestium	Ceux ayant-l'expérience des choses du-ciel
ferebant Tiberium	rapportaient Tibère
excessisse Roma	être sorti de Rome
motibus siderum iis,	les mouvements des astres étant tels,
ut reditus negaretur illi :	que le retour était refusé à lui :
unde causa exitii	d'où une cause de perte
fuit multis, [busque	fut à beaucoup,
conjectantibus vulganti-	qui conjecturaient et qui divulguaient
finem vitæ properum ;	la fin de la vie devoir être prompte pour Ti-
neque enim providebant	et en-effet ils ne prévoyaient pas [bère ;
casum tam incredibilem,	un événement si incroyable,
ut libens careret patria	que le voulant (de plein gré) il se prive-
per undecim annos.	pendant onze ans. [rait de sa patrie
Mox patuit	Bientôt fut-démontrée
breve confinium	l'étroite séparation
artis et falsi,	de cette science et du faux (de l'erreur),
quamque vera	et combien les choses vraies
tegerentur obscuris :	étaient voilées de choses obscures :
nam haud dictum forte	car il ne fut pas dit au-hasard
non regressurum	Tibère ne pas devoir revenir
in Urbem ;	dans la ville (Rome) ;
egere nescii ceterorum,	mais ils agirent ignorants de tout-le-reste,
quum compleverit	puisqu'il accomplit
extremam senectam	une extrême vieillesse
rure aut littore propinquo,	dans la campagne ou sur le rivage voisin,
et sæpe assidens mœnia	souvent même se tenant près des murs
Urbis.	de la ville (Rome).

LIX. Ac forte illis diebus oblatum Cæsari anceps periculum auxit vana rumoris, præbuitque ipsi materiem cur amicitiæ constantiæque Sejani magis fideret. Vescebantur in villa cui vocabulum Speluncæ[1], mare Amuclanum [2] inter Fundanosque montes, nativo in specu : ejus os, lapsis repente saxis, obruit quosdam ministros; hinc metus in omnes, et fuga eorum qui convivium celebrabant. Sejanus, genu vultuque et manibus super Cæsarem suspensus, opposuit sese incidentibus; atque habitu tali repertus est a militibus qui subsidio venerant. Major ex eo; et, quanquam exitiosa suaderet, ut non sui anxius, cum fide audiebatur. Assimulabatque judicis partes adversus Germanici stirpem, subditis qui accusatorum nomina sustinerent, maximeque insectarentur Neronem, proximum successioni, et, quanquam modesta juventa, plerumque tamen quid impræsentiarum[3] conduceret oblitum, dum a libertis et

LIX. Vers ce temps-là, un grand péril que courut Tibère accrédita ces vaines prédictions et augmenta sa confiance dans l'attachement et l'intrépidité de Séjan. Ils mangeaient dans une grotte naturelle, à Spélunca, lieu situé entre la mer d'Amycle et les montagnes de Fondi. Tout à coup des pierres, se détachant de la voûte, écrasèrent quelques esclaves. La peur gagna tout le monde, et les convives prirent la fuite. Séjan, couvrant Tibère de ses genoux, de sa tête, de ses mains, soutint les pierres qui s'écroulaient, et fut trouvé dans cette attitude par les soldats qui vinrent au secours. Son pouvoir s'en accrut; et quoiqu'il donnât les conseils les plus pernicieux, comme on les croyait désintéressés, on se livrait à lui sans défiance. D'ailleurs, il affectait à l'égard des enfants de Germanicus l'impartialité d'un juge, tandis que ses affidés les accusaient pour lui et s'acharnaient surtout contre Néron, le plus proche héritier, qui, malgré sa jeunesse et sa modestie, oubliait trop souvent les ménagements que demandaient les circon-

LIX. Ac forte illis diebus
periculum anceps
oblatum Cæsari
auxit vana rumoris,
præbuitque ipsi materiem
cur fideret magis
amicitiæ constantiæque
Sejani.
Vescebantur in villa,
cui vocabulum Speluncæ,
inter mare Amuclanum
montesque Fundanos,
in specu nativo :
os ejus,
saxis lapsis repente,
obruit quosdam ministros ;
hinc metus in omnes,
et fuga eorum
qui celebrabant convivium.
Sejanus,
suspensus super Cæsarem
genu vultuque et manibus,
sese opposuit
incidentibus ;
atque repertus est
tali habitu
a militibus
qui venerant subsidio.
Major ex eo,
et, quanquam suaderet
exitiosa,
audiebatur cum fide,
ut non anxius sui.
Assimulabatque
partes judicis
adversus stirpem
Germanici
subditis
qui sustinerent
nomina accusatorum,
insectarenturque maxime
Neronem,
proximum successioni,
et, quanquam
juventa modesta,
oblitum tamen plerumque
quid conduceret

LIX. Et par hasard dans ces jours-là
un danger critique
s'étant présenté à César (Tibère) [*publique*,
augmenta les vains *propos* de la rumeur
et fournit à lui-même une occasion
pour qu'il se fiât davantage
à l'amitié et à la constance
de Séjan.
Ils mangeaient dans une maison-de-cam-
à laquelle le nom *est* de Spélunca, [pagne,
entre la mer d'-Amycle
et les montagnes de-Fondi,
dans une grotte naturelle :
l'ouverture de celle-ci ;
des pierres s'étant éboulées tout à coup,
écrasa quelques serviteurs ;
de là crainte parmi tous,
et fuite de ceux [festin.
qui fréquentaient le (prenaient part au)
Séjan,
suspendu au-dessus de César (Tibère)
du genou et de la tête et des mains,
s'exposa lui-même
aux *pierres* qui tombaient ;
et il fut trouvé
dans une telle attitude
par les soldats
qui étaient venus au secours.
Il devint plus grand par cela,
et, quoiqu'il conseillât
des choses funestes,
il était écouté avec confiance, [même
comme n'*étant* pas préoccupé de lui
Et il feignait (prenait)
le rôle de juge
contre la race
de Germanicus,
des gens étant apostés
qui soutenaient
les noms (l'office) d'accusateurs,
et *qui* poursuivaient surtout
Néron,
le plus proche de la succession,
et, quoique
d'une jeunesse modeste,
ayant oublié cependant le plus souvent
ce qui était-utile

clientibus, apiscendæ potentiæ properis, exstimulatur ut
erectum et fidentem animi ostenderet : « Velle id populum
Romanum, cupere exercitus ; neque ausurum contra Sejanum,
qui nunc patientiam senis et segnitiam juvenis juxta insultet.»

LX. Hæc atque talia audienti, nihil quidem pravæ cogita-
tionis, sed interdum voces procedebant contumaces et incon-
sultæ ; quas appositi custodes exceptas auctasque quum de-
ferrent, neque Neroni defendere daretur, diversæ insuper
sollicitudinum formæ oriebantur : nam alius occursum ejus
vitare ; quidam salutatione reddita statim averti ; plerique
inceptum sermonem abrumpere ; insistentibus contra irriden-
tibusque qui Sejano fautores aderant. Enimvero Tiberius tor-
vus aut falsum renidens vultu. Seu loqueretur, seu taceret
juvenis, crimen ex silentio, ex voce : ne nox quidem secura,

stances. Ses affranchis et ses clients, impatients d'acquérir du
pouvoir, l'excitaient à montrer une âme élevée et confiante : « C'était
la volonté du peuple romain, le vœu des armées et l'unique moyen
de contenir Séjan, qui abusait également des faiblesses d'un vieillard
et de la timidité d'un jeune homme. »

LX. Animé par de tels discours, Néron, sans former des projets
de révolte, se permettait quelquefois des paroles hautaines et in-
considérées, qui étaient recueillies, rapportées, envenimées par les
espions qui l'entouraient. Et on ne lui laissait pas la liberté de se
défendre. Au contraire, les alarmes se multipliaient autour de lui ;
l'un évitait sa rencontre ; l'autre, après l'avoir salué, se détournait
aussitôt ; la plupart, au milieu d'une conversation, le quittaient
brusquement, tandis que les partisans de Séjan restaient pour
insulter à son embarras. Tibère le recevait toujours d'un air sévère,
ou avec un sourire faux. Que Néron parlât, qu'il se tût, ses discours, son silence étaient un crime. La nuit même n'était point sûre

impræsentiarum ,	dans-le-présent,
dum exstimulatur	tandis qu'il est aiguillonné
a libertis et clientibus ,	par *ses* affranchis et *ses* clients,
properis	pressés
apiscendæ potentiæ,	d'acquérir du pouvoir,
ut ostenderet erectum	afin qu'il *se* montrât fier
et fidentem animi :	et confiant d'âme :
« Populum Romanum	« Le peuple romain
velle id,	vouloir cela ,
exercitus cupere; ·	les armées *le* désirer ;
neque Sejanum ausurum	et Séjan ne devoir *rien* oser
contra,	en-opposition,
qui nunc insultet juxta	*lui* qui maintenant bravait également
patientiam senis	la patience d'un vieillard
et segnitiam juvenis. »	et l'indolence d'un jeune-homme. »
LX. Audienti	LX. A *lui* entendant
hæc atque talia ,	ces *discours* et *d'autres* semblables ,
nihil quidem	*il ne venait* certes rien (aucune idée)
cogitationis pravæ,	de méditation (dessein) coupable ,
sed interdum	mais de-temps-en-temps
voces contumaces	des paroles hautaines
et inconsultæ	et irréfléchies
procedebant;	sortaient *de sa bouche ;*
quas exceptas auctasque	lesquelles recueillies et exagérées
quum custodes appositi	comme des surveillants apostés
deferrent,	*les* dénonçaient,
neque daretur Neroni	et *qu'il* n'était pas donné à Néron
defendere,	de *se* défendre,
diversæ formæ	diverses formes
sollicitudinum	d'inquiétudes ,
oriebantur insuper :	s'élevaient (résultaient) en outre *de là* :
nam alius vitare	car l'un d'éviter
occursum ejus ;	la rencontre de lui ;
quidam averti statim .	certains *autres* de se détourner aussitôt
salutatione reddita ;	le salut *lui* étant rendu ; ·
plerique abrumpere	la plupart d'interrompre
sermonem inceptum ;	une conversation commencée ;
qui aderant fautores Sejano	*ceux* qui étaient partisans à Séjan
insistentibus contra	restant au-contraire *auprès de lui*
irridentibusque.	et *le* raillant.
Enimvero Tiberius	Quant à Tibère,
torvus vultu	*il était* farouche de visage
aut renidens falsum.	ou souriant faussement.
Seu juvenis loqueretur,	Soit que le jeune-homme parlât,
seu taceret,	soit qu'il se tût,
crimen ex silentio,	un grief *résultait* de son silence,
ex voce :	de *ses* paroles :

quum uxor[1] vigilias, somnos, suspiria matri Liviæ, atque illa
Sejano, patefaceret : qui fratrem quoque Neronis Drusum
traxit in partes, spe objecta principis loci, si priorem ætate
et jam labefactum demovisset. Atrox Drusi ingenium, super
cupidinem potentiæ et solita fratribus odia, accendebatur invidia, quod mater Agrippina promptior Neroni erat. Neque
tamen Sejanus ita Drusum fovebat, ut non in eum quoque
semina futuri exitii meditaretur, gnarus præferocem et insidiis
magis opportunum.

LXI. Fine anni excessere insignes viri, Asinius Agrippa[2],
claris majoribus quam vetustis[3], vitaque non degener ; et
Q. Haterius[4], familia senatoria, eloquentiæ, quoad vixit, ce-
lebratæ : monumenta ingenii ejus haud perinde retinentur.
Scilicet impetu magis quam cura vigebat ; utque aliorum me-
ditatio et labor in posterum valescit, sic Haterii canorum
illud et profluens[5] cum ipso simul exstinctum est.

---

pour lui ; ses insomnies, ses rêves, ses soupirs étaient épiés par sa
femme, qui les rapportait à Livie, et celle-ci à Séjan. Enfin Séjan
entraîna dans le complot Drusus, frère de Néron. Le caractère fou-
gueux et violent de Drusus ne pardonnait point les prédilections de
sa mère Agrippine pour Néron, et la jalousie qui l'enflammait, jointe
à l'ambition et à l'inimitié si commune entre frères, le rangea du
parti de Séjan, qui le flattait de l'empire s'il achevait la perte de
son aîné. Toutefois Séjan ne favorisait point tellement Drusus qu'il
ne se ménageât aussi dans l'avenir des moyens de le perdre lui-
même, et il savait trop que ses emportements le livreraient facilement aux coups qu'il lui réservait.

LXI. Sur la fin de l'année on vit mourir deux hommes distingués,
Asinius Agrippa et Quintus Hatérius. Asinius, d'une maison plus
illustre qu'ancienne, en soutint dignement l'éclat. Hatérius était
d'une famille sénatoriale : orateur vanté pendant sa vie, son éloquence, que l'action vivifiait, que refroidissait la composition,
perdit beaucoup en passant de sa bouche dans ses écrits ; et, tandis
que le travail et la méditation soutiennent dans la postérité les
autres orateurs, tout le mérite d'Hatérius finit avec lui.

ne nox quidem secura,	sa nuit même n'*était* pas sans-danger,
quum uxor patefaceret	puisque *sa* femme révélait
matri Liviæ	à *sa* mère Livie
vigilias, somnos, suspiria,	*ses* veilles, *son* sommeil, *ses* soupirs,
atque illa Sejano :	et celle-là à Séjan :
qui traxit quoque in partes	lequel (Séjan) entraîna aussi dans *son* parti
Drusum fratrem Neronis,	Drusus frère de Néron,
spe principis loci	l'espoir de la première place
objecta,	étant mis-devant *ses yeux*,
si demovisset	s'il avait écarté
priorem ætate	*son frère* premier par l'âge
et jam labefactum.	et déjà ébranlé.
Ingenium atrox Drusi,	Le caractère violent de Drusus,
super cupidinem potentiæ	outre la passion du pouvoir
et odia solita fratribus,	et les haines ordinaires aux frères,
accendebatur invidia,	était enflammé par la jalousie,
quod mater Agrippina	parce que *leur* mère Agrippine
erat promptior Neroni.	était plus portée pour Néron.
Neque tamen Sejanus	Et cependant Séjan
fovebat Drusum ita,	ne caressait pas Drusus tellement,
ut non meditaretur	qu'il ne méditât point
in eum quoque	contre lui aussi
semina exitii futuri,	les germes d'une ruine future,
gnarus præferocem	sachant *lui* très-fougueux
et opportunum magis	et commode (donnant prise) davantage
insidiis.	aux piéges.
LXI. Fine anni	LXI. A la fin de l'année
excessere viri insignes,	moururent *deux* hommes distingués,
Asinius Agrippa,	Asinius Agrippa,
majoribus claris	*issu* d'aïeux *plus* illustres
quam veteribus,	qu'anciens,
et non degener vita ;	et non dégénéré de vie ;
et Q. Haterius,	et Q. Hatérius,
familia senatoria,	de famille sénatoriale,
eloquentiæ celebratæ,	*et* d'une éloquence vantée,
quoad vixit :	tant qu'il vécut :
monumenta ingenii ejus	des monuments du génie de lui
haud perinde retinentur.	non également *vantés* sont conservés.
Scilicet vigebat	En effet il était-puissant
impetu magis quam cura ;	par l'élan plus que par le soin (l'art) ;
atque meditatio et labor	et comme la méditation et le travail
aliorum	des autres
valescit in posterum,	se fortifie (gagnent en réputation) dans
sic illud canorum	ainsi cette harmonie (la suite,
et profluens Haterii	et *cette* rapidité d'Hatérius
exstinctum est	s'est éteinte
simul cum ipso.	ensemble avec lui-même.

LXII. M. Licinio , L. Calpurnio consulibus, ingentium bellorum cladem æquavit malum improvisum : ejus initium simul et finis exstitit. Nam, cœpto apud Fidenam [1] amphitheatro, Atilius quidam libertini generis, quo spectaculum gladiatorum celebraret , neque fundamenta per solidum subdidit, neque firmis nexibus ligneam compagem superstruxit; ut qui non abundantia pecuniæ, nec municipali ambitione, sed in sordida mercede, id negotium quæsivisset. Affluxere avidi talium, imperitante Tiberio procul voluptatibus habiti, virile ac muliebre secus , omnis ætas , ob propinquitatem loci [2] effusius : unde gravior pestis fuit, conferta mole, dein convulsa, dum ruit intus aut in exteriora effunditur ; immensamque vim mortalium , spectaculo intentos aut qui circum adstabant, præceps trahit atque operit. Et illi quidem quos principium stragis in mortem afflixerat, ut tali sorte, cruciatum effugere.

LXII. Le consulat de M. Licinius et de L. Calpurnius fut marqué par un désastre tel qu'une guerre sanglante n'eût pas été plus funeste. Ce fut l'ouvrage d'un moment. Un certain Atilius, affranchi d'origine , donnait à Fidènes un spectacle de gladiateurs. Comme ce n'était ni la surabondance des richesses ni l'ambition de plaire à ses concitoyens , mais un sordide intérêt qui lui avait suggéré cette entreprise , il avait négligé, en construisant son amphithéâtre , d'en assurer les fondements et d'assujettir par des liens solides le vaste échafaudage qu'il avait fait dresser. Cette fête attira un concours prodigieux de Romains de tout sexe et de tout âge. L'avidité du peuple pour ces spectacles , leur rareté sous le règne de Tibère , la proximité du lieu , tout augmenta l'affluence. Le mal n'en fut que plus grand. L'édifice surchargé croula , partie en dedans, partie en dehors, et une foule immense , qui était occupée à regarder le spectacle, ou qui se promenait à l'entour, fut ensevelie sous les ruines. Il périt un grand nombre de personnes au moment même de la chute , et celles-là du moins eurent tout le bonheur qu'on pouvait espérer dans un tel accident , celui d'échapper aux souffrances. Les plus mal-

LXII. M. Licinio ,
L. Calpurnio consulibus ,
malum improvisum
æquavit cladem
ingentium bellorum :
initium et finis ejus
exstitit simul.
Nam quidam Atilius
generis libertini,
amphitheatro cœpto
apud Fidenam ,
quo celebraret
spectaculum gladiatorum ,
neque subdidit fundamenta
per solidum ,
neque superstruxit
compagem ligneam
nexibus firmis ;
ut qui quæsivisset
id negotium
non abundantia pecuniæ,
nec ambitione municipali ,
sed in mercede sordida.
Avidi talium ,
habiti procul voluptatibus,
Tiberio imperitante ,
secus virile ac muliebre,
omnis ætas ,
affluxere effusius
ob propinquitatem loci :
unde pestis fuit gravior,
mole conferta ,
dein convulsa ,
dum ruit intus
aut effunditur
in exteriora ;
præcepsque
trahit atque operit
vim immensam mortalium,
intentos spectaculo
aut qui adstabant circum.
Et illi quidem
quos principium stragis
afflixerat in mortem ,
effugere cruciatum ,
ut tali sorte.
Quos vita

LXII. M. Licinius
et L. Calpurnius *étant* consuls ,
un malheur inattendu
égala le désastre
de grandes guerres :
le commencement et la fin de ce *malheur*
s'éleva (arriva) en-même-temps.
Car un certain Atilius
de la classe des-affranchis ,
un amphithéâtre ayant été commencé
à Fidène,
dans lequel il célébrât (pour y célébrer
un spectacle de gladiateurs ,
et ne posa-pas-au-dessous les fondements
sur un *terrain* solide ,
et n'éleva-pas-par-dessus
une charpente de-bois
avec des liens *assez* forts ;
comme *quelqu'un* qui avait recherché
cette entreprise
non par surabondance d'argent ,
ni par ambition municipale,
mais pour un gain sordide.
Des gens avides de tels *spectacles,*
tenus loin des plaisirs ,
Tibère régnant ,
sexe viril et féminin (hommes et femmes ,
tout âge (gens de tout âge) ,
affluèrent en-plus-grande-foule
à-cause-de la proximité du lieu :
d'où le mal fut plus grave ,
cette masse *de constructions* étant remplie,
puis s'étant rompue,
tandis qu'elle s'écroule en dedans ,
ou *qu'*elle se répand (déborde)
vers les *parties* du-dehors ;
et s'écroulant
elle entraîne et recouvre
une quantité immense de gens ,
attentifs au spectacle
ou qui se tenaient autour.
Et ceux-là certes
que le commencement de l'éboulement
avait frappés à mort,
échappèrent à la souffrance ,
comme *il est désirable* en un tel accident.
Ceux que la vie

Miserandi magis quos, abrupta parte corporis, nondum vita
deseruerat; qui per diem visu, per noctem ululatibus et gemitu, conjuges aut liberos noscebant. Jam ceteri fama exciti,
hic fratrem, propinquum ille, alius parentes, lamentari : etiam
quorum diversa de causa amici aut necessarii aberant, pavere
tamen; neque dum comperto quos illa vis perculisset, latior
ex incerto metus.   :

LXIII. Ut cœpere dimoveri obruta, concursus ad exanimos
complectentium, osculantium : et sæpe certamen, si confusior
facies et par forma aut ætas errorem agnoscentibus fecerat.
Quinquaginta hominum millia[1] eo casu debilitata vel obtrita
sunt. Cautumque in posterum senatusconsulto ne quis gladia-
torium munus ederet, cui minor quadringentorum millium[2]
res; neve amphitheatrum imponeretur, nisi solo firmitatis

heureux furent ceux qui, ayant une partie du corps fracassée, n'a-
vaient point encore perdu la vie, et qui le jour voyaient et la nuit
entendaient gémir, hurler leurs femmes et leurs enfants emprisonnés
sous ces décombres. Au bruit du désastre on accourut sur le lieu.
L'un pleurait un père, l'autre un frère, un parent. On tremblait
même pour des amis, pour des proches dont l'absence avait une
autre cause; et, comme on ne savait point encore quelles étaient les
victimes, l'incertitude multipliait les craintes.

LXIII. Lorsqu'on commença à découvrir les ruines, ce fut un
concours général autour des morts; on les embrasse; on les pleure;
souvent même on se les dispute, si les meurtrissures qui les défi-
gurent et quelques ressemblances d'âge et de traits occasionnent des
méprises. Cinquante mille hommes furent tués ou blessés par cet
accident. On défendit par un sénatus-consulte de donner dorénavant
des spectacles de gladiateurs; à moins qu'on ne possédât quatre
cent mille sesterces de revenu, et d'élever un amphithéâtre sans que

nondum deseruerat,	n'avait point encore abandonnés,
parte corporis abrupta,	une partie de *leur* corps étant brisée,
magis miserandi ;	*furent* plus dignes-de-pitié;
qui noscebant	*et* qui reconnaissaient
conjuges aut liberos,	*leurs* épouses ou *leurs* enfants,
per diem visu,	pendant le jour par la vue,
per noctem	pendant la nuit
ululatibus et gemitu.	par des hurlements et des gémissements.
Jam ceteri exciti fama,	Déjà tous-les-autres attirés par la re-
lamentari,	de se lamenter, [nommée,
hic fratrem,	celui-ci sur un frère,
ille propinquum,	celui-là sur un parent,
alius parentes :	un autre sur *ses* père-et-mère :
etiam quorum amici	même ceux dont les amis
aut necessarii aberant	ou les parents étaient-absents
causa diversa,	pour une cause différente,
pavere tamen,	de trembler cependant;
neque dum comperto	et n'étant point encore vérifié (comme on
quos	quelles *personnes* [ne savait pas encore)
illa vis perculisset,	cet accident avait frappées,
metus latior	la crainte *était* plus vaste (plus générale)
ex incerto.	par l'incertitude.
LXIII. Ut obruta	LXIII. Dès que les *objets* ensevelis
cœpere dimoveri,	commencèrent à être écartés (dégagés),
ad exanimos concursus	*il se fit* près des morts un concours
complectentium,	de *gens* qui *les* embrassaient,
osculantium :	qui *les* baisaient :
et sæpe certamen,	et souvent une lutte,
si facies confusior	si une face plus défigurée
et forma aut ætas par	et une forme ou un âge semblable
fecerat errorem	avait causé *quelque* erreur [connaître).
agnoscentibus.	à *ceux* qui reconnaissaient (croyaient re-
Quinquaginta millia	Cinquante milliers
hominum	d'hommes
debilitata sunt aut obruta	furent estropiés ou écrasés
eo casu.	par cet accident.
Cautumque in posterum	Et *il fut* pourvu à l'avenir
senatusconsulto	par un sénatus-consulte
ne quis [rium,	à ce que personne
ederet munus gladiato-	ne donnât un spectacle de-gladiateurs,
cui res minor	à qui *serait* une fortune moindre
quadringentorum millium;	de quatre cent mille *sesterces;*
neve amphitheatrum	ou (et) à ce qu'un amphithéâtre
imponeretur,	ne fût pas assis-sur *le sol,*
nisi solo	sinon sur un sol
firmitatis spectatæ.	d'une solidité éprouvée.
Atilius	Atilius

spectatæ. Atilius in exsilium actus est. Ceterum, sub recentem
cladem , patuere procerum domus , fomenta et medici passim
præbiti ; fuitque Urbs per illos diès , quanquam mœsta facie ,
veterum institutis similis, qui magna post prœlia saucios lar-
gitione et cura sustentabant.

LXIV. Nondum ea clades exoleverat , quum ignis violentia
Urbem ultra solitum affecit, deusto monte Cœlio : feralemque
annum ferebant , et ominibus adversis susceptum principi
consilium absentiæ, qui mos vulgo , fortuita ad culpam tra-
hentes , ni Cæsar obviam isset, tribuendo pecunias ex modo
detrimenti. Actæque ei grates , apud senatum ab illustribus ,
famaque apud populum, quia, sine ambitione aut proximorum
precibus, ignotos etiam et ultro accitos munificentia juverat.
Adduntur sententiæ, ut mons Cœlius in posterum Augustus
appellaretur ; quando, cunctis circum flagrantibus, sola Tiberii effigies , sita in domo Junii senatoris, inviolata mansis-

la solidité du terrain eût été constatée. Atilius fut exilé. Pendant
les premiers jours qui suivirent cette calamité, les maisons des
grands furent ouvertes ; on fournit partout des secours, des
médecins ; et Rome, au milieu de la désolation générale , retraça
du moins une image de ces beaux temps de la république , lorsque ,
après de grandes batailles , les citoyens prodiguaient à l'envi aux
blessés des soins et des largesses.

LXIV. On respirait à peine de ce désastre , lorsqu'un incendie
causa des ravages extraordinaires dans Rome. Tout le mont Célius
fut brûlé. Le peuple , disposé à trouver des fautes même dans les
malheurs fortuits, murmurait de l'absence du prince ; il supposait
que c'était son départ, accompli sous de mauvais auspices, qui
rendait cette année sinistre. Tibère calma ces mécontentements par
des dédommagements proportionnés aux pertes de chacun. Des
patriciens distingués le remercièrent pour le sénat ; la renommée
acquitta la reconnaissance du peuple. Elle vanta le mérite de ses
bienfaits, qui, sans être sollicités par l'intrigue ni par les prières
de ceux qui l'approchaient , étaient venus d'eux-mêmes chercher des
inconnus. On proposa de donner désormais au mont Célius le nom
de mont Auguste, parce qu'au milieu de l'embrasement général la
statue seule de Tibère, placée dans la maison du sénateur Junius,

actus est in exsilium.
Ceterum,
sub cladem recentem ,
domus procerum patuere, .
fomenta et medici
præbiti passim ;
perque illos dies
Urbs,
quanquam facie mœsta,
fuit similis
institutis veterum ,
qui post magna prœlia
sustentabant saucios
largitiòne et cura.
LXIV. Ea clades
nondum exoleverat ,
quum violentia ignis
affecit Urbem
ultra solitum,
monte Cœlio deusto :
trahentesque ad culpam
fortuita,
qui mos vulgo ,
ferebant annum feralem ,
et consilium absentiæ
susceptum principi
ominibus adversis ,
ni Cæsar isset obviam ,
tribuendo pecunias
ex modo detrimenti.
Gratesque actæ ei ,
apud senatum
ab illustribus,
famaque apud populum ,
quia , sine ambitione
aut precibus proximorum,
juverat munificentia
etiam ignotos
et accitos ultro.
Sententiæ adduntur,
ut mons Cœlius
appellaretur Augustus
in posterum ;
quando, cunctis circum
flagrantibus ,
effigies Tiberii sola ,
sita in domo

fut envoyé en exil.
Au-reste,
sous *le coup de ce* désastre récent,
les maisons des grands furent-ouvertes ,
des médicaments et des médecins
furent fournis partout ;
et pendant ces jours-là
la ville (Rome),
quoique d'une physionomie triste,
fut semblable
aux institutions des anciens ,
qui après de grands combats
soutenaient les blessés
par des largesses et des soins.
LXIV. Ce désastre
n'était pas encore oublié ,
lorsque la violence du feu
frappa la ville (Rome)
au delà de l'ordinaire,
le mont Célius ayant été brûlé :
et tirant (imputant) à faute
des *malheurs* fortuits,
laquelle coutume *est* au vulgaire ,
ils disaient *cette* année sinistre ,
et le projet d'absence
formé par le prince
sous des auspices contraires ,
si César (Tibère) ne fût allé au-devant ,
en accordant de l'argent
en proportion de la perte.   [lui,
Et des actions-de-grâces *furent* rendues à
dans le sénat
par des *citoyens* distingués,
et par la renommée dans le peuple ,
parce que, sans intrigue
ou (et) *sans* prières de *ses* proches ,
il avait aidé de *sa* munificence
même des inconnus
et des *gens* mandés spontanément.
Des propositions sont ajoutées ,
à savoir, que le mont Célius
fût appelé *le mont* Auguste
à l'avenir ;
puisque, tous *les édifices* d'alentour
étant embrasés,
l'image de Tibère seule ,
placée dans la maison

set : « Evenisse id olim Claudiæ Quintæ[1], ejusque statuam,
vim ignium bis elapsam[2], majores apud ædem Matris deum
consecravisse : sanctos acceptosque numinibus Claudios ;
et augendam cærimoniam loco, in quo tantum in principem
honorem dii ostenderint. »

LXV. Haud fuerit absurdum tradere montem eum antiquitus Querquetulanum cognomento fuisse, quod talis silvæ frequens fecundusque erat ; mox Cœlium appellitatum a Cœle
Vibenna, qui dux gentis Etruscæ, quum auxilium appellatum
ductavisset, sedem eam acceperat a Tarquinio Prisco, seu
quis alius regum dedit : nam scriptores in eo dissentiunt ;
cetera non ambigua sunt, magnas eas copias per plana etiam
ac foro propinqua habitasse, unde Tuscum vicum[3] e vocabulo
advenarum dictum.

LXVI. Sed, ut studia procerum et largitio principis adversum casus solatium tulerant, ita accusatorum major in dies et

---

avait été respectée par le feu. On allégua « que ce même prodige
était autrefois arrivé pour une Claudia, dont la statue, échappée
deux fois aux flammes, avait été consacrée par les anciens Romains
dans le temple de la Mère des dieux ; que les Claudes étaient une
race sainte et chérie du ciel ; qu'il convenait d'augmenter la dignité
d'un lieu où les dieux avaient accordé au prince une si glorieuse
faveur.

LXV. Il n'est point hors de propos de rappeler que ce mont
s'appelait autrefois Querquétulanus, parce qu'il était couvert de
chênes. On le nomma Célius, du nom de Célès Vibenna, chef de la
nation étrusque, qui, étant venu au secours de Rome, fut établi
avec sa troupe dans ce quartier, par Tarquin l'Ancien ou par un
autre de nos rois ; car les historiens, d'accord sur tout le reste,
diffèrent sur ce point. Les Étrusques, trop nombreux, s'étendirent
même au bas de la montagne et jusque dans le voisinage du forum,
et ce sont eux qui ont donné à la rue Toscane le nom qu'elle porte.

LXVI. Mais si le zèle des grands et les largesses du prince
apportèrent quelque adoucissement à ces calamités, il n'en était
aucun contre la rage des délateurs, chaque jour plus cruelle et plus

senatoris Junii,
mansisset inviolata :
« Id evenisse olim
Claudiæ Quintæ.
majoresque consecravisse
apud ædem Matris deum
statuam ejus,
bis elapsam vim ignium :
Claudios sanctos
acceptosque numinibus ;
et cærimoniam augendam
loco, in quo dii
ostenderint
tantum honorem
in principem. »   [dum
LXV. Haud fuerit absur-
tradere eum montem
fuisse antiquitus
cognomento
Querquetulanum ,
quod erat frequens
fecundusque silvæ talis ;
mox appellitatum Cœlium
a Cœle Vibenna,
qui dux gentis Etruscæ,
quum ductavisset
auxilium appellatum,
acceperat eam sedem
a Tarquinio Prisco,
seu quis alius regum dedit :
nam scriptores
dissentiunt in eo ;
cetera non sunt ambigua,
eas magnas copias
habitasse etiam per plana
ac propinqua foro
unde vicum
dictum Tuscum
e vocabulo advenarum.
LXVI. Sed,
ut studia procerum
et largitio principis
tulerant solatium
adversum casus,
ita vis accusatorum
grassabatur
major in dies et infestior

du sénateur Junius,
était restée intacte :
« Cela être arrivé autrefois
à Claudia Quinta ,
et *nos* ancêtres avoir consacré
dans le temple de la Mère des dieux
la statue de cette *femme* ,   [mes :
deux-fois échappée à la violence des flam-
les Claudes *être* saints
et agréés des divinités ;
et le culte devoir être rehaussé
dans un lieu dans lequel les dieux
avaient montré
un si-grand honneur (tant de bonté)
envers le prince. »
LXV. Il ne sera point hors-de-propos
de transmettre (rapporter) ce mont
avoir été anciennement
de surnom
le mont Querquétulanus ,
parce qu'il était abondant
et fécond en arbres de-cette-nature ;
puis *avoir été* appelé Célius
de Célès Vibenna ,
qui chef de la nation étrusque ,
lorsqu'il avait amené
un secours appelé *par Rome* ,
avait reçu cette résidence
de Tarquin l'Ancien ,   [donnée :
soit que quelque autre de *nos* rois *la lui* ait
car les écrivains
diffèrent sur ce *point* ;
les autres *points* ne sont pas incertains ,
c'est-à-dire ces grandes troupes
avoir habité aussi sur les *terrains* unis
et proches du forum
d'où une rue
avoir été dite Toscane
du nom de *ces* étrangers.
LXVI. Mais,
comme le zèle des grands
et les largesses du prince
avaient apporté une consolation
contre *ces* calamités ,
de même la violence des accusateurs
marchait   [née
plus grande *de jour* en jour et plus achar-

infestior vis sine levamento grassabatur : corripueràtque Varum Quinctilium [1], divitem et Cæsari propinquum, Domitius
Afer, Claudiæ Pulchræ, matris ejus, condemnator [2] : nullo
mirante quod, diu egens et parto nuper præmio male usus,
plura ad flagitia accingeretur. Publium Dolabellam socium
delationis exstitisse miraculo erat, quia, claris majoribus, et
Varo connexus, suam ipse nobilitatem, suum sanguinem per-
ditum ibat. Restitit tamen senatus, et opperiendum imperatorem censuit, quod unum urgentium malorum suffugium in
tempus erat.

LXVII. At Cæsar, dedicatis per Campaniam templis [3], quanquam edicto monuisset ne quis quietem ejus irrumperet, con-
cursusque oppidanorum disposito milite prohiberentur, pero-
sus tamen municipia et colonias omniaque in continenti sita,
Capreas [4] se in insulam abdidit, trium millium freto ab extre-

implacable. Quinctilius Varus, riche parent de César, avait été
assailli par Domitius Afer, qui avait déjà fait condamner Claudia
Pulchra, mère de Varus, et s'acharnait alors sur le fils. On ne fut
point surpris que Domitius, longtemps pauvre, après avoir dissipé
follement le salaire de son infamie, se jetât dans de nouveaux
crimes. Ce qui étonna, ce fut de voir Publius Dolabella, homme
d'une haute naissance et allié de Varus, dégrader sa noblesse en se
rendant le complice de la délation et le bourreau de son propre sang.
Le sénat résista pourtant; il déclara qu'on attendrait l'empereur;
seule ressource qu'on eût alors contre les maux les plus pressants.

LXVII. Cependant Tibère venait de dédier les temples de la
Campanie. Il avait défendu par un édit qu'on vînt troubler son
repos, et des soldats étaient postés de tous côtés pour écarter l'affluence des habitants des villes. Non content de ces précautions,
prenant en haine les villes, les colonies, tous les lieux situés sur le
continent, il alla se cacher dans l'île de Caprée, séparée de la pointe
la plus avancée du promontoire de Surrentum par un bras de mer de

sine levamento :	sans allégement ;
Domitiusque Afer	et Domitius Afer
corripuerat	avait saisi
Varum Quinctilium,	Varus Quinctilius,
divitem	*homme* riche
et propinquum Cæsari,	et parent de César (Tibère),
condemnator	*Afer* qui-avait-fait-condamner
Claudiæ Pulchræ,	Claudia Pulchra ,
matris ejus :	mère de lui (Varus) :
nullo mirante	personne ne s'étonnant
quod egens diu	que pauvre longtemps
et usus male	et ayant usé mal
præmio nuper parto,	de la récompense naguère acquise,
accingeretur	il se ceignît (se préparât)
ad plura flagitia.	pour (à) plus-de crimes.
Erat miraculo	*Ceci* était à étonnement (étonnait)
Publium Dolabellam [uis,	Publius Dolabella
exstitisse socium delatio-	s'être rencontré complice de délation,
quia, majoribus claris,	parce que, *issu* d'ancêtres illustres,
et connexus Varo,	et allié à (de) Varus,
ibat ipse perditum	il allait lui-même perdre
suam nobilitatem,	sa noblesse,
suum sanguinem.	son sang.
Tamen senatus restitit,	Cependant le sénat résista,
et censuit	et fut-d'avis
imperatorem opperiendum,	l'empereur devoir être attendu,
quod erat in tempus	ce qui était pour le temps
unum suffugium	l'unique ressource
malorum urgentium.	des (contre les) calamités pressantes.
LXVII. At Cæsar,	LXVII. Mais César (Tibère),
templis dedicatis	les temples ayant été dédiés
per Campaniam, [to.	dans la Campanie,
quanquam monuisset edic-	quoiqu'il eût prévenu par un édit
ne quis irrumperet	que personne ne troublât
quietem ejus,	le repos de lui,
concursusque	et *quoique* le concours
oppidanorum	des habitants-des-villes
prohiberentur	fût repoussé
milite disposito,	par des soldats disposés *à cet effet*, [cipes
tamen perosus municipia	cependant prenant-en-haine les muni-
et colonias omniaque	et les-colonies et tous *les lieux*
sita in continenti,	situés sur le continent,
se abdidit	se cacha
in insulam Capreas,	dans l'île *de* Caprée,
disjunctam ab extremis	séparée des *points* extrêmes
promontorii Surrentini	du promontoire de-Surrentum
freto trium millium.	par un détroit de trois mille *pas*.

mis Surrentini promontorii disjunctam. Solitudinem ejus pla-
cuisse maxime crediderim, quoniam importuosum circa mare,
et vix modicis navigiis pauca subsidia ; neque appulerit quisquam nisi gnaro custode. Cœli temperies hieme mitis, objectu
montis quo sæva venterum arcentur ; æstas in favonium ob-
versa , et aperto circum pelago peramœna ; prospectabatque
pulcherrimum sinum, antequam Vesuvius mons ardescens
faciem loci verteret[1]. Græcos ea tenuisse , Capreasque Telebois[2] habitatas, fama tradit. Sed tum Tiberius duodecim villarum[3] nominibus et molibus insederat ; quanto intentus olim
publicas ad curas, tanto occultos in luxus et malum otium
resolutus. Manebat quippe suspicionum et credendi temeritas,
quam Sejanus, augere etiam in Urbe suetus, acrius turbabat :
non jam occultis adversum Agrippinam et Neronem insidiis ;
quis additus miles , nuntios , introitus , aperta , secreta , velut

trois milles. Cette île n'a point de port. A peine de légers bâtiments
y trouveraient un mouillage , et personne ne pouvait y aborder qu'à
la vue des gardes du prince. J'imagine que cette raison influa beaucoup sur le choix de Tibère. D'ailleurs la température de l'île est
douce ; l'hiver, une montagne la protége contre la rigueur des vents ,
et l'été, l'aspect du couchant, la vue d'une mer immense et de cette
côte si belle avant que l'éruption du Vésuve en eût changé la face ,
faisaient de Caprée un séjour délicieux. On dit que les Grecs l'occupèrent et qu'elle fut habitée par les Téléboëns. Tibère y fit construire
douze maisons de plaisance, différentes de nom et de structure,
et autant jusqu'alors il s'était livré aux affaires avec une activité
infatigable, autant il s'abandonna tout entier dans sa retraite à une
oisiveté dissolue et barbare. Car il conserva son caractère crédule et
soupçonneux , que Séjan avait toujours excité dans Rome, et qu'il
tourmentait plus vivement encore à Caprée. Déjà même on ne
cachait plus les piéges qu'on tendait à Néron et à sa mère. On leur

Crediderim	Je croirais
solitudinem ejus	la solitude d'elle (de cette ile)
placuisse maxime,	*lui* avoir plû surtout,
quoniam mare circa	parce que la mer *tout* autour
importuosum,	*était* sans-ports,
et vix pauca subsidia	et *qu'*à peine quelques refuges *étaient*
navigiis modicis ;	pour les bâtiments peu-considérables ;
neque quisquam appulerit	et *que* personne n'y pouvait-aborder
nisi custode gnaro.	sinon le garde (les gardes) *du prince le*
Temperies cœli	La-température du ciel [sachant.
mitis hieme,	*y était* douce en hiver, [tagne
objectu montis	par (grâce à) l'interposition d'une mon-
quo sæva ventorum	par laquelle les *souffles* rigoureux des
arcentur ;	sont écartés ; [vents
æstas obversa in favonium,	l'été exposé au zéphyr,
et peramœna	et délicieux
pelago circum aperto ;	la mer *tout* autour étant découverte ;
prospectabatque	et elle découvrait (avait vue sur)
sinum pulcherrimum,	un golfe très-beau,
antequam mons Vesuvius	avant que le mont Vésuve
ardescens	embrasé
verteret faciem loci.	changeât la face du lieu.
Fama tradit	La renommée rapporte
Græcos tenuisse ea,	les Grecs avoir occupé ces *lieux*,
Capreasque habitatas	et Caprée *avoir été* habitée
Telebois.	par les Téléboëns.
Sed tum Tiberius insederat	Mais alors Tibère s'était établi
nominibus et molibus	avec les noms et les constructions
duodecim villarum ;	de douze villas *différentes* ;
tanto resolutus	d'autant *plus* abandonné
in luxus occultos	à des recherches-de-plaisir secrètes
et otium malum,	et à-une oisiveté vicieuse,
quanto olim intentus	qu'autrefois *il avait été plus* appliqué
ad curas publicas.	aux soucis publics.
Quippe temeritas	Car la témérité (facilité)
suspicionum et credendi	des soupçons et de croire (de la crédulité)
manebat,	*lui* restait,
quam Sejanus	laquelle Séjan
turbabat acrius,	tourmentait plus vivement,
suetus augere	accoutumé à *l'*aggraver
etiam in Urbe :	même dans la ville (Rome) :
insidiis	les embûches
adversum Agrippinam	contre Agrippine
et Neronem	et Néron
non jam occultis ;	n'étant plus cachées ;
quis miles additus	auxquels un soldat donné *pour surveillant*
referebat	rapportait *à Séjan*

in annales referebat : ultroque struebantur , qui monerent
perfugere ad Germaniæ exercitus, vel celeberrimo fori effigiem
divi Augusti amplecti, populumque ac senatum auxilio vocare.
Eaque spreta ab illis, velut pararent, objiciebantur.

LXVIII. Junio Silano et Silio Nerva consulibus, fœdum anni
principium incessit, tracto in carcerem illustri equite Romano, Titio Sabino [1] ; ob amicitiam Germanici : neque enim omiserat conjugem liberosque ejus percolere , sectator domi ,
comes in publico , post tot clientes unus; eoque apud bonos
laudatus et gravis iniquis. Hunc Latinius Latiaris , Porcius
Cato, Petilius Rufus, M. Opsius, prætura functi, aggrediuntur,
cupidine consulatus; ad quem non nisi per Sejanum aditus;
neque Sejani voluntas nisi scelere quærebatur. Compositum
inter ipsos ut Latiaris, qui modico usu Sabinum contingebat,
strueret dolum, ceteri testes adessent; deinde accusationem

donna des gardes ; on tint un journal exact de leurs messages, de
leurs visites, de toutes leurs démarches publiques ou secrètes. On
aposta des traîtres qui leur conseillaient de se réfugier dans l'armée
de Germanie, de courir au milieu du forum embrasser la statue
d'Auguste, d'implorer la protection du peuple et du sénat; et,
quoiqu'ils rejetassent bien loin ces conseils, on leur en imputait la
pensée.

LXVIII. Sous le consulat de Junius Silanus et de Silius Nerva,
l'année s'ouvrit par un crime. On traîna en prison Titius Sabinus,
chevalier romain du premier rang. Ce digne ami de Germanicus
n'avait point cessé de cultiver sa veuve et ses enfants ; il les voyait
assidûment en particulier ; il les accompagnait en public ; de tant de
clients, c'était le seul qui leur restât ; et ce courage, qui lui attirait
l'estime des bons et la haine des méchants, causa sa perte. Quatre
anciens préteurs, Latinius Latiaris, Porcius Caton, Pétilius Rufus,
M. Opsius, se liguent contre lui. Ils ambitionnaient le consulat; et
l'on ne pouvait gagner le consulat que par Séjan, Séjan que par le
crime. Ils convinrent entre eux que Latiaris, qui avait quelques
liaisons avec Sabinus, tendrait le piége, que les autres seraient
témoins, qu'ensuite ils commenceraient l'accusation. D'abord

velut in annales
nuntios, introitus,
aperta, secreta :
struebanturque ultro,
qui monerent perfugere
ad exercitus Germaniæ,
vel amplecti effigiem
divi Augusti
celeberrimo fori,
vocareque auxilio
populum ac senatum.
Eaque spreta ab illis
objiciebantur,
velut pararent.

comme dans des annales
leurs messages, *leurs* visites,
leurs démarches ouvertes *ou* secrètes :
et *des traîtres* étaient apostés spontané-
qui *leur* conseillaient de se réfugier [ment,
aux armées de Germanie,
ou d'embrasser la statue
du divin Auguste
à *l'endroit* le plus fréquenté du forum,
et d'appeler à *leur* secours
le peuple et le sénat.
Et ces *conseils* méprisés par eux
leur étaient reprochés,
comme s'ils se disposaient *à les suivre.*

LXVIII. Junio Silano
et Silio Nerva consulibus,
principium fœdum anni
incessit,
Titio Sabino,
illustri equite Romano,
tracto in carcerem,
ob amicitiam Germanici :
neque enim omiserat
percolere conjugem
liberosque ejus,
sectator domi,
comes in publico,
unus post tot clientes ;
eoque laudatus apud bonos
et gravis iniquis.
Latinius Latiaris,
Porcius Cato,
Petilius Rufus,
M. Opsius,
functi prætura,
aggrediuntur hunc,
cupidine consulatus ;
ad quem non aditus
nisi per Sejanum ;
neque voluntas Sejani
quærebatur nisi scelere.
Compositum inter ipsos
ut Latiaris,
qui contingebat Sabinum
modico usu,
strueret dolum,
ceteri adessent testes ;

LXVIII Junius Silanus
et Silius Nerva *étant* consuls,
un commencement honteux d'année
se présenta, .
Titius Sabinus,
illustre chevalier romain,
ayant été traîné en prison,
à-cause-de l'amitié de Germanicus :
et en effet il n'avait pas négligé
de continuer-à-cultiver l'épouse
et les enfants de lui,
visiteur-assidu à la maison,
compagnon en public,
seul après tant-de clients ;
et pour cela *il était* loué parmi les bons
et pesant (odieux) aux méchants.
Latinius Latiaris,
Porcius Caton,
Pétilius Rufus,
M. Opsius,
sortis de la préture,
attaquent cet *homme,*
par ambition du consulat ;
auquel *il n'y avait* point d'accès
sinon par Séjan ;
et la *bonne* volonté de Séjan
n'était point acquise sinon par un crime.
Il fut convenu entre eux-mêmes
que Latiaris,
qui approchait Sabinus
par quelques relations,
dresserait la ruse,   [témoins ;
et que les autres assisteraient *comme*

inciperent. Igitur Latiaris jacere fortuitos primum sermones :
mox laudare constantiam, quod non, ut ceteri, florentis domus amicus, afflictam deseruisset : simul honora de Germanico, Agrippinam miserans, disserebat. Et postquàm Sabinus,
ut sunt molles in calamitate mortalium animi, effudit lacrimas, junxit questus, audentius jam onerat Sejanum, sævitiam,
superbiam, spes ejus : ne in Tiberium quidem convitio abstinet.
Iique sermones, tanquam vetita miscuissent, speciem arctæ
amicitiæ facere. Ac jam ultro Sabinus quærere Latiarem,
ventitare domum, dolores suos, quasi ad fidissimum, deferre.

LXIX. Consultant quos memoravi, quonam modo ea plu-
rium auditu acciperentur : nam loco in quem coibatur servan-
da solitudinis facies; et, si pone fores adsisterent, metus
visus, sonitus aut forte ortæ suspicionis, erat. Tectum inter
et laquearia tres senatores, haud minus turpi latebra quam

Latiaris ne tint que des propos indifférents ; bientôt il se mit à louer
la constance de l'amitié de Sabinus, qui, attaché dans la prospérité
à une maison puissante, ne l'avait point, comme tant d'autres,
abandonnée dans la disgrâce. En même temps il s'étendait sur la
gloire de Germanicus, sur les infortunes d'Agrippine. Le cœur des
malheureux a besoin de s'épancher. Sabinus versa des larmes et y
joignit des plaintes. Alors Latiaris attaque plus ouvertement Séjan,
sa cruauté, son orgueil, son ambition. Tibère même n'est point
épargné. Ces confidences, comme si c'eût été le secret d'une conspiration, formèrent entre eux l'apparence d'une liaison étroite.
Déjà Sabinus venait chercher de lui-même Latiaris ; il ne quittait
point sa maison ; il lui portait ses douleurs comme à son plus fidèle ami.

LXIX. Ce n'était point assez : il fallait que des témoins pussent
l'entendre, et que Sabinus, en même temps qu'il serait entouré d'espions, pût se croire seul. En se cachant derrière une porte, le moindre
coup d'œil, le moindre bruit, le seul soupçon pouvaient les faire découvrir. Enfin ils imaginent un expédient aussi honteux qu'exécrable. Les
trois sénateurs se glissent entre la voûte et le plafond, et appliquent

deinde	ensuite
inciperent accusationem.	*qu'*ils commenceraient l'accusation.
Igitur Latiaris	Donc Latiaris
jacere primum	de lancer d'abord
sermones fortuitos :	des propos amenés-par-le-hasard :
mox laudare constantiam,	bientôt de louer la constance *de Sabinus*,
quod,	parce que,
amicus domus florentis,	ami d'une maison florissante,
non deseruisset afflictam,	il n'avait point délaissé *cette maison* abat-
ut céteri :	comme tous-les-autres : [tue,
simul	en-même-temps
disserebat honora	il exprimait des *sentiments* honorables
de Germanico,	sur Germanicus,
miserans Agrippinam.	plaignant Agrippine.
Et postquam Sabinus,	Et lorsque Sabinus,
ut animi mortalium	comme les âmes des mortels
sunt molles calamitate,	sont amollies par l'adversité,
effudit lacrimas,	eut répandu des larmes,
junxit questus,	*y* eut joint des plaintes,
jam onerat audentius	dès-lors il charge plus hardiment
Sejanum, sævitiam,	Séjan, la cruauté,
superbiam, spes ejus :	l'orgueil, les espérances de lui :
ne abstinet quidem	il ne s'abstient même pas
convitio in Tiberium.	d'injures contre Tibère.
Iique sermones, [tita,	Et ces entretiens, [défendus,
tanquam miscuissent ve-	comme s'ils eussent échangé des *propos*
facere	*commencent à* former *entre eux*
speciem arctæ amicitiæ.	l'apparence d'une étroite amitié.
Ac jam Sabinus	Et déjà Sabinus
quærere ultro Latiarem,	de chercher spontanément Latiaris,
ventitare domum,	d'aller-fréquemment dans *sa* maison,
deferre suos dolores,	de *lui* rapporter (communiquer) ses dou-
quasi ad fidissimum.	comme à *son ami* le plus fidèle. [leurs,
LXIX. Quos memoravi	LXIX. *Ceux* que j'ai mentionnés
consultant, quonam modo	délibèrent de quelle manière
ea acciperentur	ces *faits* seraient reçus
auditu plurium :	par l'audition de plusieurs *témoins* :
nam facies solitudinis	car une physionomie de solitude
servanda loco	devait être conservée au lieu
in quem coibatur ;	dans lequel on se réunissait ;
et, si adsisterent pone fores,	et, s'ils se tenaient derrière les portes,
metus erat visus,	crainte était de la vue (qu'ils ne fussent
sonitus, aut suspicionis	de *quelque* bruit, ou d'un soupçon [vus),
ortæ forte.	né par hasard.
Tres senatores	Les trois sénateurs
sese abstrudunt	se cachent
inter tectum et laquearia,	entre le toit et les lambris,

detestanda fraude, sese abstrudunt; foraminibus et rimis
aurem admovent. Interea Latiaris repertum in publico Sabinum, velut recens cognita narraturus, domum et in cubiculum
trahit; præteritaque et instantia, quorum affatim copia, ac
novos terrores cumulat. Eadem ille, et diutius, quanto
mœsta, ubi semel prorupere, difficilius reticentur. Properata
inde accusatio, missisque ad Cæsarem litteris, ordinem frau-
dis suumque ipsi dedecus narravere. Non alias magis anxia
et pavens civitas, egens ¹ adversum proximos : congressus,
colloquia, notæ ignotæque aures, vitari; etiam muta² atque
inanima, tectum et parietes, circumspectabantur.

LXX. Sed Cæsar, solennia incipientis anni; calendis janua-
riis, epistola precatus, vertit in Sabinum, corruptos quosdam
libertorum et petitum se arguens, ultionemque haud obscure

l'oreille aux trous et aux fentes. Dans l'intervalle, Latiaris, ayant
trouvé Sabinus dans la rue, l'avait entraîné chez lui pour lui confier
ce qu'il venait, disait-il, d'apprendre à l'instant. A peine dans la
chambre, il lui détaille les maux passés et présents, auxquels il
ajoute de nouveaux sujets de terreurs. La douleur qui s'exhale une
fois ne sait plus se retenir. Sabinus insiste, s'appesantit sur ces
mêmes plaintes. Les autres dressent sur-le-champ leur accusation et
l'envoient à Tibère avec une lettre où ils détaillaient tout le complot, publiant ainsi eux-mêmes leur propre infamie. Jamais on ne
vit dans Rome plus de défiances et de craintes : les parents se re-
doutaient; on ne s'abordait plus, on ne se parlait plus; les personnes connues ou inconnues, tout était suspect; on jetait même
des regards inquiets sur les objets muets et inanimés, sur les pla-
fonds et sur les murs.

LXX. Cependant Tibère écrivit au sénat pour les calendes de
janvier. Sa lettre contenait d'abord les vœux qui se renouvellent au
commencement de chaque année. Bientôt il en vint à Sabinus : il
l'accusait d'avoir voulu corrompre quelques-uns de ses affranchis
pour attenter à ses jours, et il demandait vengeance en termes qui
n'étaient point obscurs. La sentence fut rendue sur-le-champ.

latebra haud minus turpi	dans une cachette non moins honteuse
quam detestanda;	que détestable ;
admovent aurem	ils appliquent l'oreille
foraminibus et rimis.	aux trous et aux fentes.
Interea Latiaris	Cependant Latiaris
trahit domum	entraîne dans sa maison
et in cubiculum	et dans sa chambre
Sabinum repertum	Sabinus trouvé par lui
in publico,	en public (dehors),
velut narraturus	comme devant lui raconter
cognita recens ;	des choses connues (apprises) récemment;
cumulatque	et il accumule
praeterita et instantia,	les maux passés et présents,
quorum copia affatim,	dont il y avait abondance amplement,
ac terrores novos.	et les terreurs nouvelles.
Ille eadem,	Celui-ci dit les mêmes choses,
et diutius,	et d'autant plus longtemps,
quanto moesta	que les pensées tristes
reticentur difficilius,	sont tues plus difficilement,
ubi semel prorupere.	dès qu'une-fois elles ont éclaté.
Inde accusatio properata,	De là l'accusation fut hâtée,
litterisque	et dans une lettre
missis ad Caesarem,	envoyée à César (Tibère),
narravere ipsi	ils racontèrent eux-mêmes
ordinem fraudis	l'ordre (le plan) du complot
suumque dedecus.	et leur propre déshonneur. [ces
Civitas non alias	La cité ne fut pas en-d'autres-circonstan-
magis anxia et pavens,	plus alarmée et craintive,
egens	plus dénuée de confiance
adversum proximos :	envers les plus proches parents
congressus, colloquia,	rencontres, entretiens,
aures notae ignotaeque,	oreilles connues et inconnues,
vitari ;	d'être évités de chacun ;
etiam muta atque inanima,	même les objets muets et inanimés,
tectum et parietes,	le toit et les murs,
circumspectabantur.	étaient regardés-avec-défiance.
LXX. Sed Caesar,	LXX. Mais César (Tibère),
calendis januariis,	aux calendes de-janvier,
precatus epistola	ayant souhaité dans une lettre [mence,
solennia anni incipientis,	les vœux ordinaires de l'année qui com-
vertit in Sabinum,	se tourna bientôt contre Sabinus,
arguens	se plaignant
quosdam libertorum	quelques uns de ses affranchis
corruptos	avoir été corrompus par lui
et se petitum,	et lui-même avoir été attaqué,
poscebatque ultionem	et il demandait vengeance
haud obscure :	non obscurément :

poscebat : nec mora quin decerneretur ; et trahebatur damnatus, quantum, obducta veste et adstrictis faucibus, niti poterat, clamitans « Sic inchoari annum, has Sejano victimas cadere. » Quo intendisset oculos, quo verba acciderent, fuga, vastitas ; deseri itinera, fora : et quidam regrediebantur ostentabantque se rursum, id ipsum paventes quod timuissent. « Quem enim diem vacuum pœna, ubi inter sacra et vota, quo tempore verbis etiam profanis abstineri mos esset, vincla et laqueus inducantur? Non imprudentem Tiberium tantam invidiam adiisse : quæsitum meditatumque, ne quid impedire credatur quominus novi magistratus, quomodo delubra et altaria, sic carcerem recludant [1]. » Secutæ insuper litteræ grates agentis quod hominem infensum reipublicæ punivissent ; adjecto trepidam sibi vitam, suspectas inimicorum insidias, nullo nominatim compellato ; neque tamen dubitabatur in Neronem et Agrippinam intendi.

Sabinus, traîné au supplice, la tête enveloppée et la gorge serrée étroitement, ne cessait de crier, autant du moins qu'il le pouvait : « Voilà comment l'on commence l'année, voilà les victimes que l'on immole à Séjan ! » Partout où s'adressent ses cris et ses regards, on s'épouvante, on fuit ; les rues, les places sont désertes. Quelques-uns pourtant revenaient sur leurs pas et se montraient avec affectation, craignant même d'avoir paru craindre. On se demandait quel jour se passerait sans supplices, si, parmi les sacrifices et les vœux, quand l'usage défendait jusqu'aux paroles profanes, on étalait les chaînes et les gibets. « Ce n'était point sans dessein que Tibère avait affronté l'odieux d'un tel exemple. Sa cruauté, soigneuse et réfléchie, voulait réserver tous les jours pour ses vengeances, et accoutumer les Romains à voir les nouveaux magistrats ouvrir indistinctement ou les temples ou le cachot fatal. » Tibère écrivit bientôt au sénat pour le remercier d'avoir puni un ennemi de la république ; il ajouta qu'il tremblait pour ses jours, qu'il redoutait d'autres complots ; il ne nommait personne, mais on ne douta point qu'il n'eût en vue Agrippine et Néron.

nec mora,
quin decerneretur ;
et damnatus trahebatur,
clamitans,
quantum poterat niti,
veste obducta
et faucibus adstrictis.
« Sic annum inchoari,
has victimas
cadere Sejano. »
Quo intendisset oculos,
quo verba acciderent,
fuga, vastitas ;
itinera, fora deseri :
et quidam regrediebantur
seque ostentabant rursum,
paventes id ipsum
quod timuissent.
« Quem enim diem
vacuum pœna,
ubi, inter sacra et vota,
tempore quo
mos esset abstineri
etiam verbis profanis,
vincla et laqueus
inducantur ?
Tiberium non adiisse
imprudentem
tantam invidiam :
quæsitum meditatumque,
ne credatur quid impedire
quominus novi magistratus
recludant carcerem sic
quomodo delubra
et altaria. »
Litteræ secutæ insuper
agentis grates
quod punivissent hominem
infensum reipublicæ ;
adjecto,
vitam sibi trepidam,
insidias inimicorum
suspectas.   [tim ;
nullo compellato nomina-
neque tamen dubitabatur
intendi in Neronem
et Agrippinam.

et point de retard,
qu'elle ne fût décrétée ;
et *Sabinus* condamné était entraîné,
ne-cessant-de-crier,
autant qu'il pouvait s'efforcer,
ses vêtements étant rabattus-sur *lui*
et *sa* gorge serrée.
« Ainsi l'année être commencée,
ces (de telles) victimes
tomber pour (être immolées à) Séjan. »
Partout où il avait dirigé *ses* yeux,
partout où *ses* paroles arrivaient,
c'étaient la fuite, le désert ;
rues, places d'être abandonnées :
et quelques-uns revenaient   [nouveau,
et se montraient-avec-affectation de-
tremblant pour ceci même
parce qu'ils avaient craint.
« Car quel jour
pouvoir être vide de châtiment,   [vœux,
puisque, au milieu des sacrifices et des
dans un temps dans lequel
la coutume était de s'abstenir
même de paroles profanes,
les chaînes et le lacet
étaient introduits ?
Tibère n'avoir pas encouru
ne-*le*-prévoyant-pas (sans dessein)
une si-grande haine :
cela avoir été recherché et médité,   [pêcher
pour qu'il ne soit pas cru quelque chose em-
que les nouveaux magistrats
ne rouvrent la prison ainsi
comme les temples
et les autels. »
Une lettre suivit en outre
de *Tibère* qui rendait grâce *aux sénateurs*
de ce qu'ils avaient puni un homme
ennemi de la république ;
ceci étant ajouté,
la vie à lui *être* alarmée,
des embûches de *ses* ennemis
être suspectées,
personne n'étant cité nommément ;
et pourtant on ne doutait point
ces mots être dirigés contre Néron
et *contre* Agrippine.

LXXI. Ni mihi destinatum foret suum quæque in annum referre, avebat animus anteire, statimque memorare exitus quos Latinius atque Opsius ceterique flagitii ejus repertores habuere, non modo postquam C. Cæsar rerum potitus est, sed incolumi Tiberio, qui scelerum ministros, ut perverti ab aliis nolebat, ita plerumque satiatus, et oblatis in eamdem operam recentibus, veteres et prægraves afflixit : verum has atque alias sontium pœnas in tempore trademus. Tum censuit Asinius Gallus, cujus liberorum Agrippina matertera erat[1], petendum a principe ut metus suos senatui fateretur amoverique sineret. Nullam æque Tiberius, ut rebatur, ex virtutibus suis, quam dissimulationem diligebat : eo ægrius accepit recludi quæ premeret. Sed mitigavit Sejanus, non Galli amore, verum ut cunctationes principis opperiretur; gnarus lentum in meditando, ubi prorupisset, tristibus dictis atrocia facta conjun-

LXXI. Si mon plan ne m'obligeait à suivre l'ordre des années, j'aurais voulu devancer le temps et rapporter ici le traitement que Latiaris, Opsius et leurs infâmes complices essuyèrent, non-seulement lorsque Caïus fut parvenu à l'empire, mais du vivant même de Tibère. Quoique ce prince protégeât contre la haine publique les ministres de sa tyrannie, souvent il s'en dégoûtait lui-même; et, comme il en trouvait de nouveaux pour les remplacer, il sacrifiait les anciens qui lui étaient à charge. Mais je rapporterai ces châtiments et d'autres semblables, quand le temps sera venu. Asinius Gallus, dont les enfants étaient neveux d'Agrippine, opina qu'on devait supplier le prince d'avouer le sujet de ses craintes et de permettre qu'on les dissipât. De toutes les vertus que Tibère se croyait, la dissimulation était celle qu'il estimait le plus. Il souffrit impatiemment qu'on eût découvert ce qu'il s'efforçait de cacher; mais Séjan l'adoucit, non qu'il aimât Gallus, mais il voulait que le prince se déclarât, sachant trop bien que, lent à méditer ses vengeances, dès qu'il éclatait une fois, l'effet suivait à l'instant ses

LXXI. Ni referre quæque
in suum annum
destinatum foret mihi,
animus avebat anteire,
memorareque statim
quos exitus
habuere Latinius et Opsius
ceterique repertores
ejus flagitii,
non modo
postquam C. Cæsar
potitus est rerum,
sed Tiberio incolumi,
qui, ut nolebat
ministros scelerum
perverti ab aliis,
ita, plerumque satiatus,
et recentibus oblatis
in eamdem operam,
afflixit veteres
et prægraves :
verum trademus in tempore
has pœnas atque alias
sontium.
Tum Asinius Gallus,
liberorum cujus Agrippina
erat matertera,
censuit
petendum a principe
ut fateretur suos metus
senatui
sineretque amoveri.
Tiberius diligebat
nullam ex suis virtutibus,
ut rebatur,
æque
quam dissimulationem :
eo accepit ægrius
quæ premeret recludi.
Sed Sejanus mitigavit,
non amore Galli,
verum ut opperiretur
cunctationes principis ;
gnarus
lentum in meditandum,
conjungere facta atrocia
dictis tristibus,

LXXI. Si rapporter chaque *fait*
à son année
n'avait pas été arrêté à (par) moi,
mon esprit désirait (désirerait) anticiper,
et raconter immédiatement
quelles fins
eurent Latinius et Opsius
et tous-les-autres inventeurs
de cette infamie,
non-seulement
après que C. César (Caligula)
fut devenu-maître des affaires,
mais Tibère *étant* sain-et-sauf (vivant),
lequel, comme il ne-voulait-pas
les ministres de *ses* crimes
être renversés par d'autres,
de même, le plus souvent rassasié,
et de nouveaux *agents* s'offrant *à lui*
pour le même service,
brisa les anciens   [bles] :
devenus aussi trop pesants (insupporta-
mais nous rapporterons en *leur* temps
ces châtiments et d'autres
de coupables.
Alors Asinius Gallus,
des enfants de qui Agrippine
était tante-maternelle,
opina   [mander) au prince
devoir être demandé (qu'il fallait de-
qu'il avouât ses craintes
au sénat
et permît *ces craintes* être écartées.
Tibère *ne* chérissait
aucune de ses qualités,
comme il pensait,
également (autant)
que la dissimulation :
pour cela il apprit avec-plus-de-peine
les *secrets* qu'il cachait être découverts.
Mais Séjan l'adoucit,
non par affection de (pour) Gallus,
mais pour qu'il attendît
les temporisations du prince ;
sachant *celui-ci*,
lent à méditer,
unir des actes violents
à des paroles menaçantes,

gere. Per idem tempus Julia mortem obiit, quam neptem
Augustus, convictam adulterii, damnaverat projeceratque in
insulam Trimerum[1], haud procul Apulis littoribus. Illic viginti annis exsilium toleravit, Augustæ ope sustentata; quæ,
florentes privignos[2] quum per occultum subvertisset, misericordiam erga afflictos palam ostentabat.

LXXII. Eodem anno Frisii, transrhenanus populus, pacem
exuere, nostra magis avaritia, quam obsequii impatientes.
Tributum iis Drusus jusserat modicum, pro angustia rerum,
ut in usus militares coria boum penderent : non intenta cujusquam cura, quæ firmitudo, quæ mensura; donec Olennius,
e primipilaribus, regendis Frisiis impositus, terga urorum
delegit, quorum ad formam acciperentur. Id, aliis quoque
nationibus arduum, apud Germanos difficilius tolerabatur,
quis ingentium belluarum feraces saltus, modica domi armenta

menaces. Dans le même temps mourut Julie, petite-fille d'Auguste.
Son aïeul l'avait reléguée pour ses dérèglements dans l'île de Trimère, non loin des côtes d'Apulie. Elle y passa vingt ans dans un
exil rigoureux; elle ne subsistait que des libéralités d'Augusta,
qui, après avoir miné en secret la fortune de ses beaux-fils, faisait
montre en public de commisération pour leurs malheurs.

LXXII. Cette même année, notre avarice plus que l'impatience
du joug souleva les Frisons, peuple d'au delà du Rhin. Drusus
n'avait imposé à cette nation pauvre qu'un léger tribut. Ils devaient
fournir des cuirs de bœufs pour l'usage de la guerre. Personne ne
songea pour lors à déterminer la longueur et l'épaisseur de ces cuirs.
Un primipilaire, Olennius, nommé commandant de la Frise,
choisit des peaux d'aurochs pour modèle de celles qu'on recevrait.
Cette loi, dure en tout pays, était surtout impraticable pour les
Germains, dont le bétail est très-petit, tandis que les animaux qui

ubi prorupisset.

dès qu'il avait éclaté.

Per idem tempus
Julia obiit mortem,
quam Augustus
damnaverat
neptem,
convictam adulterii,
projeceratque
in insulam Trimerum,
haud procul littoribus
Apulis.
Illic toleravit exsilium
viginti annis,
sustentata ope Augustæ ;
quæ,
quum subvertisset
per occultum
privignos florentes,
ostentabat palam
misericordiæ
erga afflictos.

Pendant le même temps
Julia alla-trouver la mort (mourut),
elle qu'Auguste
avait condamnée
quoique étant sa petite-fille,
convaincue d'adultère,
et *qu'*il avait reléguée
dans l'île *de* Trimère,
non loin des rivages
d'-Apulie.
Là elle endura l'exil
pendant vingt ans,
soutenue par le secours d'Augusta ;
laquelle,
lorsqu'elle avait miné
par une *voie* secrète
ses beaux-fils florissants,
faisait–montre publiquement
de pitié
envers *eux* abattus.

LXXII. Eodem anno
Frisii,
populus transrhenanus,
exuere pacem,
magis nostra avaritia
quam impatientes obsequii
Drusus jusserat iis
tributum modicum,
pro angustia rerum,
ut penderent coria boum
in usus militares :
cura cujusquam
non intenta,
quæ firmitudo,
quæ mensura ;
donec Olennius,
e primipilaribus,
impositus regendis Frisiis,
delegit terga urorum,
ad formam quorum
acciperentur.
Id, arduum
aliis nationibus quoque,
tolerabatur difficilius
apud Germanos,
quis saltus sunt feraces

LXXII. La même année
les Frisons,
peuple transrhénan,
secouèrent la paix,
plus par (à cause de) notre avidité
que ne–pouvant–supporter l'obéissance.
Drusus avait ordonné à eux
un tribut modique,   [tune,
en–rapport–avec la détresse de *leur* for-
à savoir qu'ils payassent des cuirs de bœufs
pour les besoins des–soldats :
le soin de qui–que–ce–fût
n'ayant été dirigé-vers *ce point,*
quelle *devait être* la solidité,
quelle la mesure *de ces cuirs ;*
jusqu'à ce que Olennius,
un des primipilaires,
préposé pour gouverner les Frisons,
choisit des peaux d'aurochs,
à l'instar desquelles
seraient reçues *les autres.*
Cela, difficile
pour d'autres nations aussi,
était supporté plus malaisément
chez les Germains,
auxquels les forêts sont fécondes

sunt. Ac primo boves ipsos, mox agros, postremo corpora
conjugum aut liberorum servitio tradebant. Hinc ira et questus,
et, postquam non subveniebatur, remedium ex bello : rapti
qui tributo aderant milites, et patibulo affixi. Olennius infensos fuga prævenit, receptus castello cui nomen Flevum ; et
haud spernenda illic civium sociorumque manus littora Oceani
præsidebat.

LXXIII. Quod ubi L. Apronio, inferioris Germaniæ pro-
prætori, cognitum, vexilla legionum e superiore provincia,
peditumque et equitum auxiliarium delectos, accivit : ac simul
utrumque exercitum, Rheno devectum, Frisiis intulit, soluto
jam castelli obsidio, et ad sua tutanda digressis rebellibus.
Igitur proxima æstuaria aggeribus et pontibus, traducendo
graviori agmini, firmat : atque interim, repertis vadis, alam
Canninefatem¹, et quod peditum Germanorum inter nostros

peuplent leurs forêts sont énormes. On saisit d'abord leurs bœufs,
puis leurs terres, enfin leurs femmes et leurs enfants, qu'on réduisait en esclavage. La nation, courroucée, se plaignit ; on n'écouta
pas ses plaintes ; elle se fit justice par les armes : les soldats qui
levaient l'impôt furent arrêtés et attachés au gibet. Olennius
n'échappa que par la fuite ; il se sauva dans le château de Flève,
d'où un corps assez considérable de légionnaires et d'alliés observait
les côtes de l'Océan.

LXXIII. A cette nouvelle, L. Apronius, propréteur de la basse
Germanie, fait venir de la province supérieure des détachements des
légions avec l'élite de l'infanterie et de la cavalerie auxiliaires.
Joignant ces troupes aux siennes, il les embarque toutes sur le
Rhin et entre dans la Frise. Les rebelles avaient déjà levé le siége
du château pour couvrir leur propre pays : des lagunes en défendaient l'entrée. Apronius fait construire des ponts et des chaussées
pour le passage du gros de l'armée ; et pendant ce temps, ayant
trouvé un gué, il détache une division de cavalerie des Canninéfates,
et ce qu'il avait dans son armée d'infanterie germaine, avec ordre

belluarum ingentium,	en animaux énormes,
armenta domi modica.	*tandis que* le bétail à la maison *est* petit.
Ac primo	Et d'abord
tradebant boves ipsos,	ils livraient *leurs* bœufs mêmes,
mox agros,	puis *leurs* champs,
postremo corpora	enfin les corps
conjugum aut liberorum	de *leurs* épouses ou de *leurs* enfants
servitio.	pour l'esclavage.
Hinc ira et questus, [batur,	De là colère et plaintes,
et, postquam non subvenie-	et, comme on ne *leur* venait-pas-en-aide,
remedium ex bello :	le remède *fut cherché par eux* dans la
milites	les soldats [guerre :
qui aderant tributo	qui assistaient à *la levée du* tribut
rapti et affixi patibulo.	*furent* enlevés et attachés au gibet.
Olennius prævenit fuga	Olennius devança par la fuite
infensos,	ces *hommes* irrités,
receptus castello	ayant été recueilli dans un fort
cui nomen Flevum ;	auquel le nom *est* Flévum ;
et illic	et là
manus haud spernenda	une troupe non méprisable
civium sociorumque	de citoyens et d'alliés
præsidebat littora Oceani.	protégeait les rivages de l'Océan.
LXXIII. Ubi quod	LXXIII. Dès que cela
cognitum L. Apronio,	*fut* connu de L. Apronius,
proprætori	propréteur
Germaniæ inferioris,	de la Germanie inférieure,
accivit	il fit-venir
e provincia superiore	de la province supérieure
vexilla legionum,	des enseignes (compagnies) de légions,
delectosque peditum	et des *hommes* choisis d'entre les fantassins
et equitum auxiliarium :	et d'entre les cavaliers auxiliaires :
ac intulit Frisiis	et il mena-contre les Frisons
utrumque exercitum simul,	l'une-et-l'autre armée ensemble,
devectum Rheno,	transportée par le Rhin,
obsidio castelli jam soluto,	le siége du fort étant déjà levé,
et rebellibus digressis	et les rebelles s'étant retirés
ad tutanda sua.	pour protéger leur *territoire*.
Igitur firmat	Donc il consolide
æstuaria proxima	les lagunes les plus voisines
aggeribus et pontibus,	par des chaussées et des ponts,
traducendo	pour faire-passer
agmini graviori :	une troupe plus lourde :
atque interim,	et dans-l'intervalle,
vadis repertis,	des gués étant trouvés,
jubet alam Canninefatem,	il ordonne une aile de-Canninéfates,
et quod	et *ce* qui
peditum Germanorum	*en fait* de fantassins Germains

merebat, circumgredi terga hostium jubet; qui, jam acie compositi, pellunt turmas sociales equitesque legionum subsidio
missos. Tum tres leves cohortes, ac rursum duæ; dein, tempore interjecto, alarius eques[1] immissus : satis validi, si simul
incubuissent; per intervallum adventantes, neque constantiam addiderant turbatis, et pavore fugientium auferebantur.
Cethego Labeoni, legato quintæ legionis, quod reliquum auxiliorum tradit : atque ille, dubia suorum re, in anceps tractus,
missis nuntiis, vim legionum implorabat. Prorumpunt quintani ante alios, et, acri pugna hoste pulso, recipiunt cohortes
alasque, fessas vulneribus. Neque dux Romanus ultum iit aut
corpora humavit; quanquam multi tribunorum præfectorumque et insignes centuriones[2] cecidissent. Mox compertum a
transfugis nongentos Romanorum, apud lucum quem Badu-
hennæ vocant, pugna in posterum extracta, confectos; et aliam

de tourner l'ennemi. Celui-ci était déjà en bataille; il repoussa les
alliés, malgré la cavalerie des légions qui vint les soutenir. On
envoya pour lors trois cohortes légères, puis deux encore, et
ensuite, après un intervalle, la cavalerie auxiliaire. Toutes ces
troupes étaient suffisantes, si elles eussent donné à la fois; mais
n'arrivant que successivement, loin de rendre le courage aux premiers détachements, la frayeur et la fuite des autres les entraînaient
elles-mêmes. Enfin Céthégus Labéon, lieutenant de la cinquième
légion, marche avec le reste des alliés, mais il n'a pas plus de
succès; sa troupe plie, et, se voyant en danger, il dépêche courriers
sur courriers pour implorer le secours des légions. La cinquième
s'avance la première, et toutes ensemble, après un combat opiniâtre,
repoussèrent l'ennemi et ramenèrent les cohortes auxiliaires et la
cavalerie couvertes de blessures. Le général romain borna là sa
vengeance; il n'ensevelit pas même ses morts, quoiqu'on eût perdu
beaucoup de tribuns, de préfets, et des centurions de marque. On
sut bientôt par les transfuges que neuf cents Romains avaient été
taillés en pièces, auprès du bois de Baduhenne, après s'être battus

merebat inter nostros, — gagnait la solde (servait) parmi les nôtres,
circumgredi terga — tourner les derrières
hostium; — des ennemis ;
qui, jam compositi acie, — qui, déjà rangés en bataille,
pellunt turmas sociales — repoussent les escadrons des-alliés
equitesque legionum — et les cavaliers des légions
missos subsidio. — envoyés à leur secours.
Tum tres cohortes leves, — Alors trois cohortes légères,
ac rursum duæ; — et de nouveau deux autres sont lancées ;
dein, tempore interjecto, — puis, quelque temps s'étant écoulé,
eques alarius immissus : — le cavalier des-ailes est lancé à son tour :
satis validi, — assez forts,
si incubuissent simul; — s'ils fussent tombés-sur l'ennemi tous à la
adventantes — mais arrivant   [fois ;
per intervallum, — par intervalle,
neque addiderant — et ils n'avaient pas donné
constantiam turbatis, — de la fermeté à ceux qui étaient ébranlés,
et auferebantur — et ils étaient emportés eux-mêmes
pavore fugientium. — par la terreur des fuyards.
Tradit quod reliquum — Il (Apronius) remet ce qui est de-reste
auxiliorum — des troupes-auxiliaires
Cethego Labeoni, — à Céthégus Labéon,
legato quintæ legionis : — lieutenant de la cinquième légion :
atque ille, — et celui-là,
re suorum dubia, — les affaires des siens étant critiques,
tractus in anceps, — entraîné aussi dans le danger,
nuntiis missis, — des messages étant envoyés,
implorabat vim legionum. — implorait la force des légions.
Quintani prorumpunt — Ceux-de-la-cinquième s'élancent
ante alios, — avant les autres,
et, hoste pulso — et, l'ennemi ayant été repoussé
pugna acri, — par un combat opiniâtre,
recipiunt cohortes alasque, — ramènent les cohortes et les ailes,
fessas vulneribus. — harassées de blessures.
Neque dux Romanus — Et le général romain
iit ultum — n'alla point se venger
aut humavit corpora; — ou (et) n'ensevelit pas les corps ;
quanquam multi — quoique beaucoup
tribunorum — des tribuns
præfectorumque — et des préfets
et centuriones insignes — et quelques centurions de-marque
cecidissent. — fussent tombés.
Mox compertum — Bientôt on apprit
a transfugis — par des transfuges
nongentos Romanorum — neuf-cents des Romains
confectos, — avoir été taillés-en-pièces,
pugna extracta — le combat s'étant prolongé

quadringentorum manum, occupata Cruptoricis quondam sti-
pendiarii villa, postquam proditio metuebatur, mutuis ictibus
procubuisse.

LXXIV. Clarum inde inter Germanos Frisium nomen; dis-
simulante Tiberio damna, ne cui bellum permitteret. Neque
senatus in eo cura, an imperii extrema dehonestarentur; pavor
internus occupaverat animos, cui remedium adulatione quærebatur. Ita, quanquam diversis super rebus consulerentur,
aram Clementiæ, aram Amicitiæ, effigiesque circum Cæsaris
ac Sejani, censuere; crebrisque precibus efflagitabant, visendi
sui copiam facerent. Non illi tamen in Urbem aut propinqua
Urbi degressi sunt; satis visum omittere insulam et in proximo
Campaniæ adspici. Eo venire patres, eques, magna pars plebis, anxii erga Sejanum, cujus durior congressus, atque eo
per ambitum et societate consiliorum parabatur. Satis con-

pendant deux jours, et qu'une autre troupe de quatre cents hommes,
qui s'était jetée dans une maison de Cruptorix, autrefois notre auxiliaire, avait péri entièrement : dans la crainte d'une trahison, ils
s'étaient tous entre-tués.

LXXIV. Depuis ce temps, le nom des Frisons fut célèbre parmi
les Germains. Tibère dissimula nos pertes pour ne point donner un
chef à l'armée; et le sénat, peu touché que l'empire fût déshonoré
sur les frontières, ne voyait que les maux du dedans, et redoublait
d'adulations pour y remédier. Au milieu d'une délibération sur des
objets tout différents, il décerna un autel à la Clémence et un autre
à l'Amitié, avec des statues de Tibère et de Séjan : il ne cessait, par
de fréquentes prières, d'implorer la faveur de les voir. Toutefois ils
ne vinrent ni à Rome ni dans le voisinage. Ils crurent faire assez
de quitter leur île et de se laisser apercevoir à l'entrée de la Campanie. Là coururent sénateurs, chevaliers, une grande partie du
peuple, tous en peine d'arriver à Séjan, dont l'accès plus difficile
ne s'obtenait que par la brigue ou par la complicité. On s'accorde à

in posterum	jusqu'au lendemain
apud lucum	auprès du bois
quem vocant Baduhennæ,	qu'ils appellent de Baduhenne ;
et aliam manum	et une autre troupe
quadringentorum,	de quatre-cents *hommes*,
villa Cruptoricis	une maison de Cruptorix
quondam stipendiarii	autrefois *notre* auxiliaire
occupata,	ayant été occupée *par eux*,
procubuisse ictibus mutuis,	avoir succombé sous des coups mutuels,
postquam proditio	parce que la trahison
metuebatur.	était redoutée.
LXXIV. Inde	LXXIV. Dès-lors
nomen Frisium	le nom des-Frisons
clarum inter Germanos ;	*fut* éclatant parmi les Germains ;
Tiberio	Tibère
dissimulante damna,	dissimulant *nos* pertes,
ne permitteret bellum cui.	pour qu'il ne confiât la guerre à personne.
Neque cura senatus in eo,	Et le souci du sénat ne *fut* pas en cela,
an extrema imperii	si les extrémités de l'empire
dehonestarentur ;	étaient déshonorées ;
pavor internus	une crainte domestique
occupaverat animos,	s'était emparée des âmes,
cui remedium	*crainte* à laquelle un remède
quærebatur adulatione.	était cherché dans l'adulation.
Ita,	Ainsi,
quanquam consulerentur	quoiqu'ils fussent consultés
super rebus diversis,	sur des choses *tout* opposées ,
censuere aram Clementiæ,	ils votèrent un autel à la Clémence,
aram Amicitiæ,	un autel à l'Amitié ,
circumque effigies	et *tout* autour des statues
Cæsaris ac Sejani ;	de César (Tibère) et de Séjan ;
efflagitabantque	et ils *les* sollicitaient
precibus crebris,	par des prières fréquentes,
facerent copiam	pour qu'ils *leur* donnassent la liberté
visendi sui.	de visiter eux.
Illi tamen	Ceux-ci cependant
non degressi sunt in Urbem	ne vinrent point dans la ville (Rome)
aut propinqua Urbi ;	ou *même* dans les *lieux* proches de la ville ;
visum satis	il *leur* parut assez
omittere insulam	de laisser l'île
et adspici	et d'être vus (de se faire voir) [nie.
in proximo Campaniæ.	dans *le point* le plus voisin de la Campa-
Eo venire patres,	Là *s'empressèrent* de venir sénateurs,
eques, magna pars plebis ,	chevaliers , une grand partie du peuple,
anxii erga Sejanum ,	inquiets à-l'égard-de Séjan ,
cujus congressus durior,	dont l'accès *était* plus difficile,
atque eo parabatur	et pour cela s'obtenait

stabat auctam ei arrogantiam, fœdum illud in propatulo servitium spectanti. Quippe Romæ sueti discursus , et magnitudine urbis incertum quod quisque ad negotium pergat : ibi
campo aut littore jacentes, nullo discrimine, noctem ac diem ,
juxta gratiam aut fastus janitorum perpetiebantur ; donec id
quoque vetitum , et revenere in Urbem trepidi quos non sermone, non visu, dignatus erat ; quidam male alacres , quibus
infaustæ amicitiæ gravis exitus imminebat.

LXXV. Ceterum Tiberius neptem Agrippinam , Germanico
ortam, quum coram Cn. Domitio tradidisset, in Urbe celebrari
nuptias jussit. In Domitio, super vetustatem generis, propinquum Cæsaribus sanguinem delegerat ; nam is aviam Octaviam [1], et per eam Augustum avunculum , præferebat.

dire que son arrogance fut accrue par le spectacle de l'avilissement
des Romains, étalé si visiblement à ses regards. A Rome, l'affluence
est constante ; la grandeur de la ville ne permet pas de distinguer
les différents intérêts qui mettent les citoyens en mouvement ; mais
là, on ne pouvait s'y méprendre, à les voir tous, sans distinction,
attendre le favori les jours et les nuits entières, dans la campagne
et sur le rivage, subissant et les dédains et la protection de ses portiers. Enfin cette liberté même leur fut interdite : on les renvoya.
Tous ceux que le ministre n'avait honorés ni d'un mot, ni d'un
regard, revinrent consternés ; quelques-uns triomphaient, insensés
à qui la sinistre amitié de Séjan préparait de cruels revers.

LXXV. Cependant Tibère maria la jeune Agrippine, fille de
Germanicus, à Cnéius Domitius. Après les avoir fiancés lui-même,
il voulut que les noces fussent célébrées à Rome. Domitius était
d'une ancienne maison , et de plus parent des Césars ; il avait pour
aïeule Octavie, et Auguste pour oncle ; cette raison avait décidé
Tibère.

per ambitum
et societate consiliorum.
Constabat satis
arrogantiam auctam ei,
spectanti
illud servitium fœdum
in propatulo.
Quippe Romæ
discursus sueti,
et magnitudine urbis
incertum
ad quod negotium
quisque pergat :
ibi jacentes campo
aut littore,
nullo discrimine,
noctem atque diem,
perpetiebantur juxta
gratiam aut fastus
janitorum ;
donec id quoque vetitum,
et quos non dignatus erat
sermone,
non visu,
revenere in Urbem trepidi ;
quidam male alacres,
quibus imminebat
gravis exitus
amicitiæ infaustæ.
LXXV. Ceterum
Tiberius,
quum tradidisset coram
Cn. Domitio
neptem Agrippinam,
ortam Germanico,
jussit nuptias
celebrari in Urbe.
Delegerat in Domitio,
super vetustatem generis,
sanguinem propinquum
Cæsaribus ;
nam is præferebat
Octaviam aviam,
et per eam
Augustum avunculum,

par la brigue
et par la complicité des desseins.
Il était-constant assez
l'arrogance s'être-accrue à lui,
considérant
cette servitude honteuse
étalée en public.
Car à Rome
les allées-et-venues *sont* habituelles,
et par la grandeur de la ville
il est incertain
à quelle affaire
chacun va :
mais là couchés dans la plaine
ou sur le rivage,
sans aucune distinction,
la nuit et le jour,
ils subissaient également
la faveur ou les dédains
des portiers ;
jusqu'à ce que cela aussi *fût* défendu,
et *ceux* qu'il n'avait pas jugés-dignes
d'un entretien,
ni d'un regard,
revinrent à la ville *tout* tremblants ;
quelques-uns mal-à-propos joyeux,
eux que menaçait
la terrible issue
d'une amitié néfaste.
LXXV. Au-reste
Tibère,
après qu'il eut remis en-personne
à Cn. Domitius,
sa petite-fille Agrippine,
née de Germanicus,
ordonna les noces
être célébrées dans la ville (à Rome).
Il avait choisi dans Domitius,
outre l'ancienneté de la famille,
un sang proche
des Césars ;
car celui-ci (Domitius) faisait-valoir
Octavie *pour* aïeule,
et par elle
Auguste *pour* oncle.

NOTES.

Page 4 : 1. *Supra memoravi.* Voyez entre autres passages, *Annales*, I, XXIV; III, XXIX et LXXII.

— 2. *Vulsiniis*, Vulsinies, ville d'Étrurie, aujourd'hui Bolséna, bourg des États de l'Église.

— 3. *C. Cæsarem.* Fils d'Agrippa et de Julie, fille d'Auguste, lequel mourut prématurément en revenant d'Arménie. Voy. *Annales*, I, III.

— 4. *Apicio.* C'est cet Apicius qui, après d'énormes profusions, ne se trouvant plus que dix millions de sesterces, se tua de désespoir, parce qu'il ne lui restait pas de quoi vivre. Sénèque, *Consolation à Helvia*, ch. X, parle de lui en ces termes : *Apicius nostra memoria vixit, qui in ea urbe, ex qua aliquando philosophi ut corruptores juventutis abire jussi sunt, scientiam popinæ professus, disciplina sua sæculum infecit.* Pline, X, LXVIII, l'appelle : *Nepotum omnium altissimus gurges.*

Page 6 : 1. *Dispersas per Urbem.* Suétone, *Vie d'Auguste*, ch. XLIX, nous apprend qu'Auguste n'avait jamais eu dans Rome plus de trois cohortes prétoriennes, qui ne campaient point. Les autres avaient leurs quartiers d'hiver et d'été dans les villes voisines.

Page 8 : 1. *Animo commotior.* Drusus s'oubliait quelquefois jusqu'à frapper des chevaliers. On le surnomma Castor, sans doute parce qu'il avait la main prompte.

Page 10 : 1. *Liviam.* Sœur de Germanicus, cousine de Drusus, son mari. Suétone l'appelle toujours *Livilla*, diminutif de *Livia*. Quelques Romaines portaient toute leur vie ces noms enfantins qu'elles avaient reçus en naissant.

— 2. *Avunculus Augustus.* Auguste était grand-oncle maternel de Livie ; car elle était née de Drusus le Germanique et d'Antonia, qui avait pour mère Octavie, sœur d'Auguste.

Page 10 : 3. *Municipali adultero.* Séjan n'était pas même Romain ; il était originaire d'un simple municipe, comme nous l'avons vu plus haut. Quant aux personnes dont il est question à la phrase suivante, à en croire Pline le naturaliste, dans la satire qu'il fait de la médecine et des médecins (liv. XXIX, ch. 1), Eudémus était quelque chose de plus que l'ami et le médecin de Livie. *Jam vero et adulteria in principum domibus, ut Eudemi in Livia Drusi Cæsaris.*

Page 12 : 1. *Fratri ejus Neroni.* Voy. *Annales*, III, XXIX.

— 2. *Quod... quæ tum.* Construction tout à fait latine. Cicéron, *in Verr.*, 2ᵉ action, I, ch. XLVI : *Quod vos oblitos esse non arbitror, quæ multitudo, qui ordo ad Pisonis sellam isto prætore solitus sit convenire.* Et, *De la nature des dieux*, II, IX : *Quod quidem Cleanthes his etiam argumentis docet, quanta vis insit caloris in omni corpore.* —*Quanto sit angustius imperitatum.* Depuis Tibère, les Romains avaient conquis la Grande-Bretagne et le pays des Daces, qui comprenait ce que nous nommons aujourd'hui la Transylvanie, la Valachie, la Moldavie, avec une portion de la Hongrie. Mais Tacite fait surtout allusion aux conquêtes de Trajan en Orient.

— 3. *Utroque mari.* Le golfe de Gênes et la mer Adriatique. — *Duæ classes.* Tacite ne dit rien de deux autres flottes que les Romains entretenaient sur le Rhin et sur le Danube : c'est qu'il ne parle que des flottes maritimes.

Page 14 : 1. *Oppidum Forojuliense.* Colonie romaine fondée par César, achevée par Auguste (aujourd'hui *Fréjus*). « Ce port s'ouvrait au fond d'une anse aujourd'hui moins profonde qu'elle n'était autrefois, parce que l'entrée du port, resserrée entre deux môles dont il subsiste des vestiges, se trouve actuellement écartée de la mer de cinq cents toises, par des atterrissements que les sables, charriés par la rivière d'Argens, voisine de Fréjus, ont formés, et qui ont paru s'accroître encore dans le courant de ce siècle. » (D'Anville, *Notice de la Gaule.*)

— 2. *Hispaniæ recens perdomitæ.* La conquête de l'Espagne ne fut achevée que sous Auguste, soit par lui-même, soit par ses lieutenants. Tite Live, XXVIII, XII : *Itaque ergo prima Romanis inita provinciarum quæ quidem continentis sint, postrema omnium, nostra demum ætate, ductu auspicioque Augusti Cæsaris, perdomita est.*

— 3. *Juba.* C'était le fils de ce Juba qui soutint en Afrique les débris du parti de Pompée, et qui se fit tuer par un de ses esclaves, après la bataille de Thapsus. Très-jeune encore, il fut emmené prisonnier à Rome, où il reçut une excellente éducation. Au jugement

de Pline (V, I), l'éclat de ses connaissances littéraires l'emportait
sur celui de son diadème : *Studiorum claritate memorabilior etiam quam
regno.* Dans la suite, Auguste lui rendit une partie des États de son
père. Il eut pour successeur un fils nommé Ptolémée, dont Tacite
parlera bientôt, et que fit égorger Caïus Caligula. Voy. Suétone,
Vie de Caligula, ch. XXVI et XXXV.

Page 14 : 4. *Cetera Africæ.* Il y avait ordinairement une seule légion dans la province d'Afrique, et trois dans la Pannonie. Lorsque
Tibère fit l'énumération des troupes romaines et de leurs quartiers,
la neuvième légion avait été transportée en Afrique pour combattre
Tacfarinas. Elle revint en Pannonie, même avant la fin de la
guerre. Voy. plus bas, ch. XXIII.

— 5. *Ibero Albanoque.* L'Ibérie répond à la Géorgie actuelle.
Quant à l'Albanie, elle s'étend au levant de l'Ibérie, le long de la
mer Caspienne, jusqu'au Cyrus ou Kur. Les Turcs l'appellent *Dag-
hestan.* La partie méridionale, adjacente au Kur, forme la province
appelée aujourd'hui *Shirvan.*

— 6. *Rhœmetalces.* Voy. *Annales*, II, LXIV-LXVII.

— 7. *Dalmatiam.* Auguste le premier soumit la Dalmatie, qui
devint dès lors un poste militaire important.

Page 16 : 1. *Tres urbanæ, novem prætoriæ cohortes.* Outre ces
cohortes, Auguste en avait formé sept de gardes nocturnes; *cohortes
vigilum,* dont Tacite ne parle point. Dion (LV, XXIV) compte sous
Auguste dix cohortes prétoriennes et quatre cohortes urbaines. Ce
nombre avait sans doute diminué sous Tibère.

— 2. *Antiquitus Romanis.* Par opposition à ce grand nombre de
colonies que César et Auguste fondèrent dans toutes les parties de
l'empire.

Page 18 : 1. *Majestatis quæstio.* Montesquieu, *Grandeur et décadence
des Romains*, ch. XIV : « Il y avait une *loi de majesté* contre ceux qui
commettaient quelque attentat contre le peuple romain. Tibère se
saisit de cette loi et l'appliqua, non pas aux cas pour lesquels elle
avait été faite, mais à tout ce qui put servir sa haine ou ses
défiances. Ce n'étaient pas seulement les actions qui tombaient dans
le cas de cette loi, mais des paroles, des signes et des pensées
même; car ce qui se dit dans ces épanchements de cœur que la conversation produit entre deux amis ne peut être regardé que comme
des pensées. »

— 2. *Frumenta.* Le blé provenant de la dîme qu'on levait sur les domaines de l'État ou sur les terres tributaires. — *Pecuniæ vectigales*. Les taxes imposées sur le transport des marchandises, sur leur entrée et leur sortie, sur les pâturages et les bois publics, etc.

Page 20 : 1. *Cerni effigiem ejus.... Cn. Pompeii*. Une statue de bronze avait été dédiée à Séjan dans le théâtre de Pompée. Voy. *Annales*, III, LXXII.

— 2. *Communes illi.... fore nepotes*. La fille de Séjan avait été fiancée au fils de Claude. Mais ce jeune prince, encore enfant, était mort quelques jours après. Juste-Lipse demande comment le fils de Tibère peut se croire humilié par les enfants qui doivent sortir d'une mésalliance qui n'eut pas lieu. Mais le faible de l'empereur pour son favori, le projet de mariage avec le fils de Claude, projet qui n'avait échoué que par un accident imprévu, ne permettaient pas à Drusus de douter que Tibère n'alliât tôt ou tard la famille de Séjan à celle des Drusus.

Page 22 : 1. *Sede vulgari*. Les siéges des consuls au sénat étaient plus élevés que ceux des autres magistrats et des simples sénateurs.

Page 24 : 1. *Germanici liberi*. Suétone, *Vie de Tibère*, ch. LIV, dit positivement que, des trois fils de Germanicus, Tibère ne recommanda au sénat que les deux plus âgés, Néron et Drusus. Il ne dit rien de Claude, et Claude régna.

Page 26 : 1. *Eadem quæ in Germanicum*. Voy. *Annales*, II, LXXXIII.

— 2. *Sabina nobilitas*. Expression collective qui se rapporte à *Attus Clausus ceteræque Claudiorum effigies*. Attus Clausus, ou Atta Clausus (d'après Tite Live, II, XVI, et Suétone, *Vie de Tibère*, I), chef de Sabins qui vint, dit-on, s'établir à Rome, l'an 250, et y reçut presque en même temps les droits de citoyen et la dignité de sénateur. Son nom fut changé en celui d'Appius Claudius, et les clients qu'il avait amenés avec lui formèrent la tribu Claudia. Virgile, *Énéide*, VII, v. 706 :

> Ecce, Sabinorum prisco de sanguine, magnum
> Agmen agens Clausus magnique ipse agminis instar,
> Claudia nunc a quo diffunditur et tribus et gens
> Per Latium, postquam in partem data Roma Sabinis.

Page 28 : 1. *Occulto indicio*. Il n'est pas ici question d'une dénonciation secrète, mais d'une délation faite à mots couverts. On trouve *occultus* avec le même sens dans Cicéron, qui oppose *occulta et involuta* à *prompta et aperta*. (*Des vrais biens et des vrais maux*, I, IX.)

— 2. *Nullo ad pœnitendum regressu*. On lit de même dans Tite

Live, XXIV, xxvi : *Quod adeo festinatum ad supplicium , neque locus pœnitendi , aut regressus ab ira relictus esset.* Et XLII , xiii : *Unde receptum ad pœnitendum non haberent.* Tacite avait évidemment en vue ces passages de son devancier.

Page 30 : 1. *Laudante filium pro rostris.* L'usage des éloges funèbres remontait à Valérius Publicola, qui fit celui de son collègue, le premier Brutus.

Page 32 : 1. *Spargi venenum.* Cicéron , *Discours contre Catilina,* II, x : *Qui spargere venena didicerunt.* C'est l'expression propre.

Page 34 : 1. *Cibyraticæ.* Cibyre, ville considérable de Phrygie, connue, d'après d'Anville , sous le nom de *Buruz* dans les annales turques.

— 2. *Ægiensi.* Égium , ville très-célèbre, où la ligue des Achéens tenait autrefois ses assemblées générales, et où , du temps des empereurs, s'assemblaient encore les députés des villes d'Achaïe. Aujourd'hui *Vostitza,* selon d'Anville.

— 3. *Ulterioris Hispaniæ.* La Bétique , qui correspond aujourd'hui à peu près à l'Andalousie et à la province de Grenade.

— 4. *De vi publica.* Titre d'une loi qui punissait les attentats où la république était intéressée d'une manière quelconque.

— 5. *Amorgum.* Ile de l'Archipel, connue encore aujourd'hui sous le même nom.

— 6. *Sempronius.* Il avait été déporté dans l'île de Cercine, sur les côtes d'Afrique, pour son commerce criminel avec Julie, fille d'Auguste. Voy. *Annales,* I, liii.

Page 36 : 1. *Samiis.* Samos (aujourd'hui *Samo*), île de l'Archipel, vis-à-vis d'Éphèse. Samos fut la patrie de Pythagore. — *Cois.* Cos (aujourd'hui *Co* ou *Stanco*), île de l'Archipel, au sud de la côte méridionale de l'Asie Mineure, patrie d'Hippocrate et d'Apelle.

— 2. *Amphictyonum.* Ce conseil de l'ancienne confédération grecque se réunissait deux fois par an , au printemps, à Delphes, en automne , au bourg d'Anthéla , près des Thermopyles. Il connaissait des attentats contre le temple d'Apollon , des violations du droit des gens , des contestations entre les villes confédérées, et de différentes affaires , tant civiles que criminelles.

— 3. *Jussu regis Mithridatis.* L'an de Rome 666 , avant Jésus-Christ, 88.

Page 38 : 1. *Oscum quondam ludicrum.* Ces scènes s'appelaient *Atellanes,* d'Atella, ville des Osques, où elles avaient pris naissance.

Page 38 : 2. *Censorium funus.* Funérailles publiques ainsi désignées, parce que c'étaient les censeurs qui en réglaient la dépense, ou parce que ces magistrats étaient les plus honorés de l'ancienne république.

Page 40 : 1. *Servii Maluginensis.* Voy. *Annales*, III, LVIII et LXXI.

— 2. *Confarreatis parentibus.* Le mariage se contractait chez les Romains de trois manières différentes : *usu, coemptione, confarreatione.*

Si une femme, du consentement de ses tuteurs, habitait avec un homme pendant un an, sans s'absenter plus de deux nuits, elle devenait l'épouse de cet homme par une sorte de prescription (*usu*), et sans qu'il fût besoin de nouvelles formalités.

La *coemptio* était une vente simulée, par laquelle les deux époux s'achetaient réciproquement.

Le mariage par *confarréation* tirait son nom d'une espèce de gâteau fait avec le *far* (froment), que les deux époux mangeaient pendant le sacrifice. C'était le plus auguste des trois, et il fut toujours réservé aux seuls patriciens. Il exigeait, outre la présence de dix témoins, celle du grand pontife et du flamine de Jupiter. Les cérémonies étaient fort longues ; le moindre coup de tonnerre suffisait pour les rompre et en faire ajourner la célébration. Enfin, ce dernier mariage était indissoluble.

Page 42 : 1. *In locum Scantiæ.* Scantia était une vestale qui sans doute venait de mourir, et à la place de laquelle on choisit Cornélie. — *Capiebatur* est l'expression propre. Aulu-Gelle, I, XII : *Capi virgo propterea dici videtur, quia, pontificis manu prehensa ab eo patre in cujus potestate est, reluti bello capta abducitur.*

— 2. *Sedes inter vestalium.* Les vestales avaient une place d'honneur vis-à-vis du tribunal du préteur. Voy. Suétone, *Vie d'Auguste*, ch. XLIV.

Page 44 : 1. *Pro incolumitate principis.* On adressait ces vœux tous les ans, le 3 janvier.

— 2. *Moribus corruptis.* Il s'agit ici des mœurs du prince et du sénat. La même idée est exprimée différemment, *Annales*, II, LXXXVII ; III, LXV.

Page 46 : 1. *C. Silium.* Voy. *Annales*, I, XXXII ; II, VI ; III, XLIII.

— 2. *Quum alii ad seditiones prolaberentur.* Silius commandait, sous Germanicus, l'armée du Haut Rhin, lorsque la révolte éclata dans celle du Bas Rhin, au commencement du règne de Tibère. Voy. *Annales*, I, XXXI.

— 3. *Pro gratia odium redditur.* Sénèque, *Lettres*, XIX : *Quidam, quo plus debent, magis oderunt. Leve æs alienum debitorem facit; grave, inimicum.*

Page 48 : 1. *Dum accusator consulatu abiret.* Le malheureux Silius disait, pour gagner du temps, qu'il avait affaire à trop forte partie, puisque Varron était revêtu du consulat.

Page 50 : 1. *Legis.* La loi de lèse-majesté. Voy. plus haut, ch. XIX : *Cuncta quæstione majestatis exercita.*

Page 52 : 1. *Ut retuli.* Voy. *Annales*, II, XXXIV.

— 2. *Venenum esse.* Sans doute pour s'affranchir, au besoin, du supplice, s'il en était menacé.

— 3. *Neque peractus.* Expression consacrée. Pline, *Lettres*, III, IX : *Salvius Liberalis legatos graviter increpuit, tanquam non omnes quos mandasset provincia reos peregissent.*

Page 54 : 1. *Cassio Severo.* Il avait été relégué en Crète sous Auguste, comme auteur de libelles diffamatoires, et un décret du sénat avait supprimé ses écrits. Voy. Quintilien, X, I ; Tacite, *Dialogue sur les orateurs*, ch. XIX.

— 2. *Jurati senatus.* Le sénat pouvait prendre certaines mesures sans les justifier autrement que par le serment qu'elles étaient d'utilité publique.

— 3. *Saxo Seriphio.* L'île de Sériphe (aujourd'hui *Serfo* on *Serfanto*) n'était en effet qu'un rocher.

Page 56 : 1. *Tres laureatæ statuæ.* C'étaient les statues de Furius Camillus (*Annales*, II, LII), de Junius Blésus (*Annales*, III, LXXII) et de L. Apronius, qui vainquit aussi Tacfarinas (*Annales*, III, XXI).

— 2. *Ptolemæo.* Fils de Juba et de Cléopâtre Sélène, fille de Marc Antoine et de la fameuse reine d'Égypte.

— 3. *Provincia.* La province d'Afrique.

Page 58 : 1. *Thubuscum.* Ville de la Mauritanie césarienne, dont le nom ne se trouve que dans Tacite, et que l'on croit être la même que Tubusuptus. D'Anville pense que la position de cette dernière convient à un lieu nommé aujourd'hui *Burg*, dans le canton de *Kuko*, à peu de distance de la mer.

Page 60 : 1. *Auzea.* Château de la Mauritanie césarienne, que d'Anville place fort avant dans les terres, vers le pays des Musulans.

Page 62 : 1. *Blæsi.* Voy. *Annales*, III, LXXIII et LXXIV.

— 2. *Antiqua patrum munera.* Cet usage, à en croire Denys

d'Halicarnasse, *Antiquités romaines*, V, **xxxv**, remontait à Porsenna, qui reçut du sénat des présents de ce genre.

Page 64 : 1. *Calles*. Dès le temps de l'ancienne république, il existait en Italie un département, *provincia*, que l'on appelait *silvæ et calles*, c'est-à-dire des forêts et des pâturages, *calles* signifiant proprement des sentiers tracés dans les bois, et par où les troupeaux allaient à la pâture.

— 2. *Ab exsilio retractus*. Voy. plus haut, ch. **xiii**. .

Page 68 : 1. *Patrem*. Le malheureux Sérénus.

— 2. *Robur*. Cachot souterrain où l'on exécutait les criminels condamnés à mort : on l'appelait *Tullianum*. C'est là que furent étranglés les cinq complices de Catilina. Salluste en donne la description (*Catilina*, **lv**).

— 3. *Parricidarum pœnas*. Sur ce supplice, voy. Cicéron, *Plaidoyer pour Roscius d'Amérie*, **xxv**.

Page 70 : 1. *More majorum puniretur*, fût puni à la manière des ancêtres, c'est-à-dire puni de mort.

— 2. *Custodes eorum*. Les accusateurs auraient été, en effet, les gardiens des droits, s'ils se fussent bornés à dénoncer les crimes. Mais il n'en était point ainsi. Montesquieu, *Esprit des Lois*, ch. **vi** : « A Rome, il était permis à un citoyen d'en accuser un autre. Cela était établi selon l'esprit de la république, où chaque citoyen doit avoir pour le bien public un zèle sans bornes, où chaque citoyen est censé tenir tous les droits de la patrie dans ses mains. On suivit sous les empereurs les maximes de la république; et d'abord on vit paraître un genre d'hommes funestes, une troupe de délateurs. Quiconque avait bien des vices et bien des talents, une âme bien basse et un esprit ambitieux, cherchait un criminel dont la condamnation pût plaire au prince : c'était la voie pour aller aux honneurs et à la fortune. »

Page 74 : 1. *Frumentarias leges*. La principale de ces lois fut portée par C. Gracchus, l'an de Rome 628.

Page 76 : 1. *Ceterum ut profutura*. Thucydide (I, **xxii**) exprime une pensée semblable : Καὶ ἐς μὲν ἀκρόασιν ἴσως τὸ μὴ μυθῶδες αὐτῶν ἀτερπέστερον φανεῖται.

Page 78 : 1. *Id perniciabile reo*. Le véritable crime de Crémutius Cordus était d'avoir parlé trop librement de Séjan. Sénèque, *Consolation à Marcia*, ch. **xxii**, rapporte que, quand on rebâtit le

théâtre de Pompée, le sénat voulut qu'on y plaçât la statue de Séjan.
« C'est à ce coup, dit Crémutius, que ce théâtre périt véritable-
ment. » Un autre jour il eut l'indiscrétion de dire : « Séjan n'attend
pas qu'on le place sur nos têtes, il y monte de lui-même. »

Page 80 : 1. *Scipionem.* Scipion Métellus, qui, après la bataille
de Pharsale, continua la guerre en Afrique contre César, avec les
autres chefs du parti pompéien. Après la bataille de Thapsus, il se
tua pour ne pas tomber dans les mains de César. — *Afranium.* Afranius fut fait prisonnier après les mêmes événements.

— 2. *Asinii Pollionis.* Il avait écrit, selon Suidas, une histoire
romaine en dix-sept livres. Voy. Tacite, *Dialogue sur les orateurs*,
ch. XII.

— 3. *Messalla Corvinus.* D'abord du parti de la république contre
le triumvir, il s'attacha ensuite à Auguste, et fut consul avec lui
l'année de la bataille d'Actium.

Page 82 : 1. *Rescripta oratione.* Cet ouvrage était intitulé l'*An-
ticaton.* Voy. Plutarque, *Vie de César*, ch. III.

— 2. *Bibaculi.* M. Furius Bibaculus, poëte satirique, dont il ne
reste que deux fragments très-courts cités par Suétone, *De illustribus
grammaticis*, XI. Voy. Horace, *Satires*, II, v. 40.

— 3. *An* est pris ici dans le même sens que *annon*, ce qui est
assez rare.

— 4. *Septuagesimum annum.* Il y avait soixante-six ans que Brutus et Cassius avaient péri.

Page 84 : 1. *Vitam abstinentia finivit.* Voy. les détails de cette
mort dans Sénèque, *Consolation à Marcia*, ch. XXII.

— 2. *Occultati et editi.* Par les soins de Marcia, fille de Crémutius. C'était une histoire des guerres civiles et du règne d'Auguste.

— 3. *Feriarum Latinarum.* Cette fête, instituée par Tarquin le
Superbe, ne durait d'abord qu'un seul jour. On en ajouta un second
après l'expulsion des rois, un troisième après la retraite du peuple
sur le mont Sacré, un quatrième enfin sous la dernière dictature de
Camille. Tous les magistrats de Rome y assistaient, sans aucune
exception. Pendant leur absence, on laissait dans la ville un magistrat temporaire, qu'on nommait *préfet de Rome à cause des féries
latines*, et dont l'autorité finissait avec la fête.

— 4. *Cyzicenis.* Cyzique, colonie des Milésiens, l'une des plus
belles villes de l'Asie Mineure.

Page 88 : 1. *Sibi atque urbi Romæ.* Auguste, au rapport de Suétone (*Vie d'Auguste*, ch. LII), voulait que le culte de Rome fût
toujours associé au sien.

— 2. *Pergamum.* Ancienne et célèbre ville d'Asie où fut inventé
le parchemin , *charta Pergamena.* C'est aujourd'hui *Bergamo*, dans
l'Anatolie.

Page 92 : 1. *Moris quippe tum erat.* Plutarque attribue le premier
exemple de cet usage à Jules César. Auguste l'observa même avec
Suétone, *Vie d'Auguste* , ch. LXXXIV : *Sermones cum singulis, atque
etiam cum Liviâ sua, graviores non nisi in scriptis et e libello habebat, ne
plus minusve loqueretur ex tempore.*

— 2. *Conjunctione Cæsaris.* La fille de Séjan avait été fiancée à un
fils de Claude encore en bas âge, nommé Drusus.

Page 96 : 1. *C. Cæsari.* Fils d'Agrippa et de Julie, fille d'Auguste ; mort l'an de Rome 757.

— 2. *C. Proculeium.* Celui dont Horace fait l'éloge (*Odes*, II, II) :

Vivet extento Proculeius ævo,
Notus in fratres animi paterni.

Sa sœur, Térentia, était femme de Mécène.

Page 98 : 1. *Quibus adhuc necessitudinibus.* Séjan avait deux fils ;
Tibère avait plusieurs petites-filles. Ces paroles de Tibère laissaient
donc un assez vaste champ aux espérances de son favori.

Page 100 : 1. *Votieno Montano.* Il était de Narbonne, plein d'esprit, mais trop fécond. Scaurus l'appelait l'Ovide des orateurs. Il
était aussi poëte, et Ovide le prisait fort, à en juger par ces vers
(*Pontiques*, IV, XVI, 11) :

Quique vel imparibus numeris, Montane, vel æquis
Sufficis, et gemino carmine nomen habes.

Page 102 : 1. *Majestatis pœnis.* Il mourut aux îles Baléares, où
il avait été relégué par Tibère.

— 2. *Lege Julia.* Loi contre l'adultère, portée par Auguste, l'an
de Rome 737. Cette loi privait la femme coupable de la moitié de sa
dot et du tiers de ses autres biens. Son complice était relégué comme
elle dans une île, avec privation de la moitié de ses biens.

— 3. *Albo senatorio.* On appelait ainsi une table blanchie, qui se renouvelait tous les ans, et où les noms de tous les sénateurs étaient inscrits. Cette table était exposée dans la salle des délibérations.

Page 102 : 4. *Dianæ Limnatidis.* Ainsi nommée du bourg de *Limnæ* (en grec λίμναι, les marais), sur les confins de la Laconie et de la Messénie. — D'autres lisent *Limenetidis* (de λιμήν, port). Diane était en effet la protectrice des chemins et des ports.

— 5. *Dentheliatem agrum.* Lieu inconnu.

Page 104 : 1. *Ut consanguineus.* Par l'adoption, qui donnait tous les droits de consanguinité. Tibère n'était, en effet, de la famille des Jules que par adoption.

— 2. *P. Rutilii.* Son procès eut lieu l'an de Rome 662. Voy. Cicéron, *de l'Orateur*, I, LIII et LIV; et *Brutus*, ch. XXX.

Page 106 : 1. *Gætulis.* Peuple d'Afrique, au sud de l'Atlas. Jugurtha vaincu s'enfuit chez eux, et y forma d'excellents soldats avec lesquels il prolongea la guerre contre les Romains.

— 2. *Minor Antonia.* Octavie, sœur d'Auguste, avait eu deux filles de son mariage avec Antoine : Antonia *major* et Antonia *minor.* La première, selon Tacite, épousa Drusus, frère de Tibère, et fut mère de Germanicus; la seconde fut mariée à L. Domitius, et eut pour fils le père de Néron.

— 3. *Sororis nepotem.* Il était fils de Julius Antonius et de Marcella, fille d'Octavie.

Page 108 : 1. *Citeriore Hispania.* Toute la péninsule hispanique, moins le Portugal, l'Andalousie et Grénade.

— 2. *Nationis Termestinæ.* La capitale de cette nation était *Termisus* ou *Termes*, ville autrefois considérable. Ce n'est plus aujourd'hui qu'un village sur le Douro, dans la vieille Castille.

Page 112 : 1. *Rhœmetalces.* Voy. *Annales*, II, LXVII; et III, XXXVIII.

Page 114 : 1. *Sugambræ.* Les Sicambres, nation germanique soumise par Tibère l'an de Rome 746, et transportée par lui sur la rive gauche du Rhin.

Page 116 : 1. *Fossam loricamque contexens. Lorica* signifie, au propre, *une cuirasse;* au figuré, il se dit de tout ce qui protège et met à couvert. Ici, c'est le *parapet* d'un mur ou d'un retranchement. On employait très-souvent des claies dans ces sortes de constructions; de là le mot *contexens.* César, *Guerre des Gaules*, V, XL : *Pinnæ loricæque ex cratibus attexuntur.*

Page 122 : 1. *Muralia pila.* Énormes javelines dont on ne se servait que du haut des murs et des retranchements. Voy. César, *Guerre des Gaules*, VII, LXXXII.

Page 122 : 2. *Hæmi.* Aujourd'hui le *Balkan* ou *Emineh-Dagh.*

Page 124 : 1. *Domitio Afro.* Quintilien, qui s'était attaché à Domitius Afer dans sa jeunesse, exalte partout l'éloquence de cet orateur, mais il ne dit jamais un mot de sa probité.

— 2. *Sosiæ.* Voy. plus haut, ch. XIX et XX.

— 3. *Non ideo lædi.* Suétone rapporte cette citation en d'autres termes : *Si non dominaris, filiola, injuriam te accipere existimas.* On a cherché vainement quel pouvait être le vers grec cité par Tibère.

Page 126 : 1. *Silentii impatientiam.* Quintilien (XII, XI) parle, comme Tacite, de cette obstination d'Afer à ne pas se taire, malgré l'épuisement de l'âge : *Quæ occasio fuit dicendi malle eum deficere quam desinere.*

— 2. *Commentariis Agrippinæ filiæ.* Ces mémoires sont cités par Pline l'Ancien, VII, VI.

Page 130 : 1. *Viribus.* Il ne s'agit pas ici de la force des villes comme places de guerre, mais de leur importance et de leurs richesses.

— 2. *Persi.* Ancien génitif. De même Salluste : *A primordio Urbis ad bellum Persi Macedonicum.* Persée, roi de Macédoine, fut vaincu et fait prisonnier par Paul-Émile, l'an de Rome 586. — *Aristonici.* Aristonicus, fils naturel d'Eumène, protesta les armes à la main contre le testament d'Attale, qui léguait au peuple romain le royaume de Pergame. Battu et pris par le consul Perpenna (l'an 624), il fut mené en triomphe et étranglé en prison.

— 3. *Hypæpeni.* Hypèpes, petite ville de Lydie, au pied du Tmolus. Elle n'existe plus. — *Tralliani.* Tralles, ville considérable du même pays, dont on voit les ruines sur une hauteur, non loin du Méandre. — *Laodicenis.* Laodicée, ville de Phrygie, dont les restes sont encore appelés *Ladik.* — *Magnetibus.* Magnésie, au pied du mont Sipyle, aujourd'hui *Magnisa.*

— 4. *Ilienses.* Ilion, petite ville de l'Asie Mineure, voisine de l'ancienne Troie. Elle fut bâtie par Alexandre, ruinée par Sylla, reconstruite par César. On en voit encore les ruines près du village de *Tchiblak.*

— 5. *Halicarnassii.* Halicarnasse, capitale de la Carie. Patrie d'Hérodote et de Denys, historien des antiquités romaines.

Page 132 : 1. *Cui mox a Pelope nomen.* Pélops était Phrygien, selon Strabon) VII, VII, et Lydien, suivant Pausanias (*Élide*, I).

Page 134 : 1. *Primos templum urbis Romæ statuisse.* Sous le consulat de Caton l'Ancien, l'an de Rome 559, et 195 avant Jésus-Christ. Cet exemple donné par Smyrne fut suivi vingt-quatre ans après par la ville d'Alabanda. Voy. Tite Live, XLIII, vi.

— 2. *In concionem nuntiatum.* L'idée de mouvement est implicitement dans *nuntiatum.* « On vint annoncer dans l'assemblée, on apporta la nouvelle. »

— 3. *In Campaniam.* Sous-entendu *iit* ou *profectus est.* Ces sortes d'ellipses ne sont pas sans exemple. Tite Live, XLI, iii : *Tum demum nuntius ad tertiam legionem revocandam et Gallorum præsidium.* Florus, III, x : *Reversus igitur in Galliam, classe majore auctisque admodum copiis in eumdem rursus Oceanum.* Salluste, *Jugurtha*, c : *Dein Marius, uti cœperat, in hiberna.*

— 4. *Apud Nolam.* Auguste était mort à Nola.

Page 136 : 1. *Quippe illi prægracilis*, etc. Suétone, *Vie de Tibère*, ch. LXVIII, donne un portrait plus détaillé et très-curieux de toute la personne du prince.

Page 138 : 1. *Cocceius Nerva.* L'aïeul de l'empereur Nerva.

— 2. *Curtius Atticus.* Il périt victime des artifices de Séjan. Voy. *Annales*, VI, x.

Page 140 : 1. *Speluncæ.* Spélunca, aujourd'hui *Sperlonga*, petite ville du royaume de Naples, près de Fondi, sur le bord de la mer.

— 2. *Mare Amuclanum.* Cette mer était ainsi nommée à cause du voisinage d'Amycle, ville du Latium, entre Gaëte et Terracine.

— 3. *Impræsentiarum.* Cette locution semble venir de *in præsentia rerum.*

Page 142 : 1. *Uxor.* Julie, fille de Drusus. Accusée plus tard par Messaline, Claude la fit tuer sans lui permettre de se défendre. Voy. Suétone, *Vie de Claude*, ch. XXIX.

— 2. *Asinius Agrippa.* Il était probablement fils d'Asinius Gallus et petit-fils d'Asinius Pollion.

— 3. *Claris majoribus quam.* Ellipse de *magis*, familière à Salluste, à Tite Live et à Tacite.

— 4. *Q. Haterius.* Il parlait avec tant de rapidité que l'on avait peine à le suivre. Auguste disait qu'il fallait l'enrayer. *Haterius noster sufflaminandus est.* Voy. Sénèque, *Controverses*, IV.

— 5. *Canorum illud et profluens.* Cicéron dit à peu près la même chose de Carbon (*de l'Orateur*, III, VII) : *Profluens quiddam habuit Carbo et canorum.*

· Page 146 : 1. *Fidenam.* Petite ville des Sabins, au confluent du Tibre et de l'Anio.

— 2. *Ob propinquitatem loci.* Fidène était à cinq milles environ de Rome, c'est-à-dire un peu moins de deux lieues et demie.

Page 148 : 1. *Quinquaginta hominum millia.* En comprenant les blessés. Du reste ce chiffre n'a rien de surprenant, quand on songe à la dimension des amphithéâtres. Celui de Vespasien, entre autres, pouvait contenir cent neuf mille spectateurs.

— 2. *Quadringentorum millium.* D'après les calculs de M. Letronne, quatre cent mille sesterces formaient une somme de 77,934 fr. 34 c. Il est probable qu'il s'agit ici de revenus, et non d'un capital.

Page 152 : 1. *Claudiæ Quintæ.* C'est cette femme dont Tite Live (XXIX, XL) raconte qu'elle tira avec sa ceinture le vaisseau qui portait la mère des dieux, et qui arrivait de Pessinunte.

— 2. *Bis elapsam.* En 643 et en 756.

— 3. *Tuscum vicum.* On voyait encore dans cette rue, au temps de Varron, la statue de Vortumnus, dieu des Étrusques. Voy. Varron, *De la langue latine*, IV, VIII.

Page 154 : 1. *Varum Quinctilium.* Fils du général qui périt avec trois légions dans la forêt de Teutberg. Il était gendre de Germanicus, et par conséquent parent de Tibère, *Cæsari propinquum.*

— 2. *Condemnator.* Voy. plus haut, ch. LII.

— 3. *Dedicatis per Campaniam templis.* Voy. plus haut, ch. LVII.

— 4. *Capreas.* Juvénal (X, 93) décrit le séjour de Tibère à Caprée :

> Principis augusta Caprearum in rupe sedentis
> Cum grege Chaldæo.

Page 156 : 1. *Faciem loci verteret.* Sous Titus, l'an de Rome 832, de Jésus-Christ 79. Voy. Pline le Jeune, *Lettres*, VI, XVI et XX.

— 2. *Telebois.* Les Téléboëns (*Teleboæ*) étaient une nation grecque de l'Acarnanie.

— 3. *Duodecim villarum.* Une de ces habitations, au rapport de Suétone (*Vie de Tibère*, ch. LXV), s'appelait *villa Jovis*, ce qui a fait conjecturer qu'elles portaient les noms des douze grands dieux.

Page 158 : 1. *Titio Sabino.* Sa perte avait été résolue en même temps que celle de Silius ; mais on l'avait ajournée. Voy. plus haut, ch. XVIII.

Page 162 : 1. *Egens.* Sous-entendu *consilii.* D'autres proposent *legens*, et sous-entendent *se.* Cicéron, *Plaidoyer pour Roscius d'Amérie*, ch. XL : *Tecti esse ad alienos possumus : socium vero cavere qui possumus ?*

Page 162 : 2. *Etiam muta.* Racine, *Britannicus*, act. II, sc. XVI :

> Ces murs même, seigneur, peuvent avoir des yeux,
> Et jamais l'empereur n'est absent de ces lieux.

Page 164 : 1. *Carcerem recludant.* Il s'agit ici du cachot que l'on ouvrait pour y précipiter les malheureux qu'on allait mettre à mort. « Ouvrir les prisons » ferait un faux sens en français.

Page 166 : 1. *Cujus liberorum Agrippina materterà erat.* Agrippine était la tante des enfants d'Asinius Gallus ; car Vipsanà, femme d'Asinius, était sœur consanguine d'Agrippine.

Page 168 : 1. *Trimerum.* D'autres lisent *Trimetum.* C'est aujourd'hui *Tremiti*, une des îles que les anciens appelaient *Diomedeæ insulæ.* Elles sont dans la mer Adriatique, à six lieues des côtes de la Capitanate.

— **2.** *Privignos.* Caïus et Lucius César, Agrippa Postumus, Agrippine et la seconde Julie, c'est-à-dire les enfants d'Agrippa et de Julie, qui, en sa qualité de fille d'Auguste et de Scribonia, était la belle-fille de Livie.

Page 170 : 1. *Canninefatem.* Les Canninéfates habitaient la partie occidentale de l'île des Bataves.

Page 172 : 1. *Alarius eques*, la cavalerie auxiliaire. Avant Marius il y avait, dans chaque légion, une division de cavalerie qui faisait partie de la légion : elle était de trois cents hommes, tous citoyens romains. Depuis Marius, la légion fut toute composée de fantassins pesamment armés, et l'on prit parmi les alliés toute la cavalerie, ainsi que les troupes légères; mais une partie de cette cavalerie était attachée aux légions, et c'est celle-là qu'on appelle la cavalerie légionnaire, *equites legionum.* Une autre était attachée aux cohortes ou troupes auxiliaires; on la nommait *alarius* ou *auxiliaris eques.* Chaque division de cavalerie était alors d'environ cinq cents hommes. (Juste-Lipse, *De militia Romana.*)

— **2.** *Insignes centuriones.* Les centurions de la première cohorte et les premiers de chacune des autres.

Page 176 : 1. *Aviam Octaviam.* Domitius était fils d'une des deux Antonia, filles d'Octavie. Agrippine était petite-fille de l'autre Antonia, et par conséquent arrière-petite-fille d'Auguste, comme Domitius était son petit-fils. De ce mariage naquit Néron.

ARGUMENT ANALYTIQUE

DU CINQUIÈME LIVRE DES ANNALES.

I. Mort de Livie, veuve d'Auguste et mère de Tibère.

II-V. Cette mort augmente la cruauté de Tibère et enhardit l'ambition de Séjan. Calomnies dirigées contre Agrippine et Néron.... (Lacune de près de trois années.)

VI-VII. Paroles courageuses et mort volontaire d'un sénateur accusé comme ami de Séjan.

VIII. Procès de P. Vitellius et de Pomponius Sécundus.

IX. Supplice des deux derniers enfants de Séjan.

X. Apparition d'un faux Drusus en Grèce.

XI. Mésintelligence des deux consuls.

Ce livre embrasse un espace de trois ans :

Ans de Rome.	Ans de J. C.	Consuls.
782	29	L. Rubellius Géminus. C. Ruüus Géminus.
783	30	M. Vinicius. L. Cassius Longinus.
784	31	Tibère Auguste pour la cinquième fois. L. Élius Séjan.

ANNALIUM

LIBER V.

I. Rubellio et Fufio consulibus, quorum utrique Geminus cognomentum erat, Julia Augusta [1] mortem obiit, ætate extrema, nobilitatis, per Claudiam familiam et adoptione Liviorum [2] Juliorumque, clarissimæ. Primum ei matrimonium et liberi fuere cum Tiberio Nerone, qui, bello Perusino [3] profugus, pace inter Sext. Pompeium ac triumviros pacta, in Urbem rediit. Exin Cæsar, cupidine formæ, aufert marito, incertum an invitam, adeo próperus, ut, ne spatio quidem ad enitendum dato, penatibus suis gravidam induxerit. Nullam

I. Sous le consulat de Rubellius et de Rufius, surnommés tous deux Géminus, mourut dans un âge très-avancé Julia Augusta, femme de la noblesse la plus illustre, et par les Claudes dont elle était issue, et par les Livius et les Jules qui l'avaient adoptée. Elle épousa d'abord Tibère Néron, qui, contraint de s'enfuir dans la guerre de Pérouse, revint ensuite à Rome, lorsque la paix fut faite entre Sext. Pompée et les triumvirs. Elle eut de lui plusieurs fils. César, épris de sa beauté, l'enleva à son mari (on ne sait si ce fut malgré elle); et son impatience fut si grande qu'il la fit entrer sous son toit sans même lui laisser le temps de mettre au monde l'enfant dont elle était enceinte. Depuis, elle n'eut plus d'enfants; mais, par

ANNALES.

LIVRE V.

I. Rubellio et Fufio
consulibus,
utrique quorum
cognomentum
erat Geminus,
Julia Augusta
obiit mortem,
ætate extrema,
nobilitatis clarissimæ
per familiam Claudiam
et adoptione
Liviorum Juliorumque.
Primum matrimonium
et liberi fuere ei
cum Tiberio Nerone,
qui, profugus
bello Perusino,
rediit in Urbem,
pace pacta
inter Sext. Pompeium
ac triumviros.
Exin Cæsar,
cupidine formæ,
aufert marito,
incertum an invitam,
adeo properus,
ut induxerit gravidam
suis penatibus,
spatio
ad enitendum
ne dato quidem.
Posthac edidit
nullam sobolem;

I. Rubellius et Fufius
étant consuls,
à-l'un-et-à-l'autre desquels
le surnom
était Géminus,
Julia Augusta
alla-trouver la mort (mourut),
dans un âge très-avancé,
de noblesse très-illustre
par la famille Claudia
et par l'adoption
des Livius et des Jules.
Un premier mariage
et des enfants furent à elle
avec Tibère Néron,
qui, forcé-de-s'enfuir
dans la guerre de-Pérouse,
revint dans la ville (à Rome),
la paix ayant été conclue
entre Sext. Pompée
et les triumvirs.
Ensuite César (Octave),
par passion pour *sa* beauté,
*l'*enlève à *son* mari,
il est incertain s'*il l'enlève* malgré-elle,
tellement pressé,
qu'il *la* fit-entrer grosse
dans *ses* pénates,
l'espace *de temps*
pour accoucher
ne *lui* étant pas même donné.
Depuis elle *ne* mit-au-monde
aucune progéniture;

posthac sobolem edidit; sed, sanguini Augusti per conjunctionem Agrippinæ et Germanici [1] adnexa, communes pronepotes habuit. Sanctitate domus priscum ad morem, comis
ultra quam antiquis feminis probatum, mater impotens, uxor
facilis, et cum artibus mariti simulatione filii bene composita. Funus ejus modicum, testamentum diu irritum [2] fuit :
laudata est pro rostris a C. Cæsare [3] pronepote, qui mox rerum potitus est.

II. At Tiberius, quód supremis in matrem officiis defuisset,
nihil mutata amœnitate vitæ, magnitudinem negotiorum per
litteras excusavit ; honoresque memoriæ ejus ab senatu large
decretos, quasi per modestiam, imminuit, paucis admodum
receptis, et addito ne cœlestis religio [4] decerneretur : sic
ipsam maluisse. Quin et parte ejusdem epistolæ increpuit
amicitias muliebres, Fufium consulem oblique perstringens :

le mariage de Germanicus et d'Agrippine, elle confondit sa famille
avec celle des Césars, et eut des arrière-petits-fils communs avec
Auguste. Elle fut pure dans ses mœurs comme aux anciens jours,
avec plus d'enjouement qu'alors on n'en permettait aux femmes,
mère impérieuse, épouse complaisante, ayant un peu de la dissimulation de son fils, combinée avec tous les artifices de son mari. Ses
funérailles furent modestes, son testament resta longtemps sans effet. Elle fut louée à la tribune par Caïus César, son arrière-petit-
fils, qui depuis parvint à l'empire.

II. Cependant Tibère, qui, loin de rendre à sa mère les derniers
devoirs, n'avait pas même interrompu ses plaisirs, s'en excusa dans
une lettre sur l'importance de ses affaires. Le sénat avait décerné les
plus grands honneurs à Augusta; le prince, comme par modestie,
retrancha les uns, admit un très-petit nombre des autres, et s'opposa formellement à l'apothéose, sous prétexte que telle était la
volonté de sa mère. Il y avait même un endroit de sa lettre où il
censurait durement tous ces adulateurs de femmes; trait de satire
indirect contre le consul Fufius. En effet celui-ci n'avait dû sa for-

sed , adnexa	mais , alliée
sanguini Augusti	au sang d'Auguste
per conjunctionem	par l'union
Agrippinæ et Germanici ,	d'Agrippine et de Germanicus ,
habuit pronepotes	elle eut des arrière-petits-fils
communes.	communs *avec lui.*
Sanctitate domus	D'une chasteté de maison
ad priscum morem ,	*conforme* aux anciennes mœurs ,
comis	enjouée
ultra quam probatum	plus qu'il *ne* fut approuvé
feminis antiquis ,	pour les femmes anciennes ,
mater impotens ,	mère impérieuse ,
uxor facilis ,	épouse facile ,
et simulatione filii	et *douée* de la dissimulation de *son* fils
bene composita	bien assortie
cum artibus mariti.	avec les artifices de *son* mari.
Funus ejus fuit modicum ,	Les funérailles d'elle furent modestes
testamentum diu irritum :	*son* testament longtemps sans-effet :
laudata est pro rostris	elle fut louée du-haut-des rostres
a C. Cæsare pronepote ,	par C. César *son* arrière-petit-fils ,
qui mox	qui bientôt
potitus est rerum.	fut-maître des affaires (de l'État).
II. At Tiberius ,	II. Mais Tibère ,
quod defuisset	parce qu'il avait manqué
supremis officiis in matrem,	aux derniers devoirs envers *sa* mère ,
amœnitate vitæ	les délices de *sa* vie
mutata nihil,	n'étant changées en rien ,
excusavit per litteras	présenta-comme-excuse par une lettre
magnitudinem	la grandeur
negotiorum ;	de *ses* affaires ;
imminuitque ,	et il diminua ,
quasi per modestiam ,	comme par modestie ,
honores decretos large	les honneurs décernés libéralement
a senatu	par le sénat
memoriæ ejus ,	à la mémoire d'elle ,
admodum paucis receptis ,	tout-à-fait peu *d'entre eux* étant reçus ,
et addito ,	et *ceci* étant ajouté
ne religio cœlestis	qu'un culte divin
decerneretur :	ne *lui* fût pas décerné :
ipsam maluisse sic.	elle-même avoir préféré ainsi.
Quin et parte	Bien plus dans une partie
ejusdem epistolæ	de la même lettre
increpuit	il censura
amicitias muliebres,	les amitiés de-femme ,
perstringens oblique	critiquant indirectement
consulem Fufium :	le consul Fufius :
is floruerat	celui-ci avait été-florissant

is gratia Augustæ floruerat, aptus alliciendis feminarum animis; dicax idem, et Tiberium acerbis facetiis irridere solitus,
quarum apud præpotentes in longum memoria est.

III. Ceterum ex eo prærupta jam et urgens¹ dominatio.
Nam, incolumi Augusta, erat adhuc perfugium; quia Tiberio
inveteratum erga matrem obsequium, neque Sejanus audebat
auctoritati parentis anteire. Tunc velut frenis exsoluti proru-
perunt : missæque in Agrippinam ac Neronem litteræ, quas
pridem allatas et cohibitas ab Augusta credidit vulgus; haud
enim multum post mortem ejus recitatæ sunt. Verba inerant
quæsita asperitate ; sed non arma, non rerum novarum studium, amores juvenum et impudicitiam nepoti objectabat. In
nurum ne id quidem confingere ausus, arrogantiam oris et
contumacem animum incusavit, magno senatus pavore ac silentio, donec pauci, quis nulla ex honesto spes (et publica

tune qu'à la faveur d'Augusta; il était plein de ces agréments qui
séduisent les femmes, d'ailleurs caustique, et se permettant souvent
sur Tibère de ces plaisanteries mordantes dont les grands conservent
un long souvenir.

III. Depuis ce moment le joug de l'oppression s'appesantit sur les
Romains. Du vivant d'Augusta, on avait encore une ressource dans
le respect auquel s'était habitué le prince envers sa mère, et Séjan
n'osait élever son crédit contre l'autorité maternelle de Livie. Ce
frein ne les retenant plus, ils s'abandonnèrent à leur rage. Et d'a-
bord une lettre fut adressée au sénat contre Agrippine et Néron.
Comme elle fut lue peu de temps après la mort d'Augusta, on crut
généralement qu'envoyée depuis longtemps elle avait été arrêtée par
cette princesse. Les expressions de cette lettre étaient d'une dureté
étudiée ; toutefois Tibère n'imputait à son petit-fils ni révolte ni
complot, il lui reprochait seulement des amours infâmes et l'oubli de
sa propre pudeur : quant à sa bru, n'osant pas même la calomnier
sur ce point, il lui reprocha l'arrogance de ses manières et l'inflexibilité de son humeur. Le sénat consterné gardait le silence. Enfin
quelques-uns de ces hommes qui, n'ayant aucun espoir de parvenir

gratia Augustæ,	par la faveur d'Augusta,
aptus alliciendis animis	apte *qu'il était* à séduire les esprits
feminarum :	des femmes :
idem dicax .	le même *homme était* caustique,
et solitus	et habitué
irridere Tiberium	à se moquer de Tibère
facetiis acerbis,	par des plaisanteries amères,
quarum memoria	dont le souvenir
est in longum	est de longue *durée*
apud præpotentes.	chez les puissants.
III. Ceterum ex eo	III. Au reste depuis ce *moment*
dominatio	la domination [sante.
jam prærupta et urgens.	*devint* désormais roide (violente) et pres-
Nam, Augusta incolumi,	Car, Augusta vivant,
perfugium erat adhuc ;	un refuge était encore ;
quia Tiberio	parce que à Tibère
obsequium inveteratum	*était* une soumission invétérée
erga matrem,	envers *sa* mère,
neque Sejanus audebat	et *que* Séjan n'osait pas [princo.
anteire auctoritati parentis.	aller-contre l'autorité de la mère *du*
Tunc velut exsoluti frenis	Alors comme dégagés du frein
proruperunt :	ils s'emportèrent :
litteræque missæ	et une lettre *fut* envoyée
in Agrippinam	contre Agrippine
ac Neronem,	et Néron,
quas vulgus credidit	laquelle *lettre* la foule crut
allatas pridem	*avoir été* apportée depuis-longtemps
et cohibitas ab Augusta ;	et arrêtée par Augusta ;
recitatæ sunt enim	en effet elle fut lue
haud multum	non beaucoup (peu de temps)
post mortem ejus.	après la mort de celle-ci.
Verba inerant	Des mots étaient-dans *cette lettre*
asperitate quæsita ;	d'une dureté étudiée ; [fils
sed objectabat nepoti	mais il (Tibère) reprochait à *son* petit-
non arma,	non des armes,
non studium	non la recherche
rerum novarum,	de choses nouvelles,
amores juvenum	*mais* des amours de jeunes-gens
et impudicitiam.	et de l'impudicité.
Ne ausus quidem	N'ayant pas même osé
confingere id in nurum,	forger ce *reproche* contre *sa* bru,
incusavit arrogantiam oris	il accusa l'arrogance de *son* air
et animum contumacem,	et *son* humeur inflexible,
magno pavore	au milieu du grand effroi
ac silentio senatus ;	et du silence du sénat ;
donec pauci,	jusqu'à ce que quelques-uns, [l'honnête
quis nulla spes ex honesto	à qui nulle espérance *n'était* du-côté-de

mala singulis in occasionem gratiæ trahuntur), ut referretur
postulavere, promptissimo Cotta Messalino cum atroci sententia : sed aliis a primoribus, maximeque a magistratibus,
trepidabatur; quippe Tiberius, etsi infense invectus, cetera
ambigua reliquerat.

IV. Fuit in senatu Junius Rusticus, componendis patrum
actis [1] delectus a Cæsare, eoque meditationes ejus introspicere
creditus. Is fatali quodam motu (neque enim ante specimen
constantiæ dederat), seu prava solertia, dum, imminentium
oblitus, incerta pavet, inserere se dubitantibus, ac monere
consules ne relationem inciperent : disserebatque brevibus
momentis summa verti posse, dandumque in Germanicis spatium pœnitentiæ senis. Simul populus, effigies Agrippinæ ac
Neronis gerens, circumsistit curiam, festisque in Cæsarem
ominibus, falsas litteras, et principe invito exitium domui ejus
intendi, clamitat : ita nihil triste illo die patratum. Fereban-

par des moyens honnêtes, font servir les malheurs publics à leur
avancement particulier, proposèrent de délibérer. Déjà Messalinus
Cotta, le plus empressé de tous, avait ouvert un avis cruel; mais
comme Tibère, malgré l'animosité de ses invectives, ne s'était point
expliqué sur le reste, les autres chefs du sénat, et surtout les magistrats, tremblaient.

IV. Il y avait un sénateur, nommé Junius Rusticus, chargé par
Tibère de tenir les registres du sénat; ce qui faisait croire qu'il
n'ignorait pas les intentions du prince. Cet homme, par je ne sais
quelle détermination fortuite (car jusqu'alors il n'avait point donné
de preuve de courage), ou par quelle politique maladroite, oubliant
le présent pour aller chercher des périls dans l'avenir, se rangea
du côté des indécis, et engagea les consuls à ne pas commencer le
rapport. Il représenta qu'un moment pouvait changer la face des
plus grandes affaires, et que, par respect pour la famille de Germanicus, il fallait laisser au prince le temps de se repentir. D'un autre
côté le peuple, portant les images d'Agrippine et de Néron, entoure
la salle du sénat, et, au milieu de ses acclamations et de ses vœux
pour Tibère, il ne cesse de crier que la lettre est fausse et que c'est
contre la volonté du prince qu'on trame la perte de sa famille. Ce
jour-là donc on ne prit aucune résolution fâcheuse. On fit même

(et mala publica
trahuntur singulis
in occasionem gratiæ),
postulavere ut referretur,
Cotta Messalino
promptisssimo
cum sententia atroci :
sed ab aliis primoribus,
maximeque
a magistratibus,
trepidabatur ;
quippe Tiberius,
etsi invectus infense,
reliquerat cetera ambigua.

(même les maux publics
sont tirés par chacun
en occasion de faveur),
demandèrent qu'un-rapport-fût-fait,
Cotta Messalinus
étant le plus empressé
avec un avis cruel :
mais du-côté-des autres chefs,
et surtout
du-côté-des magistrats,
on était alarmé;
car Tibère,
quoique s'étant déchaîné hostilement,
avait laissé les autres *points* incertains.

IV. Junius Rusticus
fuit in senatu
delectus a Cæsare
componendis actis patrum,
eoque creditus introspicere
meditationes ejus.
Is quodam motu fatali
(neque enim dederat ante
specimen constantiæ),
seu prava solertia,
dum oblitus imminentium
pavet incerta,
se inserere dubitantibus,
ac monere consules
ne inciperent relationem :
disserebatque
summa posse verti
brevibus momentis,
spatiumque dandum
pœnitentiæ senis
in Germanicis.
Simul populus,
gerens effigies
Agrippinæ ac Neronis,
circumsistit curiam,
ominibusque festis
in Cæsarem,
clamitat litteras falsas,
et exitium intendi
principe invito
domui ejus :
ita nihil triste
patratum illo die.

IV. Junius Rusticus
fut (se trouva) dans le sénat
choisi par César (Tibère)
pour rédiger les actes des sénateurs,
et pour cela cru (passant pour) connaître-
les pensées de lui.   [à-fond
Celui-ci par un certain mouvement fatal
(et en effet il n'avait donné auparavant
aucune preuve de fermeté),
soit (ou) par une fausse adresse,
tandis qu'oubliant les *maux* imminents
il s'effraye des incertains,
vint à se mêler aux *sénateurs* indécis,
et *à* avertir les consuls
qu'ils ne commençassent pas le rapport :
et il exposait   [changées
les plus grandes choses pouvoir être
en de courts instants,
et un espace *de temps* devoir être donné
au repentir du vieux *prince*
envers les Germanicus.
En-même-temps le peuple,
portant les images
d'Agrippine et de Néron,
entoure la curie,
et avec des présages heureux
pour César (Tibère),
il ne-cesse-de-crier la lettre *être* fausse,
et la perte être dirigée (tramée)
le prince ne-*le*-voulant-pas
contre la maison de lui :
ainsi rien de fâcheux
ne *fut* exécuté ce jour-là.

tur etiam sub nominibus consularium fictæ in Sejanum sententiæ, exercentibus plerisque per occultum, atque eo proca-
cius, libidinem ingeniorum; unde illi ira violentior, et materies
criminandi « Spretum dolorem principis ab senatu; descivisse
populum; audiri jam et legi novas conciones, nova patrum
consulta : quid reliquum, nisi ut caperent ferrum, et, quorum
imagines pro vexillis secuti forent, duces imperatoresque de-
ligerent? »

V. Igitur Cæsar, repetitis adversum nepotem et nurum probris, increpitaque per edictum plebe, questus apud patres
quod fraude unius senatoris imperatoria majestas elusa publice foret, integra tamen sibi cuncta postulavit : nec ultra
deliberatum, quominus non quidem extrema decernerent, id
enim vetitum, sed paratos ad ultionem vi principis impediri
testarentur [1].....

VI. Quatuor et quadraginta orationes super ea re [2] habitæ,

circuler, sous le nom de quelques consulaires, de prétendues opinions émises contre Séjan. Beaucoup d'esprits à Rome exerçaient
ainsi leur malignité dans des écrits anonymes, toujours plus favorables à la licence. Tout cela ne fit qu'aigrir la colère de Séjan, et
fournit matière à ses inculpations. « Le sénat, selon lui, méprisait
les ressentiments du prince; le peuple était en pleine révolte; déjà
on répandait, on lisait publiquement de nouvelles harangues, de
nouveaux sénatus-consultes. Que leur restait-il à faire, sinon de
prendre les armes, et de choisir pour chefs et pour empereurs ceux
dont les images leur servaient d'étendards? »

V. Tibère revint donc à la charge contre son petit-fils et sa bru.
Il réprimanda le peuple par un édit, et se plaignit au sénat de ce que
les suggestions perfides d'un seul de ses membres avaient pu faire
oublier à tout un corps ce qu'il devait à la majesté impériale. Il demanda cependant que l'on ne décidât rien sans lui. Le sénat ne balança plus, non pas à ordonner les dernières rigueurs (on l'avait
défendu): mais à témoigner que, prêt à venger le prince, il n'était
retenu que par ses ordres.....

VI. On entendit à ce sujet quarante-quatre discours, dont quel-

Sententiæ etiam fictæ	Même des opinions forgées (inventées)
in Sejanum	contre Séjan
ferebantur	étaient portées (circulaient)
sub nominibus	sous des noms
consularium,	de consulaires,
plerisque exercentibus	la plupart exerçant
per occultum,	par une *voie* secrète,
atque eo procacius,	et par là avec-plus-de-licence,
libidinem ingeniorum;	le caprice de *leurs* esprits; [(Séjan),
unde ira violentior illi,	d'où la colère *fut* plus violente à lui
et materies criminandi	et matière à se plaindre
« Dolorem principis	« Le ressentiment du prince
spretum ab senatu :	*avoir été* méprisé par le sénat;
populum descivisse;	le peuple avoir fait-défection;
novas conciones,	de nouvelles harangues,
nova consulta patrum	de nouveaux décrets des sénateurs
audiri jam et legi :	être entendus déjà et être lus :
quid reliquum,	quoi *être* de-reste,
nisi ut caperent ferrum,	sinon qu'ils prissent le fer,
et deligerent duces	et choisissent *pour* chefs
imperatoresque,	et *pour* empereurs,
quorum secuti forent ima·	*ceux* dont ils avaient suivi les images
pro vexillis? » [gines	pour étendards? »
V. Igitur Cæsar,	V. Donc César (Tibère),
probris repetitis	les invectives étant renouvelées
adversum nepotem	contre *son* petit-fils
et nurum,	et *sa* bru,
plebeque increpita	et le peuple étant gourmandé
per edictum,	par un édit,
questus apud patres	s'étant plaint devant les sénateurs
quod majestas imperatoria	que la majesté impériale
elusa foret publice	eût été jouée (rabaissée) publiquement
fraude unius senatoris,	par la perfidie d'un *seul* sénateur,
postulavit tamen sibi	demanda cependant pour lui-même
cuncta	toutes *ces affaires*
integra :	entières (dans leur entier) :
nec deliberatum ultra,	et il ne *fut* pas délibéré (hésité) davantage
quominus non decernerent	*pour empêcher* non à la vérité qu'ils dé-
extrema,	les dernières *rigueurs*, [crétassent
id enim vetitum,	car cela *était* défendu,
sed testarentur	mais qu'ils témoignassent
paratos ad ultionem	*eux* prêts à la vengeance
impediri vi principis...	être empêchés par la force du prince...
VI. Quadraginta	VI. Quarante
et quatuor orationes	et quatre discours
habitæ super ea re,	*furent* prononcés sur cette affaire,
ex quis paucæ	desquels quelques-uns *le furent*

ex quis ob metum paucæ, plures assuetudine... « Mihi pudorem [1] aut Sejano invidiam allaturum censui... versa est fortuna; et ille quidem, qui collegam et generum [2] adsciverat,
sibi ignoscit; ceteri, quem per dedecora fovere, cum scelere
insectantur,... Miserius sit ob amicitiam accusari, an amicum
accusare, haud discreverim.... Non crudelitatem, non clementiam cujusquam experiar; sed, liber et mihi ipsi probatus,
antibo periculum. Vos obtestor ne memoriam nostri per mœrorem, quam læti, retineatis, adjiciendo me quoque iis qui
fine egregio publica mala effugerunt. »

VII. Tunc singulos, ut cuique assistere, alloqui, animus
erat, retinens aut dimittens, partem diei absumpsit, multoque
adhuc cœtu, et cunctis intrepidum vultum ejus spectantibus,
quum superesse tempus novissimis crederent, gladio, quem
sinu abdiderat, incubuit. Neque Cæsar ullis criminibus aut

ques-uns étaient dictés par la crainte, un plus grand nombre par
l'habitude de flatter.... « J'ai pensé que ce serait attirer la honte
sur moi ou l'envie sur Séjan.... La fortune est changée, et celui
même qui avait choisi cet homme pour collègue et pour gendre se
pardonne son erreur; les autres, après l'avoir encensé avec bassesse, le poursuivent avec lâcheté.... Est-il plus malheureux d'être
la victime de l'amitié que l'accusateur de son ami, c'est ce que je
ne déciderai pas.... Du reste, je ne ferai l'épreuve ni de la rigueur
ni de la clémence de personne; libre et justifié à mes yeux, je préviendrai le péril. Pour vous, je vous conjure de ne répandre sur mon
tombeau que des larmes de joie, et de me compter au nombre de
ceux qui, par une fin glorieuse, se sont dérobés aux malheurs publics. »

VII. Ensuite il passa une partie du jour à s'entretenir avec ses
amis, laissant à chacun d'eux la liberté de se retirer ou de rester
avec lui. La compagnie était encore nombreuse, et l'on jugeait, à
l'intrépidité de son visage, que sa mort n'était pas si prochaine,
lorsqu'il se perça d'une épée qu'il tenait cachée sous sa robe. Tibère

ob metum , — à-cause-de la crainte,
plures — un plus grand nombre .
assuetudine.... — par l'habitude *de flatter*...
« Censui allaturum — « J'ai pensé *moi* devoir apporter (attirer)
pudorem mihi — de la honte à (sur) moi
aut invidiam Sejano.... — ou de l'envie à (sur) Séjan....
Fortuna versa est; — La fortune est changée;
et ille quidem, — et celui-là même,
qui adsciverat — qui avait pris *cet homme*
collegam et generum , — *pour* collègue et *pour* gendre,
sibi ignoscit; — se pardonne *à lui-même;*
ceteri insectantur — les autres poursuivent
cum scelere — avec (en commettant un) crime
quem fovere — *celui* qu'ils ont caressé
per dedecora.... — par des *moyens* honteux....
Haud discreverim — Je ne déciderais pas
sit miserius — s'il est plus malheureux
accusari ob amicitiam, — d'être accusé pour amitié,
an accusare amicum.... — ou d'accuser un ami....
Non experiar crudelitatem, — Je n'éprouverai ni la cruauté ,
non clementiam — ni la clémence
cujusquam, — de personne ;
sed , liber — mais , libre
et probatus mihi ipsi , — et estimé de moi-même ,
antibo periculum. — je préviendrai le danger.
Obtestor vos — Je conjure vous
ne retineatis — que vous ne gardiez pas
memoriam nostri — le souvenir de nous
per mœrorem , — par de l'affliction ,
quam læti, — *plutôt* que joyeux,
adjiciendo me quoque — en ajoutant moi aussi
iis qui effugerunt — à ceux qui ont fui
mala publica — les maux publics
fine egregio. » — par une fin non-vulgaire. »
  VII. Tunc retinens — VII. Alors retenant
aut dimittens singulos, — ou congédiant *ses amis* un-à-un,
ut animus erat cuique — selon que le désir *était* à chacun
assistere , alloqui , — de rester-auprès-de *lui* , de *l'*entretenir,
absumpsit partem diei , — il passa une partie du jour,
cœtuque multo adhuc , — et la compagnie *étant* nombreuse encore,
et cunctis spectantibus — et tous considérant
vultum intrepidum ejus , — le visage intrépide de lui,
quum crederent — alors qu'ils croyaient
tempus superesse — du temps rester
novissimis, — pour *ses* derniers *moments,*
ncubuit gladio , — il se jeta-sur une épée,
ınqcm abdiderat sinu. — qu'il avait cachée dans *son* sein.

probris defunctum insectatus est, quum in Blæsum multa fœdaque incusavisset[1].

VIII. Relatum inde de P. Vitellio et Pomponio Secundo[2] :
illum indices arguebant claustra ærarii, cui præfectus erat, et
militarem pecuniam rebus novis obtulisse; huic a Considio,
prætura functo, objectabatur Ælii Galli amicitia, qui, punito
Sejano, in hortos Pomponii, quasi fidissimum ad subsidium,
perfugisset : neque aliud periclitantibus auxilii quam in fratrum constantia fuit, qui vades exstitere[3]. Mox, crebris prolationibus, spem ac metum juxta gravatus Vitellius, petito
per speciem studiorum scalpro, levem ictum venis intulit,
vitamque ægritudine animi finivit. At Pomponius, multa
morum elegantia et ingenio illustri, dum adversam fortunam
æquus tolerat, Tiberio superstes fuit.

IX. Placitum posthac ut in reliquos Sejani liberos adverte—

ne flétrit sa mémoire d'aucune imputation, quoiqu'il eût cruellement
outragé celle de Blésus.

VIII. On instruisit ensuite l'affaire de P. Vitellius et de Pomponius
Sécundus. Le premier était accusé d'avoir offert aux conjurés les
clefs de l'Épargne, dont il était préfet, ainsi que la caisse militaire.
L'autre eut pour délateur l'ancien préteur Considius, qui lui reprochait son amitié pour Élius Gallus, lequel, après le supplice de Séjan, s'était sauvé dans les jardins de Pomponius, comme dans son
plus sûr asile, et tous deux allaient succomber, sans leurs frères qui
se firent généreusement leurs cautions. Depuis, l'affaire traîna, et
Vitellius, également fatigué de craindre et d'espérer, demanda, sous
prétexte de travailler, un canif dont il s'effleura les veines ; le chagrin l'acheva. Pomponius, qui à des grâces singulières joignait un
esprit distingué, supporta courageusement sa mauvaise fortune, et
survécut à Tibère.

IX. On résolut ensuite de sévir contre les derniers enfants de
Séjan ; quoique l'indignation du peuple fût déjà moins ardente, et

Neque Cæsar
insectatus est defunctum
ullis criminibus
aut probris,
quum incusavisset
multa fœdaque
in Blæsum.

VIII. Inde relatum
de P. Vitellio
et Pomponio Secundo :
indices arguebant illum
obtulisse claustra ærarii,
cui erat præfectus,
et pecuniam militarem
rebus novis ;
huic objectabatur
a Considio,
functo prætura,
amicitia Ælii Galli,
qui, Sejano punito,
perfugisset
in hortos Pomponii,
quasi ad subsidium fidissi-
neque aliud auxilii [mum:
fuit periclitantibus
quam in constantia
fratrum,
qui exstitere vades.
Mox, prolationibus crebris,
Vitellius gravatus
spem ac metum juxta,
scalpro petito
per speciem studiorum,
intulit venis
levem ictum,
finivitque vitam
ægritudine animi.
At Pomponius,
multa elegantia morum
et ingenio illustri,
fuit superstes Tiberio,
dum tolerat æquus
adversam fortunam.

IX. Placitum posthac
ut adverteretur
in reliquos liberos Sejani,
quanquam ira plebis

Et César (Tibère)
ne poursuivit *lui* mort
d'aucune imputation
ou (ni) injure,
quoiqu'il eût lancé-des-accusations
nombreuses et basses
contre Blésus.

VIII. Ensuite le-rapport-fut-fait
sur P. Vitellius
et Pomponius Sécundus :
les délateurs accusaient celui-là (Vitellius)
d'avoir offert les clefs du trésor-public,
auquel il était préposé,
et l'argent de-la-guerre　　　　[tion) ;
pour des choses nouvelles (une révolu-
à celui-ci (Pomponius) était reprochée
par Considius,
sorti de la préture,
l'amitié d'Élius Gallus,
qui, Séjan étant puni,
s'était réfugié
dans les jardins de Pomponius,
comme vers l'asile le plus sûr :
et une autre *sorte* de secours
ne fut pas à eux en-péril
que dans le dévouement
de *leurs* frères,
qui se portèrent *leurs* cautions.
Bientôt, après des remises fréquentes,
Vitellius supportant-avec-peine
l'espérance et la crainte également,
un canif étant demandé
sous prétexte d'études,
se porta-dans les veines
un léger coup,
et finit *sa* vie
par peine d'esprit (chagrin).
Mais Pomponius,
homme d'une grande élégance de manières
et d'un esprit distingué,
fut survivant à Tibère,　　　　[abattu)
pendant qu'il supporte égal (sans en être
sa mauvaise fortune.

IX. Il plut (fut arrêté) ensuite
que l'on sévirait
contre le reste-des enfants de Séjan,
quoique la colère du peuple

retūr, vanescente qūanquam plebis irä, ac plerisque per
priorā supplicia lenitis. Igitur portantur in carcerem filius
imminentium intelligens, puella adeo nescia, ut crebro inter-
rogaret quod ob delictum et quo traheretur; neque facturam
ultra, et posse se puerili verbere moneri. Tradunt temporis
ejus auctores, quia triumvirali supplicio[1] affici virginem[2]
inauditum habebatur, a carnifice, laqueum juxta, com-
pressam; exin, oblisis faucibus, id ætatis corpora in Gemonias abjecta.

X. Per idem tempus., Asia atque Achaia exterritæ sunt acri
magis quam diuturno rumore, Drusum[3] Germanici filium
apud Cycladas insulas, mox in continenti, visum. Et erat juvenis haud dispari ætate, quibusdam Cæsaris libertis velut
agnitus, per dolumque comitantibus. Alliciebantur ignari
fama nominis, et promptis Græcorum animis ad nova et mira:
quippe elapsum custodiæ pergere ad paternos exercitus,

que les premiers supplices eussent calmé la plupart des esprits. On
les porte dans la prison : le fils comprenait son malheur; la fille,
encore enfant, s'en doutait si peu qu'elle demandait souvent quelle
était sa faute, en quel lieu on la traînait, criant qu'elle ne le ferait
plus, et qu'on pouvait lui donner le fouet. Comme il était inouï
qu'une vierge fût punie d'une peine capitale, les auteurs de ce temps
rapportent que le bourreau lui fit violence à côté du lacet fatal;
puis ces deux enfants furent étranglés et on les jeta aux Gémonies.

X. Vers le même temps, l'Asie et l'Achaïe eurent une alarme plus
vive que durable. Le bruit courut que Drusus, fils de Germanicus,
avait paru aux îles Cyclades, et ensuite sur le continent. En effet, il
y eut un jeune homme, à peu près du même âge, que des affranchis
de Tibère avaient feint de reconnaître sous ce nom, et qu'ils accom-
pagnaient par ruse. L'ignorance, l'éclat de ce nom, le penchant des
Grecs pour le merveilleux et la nouveauté, accréditèrent l'imposture.
On publiait qu'échappé à ses gardes, il allait rejoindre les légions

vanescente,	s'évanouissant ;
ac plerisque lenitis	et la plupart ayant été adoucis
per supplicia priora.	par les supplices précédents.
Igitur portantur	Donc sont portés
in carcerem	dans la prison
filius	*son* fils
intelligens imminentium,	éclairé sur *les dangers* qui *le* menaçaient,
puella adeo nescia,	*sa* fille tellement ignorante *de ces dangers,*
ut interrogaret crebro	qu'elle demandait fréquemment
ob quod delictum	pour quelle faute
et quo traheretur ;	et où elle était entraînée ;
neque facturam ultra,	*disant* et *elle* ne devoir plus *le* faire ,
et se posse moneri	et elle pouvoir être avertie (punie)
verbere puerili.	par le fouet de-l'enfance.
Auctores ejus temporis	Les auteurs de ce temps
tradunt	rapportent
compressam a carnifice	*elle avoir été* violée par le bourreau
juxta laqueum ,	auprès du lacet *fatal* ,
quia habebatur inauditum	parce qu'il était tenu *pour* inouï
virginem affici	une vierge être punie
supplicio triumvirali ;	du supplice triumviral (capital) ;
exin corpora id ætatis	ensuite *ces* corps à cet âge
abjecta in Gemonias ,	*avoir été* jetés aux Gémonies ,
faucibus oblisis.	*leurs* gorges ayant été serrées.
X. Per idem tempus ,	X. Pendant le même temps ,
Asia atque Achaia	l'Asie et l'Achaïe
exterritæ sunt	furent alarmées
rumore acri	par une rumeur vive
magis quam diuturno,	plus que durable,
Drusum filium Germanici	*à savoir* Drusus fils de Germanicus
visum	*avoir été* vu
apud insulas Cycladas,	aux îles Cyclades ,
mox in continenti.	puis sur le continent.
Et juvenis erat	Et *en effet* un jeune homme était
ætate haud dispari ,	d'âge non différent ,
velut agnitus quibusdam	comme reconnu par quelques-uns
libertis Cæsaris ,	*qui étaient* affranchis de César (Tibère),
comitantibusque	et qui *l'*accompagnaient
per dolum.	par ruse.
Ignari alliciebantur	Les ignorants étaient attirés
fama nominis ,	par la réputation du nom ,
et animis Græcorum	et *aussi* les esprits des Grecs
promptis	*étant* prompts
ad nova et mira :	aux choses nouvelles et merveilleuses :
quippe fingebant	car ils imaginaient
credebantque simul	et croyaient à la fois
elapsum custodiæ	*Drusus* échappé de prison

Ægyptum aut Syriam invasurum , fingebant simul credebant-
que. Jam juventutis concursu , jam publicis studijs frequen-
tabatur, lætus præsentibus et inanium spe , quùm auditum id
Poppæo Sabino. Is ; Macedoniæ tum intentus , Achaiam quoque curabat. Igitur, quo vera seu falsa anteiret, Toronæum
Thermæumque[1] sinum præfestinans, mox Eubœam Ægæi maris insulam, et Piræeum Atticæ oræ, dein Corinthiense littus
angustiasque Isthmi evadit : marique alio Nicopolim[2], Romanam coloniam, ingressus, ibi demum cognoscit, solertius in-
terrogatum quisnam foret, dixisse M. Silano genitum ; et, multis sectatorum dilapsis, ascendisse navem, tanquam Italiam
peteret : scripsitque hæc Tiberio. Neque nos originem finemve
ejus rei ultra comperimus[3].

XI. Exitu anni, diu aucta discordia consulum[4] erupit : nam
Trio[5], facilis capessendis inimicitiis et foro exercitus, ut se-

de son père, s'emparer de l'Égypte et de la Syrie ; et les inventeurs
de ce conte y croyaient les premiers. Déjà les peuples accouraient sur
son passage, déjà les villes lui décernaient des hommages publics, et
ce succès momentané encourageait ses espérances chimériques. Poppéus Sabinus en fut instruit ; quoique très-occupé alors en Macédoine, il ne négligeait point l'Achaïe ; vrai ou faux, il voulut prévenir ce bruit. Il traverse donc rapidement les golfes de Torone et
de Thermes, il côtoie l'île d'Eubée dans la mer Égée, le Pirée dans
l'Attique, le rivage de Corinthe, franchit l'Isthme, et, se rembarquant
sur l'autre mer, il arrive à Nicopolis, colonie romaine. Là, il apprend que l'imposteur, pressé par d'adroites questions, s'était dit fils
de M. Silanus, et qu'abandonné de presque tous ses partisans, il était
monté sur un vaisseau, comme pour gagner l'Italie. Sabinus manda
ces détails à Tibère. Du reste, je n'ai pu découvrir ni l'origine ni le
dénoûment de cette affaire.

XI. A la fin de l'année, les consuls, aigris depuis longtemps l'un
contre l'autre, firent éclater leur mésintelligence. Trion, qui, fier de
son éloquence, ne craignait pas de se faire de nouveaux ennemis,

pergere	se rendre
ad exercitus paternos,	aux armées de-*son*-père,
invasurum Ægyptum	devant envahir l'Égypte
aut Syriam.	ou la Syrie.
Jam frequentabatur	Déjà il était assailli
concursu juventutis,	par le concours de la jeunesse,
jam studiis publicis,	déjà par des démonstrations publiques,
lætus præsentibus	joyeux des *honneurs* présents
et spe inanium,	et de l'espoir d'*honneurs* chimériques,
quum id auditum	lorsque cela *fut* appris
Poppæo Sabino.	de Poppéus Sabinus.
Is, tum intentus	Celui-ci, alors appliqué
Macedoniæ,	à la Macédoine,
curabat quoque Achaiam.	s'occupait aussi de l'Achaïe.
Igitur,	Donc,
quo anteiret vera seu falsa,	pour qu'il prévînt *ces bruits* vrais ou faux,
evadit præfestinans	il traverse en se hâtant
sinum Toronæum	le golfe de-Torone
Thermæumque,	et *celui* de-Thermes,
mox Eubœam,	puis l'Eubée,
insulam maris Ægæi,	île de la mer Égée,
et Piræeum oræ Atticæ,	et le Pirée *port* de la côte Attique,
dein littus Corinthiense,	ensuite le rivage de-Corinthe,
angustiasque Isthmi :	et les défilés de l'Isthme :
ingressusque alio mari	et étant entré par l'autre mer
Nicopolim,	à Nicopolis,
coloniam Romanam,	colonie romaine,
ibi demum cognoscit	là enfin il apprend
interrogatum solertius	*cet homme* interrogé plus adroitement
quisnam foret,	qui il était,
dixisse genitum M. Silano;	avoir dit *lui être* né de M. Silanus;
et, multis sectatorum	et, beaucoup de *ses* partisans
dilapsis,	s'étant dispersés-de-côté-et-d'autre,
ascendisse navem,	*lui* être monté sur un vaisseau,
tanquam peteret Italiam :	comme s'il gagnait l'Italie :
scripsitque hæc Tiberio.	et il écrivit ces *détails* à Tibère.
Neque nos	Et nous,
comperimus ultra	nous n'avons pas découvert davantage
originem finemve ejus rei.	l'origine ou la fin de cette affaire.
XI. Exitu anni,	XI. A la fin de l'année,
discordia consulum	la mésintelligence des consuls
aucta diu erupit :	accrue longtemps éclata :
nam Trio, [tiis	car Trion,
facilis capessendis inimici-	facile à assumer des inimitiés
et exercitus foro,	et exercé au forum,
perstrinxerat oblique	avait censuré indirectement
Regulum ut segnem	Régulus comme négligent

gnem Regulum [1] ad opprimendos Sejani ministros oblique
perstrinxerat : ille, nisi lacesseretur, modestiæ retinens, non
modo retudit collegam, sed ut noxium conjurationis ad disqui-
sitionem trahebat. Multisque patrum orantibus ponerent odia
in perniciem [2] itura, mansere infensi ac minitantes, donec
magistratu abirent.

avait taxé indirectement Régulus de négligence dans la poursuite des
complices de Séjan. Régulus était modéré, mais quand on ne l'atta-
quait pas ; il ne se borna point à réfuter son collègue ; il l'accusa lui-
même d'avoir trempé dans la conspiration, et il voulait le soumettre
à une information rigoureuse. La plupart des sénateurs eurent beau
les conjurer de renoncer à des haines qui les perdraient tous deux,
ils n'en restèrent pas moins ennemis, et ils ne cessèrent de se mena-
cer jusqu'à l'expiration de leur magistrature.

ad opprimendos ministros	à accabler les ministres
Sejani :	de Séjan :
ille , retinens modestiæ ,	celui-là , conservant la modération ,
nisi lacesseretur,	s'il n'était attaqué,
non modo	non-seulement
retudit collegam,	réfuta son collègue ,
sed trahebat	mais encore il le traînait
ad disquisitionem	à une enquête
ut noxium conjurationis.	comme coupable de conjuration.
Multisque patrum	Et beaucoup des sénateurs
orantibus	les priant
ponerent odia	qu'ils déposassent des haines
itura in perniciem ,	qui iraient à leur perte,
mansere infensi	ils restèrent ennemis
ac minitantes ,	et se menaçant-sans-cesse ,
donec abirent magistratu.	jusqu'à ce qu'ils sortissent de charge.

NOTES

Page 194 : 1. *Julia Augusta.* Livie portait ce nom depuis que, par le testament d'Auguste, elle était entrée par adoption dans la famille des Jules. Voy. *Annales,* I, xviii.

— 2. *Adoptione Liviorum.* Son père, M. Livius Drusus Claudianus, avait été adopté par un Livius.

— 3. *Bello Perusino.* La guerre de Pérouse, entre Octave et L. Antonius, frère du triumvir. Pérouse fut prise, et Antonius forcé de se rendre, l'an de Rome 714.

Page 196 : 1. *Per conjunctionem... et Germanici.* Germanicus était petit-fils de Livie, par Drusus, et Agrippine petite-fille d'Auguste, par Julie.

— 2. *Diu irritum.* Voy. Suétone, *Vie de Tibère,* ch. L et LVII.

— 3. *C. Cæsare.* Caligula.

— 4. *Cœlestis religio.* L'apothéose. Elle lui fut plus tard décernée par Claude, qui fit placer son image dans le temple d'Auguste. Voy. Suétone, *Vie de Claude,* ch. xi.

Page 198 : 1. *Urgens.* Virgile, *Géorgiques,* I, 146 : *Duris urgens in rebus egestas.* Cicéron, *Tusculanes,* III, xxv, 25 : *Opinio et judicium magni præsentis atque urgentis mali.*

Page 200 : 1. *Componendis patrum actis.* Dans les premiers temps de la république, le grand pontife écrivait sur des tablettes tous les faits importants arrivés dans l'année. Ces tablettes étaient exposées en public, afin que le peuple en prît connaissance. Ce sont là les premiers monuments historiques des Romains. Ces actes des pontifes furent continués jusqu'à la mort du grand pontife Mucius Scévola, l'an de Rome 678. C'est à Jules César qu'on dut la première idée de faire rédiger un journal de tous les actes du sénat et du peuple, et ce journal était public ; Auguste le fit continuer, mais il en défendit la publicité. Outre ces registres du sénat, il y avait un journal à Rome, qui parlait des morts, des naissances importantes, des jeux, des fêtes, des exé-

cutions, des condamnations, des mariages, des divorces, etc. Ce journal était appelé indifféremment *acta urbana*, *acta diurna*, *acta publica*.

Page 202 : 1. *Impediri testarentur*. Ici commence une lacune qui comprend le reste de l'année courante, l'année suivante tout entière et les
trois quarts de la troisième année. Voici le sommaire des faits les plus
importants de cette période, d'après Suétone, Josèphe et Dion Cassius.

Année 782. — Mariage de Drusus, fils de Germanicus, avec Émilia
Lépida.—Condamnation de tous les amis d'Augusta.—Agrippine en-
levée par ordre de Tibère, et conduite dans l'île de Pandataria. —
Néron, fils aîné de Germanicus, relégué dans l'île de Pontia.

Année 783. — Drusus renvoyé de Caprée à Rome, dénoncé par le
consul Cassius Longinus, et enfermé dans le palais.—Honneurs pro-
digués à Séjan par le sénat.—Pendant qu'Asinius Gallus, député
vers Tibère, soupe avec ce prince, un préteur envoyé par le sénat, à
la suite d'une lettre de Tibère qui le dénonçait, vient le saisir jusqu'à la table de l'empereur. Asinius veut se tuer ; Tibère l'en empê-
che, et le fait ramener à Rome, où il est emprisonné.

Année 784. — Consulat de Tibère et de Séjan. — Le sénat leur
décerne le consulat pour cinq ans. Tibère le refuse pour que Séjan ne
l'accepte pas. — Défiance de l'empereur contre Séjan, qui ne peut
obtenir la permission de retourner à Caprée. — Tibère fait prendre la
robe virile à Caïus, et laisse percer l'intention de le faire son héritier.
— Tibère ordonne la mort de Néron.— Séjan, se voyant disgracié,
conspire contre Tibère, qui en est averti, et qui, après avoir dissimulé quelque temps, le fait arrêter en plein sénat par Macron. —
Séjan est traîné en prison, étranglé et jeté aux Gémonies.—Son fils
aîné, son oncle Blésus, sont tués par ordre du sénat. — Apicata, sa
femme, qu'il avait répudiée, se donne la mort, après avoir révélé à
Tibère les auteurs de l'empoisonnement de Drusus. Tibère fait grâce
à Livie, selon les uns ; selon d'autres, il la fait tuer secrètement.
— Les poursuites continuent contre les amis de Séjan.

— 2. *Ea re*. Probablement la conjuration de Séjan. Le fragment
de discours qu'on lit ici est sans doute de quelque ami de Blésus.

Page 204 : 1. *Mihi pudorem*, etc. Phrase incomplète. Brotier y
ajoute une négation, et traduit : « Je n'ai jamais pensé que mes
liaisons avec Séjan pussent me faire honte ou le rendre odieux. »

—2. *Generum*. On peut induire de ce passage, que Tibère avait
fini par accorder à Séjan sa bru Livie, qu'il lui avait refusée six ans
auparavant (Voy. *Annales*, IV, XL).

Page 206 : 1. *In Blæsum incusavisset.* Je ne sais pas si l'on trouverait un autre exemple de *incusare* avec *in.* Cependant il y a des exemples de cette construction avec des verbes analogues. Tite Live, XXVII, I : *Ipse in Fulvii similitudinem nominis increpans;* et XXX, xx : *In se quoque ac suum ipsius caput exsecratum.*

— 2. *P. Vitellio.* Oncle de celui qui fut empereur. Il avait été lieutenant de Germanicus, et l'un de ses vengeurs ; ce dont Tibère le punit maintenant, après l'en avoir d'abord récompensé par un sacerdoce. Voy. *Annales,* I, LXX; II, VI ; III, XI. XIX.—*Pomponio Secundo.* Poëte estimé de ses contemporains. Voy. Quintilien, X, I ; Pline l'Ancien, XIII, XXVI ; Pline le Jeune, *Lettres,* VIII, XVII.

— 3. *Vades exstitere.* Vitellius et Pomponius ne furent pas mis en liberté, mais emprisonnés chez leurs frères. *In custodiam fratri datus,* dit Suétone en parlant de P. Vitellius (*Vie de Vitellius,* ch. II).

Page 208 : 1. *Triumvirali supplicio.* On appelait *triumviri capitales* des magistrats inférieurs chargés de surveiller là prison publique et de faire exécuter les jugements criminels.

— 2. *Virginem.* Montesquieu, *Esprit des lois,* XII, XIV : « Un ancien usage des Romains défendait de faire mourir les filles qui n'étaient pas nubiles. Tibère trouva l'expédient de les faire violer par le bourreau avant de les envoyer au supplice : tyran subtil et cruel, il détruisait les mœurs pour conserver les coutumes. »

— 3. *Drusum.* Tacite nous fait connaître la destinée du vrai Drusus dans le livre suivant, ch. XXIII.

Page 210 : 1. *Toronæum.* Le golfe de Torone, aujourd'hui *golfe de Cassandria.* — *Thermæum.* Le golfe Thermaïque, tout voisin du précédent, aujourd'hui *golfe de Salonique.*

— 2. *Mari alio.* La mer Ionienne. — *Nicopolim.* Ville d'Épire, fondée en mémoire de la bataille d'Actium, aujourd'hui *Preveza Vecchia.*

— 3. *Neque nos originem... comperimus.* Suivant Dion, LVIII, XXV, ce faux Drusus fut pris et envoyé à Tibère.

— 4. *Consulum.* L. Fulcinius Trion et P. Memmius Régulus. Les consuls en exercice étaient Tibère et Séjan.

— 5. *Trio.* Le même qui s'était fait l'accusateur peu sérieux de Pison, après la mort de Germanicus (Voy. *Annales,* III, X et XIII).

Page 212 : 1. *Regulum.* C'est ce Régulus qui lut dans le sénat la longue lettre de Tibère contre Séjan (*verbosa et grandis epistola*).

ARGUMENT ANALYTIQUE

DU SIXIÈME LIVRE DES ANNALES.

XIX. Un seul ordre du prince fait mettre à mort tous ceux qui étaient prévenus de complicité avec Séjan.

XX-XXII. C. César épouse Claudia. Ses mœurs. Tibère, instruit par Thrasyllus dans la science des Chaldéens, annonce l'empire à Galba.

XXIII-XXV. Fin tragique de Drusus, fils de Germanicus. Mort déplorable d'Agrippine.

XXVI-XXVII. Le jurisconsulte Nerva se fait mourir de faim. Mort de quelques autres Romains illustres.

XXVIII. Apparition du phénix en Égypte.

XXIX-XXX. Mort de différents accusés.

XXXI-XXXII. Ambassade des Parthes, qui viennent demander un roi. Tibère leur en envoie un, puis un autre. L. Vitellius est nommé gouverneur de l'Orient.

XXXIII-XXXVII. Combats entre les Arméniens et les Parthes. Artaban détrôné se réfugie en Scythie. Tiridate est mis à sa place, aidé des armes de Vitellius.

XXXVIII-XL. Nouveau déchaînement des délateurs, dont plusieurs Romains sont victimes. Le titre de roi ne met pas Tigrane à l'abri du même sort. Mort volontaire d'Émilia Lépida.

XLI-XLIV. Révolte des Clites contre leur roi ; elle est réprimée. Tiridate, roi des Parthes, est chassé par les querelles des grands, et Artaban rappelé.

XLV. Terrible incendie à Rome.

XLVI-XLIX. Incertitudes de Tibère sur le choix de son successeur.

L-LI. Sa maladie, sa mort, son caractère.

Ce livre renferme l'espace d'environ six ans :

Ans de Rome.	Ans de J. C.	Consuls.
785	32	Cn. Domitius Ahénobarbus. M. Furius Camillus Scribonianus.
786	33	Serg. Sulpicius Galba. L. Cornélius Sylla.
787	34	Paulus Fabius Persicus. L. Vitellius.
788	35	C. Cestius Gallus. M. Servilius Nonianus.
789	36	Sex. Papinius Allénius. Q. Plautius.
790	37	Cn. Acerronius Proculus. C. Pontius Nigrinus.

ANNALIUM

LIBER VI.

I. Cn. Domitius et Camillus Scribonianus [1] consulatum
inierant, quum Cæsar, tramisso quod Capreas et Surrentum
interluit freto, Campaniam prælegebat, ambiguus an Urbem
intraret, seu, quia contra destinaverat, speciem venturi simulans : et sæpe in propinqua degressus, aditis juxta Tiberim
hortis, saxa rursum et solitudinem maris repetiit, pudore scelerum et libidinum ; quibus adeo indomitis exarserat, ut, more
regio, pubem ingenuam stupris pollueret. Nec formam tantum
et decora corpora, sed in his modestam pueritiam, in aliis
imagines majorum, incitamentum cupidinis habebat. Præpo-

I. Cn. Domitius et Camillus Scribonianus venaient de prendre
possession du consulat, lorsque Tibère, traversant le détroit qui sé-
pare Caprée de Surrentum, s'avança le long des côtes de la Campanie vers Rome, soit qu'il fût tenté d'y rentrer, soit qu'il voulût
feindre d'y revenir, parce qu'il avait pris une résolution contraire.
Il vint plusieurs fois dans les environs, visita ses jardins situés près
du Tibre, puis il retourna de nouveau ensevelir au fond des rochers
et dans la solitude de la mer la honte de ses forfaits et de ses débauches. Ses passions s'étaient enflammées à un tel point, qu'à
l'exemple des rois il déshonorait la jeune noblesse. Ce n'était pas
seulement la beauté qui irritait ses désirs, mais chez les uns la
modestie de l'enfance, chez les autres l'éclat de la naissance. Il

ANNALES.

LIVRE VI.

I. Cn. Domitius
et Camillus Scribonianus
inierant consulatum,
quum Cæsar,
freto
quod interluit Capreas
et Surrentum,
tramisso,
prælegebat Campaniam,
ambiguus
an intraret Urbem,
seu simulans speciem
venturi,
quia destinaverat contra :
et degressus sæpe
in propinqua,
hortis juxta Tiberim aditis,
repetiit rursum
saxa et solitudinem maris,
pudore scelerum
et libidinum ;
quibus adeo indomitis
exarserat,
ut, more regio,
pollueret stupris
pubem ingenuam.
Nec habebat tantum
incitamentum cupidinis
formam et corpora decora,
sed in his
pueritiam modestam,
in aliis imagines majorum.
Servique præpositi

I. Cn. Domitius
et Camillus Scribonianus
étaient entrés-dans *leur* consulat,
lorsque César (Tibère),
le détroit
qui coule-entre Caprée
et Surrentum
étant traversé,
côtoyait la Campanie,
incertain
s'il entrerait dans la ville,
ou feignant l'apparence
de *quelqu'un* qui devait *y* venir,
parce qu'il avait résolu *de faire* autrement:
et étant allé souvent
dans les *lieux* voisins *de Rome*,
ses jardins près du Tibre étant visités,
il regagna de-nouveau
les rochers et la solitude de la mer,
par honte de *ses* crimes
et de *ses* débauches;
par lesquels tellement indomptés
il s'était enflammé,
que, à la manière des-rois,
il souillait de prostitutions
la jeunesse libre.
Et il n'avait pas seulement
pour excitation à *ses* désirs
la beauté et des corps bien-faits,
mais dans ceux-ci
une enfance modeste,
dans d'autres les images des ancêtres
Et des esclaves *étaient* préposés

sitique servi qui quærerent, pertraherent : dona in promptos,
minas adversum abnuentes; et, si retinerent propinquus aut
parens, vim, raptus, suaque ipsi libita, velut in captos, exer-
cebant.

II. At Romæ principio anni, quasi recens cognitis Liviæ flagitiis ac non pridem etiam punitis, atroces sententiæ dicebantur in effigies quoque ac memoriam ejus; et bona Sejani
ablata ærario ut in fiscum cogerentur, tanquam referret. Scipiones hæc et Silani et Cassii, iisdem ferme aut paulum immutatis verbis, asseveratione multa censebant; quum repente
Togonius Gallus, dum ignobilitatem suam magnis nominibus
inserit, per deridiculum auditur. Nam principem orabat deligere senatores, ex quis viginti sorte ducti et ferro accincti,
quoties curiam inisset, salutem ejus defenderent. Crediderat
nimirum epistolæ subsidio sibi alterum ex consulibus poscentis, ut tutus a Capreis Urbem peteret. Tiberius tamen, ludi-

avait des esclaves affidés pour lui chercher, lui traîner des victimes :
on récompensait les complaisances, on menaçait en cas de refus ; et
si un père, si des parents résistaient, on employait la violence, le
rapt, et toutes les brutalités d'un vainqueur contre des captifs.

II. A Rome, au commencement de cette année, comme si l'on
n'eût découvert qu'à l'instant les crimes de Livie et qu'ils n'eussent
pas été déjà punis depuis longtemps, on proposait encore de sévir
contre ses statues et sa mémoire; on demandait aussi que les biens
de Séjan fussent enlevés au trésor public et adjugés au fisc, comme
si le fisc et le trésor public eussent signifié deux choses, et c'étaient
les Silanus, les Cassius, les Scipions, qui, ne faisant guère que se
répéter les uns les autres, ouvraient de tels avis et les appuyaient
avec force. Togonius Gallus, voulant associer son nom obscur à de
si grands noms, se couvrit de ridicule. Il conjurait le prince de choisir un certain nombre de sénateurs, dont vingt, désignés par le sort,
s'armeraient pour sa défense, toutes les fois qu'il entrerait au sénat.
Togonius apparemment croyait à une lettre de Tibère qui avait
demandé l'escorte d'un des consuls pour sa sûreté dans le trajet de
Caprée à Rome. Tibère mit dans sa réponse ce mélange de sérieux

qui quærerent,	qui cherchaient,
pertraherent :	amenaient-de-force *des victimes* :
dona in promptos,	*prodiguant* les dons aux complaisants,
minas adversum abnuentes;	les menaces aux récalcitrants ;
et, si propinquus aut parens	et, si un proche ou un parent
retinerent,	retenait *quelques-uns*,
exercebant ipsi	ils exerçaient eux-mêmes
vim, raptus, suaque libita,	la violence, les rapts, et *tous* leurs caprices,
velut in captos.	comme sur des captifs.

II. At Romæ
principio anni,
quasi flagitiis Liviæ
cognitis recens
ac non punitis
etiam pridem,
sententiæ atroces
dicebantur
in effigies quoque
ac memoriam ejus ;
et bona Sejani
ablata ærario
ut cogerentur in fiscum,
tanquam referret.
Scipiones et Silani et Cassii
censebant hæc
multa asseveratione,
verbis ferme iisdem
aut paulum immutatis,
quum repente
Togonius Gallus
auditur per derídiculum,
dum inserit
suam ignobilitatem
magnis nominibus.
Nam orabat principem
deligere senatores,
ex quis viginti ducti sorte
et accincti ferro
defenderent salutem ejus,
quoties inisset curiam.
Nimirum
crediderat epistolæ
poscentis subsidio sibi
alterum ex consulibus,
ut peteret tutus
a Capreis Urbem.
Tiberius tamen,

II. Mais à Rome
au commencement de l'année,
comme les désordres de Livie
étant connus récemment
et n'étant pas punis
même depuis-longtemps,
des propositions violentes
étaient émises
contre les statues aussi
et la mémoire d'elle ;
et les biens de Séjan
furent enlevés du trésor-public
pour qu'ils fussent réunis au fisc,
comme si *cela* importait.
Les Scipions et les Silanus et les Cassius
proposaient *ces avis*
avec beaucoup de protestations,
dans des termes à-peu-près identiques
ou peu changés,
lorsque tout-à-coup
Togonius Gallus
est entendu au milieu de la risée,
alors qu'il mêle
son obscurité
à *ces* grands noms.
Car il priait le prince
de choisir des sénateurs,
desquels vingt tirés au sort
et ceints du fer
défendraient le salut (la vie) de lui, [rie.
toutes-les-fois-qu'il serait entré-dans-la-cu-
Apparemment
il avait cru à une lettre   [même
de *Tibère* qui demandait pour secours à lui-
l'un des consuls,
pour qu'il se rendît en-sûreté
de Caprée dans la ville.
Tibère cependant,

bria seriis permiscere solitus, egit grates benevolentiæ patrum :
« Sed quos omitti posse ? quos deligi ? semperne eosdem, an
subinde alios ? et honoribus perfunctos, an juvenes ? privatos,
an e magistratibus ? Quam deinde speciem fore sumentium
in limine curiæ gladios ! Neque sibi vitam tanti, si armis te-
genda foret. » Hæc adversus Togonium, verbis moderans ; neque ultra abolitionem sententiæ suadere.

III. At Junium Gallionem [1], qui censuerat ut prætoriani,
actis stipendiis, jus apiscerentur in quatuordecim ordinibus
sedendi [2], violenter increpuit, velut coram rogitans « Quid illi
cum militibus ? quos neque dicta imperatoris neque præmia [3] nisi
ab imperatore accipere par esset : reperisse prorsus quod divus
Augustus non providerit ; an potius discordiam et seditionem
a satellite Sejani quæsitam, qua rudes animos, nomine honoris, ad corrumpendum militiæ morem propelleret ? » Hoc pre-

et d'ironie qui lui était familier ; il remerciait les sénateurs de leur
bienveillance : « Mais qui exclure ? qui choisir ? Prendrait-on toujours les mêmes, ou de nouveaux successivement ? des sénateurs qui
eussent passé par les charges, ou des jeunes gens ? des hommes privés
ou des magistrats ? D'ailleurs à quoi ressemblerait ce travestissement
militaire à la porte du sénat ? Il estimait peu la vie, s'il fallait
des armes pour la défendre. » C'est ainsi qu'il réfuta Togonius,
du ton le plus mesuré, conseillant seulement de laisser tomber sa
proposition.

III. Quant à Junius Gallion, qui avait proposé que les prétoriens,
une fois le temps de leur service accompli, eussent le droit de s'asseoir
sur les quatorze gradins des chevaliers, il le réprimanda durement,
lui demandant, comme s'il eût été devant lui, « ce qu'il y avait de
commun entre lui et les soldats, qui ne devaient recevoir leurs ordres et leurs récompenses que de l'empereur même. Apparemment
le génie de Gallion allait plus loin que la sagesse d'Auguste, ou plutôt n'était-ce point un projet de révolte et de sédition, digne d'un
satellite de Séjan, de vouloir bouleverser ces esprits grossiers par
des honneurs frivoles, qui ne tendaient qu'à corrompre la discipline

solitus permiscere	accoutumé à mêler
ludibria seriis,	les plaisanteries aux choses sérieuses,
egit grates	rendit grâces
benevolentiæ patrum :	au bon-vouloir des sénateurs :
« Sed quos posse omitti?	« Mais lesquels pouvoir être négligés?
quos deligi?	lesquels être choisis?
semperne eosdem,	*seraient-ce* toujours les mêmes,
an alios subinde?	ou d'autres successivement?
et perfunctos honoribus,	et ceux qui avaient passé par les honneurs,
an juvenes?	ou les jeunes?
privatos,	des particuliers,
an e magistratibus?	ou *des hommes pris* parmi les magistrats?
Deinde quam speciem fore	Puis quel spectacle devoir être
sumentium gladios	d'*hommes* prenant des glaives
in limine curiæ !	sur le seuil de la curie !
Neque vitam	Et *d'ailleurs* la vie
tanti sibi,	n'*être* pas d'un si-grand *prix* pour lui,
si tegenda foret armis. »	si elle devait être protégée par les armes. »
Hæc adversus Togonium,	*Il disait* cela contre Togonius,
moderans verbis ;	modérant *ses* paroles ;
neque suadere	et de ne pas conseiller (il ne conseillait
ultra abolitionem	au delà du rejet [rien)
sententiæ.	de la proposition.
III. At increpuit violenter	III. Mais il réprimanda durement
Junium Gallionem,	Junius Gallion,
qui censuerat	qui avait ouvert-l'avis
ut prætoriani,	que les prétoriens,
stipendiis actis,	*leur* temps-de-service passé,
apiscerentur jus sedendi	obtinssent le droit de s'asseoir
in quatuordecim ordinibus,	sur les quatorze gradins *des chevaliers*,
rogitans velut coram	*lui* demandant comme en-face
« Quid illi	« Quoi *de commun était* à lui
cum militibus?	avec les soldats?
quos neque esset par	lesquels il n'était pas convenable [reur,
accipere dicta imperatoris,	*d'une part* recevoir les ordres de l'empe-
neque præmia	et *d'autre part recevoir* des récompenses
nisi ab imperatore :	sinon de l'empereur *même :*
reperisse prorsus	*Gallion* avoir trouvé sans-doute
quod divus Augustus	*ce* que le divin Auguste
non providerit;	n'avait pas prévu;
an potius discordiam	ou plutôt la discorde
et seditionem quæsitam	et la sédition *avoir été* recherchées
a satellite Sejani,	par un satellite de Séjan, [d'honneur,
qua, nomine honoris,	par lesquelles, sous un nom (prétexte)
propelleret animos rudes	il poussât *ces* esprits grossiers
ad corrumpendum morem	à corrompre l'habitude
militiæ? »	de la discipline-militaire? »

10.

tium Gallio meditatæ adulationis tulit : statim curia, deinde
Italia, exactus; et, quia incusabatur facile toleraturus exsilium,
delecta Lesbo, insula nobili et amœna, retrahitur in Urbem,
custoditurque domibus magistratuum[1]. Iisdem litteris Cæsar
Sextium Paconianum[2], prætorium, perculit, magno patrum
gaudio, audacem, maleficum, omnium secreta rimantem, de-
lectumque a Sejano, cujus ope dolus C. Cæsari pararetur;
quod postquam patefactum, prorupere concepta pridem
odia, et summum supplicium decernebatur, ni professus indicium foret.

IV. Ut vero Latinium Latiarem ingressus est, accusator ac
reus juxta invisi, gratissimum spectaculum præbebatur. Latiaris, ut retuli, præcipuus olim circumveniendi Titii Sabini, et
tunc luendæ pœnæ primus fuit. Inter quæ Haterius Agrippa
consules anni prioris invasit : « Cur, mutua accusatione in-

militaire? » Voilà le fruit que Gallion retira d'une adulation soigneusement méditée. Chassé sur-le-champ du sénat, puis de l'Italie,
il s'était retiré à Lesbos, île agréable et renommée; mais comme on
dénonça la douceur de son exil, on le ramena à Rome, où il fut
emprisonné dans les maisons des magistrats. Dans la même lettre
Tibère, au grand contentement du sénat, foudroya Sextius Paconianus, ancien préteur; il le peignit comme un homme qui ne respirait que le crime, qui ne se plaisait qu'à nuire, qui cherchait à pénétrer les secrets de toutes les familles, et que Séjan, quand il voulait perdre Caïus, avait employé de préférence à tout autre. Les
haines qu'on lui portait depuis longtemps n'attendaient que cette
ouverture pour éclater; on allait le condamner au dernier supplice,
il se sauva par la promesse d'une dénonciation.

IV. Lorsqu'il eut prononcé le nom de Latinius Latiaris, ce fut un
spectacle bien doux de voir aux prises ensemble deux scélérats également odieux. Latiaris, comme je l'ai dit, avait été autrefois le
principal auteur de la perte de Titius Sabinus, et il en fut aussi le
premier puni. Dans les intervalles de cette instruction, Hatérius
Agrippa attaqua les consuls de l'année précédente sur leur silence
après tant d'accusations réciproques. «Apparemment leur union venait

Gallio retulit hoc pretium | Gallion remporta ce prix
adulationis meditatæ : | d'une adulation méditée :
exactus statim curia, | *il fut* chassé aussitôt du sénat,
deinde Italia ; | ensuite de l'Italie ;
et, quia incusabatur | et, parce qu'il était accusé
toleraturus facile exsilium, | *comme* devant supporter facilement l'exil,
Lesbo, | Lesbos,
insula nobili et amœna, | île renommée et agréable,
delecta, | étant choisie *par lui*,
retrahitur in Urbem, | il est traîné-de-nouveau à la ville (Rome),
custoditurque | et il est gardé
domibus magistratuum. | dans les maisons des magistrats.
Iisdem litteris, | Dans la même lettre,
magno gaudio patrum, | à la grande joie des sénateurs,
Cæsar perculit prætorium, | César (Tibère) frappa un ancien-préteur,
Sextium Paconianum, | Sextius Paconianus,
audacem, maleficum, | audacieux, malfaisant,
rimantem secreta omnium, | qui fouillait les secrets de tous,
delectumque a Sejano, | et choisi par Séjan,
ope cujus | à l'aide duquel (pour qu'à son aide)
dolus pararetur C. Cæsari ; | un piège fût préparé à C. César ;
quod postquam patefactum, | laquelle chose lorsqu'*elle fut* découverte,
odia concepta pridem | les haines conçues depuis-longtemps
prorupere, | éclatèrent,
et summum supplicium | et le dernier supplice
decernebatur, | était décrété *contre lui*,
ni professus foret | s'il n'eût annoncé
indicium. | une révélation.

IV. Ut vero ingressus est | IV. Mais dès qu'il se fut attaqué
Latinium Latiarem, | à Latinius Latiaris,
spectaculum gratissimum | un spectacle très-agréable
præbebatur, | était offert,
accusator ac reus | l'accusateur et l'accusé
juxta invisi. | également odieux.
Latiaris, ut retuli, | Latiaris, comme je *l'*ai rapporté,
fuit olim præcipuus | fut autrefois le principal *agent*
circumveniendi | pour circonvenir
Titii Sabini, | Titius Sabinus,
et tunc primus | et alors *il fut* le premier
luendæ pœnæ. | pour acquitter la peine (être puni).
Inter quæ | Au milieu desquels *débats*
Haterius Agrippa | Hatérius Agrippa
invasit consules | attaqua les consuls
anni prioris : | de l'année précédente :
« Cur silerent nunc, | « Pourquoi se taisaient-ils maintenant,
accusatione mutua | une accusation réciproque   [*l'autre ?*
intenta ? | ayant été dirigée *par chacun d'eux contre*

tenta, nunc silerent? metum prorsus et noxiam conscientiæ
pro fœdere haberi : at non patribus reticenda quæ audivis-
sent.» Regulus manere tempus ultionis, seque coram principe
exsecuturum; Trio æmulationem inter collegas, et, si qua discordes jecissent, melius oblitterari, respondit. Urgente Agrippa,
Sanquinius Maximus, e consularibus, oravit senatum ne curas
imperatoris conquisitis insuper acerbitatibus augerent; sufficere ipsum statuendis remediis. Sic Regulo salus, et Trioni
dilatio exitii quæsita. Haterius invisior fuit, quia, somno aut
libidinosis vigiliis marcidus, et, ob segnitiam, quamvis cru-
delem principem non metuens, illustribus viris perniciem, inter ganeam ac stupra, meditabatur.

V. Exin Cotta Messallinus, sævissimæ cujusque sententiæ
auctor, eoque inveterata invidia, ubi primum facultas data,
arguitur pleraque : C. Cæsarem[1], quasi incestæ[2] virilitatis,

des alarmes de leur conscience; mais le sénat ne devait point taire
ce qu'il avait entendu. » Régulus répondit qu'il lui restait du temps
pour sa vengeance, qu'il attendait le prince; et Trion, que des me-
uaces échappées à des collègues rivaux et désunis étaient plutôt
faites pour être oubliées. Agrippa insistant, Sanquinius Maximus,
consulaire, supplia le sénat de ne point s'étudier à aigrir par de
nouvelles amertumes les chagrins du prince; Tibère suffirait lui-
même à prescrire les remèdes. Par là il sauva Régulus et différa la
perte de Trion. Pour Hatérius, il en devint plus odieux. On s'indignait de voir un homme énervé par le sommeil ou par des veilles
dissolues, et protégé par son abrutissement contre toutes les cruautés
du prince, tramer, au sortir de la taverne et des débauches, la perte
des Romains les plus distingués.

V. Messalinus Cotta, auteur des avis les plus barbares, était
pour cela depuis longtemps haï. Aussi, dès que l'occasion s'offrit,
on le chargea de nombreuses accusations. Il avait appelé Caïus César *Caïa*, comme pour lui reprocher de déshonorer son sexe. Les

metum prorsus	la crainte sans-doute
et noxiam conscientiæ	et la culpabilité de *leur* conscience
haberi pro fœdere :	être tenue (se trouver) en-guise-d'alliance :
at quæ audivissent	mais *les choses* qu'ils avaient entendues
non reticenda patribus. »	ne devoir pas être tues par les sénateurs. »
Regulus respondit	Régulus répondit
tempus ultionis manere,	le temps de la vengeance *lui* rester,
seque exsecuturum	et lui-*même* devoir *la* poursuivre
coram principe ;	devant le prince ;
Trio	Trion *répondit*
æmulationem	la rivalité
inter collegas,	entre collègues,
et si discordes	*et les menaces*, si désunis
jecissent qua,	ils *en* avaient lancé quelques-unes,
oblitterari melius	être oubliées plus-à-propos.
Agrippa urgente,	Agrippa insistant,
Sanquinius Maximus,	Sanquinius Maximus,
e consularibus,	*un* des consulaires,
oravit senatum,	pria le sénat (les sénateurs),
ne augerent insuper	qu'ils n'aggravassent pas en outre
curas imperatoris	les chagrins de l'empereur
acerbitatibus conquisitis ;	par des amertumes cherchées ;
ipsum sufficere	lui-même (Tibère) suffire
remediis statuendis.	aux remèdes à-prescrire.
Sic salus	Ainsi le salut
quæsita Regulo,	fut procuré à Régulus,
et Trioni dilatio exitii.	et à Trion un retard de perte.
Haterius fuit invisior,	Hatérius fut plus odieux,
quia, marcidus somno	parce que, flétri par le sommeil
aut vigiliis libidinosis,	ou par des veilles déréglées,
et, ob segnitiam,	et, à-cause-de *son* abrutissement,
non metuens principem	ne redoutant pas le prince
quamvis crudelem,	quoique cruel,
meditabatur perniciem	il méditait la perte
viris illustribus,	contre les hommes illustres,
inter ganeam ac stupra.	au milieu de l'ivrognerie et des débauches.
V. Exin	V. Ensuite
Cotta Messallinus,	Cotta Messalinus,
auctor cujusque sententiæ	auteur de chaque avis
sævissimæ,	le plus barbare, [invétérée,
eoque invidia inveterata,	et par-là d'une haine (en butte à une haine)
arguitur	est accusé
pleraque,	de la plupart *des crimes imaginables*,
ubi primum	dès que d'abord (aussitôt que)
facultas data :	l'occasion *en fut* donnée :
dixisse Cæsarem Caïam,	*par exemple* d'avoir nommé César Caïa,
quasi virilitatis incestæ,	*comme étant* d'une virilité impudique,

et, quum natali Augustæ inter sacerdotes epularetur, novemdialem [1] eam cœnam dixisse; querensque de potentia M. Lepidi
ac L. Arruntii, cum quibus ob rem pecuniariam disceptabat,
addidisse : « Illos quidem senatus, me autem tuebitur Tibe-
riolus meus. » Eaque cuncta a primoribus civitatis revinceba-
tur; iisque instantibus, ad imperatorem provocavit. Nec multo
post litteræ afferuntur, quibus, in modum defensionis, repe-
tito inter se atque Cottam amicitiæ principio, crebrisque ejus
officiis commemoratis, ne verba prave detorta, neu conviva-
lium fabularum simplicitas in crimen duceretur, postulavit.

VI. Insigne visum est earum Cæsaris litterarum initium;
nam his verbis exorsus est : « Quid scribam vobis, patres conscripti, aut quomodo scribam, aut quid omnino non scribam
hoc tempore, dii me deæque pejus perdant quam perire me
quotidie sentio, si scio. » Adeo facinora atque flagitia sua ipsi

pontifes ayant donné, le jour de la naissance d'Augusta, un banquet solennel, il avait appelé ce banquet un banquet funéraire. Depuis, se plaignant du crédit de L. Arruntius et de M. Lépidus, avec
lesquels il avait une discussion d'intérêt, il ajouta : « S'ils ont pour
eux le sénat, j'ai pour moi mon petit Tibère. » Et sur tous ces faits,
les premiers de Rome fournissaient des preuves convaincantes.
Pressé par leurs dépositions, il en appela au prince; et bientôt parut une lettre en forme de plaidoyer, où Tibère, après avoir rappelé
les commencements de son amitié avec Cotta et les témoignages
nombreux qu'il avait reçus de son attachement, demandait qu'on ne
lui fît point un crime de quelques plaisanteries innocentes, échappées
dans la chaleur du repas, et malignement interprétées.

VI. Le début de cette lettre parut remarquable. Tibère la com-
mençait ainsi : « Que vous écrire, pères conscrits, ou comment vous
écrire, ou plutôt que ne pas vous écrire en ce moment? Si je le sais,
que les dieux et les déesses me fassent périr plus cruellement que je
ne me sens périr tous les jours. » Tant ses forfaits et ses infamies

et, quam epularetur	et, comme il festinait
inter sacerdotes	parmi les prêtres
die natali Augustæ,	le jour de-la-naissance d'Augusta,
eam cœnam	*d'avoir nommé* ce repas
novemdialem ;	*repas* du-neuvième-jour ;
querensque de potentia	et se plaignant de la puissance
M. Lepidi ac L. Arruntii,	de M. Lépidus et de L. Arruntius,
cum quibus disceptabat	avec lesquels il discutait
ob rem pecuniariam,	pour une affaire pécuniaire,
addidisse :	d'avoir ajouté :
« Senatus quidem	« Le sénat à-la-vérité
tuebitur illos, [me. »	défendra ceux-là,
meus autem Tiberiolus	mais mon petit-Tibère me *défendra*. »
Revincebaturque	Et il était confondu
cuncta ea	sur tous ces *faits*
a primoribus civitatis ;	par les premiers de la cité ;
iisque instantibus,	et eux insistant,
provocavit	il *en* appela
ad imperatorem.	à l'empereur.
Nec multo post	Et non beaucoup après
afferuntur litteræ,	est apportée une lettre,
quibus,	dans laquelle,
in modum defensionis,	en manière de défense,
principio amicitiæ	le commencement de l'amitié
inter se atque Cottam	entre lui et Cotta
repetito,	étant repris,
crebrisque officiis ejus	et les fréquents services de celui-ci
commemoratis,	étant rappelés,
postulavit	il demanda
ne verba detorta prave,	que des paroles détournées malignement,
neu simplicitas	ou (et) que l'innocence
fabularum convivalium	de propos de-table
duceretur in crimen.	ne fussent pas tirées (imputées) à crime.
VI. Initium	VI. Le début
earum litterarum Cæsaris	de cette lettre de César (Tibère)
visum est insigne ;	parut singulier ;
nam exorsus est his verbis:	car il commença en ces termes :
« Quid scribam vobis,	« Quoi écrirai-je à vous,
patres conscripti,	pères conscrits,
aut quomodo scribam,	ou comment *vous* écrirai-je,
aut quid omnino	ou quoi absolument
non scribam	ne *vous* écrirai-je point
hoc tempore,	en ce temps-ci,
dii deæque me perdant	que les dieux et les déesses me perdent
pejus quam sentio quotidie	d'une-manière-pire que je ne sens chaque-
me perire,	moi périr, [jour
si scio. »	si je *le* sais. »

quoque in supplicium verterant. Neque frustra præstantissimus sapientiæ[1] firmare solitus est, si recludantur tyrannorum
mentes, posse adspici laniatus et ictus; quando, ut corpora
verberibus, ita sævitia, libidine, malis consultis, animus dila-
ceretur. Quippe Tiberium non fortuna, non solitudines prote-
gebant, quin tormenta pectoris suasque ipse pœnas fateretur.

VII. Tum facta patribus potestate statuendi de Cæciliano
senatore, qui plurima adversum Cottam prompserat, placitum
eamdem pœnam irrogari, quam in Aruseium et Sanquinium,
accusatores L. Arruntii[2]. Quo non aliud honorificentius Cottæ
evenit, qui, nobilis quidem, sed egens ob luxum, per flagitia
infamis, sanctissimis Arruntii artibus[3], dignitate ultionis, æqua-
batur. Quintus Servæus posthac et Minucius Thermus inducti :
Servæus, prætura functus et quondam Germanici comes, Mi-

étaient devenus pour lui un cruel supplice! Le plus sage des hommes
avait donc bien raison d'affirmer que, si l'on ouvrait l'âme des tyrans,
on la verrait déchirée et meurtrie de coups; car la cruauté, la débauche et l'injustice déchirent l'âme comme les fouets déchirent le
corps. Le fait est que Tibère, au comble de la grandeur, dans la
tranquillité de la retraite, éprouvait de si horribles tortures qu'il ne
pouvait lui-même en retenir l'aveu.

VII. Le sénat, laissé libre de prononcer à son gré sur le sénateur Cécilianus, qui avait le plus chargé Cotta, lui infligea la
même peine qu'à Aruséius et Sanquinius, accusateurs d'Arruntius.
Ainsi Cotta, noble, il est vrai, mais ruiné par ses dissolutions et flétri
par ses bassesses, eut l'honneur d'être comparé au plus irrépro-
chable des Romains, et ses vices obtinrent une répression aussi écla-
tante que les vertus d'Arruntius. Q. Servéus et Minucius Thermus
comparurent ensuite. Servéus, ancien préteur, avait été autrefois de
la suite de Germanicus; Minucius était d'une famille équestre; tous

Adeo sua facinora	Tellement ses crimes
atque flagitia	et *ses* désordres
verterant ipsi quoque	avaient tourné à lui-même aussi
in supplicium.	en châtiment.
Neque præstantissimus	Et *l'homme* le plus remarquable
sapientiæ	en sagesse
solitus est firmare frustra,	n'eut-pas-coutume d'affirmer en-vain
si mentes tyrannorum	*que*, si les âmes des tyrans
recludantur,	étaient ouvertes,
laniatus et ictus	les déchirements et les coups
posse adspici ;	pouvoir (pourraient) être aperçus ;
quando animus dilaceretur	puisque l'âme est déchirée
sævitia, libidine,	par la cruauté, la débauche,
malis consultis,	les mauvaises résolutions,
ita ut corpora verberibus.	de même que les corps par les fouets.
Quippe non fortuna,	En effet ni la fortune,
non solitudines	ni les solitudes
protegebant Tiberium,	ne protégeaient Tibère,
quin fateretur ipse	*au point* qu'il n'avouât pas lui-même
tormenta pectoris	les tortures de *son* cœur
suasque pœnas.	et ses châtiments.
VII. Tum	VII. Alors
potestate facta patribus	pouvoir étant fait (donné) aux sénateurs
statuendi	de statuer
de senatore Cæciliano,	sur le sénateur Cécilianus,
qui prompserat plurima	qui avait mis-en-avant le plus *de griefs*
adversum Cottam,	contre Cotta,
placitum	*il fut* décidé
eamdem pœnam irrogari	la même peine être prononcée-contre *lui*
quam in Aruseium	que contre Aruséius
et Sanquinium,	et Sanquinius,
accusatores L. Arruntii.	accusateurs de L. Arruntius.
Quo aliud honorificentius	En-comparaison-de-quoi une autre chose
non evenit Cottæ,	n'arriva pas à Cotta, [plus honorable
qui, nobilis quidem,	qui, noble il-est-vrai,
sed egens ob luxum,	mais sans-ressource à-cause-de *son* luxe,
infamis per flagitia,	infâme par *ses* désordres,
æquabatur	était égalé
artibus sanctissimis	aux pratiques les plus saintes (aux vertus)
Arruntii	d'Arruntius
dignitate ultionis.	par la dignité de la vengeance.
Posthac inducti	Ensuite *furent* introduits
Quintus Servæus	Quintus Servéus
et Minucius Thermus :	et Minucius Thermus :
Servæus, functus prætura	Servéus, sorti de la préture
et quondam	et autrefois
comes Germanici,	compagnon de Germanicus,

nucius equestri loco; modeste habita Sejani amicitia, unde illis major miseratio. Contra Tiberius, præcipuos ad scelera
increpans, admonuit C. Cestium patrem dicere senatui quæ
sibi scripsisset; suscepitque Cestius accusationem. Quod
maxime exitiabile tulere illa tempora, quum primores senatus
infimas etiam delationes exercerent, alii propalam, multi per
occultum. Neque discerneres alienos a conjunctis, amicos ab
ignotis, quid recens aut vetustate obscurum : perinde in foro,
in convivio, quaqua de re locuti, incusabantur, ut quis præ-
venire et reum destinare properat; pars ad subsidium sui,
plures infecti quasi valetudine et contactu. Sed Minucius et
Servæus damnati indicibus accessere[1]. Tractique sunt in casum eumdem Julius Africanus, e Santonis, Gallica civitate,
Sejus Quadratus (originem non reperi). Neque sum ignarus,

deux avaient usé avec modération de l'amitié de Séjan, ce qui les
rendait plus intéressants. Mais Tibère, les notant comme les principaux chefs de la conjuration, somma C. Cestius, le père, de déclarer devant le sénat ce qu'il avait écrit au prince, et Cestius se
chargea de l'accusation. Ce qu'il y eut de plus déplorable dans ces
temps malheureux, c'est que les premiers même du sénat se li-
vraient aux plus basses délations; quelques-uns ouvertement, beaucoup en secret; et l'on était également poursuivi par les siens ou
par les étrangers, par des amis ou par des inconnus, pour des faits
récents ou vieillis. Sur quelque sujet, en quelque lieu qu'on parlât,
au forum, dans un festin, on était dénoncé, tous se hâtant de se
prévenir les uns les autres et se ménageant une accusation, les uns
pour leur sûreté, la plupart parce qu'ils semblaient atteints d'une
maladie contagieuse. Minucius et Servéus, condamnés, se joignirent
aux délateurs. Ils accusèrent à leur tour Julius Africanus, né en
Saintonge, dans les Gaules, et Séius Quadratus, dont je n'ai pu savoir l'origine. Je n'ignore point que la plupart des historiens ont

Minucius, loco equestri ;	Minucius, de rang équestre ;
amicitia Sejani	l'amitié de Séjan
habita modeste,	*avait été* tenue *par eux* modérément,
unde miseratio major	d'où la pitié *était* plus grande
illis.	à (pour) eux.
Contra Tiberius,	Au-contraire Tibère
increpans	*les* gourmandant
præcipuos ad scelera,	*comme* principaux *agents* pour les crimes,
admonuit	somma
C. Cestium patrem	C. Cestius le père
dicere senatui	de dire au sénat
quæ scripsisset sibi ;	*ce* qu'il avait écrit à lui (Tibère) ;
Cestiusque	et Cestius
suscepit accusationem.	se chargea de l'accusation.
Quod maxime exitiabile	Laquelle chose surtout funeste
illa tempora tulere,	ces temps-là produisirent,
quum primores senatus	quand les premiers du sénat
exercerent delationes	exerçaient des délations
etiam infimas,	même les plus basses,
alii propalam,	les uns ouvertement,
multi per occultum.	beaucoup en secret.
Neque discerneres	Et tu n'aurais pas distingué
alienos à conjunctis,	les étrangers des parents,
amicos ab ignotis,	les amis des inconnus,
quid repens	quel *fait était* soudain (récent)
aut obscurum vetustate :	ou obscur par l'ancienneté :
locuti in foro,	ceux qui avaient parlé au forum,
in convivio,	dans un festin,
de re quaqua	sur une chose quelconque
incusabantur perinde,	étaient accusés également,
ut quis properat prævenire	selon que chacun se hâte de prendre-les-de-
et destinare reum ;	et de choisir un accusé ; [vants
pars ad subsidium sui,	une partie pour secours à eux-mêmes,
plures	*d'autres* plus nombreux
quasi infecti valetudine	comme infectés de maladie
et contactu.	et de contagion.
Sed Minucius et Servæus	Mais Minucius et Servéus
damnati	condamnés
accessere indicibus.	se joignirent aux délateurs.
Juliusque Africanus,	Julius Africanus aussi,
e Santonis,	d'entre les Santons,
civitate Gallica,	nation gauloise,
Sejus Quadratus	Séjus Quadratus
(non reperi originem)	(je n'ai pas trouvé *son* origine)
tracti sunt	furent entraînés
in eumdem casum.	dans le même malheur.
Neque sum ignarus	Et je ne suis pas ignorant

a plerisque scriptoribus omissa multorum pericula et pœnas,
dum copia fatiscunt, aut, quæ ipsis nimia et mœsta fuerant,
ne pari tædio lecturos afficerent, verentur. Nobis pleraque
digna cognitu obvenere, quanquam ab aliis incelebrata.

VIII. Nam ea tempestate, qua Sejani amicitiam ceteri falso
exuerant, ausus est eques Romanus M. Terentius, ob id reus,
amplecti, ad hunc modum apud senatum ordiendo : « Fortunæ
quidem meæ[1] fortasse minus expediat agnoscere crimen
quam abnuere; sed, utcumque casura res est, fatebor et fuisse
me Sejano amicum, et ut essem expetisse, et, postquam adeptus eram, lætatum. Videram collegam patris[2] regendis præ-
-toriis cohortibus, mox Urbis et militiæ munia simul obeuntem;
illius propinqui et affines honoribus augebantur; ut quisque
Sejano intimus, ita ad Cæsaris amicitiam validus; contra qui-

omis beaucoup de ces accusations et de ces supplices, soit qu'ils ne
pussent suffire à les rapporter tous, soit qu'affligés et rebutés de tant
d'infortunes, ils voulussent épargner à leurs lecteurs le dégoût et
l'ennui qu'ils éprouvaient eux-mêmes. Pour moi, j'ai trouvé beaucoup de faits dignes d'être connus, quoique d'autres les eussent
omis.

VIII. Dans le temps où ceux qui avaient été réellement les amis
de Séjan abjuraient ce titre, un chevalier romain, nommé M. Térentius, bravant ses délateurs, osa s'en prévaloir, et parla ainsi dans
le sénat : « Pères conscrits, il serait peut-être plus avantageux pour
ma cause de combattre l'accusation que de la reconnaître; mais, quoi
qu'il doive arriver, j'avouerai que j'ai été l'ami de Séjan, que j'ai
aspiré à le devenir et que je me suis félicité d'y avoir réussi. Je
l'avais vu associé à son père dans le commandement des cohortes
prétoriennes, et depuis, réunissant à la fois et les fonctions civiles
et les fonctions militaires. Ses proches, ses alliés étaient comblés
d'honneurs; son amitié menait à la faveur du prince, tandis que

pericula	les dangers
et pœnas multorum	et les châtiments de beaucoup
omissa	*avoir été* omis
a plerisque scriptoribus,	par la plupart des écrivains,
dum fatiscunt copia,	tandis qu'ils plient sous le nombre,
aut verentur	ou *qu'*ils craignent
ne quæ fuerant ipsis	que *des choses* qui avaient été pour eux-mê-
nimia et mœsta	excessives et tristes· [mes
afficerent pari tædio	n'affectassent d'un pareil ennui
lecturos.	ceux qui *les* liraient.
Pleraque digna cognitu,	La plupart *dé ces faits* dignes d'être connus,
quanquam incelebrata	quoique non-publiés
ab aliis,	par les autres,
obvenere nobis.	sont échus-en-partage à nous.
VIII. Nam ea tempestate,	VIII. Car dans ce temps-là,
qua ceteri	dans lequel tous-les-autres
exuerant falso	avaient dépouillé (abjuré) faussement
amicitiam Sejani,	l'amitié de Séjan,
eques Romanus,	un chevalier romain,
M. Terentius,	M. Térentius,
reus ob id,	accusé pour cela,
ausus est amplecti,	osa *l'*embrasser (s'y attacher),
ordiendo ad hunc modum	en commençant de cette manière
apud senatum :	devant le sénat :
« Fortasse quidem	« Peut-être certes
expediat minus	il conviendrait moins
meæ fortunæ	à ma fortune
agnoscere crimen	de reconnaître l'accusation
quam abnuere ;	que de *la* nier ;
sed utcumque res	mais de-quelque-manière-que la chose
casura est,	doive aboutir,
fatebor me	j'avouerai moi
et fuisse amicum Sejano,	et avoir été ami à (de) Séjan,
et expetisse ut essem,	et avoir demandé que je *le* fusse,
et lætatum,	et m'être réjoui,
postquam adeptus eram.	après que je *l'*eus obtenu.
Videram collegam patris	Je *l'*avais vu collègue de *son* père
regendis	pour commander
cohortibus prætoriis,	les cohortes prétoriennes,
mox obeuntem simul	puis remplissant à la fois
munia Urbis et militiæ ;	les fonctions de la ville et de la milice ;
propinqui et affines illius	les proches et les alliés de lui
augebantur honoribus ;	étaient agrandis (comblés) d'honneurs ;
ut quisque intimus	selon que chacun *était* intime
a Sejano,	du-côté-de Séjan,
ita validus	de même *il était* puissant
ad amicitiam Cæsaris ;	pour *gagner* l'amitié de César (Tibère) ;

bus infensus esset, metu ac sordibus conflictabantur : nec
quemquam exemplo assumo ; cunctos qui novissimi consilii
expertes fuimus meo unius discrimine defendam. Non enim
Sejanum Vulsiniensem, sed Claudiæ et Juliæ domus partem [1],
quas affinitate occupaverat, tuum, Cæsar, generum, tui consulatus socium, tua officia in republica capessentem, coleba-
mus. Non est nostrum æstimare quem supra ceteros, et quibus de causis, extollas. Tibi summum rerum judicium dii
dedere ; nobis obsequii gloria relicta est. Spectamus porro quæ
coram habentur, cui ex te opes, honores, quis plurima ju-
vandi nocendive potentia ; quæ Sejano fuisse nemo negaverit :
abditos principis sensus, et si quid occultius parat, exquirere,
illicitum, anceps ; nec ideo assequare. Ne, patres conscripti,
ultimum Sejani diem, sed sedecim annos cogitaveritis : etiam

son ressentiment plongeait dans la terreur et dans l'humiliation. Je
ne cite personne ; mais beaucoup de Romains, sans tremper dans
ses derniers projets, ont participé à sa faveur : j'ose ici à mes seuls
risques les défendre tous. Non, ce n'était point à l'habitant de Vulsinies que s'adressaient nos hommages ; c'était à la maison des
Claudes et des Jules, c'était à ton gendre, César, à ton collègue dans
le consulat, au dépositaire de ton autorité. Ce n'est pas à nous d'examiner les objets ni les motifs de tes prédilections. Les dieux t'ont
donné en toutes choses la décision suprême ; ils ne nous ont laissé
que la gloire d'obéir. Nous voyons seulement ce qu'on nous montre,
ceux qui tiennent de toi les richesses, les honneurs, le pouvoir de
nuire ou de servir ; et certes, Séjan eut tout cela. Les sentiments cachés
du prince, ses vues secrètes, nous sont inconnus, et nos recherches
même, illégitimes et dangereuses, seraient d'ailleurs inutiles. Pères
conscrits, ne songez point au dernier jour de Séjan ; rappelez-vous
les seize années de sa gloire, lorsque nous vénérions jusqu'à Satrius,

contra	au-contraire
quibus esset infensus	*ceux* à qui il était hostile
conflictabantur	étaient abattus
metu ac sordibus :	par la crainte et la misère :
nec assumo quemquam	et je ne prends personne
exemplo ;	pour exemple ;
defendam	je défendrai
meo discrimine unius	à mon risque (au risque) de *moi* seul
cunctos	*nous* tous
qui fuimus expertes	qui avons été non-participant
novissimi consilii.	au dernier complot.
Colebamus enim	Nous honorions en effet
non Sejanum	non Séjan
Vulsiniensem,	de-Vulsinies,
sed partem	mais une portion (un membre)
domus Claudiæ et Juliæ,	de la famille Claudia et *de la famille* Julia,
quas occupaverat	dont il s'était mis-en-possession
affinitate,	par alliance,
tuum generum, Cæsar,	ton gendre, César,
socium tui consulatus,	le collègue de ton consulat,
capessentem tua officia	*celui* qui prenait (remplissait) tes fonctions
in republica.	dans la république.
Non est nostrum æstimare	*Ce* n'est pas notre *affaire* d'apprécier
quem extollas	qui tu élèves
supra ceteros,	au-dessus des autres,
et de quibus causis.	et pour quels motifs.
Dii dedere tibi	Les dieux ont donné à toi
summum judicium rerum;	le suprême jugement de *toutes* choses ;
nobis relicta est	à nous a été laissée
gloria obsequii.	la gloire de l'obéissance.
Porro spectamus	Or nous voyons
quæ habentur coram,	*les choses* qui sont devant *nous*,
cui ex te	*celui* à qui *viennent* de toi
opes, honores,	les richesses, les honneurs,
quis plurima potentia	*ceux* à qui est le plus grand pouvoir
juvandi nocendive ;	de servir ou de nuire ;
quæ nemo negaverit	lesquels *avantages* personne ne niera
fuisse Sejano :	avoir été à Séjan :
exquirere	rechercher
sensus abditos principis,	les sentiments cachés du prince, [cret,
se si parat quid occultius,	et s'il prépare quelque chose de plus se-
illicitum, anceps ;	*est* illicite, dangereux ;
nec assequare ideo.	et tu n'atteindrais pas *ton but* pour-cela.
Patres conscripti,	Pères conscrits,
ne cogitaveritis	ne songez point
ultimum diem Sejani	au dernier jour de Séjan,
sed sedecim annos :	mais aux seize *dernières* années :

Satrium atque Pomponium[1] venerabamur; libertis quoque ac
janitoribus ejus notescere pro magnifico accipiebatur. Quid
ergo? indistincta hæc defensio et promiscua dabitur? imo justis terminis dividatur : insidiæ in rempublicam, consilia cædis adversum imperatorem, puniantur; de amicitia et officiis
idem finis et te, Cæsar, et nos absolverit. »

IX. Constantia orationis, et quia repertus erat qui efferret
quæ omnes animo agitabant, eo usque potuere ut accusatores
ejus, additis quæ ante deliquerant, exsilio aut morte multarentur. Secutæ dehinc Tiberii litteræ in Sext. Vestilium, prætorium, quem, Druso fratri percarum, in cohortem suam
transtulerat. Causa offensionis Vestilio fuit, seu composuerat
quædam in C. Cæsarem, ut impudicum, sive ficto habita fides;
atque ob id convictu principis prohibitus, quum senili manu

jusqu'à Pomponius, lorsqu'on briguait l'honneur d'être connu de ses
affranchis même et de ses portiers. Mais quoi ! appliquerons-nous
indistinctement à tous ce moyen de défense ? non, il est juste de le
restreindre : que les complices de Séjan dans ses projets contre la
république et la vie du prince soient punis; que ceux qui, comme
toi, César, n'ont été que ses amis, soient absous comme toi. »

IX. La fermeté de ce discours, et la joie de trouver un homme
qui osât dire hautement ce que chacun pensait, firent que ses accusateurs, déjà coupables d'autres crimes, furent condamnés à l'exil ou
à la mort. Une nouvelle lettre du prince accusa Sextus Vestilius,
ancien préteur, fort aimé de Drusus, frère de Tibère, et que Tibère
lui-même avait admis dans sa société intime. Son ressentiment venait d'une satire sur les débauches de Caïus, dont Vestilius était ou
fut cru l'auteur. Banni pour cela de la table du prince, Vestilius,
affaibli par l'âge, s'ouvrit les veines, puis les referma, écrivit une

venerabamur etiam
Satrium atque Pomponium;
notescere
libertis quoque
ac janitoribus ejus
accipiebatur pro magnifico.
Quid ergo ?
hæc defensio dabitur
indistincta et promiscua ?
imo dividatur
justis terminis :
insidiæ in rempublicam,
consilia cædis
adversum imperatorem
puniantur ;
de amicitia et officiis
idem finis absolverit
et te, Cæsar, et nos. »
   IX. Constantia
orationis,
et quia repertus erat
qui efferret
quæ omnes agitabant
animo,
potuere usque eo
ut accusatores ejus
multarentur
exsilio aut morte,
quæ deliquerant ante
additis.
Secutæ dehinc
litteræ Tiberii
in Sext. Vestilium,
prætorium ,
quem , percarum
fratri Druso,
transtulerat
in suam cohortem.
Causa offensionis Vestilio
fuit, seu composuerat
quædam in C. Cæsarem
ut impudicum,
sive fides habita ficto ;
atque ob id prohibitus
convictu principis,
quum tentavisset ferrum
manu senili,

nous vénérions même
Satrius et Pomponius ;
se-faire-connaître
des affranchis aussi
et des portiers de lui
était reçu pour glorieux.
Quoi donc ?
cette défense sera-t-elle donnée à *tous*
indistincte et commune ?
au-contraire qu'elle soit séparée (limitée)
par de justes bornes :
que les embûches contre la république,
que les projets de meurtre
contre l'empereur
soient punis ;
quant à l'amitié et à *ses* devoirs
qu'une même fin absolve
et toi, César, et nous. »
   IX. La fermeté
de *ce* discours,
et *ce fait* que *quelqu'un* avait été trouvé
qui exprimât *les pensées*
que tous roulaient
dans *leur* esprit,
eurent-de-la-force jusque-là
que les accusateurs de lui (Térentius)
furent punis
d'exil ou de mort,   [auparavant
les fautes en lesquelles ils avaient péché
étant ajoutées.
Suivit ensuite
une lettre de Tibère
contre Sext. Vestilius,
ancien-préteur ,
lequel, très-cher
à *son* frère Drusus,
il avait fait-passer
dans sa compagnie.
La cause de *son* ressentiment contre Ves-
fut, soit qu'il eût composé   [tilius
certaines *satires* contre C. César
comme *étant* impudique,
soit que foi *eût été* ajoutée à *ce grief* feint;
et pour cela tenu-à-l'écart
de la table du prince,
après qu'il eut essayé le fer
d'une main sénile,

ferrum tentavisset, obligavit venas, precatusque per codicillos, immiti rescripto, venas resolvit. Acervatim ex eo Annius Pollio[1], Appius Silanus, Scauro Mamerco simul ac Sabino Calvisio, majestatis postulantur, et Vinicianus[2] Pollioni patri adjiciebatur, clari genus, et quidam summis honoribus. Contremuerantque patres : nam quotusquisque affinitatis aut amicitiæ tot illustrium virorum expers erat? ni Celsus, urbanæ cohortis tribunus, tum inter indices, Appium et Calvisium discrimini exemisset. Cæsar Pollionis ac Viniciani Scaurique causam, ut ipse cum senatu nosceret, distulit, datis quibusdam in Scaurum tristibus notis.

X. Ne feminæ quidem exsortes periculi : qua[3] occupandæ reipublicæ argui non poterant, ob lacrimas incusabantur; necataque est anus-Vitia, Fufii Gemini[4] mater, quod filii necem flevisset. Hæc apud senatum : nec secus apud principem Vescularius Atticus ac Julius Marinus ad mortem aguntur, e vetustissimis familiarium Rhodum secuti, et apud Capreas indi-

lettre suppliante, reçut une réponse dure, et se les ouvrit de nouveau. Après lui sont poursuivis en masse pour lèse-majesté Annius Pollion, auquel on joignait son fils Vinicianus, Appius Silanus, Mamercus Scaurus et Sabinus Calvisius, tous illustres par leur naissance, quelques-uns par l'éclat des premières dignités. Les sénateurs étaient consternés. En effet, lequel d'entre eux n'était point l'ami ou l'allié de tant de patriciens aussi distingués? Heureusement Celsus, tribun d'une cohorte de la ville, un des témoins, sauva Appius et Calvisius. Tibère, se réservant d'examiner lui-même avec le sénat l'affaire de Pollion, de Vinicianus et de Scaurus, différa l'instruction de leur procès; seulement il lança contre Scaurus quelques traits menaçants.

X. Les femmes n'échappaient point au danger. On ne pouvait leur imputer le dessein d'usurper l'empire, on accusait leurs larmes. Vitia, mère de Rufius, fut mise à mort pour avoir pleuré son fils. Ceci se passa au sénat. De son côté, le prince fit périr Vescularius Atticus et Julius Marinus, deux de ses plus anciens amis, qui,

obligavit venas,	il *se* lia les veines,
precatusque per codicillos,	et ayant prié *le prince* par un mémoire ,
rescripto immiti,	la réponse *étant* impitoyable,
resolvit venas.	il *se* rouvrit les veines.
Ex eo Annius Pollio ,	Après lui Annius Pollion
Appius Silanus	*et* Appius Silanus
postulantur majestatis	sont appelés *en jugement* pour *lèse*-majesté
acervatim	en-masse
simul Scauro Mamerco	en-même-temps-que Scaurus Mamercus
ac Sabino Calvisio,	et Sabinus Calvisius ,
et Vinicianus	et Vinicianus
adjiciebatur patri Pollioni,	était joint à *son* père Pollion ,
clari genus,	*tous quatre* illustres par la naissance ,
et quidam	et quelques-uns
summis honoribus.	par les plus grands honneurs.
Patresque contremuerant :	Et les sénateurs avaient tremblé :
nam quotusquisque	car combien
erat expers	étaient exempts
affinitatis aut amicitiæ	de l'alliance ou de l'amitié
tot virorum illustrium ?	de tant d'hommes illustres ?
ni Celsus, tribunus	si Celsus , tribun
cohortis urbanæ ,	d'une cohorte urbaine,
tum inter indices,	alors parmi les témoins ,
exemisset discrimini	n'eût arraché au danger
Appium et Calvisium.	Appius et Calvisius.
Cæsar distulit	César (Tibère) différa
causam Pollionis	la cause de Pollion
ac Viniciani Scaurique,	et de Vinicianus et de Scaurus,
ut ipse nosceret	afin que lui-même il *l*'instruisît
cum senatu,	avec le sénat,
quibusdam notis tristibus	certaines notes sinistres
datis in Scaurum.	ayant été données contre Scaurus.
X. Ne feminæ quidem	X. Les femmes même
exsortes periculi :	ne *furent* point exemptes de danger :
quia non poterant argui	comme elles ne pouvaient être accusées
occupandæ reipublicæ,	de s'emparer de l'État ,
incusabantur ob lacrimas;	elles étaient incriminées pour larmes ;
anusque Vitia,	et une vieille-femme , Vitia,
mater Fufii Gemini,	mère de Fufius Géminus,
necata est,	fut mise-à-mort , [fils.
quod flevisset necem filii.	parce qu'elle avait pleuré la mort de *son*
Hæc apud senatum :	Ceci *se passait* devant le sénat :
nec secus apud principem	et non autrement devant le prince
Vescularius Atticus	Vescularius Atticus
ac Julius Marinus	et Julius Marinus
aguntur ad mortem ,	sont conduits à la mort,
e vetustissimis familiarium	*quoique étant* des plus anciens de *ses* amis

vidui. Vescularius insidiarum in Libonem internuntius ;
Marino participe, Sejanus Curtium Atticum [1] oppresserat : quo
lætius acceptum sua exempla in consultores recidisse. Per idem
tempus L. Piso [2] pontifex, rarum in tanta claritudine, fato
obiit ; nullius servilis sententiæ sponte auctor, et, quoties ne-
cessitas ingrueret, sapienter moderans. Patrem ei censorium
fuisse memoravi[3]; ætas ad octogesimum annum processit; decus triumphale in Thracia meruerat : sed præcipua ex eo gloria, quod, præfectus Urbi, recens continuam [4] potestatem, et
insolentia parendi graviorem, mire temperavit.

XI. Namque antea, profectis domo regibus, ac mox magistratibus, ne Urbs sine imperio foret, in tempus deligebatur
qui jus redderet ac subitis mederetur : feruntque ab Romulo
Dentrem Romulium, post ab Tullo Hostilio Numam Marcium,
et ab Tarquinio Superbo Spurium Lucretium, impositos. Dein

l'ayant suivi à Rhodes, ne l'avaient point quitté à Caprée. Vescularius avait été un agent de l'intrigue contre Libon, et Marinus avait
participé au complot de Séjan contre Atticus ; aussi fut-ce une consolation de voir leur exemple suivi contre eux-mêmes. Dans le
même temps mourut le pontife L. Pison ; sa mort fut naturelle,
chose rare alors dans un si haut rang. Jamais il ne donna de lâches
conseils, et, quand il recevait des ordres, il en tempérait sagement
la sévérité. J'ai dit que son père avait été censeur ; pour lui, il
poussa sa carrière jusqu'à quatre-vingts ans. Il avait mérité les honneurs du triomphe dans la Thrace ; mais ce qui lui acquit le plus de
gloire, c'est qu'ayant été préfet de Rome, il garda des tempéraments
vraiment admirables dans l'exercice d'une magistrature depuis peu
perpétuelle, qui effarouchait davantage les esprits, à une époque où
l'on n'avait point encore l'habitude de la subordination.

XI. Autrefois, quand les rois, et après eux les magistrats, s'ab-
sentaient de Rome, pour que la ville ne restât point sans chef, un
homme choisi pour le temps de leur absence était chargé de rendre
la justice et de remédier aux accidents imprévus. Ainsi Denter Ro-
mulius fut choisi, dit-on, par Romulus, Marcius Numa par Tullus
Hostilius, et Lucrétius Spurius par Tarquin le Superbe. Dans la

secuti Rhodum,	l'ayant suivi à Rhodes,
et individui apud Capreas.	et inséparables *de lui* à Caprée.
Vescularius internuntius	Vescularius *avait été* l'agent
insidiarum in Libonem ;	des embûches contre Libon ;
Sejanus oppresserat	Séjan avait abattu
Curtium Atticum,	Curtius Atticus,
Marino participe :	Marinus *étant son* complice :
quo acceptum lætius	*c'est* pourquoi *il fut* reçu avec-plus-de-joie
sua exempla	leurs exemples(les exemples qu'ils avaient
recidisse in consultores.	être retombés sur *leurs* auteurs. [donnés)
Per idem tempus	Pendant le même temps
pontifex L. Piso	le pontife L. Pison [naturelle),
obiit fato,	succomba par le destin (mourut de mort
rarum in tanta claritudine;	chose rare dans une si-grande dignité;
auctor sponte	*n'ayant été* l'auteur spontanément
nullius sententiæ servilis,	d'aucun avis servile,
et quoties necessitas	et toutes-les-fois-que la nécessité
ingrueret,	fondait-sur *lui*,
moderans sapienter.	*la* tempérant avec-sagesse.
Memoravi patrem ei	J'ai rapporté le père à lui
fuisse censorium ;	avoir été ancien-censeur ;
ætas processit	*son* âge alla
ad octogesimum annum ;	jusqu'à la quatre-vingtième année ;
meruerat in Thracia	il avait gagné en Thrace
decus triumphale :	l'honneur du-triomphe :
sed præcipua gloria	mais *sa* principale gloire
ex eo, quod,	*vint* de ce que,
præfectus Urbi,	*nommé* préfet à (de) la ville (Rome),
temperavit mire	il tempéra merveilleusement
potestatem	un pouvoir
recens continuam,	récemment perpétuel,
et graviorem	et *devenu* plus-à-charge
insolentia parendi.	par le manque-d'habitude d'obéir.
XI. Namque antea, [bus	XI. Car auparavant,
regibus, mox magistrati-	les rois, puis les magistrats
profectis domo,	étant partis de l'intérieur (de Rome),
ne Urbs foret	pour que la ville ne fût pas
sine imperio,	sans commandement,
deligebatur in tempus	*un citoyen* était choisi pour *ce* temps
qui redderet jus	qui rendît la justice
ac mederetur subitis :	et remédiât aux *accidents* soudains :
feruntque impositos	et on rapporte avoir été préposés
Dentrem Romulium	Denter Romulius
ab Romulo,	par Romulus,
post Numam Marcium	puis Numa Marcius
ab Tullo Hostilio,	par Tullus Hostilius,
et Spurium Lucretium	et Spurius Lucrétius

consules mandabant, duratque simulacrum, quoties ob ferias
Latinas præficitur qui consulare munus usurpet. Ceterum Augustus bellis civilibus[1] Cilnium Mæcenatem, equestris ordinis,
cunctis apud Romam atque Italiam præposuit. Mox, rerum potitus, ob magnitudinem populi ac tarda legum auxilia, sumpsit e consularibus qui coerceret servitia, et quod civium au-
dacia turbidum nisi vim metuat: primusque Messala Corvinus
eam potestatem, et paucos intra dies finem, accepit, quasi nescius exercendi. Tum Taurus Statilius, quanquam provecta
ætate, egregie toleravit. Dein Piso viginti per annos[2] pariter
probatus, publico funere, ex decreto senatus, celebratus est.

XII. Relatum inde ad patres a Quinctiliano, tribuno plebei,
de libro Sibyllæ[3], quem Caninius Gallus, quindecimvir, recipi
inter ceteros ejusdem vatis, et ea de re senatusconsultum,

suite, les consuls donnèrent cette délégation, et l'on voit un reste de
cette institution dans le préfet qui, pendant les féries latines, exerce
les fonctions consulaires. Auguste, durant les guerres civiles, donna
à Mécène, simple chevalier, l'inspection générale sur Rome et sur
l'Italie. Depuis, devenu maître de l'empire, et voyant la difficulté
de contenir un peuple immense, il établit un consulaire pour réprimer sans délai les esclaves, les citoyens turbulents et audacieux, à
qui une justice lente, embarrassée de formalités, n'eût point imprimé
assez de terreur. Messala Corvinus fut le premier revêtu de cette
charge, qu'il abdiqua au bout de quelques jours, sous prétexte d'in-
capacité. Après lui, Taurus Statilius, malgré son grand âge,
l'exerça dignement, ainsi que Pison, qui, pendant vingt années, ne
se démentit pas un seul instant; le sénat lui décerna des funérailles
publiques.

XII. Les sénateurs s'occupèrent ensuite d'un rapport de Quincti-
lianus, tribun du peuple. Il s'agissait d'un nouveau livre sibyllin,
que Caninius Gallus, un des quindécemvirs, voulait faire recevoir;
et celui-ci avait demandé à ce sujet un sénatus-consulte, qui fut

ab Tarquinio Superbo	par Tarquin le Superbe.
Dein consules mandabant,	Ensuite les consuls déléguaient *ce pouvoir*,
simulacrumque durat,	et le simulacre *en* dure, [tines
quoties ob ferias Latinas	toutes-les-fois-que à-cause-des féries la-
præficitur	*un citoyen* est préposé
qui usurpet	qui exerce
munus consulare.	les fonctions consulaires.
Ceterum Augustus	Au-reste Auguste
bellis civilibus	pendant les guerres civiles
præposuit cunctis	préposa à toutes *les affaires*
apud Romam atque Italiam	à Rome et en Italie
Cilnium Mæcenatem,	Cilnius Mécène,
ordinis equestris.	de l'ordre équestre.
Mox, potitus rerum,	Bientôt, devenu-maître des affaires,
ob magnitudinem populi	à cause de la grandeur du peuple
ac lenta auxilia legum,	et des lents secours des lois,
sumpsit e consularibus	il prit parmi les consulaires,
qui coerceret servitia,	*quelqu'un* qui réprimât les esclaves,
et civium	et *cette portion* de citoyens
quod turbidum audacia	qui *est* turbulente par audace
nisi metuat vim :	si elle ne redoute pas la force :
Messalaque Corvinus	et Messala Corvinus
accepit primus	reçut le premier
eam potestatem,	ce pouvoir,
et finem	et la fin *de ce pouvoir*
intra paucos dies,	dans-l'intervalle-de peu-de jours,
quasi nescius exercendi.	comme incapable de *l'*exercer.
Tum Taurus Statilius,	Alors Taurus Statilius,
quanquam ætate provecta,	quoique d'un âge avancé,
toleravit egregie.	*le* porta dignement.
Dein Piso,	Ensuite Pison,
probatus	estimé
per viginti annos pariter,	pendant vingt ans également,
celebratus est	fut honoré
funere publico	par des funérailles publiques
ex decreto senatus.	d'après un décret du sénat.
XII. Inde relatum	XII. Puis un-rapport-*fut*-fait
ad patres	aux sénateurs
a Quinctiliano,	par Quinctilianus,
tribuno plebei,	tribun du peuple,
de libro Sibyllæ,	sur un livre de la Sibylle,
quem Caninius Gallus,	que Caninius Gallus,
quindecimvir,	quindécemvir,
postulaverat recipi	avait demandé être reçu
inter ceteros ejusdem vatis,	parmi les autres de la même prophétesse,
et senatusconsultum	et un sénatus-consulte *fut rendu*
de ea re :	sur cette affaire :

postulaverat : quo per discessionem[1] facto, misit litteras Cæsar, modice tribunum increpans, « ignarum antiqui moris ob juventam. » Gallo exprobrabat « Quod, scientiæ cærimoniarumque vetus, incerto auctore, ante sententiam collegii, non, ut assolet, lecto per magistros[2] æstimatoque carmine, apud infrequentem senatum egisset. » Simul commonefecit, « Quia multa vana sub nomine celebri vulgabantur, sanxisse Augustum quem intra diem ad prætorem urbanum deferrentur, neque habere privatim liceret. » Quod a majoribus quoque decretum erat, post exustum sociali bello[3] Capitolium, quæsitis Samo, Ilio, Erythris[4], per Africam etiam ac Siciliam et Italicas colonias, carminibus Sibyllæ (una seu plures fuere), datoque sacerdotibus negotio, quantum humana ope potuissent, vera discernere. Igitur tunc quoque notioni quindecimvirum is liber subjicitur.

rendu sans discussion. Une lettre de Tibère condamna cette précipitation. Il reprit légèrement le tribun, dont la jeunesse excusait l'ignorance des anciens usages ; mais il reprochait plus durement à Caninius, qu'une longue étude avait dû instruire des rites religieux, d'avoir fait consacrer dans une assemblée peu nombreuse un livre dont l'auteur était incertain, sans avoir consulté le collége , sans avoir pris la précaution ordinaire de faire lire et examiner l'ouvrage par les maîtres des rites. A ce sujet il rappela un règlement d'Auguste, qui, voyant beaucoup de livres apocryphes s'introduire à la faveur d'un nom respectable, avait ordonné que tous les livres sibyllins fussent remis au préteur de la ville dans un temps déterminé, après lequel aucun particulier ne pourrait les garder. Anciennement encore on avait pris les mêmes précautions ; après l'incendie du Capitole, dans la guerre sociale, on avait fait recueillir à Samos, à Ilium, à Érythrée, dans l'Afrique même, dans la Sicile et dans les villes d'Italie, tous les vers de la Sibylle, soit qu'il y en eût une seule ou plusieurs , et on avait chargé les prêtres de faire tout ce qui serait humainement possible pour reconnaître leur authenticité. Ainsi ce nouveau livre fut également soumis à l'examen des quindécemvirs.

quo facto	lequel ayant eu-lieu
per discessionem,	au-moyen-d'*un vote* par division,
Cæsar misit litteras,	César (Tibère) envoya une lettre,
increpans modice	reprenant légèrement
tribunum	le tribun
« ignarum moris antiqui	« *comme* ignorant des usages anciens
ob juventam. »	à-cause-de *sa* jeunesse. »
Exprobrabat Gallo	Il reprochait à Gallus
« Quod, vetus scientiæ	« Que, vieilli dans la science
cærimoniarumque,	et dans les cérémonies *religieuses*,
egisset	il avait traité *cette affaire*
apud senatum	devant le sénat
infrequentem,	peu-nombreux,
auctore incerto,	l'auteur *du livre étant* incertain,
ante sententiam collegii,	avant l'avis du collége,
carmine non lecto	*ces* vers n'ayant pas été lus
æstimatoque,	et appréciés,
ut assolet, per magistros.»	comme c'est-la-coutume, par les maîtres.»
Simul commonefecit,	En même temps il rappela
« Quia multa vana	« Parce que beaucoup d'*oracles* vains
vulgabantur	étaient publiés
sub nomine celebri,	sous un nom accrédité,
Augustum sanxisse	Auguste avoir ordonné
intra quem diem	dans-le-délai-de quel jour
deferrentur	ils seraient portés
ad prætorem urbanum,	au préteur de-la-ville,
neque liceret	et il ne serait-pas-permis
habere privatim. »	de *les* avoir (garder) en-particulier. »
Quod decretum erat quoque	*Ce* qui avait été décrété aussi
a majoribus,	par les ancêtres,
post Capitolium exustum	après le Capitole incendié
bello sociali,	dans la guerre sociale,
carminibus Sibyllæ,	les vers de la Sibylle, [ait eu plusieurs),
(una seu fuere plures),	(*soit qu'il y en ait eu* une ou qu'il y en
quæsitis Samo,	ayant été cherchés à Samos,
Ilio, Erythris,	à Ilium, à Erythrée,
per Africam etiam	en Afrique aussi
ac Siciliam	et *en* Sicile
et colonias Italicas,	et *dans* les colonies d'-Italie,
negotioque dato	et mission ayant été donnée
sacerdotibus,	aux prêtres,
quantum potuissent	autant qu'ils *l'*auraient pu
ope humana,	par des moyens humains,
discernere vera.	de discerner les véritables.
Igitur tunc quoque is liber	Donc alors aussi ce livre
subjicitur notioni	est soumis à l'examen
quindecimvirum.	des quindécemvirs.

11.

XIII. Iisdem consulibus, gravitate annonæ[1] juxta seditionem ventum ; multaque, et plures per dies, in theatro licentius efflagitata quam solitum adversum imperatorem. Quis commotus, incusavit magistratus patresque quod non publica auctoritate populum coercuissent; addiditque quibus e provinciis, et quanto majorem quam Augustus rei frumentariæ copiam advectaret. Ita castigandæ plebi compositum senatusconsultum prisca severitate ; neque segnius consules edixere : silentium ipsius non civile, ut crediderat, sed in superbiam accipiebatur.

XIV. Fine anni Geminius, Celsus, Pompeius, equites Romani, cecidere conjurationis[2] crimine. Ex quis Geminius, prodigentia opum ac mollitia vitæ, amicus Sejano, nihil ad serium. Et Julius Celsus, tribunus, in vinclis laxatam catenam et circumdatam in diversum tendens, suam ipse cervicem per-

XIII. Sous ces mêmes consuls, la cherté des grains excita presque une sédition. Pendant plusieurs jours, au théâtre, le peuple s'emporta contre le prince à des murmures qui ne lui étaient point ordinaires. Tibère irrité reprocha au sénat et aux consuls de n'avoir point employé l'autorité publique pour réprimer cette licence ; il nomma en outre toutes les provinces dont il tirait des blés, et prouva que l'importation était beaucoup plus considérable que du temps d'Auguste. Le sénat fit donc, pour châtier le peuple, un règlement où il s'armait de toute l'autorité qu'il avait jadis ; et les consuls y joignirent un édit non moins rigoureux. Le prince ne dit rien, mais, loin de lui faire un mérite de son silence, on le prit pour de l'orgueil.

XIV. Sur la fin de l'année, Géminius, Celsus et Pompéius, chevaliers romains, furent condamnés pour avoir trempé dans la conjuration. Géminius avait été fort aimé de Séjan, comme un prodigue et un voluptueux ; la politique n'était pour rien dans leur liaison. Celsus, tribun, qu'on avait mis aux fers, se passa autour du cou sa chaîne, qui était lâche, et, tirant de toute sa force, il s'étrangla lui-

XIII. Iisdem consulibus,
ventum juxta seditionem
gravitate annonæ ;
multaque,
et per plures dies,
efflagitata in theatro
licentius quam solitum
adversum imperatorem.
Quis commotus,
incusavit magistratus
patresque
quod non coercuissent
populum
auctoritate publica ;
addiditque
e quibus provinciis,
et quanto advectaret
copiam rei frumentariæ
majorem quam Augustus.
Ita senatusconsultum
compositum
prisca severitate
castigandæ plebi ;
neque consules
edixere segnius :
silentium ipsius
non civile, ut crediderat,
sed accipiebatur
in superbiam.
XIV. Fine anni
Geminius,
Celsus, Pompeius,
equites Romani,
cecidere
crimine conjurationis.
Ex quis Geminius
amicus Sejano,
ad nihil serium,
prodigentia opum
ac mollitia vitæ.
Et Julius Celsus, tribunus,
in vinclis
tendens in diversum
catenam laxatam
et circumdatam,
perfregit ipse
suam cervicem.

XIII. Sous les mêmes consuls,
on vint près d'une sédition
par la cherté des vivres ;
et beaucoup de *mesures*,
et pendant plusieurs jours,
furent sollicitées au théâtre
avec-plus-de-licence qu'*il n'était* ordinaire
envers l'empereur.
Desquelles *réclamations* ému,
il (Tibère) accusa les magistrats
et les sénateurs
de ce qu'ils n'avaient pas réprimé
le peuple
par l'autorité publique ;
et il ajouta
de quelles provinces *il tirait du blé*,
et combien il faisait-apporter
une quantité de provisions de-grains
plus grande que *n'avait fait* Auguste.
Ainsi un sénatus-consulte
fut rédigé
avec l'antique sévérité
pour châtier le peuple ;
et les consuls
ne publièrent-pas-un-édit plus débonnaire;
le silence de *Tibère* lui-même   [cru,
ne fut point populaire, comme il *l*'avait
mais était pris
pour de l'orgueil.
XIV. A la fin de l'année
Géminius,
Celsus, Pompéius,
chevaliers romains,
tombèrent
sous l'accusation de conjuration.
Desquels Géminius
avait été ami à Séjan,
mais pour rien de sérieux,
par la dissipation de *sa* fortune
et la mollesse de *sa* vie.
Et Julius Celsus, tribun,
pendant qu'il était dans les fers
tendant en divers *sens*
sa chaîne lâche
et mise-autour *de son cou*,
brisa lui-même
son cou.

fregit. At Rubrio Fabato, tanquam, desperatis rebus Romanis,
Parthorum ad misericordiam fugeret, custodes additi. Sane is,
repertus apud fretum Siciliæ, retractusque per centurionem,
nullas probabiles causas longinquæ peregrinationis[1] afferebat.
Mansit tamen incolumis, oblivione magis quam clementia.

XV. Servio Galba, L. Sulla consulibus[2], diu quæsito quos
neptibus suis maritos destinaret Cæsar, postquam instabat
virginum ætas, L. Cassium, M. Vinicium[3], legit. Vinicio op-
pidanum genus, Calibus ortus, patre atque avo consularibus,
cetera equestri familia, erat: mitis ingenio et comptæ facun-
diæ. Cassius plebei Romæ generis, verum antiqui honorati-
que, et severa patris disciplina eductus, facilitate sæpius quam
industria commendabatur. Huic Drusillam, Vinicio Juliam,
Germanico genitas, conjungit: superque ea re senatui scripsit,
levi cum honore juvenum; dein, redditis absentiæ causis ad-

même. Rubrius Fabatus, sans espoir du côté des Romains, fuyait chez
les Parthes pour y chercher la pitié. Il fut arrêté près du détroit de
Sicile et ramené par un centurion à Rome, où on lui donna des
gardes. Ce qu'il y a de sûr, c'est qu'il s'éloignait de l'Italie, sans
pouvoir en fournir aucune raison valable. On l'épargna toutefois,
par oubli plutôt que par clémence.

XV. Sous le consulat de Servius Galba et de L. Sylla, Tibère,
pressé par l'âge de ses petites-filles, après leur avoir cherché longtemps des époux qui lui convinssent, choisit enfin L. Cassius et
M. Vinicius. Vinicius, orateur élégant, esprit doux, avait une origine municipale; il sortait de Calès; son père et son aïeul avaient
été consuls, le reste de la famille appartenait à l'ordre équestre.
Cassius sortait d'une famille plébéienne de Rome, mais ancienne et
illustrée par les honneurs. Quoique élevé dans les principes rigides
de son père, ce qui le distingua, ce fut plutôt une certaine facilité
de mœurs que son énergie. Il épousa Drusille, et Vinicius Julie,
toutes deux filles de Germanicus. Tibère manda ce choix au sénat,
avec quelques mots d'éloge pour les deux jeunes gens. Puis, après
avoir donné des raisons très-vagues de son absence, il passa à des

At custodes additi	Mais des gardes furent donnés
Rubrio Fabato,	à Rubrius Fabatus,
tanquam fugeret	comme s'il fuyait
ad misericordiam	pour *demander* la pitié
Parthorum ,	des Parthes,
rebus Romanis desperatis.	les affaires de-Rome étant désespérées.
Sane is repertus	En effet celui-ci trouvé
apud fretum Siciliæ,	près du détroit de Sicile,
retractusque	et ramené-de-force
per centurionem,	par un centurion,
afferebat	n'apportait
nullas causas probabiles	aucun motif plausible
peregrinationislonginquæ.	de *ce* voyage lointain.
Mansit tamen incolumis,	Il demeura cependant sain-et-sauf,
magis oblivione	plus par oubli
quam clementia.	que par clémence.
XV. Servio Galba,	XV. Servius Galba
L. Sulla consulibus,	*et* L. Sylla *étant* consuls, [longtemps
Cæsar, quæsito diu	César (Tibère), *ce point ayant été* examiné
quos maritos destinaret	quels maris il désignerait
suis neptibus,	pour ses petites-filles,
postquam ætas virginum	comme l'âge de *ces* jeunes-filles
instabat,	pressait,
legit L. Cassium.	choisit L. Cassius,
M. Vinicium.	M. Vinicius.
Vinicio erat	A Vicinius était
genus oppidanum ;	une famille municipale ;
ortus Calibus, [bus,	*il était* originaire de Calès,
patre atque avo consulari-	d'un père et d'un aïeul consulaires,
cetera familia equestri ;	le reste de *sa* famille *étant d'ordre* équestre;
mitis ingenio,	doux de caractère,
et facundiæ comptæ.	et d'une faconde élégante.
Cassius generis plebei	Cassius de race plébéienne
Romæ ,	de Rome ,
verum antiqui honoratique,	mais *de race* ancienne et honorée,
et eductus	et formé
disciplina severa patris,	par la discipline sévère de *son* père,
commendabatur facilitate	était recommandé par la facilité [ractère.
sæpius quam industria.	plus souvent que par l'énergie *de son* ca-
Conjungit huic Drusillam,	Il (Tibère) unit à celui-ci Drusilla,
Vinicio Juliam,	à Vinicius Julia,
genitas Germanico :	*toutes deux* nées de Germanicus :
scripsitque senatui	et il écrivit au sénat
super ea re,	sur cette affaire,
cum levi honore juvenum;	avec un léger éloge de *ces* jeunes-gens ;
dein causis admodum vagis	ensuite des raisons très-vagues
absentiæ	de *son* absence

modum vagis, flexit ad graviora et offensiones ob rempublicam cœptas ; utque Macro præfectus tribunorumque et centu-
rionum pauci secum introirent, quoties curiam ingrederetur,
petivit : factoque large, et sine præscriptione generis aut
numeri ; senatusconsulto, ne tecta quidem Urbis, adeo publicum consilium nunquam adiit, deviis plerumque itineribus
ambigens[1] patriam et declinans.

XVI. Interea magna vis accusatorum in eos irrupit, qui pecunias fœnore auctitabant, adversum legem dictatoris Cæsaris[2], qua de modo credendi possidendique intra Italiam cave-
tur ; omissam olim, quia privato usui bonum publicum
postponitur. Sane vetus Urbi fœnebre malum, et seditionum
discordiarumque creberrima causa ; eoque cohibebatur, antiquis quoque et minus corruptis moribus. Nam primo Duodecim Tabulis sanctum[3] ne quis unciario fœnore[4] amplius
exerceret, quum antea ex libidine locupletium agitaretur ;

objets plus importants. Il parla des ennemis qu'il s'attirait pour le
bien de la république, et demanda que, toutes les fois qu'il irait au
sénat, Macron, son préfet, l'accompagnât avec quelques centurions.
Un décret fut rendu sur-le-champ, dans les termes les plus favorables, sans fixation du nombre ni de la qualité des gardes ; mais
Tibère, loin de reparaître au sénat, ne mit pas même le pied dans les
murs de Rome, se rapprochant quelquefois de sa patrie par des rou-
tes détournées et s'en éloignant aussitôt.

XVI. Cependant une nouvelle irruption de délateurs vint alarmer les citoyens qui s'enrichissaient par l'usure au mépris d'une
loi du dictateur César sur les créances et la possession des biens-
fonds en Italie ; loi négligée depuis longtemps, parce que le bien
public est toujours sacrifié à l'intérêt particulier. L'usure fut de tout
temps, il est vrai, le fléau de Rome, et la cause la plus commune de
nos discordes et de nos séditions. Aussi, même dès les premiers
temps, où les mœurs étaient moins corrompues, on s'occupa de la
combattre. Et d'abord la loi des Douze Tables réduisit à un pour
cent l'intérêt, qui auparavant n'avait de bornes que la cupidité des

redditis,	étant données,
flexit ad graviora	il passa à des *objets* plus importants
et offensiones cœptas	et aux inimitiés assumées *par lui*
ob rempublicam ;	pour la république ;
petivitque	et il demanda
ut præfectus Macro	que le préfet Macron
paucique tribunorum	et quelques-uns des tribuns
et centurionum	et des centurions
introirent secum, [riam :	entrassent avec-lui,
quoties ingrederetur cu-	toutes-les-fois-qu'il irait au sénat :
senatusconsultoque	et un sénatus-consulte
facto large,	ayant été rendu libéralement,
et sine præscriptione	et sans fixation
generis aut numeri,	de qualité ou de nombre, [ville,
ne adiit quidem tecta urbis,	il n'approcha même pas des maisons de la
adeo nunquam	tant *il est vrai que* jamais
consilium publicum,	*il ne vint* au conseil public,
ambigens patriam	tournant-autour de *sa* patrie
et declinans itineribus	et *l'*évitant par des routes
plerumque deviis.	le plus souvent détournées.
XVI. Interea	XVI. Cependant
magna vis accusatorum	une grande foule d'accusateurs
irrupit in eos	fondit sur ceux
qui auctitabant pecunias	qui augmentaient *leur* fortune
fœnore,	par l'usure,
adversum legem	contrairement à la loi
dictatoris Cæsaris,	du dictateur César, [(qui fixe les limites)
qua cavetur de modo	par laquelle il est pourvu à la mesure
credendi possidendique	de prêter et de posséder (des créances et
intra Italiam ;	en Italie ; des possessions`
omissam olim,	*loi* négligée autrefois,
quia bonum publicum	parce que le bien public
postponitur usui privato.	est placé-après l'intérêt privé.
Sane malum fœnebre	Certes le mal de-l'usure
vetus Urbi,	*a été* ancien pour la ville (Rome),
et causa creberrima	et cause très-fréquente
seditionum	de séditions
discordiarumque ;	et de discordes ;
eoque cohibebatur,	et pour-cela il était réprimé,
moribus quoque antiquis	les mœurs même *étant* anciennes
et minus corruptis.	et moins corrompues.
Nam primo sanctum	Car-d'abord *il fut* établi
Duodecim Tabulis	par les Douze Tables
ne quis exerceret	que personne n'exerçât. [cent),
amplius fœnore unciario,	plus qu'une usure d'-une-once (un pour
quum antea	lorsque auparavant
agitaretur	elle était pratiquée (réglée)

dein, rogatione tribunicia[1], ad semuncias redacta, postremo
vetita versura[2] : multisque plebis scitis obviam itum fraudibus, quæ, toties repressæ, miras per artes rursum oriebantur.
Sed tum Gracchus prætor, cui ea quæstio evenerat, multitudine periclitantium subactus, retulit ad senatum : trepidique
patres (neque enim quisquam tali culpa vacuus) veniam a
principe petivere; et, concedente, annus in posterum sexque
menses dati, quis, secundum jussa legis, rationes familiares
quisque componerent.

XVII. Hinc inopia rei nummariæ, commoto simul omnium
ære alieno, et quia, tot damnatis bonisque eorum divenditis,
signatum argentum fisco vel ærario attinebatur. Ad hoc senatus præscripserat, duas quisque fœnoris partes in agris per
Italiam collocaret[3]; sed creditores in solidum appellabant[4],
nec decorum appellatis minuere fidem. Ita primo concursatio

riches. Depuis, une loi tribunitienne le restreignit encore de moitié ;
une autre enfin l'abolit tout à fait, et l'on tâcha par différents plé-
biscites de prévenir les fraudes qui, souvent réprimées, reparais-
saient toujours sous divers déguisements. Mais alors le préteur Gracchus, à qui le sort avait attribué ces jugements, effrayé de la multitude des accusés, fit son rapport au sénat ; et les sénateurs consternés
(car aucun n'était exempt de pareilles prévarications) demandèrent
grâce au prince, qui leur accorda un an et demi pour se conformer
à la loi.

XVII. Ces opérations rendirent l'argent très-rare, les créanciers
s'empressant tous à la fois de retirer leurs fonds, sans compter que
les ventes de biens qui avaient suivi des condamnations multipliées
avaient fait entrer dans le trésor public beaucoup d'espèces qui n'en
sortaient plus. Pour remédier à cet état de choses, un sénatus-consulte ordonna aux créanciers de placer en biens fonds dans l'Italie
les deux tiers de leurs créances. Mais ceux-ci les exigèrent en entier, et les débiteurs assignés ne pouvaient avec honneur manquer
à leurs engagements. D'abord ce sont des courses sans fin, des pour-

ex libidine locupletium ;
dein,
rogatione tribunicia,
versura
redacta ad semuncias,
postremo vetita :
multisque scitis plebis
itum obviam fraudibus,
quæ, toties repressæ,
oriebantur rursum
per artes miras.
Sed tum prætor Gracchus,
cui ea quæstio evenerat,
subactus multitudine
periclitantium,
retulit ad senatum :
patresque trepidi
(neque enim quisquam
vacuus tali culpa)
petivere veniam
a principe,
et, concedente,
annus in posterum
sexque menses dati,
quis componerent
quisque rationes familiares
secundum jussa legis.
　XVII. Hinc inopia
rei nummariæ,
ære alieno omnium
commota simul,
et quia, tot damnatis
bonisque eorum divenditis,
argentum signatum
attinebatur fisco
vel ærario.
Ad hoc
senatus præscripserat
quisque collocaret
duas partes fœnoris
in agris per Italiam ;
sed creditores
appellabant
in solidum,
nec decorum
appellatis
minuere fidem.

d'après la fantaisie des riches ;
ensuite,
par une proposition tribunitienne,
le prêt　　　　　　　　　[cent),
fut réduit à une demi-once (un demi pour
enfin défendu :
et par beaucoup de décrets du peuple
on alla au-devant des fraudes,
qui, tant-de-fois réprimées,
naissaient de-nouveau
grâce à des artifices merveilleux.
Mais alors le préteur Gracchus,
auquel cette information était échue,
vaincu (déterminé) par la multitude
de ceux qui se-trouvaient-en-péril,
fit-un-rapport au sénat ;
et les sénateurs alarmés
(et en effet aucun
n'*était* exempt d'une telle faute)
demandèrent grâce
au prince ;
et, *celui ci* l'accordant,
une année à l'avenir
et six mois *furent* donnés,
pendant lesquels ils régleraient
chacun' *leurs* affaires domestiques,
selon les ordres de la loi.
　XVII. De là disette
de ressources numéraires,
l'argent d'-autrui (les dettes) de tous
étant remué à la fois,　　　　[damnés
et parce que, tant *de gens* ayant été con-
et les biens d'eux vendus-en-détail,
l'argent monnayé
était retenu par le fisc
ou par le trésor-public.
Outre cela
le sénat avait prescrit
que chacun plaçât　　　　　[à-intérêt
deux parties (les deux tiers) de l'argent-
en terres dans l'Italie ;
mais les créanciers
assignaient *leurs débiteurs*
pour *la somme* entière,
et *il* n'*était* pas convenable
pour ceux qui étaient assignés　　　[role).
d'amoindrir *leur* foi (manquer à leur pa-

et preces; dein strepere prætoris tribunal : eaque quæ remedio
quæsita , venditio et emptio, in contrarium mutari, quia fœ-
neratores omnem pecuniam mercandis agris condiderant. Copiam vendendi secuta vilitate, quanto quis obæratior, ægrius
distrahebant[1], multique fortunis provolvebantur; eversio rei
familiaris dignitatem ac famam præceps dabat : donec tulit
opem Cæsar, disposito per mensas millies sestertio[2], factaque
mutuandi copia sine usuris per triennium, si debitor populo
in duplum prædiis cavisset. Sic refecta fides, et paulatim pri-
vati quoque creditores reperti : neque emptio agrorum exercita ad formam senatusconsulti, acribus, ut ferme talia, ini-
tiis, incurioso fine.

XVIII. Dein redeunt priores metus, postulato majestatis
Considio Proculo ; qui, nullo pavore diem natalem celebrans,
raptus in curiam, pariterque damnatus interfectusque. Et so-

---

pariers ; bientôt le tribunal du préteur est assailli de demandes. Cette
obligation de vendre et d'acheter produisit un effet contraire au
bien qu'on en espérait. Les riches avaient caché tout leur argent
afin d'acheter eux-mêmes ; la multiplicité des ventes en fit tomber le
prix ; et plus on était obéré, moins on trouvait d'acquéreurs. Beaucoup de fortunes étaient renversées, et la perte des biens entraînait
celle des dignités et de la réputation. Enfin Tibère vint au secours
des citoyens, en établissant un fonds de cent millions de sesterces,
sur lequel l'État prêtait sans intérêt pendant trois ans, à la condition que le débiteur donnerait hypothèque au peuple romain sur des
biens-fonds pour le double de la somme empruntée. Par là le crédit
se rétablit, et insensiblement les particuliers mêmes ouvrirent leur
bourse. Quant aux achats de biens, on n'observa pas rigoureusement
le sénatus-consulte ; enfin cette réforme fut, comme toutes les autres,
sévère au commencement, négligée sur la fin.

XVIII. Bientôt se renouvellent les anciennes alarmes. Considius
Proculus célébrait tranquillement dans sa maison le jour de sa nais-
sance. Tout à coup s'élève contre lui une accusation de lèse-majesté.
Il est traîné au sénat, condamné, exécuté dans le même instant. On

Ita primo	Ainsi d'abord
concursatio et preces ;	*il y eut* des courses-sans-fin et des prières ;
dein tribunal prætoris	puis le tribunal du préteur
strepere :	*ne cessait* de retentir :
eaque	et ces *mesures*
quæ quæsita remedio,	qui *avaient été* cherchées pour remède,
venditio et emptio,	*savoir* la vente et l'achat,
mutari in contrarium,	de se changer en *un effet* contraire,
quia fœneratores	parce que les prêteurs (capitalistes)
condiderant	avaient caché
omnem pecuniam	tout *leur* argent
mercandis agris.	pour acheter des terres.
Vilitate	Le bas-prix [vente),
secuta copiam vendendi,	ayant suivi l'abondance de vendre (de la
distrahebant ægrius,	on vendait *d'autant* plus difficilement
quanto quis obæratior	que l'on *était* plus obéré,
multique	et beaucoup-de *gens* [fortune ;
provolvebantur fortunis ;	étaient précipités de (perdaient) *leur*
eversio rei familiaris	le renversement des biens-de-famille
dabat præceps	mettait à bas
dignitatem ac famam :	la dignité et la réputation : [cours,
donec Cæsar tulit opem,	jusqu'à ce que César (Tibère) porta se-
millies sestertio	mille-fois *cent mille* sesterces
disposito per mensas,	ayant été distribués à-l'aide-de banques,
copiaque facta mutuandi	et facilité ayant été donnée d'emprunter
sine usuris per triennium,	sans intérêt pendant trois-ans,
si debitor	si le débiteur
cavisset populo	avait donné-caution au peuple
prædiis in duplum.	par des biens-fonds pour le double *de la*
Sic fides refecta,	Ainsi le crédit *fut* rétabli, [somme.
et paulatim reperti	et peu-à-peu *furent* trouvés
creditores quoque privati :	des créanciers même privés :
neque emptio agrorum	et l'achat des terres
exercita [ti,	ne *fut* point opéré
ad formam senatus consul-	suivant la forme du sénatus-consulte,
initiis	les commencements *de la réforme*
acribus,	*ayant été* sévères, [choses,
ut ferme talia,	comme *sont* presque-toujours de telles
fine incurioso.	*et* la fin négligée.
XVIII. Dein redeunt	XVIII. Ensuite reviennent
priores metus,	les premières craintes,
Considio Proculo	Considius Proculus
postulato	ayant été appelé *en jugement*
majestatis ;	pour *lèse*-majesté ;
qui celebrans diem natalem	*lui* qui célébrant le jour de-*sa*-naissance
nullo pavore,	sans aucune crainte,
raptus in curiam ,	*fut* entraîné au sénat,

rori ejus Sanciæ aqua atque igni interdictum, accusante
Q. Pomponio : is, moribus inquies, hæc et hujuscemodi a se
factitari prætendebat, ut, parta apud principem gratia, periculis Pomponii Secundi fratris mederetur. Etiam in Pompeiam
Macrinam exsilium statuitur, cujus maritum Argolicum, socerum Laconem, e primoribus Achæorum, Cæsar afflixerat.
Pater quoque, illustris eques Romanus, ac frater, prætorius,
quum damnatio instaret, se ipsi interfecere : datum erat cri-
mini, quod Theophanem Mitylenæum[1], proavum eorum,
Cn. Magnus inter intimos habuisset, quodque defuncto Theo-
phani cœlestes honores Græca adulatio tribuerat.

XIX. Post quos Sext. Marius, Hispaniarum ditissimus, defertur incestasse filiam[2], et saxo Tarpeio dejicitur ; ac, ne dubium haberetur magnitudinem pecuniæ malo vertisse, aurarias
ejus, quanquam publicarentur, sibimet Tiberius seposuit :
irritatusque suppliciis, cunctos qui carcere attinebantur, ac-

interdit l'eau et le feu à sa sœur Sancia. Leur accusateur était
Q. Pomponius, esprit turbulent, qui voulut en vain couvrir la honte
de cette bassesse et de beaucoup d'autres semblables par la nécessité
de se concilier le prince, afin d'en obtenir la grâce de son frère Pomponius Sécundus. On exile aussi Pompéia Macrina, dont le mari,
Argolicus, et le beau-père, Lacon, les premiers citoyens de l'Achaïe,
avaient été victimes de Tibère. Son père, chevalier romain de la première distinction, et son frère, ancien préteur, se voyant aussi sur
le point d'être condamnés, se tuèrent eux-mêmes. On leur avait fait
un crime de ce que Théophane de Mitylène, leur bisaïeul, avait été
un des intimes amis de Pompée, et de ce qu'après la mort de ce
Théophane l'adulation des Grecs lui avait décerné les honneurs divins.

XIX. Sextus Marius suivit de près ; c'était le plus riche des Espa-
gnols. On l'accuse d'un inceste avec sa fille, on le précipite de la
roche Tarpéienne ; et pour qu'il ne fût point douteux que ses richesses étaient la cause de sa perte, Tibère garda pour lui ses mines
d'or, bien qu'elles fussent confisquées au profit de l'État. Enfin, ces
supplices irritant sa cruauté, il enveloppa dans le même arrêt les

pariterque damnatus	et en-même-temps condamné
interfectusque.	et mis-à-mort.
Et interdictum	On interdit aussi
aqua atque igni	l'eau et le feu
Sanciæ sorori ejus,	à Sancia sœur de lui,
Q. Pomponio accusante :	Q. Pomponius l'accusant :
is, inquies moribus,	celui-ci, turbulent de mœurs,
prætendebat	prétendait
hæc et hujusce modi	ces habitudes et autres de cette sorte
factitari a se,	être pratiquées par lui ,
ut, gratia parta	pour que, du crédit étant acquis
apud principem,	auprès du prince,
mederetur periculis	il remédiât aux dangers
fratris Pomponii Secundi.	de son frère Pomponius Sécundus.
Exsilium etiam statuitur	L'exil aussi est décidé
in Pompeiam Macrinam,	contre Pompéia Macrina,
cujus Cæsar afflixerat	dont César (Tibère) avait abattu
maritum Argolicum,	le mari Argolicus,
socerum Laconem,	le beau-père Lacon,
e primoribus Achæorum.	qui étaient des premiers des Achéens.
Pater quoque,	Son père aussi,
eques Romanus illustris,	chevalier romain distingué,
ac frater, prætorius,	et son frère, ancien-préteur,
quum damnatio instaret,	comme la condamnation les menaçait,
se interfecere ipsi :	se tuèrent eux-mêmes :
datum erat crimini,	ce fait leur avait été imputé à crime,
quod Cn. Magnus	que Cn. Magnus
habuisset inter intimos	avait eu parmi ses amis intimes
Theophanem Mitylenæum,	Théophane de-Mitylène,
proavum eorum,	bisaïeul d'eux,
quodque adulatio Græca	et que l'adulation grecque
tribuerat honores cœlestes	avait accordé les honneurs célestes
Theophani defuncto.	à Théophane mort.
XIX. Post quos	XIX. Après lesquels
Sext. Marius,	Sext. Marius,
ditissimus Hispaniarum,	le plus riche des Espagnes,
defertur	est dénoncé
incestasse	avoir souillé-par-inceste
filiam,	sa fille,
et dejicitur saxo Tarpeio ;	et est précipité de la roche Tarpéienne ;
ac, ne haberetur dubium	et, pour qu'il ne fût pas tenu pour dou-
magnitudinem pecuniæ	la grandeur de sa fortune [teux
vertisse malo,	avoir tourné à mal pour lui,
Tiberius seposuit sibimet	Tibère réserva pour lui-même
aurarias ejus,	les mines-d'or de lui,
quanquam publicarentur :	quoiqu'elles fussent confisquées :
irritatusque suppliciis,	et irrité par les supplices,

cusati societatis cum Sejano, necari jubet. Jacuit immensa
strages[1] : omnis sexus, omnis ætas, illustres, ignobiles, dispersi aut aggerati. Neque propinquis aut amicis assistere, illacrimare, ne visere quidem diutius, dabatur; sed circumjecti
custodes, et in mœrorem cujusque intenti, corpora putrefacta
assectabantur, dum in Tiberim traherentur ; ubi fluitantia aut
ripis appulsa non cremare quisquam, non contingere : interciderat sortis humanæ commercium vi metus, quantumque
sævitia glisceret, miseratio arcebatur.

XX. Sub idem tempus, C. Cæsar, discedenti Capreas avo
comes, Claudiam, M. Silani filiam, conjugio accepit : immanem
animum subdola modestia tegens, non damnatione matris,
non exsilio fratrum rupta voce ; qualem diem Tiberius induisset, pari habitu, haud multum distantibus verbis. Unde mox
scitum Passieni oratoris dictum percrebuit, « Neque meliorem

prisonniers détenus pour l'affaire de Séjan, et les fit tous mettre à
mort. La terre fut jonchée de cadavres ; des victimes de tout sexe,
de tout âge, des patriciens, des plébéiens, gisaient épars ou amon-
celés. On repoussait les amis, les parents qui voulaient les approcher ;
on défendait les larmes, les regards même trop curieux ; des gardes,
postés à l'entour de ce champ de carnage, espionnaient la douleur
de chaque citoyen, et suivaient ces cadavres infects jusqu'au Tibre,
où on les traînait. Là, flottant sur l'eau ou poussés vers le bord,
personne n'osait ni les brûler ni les toucher même. La violence de
la crainte étouffait tous les sentiments humains ; et plus la barbarie
était révoltante, plus la compassion était interdite.

XX. A peu près dans le même temps, C. César, qui avait accompagné son aïeul à Caprée, épousa Claudia, fille de M. Silanus. Il
cachait son caractère féroce sous une douceur artificieuse ; jamais il
ne dit un seul mot, ni de la condamnation de sa nièce, ni de l'exil
de ses frères ; chaque jour il se composait sur Tibère : c'était le
même extérieur et presque les mêmes paroles ; ce qui fit dire à l'orateur Passiénus ce mot si heureux et si connu, « qu'il n'y avait ja-

jubet cunctos
qui attinebantur carcere,
accusati societatis
cum Sejano,
necari.

il ordonne tous *ceux*
qui étaient détenus en prison,
accusés de complicité
avec Séjan,
être mis-à-mort.   [*sol* :

Strages immensa jacuit :
omnis sexus, omnis ætas,
illustres, ignobiles,
dispersi aut aggerati.

Une jonchée immense fut étendue *sur le*
tout sexe, tout âge,
citoyens illustres, obscurs,
dispersés ou entassés.

Neque dabatur
propinquis aut amicis
assistere, illacrimare,
ne visere quidem diutius ;
sed custodes circumjecti,
et intenti
in mœrorem cujusque,
assectabantur
corpora putrefacta,
dum traherentur
in Tiberim ;
ubi non quisquam cremare,
non contingere
fluitantia
aut appulsa ripis :
commercium
sortis humanæ
interciderat vi metus,
miseratioque arcebatur
quantum sævitia glisceret.

Et il n'était pas donné
aux proches ou aux amis   [*elles*,
d'approcher *les victimes*, de pleurer-sur
pas même de *les* visiter trop longtemps ;
mais des gardes postés-tout-autour,
et attentifs
au chagrin de chacun.
suivaient
les corps putréfiés,
pendant qu'ils étaient traînés
dans le Tibre ;
où personne ne *pouvait* brûler,
ni toucher
ces corps flottants
ou poussés-vers les rives :
les relations
de la condition humaine (de l'humanité)
étaient interrompues par la violence de la
et la pitié était écartée   [crainte,
autant que la cruauté empirait.

XX. Sub idem tempus,
C. Cæsar, comes avo
discedenti Capreas,
accepit conjugio Claudiam,
filiam M. Silani :
tegens animum immanem
modestia subdola,
voce non rupta
damnatione matris,
non exsilio fratrum ;
habitu pari
qualem diem Tiberius
induisset,
verbis
haud multum distantibus.
Unde mox percrebuit
dictum scitum
oratoris Passieni,

XX. Vers le même temps,
C. César, compagnon à *son* aïeul
qui se retirait à Caprée,
reçut en mariage Claudia,
fille de M. Silanus :
couvrant une âme monstrueuse
d'une modération artificielle,
pas un mot ne *lui* ayant été arraché
par la condamnation de *sa* mère,
ni par l'exil de *ses* frères ;
se montrant avec un air semblable (tel)
que le jour que Tibère   [chaque jour),
avait revêtu (que celui que Tibère prenait
et des paroles
non beaucoup différentes.
D'où bientôt se répandit
un mot spirituel
de l'orateur Passiénus,

unquam servum [1], neque deteriorem dominum fuisse. » Non
omiserim præsagium Tiberii de Serv. Galba tum consule;
quem accitum, et diversis sermonibus pertentatum, postremo
Græcis verbis in hanc sententiam allocutus : « Et tu, Galba,
quandoque degustabis imperium, » seram ac brevem potentiam
significans, scientia Chaldæorum artis, cujus apiscendæ otium
apud Rhodum, magistrum Thrasyllum, habuit, peritiam ejus
hoc modo expertus.

XXI. Quoties super negotio consultaret, edita domus parte
ac liberti unius conscientia utebatur : is litterarum ignarus,
corpore valido, per avia ac derupta (nam saxis domus imminet) præibat eum cujus artem experiri Tiberius statuisset; et
regredientem, si vanitatis aut fraudum suspicio incesserat, in
subjectum mare præcipitabat, ne index arcani exsisteret. Igi-

mais eu de meilleur esclave ni de plus mauvais maître. » Je ne
puis omettre une prédiction de Tibère au sujet de Servius Galba,
alors consul, qu'il avait fait venir à Caprée. L'ayant sondé sur différents sujets, il finit par lui dire en grec ; « Toi aussi, Galba, tu
goûteras quelque jour à l'empire, » pour faire entendre que Galba
arriverait tard au pouvoir et n'en jouirait qu'un moment. Tibère,
pendant son loisir à Rhodes, s'était instruit dans la science des
Chaldéens, sous Thrasyllus, dont il avait éprouvé l'habileté de la fa-
çon que je vais dire.

XXI. Toutes les fois qu'il voulait consulter sur une affaire, il
montait dans la partie la plus élevée de sa maison, et prenait pour
confident un seul affranchi. Cet homme, d'une ignorance grossière,
d'une grande vigueur, amenait par des détours escarpés (car la
maison est au haut d'un rocher) l'astrologue dont le prince se proposait d'éprouver la science; et au retour, sur le moindre soupçon
d'ignorance ou de supercherie, l'affranchi précipitait le devin dans
la mer, afin d'ensevelir avec lui le secret de son maître. Thrasyllus

« Neque unquam servum fuisse meliorem, neque dominum deteriorem. »
Non omiserim præsagium Tiberii de Serv. Galba, tum consule; quem accitum, et pertentatum diversis sermonibus, allocutus postremo verbis Græcis in hanc sententiam : « Et tu, Galba, degustabis quandoque imperium, » significans potentiam seram ac brevem, scientia artis Chaldæorum, cujus apiscendæ habuit otium apud Rhodum, magistrum Thrasyllum, expertus peritiam ejus hoc modo.

XXI. Quoties consultaret super negotio, utebatur parte edita domus ac conscientia unius liberti : is, ignarus litterarum, corpore valido, per avia ac derupta (nam domus imminet saxis) præibat eum cujus Tiberius statuisset experiri artem; et, si suspicio incesserat vanitatis aut fraudum, præcipitabat in mare subjectum regredientem, ne index arcani exsisteret. Thrasyllus igitur,

« Et jamais esclave n'avoir été meilleur, et *jamais* maître n'*avoir été* pire. »
Je ne saurais-omettre un présage de Tibère sur Serv. Galba, alors consul ; lequel mandé, et sondé par différents entretiens, il apostropha enfin avec des termes grecs en ce sens : « Toi aussi, Galba, tu goûteras un-jour à l'empire, » désignant un pouvoir tardif et court, [déens, grâce à la connaissance de l'art des Chal- pour acquérir lequel il eut du loisir à Rhodes, *et pour* maître Thrasyllus, ayant éprouvé l'habileté de celui-ci de cette manière-ci.

XXI. Toutes-les-fois-que il consultait sur une affaire, il se servait de la partie élevée de *sa* maison et de la confidence d'un *seul* affranchi : celui-ci, ignorant des lettres, d'un corps robuste, par des *chemins* non-frayés et escarpés (car la maison domine des rochers) marchait-devant celui dont Tibère avait résolu d'éprouver l'art; et, si un soupçon était venu d'ignorance ou de supercherie, il précipitait dans la mer située-au-dessous *l'astrologue* s'en retournant, [pas. pour qu'un révélateur du secret n'existât Thrasyllus donc,

tur Thrasyllus, iisdem rupibus inductus, postquam percon-
tantem commoverat, imperium ipsi et futura solerter patefa-
ciens, interrogatur « An suam quoque genitalem horam
comperisset; quem tum annum, qualem diem haberet. » Ille,
positus siderum ac spatia dimensus, hærere primo, dein pave-
scere, et, quantum introspiceret, magis ac magis trepidus ad-
mirationis et metus, postremo exclamat « Ambiguum sibi ac
prope ultimum discrimen instare. » Tum complexus eum Tiberius præscium periculorum et incolumem fore gratatur; quæque dixerat oraculi vice accipiens, inter intimos amicorum
tenet.

XXII. Sed mihi, hæc ac talia audienti, in incerto judicium
est fatone res mortalium et necessitate immutabili, an forte
volvantur : quippe sapientissimos veterum, quique sectam
eorum æmulantur, diversos reperies, ac multis insitam opi-
nionem « Non initia nostri, non finem, non denique homines

fut donc, comme les autres, conduit par cette route escarpée. Tibère,
vivement frappé de ses réponses qui lui promettaient l'empire et lui
dévoilaient habilement les secrets de l'avenir, lui demanda s'il avait
aussi tiré son propre horoscope, et ce qu'il pensait de l'année, du
jour où il se trouvait. Celui-ci observe de nouveau la position des
astres, hésite, pâlit; et ses observations ne faisant qu'augmenter de
plus en plus sa surprise et sa frayeur, il s'écrie enfin que le moment
est critique, qu'il touche presque à sa dernière heure. Tibère, l'em-
brassant, le rassure sur le péril qu'il a deviné, et dès lors, regardant ses prédictions comme un oracle, il l'admit dans sa plus intime
familiarité.

XXII. Pour moi, ces faits et d'autres semblables me font douter
si les événements de cette vie sont asservis aux lois d'une destinée
immuable, ou s'ils roulent au gré du hasard. Je vois même que les
plus habiles philosophes de l'antiquité et leurs disciples sont divisés
sur ce point. Les uns pensent que notre commencement, que notre
fin, que l'homme, en un mot, est indifférent aux dieux, et ils citent

inductus iisdem rupibus,	amené par *ces* mêmes rochers,
postquam commoverat	après qu'il eut frappé
percontantem	le *prince* qui *l'*interrogeait
patefaciens solerter ipsi	en découvrant habilement à lui-même
imperium et futura,	l'empire et les choses à-venir,
interrogatur	est interrogé
« An comperisset quoque	« S'il avait découvert aussi
suam horam genitalem;	son heure de naissance;
quem annum, qualem diem	quelle année, quel jour
haberet tum. »	il avait alors. »
Ille, dimensus	Celui-ci, ayant mesuré [*ciel*,
positus siderum ac spatia,	les positions des astres et les espaces *du*
hærere primo,	d'hésiter d'abord,
dein pavescere,	puis de s'effrayer,
et magis ac magis trepidus	et de plus en plus agité
admirationis et metus,	de surprise et de crainte,
quantum introspiceret,	*d'autant plus* qu'il observait,
postremo exclamat	à-la-fin s'écrie
« Discrimen ambiguum	« Un danger critique
ac prope ultimum	et peut-être le dernier
instare sibi. »	menacer lui. »
Tum Tiberius	Alors Tibère
complexus eum	ayant embrassé lui
gratatur	le félicite
præscium periculorum	*d'être* prévoyant de *ses* dangers
et fore incolumem;	et *ajoute lui* devoir être sain et-sauf;
accipiensque vice oraculi	et recevant en guise d'oracle
quæ dixerat,	*les choses* qu'il avait dites,
tenet	il *le* retient
inter intimos amicorum.	parmi les intimes de *ses* amis.
XXII. Sed mihi,	XXII. Mais à moi,
audienti hæc atque talia,	apprenant ces *faits* et *d'autres* tels,
judicium est in incerto	le jugement est dans l'incertitude
resne mortalium	si les affaires des mortels
volvantur	sont roulées (arrivent)
fato	par le destin
et necessitate immutabili,	et par une nécessité immuable,
an forte :	ou par le hasard :
quippe reperies diversos	car tu trouveras de-sentiments-contraires
sapientissimos veterum,	les plus sages des anciens,
quique æmulantur	et *ceux* qui prennent-pour-modèle
sectam eorum,	la secte d'eux,
ac opinionem insitam	et l'opinion innée
multis	chez beaucoup
« Non initia nostri,	« Ni les commencements de nous,
non finem,	ni *notre* fin,
non denique homines	ni enfin les hommes

diis curæ : ideo creberrima et tristia in bonos, et læta apud
deteriores esse. » Contra alii fatum quidem congruere rebus
putant ; sed non e vagis stellis, verum apud principia et nexus
naturalium causarum : ac tamen electionem vitæ nobis relinquunt ; « quam ubi elegeris, certum imminentium ordinem ;
neque mala vel bona, quæ vulgus putet : multos qui conflictari
adversis videntur beatos, ac plerosque, quanquam magnas per
opes, miserrimos, si illi gravem fortunam constanter tolerent,
hi prospera inconsulte utantur. » Ceterum plurimis mortalium non eximitur, quin « primo cujusque ortu ventura destinentur ; sed quædam secus quam dicta sint cadere, fallaciis
ignara dicentium : ita corrumpi fidem artis, cujus clara documenta[1] et antiqua ætas et nostra tulerit. » Quippe a filio ejusdem Thrasylli prædictum Neronis imperium in tempore memorabitur[2], ne nunc incepto longius abierim.

comme preuve les fréquentes calamités des bons et la prospérité des
méchants. D'autres, au contraire, nous soumettent à une destinée,
mais indépendante du cours des étoiles, et qui n'est que l'enchaîne-
ment éternel des causes premières. Toutefois ils nous accordent la
liberté dans le choix de nos actions ; seulement ils prétendent « qu'un
premier choix entraîne une suite de conséquences inévitables ; que
les biens et les maux ne sont point ce que le peuple pense ; qu'on est
heureux malgré des disgrâces apparentes, et misérable au sein des
richesses, si l'on supporte avec constance la mauvaise fortune ou si
l'on abuse de la bonne. » Au reste la plupart des hommes ne peu-
vent renoncer à l'idée que l'avenir de chaque mortel est fixé dès le
premier moment de sa naissance, et que, si les prédictions sont dé-
menties par les faits, c'est la faute des ignorants et des imposteurs ;
qu'ainsi se décrédite un art dont la vérité s'est manifestée par des
preuves éclatantes dans les temps anciens et même dans le nôtre. En
effet, le fils de ce même Thrasyllus prédit l'empire à Néron, comme
je le rapporterai dans la suite, pour ne pas trop m'éloigner maintenant de mon sujet.

curæ diis :
ideo et tristia
esse creberrima in bonos,
et læta
apud deteriores. »
Contra alii putant
fatum quidem
congruere rebus ;
sed non e stellis vagis,
verum apud principia
et nexus
causarum naturalium :
ac tamen relinquunt nobis
electionem vitæ ;
« quam ubi elegeris,
ordinem imminentium
certum ;
neque mala vel bona,
quæ vulgus putet :
multos qui videntur
conflictari adversis,
beatos,
ac plerosque miserrimos,
quanquam
per magnas opes,
si illi tolerent constanter
gravem fortunam,
hi utantur inconsulte
prospera. »
Ceterum non eximitur
plurimis mortalium
quin « ventura destinentur
primo ortu cujusque ;
sed quædam cadere
secus quam dicta sint,
fallaciis
dicentium ignara :
ita corrumpi fidem artis,
cujus et ætas antiqua
et nostra
tulerit clara documenta. »
Quippe imperium Neronis
prædictum a filio
ejusdem Thrasylli
memorabitur in tempore,
ne nunc abierim longius
incepto.

n'être à souci aux (l'objet des soins des)
pour-cela et les choses tristes   [dieux :
être très-fréquentes pour les bons,
et les choses heureuses
chez les plus mauvais.
Au-contraire d'autres pensent
le destin il-est-vrai
être accommodé aux événements ;
mais non d'après les étoiles errantes,
mais en-vertu-des principes
et des liens
des causes naturelles :
et cependant ils laissent à nous
le choix de *notre* vie ;
« laquelle dès que tu *l'*auras choisie,
l'ordre des événements suspendus-sur-
être certain ;   [nous
et les maux ou les biens
n'*être* pas *ceux* que le vulgaire pense :
beaucoup *de gens* qui paraissent
être accablés par l'adversité,
être heureux,
et la plupart très-malheureux,
quoique
au-milieu-de grandes richesses,
si ceux-là portent avec-fermeté
la pesante (mauvaise) fortune,
et si ceux-ci usent inconsidérément
de la bonne. »
Au-reste *cette opinion* n'est point ôtée
à la plupart des mortels,
que « les choses à venir ne soient fixées
à la première (au moment de la) naissance
mais certaines choses arriver [de chacun ;
autrement qu'elles n'ont été prédites,
par les impostures
de *ceux* qui prédisent des *faits* ignorés :
ainsi être altéré le crédit d'un art,
dont et l'âge antique
et le nôtre
ont produit d'éclatantes preuves. »
Car l'empire de Néron
prédit par le fils
du même Thrasyllus
sera rapporté en *son* temps,   [trop loin
pour que maintenant je ne m'écarte pas
du *récit* entrepris.

XXIII. Iisdem consulibus, Asinii Galli mors[1] vulgatur, quem egestate cibi peremptum haud dubium; sponte, vel necessitate, incertum habebatur. Consultusque Cæsar an sepeliri sineret, non erubuit permittere, ultroque incusare casus qui reum abstulissent, antequam coram convinceretur; scilicet medio triennio defuerat tempus subeundi judicium consulari seni, tot consularium parenti. Drusus[2] deinde exstinguitur, quum se miserandis alimentis, mandendo e cubili tomento[3], nonum ad diem detinuisset. Tradidere quidam præscriptum fuisse Macroni, si arma ab Sejano tentarentur, extractum custodia juvenem (nam in palatio attinebatur) ducem populo imponere : mox, quia rumor incedebat fore ut nurui ac nepoti conciliaretur Cæsar, sævitiam quam pœnitentiam maluit.

XXIV. Quin et invectus in defunctum, probra corporis, exitiabilem in suos, infensum reipublicæ animum objecit, recitarique factorum dictorumque ejus descripta per dies jussit;

XXIII. Sous les mêmes consuls, on apprit le trépas d'Asinius Gallus. On sut bien qu'il était mort de faim, mais on ignora si c'était volontairement ou de force. Tibère, à qui l'on demanda la permission de l'ensevelir, n'eut point honte de l'accorder et de se plaindre du sort qui enlevait un coupable avant qu'il fût manifestement convaincu. Sans doute le temps avait manqué pendant les trois années de prison où l'on fit languir un vieillard consulaire, et père de tant de consuls! On apprit ensuite la mort de Drusus. De misérables aliments, la bourre qu'il arracha de son lit, prolongèrent sa vie jusqu'au neuvième jour. Quelques-uns ont rapporté que Macron, lorsqu'il arrêta Séjan, avait eu l'ordre, au cas que celui-ci prît les armes, de tirer Drusus du palais où on le retenait prisonnier, et de le mettre à la tête du peuple. Le bruit même courut que Tibère se réconcilierait avec son petit-fils et avec sa bru ; c'en fut assez pour qu'il préférât la cruauté au repentir.

XXIV. Sa haine poursuivit encore Drusus après sa mort. Il lui reprocha d'infâmes prostitutions, de l'acharnement contre les siens et une haine implacable contre la république. Le détail de ses actions et de ses paroles, rédigé jour par jour, fut lu publiquement.

XXIII. Iisdem consuli- [bus,
mors Asinii Galli
vulgatur,
quem haud dubium
peremptum egestate cibi;
sponte, vel necessitate,
habebatur incertum.
Cæsarque consultus
an sineret sepeliri,
non erubuit permittere,
accusareque ultro casus
qui abstulissent reum
antequam convinceretur
coram ;
scilicet medio triennio
tempus
subeundi judicium
defuerat seni consulari,
parenti tot consularium.
Deinde Drusus
exstinguitur,
quum se detinuisset
ad nonum diem
miserandis alimentis,
mandendo tomento
e cubili.
Quidam tradidere
præscriptum fuisse
Macroni,
si arma tentarentur
ab Sejano,
imponere populo ducem
juvenem
extractum custodia   [tio):
(nam attinebatur in pala-
mox, quia rumor incedebat
fore ut Cæsar conciliaretur
nurui ac nepoti,
maluit sævitiam
quam pœnitentiam.
XXIV. Quin et
invectus in defunctum,
objecit probra corporis,
animum
exitiabilem in suos,
infensum reipublicæ,
jussitque recitari

XXIII. Sous les mêmes consuls,
la mort d'Asinius Gallus
est publiée,
lequel il n'est pas douteux
avoir péri par manque de nourriture ;
si ce fut de plein-gré, ou par nécessité,
cela était tenu pour incertain.
Et César (Tibère) consulté
s'il permettrait lui être enseveli,
ne rougit pas de le permettre,
et d'accuser spontanément la fatalité
qui avait enlevé l'accusé
avant qu'il fût convaincu
en-face ;   [ans
apparemment dans-l'intervalle-de-trois-
le temps
de subir son jugement
avait manqué à un vieillard consulaire,
père de tant de consulaires.
Ensuite Drusus
s'éteint,
après qu'il se fut soutenu
jusqu'au neuvième jour
par de misérables aliments,
en mâchant la bourre
enlevée de son lit.
Quelques-uns ont rapporté
ceci avoir été prescrit
à Macron,
si les armes étaient essayées
par Séjan,
de préposer au peuple pour chef
ce jeune-homme
extrait de prison
(car il était gardé dans le palais) :
bientôt, parce que le bruit se répandait
devoir arriver que César (Tibère) se ré-
avec sa bru et son petit-fils, [concilierait
il aima-mieux la cruauté
que le repentir.
XXIV. Bien plus aussi
s'étant déchaîné contre le mort,
il lui reprocha les opprobres de son corps,
une âme
implacable pour les siens,
acharnée contre la république,
et il ordonna être lus

quo non aliud atrocius visum : adstitisse tot per annos, qui
vultum, gemitus, occultum etiam murmur exciperent, et potuisse avum audire, legere, in publicum promere, vix fides ;
nisi quod Actii centurionis et Didymi epistolæ servorum nomina præferebant, ut quis egredientem cubiculo Drusum pul-
saverat, exterruerat : etiam sua verba centurio, sævitiæ plena,
tanquam egregium, vocesque deficientis adjecerat, quis primo
alienationem mentis simulans, quasi per dementiam funesta
Tiberio, mox, ubi exspes vitæ fuit, meditatas compositasque
diras imprecabatur : « Ut quemadmodum nurum filiumque
fratris ¹ et nepotes domumque omnem cædibus complevisset,
ita pœnas nomini generique majorum et posteris exsolveret. »
Obturbabant quidem patres, specie detestandi : sed penetra-
bat pavor et admiratio, callidum olim et tegendis sceleribus

On y vit, ce qui parut le comble de l'atrocité, Drusus, pendant des
années entières, entouré de traîtres chargés d'épier son visage, ses
gémissements, ses soupirs les plus secrets; à peine croyait-on qu'un
aïeul eût pu entendre tant d'horreurs, les lire, les livrer au public;
mais les lettres du centurion Actius et de l'affranchi Didyme étaient
positives; elles marquaient jusqu'au nom des esclaves qui, lorsque
Drusus voulait sortir de son appartement, l'y repoussaient par des
menaces ou par des violences. Le centurion rapportait même avec
un air de triomphe ses insultes barbares, et toutes les circonstances
de l'agonie du jeune prince, qui d'abord, dans un délire simulé, avait
hasardé quelques emportements contre Tibère, et qui enfin, quand il
avait vu sa mort inévitable, l'avait chargé d'imprécations étudiées
et réfléchies, souhaitant à l'assassin de sa bru, de son neveu, de ses
petits-fils, au bourreau de toute sa maison, des tourments capables
de venger à la fois ses aïeux et ses descendants. Les sénateurs inter-
rompirent plusieurs fois, comme pour protester contre de pareils
vœux ; mais leurs vrais sentiments étaient la crainte et une horreur
profonde; ils ne concevaient même pas que Tibère, autrefois si attentif

descripta per dies	les *détails* rédigés *jours* par jours
factorum	des actes
dictorumque ejus ;	et des paroles de lui ;
quo aliud	en-comparaison-de-quoi une autre chose
non visum atrocius :	ne parut pas plus atroce :
vix fides	à peine croyance *était-elle* (croyait-on)
adstitisse	*des hommes* s'être trouvés
per tot annos	pendant tant d'années
qui exciperent vultum,	qui épiaient *son* visage,
gemitus,	*ses* gémissements,
murmur etiam occultum,	*ses* murmures même secrets,
et avum potuisse audire,	et *son* aïeul avoir pu entendre,
legere,	lire,
promere in publicum ;	produire en public *ces rapports;*
nisi quod epistolæ	si ce n'est que les lettres
centurionis Actii et Didymi	du centurion Actius et de Didyme
præferebant	mettaient-en-avant
nomina servorum,	les noms des esclaves,
ut quis pulsaverat,	comme chacun avait repoussé,
exterruerat Drusum	avait épouvanté Drusus
egredientem cubiculo :	sortant de *sa* chambre :
centurio etiam	le centurion même
adjecerat,	avait ajouté,
tanquam egregium,	comme chose hors-du-commun,
sua verba, plena sævitiæ,	ses mots, pleins de cruauté,
vocesque deficientis,	et les paroles du mourant,
quis simulans primo	par lesquelles feignant d'abord
alienationem mentis,	une aliénation d'esprit,
imprecabatur	il souhaitait
quasi per dementiam	comme dans le délire
funesta Tiberio,	des choses funestes à Tibère,
mox, ubi fuit exspes vitæ,	puis, dès qu'il fut sans-espoir de vie,
diras meditatas	*proférait* des imprécations étudiées
compositasque :	et réfléchies :
« Ut quemadmodum	« Que de même qu'*il avait tué*
nurum filiumque fratris	*sa* bru et le fils de *son* frère
et nepotes	et *ses* petits-fils
complevissetque cædibus	et avait rempli de meurtres
omnem domum,	toute *sa* maison,
ita exsolveret pœnas	de même il acquittât des peines
nomini generique majorum	envers le nom et la race de *ses* ancêtres
et posteris. »	et *ses* descendants. »
Patres quidem obturbabant	Les sénateurs certes interrompaient
specie detestandi :	sous couleur de protester :
sed pavor et admiratio	mais la frayeur et l'étonnement
penetrabat,	pénétraient *dans les âmes,*
callidum olim et obscurum	*en voyant un prince* rusé autrefois et discret

obscurum huc confidentiæ venisse, ut, tanquam demotis pa-
rietibus, ostenderet nepotem sub verbere centurionis, inter
servorum ictus, extrema vitæ alimenta frustra orantem.

XXV. Nondum is dolor exoleverat , quum de Agrippina
auditum, quam, interfecto Sejano, spe sustentatam provixisse¹
reor, et, postquam nihil de sævitia remittebatur, voluntate ex-
stinctam : nisi si, negatis alimentis, assimulatus est finis qui
videretur sponte sumptus. Enimvero Tiberius fœdissimis cri-
minationibus exarsit, impudicitiam arguens, et Asinium Gal-
lum adulterum , ejusque morte ad tædium vitæ compulsam.
Sed Agrippina, æqui impatiens, dominandi avida, virilibus
curis, feminarum vitia exuerat. Eodem die defunctam , quo
biennio ante Sejanus pœnas luisset, memoriæque id proden-
dum, addidit Cæsar ; jactavitque quod non laqueo strangulata
neque in Gemonias projecta foret. Actæ ob id grates, decre-

à couvrir ses crimes d'artificieuses obscurités, en fût venu à cet excès
de confiance, d'ouvrir, pour ainsi dire, les portes de son palais, et
d'oser montrer à Rome entière son petit-fils frappé par un centurion, battu par des esclaves, implorant pour sa subsistance les plus
vils aliments, et les implorant en vain.

XXV. L'impression de cette mort n'était point encore effacée,
lorsqu'on apprit celle d'Agrippine. Je présume qu'après le supplice
de Séjan l'espérance la fit consentir à vivre, mais qu'ensuite, ne
voyant point d'adoucissement à son sort, elle se laissa périr de faim;
à moins qu'on ne l'ait privée d'aliments , pour accréditer la supposi-
tion d'une mort volontaire. Ce qu'il y a de certain, c'est que Tibère accabla sa mémoire des plus odieuses imputations: il l'accusa
d'impudicité, d'adultère avec Asinius Gallus, et débita que c'était la
mort de son amant qui lui avait inspiré le dégoût de la vie. Agrippine avait un besoin de dominer qui lui rendait l'égalité insupportable ; mais sa virile ambition la préservait des faiblesses de son sexe.
Tibère observa que la mort d'Agrippine était arrivée deux ans,
jour pour jour, après le supplice de Séjan, et qu'il fallait en conserver la mémoire. Il se fit un mérite de ce qu'elle n'avait été ni étran-
glée ni jetée aux Gémonies. Des actions de grâce lui en furent ren-

tegendis sceleribus	pour cacher *ses* crimes
venisse huc confidentiæ,	*en* être venu là (à ce point) de confiance,
ut, parietibus	que, les murs
tanquam demotis,	étant comme renversés,
ostenderet nepotem	il montrât *son* petit-fils
sub verbere centurionis,	sous le fouet d'un centurion,
inter ictus servorum,	au milieu des coups d'esclaves,
orantem frustra	implorant en-vain
extrema alimenta vitæ.	les derniers aliments pour *soutenir sa* vie.
XXV. Is dolor	XXV. Cette douleur
nondum exoleverat,	n'était point encore passée,
quum auditum	lorsqu'on apprit *des nouvelles*
de Agrippina,	d'Agrippine,
quam reor provixisse	laquelle je pense avoir prolongé-sa-vie
sustentatam spe,	soutenue par l'espérance,
Sejano interfecto,	Séjan ayant été tué,
et, postquam nihil	et, comme rien
remittebatur de sævitia,	n'était relâché de la cruauté,
exstinctam voluntate :	*être* morte de *sa* volonté :
nisi si, alimentis negatis,	à moins que, les aliments *lui* ayant été re-
finis assimulatus est	une fin n'ait été imaginée [fusés,
qui videretur	qui semblât
sumptus sponte.	prise par *sa* volonté (volontaire).
Enimvero,	En effet,
Tiberius exarsit [mis,	Tibère s'enflamma (s'emporta)
criminationibus fœdissi-	aux imputations les plus outrageantes,
arguens impudicitiam,	accusant *son* impudicité,
et Asinium Gallum	et *disant* Asinius Gallus
adulterum,	*avoir été son* amant,
compulsamque morte ejus	et *elle avoir été* poussée par la mort de lui
ad tædium vitæ.	au dégoût de la vie.
Sed Agrippina,	Mais Agrippine,
impatiens æqui,	incapable-de-supporter l'égalité,
avida dominandi,	avide de dominer,
curis virilibus,	*occupée* de soins virils,
exuerat vitia feminarum.	avait dépouillé les vices des femmes.
Cæsar addidit	César (Tibère) ajouta
defunctam eodem die,	*elle être* morte le même jour,
quo Sejanus luisset pœnas	où Séjan avait acquitté *sa* peine
biennio ante,	deux-ans auparavant,
idque	et cela
prodendum memoriæ ;	devoir être transmis à la mémoire ;
jactavitque	et il fit-valoir
quod non strangulata foret	qu'elle n'avait pas été étranglée
laqueo,	par le lacet,
neque projecta	ni jetée
in Gemonias.	aux Gémonies.

tumque ut quintodecimo calendas novembris, utriusque necis
die, per omnes annos donum Jovi sacraretur.

XXVI. Haud multo post Cocceius Nerva, continuus principis, omnis divini humanique juris sciens, integro statu, corpore illæso, moriendi consilium cepit. Quod ut Tiberio cognitum, assidere, causas requirere, addere preces, fateri postremo
grave conscientiæ, grave famæ suæ, si proximus amicorum,
nullis moriendi rationibus, vitam fugeret. Aversatus sermonem Nerva abstinentiam cibi conjunxit. Ferebant gnari cogitationum ejus, quanto propius mala reipublicæ viseret, ira
et metu, dum integer, dum intentatus, honestum finem voluisse. Ceterum Agrippinæ pernicies, quod vix credibile,
Plancinam traxit. Nupta olim Cn. Pisoni, et palam læta morte
Germanici, quum Piso caderet, precibus Augustæ[1], nec minus

dues, et on décréta que, tous les ans, le quinzième jour avant les
calendes de novembre, époque des deux morts, on consacrerait un
don à Jupiter.

XXVI. Peu de temps après, Coccéius Nerva, l'ami inséparable de
Tibère, célèbre par ses profondes connaissances dans le droit civil
et religieux, jouissant d'une fortune prospère, exempt de toute in-
firmité, prit la résolution de mourir. Tibère, instruit de ce dessein,
se rend auprès de lui ; il le questionne, il le supplie, il lui avoue enfin qu'il croirait avoir quelque reproche à se faire et que ce serait une
tache à sa réputation, si le meilleur de ses amis cherchait la mort
sans aucun sujet de haïr la vie. Nerva, sourd à ces représentations,
refusa obstinément toute nourriture. Les confidents de ses pensées
rapportent que, frappé des maux de la république qu'il voyait de
plus près, il voulut, moitié par indignation, moitié par crainte, se
ménager une fin honorable, tandis que sa fortune et sa renommée
n'avaient point encore reçu d'atteinte. Au reste, la perte d'Agrippine, ce qui est à peine croyable, entraîna celle de Plancine. Cette
veuve de Cn. Pison, qui avait triomphé publiquement de la mort de
Germanicus, avait échappé à la disgrâce de son époux, protégée par

Grates actæ ob id,
decretumque
ut quintodecimo
calendas novembris,
die utriusque necis,
donum sacraretur Jovi
per omnes annos.
XXVI. Haud multo post
Cocceius Nerva,
continuus principis,
sciens omnis juris
divini humanique,
statu integro,
corpore illæso,
cepit consilium moriendi.
Quod ut cognitum Tiberio,
assidere,
requirere causas,
addere preces,
fateri postremo
grave conscientiæ,
grave suæ famæ,
si proximus amicorum
fugeret vitam,
nullis rationibus moriendi.
Nerva aversatus sermonem
conjunxit
abstinentiam cibi.
Gnari cogitationum ejus
ferebant
voluisse finem honestum,
ira et metu,
dum integer,
dum intentatus,
quanto viseret propius
mala reipublicæ.
Ceterum
pernicies Agrippinæ,
quod vix credibile,
traxit Plancinam.
Nupta olim Cn. Pisoni,
et palam læta
morte Germanici,
defensa erat,
quum Piso caderet,
precibus Augustæ,
nec minus

Des actions-de-grâce *furent* rendues pour
et *il fut* décrété   [cela,
que le quinzième *jour*
avant les calendes de novembre,
jour de l'une-et-l'autre mort,
un don serait consacré à Jupiter
pendant toutes les années *à venir.*
XXVI. Non beaucoup après
Coccéius Nerva,
ami inséparable du prince,
savant dans tout le droit
divin et humain,
jouissant d'une fortune intacte,
d'un corps exempt-d'infirmités,
prit la résolution de mourir.
Laquelle dès qu'elle *fut* connue de Tibère,
il s'empresse de s'asseoir-près *de lui,*
de *lui* demander les motifs,
d'ajouter des prières,
d'avouer enfin
ceci être lourd pour *sa* conscience,
lourd pour sa réputation,
si le plus proche de *ses* amis
fuyait la vie,
sans aucune raison de mourir.
Nerva ayant rebuté *ces* paroles
continua
l'abstention de nourriture.
Ceux-qui-connaissaient les pensées de lui
rapportaient
lui avoir voulu une fin honorable,
par colère et par crainte,
tandis qu'*il était* intact,
tandis qu'*il était* inattaqué,
d'autant qu'il voyait de plus près
les maux de la république.
Au-reste
la perte d'Agrippine,
ce qui est à-peine croyable,
entraîna Plancine.
Mariée autrefois à Cn. Pison,
et ouvertement joyeuse
de la mort de Germanicus,
elle avait été défendue,
lorsque Pison tombait,
par les prières d'Augusta,
et non moins

inimicitiis Agrippinæ, defensa erat : ut odium et gratia desiere, jus valuit; petitaque criminibus haud ignotis, sua manu
sera magis quam immerita supplicia persolvit.

XXVII. Tot luctibus funesta civitate, pars mœroris fuit
quod Julia, Drusi filia, quondam Neronis uxor, denupsit in
domum Rubellii Blandi, cujus avum, Tiburtem, equitem Romanum plerique meminerant. Extremo anni, mors Ælii Lamiæ[1] funere censorio celebrata, qui, administrandæ Syriæ
imagine tandem exsolutus, Urbi præfuerat. Genus illi decorum, vivida senectus; et non permissa provincia dignationem
addiderat. Exin, Flacco Pomponio[2] Syriæ proprætore defuncto,
recitantur Cæsaris litteræ, quis incusabat « Egregium quemque, et regendis exercitibus idoneum, abnuere id munus; seque
ea necessitudine ad preces cogi, per quas consularium aliqui
capessere provincias adigerentur, » oblitus Arruntium, ne in

l'inimitié d'Agrippine non moins que par les sollicitations d'Augusta.
Sitôt que la haine et la faveur cessèrent, la justice prévalut. Accusée
de crimes trop notoires, elle se tua elle-même, punition plus tardive
qu'imméritée.

XXVII. Au milieu de tant de sinistres événements, ce fut encore
un chagrin de voir Julie, fille de Drusus, veuve de Néron, se més-
allier avec Rubellius Blandus, dont plusieurs Romains avaient vu
l'aïeul, citoyen de Tibur et simple chevalier. Sur la fin de l'année, on
décerna les funérailles de censeur à Élius Lamia, qui, délivré enfin
de ce vain gouvernement de Syrie, où jamais on ne lui permit de se
rendre, avait été nommé préfet de Rome. Sa naissance était distinguée,
sa vieillesse fut active, et l'injustice qu'il avait éprouvée augmenta sa
gloire. La mort de Flaccus Pomponius, propréteur de Syrie, donna
lieu à une lettre de Tibère. Il se plaignit de ce que les Romains les
plus distingués, les plus propres au commandement des armées, re-
fusaient cet emploi, ce qui le réduisait à prier le sénat de forcer
quelques-uns des consulaires à accepter des gouvernements. Tibère
oubliait sans doute que, depuis dix ans, il empêchait Arruntius de

inimicitiis Agrippinæ :
ut odium et gratia
desiere,
jus valuit ;
petitaque
criminibus haud ignotis,
persolvit sua manu
supplicia sera
magis quam immerita.

XXVII. Civitate funesta
tot luctibus,
pars mœroris fuit,
quod Julia, filia Drusi,
quondam uxor Neronis,
denupsit in domum
Rubellii Blandi,
cujus plerique
meminerant avum,
Tiburtem,
equitem Romanum.
Extremo anni,
mors Ælii Lamiæ
celebrata funere censorio,
qui tandem exsolutus
imagine
Syriæ administrandæ,
præfuerat Urbi.
Genus illi decorum,
senectus vivida ;
et provincia non permissa
addiderat dignationem.
Exin, Flacco Pomponio
proprætore Syriæ
defuncto,
litteræ Cæsaris recitantur,
quis incusabat
« Quemque egregium,
et idoneum
regendis exercitibus,
abnuere id munus ;
seque cogi
ea necessitudine
ad preces, per quas
aliqui consularium
adigerentur
capessere provincias, »
oblitus Arruntium

par les inimitiés d'Agrippine :
dès que la haine et la faveur
eurent cessé,
le droit prévalut ;
et attaquée
par des imputations non inconnues,
elle acquitta de sa *propre* main
des châtiments tardifs
plus qu'immérités.

XXVII. La cité *étant* désolée
par tant-de deuils,
une partie du chagrin fut,
que Julia, fille de Drusus,
autrefois épouse de Néron,
se maria dans la famille
de Rubellius Blandus,
dont la plupart
se rappelaient l'aïeul,
citoyen de-Tibur,
chevalier romain.
À la fin de l'année,
la mort d'Élius Lamia
fut célébrée par des funérailles de-censeur,
lui qui enfin dégagé
du semblant
de la Syrie à-administrer,
avait gouverné la ville (Rome).
La naissance à lui *était* distinguée,
la vieillesse vigoureuse ;
et la province non confiée *à lui*.
lui avait ajouté de la considération.
Ensuite, Flaccus Pomponius
propréteur de Syrie
étant mort,
une lettre de César (Tibère) est lue,
par laquelle il disait-avec-reproche
« Chaque *citoyen* éminent,
et propre
à commander des armées,
refuser ces fonctions ;
et lui-même être forcé
par cette nécessité
à des prières, par lesquelles
quelques-uns des consulaires
fussent déterminés
à se charger des provinces, »
ayant oublié Arruntius

Hispaniam pergeret, decimum jam annum attineri. Obiit eodem anno et M. Lepidus, de cujus moderatione atque sapientia in prioribus libris satis collocavi[1]. Neque nobilitas diutius
demonstranda est : quippe Æmilium genus fecundum bonorum
civium, et qui eadem familia corruptis moribus[2], illustri tamen fortuna egere.

XXVIII. Paullo Fabio, L. Vitellio consulibus, post longum
sæculorum ambitum, avis phœnix[3] in Ægyptum venit, præbuitque materiem doctissimis indigenarum et Græcorum multa
super eo miraculo disserendi. De quibus congruunt, et plura
ambigua, sed cognitu non absurda, promere libet. Sacrum
Soli id animal, et ore ac distinctu pinnarum a ceteris avibus
diversum, consentiunt qui formam ejus definiere. De numero
annorum varia traduntur : maxime vulgatum, quingentorum
spatium; sunt qui asseverent mille quadringentos sexaginta
unum interjici; prioresque alites Sesostride primum, post

se rendre en Espagne. M. Lépidus mourut aussi cette année. J'ai
assez parlé, dans les livres précédents, de sa prudence et de sa modération, et il est inutile de s'étendre sur sa naissance. On connaît
tous les grands hommes qu'a produits la famille des Émiles, et ceux
de ce nom dont la vertu dégénéra jouirent encore d'une brillante
destinée.

XXVIII. Sous le consulat de Paulus Fabius et de L. Vitellius, le
phénix, après une longue révolution de siècles, reparut en Égypte,
et son retour fournit une ample matière aux dissertations des savants
de ce pays et de la Grèce. Je vais rapporter les faits le plus généralement avoués, et quelques autres moins sûrs, mais qu'il n'est
pourtant pas inutile de connaître. Le phénix est consacré au Soleil,
et tous ceux qui l'ont décrit s'accordent à dire qu'il ne ressemble aux
autres oiseaux ni par la forme ni par le plumage. On a varié sur la
durée de sa vie. La plupart la fixent à cinq cents ans, et quelques-
uns à quatorze cent soixante et une années. Ils assurent que le pre

attineri	être retenu
jam decimum annum,	déjà *depuis* la dixième année,
ne pergeret in Hispaniam.	pour qu'il ne se rendît pas en Espagne.
Eodem anno	La même année
obiit et M. Lepidus,	mourut aussi M. Lépidus,
de moderatione	sur la modération
et sapientia cujus	et la sagesse duquel
collocavi satis	j'ai placé assez *de faits*
in libris prioribus.	dans les livres précédents.
Neque nobilitas	Et *sa* noblesse
demonstranda est diutius :	n'est pas à démontrer plus longtemps :
quippe genus Æmilium	car la famille Émilienne
fecundum	*fut* féconde
bonorum civium,	en bons citoyens,
et qui eadem familia	et *ceux* qui de la même famille
moribus corruptis,	*furent* de mœurs corrompues,
egere tamen	vécurent pourtant
fortuna illustri.	avec une destinée brillante.
XXVIII. Paullo Fabio,	XXVIII. Paulus Fabius
L. Vitellio consulibus,	*et* L. Vitellius *étant* consuls,
post longum ambitum	après une longue période
sæculorum,	de siècles,
avis phœnix	l'oiseau phénix
venit in Ægyptum,	vint en Égypte,
præbuitque materiem	et fournit matière
doctissimis indigenarum	aux plus savants des indigènes
et Græcorum	et des Grecs
disserendi multa	de disserter beaucoup
super eo miraculo.	sur cette merveille.
Libet promere	Il *me* plaît de faire-connaître
de quibus congruunt,	*les points* sur lesquels ils sont-d'accord,
et plura ambigua,	et plusieurs *autres* douteux,
sed non absurda cognitu.	mais non malséants à être connus.
Qui definiere formam ejus	*Ceux* qui ont décrit la forme de lui
consentiunt	s'accordent *sur ce point*
id animal sacrum Soli,	cet animal *être* consacré au Soleil,
et diversum a ceteris avibus	et différent de tous-les-autres oiseaux
ore ac distinctu pinnarum.	par la figure et par la variété des plumes.
Varia traduntur	Des *opinions* diverses sont rapportées
de numero annorum :	sur le nombre de *ses* années :
spatium quingentorum	l'espace de cinq-cents *années*
maxime vulgatum ;	*est* le plus accrédité ;
sunt qui asseverent	*des gens* sont qui assurent
mille quadringentos	mille quatre-cent
sexaginta unum	soixante *et* une *années* [*l'autre;*
interjici ;	être placées-dans-l'intervalle *de l'un à*
prioresque alites	et les premiers oiseaux *de cette espèce*

Amaside, dominantibus, dein Ptolemæo, qui ex Macedonibus
tertius regnavit, in civitatem cui Heliopolis nomen advolavisse,
multo ceterarum volucrum comitatu, novam faciem miran-
tium. Sed antiquitas quidem obscura : inter Ptolemæum ac
Tiberium minus ducenti quinquaginta anni fuerunt ; unde
nonnulli falsum hunc phœnicem, neque Arabum e terris, cre-
didere, nihilque usurpavisse ex his quæ vetus memoria firma-
vit : confecto quippe annorum numero, ubi mors propinquet,
suis in terris struere nidum, eique vim genitalem affundere, ex
qua fœtum oriri ; et primam adulto curam sepeliendi patris ;
neque id temere, sed, sublato murrhæ pondere, tentatoque [1]
per longum iter, ubi par oneri, par meatui sit, subire patrium
corpus, inque Solis aram perferre atque adolere. Hæc incerta

mier phénix parut sous Sésostris, le second sous Amasis, un autre
sous Ptolémée, le troisième Macédonien qui régna en Égypte; que
tous trois prirent leur vol vers la ville d'Héliopolis, au milieu d'un
nombreux cortége d'autres oiseaux, qu'attirait la singularité de
leurs formes. Il faut cependant convenir qu'on se perd dans les té-
nèbres de cette antiquité. Entre Ptolémée et Tibère, il n'y a pas
tout à fait deux cent cinquante ans ; ce qui a fait croire à quelques-
uns que le dernier n'était point le vrai phénix d'Arabie, et qu'il
n'avait aucun des caractères que l'ancienne tradition donne à l'autre.
En effet, celui-ci, dit-on, quand le nombre de ses années est révolu
et que sa fin approche, construit dans son pays un nid qu'il féconde.
Bientôt en sort un jeune phénix, dont le premier soin, dès qu'il est
adulte, est d'aller ensevelir son père ; mais il n'exécute point ce projet témérairement. D'abord il se charge de myrrhe, il essaye sa vigueur en de longs trajets, et lorsqu'enfin elle suffit à son fardeau et à
son voyage, il prend le corps de son père, et va le porter sur l'autel du Soleil, où il le brûle. Ce sont là des faits incertains et mêlés

advolavisse	avoir pris-leur-vol
in civitatem	vers la ville
cui nomen Heliopolis,	à laquelle le nom *est* Héliopolis,
multo comitatu	avec un nombreux cortége
ceterarum volucrum,	des autres oiseaux,
mirantium	qui s'étonnaient
faciem novam,	de *cette* figure nouvelle,
Sesostride primum,	Sésostris d'abord,
post Amaside	puis Amasis
dominantibus,	régnant,
dein Ptolemæo,	ensuite Ptolémée,
qui regnavit tertius	qui régna le troisième
ex Macedonibus.	d'entre les Macédoniens.
Sed antiquitas quidem	Mais *cette* antiquité il-est-vrai
obscura :	*est* obscure :
inter Ptolemæum	entre Ptolémée
ac Tiberium [ta anni	et Tibère
minus ducenti quinquagin-	moins *que* deux-cent cinquante ans
fuerunt ;	ont été (se sont écoulés) ;
unde nonnulli credidere	d'où quelques-uns ont cru
hunc phœnicem falsum,	ce phénix *être* faux,
neque e terris Arabum,	et ne pas *venir* des terres des Arabes,
usurpavisseque nihil	et n'avoir eu-en-partage rien
ex his quæ firmavit	de ces *caractères* qu'a affirmés
vetus memoria :	l'ancienne mémoire (tradition) :
quippe numero annorum	à-savoir le nombre de *ses* années
confecto,	étant achevé,
ubi mors propinquet,	dès que *sa* mort approche,
struere nidum	*lui* construire un nid
in suis terris,	dans son pays,
affundereque ei	et répandre-dans ce *nid*
vim genitalem,	l'essence génératrice,
ex qua fœtum oriri ;	de laquelle un rejeton sortir ;
et primam curam	et le premier soin
adulto	à *ce rejeton* devenu-grand
sepeliendi patris ;	*être* d'ensevelir *son* père ;
neque id temere,	et cela non témérairement,
sed, pondere murrhæ	mais une charge de myrrhe
sublato,	étant soulevée *sur son dos*,
tentatoque	et *sa force* étant essayée
per longum iter,	par une longue route,
ubi sit par oneri,	dès qu'il est capable de *porter ce* fardeau,
par meatui,	capable de *faire ce* voyage,
subire corpus patrium,	*alors* se placer-sous le corps de-son-père,
perferreque in aram Solis	et *le* porter sur l'autel du Soleil
atque adolere.	et *le* brûler.
Hæc incerta	Ces *récits sont* incertains

et fabulosis aucta. Ceterum adspici aliquando in Ægypto eam
volucrem non ambigitur.

XXIX. At Romæ, cæde continua, Pomponius Labeo, quem
præfuisse Mœsiæ retuli[1], per abruptas venas sanguinem effudit; æmulataque est conjux Paxæa. Nam promptas ejusmodi
mortes metus carnificis faciebat, et quia damnati, publicatis
bonis, sepultura prohibebantur, eorum qui de se statuebant
humabantur corpora, manebant testamenta, pretium festinandi. Sed Cæsar, missis ad senatum litteris, disseruit « Morem fuisse majoribus, quoties dirimerent amicitias, interdicere
domo, eumque finem gratiæ ponere : id se repetivisse in Labeone; atque illum, quia male administratæ provinciæ aliorumque criminum urgebatur[2], culpam invidia velavisse;
frustra conterrita uxore, quam, etsi nocentem, periculi tamen
expertem fuisse. » Mamercus dein Scaurus rursum postulatur,

de fables. Néanmoins il n'est point douteux que cet oiseau ne pa-
raisse quelquefois en Égypte.

XXIX. Cependant le sang coulait à Rome sans interruption. Pomponius Labéon, qui avait gouverné la Mésie, s'ouvrit les veines, et
fut imité par sa femme Paxéa. La crainte du bourreau multipliait
ces morts volontaires. D'ailleurs ceux qui se laissaient condamner
étaient dépouillés de leurs biens, privés de sépulture, tandis que
ceux qui se tuaient eux-mêmes assuraient par là le respect de leur
testament et leurs funérailles; c'était la récompense de leur prompte
détermination. Tibère écrivit au sénat « que l'usage de nos ancêtres, lorsqu'ils voulaient rompre avec un ami, était de lui interdire
leur maison, ce qui consommait la rupture; qu'il avait suivi leur
exemple à l'égard de Labéon; mais que, se voyant pressé sur ses
malversations dans sa province et sur d'autres chefs d'accusation,
Labéon avait voulu en se tuant rendre le prince odieux, pour paraître innocent; que sa femme avait pris faussement l'alarme; qu'elle
n'eût point été inquiétée, quoique coupable. » On intenta ensuite

et aucta fabulosis.

et augmentés de *détails* fabuleux.

Ceterum non ambigitur
eam volucrem
adspici aliquando
in Ægypto.

Au-reste il n'est pas mis-en-doute
cet oiseau
être vu quelquefois
en Égypte.

XXIX. At Romæ,
cæde continua,
Pomponius Labeo,
quem retuli
præfuisse Mœsiæ,
effudit sanguinem
per venas abruptas ;
conjuxque Paxæa
æmulata est.

XXIX. Cependant à Rome,
le carnage *étant* continuel,
Pomponius Labéon,
que j'ai rapporté
avoir gouverné la Mésie,
versa *son* sang
par *ses* veines ouvertes ;
et *son* épouse Paxéa
*l'*imita.

Nam metus carnificis
faciebat mortes promptas
ejusmodi,
et quia damnati,
bonis publicatis,
prohibebantur sepultura,
corpora eorum
qui statuebant de se
humabantur,
testamenta manebant,
pretium festinandi.
Sed Cæsar,
litteris missis ad senatum,
disseruit
« Morem fuisse majoribus,
quoties
dirimerent amicitias,
interdicere domo,
ponereque eum finem
gratiæ :
se repetivisse id
in Labeone ;
atque illum,
quia urgebatur
provinciæ
male administratæ
aliorumque criminum,
velavisse culpam
invidia ;
uxore conterrita frustra,
quam, etsi nocentem,
fuisse tamen
expertem periculi. »

Car la crainte du bourreau
faisait des morts volontaires
de-cette-sorte,
et *aussi* parce que les condamnés,
leurs biens étant confisqués,
étaient privés de sépulture,
et que les corps de ceux   [la mort)
qui décidaient d'eux-mêmes (se donnaient
étaient inhumés,
et que leurs testaments subsistaient,
prix de se hâter (de leur empressement à
Mais César (Tibère),   [mourir).
dans une lettre envoyée au sénat,
exposa
« La coutume avoir été à *nos* ancêtres,
toutes-les-fois-que
ils rompaient des amitiés,
d'interdire *leur* maison,
et de mettre cette fin
à *leur* affection :
lui avoir repris cette *habitude*
à l'égard de Labéon ;
et celui-ci,
parce qu'il était pressé
par le fait d'une province
mal administrée
et d'autres griefs,
avoir couvert *sa* faute
de l'odieux *de sa mort ;*
son épouse s'étant alarmée vainement,
laquelle, quoique coupable,
avoir été (était) cependant
exempte de danger. »

insignis nobilitate et orandis causis, vita probrosus. Nihil
hunc amicitia Sejani, sed labefecit haud minus validum ad
exitia Macronis odium, qui easdem artes occultius exercebat;
detuleratque argumentum tragœdiæ a Scauro scriptæ', additis versibus qui in Tiberium flecterentur. Verum, ab Servilio et Cornelio accusatoribus, adulterium Liviæ, magorum
sacra objectabantur. Scaurus, ut dignum veteribus Æmiliis,
damnationem anteit, hortante Sextia uxore, quæ incitamentum mortis et particeps fuit.

XXX. Ac tamen accusatores, si facultas incideret, pœnis
afficiebantur : ut Servilius Corneliusque, perdito Scauro fa-
mosi, quia pecuniam a Vario Ligure, omittendæ delationis,
ceperant, in insulas, interdicto igni atque aqua, demoti sunt;
et Abudius Ruso, functus ædilitate, dum Lentulo Gætulico²,

une nouvelle accusation à Mamercus Scaurus, illustre par son nom
et par son éloquence, mais décrié pour ses mœurs. Ce ne fut point
l'amitié de Séjan qui le perdit, ce fut la haine non moins funeste de
Macron, qui mettait plus d'art et de secret dans ses vengeances.
Scaurus avait fait une tragédie. Macron, sous main, en dénonça le
sujet, et cita quelques vers qui pouvaient s'appliquer au prince.
Mais, en public, les délateurs Servilius et Cornélius lui reprochèrent
seulement un adultère avec Livie et des sacrifices magiques. Scaurus, en digne descendant des anciens Émiles, prévint son jugement,
à l'instigation de sa femme Sextia, qui conseilla tout ensemble et partagea sa mort.

XXX. Les délateurs eux-mêmes étaient cependant punis quand
l'occasion se présentait. Ainsi Servilius et Cornélius, rendus fameux
par la perte de Scaurus, ayant reçu de l'argent de Varius Ligur
pour se désister d'une accusation, furent confinés dans une île, avec
interdiction de l'eau et du feu; et un ancien édile, Abudius Ruson,
qui avait commandé une légion sous Gétulicus, voulant inquiéter

Dein Mamercus Scaurus	Ensuite Mamercus Scaurus
postulatur rursum,	est cité de-nouveau,
insignis nobilitate	distingué par *sa* noblesse
et orandis causis,	et en plaidant des causes,
probrosus vita.	décrié par sa vie.
Amicitia Sejani	L'amitié de Séjan [ci,
labefecit nihil hunc,	ne fit-chanceler (compromit) en rien celui-
sed odium Macronis	mais la haine de Macron
haud minus validum	non moins puissante
ad exitia,	pour les pertes,
qui exercebat occultius	*lui* qui pratiquait plus secrètement
easdem artes ;	les mêmes artifices ;
detuleratque argumentum	et il avait dénoncé le sujet
tragœdiæ scriptæ a Scauro,	d'une tragédie écrite par Scaurus,
versibus additis	des vers ayant été ajoutés
qui flecterentur	qui étaient détournés
in Tiberium.	contre Tibère.
Verum adulterium Liviæ,	Mais l'adultère de Livie,
sacra magorum	des sacrifices de magiciens
objectabantur	*lui* étaient reprochés
ab Servilio et Cornelio	par Servilius et Cornélius,
accusatoribus.	*ses* accusateurs.
Scaurus,	Scaurus,
ut dignum	comme *c'était* digne
veteribus Æmiliis,	des anciens Émiles,
anteit damnationem,	prévient *sa* condamnation,
uxore Sextia hortante,	*son* épouse Sextia *l'*exhortant,
quæ fuit incitamentum	laquelle fut un encouragement
et particeps mortis.	et une compagne de *sa* mort.
XXX. Ac tamen	XXX. Et cependant
accusatores	les accusateurs
afficiebantur pœnis,	étaient frappés de châtiments,
si facultas incideret :	si l'occasion se présentait :
ut Servilius Corneliusque,	comme Servilius et Cornélius,
famosi	diffamés
Scauro perdito,	Scaurus ayant été perdu *par eux*,
demoti sunt in insulas,	furent relégués dans des îles,
igni interdicto atque aqua,	le feu *leur* étant interdit ainsi-que l'eau,
quia, omittendæ delationis,	parce que, pour renoncer à *leur* délation,
ceperant pecuniam	ils avaient reçu de l'argent
a Vario Ligure ;	de Varius Ligur ;
et Abudius Ruso.	et Abudius Ruson,
functus ædilitate,	qui avait exercé l'édilité, [ciation)
damnatur ultro	est condamné spontanément (sans dénon-
atque exigitur Urbe,	et est chassé de la ville (de Rome),
dum facessit periculum	pendant qu'il suscite un danger
Lentulo Gætulico,	à Lentulus Gétulicus,

sub quo legioni præfuerat, periculum facessit, quod is Sejani
filium generum destinasset, ultro damnatur atque Urbe exigi-
tur. Gætulicus ea tempestate superioris Germaniæ legiones
curabat, mirumque amorem assecutus erat; effusæ clementiæ[1], modicus severitate, et proximo quoque exercitui, per
L. Apronium[2] socerum, non ingratus : unde fama constans
ausum mittere ad Cæsarem litteras, « Affinitatem sibi cum Sejano haud sponte, sed consilio Tiberii, cœptam ; perinde se,
quam Tiberium, falli potuisse ; neque errorem eumdem illi
sine fraude, aliis exitio, habendum : sibi fidem integram, et,
si nullis insidiis peteretur, mansuram ; successorem non ali-
ter quam indicium mortis accepturum : firmarent velut fœ-
dus, quo princeps ceterarum rerum potiretur, ipse provinciam
retineret. » Hæc, mira quanquam, fidem ex eo trahebant,
quod unus omnium Sejani affinium incolumis multaque gratia
mansit ; reputante Tiberio publicum sibi odium, extremam
ætatem, magisque fama quam vi stare res suas.

son général sur ce que celui-ci avait choisi pour gendre le fils de
Séjan, se fit condamner lui-même et chasser de Rome. Gétulicus
commandait alors les légions de la haute Germanie, et s'était acquis
auprès d'elles une merveilleuse popularité ; il était prodigue de grâces, avare de châtiments, et, par son beau-père L. Apronius, agréable
même à l'armée voisine. C'est un bruit accrédité qu'il osa écrire à
Tibère que, « s'il avait recherché l'alliance de Séjan, c'était par le
conseil du prince ; qu'il avait pu se tromper ainsi que l'empereur, et
que Tibère ne devait point rendre funeste aux autres une erreur
qu'il se pardonnait à lui-même ; qu'il était, qu'il resterait inviola-
blement fidèle tant qu'on ne l'attaquerait point ; qu'il regarderait
l'envoi d'un successeur comme un arrêt de mort. Ils pouvaient donc
conclure une espèce de traité, par lequel le prince, resté maître de
l'empire, lui laisserait sa province. » Ce fait paraît étrange ; mais ce
qui le rendait croyable, c'est que, de tous les alliés de Séjan, Gétulicus fut le seul épargné, et qu'il conserva même une grande faveur. Chargé de la haine publique et affaibli par les années, Tibère
comprit que l'opinion plus que la force soutenait son pouvoir.

sub quo præfuerat legioni, | sous qui il avait commandé une légion,
quod is destinasset generum | parce que celui-ci avait choisi *pour* gendre
filium Sejani. | le fils de Séjan.
Ea tempestate Gætulicus | En ce temps-là Gétulicus
curabat legiones | administrait (commandait) les légions
Germaniæ superioris, | de la Germanie supérieure,
assecutusque erat | et avait obtenu *d'elles*
mirum amorem ; | une merveilleuse affection ;   [sive),
clementiæ effusæ, | *homme* d'une clémence relâchée (exces-
modicus severitate, | réservé en sévérité,
et non ingratus | et non désagréable
exercitui vicino quoque, | à l'armée voisine aussi,
per socerum L. Apronium : | par *son* beau-père L. Apronius :
unde fama constans | d'où le bruit *était* établi
ausum mittere litteras | *lui* avoir osé envoyer une lettre
ad Cæsarem, | à César (Tibère),
« Affinitatem cœptam sibi | *disant* « L'alliance *avoir été* formée par lui
cum Sejano | avec Séjan
haud sponte, | non de *son* propre-mouvement,
sed consilio Tiberii ; | mais par le conseil de Tibère ;
se potuisse falli | lui avoir pu être trompé
perinde quam Tiberium ; | aussi-bien que Tibère ;
neque eumdem errorem | et la même erreur
habendum | ne devoir pas être tenue
illi sine fraude, | pour celui-ci sans reproche,
aliis exitio : | *et* pour d'autres à perte :
sibi fidem integram | à lui *être* une fidélité entière
et mansuram, | et qui durerait,
si peteretur nullis insidiis ; | s'il n'était attaqué par aucune embûche ;
accepturum successorem | *mais lui* devoir recevoir un successeur
non aliter | non autrement
quam indicium mortis : | que *comme* un indice de mort :
firmarent velut fœdus, | qu'ils affermissent *donc* comme un traité,
quo princeps | par lequel le prince
potiretur ceterarum rerum, | serait-maître de toutes-les-autres affaires,
ipse retineret provinciam. » | *et* lui-même garderait *sa* province. »
Hæc, quanquam mira, | Ces *paroles*, quoique étranges,
trahebant fidem ex eo, | tiraient du crédit de cela,
quod unus | que seul
omnium affinium Sejani | de tous les alliés de Séjan
mansit incolumis | il demeura sain-et-sauf
multaque gratia ; | et *jouissant* d'une grande faveur ;
Tiberio reputante | Tibère réfléchissant
sibi odium publicum, | à lui *être* la haine publique,
ætatem extremam, | l'âge sur-le-déclin,
suasque res stare | et ses affaires se soutenir
magis fama quam vi. | plus par l'opinion que par la force.

XXXI. C. Cestio, M. Servilio consulibus, nobiles Parthi in Urbem venere, ignaro rege Artabano. Is metu Germanici[1] fidus Romanis, æquabilis in suos, mox superbiam in nos, sævitiam in populares sumpsit; fretus bellis quæ secunda adversum circumjectas nationes exercuerat, et senectutem Tiberii, ut inermem, despiciens[2], avidusque Armeniæ, cui, defuncto rege Artaxia[3], Arsacen liberorum suorum veterrimum imposuit, addita contumelia, et missis qui gazam a Vonone[4] relictam in Syria Ciliciaque reposcerent; simul veteres Persarum ac Macedonum terminos, seque invasurum possessa Cyro et post Alexandro, per vaniloquentiam ac minas jaciebat. Sed Parthis mittendi secretos nuntios validissimus auctor fuit Sinnaces, insigni familia, ac perinde opibus, et proximus huic Abdus, ademptæ virilitatis : non despectum id apud barbaros, ultroque potentiam habet. Ii, adscitis et aliis primoribus, quia

XXXI. Sous le consulat de C. Cestius et de M. Servilius, quelques grands de la nation des Parthes vinrent à Rome, à l'insu de leur roi Artaban. Celui-ci, fidèle aux Romains et juste envers ses sujets tant qu'il fut contenu par Germanicus, manifesta bientôt et son orgueil contre nous et sa cruauté contre ses peuples. Enhardi par ses victoires sur des nations voisines, la vieillesse de Tibère, qu'il croyait désarmée, ne lui inspirait que du mépris. A la mort d'Artaxias, il se saisit de l'Arménie, lui donna pour roi Arsace, l'aîné de ses fils, et, joignant l'insulte à l'usurpation, envoya réclamer les trésors que Vonon avait laissés en Syrie et en Cilicie. En même temps il parlait des anciennes limites des Perses et des Macédoniens, menaçant, dans ses bravades insolentes, de reprendre tout ce qu'avaient possédé Cyrus et ensuite Alexandre. Sinnacès, également distingué par ses richesses et par sa naissance, fut celui qui contribua le plus à cette députation secrète des Parthes, et après lui l'eunuque Abdus. La qualité d'eunuque, chez les barbares, n'entraîne point le mépris ; elle est même un titre pour arriver au pouvoir. Ces deux hommes s'associèrent d'autres grands de leur nation ; mais

XXXI. C. Cestio,	XXXI. C. Cestius
M. Servilio consulibus,	M. Servilius *étant* consuls,
nobiles Parthi	des nobles parthes
venere in Urbem,	vinrent dans la ville,
rege Artabano ignaro.	*leur* roi Artaban *l*'ignorant.
Is metu Germanici	Celui-ci par crainte de Germanicus
fidus Romanis,	fidèle aux Romains,
æquabilis in suos,	équitable envers les siens,
sumpsit mox superbiam	prit bientôt de l'orgueil
in nos,	contre nous,
sævitiam in populares;	de la cruauté contre ceux-de-*sa*-nation ;
fretus bellis	appuyé sur les guerres
quæ exercuerat secunda	qu'il avait faites heureuses
adversum nationes	contre les nations
circumjectas,	situées-autour *de lui*,
et despiciens senectutem	et méprisant la vieillesse
Tiberii ,	de Tibère,
ut inermem,	comme désarmée,
avidusque Armeniæ,	et avide de l'Arménie,
cui, rege Artaxia defuncto,	à laquelle, le roi Artaxias étant mort,
imposuit Arsacen	il préposa Arsace
veterrimum	l'aîné
suorum liberorum,	de ses fils ,
contumelia addita,	l'insulte étant ajoutée,
et missis qui reposcerent	et *des gens* étant envoyés qui réclamassent
gazam relictam a Vonone	le trésor laissé par Vonon
in Syria Ciliciaque;	en Syrie et en Cilicie;
simul jaciebat,	en même temps il mettait-en-avant,
per vaniloquentiam	par jactance
et minas,	et menaces,
veteres terminos	les anciennes limites
Persarum ac Macedonum,	des Perses et des Macédoniens,
seque invasurum	et lui devoir envahir
possessa Cyro	les *pays* possédés par Cyrus
et post Alexandro.	et ensuite par Alexandre.
Sed auctor validissimus	Mais l'instigateur le plus influent
Parthis	pour les Parthes
mittendi nuntios secretos	pour envoyer des messagers secrets
fuit Sinnaces,	fut Sinnacès,
insigni familia,	d'illustre famille,
ac opibus perinde,	et d'une fortune également *distinguée*;
et proximus huic Abdus,	et le premier-après lui Abdus,
virilitatis ademptæ :	de virilité retranchée (eunuque) :
id non despectum	cela n'*est* point méprisé
apud barbaros,	chez les barbares,
habetque ultro potentiam.	et a de-soi la puissance.
Ii, et aliis primoribus	Ceux-ci, d'autres grands aussi

neminem gentis Arsacidarum summæ rei imponere poterant, interfectis ab Artabano plerisque aut nondum adultis, Phraaten, regis Phraatis filium ¹, Roma poscebant : « Nomine tantum et auctore opus, ut sponte Cæsaris, ut genus Arsacis ripam apud Euphratis cerneretur. »

XXXII. Cupitum id Tiberio : ornat Phraaten, accingitque paternum ad fastigium, destinata retinens, consiliis et astu res externas moliri, arma procul habere. Interea, cognitis insidiis, Artabanus tardari metu, modo cupidine vindictæ inardescere : et barbaris cunctatio servilis, statim exsequi regium videtur. Valuit tamen utilitas, ut Abdum, specie amicitiæ vocatum ad epulas, lento veneno illigaret, Sinnacen dissimulatione ac donis, simul per negotia, moraretur. Et Phraates apud Syriam, dum, omisso cultu Romano, cui per tot annos insueverat, instituta Parthorum insumit, patriis moribus impar,

comme ils n'avaient point d'Arsacides à mettre sur le trône, la plupart ayant été tués par Artaban et les autres étant encore trop jeunes, ils demandaient à Rome Phraate, fils du roi Phraate. « Il ne leur fallait, disaient-ils, qu'un nom et l'agrément de César, pour que la race des Arsacides reparût sur la rive de l'Euphrate. »

XXXII. C'était aussi tout ce que voulait Tibère. Il comble Phraate de présents, et l'envoie à la conquête du trône paternel, persistant à employer contre les étrangers ses moyens ordinaires, la politique et la ruse, sans compromettre ses armes. Pendant ce temps, Artaban avait découvert la conspiration ; tantôt la crainte l'arrêtait, tantôt il était emporté par l'ardeur de la vengeance ; car, pour les barbares, différer est d'un esclave, exécuter sur-le-champ est d'un roi. Toutefois la politique prévalut ; il sut, par des apparences d'amitié, tromper Abdus, et, l'ayant invité à un festin, il lui fit administrer un poison lent ; quant à Sinnacès, il le captiva par la dissimulation, par des présents, par des emplois. Dans l'intervalle, Phraate, qui avait quitté la vie des Romains, dont il avait une longue habitude, pour reprendre celle des Parthes, trop faible pour ces mœurs qui

adscitis,	étant associés,
quia poterant imponere	parce qu'ils ne pouvaient préposer
rei summæ [rum,	à l'intérêt suprême (à l'État)
neminem gentis Arsacida-	personne de la famille des Arsacides,
plerisque interfectis	la plupart ayant été tués
ab Artabano	par Artaban
aut nondum adultis, .	ou n'*étant* pas encore adultes,
poscebant Roma Phraaten,	demandaient de Rome Phraate,
filium regis Phraatis :	fils du roi Phraate :
« Opus tantum	« *Être* besoin seulement
nomine et auctore,	d'un nom et d'un chef,
ut sponte Cæsaris,	comme (et aussi) de l'agrément de César,
ut genus Arsacis cerneretur	pour que la descendance d'Arsace fût vue
apud ripam Euphratis. »	sur la rive de l'Euphrate. »
XXXII. Id cupitum	XXXII. Cela *était* désiré
Tiberio :	par Tibère :
ornat Phraaten,	il décore Phraate,
accingitque	et *le* prépare
ad fastigium paternum,	pour l'élévation (le trône) de-*son*-père,
retinens destinata,	gardant (restant fidèle à) *ses* résolutions,
moliri res externas	de traiter les affaires étrangères
consiliis et astu,	par la politique et la ruse,
habere arma procul.	d'avoir (de tenir) *ses* armes loin.
Interea, insidiis cognitis,	Cependant, *ces* embûches étant connues,
Artabanus tardari metu,	Artaban d'être retenu par la crainte,
modo inardescere	tantôt de s'enflammer
cupidine vindictæ :	par le désir de la vengeance :
et cunctatio barbaris,	et la temporisation aux barbares
videtur servilis,	paraît servile,
exsequi statim	exécuter immédiatement
regium.	*leur paraît* royal.
Tamen utilitas valuit,	Cependant l'intérêt prévalut,
ut illigaret veneno lento	au point qu'il enchaîna par un poison lent
Abdum, vocatum ad epulas	Abdus, invité à un festin
specie amicitiæ,	sous prétexte d'amitié,
moraretur Sinnacen	*et* qu'il retint Sinnacès
dissimulatione ac donis,	par la dissimulation et par des présents,
simul per negotia.	en-même-temps par des affaires.
Et Phraates,	Et Phraate,
dum insumit instituta	pendant qu'il prend les habitudes
Parthorum,	des Parthes,
cultu Romano,	le genre-de-vie des-Romains,
cui insueverat	auquel il s'était habitué
per tot annos,	pendant tant d'années,
omisso,	étant abandonné,
impar	incapable de *soutenir*
moribus patriis,	les mœurs de-*sa*-patrie,

morbo absumptus est. Sed non Tiberius omisit incepta. Tiridaten, sanguinis ejusdem, æmulum Artabano, recuperandæque
Armeniæ Iberum Mithridaten, deligit, conciliatque fratri Pha-
rasmani, qui gentile imperium obtinebat; et cunctis quæ apud
Orientem parabantur L. Vitellium præfecit. Eo de homine haud
sum ignarus sinistram in Urbe famam, pleraque fœda memo-
rari : ceterum regendis provinciis prisca virtute egit, unde regressus et formidine C. Cæsaris, familiaritate Claudii, turpe in
servitium mutatus, exemplar apud posteros adulatorii dedecoris ¹ habetur; cesseruntque prima postremis, et bona juventæ
senectus flagitiosa oblitteravit.

XXXIII. At, ex regulis, prior Mithridates Pharasmanen perpulit dolo et vi conatus suos juvare; repertique corruptores
ministros Arsacis multo auro ad scelus cogunt. Simul Iberi
magnis copiis Armeniam irrumpunt, et urbe Artaxata potiun-

n'étaient plus les siennes, fut emporté en Syrie par une maladie. Tibère n'en poursuivit pas moins ses desseins. Il oppose à Artaban un
autre compétiteur, Tiridate, prince du même sang, choisit l'Ibérien
Mithridate pour reconquérir l'Arménie, le réconcilie avec son frère
Pharasmane qui régnait en Ibérie, et nomme L. Vitellius pour diri-
ger dans l'Orient ces grandes opérations. Je n'ignore point la renommée sinistre qu'a laissée ce Romain, et que mille traits sont racontés
à sa honte; mais il n'est pas moins vrai que, dans l'administration
des provinces, il montra une vertu antique. A son retour, la crainte
de Caïus et la familiarité de Claude le transformèrent en un vil esclave, tellement que son nom rappelle aujourd'hui l'idée de l'adulation la plus abjecte; sa fin fit oublier ses commencements, et les
vertus de sa jeunesse furent effacées par l'opprobre de ses vieux
jours.

XXXIII. Cependant, des petits rois dont j'ai parlé, Mithridate
fut celui qui porta les premiers coups. Il détermine Pharasmane à
seconder ses efforts par la ruse et par la force. On trouve des cor-
rupteurs qui, avec de l'or, poussent au crime les serviteurs d'Arsace;
et en même temps les Ibériens, avec des troupes nombreuses, inon-

absumptus est morbo	fut emporté par une maladie
apud Syriam.	en Syrie.
Sed Tiberius	Mais Tibère
non omisit incepta.	ne renonça point à *ses* entreprises.
Deligit æmulum Artabano	Il choisit *pour* rival à Artaban
Tiridaten,	Tiridate,
ejusdem sanguinis,	du même sang *que lui*,
Iberumque Mithridaten	et l'Ibérien Mithridate
recuperandæ Armeniæ,	pour recouvrer l'Arménie,
conciliatque	et il *le* réconcilie
fratri Pharasmani,	avec *son* frère Pharasmane,
qui obtinebat imperium	qui tenait le pouvoir
gentile ;	propre-à-sa-famille ;
et præfecit L. Vitellium	et il préposa L. Vitellius
cunctis quæ parabantur	à toutes les choses qui étaient préparées
apud Orientem.	en Orient.
Haud sum ignarus	Je ne suis point ignorant
famam sinistram in Urbe	une renommée sinistre *être* dans la ville
de eo homine,	sur cet homme,
pleraque fœda memorari :	beaucoup de *faits* honteux être rapportés :
ceterum egit	au-reste il se comporta
virtute prisca	avec une vertu antique
regendis provinciis ;	pour gouverner les provinces ;
unde regressus,	d'où revenu,
et mutatus	et changé
in turpe servitium	en un vil esclave
formidine C. Cæsaris,	par crainte de C. César
familiaritate Claudii,	*et* par la familiarité de Claude,
habetur apud posteros	il est tenu chez *ses* descendants
exemplar dedecoris	*pour* un modèle de honte
adulatorii ;	en-fait-d'adulation ;
primaque	et *ses* premiers *errements*
cesserunt postremis,	cédèrent aux derniers,
et senectus flagitiosa	et une vieillesse couverte-d'opprobre
oblitteravit bona juventæ.	effaça les qualités de *sa* jeunesse. [rois,
XXXIII. At, ex regulis,	XXXIII. Cependant, parmi *ces* petits-
Mithridates prior	Mithridate le premier
perpulit Pharasmanen	détermina Pharasmane
juvare suos conatus	à seconder ses efforts
dolo et vi ;	par la ruse et par la force :
corruptoresque reperti	et des corrupteurs trouvés
cogunt ad scelus	forcent au crime
multo auro	avec beaucoup d'or
ministros Arsacis.	les esclaves d'Arsace.
Simul Iberi	En-même-temps les Ibériens
irrumpunt Armeniam	envahissent l'Arménie
magnis copiis,	avec de grandes troupes,

tur. Quæ postquam Artabano cognita, filium Oroden ultorem
parat, datque Parthorum copias, mittit qui auxilia mercede
facerent. Contra Pharasmanes adjungere Albanos, accire Sarmatas; quorum sceptuchi [1], utrinque donis acceptis, more
gentico diversa induere. Sed Iberi', locorum potentes, Caspia
via [2] Sarmatam in Armenios raptim effundunt : at qui Parthis
adventabant facile arcebantur, quum alios incessus hostis
clausisset, unum reliquum, mare [3] inter et extremos Albanorum montes, æstas impediret; quia flatibus etesiarum [4] implentur vada, hibernus auster revolvit fluctus, pulsoque in-
trorsus freto brevia littorum nudantur.

XXXIV. Interim Oroden, sociorum inopem, auctus auxilio
Pharasmanes vocare ad pugnam, et detrectantem incessere,
adequitare castris, infensare pabula ; ac sæpe, in modum obsidii, stationibus cingebat : donec Parthi, contumeliarum

dent l'Arménie et s'emparent de la ville d'Artaxate. A la première
nouvelle de ces événements, Artaban charge son fils Orode de sa
vengeance, lui donne une armée de Parthes, et envoie des agents
pour soudoyer des mercenaires. De son côté, Pharasmane se ligue
avec les Albaniens, fait venir des Sarmates, dont les princes, payés
par les deux partis, se vendirent, suivant l'usage de leur nation, aux
deux causes opposées. Mais les Ibériens étant maîtres du pays, leurs
auxiliaires se répandirent promptement dans l'Arménie par les
portes de la mer Caspienne; ceux des Parthes, au contraire, ne purent y pénétrer, parce que les ennemis occupaient les autres passages, et que le seul qui restait, entre la mer et les dernières montagnes d'Albanie, était impraticable l'été, car alors les vents étésiens
submergent cette côte ; c'est en hiver seulement, lorsque le vent du
midi refoule les eaux et fait rentrer la mer dans son lit, que le rivage est découvert.

XXXIV. Pharasmane, se voyant soutenu de ses auxiliaires, tandis qu'Orode était privé des siens, lui offre la bataille, et, sur son
refus, il se met à le harceler ; il vient le braver jusqu'au pied de ses
retranchements, inquiète ses fourrageurs ; souvent même le camp des
Parthes était tout entouré de détachements, et comme assiégé. Enfin

et potiuntur urbe Artaxata. — et s'emparent de la ville d'Artaxate.

Quæ postquam cognita Artabano, — Lesquels *faits* dès qu'*ils sont* connus d'Artaban,

parat ultorem — il prépare *pour* vengeur

filium Oroden, — *son* fils Orode,

datque copias Parthorum, — et *lui* donne des troupes de Parthes,

mittit qui facerent auxilia — envoie *des gens* qui procurent des secours

mercede. — avec un salaire.

Contra Pharasmanes — D'autre-part Pharasmane

adjungere Albanos — de *s'*adjoindre les Albaniens,

accire Sarmatas ; — de faire-venir des Sarmates ;

quorum sceptuchi, — desquels les chefs,

donis acceptis utrinque, — des dons étant reçus des-deux-côtés,

induere diversa — se chargèrent de *rôles* opposés

more gentico. — suivant l'usage de-*leur*-nation.

Sed Iberi, — Mais les Ibériens,

potentes locorum, — maîtres des lieux,

effundunt raptim Sarmatam — lancent à-la-hâte le Sarmate

in Armenios — contre les Arméniens

via Caspia : — par la route Caspienne :

at qui adventabant Parthis — quant à *ceux* qui arrivaient aux Parthes

arcebantur facile, — ils étaient repoussés facilement,

quum hostis clausisset — parce que l'ennemi avait fermé

alios incessus, — les autres accès,

æstas impediret — *et que* l'été empêchait

unum reliquum, — le seul qui-restât,

inter mare — entre la mer

et extremos montes — et l'extrémité-des monts

Albanorum ; — des Albaniens ;

quia vada implentur — parce que les gués sont remplis *d'eau*

flatibus etesiarum, — par les souffles des *vents* étésiens,

auster — *tandis que* le vent-de-sud-ouest

hibernus — d'-hiver (qui souffle l'hiver)

revolvit fluctus, — refoule les flots,　　　　　[elle-même)

fretoque pulso introrsum — et la mer étant repoussée en dedans (sur

brevia littorum nudantur. — les bas-fonds des rivages sont mis-à-nu.

　XXXIV. Interim — 　XXXIV. Cependant

Pharasmanes — Pharasmane

auctus auxilio — accru d'un renfort

vocare ad pugnam — *s'empresse* de provoquer au combat

Oroden, inopem sociorum, — Orode, dénué d'alliés,

et incessere detrectantem, — et d'attaquer *lui* qui refuse,

adequitare castris, — de chevaucher-devant *son* camp,

infensare pabula ; — de ravager *ses* fourrages ;

ac sæpe — et souvent

cingebat stationibus, — il *l'*investissait de postes,

in modum obsidii : — à la manière d'un siége :

13.

insolentes, circumsisterent regem, poscerent prœlium. Atque illis sola in equite vis; Pharasmanes et pedite valebat. Nam Iberi Albanique, saltuosos locos incolentes, duritiæ patientiæque magis insuevere. Feruntque se Thessalis ortos, qua tempestate Jason, post avectam Medeam genitosque ex ea liberos, inanem mox regiam Æetæ vacuosque Colchos repetivit. Multaque de nomine ejus, et oraculum Phrixi celebrant : nec quisquam ariete sacrificaverit, credito vexisse Phrixum ; sive id animal, seu navis insigne fuit. Ceterum, directa utrinque acie, Parthus « Imperium Orientis, claritudinem Arsacidarum, contraque ignobilem Iberum mercenario milite, » disserebat. Pharasmanes, « Integros semet a Parthico dominatu ; quanto majora peterent, plus decoris victores, aut, si terga darent, flagitii atque periculi laturos ; » simul horridam suorum

ceux-ci, peu accoutumés aux affronts, s'attroupent autour de leur roi et demandent le combat. La seule force des Parthes consistait dans leur cavalerie, et Pharasmane avait de plus une infanterie excellente. Les Albaniens et les Ibériens, habitant un pays montueux, étaient plus endurcis à la fatigue et aux travaux pénibles. Ils se prétendent issus des Thessaliens qui accompagnèrent Jason, lorsque, après avoir enlevé Médée et en avoir eu des enfants, il revint prendre possession du trône de Colchos, vacant par la mort de son beau-père Éétès. Le nom de ce héros se retrouve partout dans le pays, et l'oracle de Phrixus y est révéré. On n'oserait y sacrifier un bélier, car on croit que cet animal porta Phrixus sur la mer, soit que ce fût effectivement un bélier ou simplement l'emblème d'un vaisseau. Les deux armées rangées en bataille, le Parthe vante à ses guerriers la gloire des Arsacides, maîtres de l'Orient, qu'il oppose à l'obscurité de ce ramas d'Ibériens et de mercenaires. Pharasmane représente aux siens qu'ils n'ont jamais subi le joug des Parthes, que, plus ils osent maintenant, plus il y a pour eux d'honneur à vaincre ou de honte et de péril à fuir. Il leur montre de son côté des bataillons hé-

donec Parthi,	jusqu'à ce que les Parthes,
insolentes contumeliarum,	inaccoutumés aux affronts,
circumsisterent regem,	entourassent *leur* roi,
poscerent prœlium.	demandassent le combat.
Atque illis sola vis	Et à eux la seule force
in equite ;	*est* dans le cavalier;
Pharasmanes	Pharasmane
valebat et pedite.	était-fort aussi par le fantassin.
Nam Iberi Albanique,	Car les Ibériens et les Albaniens,
incolentes locos saltuosos,	habitant des lieux boisés,
insuevere magis	sont accoutumés davantage
duritiæ patientiæque.	à une vie-dure et à la patience.
Feruntque	Et ils prétendent
se ortos Thessalis,	eux-mêmes *être* issus des Thessaliens,
tempestate qua Jason,	dans le temps dans lequel Jason,
post Medeam avectam	après Médée emmenée.
liberosque genitos ex ea,	et des enfants engendrés d'elle,
repetivit mox	regagna bientôt
regiam inanem Æetæ	le palais désert d'Éétès
Colchosque vacuos.	et Colchos vide (sans roi).
Multaque	Et beaucoup *de monuments existent*
de nomine ejus,	sur le nom de celui-ci (Jason),
et celebrant	et ils citent-fréquemment
oraculum Phrixi ;	l'oracle de Phrixus ;
nec quisquam	et personne
sacrificaverit ariete,	ne sacrifierait avec un bélier,
credito	étant cru (parce qu'on croit)
vexisse Phrixum;	*un bélier* avoir porté Phrixus ;
sive id fuit animal,	soit que ç'ait été un animal,
seu insigne navis.	ou l'emblème d'un vaisseau.
Ceterum,	Au-reste, [des-deux-côtés,
acie directa utrinque,	l'armée étant alignée (mise en bataille)
Parthus disserebat	le Parthe discourait
« Imperium Orientis,	*montrant* « Sa domination en Orient,
claritudinem Arsacidarum,	l'éclat des Arsacides,
contraque	et de-l'autre-côté
Iberum ignobilem	l'Ibérien obscur
milite mercenario.»	avec un soldat mercenaire. »
Pharasmanes,	Pharasmane *disait*,
« Semet integros	« Eux-mêmes *être* intacts (préservés)
a dominatu Parthico ;	de la domination des-Parthes ;
victores laturos	vainqueurs devoir remporter
plus decoris,	*d'autant* plus de gloire,
aut, si darent terga,	ou, s'ils présentaient le dos,
flagitii atque periculi,	*d'autant plus* d'opprobre et de péril,
quanto peterent majora; »	qu'ils convoitaient de plus grandes cho-
ostendere simul	de montrer en-même-temps [ses; »

aciem, picta auro Medorum agmina, hinc viros, inde prædam ostendere.

XXXV. Enimvero apud Sarmatas non una vox ducis : se quisque stimulant : « Ne pugnam per sagittas inirent, impetu et cominus præveniendum. » Variæ hinc bellantium species; quum Parthus, sequi vel fugere pari arte suetus, distraheret turmas, spatium ictibus quæreret; Sarmatæ, omisso arcu quo brevius valent [1], contis gladiisque ruerent : modo, equestris prœlii more, frontis et tergi vices; aliquando, ut conserta acies, corporibus et pulsu armorum pellerent, pellerentur. Jamque et Albani Iberique prensare, detrudere, ancipitem pugnam hostibus facere; quos super eques, et propioribus vulneribus pedites, afflictabant. Inter quæ Pharasmanes Orodesque, dum strenuis adsunt aut dubitantibus subveniunt,

rissés de fer, du côté de l'ennemi, des Mèdes chamarrés d'or ; ici des hommes, là du butin.

XXXV. Pour les Sarmates, ils ne s'en tenaient point à la voix de leur chef. Ils s'excitent l'un l'autre à laisser de côté leurs flèches, à se porter brusquement sur l'ennemi, à le serrer de près. La bataille offrit alors un spectacle varié. Les Parthes, également exercés à poursuivre et à fuir, se dispersent de côté et d'autre, cherchent de l'espace pour leurs coups. Les Sarmates renoncent à leur arc, qui ne porte pas aussi loin, et courent droit en avant, l'épée et la pique à la main. Là, les évolutions ordinaires de la cavalerie, une alternative de charges et de retraites ; ici, toutes les manœuvres de l'infanterie ; des bataillons serrés, où se heurtent les hommes et les armes, poussent et sont repoussés. Enfin les Albaniens et les Ibériens cherchent à saisir leurs ennemis, à les précipiter de leurs chevaux, et alors la bataille devient critique pour les Parthes, pressés de deux côtés à la fois, d'en haut par les cavaliers, et de plus près par les fantassins, qui les criblent de blessures. Au milieu de la mêlée, Orode et Pharasmane, accourus pour seconder les braves, pour soutenir les ti-

aciem horridam suorum,	l'armée hérissée *de fer* des siens,
agmina Medorum	*puis* les bataillons des Mèdes
picta auro,	chamarrés d'or,
hinc viros, inde prædam.	ici des hommes, là du butin.
XXXV. Enimvero	XXXV. Mais
apud Sarmates	chez les Sarmates
vox ducis non una :	la voix du chef n'*était* pas la seule :
se stimulant quisque	ils s'excitent chacun [bat
« Ne inirent pugnam	« Pour qu'ils n'engageassent pas le com-
per sagittas,	au-moyen-de flèches,
præveniendum	*disant* qu'il fallait prévenir *l'ennemi*
impetu et cominus. »	par un choc et de près. »
Hinc species variæ	De là des spectacles variés
bellantium;	de combattants;
quum Parthus	tandis que le Parthe
suetus sequi vel fugere	accoutumé à poursuivre ou à fuir
arte pari,	avec une adresse égale,
distraheret turmas,	dispersait *ses* escadrons,
quæreret spatium ictibus;	cherchait de l'espace pour les coups;
Sarmatæ ruerent	*et que* les Sarmates se précipitaient
contis gladiisque,	avec des piques et des glaives,
arcu omisso	l'arc étant laissé-de-côté [leurs coups)
quo valent	par lequel ils ont-de-la-force (font porter
brevius :	à-une-distance-plus-courte :
modo vices	tantôt *c'étaient* des alternatives [tes),
frontis et tergi,	de front et de dos (de charges et de retrai-
more prœlii equestris;	suivant l'usage d'un combat de-cavalerie;
aliquando,	quelquefois,
ut acies conserta,	comme une armée engagée,
pellerent, pellerentur	ils poussaient, ils étaient poussés
corporibus	par les corps *des hommes*
et pulsu armorum.	et par le choc des armes.
Jamque et Albani Iberique	Et déjà et les Albaniens et les Ibériens
prensare,	de saisir *leurs adversaires*,
detrudere,	de *les* renverser,
facere pugnam	de rendre le combat
ancipitem hostibus;	critique aux ennemis;
quos eques super,	lesquels le cavalier d'en haut,
et pedites	et les fantassins
vulneribus propioribus,	par des coups plus rapprochés,
afflictabant.	abattaient.
Inter quæ	Au milieu desquelles *scènes*
Pharasmanes Orodesque,	Pharasmane et Orode,
conspicui, eoque gnari,	distingués *de la foule*, et par là reconnus
dum adsunt strenuis	pendant qu'ils se mêlent aux vaillants,
aut subveniunt	ou soutiennent
dubitantibus,	les hésitants,

conspicui eoque gnari, clamore, telis, equis concurrunt : instantius Pharasmanes ; nam vulnus per galeam adegit; nec
iterare valuit, prælatus equo, et fortissimis satellitum protegentibus saucium. Fama tamen occisi falso credita exterruit
Parthos, victoriamque concessere.

XXXVI. Mox Artabanus tota mole regni ultum iit. Peritia
locorum ab Iberis melius pugnatum; nec ideo abscedebat, ni
contractis legionibus Vitellius, et subdito rumore tanquam
Mesopotamiam invasurus, metum Romani belli fecisset. Tum
omissa Armenia, versæque Artabani res; illiciente Vitellio
desererent regem sævum in pace, et adversis prœliorum exitiosum. Igitur Sinnaces, quem antea infensum memoravi, patrem Abdagesen, aliosque occultos consilii [1], et tunc continuis
cladibus promptiores, ad defectionem trahit : affluentibus
paulatim qui, metu magis quam benevolentia subjecti, repertis auctoribus sustulerant animum. Nec jam aliud Artabano

mides, se reconnaissent aux marques qui les distinguent. Aussitôt
leurs cris, leurs traits, leurs chevaux se croisent ; Pharasmane, plus
impétueux, perça le casque de son ennemi, qui, heureusement, fut
couvert par un peloton de ses gardes, tandis que Pharasmane, emporté par son cheval, ne put redoubler ses coups. Cependant on crut
Orode tué, et ce faux bruit découragea les Parthes, qui cédèrent la
victoire à l'ennemi.

XXXVI. Artaban, pour venger cette injure, accourt avec toutes
les forces de son empire. Les Ibériens, connaissant mieux le pays,
eurent encore l'avantage ; toutefois il ne se serait pas retiré, si Vitellius, rassemblant ses légions et répandant le bruit d'une invasion
dans la Mésopotamie, ne lui eût fait craindre une guerre avec les Romains. Il abandonna donc l'Arménie, et ses affaires furent ruinées.
Vitellius animait sous main les Parthes contre un roi barbare dans
la paix, malheureux dans la guerre, et fléau de son pays. Sinnacès,
implacable ennemi du monarque, comme je l'ai dit, profitant de la
conjoncture, entraîne à la révolte son père Abdagèse et d'autres mécontents, qui avaient trempé en secret dans le complot, et qui alors
étaient enhardis par ces désastres continuels. Insensiblement leur
parti se grossit de tous ceux qui, soumis par crainte plus que par
affection, avaient repris courage en se voyant des chefs. Enfin il ne

concurrunt clamore,　　courent-l'un-sur-l'autre avec des cris,
telis, equis :　　avec *leurs* traits, *leurs* chevaux :
Pharasmanes instantius;　　Pharasmane plus impétueusement;
nam adegit vulnus　　car il fit-pénétrer un coup
per galeam;　　à travers le casque ;
nec valuit iterare,　　et il ne put *le* réitérer,
prælatus equo,　　emporté-en-avant par *son* cheval,
et fortissimis satellitum　　et les plus braves des gardes *d'Orode*
protegentibus saucium.　　protégeant *leur chef* blessé.
Tamen fama occisi　　Cependant le bruit d'*Orode* tué
credita falso　　cru faussement
exterruit Parthos,　　effraya les Parthes,
concessereque victoriam.　　et ils cédèrent la victoire.
　　XXXVI. Mox Artabanus　　　　XXXVI. Bientôt Artaban
iit ultum　　alla se venger
tota mole regni.　　avec toute la masse de *son* royaume.
Melius pugnatum　　*Il fut* mieux combattu
ab Iberis　　par les Ibériens
peritia locorum;　　à cause de la connaissance des lieux;
nec abscedebat ideo,　　et il ne se retirait pas pour-cela,
ni Vitellius fecisset metum　　si Vitellius ne *lui* eût inspiré la crainte
belli Romani,　　d'une guerre romaine,
legionibus contractis,　　*ses* légions étant rassemblées,
et rumore subdito　　et le bruit étant semé
tamquam invasurus　　comme s'il devait envahir
Mesopotamiam.　　la Mésopotamie.
Tum Armenia omissa,　　Alors l'Arménie *fut* abandonnée,
resque Artabani versæ;　　et les affaires d'Artaban ruinées;
Vitellio illiciente　　Vitellius excitant *les Parthes*
desererent regem　　pour qu'ils abandonnassent un roi
sævum in pace,　　cruel dans la paix,
et exitiosum　　et funeste
adversis prœliorum.　　par les revers des combats.
Igitur Sinnaces,　　Donc Sinnacès,
quem memoravi antea　　que j'ai dit auparavant
infensum,　　*être* hostile,
trahit ad defectionem　　entraîne à la défection
patrem Abdagesen,　　*son* père Abdagèse,
aliosque occultos consilii,　　et d'autres qui-cachaient *leurs* vues,
et tunc promptiores　　et *devenus* alors plus déterminés
cladibus continuis :　　par des défaites continuelles :
affluentibus paulatim　　*tous ceux-là* accourant peu-à-peu
qui, subjecti metu　　qui, soumis par crainte
magis quam benevolentia,　　plus que par bienveillance,
sustulerant animum,　　avaient relevé *leur* courage,
auctoribus repertis.　　des chefs étant trouvés.　　[restant
Nec aliud jam reliquum　　Et une autre chose (ressource) n'*était* plus

reliquum, quam si qui externorum corpori custodes aderant, suis quisque sedibus extorres, quis neque boni intellectus neque mali cura, sed mercede aluntur, ministri sceleribus. His assumptis, in longinqua et contermina Scythiæ fugam maturavit, spe auxilii, quia Hyrcanis Carmaniisque per affinitatem innexus erat; atque interim posse Parthos, absentium æquos [1], præsentibus mobiles, ad pœnitentiam mutari.

XXXVII. At Vitellius, profugo Artabano, et flexis ad novum regem popularium animis, hortatus Tiridaten parata capessere, robur legionum sociorumque ripam ad Euphratis ducit. Sacrificantibus, quum hic more Romano suovetaurilia [1] daret, ille equum [2] placando amni adornasset, nuntiavere accolæ « Euphraten, nulla imbrium vi, sponte et immensum attolli; simul albentibus spumis in modum diadematis sinuare orbes, auspicium prosperi transgressus. » Quidam callidius inter-

restait plus à Artaban que ses gardes, tous étrangers bannis de leur pays, sans intelligence du bien ni souci du mal, instruments toujours prêts pour le crime, ne connaissant que la main qui les paye. Artaban, suivi de ces misérables, se sauva précipitamment au fond des provinces limitrophes de la Scythie. Il comptait sur le secours des Hyrcaniens et des Carmaniens, avec lesquels il avait des alliances, et sur le repentir des Parthes, dont le propre est de regretter leurs princes absents et de se dégoûter de ceux qu'ils possèdent.

XXXVII. Cependant Vitellius, voyant Artaban en fuite et les Parthes disposés à reconnaître un nouveau roi, exhorte Tiridate à saisir l'occasion, et le mène vers l'Euphrate avec l'élite des légions et des alliés. Là, comme il sacrifiait un porc, une brebis et un taureau, suivant l'usage des Romains, et Tiridate un cheval en l'honneur du fleuve, on apprit que, de lui-même et sans qu'il fût tombé de pluie, l'Euphrate grossissait prodigieusement, et que ses eaux écumantes formaient en tournoyant des cercles qui ressemblaient à un diadème. Ce fut pour les uns l'augure d'un heureux présage; d'autres, par une interprétation plus subtile, soupçonnaient que le

Artabano,	à Artaban,
quam si qui externorum	que si quelques-uns des étrangers
aderant custodes corpori,	se trouvaient gardes à *son* corps,
extorres	bannis
quisque suis sedibus,	chacun de ses demeures,
quis neque intellectus boni	auxquels *n'est* ni idée du bien
neque cura mali,	ni souci du mal,
sed aluntur mercede,	mais *qui* sont entretenus par un salaire,
ministri sceleribus.	ministres pour les crimes.
His assumptis,	Ces *hommes* étant pris-avec *lui*,
maturavit fugam	il hâta *sa* fuite
in longinqua	dans des *lieux* éloignés
et contermina Scythiæ,	et limitrophes de la Scythie,
spe auxilii,	dans l'espérance d'un secours,
quia erat innexus	parce qu'il était uni
per affinitatem	par alliance
Hyrcanis Carmaniisque;	aux Hyrcaniens et aux Carmaniens;
atque Parthos	et *pensant* les Parthes,
æquos absentium,	favorables aux *princes* absents,
mobiles præsentibus,	inconstants envers les *princes* présents,
posse mutari interim	pouvoir être tournés pendant-ce-temps
ad pœnitentiam.	au repentir.
XXXVII. At Vitellius,	XXXVII. Cependant Vitellius,
Artabano profugo,	Artaban *étant* fugitif,
et animis popularium	et les esprits de ceux-de-la-nation
flexis ad novum regem,	étant tournés vers le nouveau roi,
hortatus Tiridaten	ayant exhorté Tiridate
capessere parata,	à saisir les *occasions* préparées,
ducit robur legionum	conduit le fort des légions
sociorumque	et des alliés
ad ripam Euphratis.	vers la rive de l'Euphrate.
Sacrificantibus,	A *eux* sacrifiant,
quum hic more Romano	comme celui-ci selon l'usage romain
daret suovetaurilia,	offrait un suovétaurile,
ille adornasset equúm	*et* que celui-là avait paré un cheval
placando amni,	pour apaiser le fleuve,
accolæ nuntiavere	les habitants annoncèrent
« Euphraten attolli	« l'Euphrate s'élever [sure,
sponte et immensum,	de *son* propre-mouvement et outre-me-
nulla vi imbrium;	sans aucune abondance de pluies;
simul	en-même-temps
spumis albentibus	avec une écume blanchissante
sinuare orbes	former-en-courbe (décrire) des cercles
in modum diadematis,	en forme de diadème,
auspicium	augure
transgressus prosperi. »	d'un passage heureux. »
Quidam interpretabantur.	Quelques-uns interprétaient *la chose*

pretabantur « Initia conatus secunda, neque diuturna; quia
eorum quæ terra cœlove portenderentur certior fides, fluminum instabilis natura simul ostenderet omina raperetque. »
Sed, ponte navibus effecto tramissoque exercitu, primus Ornospades multis equitum millibus in castra venit : exsul quondam, et Tiberio, quum Dalmaticum bellum conficeret, haud
inglorius auxiliator, eoque civitate Romana donatus; mox,
repetita amicitia regis, multo apud eum honore, præfectus
campis qui, Euphrate et Tigre, inclytis amnibus, circumflui,
Mesopotamiæ nomen acceperunt. Neque multo post Sinnaces
auget copias; et, columen partium, Abdageses gazam et paratus regios adjicit. Vitellius, ostentasse Romana arma satis
ratus, monet Tiridaten primoresque, hunc, « Phraatis avi et
altoris Cæsaris, quæ utrobique pulchra, meminerit; » illos,
« Obsequium in regem, reverentiam in nos, decus quisque

succès ne serait pas durable, parce que, selon eux, on devait compter
sur les pronostics qui se tirent du ciel et de la terre plus que sur
ceux des rivières, dont le mouvement continuel montre et efface le
présage en un moment. Dès que l'armée eut passé le fleuve sur un
pont de bateaux, on vit d'abord arriver au camp Ornospade, avec
plusieurs milliers de cavaliers. Ce Parthe, autrefois exilé, avait
servi sous Tibère comme auxiliaire, lorsque ce prince achevait de
soumettre les Dalmates, et s'était assez distingué pour mériter le
titre de citoyen romain. Depuis, étant rentré en grâce auprès d'Artaban, il avait obtenu de lui de grands honneurs, et le gouvernement de ces vastes plaines, qui, enfermées de tous côtés par les deux
grands fleuves, le Tigre et l'Euphrate, ont reçu le nom de Mésopotamie. Bientôt Sinnacès amène de nouvelles troupes, et enfin Abdagèse, soutien du parti, livre les trésors et tous les ornements de la
couronne. Vitellius, content d'avoir étalé l'appareil des armes romaines, engage Tiridate et les grands, l'un à ne pas oublier qu'il
est le petit-fils de Phraate et le pupille de César, double encourage-
ment à la gloire; les autres, à demeurer toujours soumis à leur

callidius
« Initia conatus secunda
neque diuturna ;
quia fides
eorum quæ portenderentur
terra cœlove
certior,
natura instabilis fluminum
ostenderet omina
raperetque simul. »
Sed, ponte effecto navibus,
exercituque tramisso,
Ornospades primus
venit in castra
multis millibus equitum :
exsul quondam,
et auxiliator haud inglorius
Tiberio,
quum conficeret
bellum Dalmaticum,
eoque donatus
civitate Romana ;
mox, amicitia regis
repetita,
multo honore apud eum,
præfectus campis
qui circumflui
Euphrate et Tigre,
amnibus inclytis,
acceperunt nomen
Mesopotamiæ.
Neque multo post Sinnaces
auget copias ;
et Abdageses,
columen partium,
adjicit gazam
et paratus regios.
Vitellius, ratus satis
ostentasse arma Romana,
monet Tiridaten
primoresque,
hunc, « Meminerit
Phraatis avi
et Cæsaris altoris,
quæ pulchra utrobique ; »
illos,
« Retinerent obsequium

plus finement, *disant*   [favorables
« Les commencements de l'entreprise *être*
et ne *devoir* pas *être* durables ;
parce que la garantie
de ces (des) choses qui étaient présagées
par la terre ou le ciel
était plus sûre,
tandis que la nature instable des fleuves
montrait des présages
et *les* emportait en-même-temps. »
Mais, un pont ayant été fait avec des ba-
et l'armée transportée-au-delà,   [teaux,
Ornospade le premier
vint au camp
avec plusieurs milliers de cavaliers :
exilé autrefois,
et auxiliaire non sans-gloire
à (de) Tibère,
lorsqu'il achevait
la guerre de-Dalmatie,
et pour-cela gratifié
du droit de cité romaine ;
bientôt, l'amitié du roi
étant regagnée,   [de lui,
jouissant de beaucoup d'honneur auprès
il fut préposé aux plaines
qui baignées-tout-autour
par l'Euphrate et le Tigre,
fleuves célèbres,
ont reçu le nom
de Mésopotamie.
Et non beaucoup après Sinnacès
augmente *ses* troupes ;
et Abdagèse,
soutien de *ce* parti,
ajoute le trésor
et les ornements royaux.
Vitellius, pensant *que c'était* assez
d'avoir étalé les armes romaines,
avertit Tiridate
et les grands,
celui-ci, « Qu'il se souvînt
de Phraate *son* aïeul
et de César *son* père-nourricier, [tés ; »
souvenirs qui *étaient* beaux des-deux-cô
ceux-là,
« Qu'ils gardassent soumission

suum et fidem, retinerent. » Exin cum legionibus in Syriam remeavit.

XXXVIII. Quæ, duabus æstatibus gesta, conjunxi, quo requiesceret animus a domesticis malis. Non enim Tiberium, quanquam triennio post cædem Sejani, quæ ceteros mollire solent, tempus, preces, satias, mitigabant, quin incerta vel abolita, pro gravissimis et recentibus, puniret. Eo metu Fulcinius Trio [1], ingruentes accusatores haud perpessus, supremis tabulis multa et atrocia in Macronem ac præcipuos libertorum Cæsaris composuit, ipsi fluxam senio mentem, et continuo abscessu velut exsilium, objectando. Quæ, ab heredibus occultata, recitari Tiberius jussit, patientiam libertatis alienæ ostentans, et contemptor suæ infamiæ, an scelerum Sejani diu nescius, mox quoquo modo dicta vulgari malebat, veritatisque, cui adulatio officit, per probra saltem gnarus fieri. Iisdem die-

roi, respectueux envers nous, fidèles à l'honneur et au devoir. Ensuite il revint en Syrie avec ses légions.

XXXVIII. Ces événements occupèrent deux années ; je les ai réunis pour me reposer du spectacle de nos malheurs domestiques. Trois ans s'étaient écoulés depuis le supplice de Séjan, et toutefois ni le temps, ni les prières, ni la satiété, qui adoucissent les autres hommes, n'amollissaient le cœur de Tibère, aussi implacable pour des fautes incertaines et oubliées que pour des crimes atroces ou récents. C'est ce qui détermina Fulcinius Trion à se donner la mort. Craignant les accusations qui allaient fondre sur lui, il écrivit son testament, qu'il remplit de traits sanglants contre Macron et les principaux affranchis du prince, sans épargner le prince lui-même, auquel il reprochait une imbécile vieillesse, et sa retraite sans fin, qui cachait un véritable exil. Les héritiers de Trion voulaient tenir ce testament secret; Tibère le fit lire publiquement, soit pour montrer qu'il savait souffrir la liberté, soit qu'il bravât l'infamie, ou qu'ayant ignoré longtemps les crimes de Séjan, il voulût tout entendre et apprendre même par l'injure la vérité que masque l'adulation. Quelques jours après, le sénateur Granius Martianus, accusé

in regem,	envers *leur* roi,
reverentiam in nos,	respect envers nous,
quisque suum decus	chacun son honneur
et fidem . »	et *sa* fidélité. »
Exin remeavit in Syriam	Ensuite il revint en Syrie
cum legionibus.	avec *ses* légions.
XXXVIII. Quæ	XXXVIII. Lesquels *faits*
conjunxi,	j'ai réunis,
gesta duabus æstatibus,	*quoique* accomplis en deux étés,
quo animus requiesceret	afin que *mon* âme se reposât
a malis domesticis.	de *nos* maux domestiques.
Quæ enim solent	Car *les choses* qui ont-coutume
mollire ceteros,	d'adoucir les autres *hommes*,
tempus, preces, satias,	le temps, les prières, la satiété,
non mitigabant Tiberium,	n'amollissaient point Tibère,
quanquam triennio	quoique trois-ans *s'étant écoulés*
post cædem Sejani,	après le meurtre de Séjan,
quin puniret	pour qu'il ne punît pas
incerta vel abolita [bus.	des *faits* incertains ou effacés
pro gravissimis et recenti-	comme très-graves et récents.
Eo metu Fulcinius Trio,	Dans cette crainte Fulcinius Trion,
haud perpessus	n'ayant point supporté
accusatores ingruentes,	les accusateurs qui fondaient-sur *lui*,
composuit	disposa (écrivit)
supremis tabulis	sur *ses* dernières tablettes
multa et atrocia	*des invectives* nombreuses et violentes
in Macronem ac præcipuos	contre Macron et *contre* les principaux
libertorum Cæsaris,	des affranchis de César (Tibère),
objectando ipsi	en reprochant à lui-même (Tibère)
mentem fluxam senio,	une raison chancelante par la vieillesse,
et abscessu continuo	et dans une retraite continuelle
velut exsilium.	comme un exil (une sorte d'exil).
Quæ,	Lesquelles *invectives*,
occulta ab heredibus,	cachées par les héritiers,
Tiberius jussit recitari,	Tibère ordonna être lues, [rance
ostentans patientiam	*soit* faisant- (pour faire) parade de tolé-
libertatis alienæ,	pour la liberté d'-autrui,
et contemptor suæ infamiæ,	et contempteur de sa *propre* infamie,
an diu nescius	ou *soit que* longtemps ignorant
scelerum Sejani,	des crimes de Séjan,
mox malebat	ensuite il aimait-mieux
dicta modo quoquo	les *paroles* dites d'une manière quelconque
vulgari,	être publiées, [jures
fierique saltem per probra	et *lui-même* devenir au moins par des in-
gnarus veritatis,	instruit de la vérité,
cui adulatio officit.	à laquelle l'adulation s'oppose.
Iisdem diebus	Dans les mêmes jours

bus Granius Martianus senator, a C. Graccho majestatis postulatus, vim vitæ suæ attulit; Tatiusque Gratianus, prætura
functus, lege eadem [1] extremum ad supplicium damnatus.

XXXIX. Nec dispares Trebellieni Rufi et Sextii Paconiani [2]
exitus. Nam Trebellienus sua manu cecidit; Paconianus in
carcere, ob carmina illic in principem factitata, strangulatus
est. Hæc Tiberius, non mari, ut olim, divisus, neque per longinquos nuntios accipiebat, sed Urbem juxta [3], eodem ut die,
vel noctis interjectu, litteris consulum rescriberet, quasi adspiciens undantem per domos sanguinem, aut manus carnificum. Fine anni Poppæus Sabinus [4] concessit vita, modicus
originis, principum amicitia consulatum ac triumphale decus
adeptus, maximisque provinciis per quatuor et viginti annos
impositus; nullam ob eximiam artem, sed quod par negotiis,
neque supra, erat.

XL. Q. Plautius, Sext. Papinius consules sequuntur. Eo

de lèse-majesté par C. Gracchus, se donna la mort, et Tatius Gratianus, ancien préteur, sur une accusation pareille, fut condamné
au dernier supplice.

XXXIX. Trébelliénus Rufus et Sextius Paconianus finirent de
même. Le premier se tua de sa main et le second fut étranglé dans
sa prison, parce qu'il y avait fait des vers contre le prince. Pour
être informé de ces nouvelles, Tibère n'avait plus besoin qu'on pas-
sât la mer ni qu'on dépêchât au loin des courriers. Établi près de
Rome, il répondait, le jour même, ou après l'intervalle d'une nuit,
aux lettres des consuls. Il semblait qu'il fût venu exprès pour voir
ruisseler le sang dans les maisons et le bras des bourreaux levé sur
leurs victimes. A la fin de l'année, mourut Poppéus Sabinus, homme
d'une naissance médiocre, honoré par l'amitié des princes du consulat et des ornements du triomphe, placé pendant vingt-quatre ans
à la tête des provinces les plus importantes, non qu'il eût des talents
distingués, mais parce qu'il n'était ni au-dessous ni au-dessus de
ses emplois.

XL. Les consuls suivants furent Q. Plautius et Sext. Papinius.

senator Granius Martianus,
postulatus majestatis
a C. Graccho,
attulit vim suæ vitæ ;
Tatiusque Gratianus,
functus prætura,
damnatus eadem lege
ad extremum supplicium.
  XXXIX. Nec exitus
Trebellieni Rufi
et Sextii Paconiani
dispares.
Nam Trebellienus
cecidit sua manu ;
Paconianus
strangulatus est in carcere,
ob carmina
factitata illic in principem.
Tiberius accipiebat hæc,
non divisus mari,
ut olim,   [quos,
neque per nuntios longin-
sed juxta Urbem ;
ut eodem die,
vel interjectu noctis,
rescriberet
litteris consulum,
quasi adspiciens sanguinem
undantem per domos,
aut manus carnificum.
Fine anni Poppæus Sabinus
concessit vita,
modicus originis,
adeptus consulatum
ac decus triumphale
amicitia principum,
impositusque
maximis provinciis [nos;
per viginti et quatuor an-
ob nullam artem eximiam,
sed quod erat par
negotiis,
neque supra.
  XL. Q. Plautius,
Sext. Papinius
sequuntur consules.
Eo anno,

le sénateur Granius Martianus,
appelé *en jugement* pour *lèse*-majesté
par C. Gracchus,
fit violence à sa vie (se donna la mort) ;
et Tatius Gratianus,
qui avait exercé la préture,
fut condamné par la même loi
au dernier supplice.
  XXXIX. Et les fins
de Trébelliénus Rufus
et de Sextius Paconianus
ne *furent* pas différentes.
Car Trébelliénus
tomba (périt) de sa *propre* main ;
Paconianus
fut étranglé en prison,
pour des vers
faits là contre le prince.
Tibère recevait ces *nouvelles*,
non séparé par la mer,
comme autrefois,
ni par des messages lointains,
mais près de la ville (de Rome) ;
de sorte que le même jour,
ou après l'intervalle d'une nuit,
il répondait
aux lettres des consuls,
comme regardant le sang
qui coulait-à-flots dans les maisons,
ou les mains des bourreaux.
A la fin de l'année Poppéus Sabinus
sortit de la vie,
homme médiocre d'origine,
ayant obtenu le consulat
et l'honneur du-triomphe
par l'amitié des princes,
et préposé
aux plus grandes provinces
pendant vingt et quatre ans ;
et cela pour nulle qualité remarquable,
mais parce qu'il était suffisant
pour les affaires,
et non au-dessus.
  XL. Q. Plautius,
Sext. Papinius
suivent *comme* consuls.
Dans cette année,

anno, neque quod L. Aruseius[1] .... morte affecti forent, assuetudine malorum, ut atrox, advertebatur; sed exterruit, quod
Vibulenus Agrippa, eques Romanus, quum perorassent accusatores, in ipsa curia depromptum sinu venenum hausit; pro-
lapsusque ac moribundus, festinatis lictorum manibus, in carcerem raptus est, faucesque jam exanimis laqueo vexatæ. Ne
Tigranes quidem, Armenia quondam potitus, ac tunc reus,
nomine regio supplicia civium effugit. At C. Galba[2] consularis
et duo Blæsi voluntario exitu cecidere : Galba, tristibus Cæsaris litteris provinciam sortiri prohibitus; Blæsis sacerdotia,
integra eorum domo destinata, convulsa, distulerat; tunc, ut
vacua, contulit in alios : quod signum mortis intellexere, et
exsecuti sunt. Et Æmilia Lepida[5], quam juveni Druso nuptam
retuli, crebris criminibus maritum insecuta, quanquam intestabilis, tamen impunita agebat, dum superfuit pater Lepidus;

Cette année, les supplices de L. Aruséius... furent à peine remar-
qués; ces cruautés, devenues si communes, ne paraissaient plus
atroces. Ce qui effraya, ce fut de voir le chevalier romain Vibulé-
nus Agrippa avaler en plein sénat du poison qu'il tenait caché sous
sa robe, après avoir entendu le discours de ses accusateurs, et ensuite l'empressement barbare des licteurs, qui entraînèrent précipitamment dans la prison ce mourant qui leur échappait, et n'étran-
glèrent qu'un cadavre. Tigrane même, autrefois souverain de
l'Arménie et alors accusé, ne put, malgré son titre de roi, échapper
au supplice des citoyens. Caïus Galba, consulaire, et les deux Blésus se tuèrent eux-mêmes; Galba, sur une lettre dure où l'empereur
lui défendait de tirer au sort une province; les Blésus, parce que
des sacerdoces promis à chacun d'eux pendant la prospérité de leur
maison, ajournés depuis ses malheurs, venaient enfin d'être donnés
à d'autres comme des dignités vacantes. C'était un arrêt de mort;
ils le comprirent et l'exécutèrent. Émilia Lépida, qui avait épousé,
comme je l'ai dit, le jeune Drusus, et qui avait été pour lui une
accusatrice acharnée, malgré l'horreur qu'elle inspirait, n'avait point
été punie tant que vécut son père Lépidus. Elle fut alors la proie

neque quod L. Aruseius	que L. Aruséius *et autres*
affecti forent morte,	eussent été punis de mort,
advertebatur ut atrox,	*cela* n'était point remarqué comme atroce,
assuetudine malorum ;	par l'habitude des maux ;
sed exterruit,	mais *ceci* effraya,
quod Vibulenus Agrippa,	que Vibulénus Agrippa,
quum accusatores	lorsque *ses* accusateurs
perorassent,	eurent péroré,
hausit in curia ipsa	avala dans la curie même
venenum	du poison
depromptum sinu ;	tiré-de *son* sein ;
prolapsusque	et tombé
ac moribundus,	et moribond,
manibus lictorum	les mains des licteurs
festinatis,	s'étant empressées,
raptus est in carcerem,	il fut traîné en prison,
faucesque jam exanimis	et la gorge de *lui* déjà expiré
vexatæ laqueo.	*fut* tourmentée (serrée) par le lacet.
Tigranes,	Tigrane,
potitus quondam Armenia,	maître autrefois de l'Arménie,
ac tunc reus,	et alors accusé ,
ne effugit quidem	n'échappa même pas
nomine regio	par *son* nom royal
supplicia civium.	aux supplices des citoyens.
At C. Galba, consularis,	Mais C. Galba, consulaire,
et duo Blæsi	et les deux Blésus
cecidere	tombèrent (périrent)
exitu voluntario :	par une fin volontaire) :
Galba prohibitus	Galba ayant été empêché
sortiri provinciam	de tirer-au-sort une province
litteris tristibus Cæsaris ;	par une lettre sinistre de César ;
distulerat Blæsis,	il (Tibère) avait ajourné pour les Blésus,
domo eorum convulsa,	la maison d'eux étant ruinée,
sacerdotia	des sacerdoces
destinata integra ;	promis *à eux leur maison étant* intacte (fio-
tunc contulit in alios,	alors il *les* conféra à d'autres, [rissante) ;
ut vacua :	comme vacants :
quod intellexere	*ce* qu'ils comprirent
signum mortis,	*comme* signal de mort,
et exsecuti sunt.	et ils *l'*exécutèrent.
Et Æmilia Lepida,	Émilia Lépida aussi,
quam retuli nuptam	que j'ai rapporté *avoir été* mariée
juveni Druso,	au jeune Drusus,
insecuta maritum	ayant poursuivi *son* mari
crebris criminibus,	par de fréquentes accusations,
quanquam intestabilis,	quoique abhorrée,
tamen agebat impunita,	cependant vivait impunie,

post a delatoribus corripitur, ob servum adulterum: Nec dubitabatur de flagitio; ergo, omissa defensione, finem vitæ sibi posuit.

XLI. Per idem tempus Clitarum [1] natio, Cappadoci Archelao subjecta, quia nostrum in modum deferre census, pati tributa, adigebatur, in juga Tauri montis abscessit; locorumque ingenio sese contra imbelles regis copias tutabatur; donec M. Trebellius legatus, a Vitellio præside Syriæ cum quatuor millibus legionariorum et delectis auxiliis missus, duos colles, quos barbari insederant (minori Cadra, alteri Davara nomen est) operibus circumdedit, et erumpere ausos ferro, ceteros siti, ad deditionem coegit. At Tiridates, volentibus Parthis, Nicephorium et Anthemusiada [2], ceterasque urbes quæ, Macedonibus sitæ, Græca vocabula usurpant, Halumque et Arte-

des délateurs, qui lui reprochaient un adultère avec un esclave. Comme le crime n'était point douteux, elle renonça à se défendre, et mit fin elle-même à sa vie.

XLI. Pendant ce même temps, la nation des Clites, soumise au Cappadocien Archélaüs, mécontente d'être assujettie, comme nos tributaires, au cens et aux impôts, se retira sur les hauteurs du mont Taurus, où l'avantage des lieux la soutenait contre les troupes peu aguerries du roi. Vitellius, gouverneur de Syrie, fut obligé d'envoyer son lieutenant M. Trébellius, avec quatre mille légionnaires et l'élite des alliés. Les rebelles occupaient deux collines, la moins haute nommée Cadra, l'autre Davara. Trébellius les entoura d'une circonvallation : ceux qui osèrent l'attaquer périrent par le fer, la soif força le reste à se rendre. Cependant Tiridate, reconnu volontairement par les Parthes, prit possession de Nicéphorium, d'Anthémusiade, et des autres villes, qui, dans leurs noms grecs, laissent voir leur origine macédonienne; il prit aussi deux villes parthiques,

dum pater Lepidus	tant que *son* père Lépidus
superfuit ;	subsista ;
post corripitur	ensuite elle est saisie
a delatoribus,	par les délateurs,
ob servum adulterum.	à cause d'un esclave *son* amant.
Nec dubitabatur	Et on ne doutait point
de flagitio ;	de *son* déshonneur ;
ergo, defensione omissa,	donc, *toute* défense étant laissée-de-côté,
posuit finem vitæ sibi.	elle mit fin à la vie à elle.
XLI. Per idem tempus	XLI. Pendant le même temps
natio Clitarum,	la nation des Clites,
subjecta	soumise
Cappadoci Archelao,	au Cappadocien Archélaüs,
abscessit in juga	se retira sur les hauteurs
montis Tauri,	du mont Taurus,
quia adigebatur	parce qu'elle était astreinte
deferre census,	à dénoncer les cens (payer les contribu-
pati tributa	à souffrir des tributs [tions),
in nostrum modum ;	à notre manière ;
seseque tutabatur	et elle se défendait
ingenio locorum	par la nature des lieux
contra copias imbelles	contre les troupes inaguerries
regis ;	du roi ;
donec legatus	jusqu'à ce que le lieutenant
M. Trebellius,	M. Trébellius,
missus a Vitellio,	envoyé par Vitellius,
præside Syriæ,	gouverneur de Syrie,
cum quatuor millibus	avec quatre milliers
legionariorum	de légionnaires
et auxiliis delectis,	et des auxiliaires d'-élite,
circumdedit operibus	entoura d'ouvrages
duos colles,	deux collines,
quos barbari insederant	que les barbares avaient occupées
(nomen est minori Cadra,	(le nom est à la plus petite Cadra,
alteri Davara),	à l'autre Davara),
et ferro	et *tua* par le fer
ausos erumpere,	ceux qui osèrent faire-une-sortie,
coegit ceteros siti	*et* força les autres par la soif
ad deditionem.	à une capitulation.
At Tiridates,	Mais Tiridate,
Parthis volentibus,	les Parthes *le* voulant *bien*,
recepit Nicephorium	reprit Nicéphorium
et Anthemusiada,	et Anthémusiade,
ceterasque urbes	et les autres villes
quæ, sitæ Macedonibus,	qui, assises (fondées) par les Macédoniens,
usurpant vocabula Græca,	font-usage-de (ont des) noms grecs,
Halumque et Artemitam,	et Halus et Artémite,

mitam [1], Parthica oppida, recepit, certantibus gaudio qui Artabanum, Scythas inter eductum, ob sævitiam exsecrati, come Tiridatis ingenium, Romanas per artes, sperabant.

XLII. Plurimum adulationis Seleucenses [2] inducre, civitas potens, septa muris, nec in barbarum corrupta, sed conditoris Seleuci retinens. Trecenti opibus aut sapientia delecti, ut senatus; sua populo vis : et, quoties concordes agunt, spernitur Parthus; ubi dissensere, dum sibi quisque contra æmulos subsidium vocant, accitus in partem, adversum omnes valescit. Id nuper acciderat, Artabano regnante, qui plebem primoribus tradidit ex suo usu : nam populi imperium juxta libertatem ; paucorum dominatio regiæ libidini propior est. Tum adventantem Tiridaten extollunt veterum regum honoribus, et quos recens ætas largius invenit; simul probra in Artabanum fundebant, materna origine Arsaciden, cetera degenerem. Tiridates rem Seleucensem populo permittit. Mox consultans quonam die so-

Artémite et Halus. C'était un enthousiasme général; on détestait pour sa cruauté Artaban, élevé chez les Scythes, et on espérait un caractère plus doux de Tiridate, formé aux mœurs romaines.

XLII. Séleucie se signala particulièrement par ses adulations. C'est une ville puissante, environnée de fortes murailles, et qui, fondée par Séleucus, a gardé, au milieu des barbares, la pureté de son origine. Trois cents citoyens, choisis pour leurs richesses ou leur capacité, y forment une espèce de sénat, qui gouverne conjointement avec le peuple. Quand ces deux ordres sont unis, on ne craint rien du Parthe; sitôt qu'ils se divisent, l'étranger qu'ils appellent pour se fortifier contre leurs rivaux, sous prétexte de servir l'un, les asservit tous. C'est ce qui venait d'avoir lieu sous Artaban, dont la politique sacrifia le peuple aux grands. En effet, le gouvernement populaire est voisin de la liberté, celui des grands se rapproche davantage du despotisme royal. Tiridate arrivant alors, on lui prodigue et les honneurs dont jouirent les anciens rois, et ceux que la flatterie invente toujours pour les nouveaux. En même temps on se répandait en invectives contre Artaban, qui était, disait-on, « Arsacide seulement par sa mère, et du reste tout à fait dégénéré. » Tiridate remit le pouvoir aux mains du peuple. Ensuite, comme il délibérait

oppida Parthica,	villes parthiques,
certantibus gaudio,	ceux-là rivalisant de joie,
qui exsecrati ob sævitiam	qui exécrant pour sa cruauté
Artabanum,	Artaban,
eductum inter Scythas,	élevé parmi les Scythes,
sperabant ingenium come	espéraient un caractère doux
Tiridatis,	de Tiridate,
per artes Romanas.	grâce aux pratiques (mœurs) romaines.
XLII. Seleucenses,	XLII. Les habitants-de-Séleucie,
civitas potens, septa muris,	cité puissante, entourée de murs,
neque corrupta	et non corrompue
in barbarum,	à la manière barbare,
sed retinens	mais gardant l'esprit
conditoris Seleuci,	de son fondateur Séleucus,
induere	prirent (montrèrent)
plurimum adulationis.	le plus d'adulation.
Trecenti delecti	Trois-cents hommes choisis
opibus aut sapientia,	pour leurs richesses ou leur sagesse,
ut senatus;	sont comme un sénat ;
populo sua vis :	au peuple est sa force propre :
et, quoties agunt concordes,	et, toutes-les-fois-qu'ils vivent unis,
Parthus spernitur ;	le Parthe est méprisé par eux ;
ubi dissensere,	dès qu'ils se sont désunis,
dum vocant subsidium	pendant qu'ils appellent du secours
quisque sibi	chacun pour soi
contra æmulos,	contre des rivaux,
accitus in partem,	le Parthe mandé pour soutenir un parti,
valescit adversum omnes.	prévaut contre tous.
Id acciderat nuper,	Cela était arrivé naguère,
Artabano regnante,	Artaban régnant,
qui tradidit plebem	lui qui livra le peuple
primoribus	aux grands
ex suo usu :	d'après son intérêt :
nam imperium populi	car l'empire du peuple
juxta libertatem ;	est près de la liberté;
dominatio paucorum	la domination du petit nombre
est propior libidini regiæ.	est plus voisine du caprice (despotisme)
Tum extollunt	Alors ils élèvent [royal.
Tiridaten adventantem	Tiridate qui arrivait
honoribus veterum regum,	par les honneurs des anciens rois,
et quos ætas recens	et par ceux que l'âge moderne
invenit largius ;	a trouvés plus libéralement ;
simul fundebant probra	en même temps ils jetaient des injures
in Artabanum,	contre Artaban,
Arsaciden origine materna,	Arsacide par son origine maternelle,
degenerem cetera.	dégénéré pour tout-le-reste.
Tiridates permittit populo	Tiridate confie au peuple

lennia regni capesseret, litteras Phraatis et Hieronis, qui va-
lidissimas præfecturas obtinebant, accipit, brevem moram
precantium. Placitumque opperiri viros præpollentes; atque
interim Ctesiphon¹, sedes imperii, petita. Sed, ubi diem ex
die prolatabant, multis coram et approbantibus, Surena, patrio more, Tiridaten insigni regio evinxit.

XLIII. Ac, si statim interiora ceterasque nationes petivisset,
oppressa cunctantium dubitatio, et omnes in unum cedebant :
assidendo castellum, in quod pecuniam et pellices Artabanus
contulerat, dedit spatium exuendi pacta. Nam Phraates et
Hiero, et si qui alii delectum capiendo diademati diem haud
concelebraverant, pars metu, quidam invidia in Abdagesen,
qui tum aula et novo rege potiebatur, ad Artabanum vertere.
Isque in Hyrcanis repertus est, illuvie obsitus et alimenta
arcu expediens. Ac primo, tanquam dolus pararetur, territus,

sur le jour où il prendrait solennellement les marques de la royauté,
il reçut des lettres de Phraate et d'Hiéron, qui le priaient de différer
quelque temps. Il crut devoir témoigner de la déférence à des hommes
puissants, qui gouvernaient les deux provinces les plus importantes,
et dans l'intervalle il se retira à Ctésiphon, siége de l'empire. Mais
comme ils différaient de jour en jour, Suréna, suivant l'usage du
pays, lui ceignit le bandeau royal, aux acclamations d'un peuple
immense.

XLIII. Si en ce moment il s'était montré dans l'intérieur du pays
et aux autres nations, il fixait toutes les incertitudes, et tout se
réunissait à son parti. En assiégeant un château où Artaban avait
transporté ses trésors et ses concubines, il laissa le temps aux Parthes de se délier de leurs engagements. Phraate, Hiéron et quelques
autres, dont le concours avait manqué à la solennité de son couron-
nement, les uns craignant sa colère, les autres jaloux d'Abdagèse,
qui alors gouvernait la cour et le nouveau roi, se tournèrent du côté
d'Artaban. Ils le trouvèrent dans l'Hyrcanie, couvert de sales lambeaux, et n'ayant pour vivre que son arc. D'abord leur vue lui

rem Seleucensem.	le gouvernement de-Séleucie.
Mox consultans	Bientôt délibérant
quonam die	quel jour
capesseret solennia regni,	il prendrait les *marques* solennelles de la
accipit litteras	il reçoit des lettres [royauté,
Phraatis et Hieronis,	de Phraate et d'Hiéron,
qui obtinebant	qui occupaient
validissimas præfecturas,	les plus importants commandements,
precantium brevem moram.	*tous deux* implorant un court délai.
Placitumque opperiri	Et *il fut* décidé d'attendre
viros præpollentes ;	*ces* hommes très-puissants ;
atque interim Ctesiphon,	et cependant Ctésiphon,
sedes imperii, petita.	siége de l'empire, *fut* gagné *par lui*.
Sed, ubi prolatabant	Mais, comme ils différaient
diem ex die,	jour après jour (chaque jour),
coram multis	en présence de *personnes* nombreuses
et approbantibus,	et qui approuvaient,
Surena evinxit Tiridaten	Suréna ceignit Tiridate
insigni regio,	de l'insigne royal,
more patrio.	suivant l'usage du-pays.
XLIII. Ac, si statim	XLIII. Et, si aussitôt
petivisset interiora	il eût gagné l'intérieur *du pays*
ceterasque nationes,	et les autres nations,
dubitatio cunctantium	l'irrésolution des hésitants
oppressa,	*eût été* étouffée (vaincue),
et omnes cedebant in unum:	et tous se rangeaient dans un-seul *parti* ·
assidendo castellum,	en assiégeant le château,
in quod Artabanus	dans lequel Artaban
contulerat	avait transporté
pecuniam et pellices,	*son* argent et *ses* concubines,
dedit spatium	il donna le temps *aux Parthes*
exuendi pacta.	de se dégager de *leurs* promesses.
Nam Phraates et Hiero,	Car Phraate et Hiéron,
et si qui alii	et si quelques autres (tous ceux qui)
haud concelebraverant	n'avaient pas assisté-en-foule
diem delectum	au jour choisi *par Tiridate*
capiendo diademati,	pour prendre le diadème, [sic
pars metu, quidam invidia	une partie par crainte, certains par jalou-
in Abdagesen,	contre Abdagèse,
qui tum potiebatur	qui alors était-maître
aula et novo rege,	de la cour et du nouveau roi,
vertere ad Artabanum.	*se* tournèrent vers Artaban.
Isque repertus est	Et celui-ci fut trouvé
in Hyrcanis,	chez les Hyrcaniens,
obsitus illuvie,	couvert de saleté (de haillons),
et expediens alimenta arcu.	et se procurant des aliments avec *son* arc.
Ac primo territus,	Et d'abord effrayé,

ubi data fides reddendæ dominationi venisse, allevatur animum, et, quæ repentina mutatio, exquirit. Tum Hiero pueritiam Tiridatis increpat; « Neque penes Arsaciden imperium,
sed inane nomen apud imbellem externa mollitia, vim in Ab-
dagesis domo. »

XLIV. Sensit vetus regnandi, falsos in amore, odia non
fingere[1]; nec ultra moratus quam dum Scytharum auxilia
conciret, pergit properus, et præveniens inimicorum astus,
amicorum pœnitentiam. Neque exuerat pædorem, ut vulgum
miseratione adverteret : non fraus, non preces, nihil omissum,
quo ambiguos illiceret, prompti firmarentur. Jamque, multa
manu, propinqua Seleuciæ adventabat, quum Tiridates, simul
fama atque ipso Artabano perculsus, distrahi consiliis, iret
contra an bellum cunctatione tractaret. Quibus prœlium et
festinati casus placebant, disjectos et longinquitate itineris

causa quelque crainte; il se crut trahi. Bientôt, sur l'assurance qu'ils
n'étaient venus que pour lui rendre la couronne, il leur demanda la
cause d'un changement si brusque. Hiéron alors se déchaîna contre
Tiridate ; il le traitait d'enfant, de lâche, énervé par la mollesse des
étrangers. « Ce n'était point un Arsacide qui les gouvernait. Tiridate
n'avait que le vain titre de roi; Abdagèse possédait toute la puissance. »

XLIV. Le vieux et rusé monarque comprit que leur haine était
sincère, si leur amitié ne l'était pas. Aussi, sans plus rien attendre
que l'arrivée d'un renfort de Scythes, il marche en diligence, préve-
nant les artifices de ses ennemis et l'inconstance de ses amis. Il avait
conservé ses haillons pour émouvoir la pitié du peuple. Ruses, prières,
il n'omit rien pour gagner les indécis et pour affermir les zélés.
Déjà il s'approchait de Séleucie avec un corps de troupes considérable,
quand Tiridate, qui avait appris à la fois et la marche et l'arrivée
d'Artaban, délibérait encore s'il irait à sa rencontre, ou s'il traîne-
rait la guerre en longueur. Ceux qui étaient d'avis de livrer bataille
et de brusquer la fortune voulaient qu'on attaquât des troupes

tanquam dolus pararetur,	comme si un piége était préparé,
ubi fides data	dès que l'assurance *lui eut été* donnée
venisse	*eux* être venus
reddendæ dominationi,	pour *lui* rendre la domination.
allevatur animum,	il est relevé de courage,
et exquirit	et demande
quæ mutatio repentina.	quel *est ce* changement soudain.
Tum Hiero increpat	Alors Hiéron raille
pueritiam Tiridatis;	l'enfance de Tiridate;
« Neque imperium	« Et l'empire
penes Arsaciden,	n'*être* point au-pouvoir-d'un Arsacide,
sed nomen inane	mais un nom vain
apud imbellem	à un *homme* énervé
mollitia externa,	par la mollesse étrangère,
vim in domo Abdagesis. »	la force *être* dans la maison d'Abdagèse. »
XLIV. Vetus regnandi	XLIV. Vieilli *dans l'habitude* de régner
sensit, falsos in amore,	il comprit *eux*, faux dans *leur* affection,
non fingere odia;	ne pas feindre *leurs* haines;
nec moratus	et n'ayant pas tardé
ultra quam	au delà (plus) qu'*il ne fallait*
dum conciret	jusqu'à ce qu'il appelât
auxilia Scytharum,	les secours des Scythes,
pergit properus,	il marche en-toute-hâte,
et præveniens astus	et prévenant les ruses
inimicorum,	de *ses* ennemis,
pœnitentiam amicorum.	le repentir de *ses* amis.
Neque exuerat pædorem,	Et il n'avait pas dépouillé *sa* malpropreté,
ut adverteret vulgum	afin qu'il attirât le peuple
miseratione :	par la pitié :
non fraus, non preces,	ni fraude, ni prières,
nihil omissum,	rien ne *fut* omis,
quo illiceret ambiguos,	afin qu'il gagnât les indécis,
prompti firmarentur.	*et* que les résolus fussent affermis.
Jamque, multa manu,	Et déjà, avec une nombreuse troupe,
adventabat propinqua	il arrivait dans les *lieux* voisins
Seleuciæ,	de Séleucie,
quum Tiridates,	lorsque Tiridate,
perculsus simul fama	frappé à la fois par la renommée
atque Artabano ipso,	et par Artaban lui-même, [tions,
distrahi consiliis,	*commence* à être partagé dans *ses* résolu-
iret contra	*se demandant* s'il marcherait contre *lui*
an tractaret bellum	ou s'il traînerait la guerre
cunctatione.	par la temporisation.
Quibus placebant	*Ceux* à qui plaisaient
prœlium et casus festinati,	le combat et des résultats précipités,
disserunt disjectos	exposent *ces hommes* épars
et fessos	et fatigués

fessos, ne animo quidem satis ad obsequium coaluisse disse-
runt, proditores nuper hostesque ejus quem rursum foveant.
Verum Abdageses regrediendum in Mesopotamiam censebat,
ut amne objecto, Armeniis interim Elymæisque et ceteris a
tergo excitis, aucti copiis socialibus, et quas dux Romanus
misisset, fortunam tentarent. Ea sententia valuit, quia plurima auctoritas penes Abdagesen, et Tiridates ignavus ad pericula erat. Sed fugæ specie discessum : ac principio a gente
Arabum facto, ceteri domos abeunt, vel in castra Artabani;
donec Tiridates, cum paucis in Syriam revectus, pudore proditionis omnes exsolvit [1].

XLV. Idem annus gravi igne Urbem afficit, deusta parte
circi quæ Aventino contigua, ipsoque Aventino ; quod dam-
num Cæsar ad gloriam vertit, exsolutis domuum et insularum [2]
pretiis. Millies sestertium ea munificentia collocatum; tanto

éparses, fatiguées d'une longue marche, et qui n'avaient point encore
eu le temps de s'affectionner à un chef qu'elles-mêmes venaient de
trahir. Mais Abdagèse conseillait de repasser en Mésopotamie, d'y
attendre derrière le fleuve le secours des Arméniens, des Élyméens,
des autres peuples, et ensuite, avec les troupes que fourniraient les
Romains, de revenir tenter la fortune. Cet avis prévalut, et par le
crédit d'Abdagèse, et parce qu'il flattait la lâcheté de Tiridate. Mais
la retraite eut l'air d'une fuite. Les Arabes se dispersent les premiers, les autres se retirent chez eux ou vont grossir l'armée d'Artaban. Enfin Tiridate, ayant lui-même, avec une suite peu nombreuse, regagné la Syrie, leur sauva à tous la honte d'une trahison.

XLV. Cette même année, Rome fut dévastée par un incendie horrible. La partie du cirque voisine de l'Aventin, et l'Aventin lui
même, furent consumés. Ce désastre tourna à la gloire de Tibère,
qui paya selon leur valeur les maisons brûlées. Cette largesse lui
coûta cent millions de sesterces, et fut d'autant plus agréable au

longinquitate itineris	de la longueur du chemin
ne coaluisse quidem satis	n'être pas même unis assez
animo	de cœur
ad obsequium,	pour l'obéissance,
proditores nuper hostesque	traîtres naguère et ennemis
ejus quem foveant rursum.	de celui qu'ils caressaient de-nouveau.
Verum Abdageses censebat	Mais Abdagèse était-d'avis
regrediendum	falloir (qu'il fallait) retourner
in Mesopotamiam,	en Mésopotamie,
ut amne objecto,	afin que le fleuve étant mis-devant *eux*,
interim Armeniis	*et* pendant-ce-temps les Arméniens
Elymæisque	et les Élyméens
et ceteris excitis a tergo,	et les autres étant appelés par derrière,
tentarent fortunam,	ils tentassent la fortune,
aucti copiis socialibus,	accrus de troupes alliées,
et quas dux Romanus	et *de celles* que le général romain
misisset.	aurait envoyées.
Ea sententia valuit,	Cet avis prévalut,
quia plurima auctoritas	parce que la plus grande autorité
erat penes Abdagesen,	était à Abdagèse,
et Tiridates ignavus	et *que* Tiridate *était* lâche
ad pericula.	devant les dangers.
Sed discessum	Mais on se retira
specie fugæ;	avec l'apparence d'une fuite; [ple donné)
ac principio facto	et le commencement ayant été fait (l'exem-
a gente Arabum,	par la nation des Arabes,
ceteri abeunt domos,	tous-les-autres s'en vont dans *leurs* foyers,
vel in castra Artabani;	ou dans le camp d'Artaban :
donec Tiridates,	jusqu'à ce que Tiridate,
revectus in Syriam	revenu en Syrie
cum paucis,	avec quelques *hommes*,
exsolvit omnes	*les* affranchit tous
pudore proditionis.	de la honte d'une trahison.
XLV. Idem annus	XLV. La même année
afficit igne Urbem,	désole par le feu la ville (Rome),
parte circi	la partie du cirque
quæ contigua Aventino	qui *est* contiguë à l'Aventin
deusta,	ayant été brûlée,
Aventinoque ipso;	et l'Aventin lui-même;
quod damnum	laquelle perte
Cæsar vertit ad gloriam,	César (Tibère) tourna à *sa* gloire,
pretiis domuum	le prix des maisons
et insularum	et des quartiers *brûlés*
exsolutis.	ayant été payé *par lui*.
Millies sestertium	Mille-fois *cent mille* sesterces
collocatum	*furent* employés
ea munificentia;	à cette munificence;

acceptius in vulgum, quanto modicus privatis ædificationibus. Ne publice quidem nisi duo opera struxit, templum Augusto et scenam Pompeiani theatri ; eaque perfecta [1], contemptu ambitionis, an per senectutem, haud dedicavit. Sed æstimando cujusque detrimento quatuor progeneri Cæsaris, Cn. Domitius, Cassius Longinus, M. Vinicius, Rubellius Blandus delecti, additusque, nominatione consulum, P. Petronius. Et, pro ingenio cujusque, quæsiti decretique in principem honores. Quos omiserit receperitve, in incerto fuit, ob propinquum vitæ finem. Neque enim multo post supremi Tiberio consules, Cn. Acerronius, C. Pontius, magistratum occepere, nimia jam potentia Macronis, qui gratiam C. Cæsaris, nunquam sibi neglectam, acrius in dies fovebat, impuleratque, post mortem Claudiæ, quam nuptam ei retuli, uxorem suam Enniam immittendo, amore juvenem illicere pactoque matri-

peuple, qu'il n'était nullement fastueux dans ses bâtiments ; il n'avait même jamais élevé que deux monuments publics, le temple d'Auguste et la scène du théâtre de Pompée. Encore, après qu'ils furent achevés, soit par mépris pour les applaudissements populaires, soit à cause de son grand âge, il n'en fit point la dédicace. On choisit, pour évaluer les pertes de chaque citoyen, les quatre gendres de César, Cn. Domitius, Cassius Longinus, M. Vinicius et Rubellius Blandus, auxquels on joignit P. Pétronius, nommé par les consuls. Le génie des sénateurs ne manqua pas de s'exercer sur les honneurs qu'on décernerait à Tibère. On ignore ceux qu'il agréa ou qu'il refusa, sa mort ayant suivi de trop près. En effet, il ne vit pas longtemps les nouveaux consuls Cn. Acerronius et C. Pontius. Déjà le pouvoir de Macron était excessif. Il n'avait jamais négligé l'amitié de Caïus César, et de jour en jour il la cultivait avec plus d'empressement. Depuis la mort de Claudia, dont j'ai rapporté le mariage avec Caïus, Macron avait envoyé sa femme Ennia dans les bras du jeune César ; il voulait qu'elle s'en fît aimer, qu'elle l'enchaînât par une

tanto acceptius in vulgum	chose d'autant plus agréable au peuple
quanto modicus	que *le prince était* modéré (peu dépensier)
ædificationibus privatis.	pour *ses* bâtiments privés.
Ne struxit quidem	Il n'éleva même *aucun monument*
publice	aux-frais-de-l'État
nisi duo opera,	sinon deux ouvrages,
templum Augusto	un temple à Auguste
et scenam	et la scène
theatri Pompeiani;	du théâtre de-Pompée;
haudque dedicavit	et il ne dédia pas
ea perfecta,	ces *monuments* achevés,
contemptu ambitionis,	par mépris de brigue (faveur populaire),
an per senectutem.	ou à-cause-de *sa* vieillesse.
Sed æstimando detrimento	Mais pour estimer le dommage
cujusque	de chacun
quatuor progeneri Cæsaris	les quatre maris-des-petites-filles de César
delecti,	*furent* choisis,
Cn. Domitius,	Cn. Domitius,
Cassius Longinus,	Cassius Longinus,
M. Vinicius,	M. Vinicius,
Rubellius Blandus,	Rubellius Blandus,
Publiusque Petronius	et Publius Pétronius
additus,	*leur fut* ajouté,
nominatione consulum.	par nomination des consuls.
Et, pro ingenio cujusque,	Et, selon le génie de chacun,
honores in principem	des honneurs pour le prince
quæsiti decretique.	*furent* recherchés et décernés.
Fuit in incerto	Il a été dans l'incertitude
quos omiserit receperitve,	quels *honneurs* il laissa-de-côté ou agréa,
ob finem propinquum vitæ.	à-cause-de la fin prochaine de *sa* vie.
Neque enim multo post	Et en effet non beaucoup après
supremi consules Tiberio,	les derniers consuls pour Tibère,
Cn. Acerronius, C. Pontius,	Cn. Acerronius, C. Pontius,
occepere magistratum,	inaugurèrent *leur* magistrature,
potentia Macronis	la puissance de Macron
jam nimia,	*étant* déjà excessive,
qui fovebat in dies	lequel caressait *de jour* en jour
acrius	plus ardemment
gratiam C. Cæsaris,	la faveur de C. César,
nunquam neglectam sibi,	jamais négligée par lui,
postque mortem Claudiæ,	et après la mort de Claudia,
quam retuli nuptam ei,	que j'ai rapporté *avoir été* mariée à lui,
immittendo	en envoyant *à ce jeune prince*
suam uxorem Enniam,	son épouse Ennia,
impulerat illicere amore	il *l'*avait engagée à séduire par amour
vincireque	et à enchaîner
pacto matrimonii	par une promesse de mariage

monii vincire, nihil abnuentem, dum dominationem apisceretur : nam, etsi commotus ingenio, simulationum tamen falsa in sinu avi perdidicerat.

XLVI. Gnarum hoc principi, eoque dubitavit de tradenda republica [1], primum inter nepotes; quorum Druso genitus sanguine et caritate propior, sed nondum pubertatem ingressus ; Germanici filio robur juventæ, vulgi studia, eaque apud avum odii causa. Etiam de Claudio agitanti, quod is composita ætate, bonarum artium cupiens erat, imminuta mens ejus obstitit. Sin extra domum successor quæreretur, ne memoria Augusti, ne nomen Cæsarum in ludibria et contumelias verterent, metuebat : quippe illi non perinde curæ gratia præsentium quam in posteros ambitio. Mox incertus animi, fesso corpore, consilium cui impar erat fato permisit, jactis tamen vocibus, per quas intelligeretur providus futurorum.

promesse de mariage ; et, pour arriver au pouvoir suprême, Caïus eût consenti à tout ; car, malgré l'emportement de son caractère, il s'était formé, dans le sein de son aïeul, à la dissimulation la plus profonde.

XLVI. Le prince le savait ; aussi balançait-il sur le choix de son successeur. Et d'abord il flotta entre ses deux petits-fils. La tendresse et le sang lui parlaient pour le fils de Drusus ; mais il n'avait point encore atteint la puberté. Celui de Germanicus, dans la force de la jeunesse, avait la faveur du peuple ; mais c'était pour son aïeul une raison de le haïr. Il songea aussi à Claude, qui était d'un âge mûr et avait le désir du bien ; mais son imbécillité le fit exclure. D'un autre côté, il craignait, en choisissant un successeur dans une famille étrangère, d'outrager la mémoire d'Auguste et d'avilir le nom des Césars ; car il était bien moins jaloux de mériter la reconnaissance de son siècle que de s'assurer les éloges de la postérité. Enfin, ses incertitudes augmentant avec ses maux, il abandonna au hasard un choix qu'il était incapable de faire lui-même. Cependant il parut, par quelques mots qui lui échappèrent, qu'il lisait dans l'avenir. Il reprocha sans détour à Macron de tour-

juvenem abnuentem nihil,	le jeune *César* qui ne refusait rien,
dum apisceretur	pourvu qu'il acquît
dominationem :	le pouvoir :
nam, etsi commotus	car, quoique emporté
ingenio,	de caractère,
tamen perdidicerat	cependant il avait appris-à-fond
falsa simulationum	les faussetés des dissimulations
in sinu avi.	dans le sein de *son* aïeul.
XLVI. Hoc gnarum	XLVI. Cela *était* connu
principi,	du prince,
eoque dubitavit	et pour-cela il balança
de tradenda republica,	pour remettre l'empire,
primum inter nepotes ;	d'abord entre *ses* petits-fils ;
quorum genitus Druso	desquels *celui* né de Drusus
propior sanguine	*était* plus proche par le sang
et caritate,	et la tendresse,
sed nondum ingressus	mais pas-encore entré
pubertatem ;	dans la puberté ;
filio Germanici	au fils de Germanicus
robur juventæ,	*étaient* la vigueur de la jeunesse,
studia vulgi,	les faveurs du peuple,
eaque causa odii	et c'*était* une cause de haine
apud avum.	auprès de *son* aïeul.
Agitanti etiam de Claudio,	A *lui* délibérant aussi sur Claude,
quod is erat	parce que celui-ci était
ætate composita,	d'un âge rassis (mûr), [bien),
cupiens bonarum artium,	désireux des bonnes pratiques (aimant le
mens imminuta ejus	l'intelligence affaiblie de lui
obstitit.	fut-un-obstacle.
Sin successor quæreretur	Si-d'autre-part un successeur était cher-
extra domum,	hors de la famille, [ché
metuebat	il craignait
ne memoria Augusti,	que la mémoire d'Auguste,
ne nomen Cæsarum,	que le nom des Césars,
verterent	ne tournassent (ne fussent tournés)
in ludibria et contumelias :	en dérision et en outrages :
quippe gratia præsentium	car la faveur des contemporains
non curæ illi perinde	n'*était* pas à souci à lui autant
quam ambitio	que la brigue (le désir de l'approbation)
in posteros.	envers les (des) descendants.
Mox incertus animi,	Bientôt irrésolu d'âme,
corpore fesso,	le corps fatigué,
permisit fato	il remit au destin
consilium cui erat impar,	une résolution dont il était incapable,
vocibus jactis tamen,	*quelques* mots étant jetés cependant,
per quas intelligeretur	par lesquels il était compris
providus futurorum.	prévoyant les choses à-venir.

Namque Macroni, non abdita ambage, occidentem ab eo deseri, orientem spectari [1] exprobravit. Et C. Cæsari, forte orto
sermone, L. Sullam irridenti, omnia Sullæ vitia, et nullam
ejusdem virtutem habiturum prædixit ; simul, crebris cum lacrimis, minorem ex nepotibus complexus, truci alterius [2] vultu,
« Occides hunc tu [3], inquit, et te alius. » Sed, gravescente
valetudine, nihil e libidinibus omittebat, in patientia firmitudinem simulans, solitusque eludere medicorum artes, atque
eos qui, post tricesimum ætatis annum, ad internoscenda corpori suo utilia vel noxia, alieni consilii indigerent.

XLVII. Interim Romæ futuris etiam post Tiberium cædibus
semina jaciebantur. Lælius Balbus Acutiam, P. Vitellii quondam uxorem, majestatis postulaverat ; qua damnata, quum
præmium accusatori decerneretur, Junius Otho, tribunus ple-

ner le dos au couchant pour regarder le levant ; et comme un jour,
dans la conversation, Caïus plaisantait sur Sylla, Tibère lui prédit
qu'il en aurait tous les vices sans avoir aucune de ses vertus. Une
autre fois, pendant qu'il tenait dans ses bras le plus jeune de ses
petits-fils, qu'il arrosait de ses larmes, il surprit un regard féroce de
Caïus : « Tu le tueras, dit-il, et un autre te tuera. » Au reste, sa
santé dépérissant, Tibère ne suspendit aucune de ses débauches, pa-
tient pour paraître fort ; croyant peu d'ailleurs à l'art des médecins,
et se moquant souvent de ceux qui, passé trente ans, avaient besoin
que d'autres leur apprissent ce qui était nuisible ou convenable à leur
tempérament.

XLVII. Cependant on apprêtait à Rome de nouvelles victimes, et
Tibère devait encore verser du sang après sa mort. Lélius Balbus
avait dénoncé pour crime de lèse-majesté Acutia, jadis mariée à
P. Vitellius. Après la condamnation, comme on décernait une récompense au délateur, Junius Othon, tribun du peuple, s'y opposa.

Namque exprobravit	Car il reprocha
Macroni,	à Macron,
non ambage abdita,	non par des détours cachés,
occidentem deseri ab eo,	le couchant être abandonné par lui,
orientem spectari.	le levant être regardé. [sard,
Et sermone orto forte, ·	Et une conversation s'étant élevée par ha-
prædixit C. Cæsari,	il prédit à C. César,
irridenti L. Sullam,	qui se moquait de L. Sylla,
habiturum	*lui* devoir avoir
omnia vitia Sullæ,	tous les vices de Sylla,
et nullam virtutem	et aucune vertu
ejusdem :	de ce-même *citoyen* :
simul,	en-même-temps,
cum lacrimis crebris,	avec des larmes fréquentes,
complexus minorem	ayant embrassé le plus jeune
ex nepotibus,	de *ses* petits-fils,
vultu truci alterius,	à l'air féroce de l'autre,
« Tu, inquit, occides hunc,	« Toi, dit-il, tu tueras celui-ci,
et alius te. » [te,	et un autre te *tuera.* »
Sed, valetudine gravescen-	Mais, la maladie empirant,
omittebat nihil	il ne laissait-de-côté rien
e libidinibus,	de *ses* débauches,
simulans firmitudinem	feignant la force
in patientia,	au-moyen-de la patience,
solitusque eludere	et habitué à railler
artes medicorum,	l'art des médecins,
atque eos qui,	et ceux qui,
post tricesimum annum	après la trentième année
ætatis,	de *leur* âge,
indigerent consilii alieni	avaient besoin du conseil d'-autrui
ad internoscenda	pour connaître
utilia vel noxia	les choses utiles ou nuisibles
suo corpori.	à leur corps.
XLVII. Interim Romæ	XLVII. Cependant à Rome
semina jaciebantur	des semences étaient jetées
cædibus futuris	pour des meurtres futurs
etiam post Tiberium.	même après Tibère.
Lælius Balbus	Lélius Balbus
postulaverat majestatis	avait appelé *en jugement* pour *lèse*-majesté
Acutiam, quondam uxorem	Acutia, autrefois épouse
P. Vitellii;	de P. Vitellius ;
qua damnata,	laquelle ayant été condamnée,
quum præmium	comme une récompense
decerneretur accusatori,	était décernée à l'accusateur,
Junius Otho,	Junius Othon,
tribunus plebei,	tribun du peuple,
intercessit :	intervint (fit opposition) :

bei, intercessit : unde illis odia, mox Othoni exsilium. Dein
multorum amoribus famosa Albucilla, cui matrimonium cum
Satrio Secundo, conjurationis indice, fuerat, defertur impie-
tatis in principem. Connectebantur, ut conscii et adulteri
ejus, Cn. Domitius, Vibius Marsus, L. Arruntius[1]. De claritudine Domitii supra memoravi[2] ; Marsus quoque vetustis
honoribus et illustris studiis erat. Sed testium interrogationi,
tormentis servorum, Macronem præsedisse commentarii ad
senatum missi ferebant ; nullæque in eos imperatoris litteræ
suspicionem dabant, invalido ac fortasse ignaro, ficta pleraque,
ob inimicitias Macronis notas in Arruntium.

XLVIII. Igitur Domitius defensionem meditans, Marsus
tanquam inediam destinavisset, produxere vitam. Arruntius,
cunctationem et moras suadentibus amicis, « Non eadem om-
nibus decora respondit : sibi satis ætatis ; neque aliud pœnitendum quam quod, inter ludibria et pericula, anxiam senec-

---

Ce fut entre eux une source de haines qui se terminèrent par l'exil
d'Othon. Albucilla, décriée par ses galanteries, et qui avait eu pour
mari Satrius Sécundus, dénonciateur de Séjan, fut accusée d'adultère et d'impiété envers le prince. On impliquait dans cette double
accusation Cn. Domitius, Vibius Marsus, L. Arruntius. J'ai parlé
plus haut de la naissance de Domitius. Marsus joignait à une illustration ancienne des talents distingués. Les pièces envoyées au sénat
portaient que Macron avait présidé à l'interrogatoire des témoins et
à la torture des esclaves. Le prince d'ailleurs n'ayant point écrit
contre les accusés, on soupçonna Macron d'avoir abusé de l'état de
faiblesse de Tibère, et d'avoir ourdi cette trame peut-être à son insu,
en haine d'Arruntius, dont on le savait ennemi.

XLVIII. Domitius prépara sa défense ; Vibius feignit de vouloir
se laisser mourir de faim, et tous deux ainsi prolongèrent leur vie.
Pressé par ses amis de temporiser comme eux, Arruntius répondit
« que le même parti ne convenait point à tous ; qu'il avait assez vécu :
que tout son regret était d'avoir traîné, au milieu des affronts et des

unde odia illis,	d'où des haines entre eux,
mox Othoni exsilium.	et bientôt pour Othon l'exil.
Dein Albucilla, [rum,	Ensuite Albucilla, [d'hommes,
famosa amoribus multo-	diffamée par les amours de beaucoup
cui matrimonium fuerat	à laquelle mariage avait été
cum Satrio Secundo,	avec Satrius Sécundus,
indice conjurationis,	révélateur de la conjuration,
defertur impietatis	est dénoncée pour impiété
in principem.	envers le prince.
Cn. Domitius,	Cn. Domitius,
Vibius Marsus,	Vibius Marsus,
L. Arruntius,	L. Arruntius,
connectebantur	étaient impliqués
ut conscii et adulteri ejus.	comme complices et amants d'elle.
Memoravi supra	J'ai parlé ci-dessus
de claritudine Domitii ;	de l'illustration de Domitius ;
Marsus quoque	Marsus aussi
erat illustris	était illustre
vetustis honoribus	par d'anciens honneurs
et studiis.	et par ses talents.
Sed commentarii	Mais les mémoires
missi ad senatum	envoyés au sénat
ferebant	portaient
Macronem præsedisse	Macron avoir présidé
interrogationi testium,	à l'interrogatoire des témoins,
tormentis servorum ;	aux tortures des esclaves ;
nullæque litteræ ·	et aucune lettre (l'absence de lettre)
imperatoris in eos	de l'empereur contre eux
dabant suspicionem.	donnait le soupçon,
pleraque ficta,	la plupart des griefs être feints,
ob inimicitias notas	à cause des inimitiés connues
Macronis in Arruntium,	de Macron contre Arruntius, [rant.
invalido ac fortasse ignaro.	le prince étant malade et peut-être igno
XLVIII. Igitur Domitius	XLVIII. Donc Domitius
meditans defensionem,	méditant une défense,
Marsus	Marsus
tanquam destinavisset	comme s'il avait résolu
inediam,	l'abstention-de-toute-nourriture,
produxere vitam.	prolongèrent leur vie.
Arruntius respondit	Arruntius répondit
amicis suadentibus	à ses amis qui lui conseillaient
cunctationem et moras,	de la temporisation et des retards,
« Eadem	« Les mêmes choses
non decora omnibus ;	n'être pas bienséantes pour tous ;
sibi satis ætatis ;	à lui assez de vie être (qu'il avait assez
neque aliud pœnitendum	et pas autre chose n'être regrettable [vécu);
quam quod toleravisset	que de ce qu'il avait enduré

tam toleravisset, diu Sejano, nunc Macroni, semper alicui
potentium invisus, non culpa, sed ut flagitiorum impatiens.
Sane paucos et supremos principis dies posse vitari; quemadmodum evasurum imminentis juventam? An, quum Tiberius,
post tantam rerum experientiam, vi dominationis convulsus
et mutatus sit, C. Cæsarem, vix finita pueritia, ignarum omnium aut pessimis innutritum, meliora capessiturum, Macrone
duce? qui, ut deterior, ad opprimendum Sejanum delectus,
plura per scelera rempublicam conflictavisset : prospectare
jam se acrius servitium, eoque fugere simul acta et instantia. »
Hæc vatis in modum dictitans, venas resolvit. Documento se-
quentia erunt bene Arruntium morte usum. Albucilla, irrito
ictu a semet vulnerata, jussu senatus in carcerem fertur.
Stuprorum ejus ministri, Carsidius Sacerdos, prætorius, ut

dangers, une vieillesse inquiète, haï longtemps de Séjan, puis de
Macron, et toujours de quelque favori, sans autre tort que de ne
pouvoir supporter l'infamie. Il lui était facile sans doute d'échapper
aux coups d'un prince qui n'avait plus que quelques jours à vivre ;
mais comment se déroberait-il au jeune maître qui menaçait de régner ? Si, malgré sa longue expérience, l'ivresse du pouvoir avait
corrompu Tibère, que pouvait-on attendre de Caïus, à peine sorti de
l'enfance, nourri dans l'ignorance ou dans le vice, et conduit par Macron, qui, pire que Séjan, et pour cela même choisi pour le perdre,
avait déchiré la république par plus de forfaits ? Il prévoyait un esclavage encore plus terrible, et il fuyait à la fois le passé et l'avenir.»
Après ces mots prononcés avec un accent prophétique, il s'ouvrit
les veines. La suite prouvera qu'il fit bien de mourir. Albucilla,
s'étant porté un coup trop mal assuré, n'avait fait que se blesser ;
elle fut conduite en prison par ordre du sénat. On sévit contre les
complices de ses débauches ; Carsidius Sacerdos, ancien préteur, fut

senectam anxiam,	une vieillesse inquiète,
inter ludibria et pericula,	parmi les affronts et les dangers,
invisus diu Sejano,	odieux longtemps à Séjan,
nunc Macroni,	maintenant à Macron,
semper alicui potentium,	toujours à quelqu'un des puissants,
non culpa, [rum.	non par *sa* faute, [crimes.
sed ut impatiens flagitio-	mais comme incapable-de-supporter les
Sane	Sans-doute
paucos et supremos dies	les quelques et derniers jours
principis	du prince
posse vitari ;	pouvoir être évités ; [échapper
quemadmodum evasurum	*mais* comment *lui* pouvoir (pourrait-il)
juventam	à la jeunesse
imminentis ?	*du prince* qui était-suspendu-sur *Rome?*
An, quum Tiberius,	Est-ce que, lorsque Tibère,
post tantam experientiam	après une si-grande expérience
rerum,	des affaires,
convulsus sit et mutatus.	avait été bouleversé et changé
vi dominationis,	par l'influence de la domination,
C. Cæsarem,	C. César,
pueritia vix finita,	*son* enfance étant à peine terminée,
ignarum omnium	ignorant de toutes choses
aut innutritum pessimis,	ou nourri-dans les plus mauvaises,
capessiturum meliora,	devoir prendre (suivrait) de meilleurs *er-*
Macrone duce?	Macron *étant son* guide ? [*rements,*
qui delectus, ut deterior,	*lui* qui choisi, comme plus mauvais,
ad opprimendum Sejanum,	pour abattre Séjan,
conflictavisset rempubli-	avait ruiné l'État
per plura scelera : [cam	par plus de crimes :
jam se prospectare	déjà lui voir-en-perspective
servitium acrius,	une servitude plus rigoureuse,
eoque fugere simul	et pour-cela fuir à la fois [nentes. »
acta et instantia. »	les choses passées et les choses immi-
Dictitans hæc	Répétant ces *mots*
in modum vatis,	à la manière d'un prophète,
resolvit venas.	il ouvrit *ses* veines.
Sequentia	Les *faits* suivants
erunt documento	seront à preuve (prouveront)
Arruntium usum morte	Arruntius avoir usé de la mort (qu'Ar-
bene.	bien (à propos). [runtius se fit mourir)
Albucilla,	Albucilla,
vulnerata a semet	blessée par elle-même
ictu irrito,	d'un coup sans-effet,
fertur in carcerem	est portée en prison
jussu senatus.	par ordre du sénat.
Ministri stuprorum ejus,	Les complices des débauches d'elle,
Carsidius Sacerdos,	*furent condamnés,* Carsidius Sacerdos,

in insulam deportaretur ; Pontius Fregellanus amitteret ordinem senatorium ; et eædem pœnæ in Lælium Balbum decernuntur : id quidem a lætantibus, quia Balbus truci eloquentia
habebatur, promptus adversum insontes.

XLIX. Iisdem diebus Sext. Papinius, consulari familia, repentinum et informem exitum delegit, jacto in præceps corpore. Causa ad matrem referebatur, quæ pridem repudiata
assentationibus atque luxu perpulisset juvenem ad ea [1] quorum effugium non nisi morte inveniret. Igitur accusata in
senatu, quamquam genua patrum advolveretur[2], luctumque
communem, et magis imbecillum tali super casu feminarum
animum, aliaque in eumdem dolorem mœsta et miseranda diu
ferret, Urbe tamen in decem annos prohibita est, donec minor filius lubricum juventæ exiret.

L. Jam Tiberium corpus, jam vires, nondum dissimulatio,
deserebat [3] : idem animi rigor; sermone ac vultu intentus,

déporté dans une île ; Pontius Frégellanus fut chassé du sénat, et
l'on infligea les mêmes peines à Lélius Balbus, au grand contentement des Romains, qu'indignait l'éloquence farouche d'un orateur
toujours armé contre l'innocence.

XLIX. Pendant ces mêmes jours, Sextus Papinius, d'une famille
consulaire, se fit périr d'une mort prompte et affreuse ; il se jeta par
la fenêtre. On attribua son désespoir à sa mère, qui, disait-on, ayant
essuyé de lui mille refus, était venue à bout, par ses caresses et ses
profusions, de l'entraîner à des crimes qui ne lui laissaient de ressource que la mort. Accusée devant le sénat, elle eut beau se jeter
aux genoux de ses juges, déplorer le malheur d'une perte toujours
plus sensible pour le cœur des femmes, enfin épuiser tous les moyens
de commisération, elle n'en fut pas moins bannie de Rome pour dix
ans, jusqu'à ce que le second de ses fils eût passé l'âge critique pour
la jeunesse.

L. Déjà les forces, déjà la vie abandonnaient Tibère, et sa dissimulation ne le quittait pas. C'était la même inflexibilité d'âme, la
même attention sur ses paroles, sur sa physionomie; quelquefois

prætorius,	ancien-préteur,
ut deportaretur in insulam;	à ce qu'il fût déporté dans une île;
Pontius Fregellanus	Pontius Frégellanus
amitteret ordinem senato-	à ce qu'il perdît le rang de-sénateur ;
et eædem pœnæ [rium;	et les mêmes peines
decernuntur	sont décrétées
in Lælium Balbum :	contre Lélius Balbus :
id quidem	cela certes *fut fait*
a lætantibus,	par *des hommes* qui se réjouissaient,
quia Balbus	parce que Balbus [rouche,
habebatur eloquentia truci,	était tenu *pour être* d'une éloquence fa-
promptus	*et* empressé (acharné)
adversum insontes.	contre les innocents.
XLIX. Iisdem diebus	XLIX. Dans les mêmes jours
Sext. Papinius,	Sext. Papinius,
familia consulari,	d'une famille consulaire,
delegit exitum	choisit une fin
repentinum et informem,	brusque et affreuse,
corpore jacto in præceps.	*son* corps ayant été lancé *de haut* en bas.
Causa referebatur	La cause *en* était rapportée
ad matrem,	à *sa* mère,
quæ, pridem repudiata,	qui, depuis-longtemps rebutée,
perpulisset juvenem	avait entraîné *ce* jeune-homme
assentationibus atque luxu	par *ses* flatteries et *son* luxe
ad ea [gium	dans ces (des) *voies*
quorum non inveniret effu-	dont il ne pouvait-trouver l'issue
nisi morte.	sinon par la mort.
Igitur accusata in senatu ,	Donc accusée dans le sénat,
quanquam advolveretur	quoiqu'elle se roulât
genua patrum,	aux genoux des sénateurs,
ferretque diu	et qu'elle étalât longtemps
luctum communem,	une douleur commune *à toutes les mères,*
et animum feminarum	et l'âme des femmes
magis imbecillum	plus faible
super tali casu,	après un tel malheur,
aliaque mœsta et miseranda	et autres *moyens* tristes et touchants
in eumdem dolorem,	pour *exciter* une même douleur,
tamen prohibita est Urbe	cependant elle fut bannie de la ville
in decem annos,	pour dix ans,
donec minor filius	jusqu'à ce que *son* plus jeune fils
exiret lubricum juventæ.	sortît du *pas* glissant de la jeunesse.
L. Jam corpus	L. Déjà le corps
deserebat Tiberium,	abandonnait Tibère,
jam vires,	déjà les forces *l'abandonnaient,*
nondum dissimulatio :	*mais* pas-encore la dissimulation :
idem rigor animi ;	*toujours* même inflexibilité d'âme ;
intentus sermone ac vultu,	sérieux de paroles et de visage,

quæsita interdum comitate, quamvis manifestam defectionem
tegebat: mutatisque sæpius locis, tandem apud promontorium
Miseni consedit, in villa cui L. Lucullus quondam dominus.
Illic eum appropinquare supremis tali modo compertum.
Erat medicus arte insignis, nomine Charicles, non quidem re-
gere valetudines principis solitus, consilii tamen copiam præbere. Is velut propria ad negotia digrediens, et per speciem
officii manum complexus, pulsum venarum attigit. Neque fefellit; nam Tiberius, incertum an offensus tantoque magis
iram premens, instaurari epulas jubet[1], discumbitque ultra
solitum, quasi honori abeuntis amici tribueret. Charicles tamen labi spiritum, nec ultra biduum duraturum Macroni fir-
mavit. Inde cuncta colloquiis inter præsentes, nuntiis apud
legatos et exercitus, festinabantur. Decimo septimo calendas

même il affectait l'enjouement pour cacher un dépérissement qui
frappait tous les yeux. Enfin, après avoir souvent changé de séjour,
il s'arrêta au cap de Misène, dans une maison de plaisance qui avait
autrefois appartenu à Lucullus. Là on découvrit que sa fin approchait, et voici comment. Il avait auprès de lui un médecin habile,
nommé Chariclès, qui, sans être son médecin ordinaire, était cependant consulté par lui. Chariclès quittant l'empereur, sous prétexte
d'affaires personnelles, et lui prenant la main pour la baiser en signe
de respect, lui toucha légèrement le pouls. Son intention n'échappa
point à Tibère; car sur-le-champ, offensé peut-être et n'en cachant
que mieux sa colère, il ordonna un nouveau festin, et resta à
table plus longtemps que de coutume, comme pour faire honneur à
un ami qui partait. Chariclès assura toutefois à Macron que les forces
du prince s'éteignaient, et qu'il n'avait pas plus de deux jours à
vivre. Aussitôt on précipite les conférences à la cour, on dépêche des
courriers aux généraux et aux armées. Dix-sept jours avant les ca-

interdum comitate quæsita, | de-temps-en-temps d'un enjouement af-
tegebat defectionem, | il couvrait *son* dépérissement, [fecté,
quamvis manifestam : | quoique manifeste :
locisque | et les lieux *de sa résidence*
mutatis sæpius, | étant changés plus souvent,
tandem consedit | enfin il s'arrêta
apud promontorium | au promontoire
Miseni, | de Misène, [cullus
in villa cui L. Lucullus | dans une villa à laquelle (dont) L. Lu-
dominus quondam. | *avait été* maître autrefois.
Illic compertum | Là on apprit [vante)
tali modo | d'une telle manière (de la manière sui-
eum appropinquare | lui approcher
supremis. | de *ses* derniers *moments*.
Medicus erat, | Un médecin était,
nomine Charicles, | de nom Chariclès,
insignis arte, | remarquable par *son* art,
non solitus quidem | non accoutumé sans-doute
regere valetudinem | à diriger la santé
principis, | du prince,
tamen præbere | *mais accoutumé* cependant à *lui* offrir
copiam consilii. | la facilité d'un conseil.
Is, digrediens | Celui-ci, se retirant
velut ad negotia propria, | comme pour des affaires personnelles,
et complexus manum | et ayant embrassé la main *du prince*
per speciem officii, | sous prétexte d'hommage,
attigit pulsum venarum. | toucha le battement de *ses* veines.
Neque fefellit ; | Et il n'échappa point *au prince* (Tibère
nam Tiberius, | car Tibère, [s'en aperçut) ;
incertum an offensus | *il est* incertain s'*il était* offensé
premensque tanto magis | et comprimant d'autant plus
iram, | *sa* colère,
jubet epulas instaurari, | ordonne le repas être recommencé,
discumbitque | et se tient-à-table
ultra solitum, | au delà du *temps* ordinaire, [lait honorer)
quasi tribueret honori | comme s'il accordait *cela* à l'honneur (vou-
amici abeuntis. | d'un ami (un ami) qui s'en allait.
Tamen Charicles | Cependant Chariclès
firmavit Macroni | assura à Macron
spiritum labi, | le souffle *du prince* défaillir,
nec duraturum | et *Tibère* ne devoir pas subsister
ultra biduum. | au delà de deux-jours. [hâte)
Inde cuncta festinabantur | Dès-lors tout était pressé (préparé à la
colloquiis | par des entretiens
inter præsentes, | entre les *personnes* présentes,
nuntiis apud legatos | par des messages aux lieutenants
et exercitus. | et *aux* armées.

aprilis, interclusa anima , creditus est mortalitatem exple-
visse. Et, multo gratantum concursu, ad capienda imperii
primordia C. Cæsar egrediebatur; quum repente affertur re-
dire Tiberio vocem ac visus, vocarique qui recreandæ defec-
tioni cibum afferrent. Pavor hinc in omnes; et ceteri passim
dispergi, se quisque mœstum aut nescium fingere. Cæsar [1] in
silentium fixus, a summa spe, novissima exspectabat; Macro
intrepidus opprimi senem injectu multæ vestis jubet, disce-
dique ab limine. Sic Tiberius finivit, octavo et septuagesimo
ætatis anno.

LI. Pater ei Nero, et utrinque origo gentis Claudiæ, quanquam mater in Liviam, et mox Juliam familiam, adoptionibus
transierit. Casus prima ab infantia ancipites : nam, proscrip-
tum patrem exsul secutus, ubi domum Augusti privignus in-
troiit , multis æmulis conflictatus est, dum Marcellus et

---

lendes d'avril, Tibère tomba dans un évanouissement profond, et on
le crut mort. Déjà Caïus, au milieu des félicitations d'une cour nombreuse, sortait pour prendre possession de l'empire, lorsque tout à
coup on vint dire que la connaissance et la voix revenaient au prince,
et qu'il demandait de la nourriture pour réparer son épuisement. A
cette nouvelle, tous s'épouvantent, on se disperse de tous côtés ; chacun prend un air triste ou feint l'ignorance. Caïus, dans un silence
morne, et comme tombé des plus hautes espérances, n'attendait plus
que le supplice. Macron, plus hardi, fait étouffer le vieillard sous un
amas de couvertures, et commande qu'on se retire. Ainsi finit Tibère,
dans la soixante-dix-huitième année de son âge.

LI. Il était fils de Tibère Néron, et des deux côtés issu des
Claudes, quoique sa mère eût passé par adoption dans la famille des
Livius, et ensuite dans celle des Jules. Sa fortune éprouva d'étranges
vicissitudes. Il partagea dès sa première enfance l'exil d'un père
proscrit; depuis, lorsqu'il entra dans la maison d'Auguste, son orgueil fut humilié par une foule de concurrents, tant que dura la
puissance de Marcellus et d'Agrippa, puis de Lucius et de Caïus; il

Decimo septimo	Le dix-septième *jour*
calendas aprilis,	*avant* les calendes d'avril,
anima	la respiration *du prince*
interclusa,	ayant été interceptée (s'étant arrêtée),
creditus est	il fut cru
explevisse mortalitatem.	avoir achevé *sa* carrière-mortelle.
Et C. Cæsar egrediebatur,	Et C. César sortait,
multo concursu	avec un nombreux concours
gratantium, [perii;	de *gens* qui *le* félicitaient, [pire;
ad capienda primordia im-	pour prendre les commencements de l'em-
quum repente	lorsque tout-à-coup
affertur	*la nouvelle* est apportée
vocem ac visus	la voix et la vue
redire Tiberio,	revenir à Tibère,
vocarique	et *des gens* être appelés
qui afferrent cibum	qui *lui* apportassent de la nourriture
recreandæ defectioni.	pour réparer *sa* défaillance.
Hinc pavor in omnes;	De là effroi parmi tous ;
et ceteri dispergi passim,	et les autres de se disperser çà-et-là,
quisque fingere se	chacun de feindre soi-même
mœstum aut nescium.	triste ou ignorant.
Cæsar fixus in silentium,	César (Caïus) immobile dans le silence,
a summa spe,	*tombé* de la plus haute espérance,
exspectabat novissima;	attendait les dernières *rigueurs;*
Macro intrepidus	Macron sans-s'effrayer
jubet senem opprimi	ordonne le vieillard être étouffé
injectu multæ vestis,	sous l'amas de nombreuses couvertures,
discedique ab limine.	et qu'on se retire du seuil.
Sic finivit Tiberius, [no	Ainsi finit Tibère, [née
septuagesimo et octavo an-	dans la soixante-dixième et huitième an-
ætatis.	de *son* âge.
LI. Pater ei Nero,	LI. Le père à lui *fut* Néron,
et utrinque	et des-deux-côtés
origo gentis Claudiæ,	l'origine de la famille Claudia *était sienne,*
quamquam mater	quoique *sa* mère
transierit adoptionibus	eût passé par des adoptions
in familiam Liviam,	dans la famille Livia,
et mox Juliam.	et bientôt *dans la famille* Julia.
Casus ancipites	Des vicissitudes indécises *furent à lui*
ab prima infantia :	dès *sa* première enfance :
nam, secutus exsul	car, ayant suivi *comme* exilé
patrem proscriptum,	*son* père proscrit,
ubi introiit privignus	dès qu'il fut entré *comme* beau-fils
domum Augusti,	dans la maison d'Auguste,
conflictatus est	il fut battu-en-brèche
multis æmulis,	par de nombreux rivaux,
dum Marcellus et Agrippa,	tandis que Marcellus et Agrippa

Agrippa, mox Caius Luciusque Cæsares viguere ; etiam frater
ejus Drusus prosperiore civium amore erat. Sed maxime in
lubrico egit, accepta in matrimonium Julia, impudicitiam
uxoris tolerans aut declinans[1]. Dein, Rhodo regressus, vacuos
principis penates duodecim annis, mox rei Romanæ arbitrium
tribus ferme et viginti, obtinuit. Morum quoque tempora illi
diversa : egregium vita famaque, quoad privatus vel in imperiis sub Augusto fuit ; occultum ac subdolum fingendis virtutibus, donec Germanicus ac Drusus superfuere. Idem inter
bona malaque mixtus, incolumi matre ; intestabilis sævitia,
sed obtectis libidinibus, dum Sejanum dilexit timuitve ; postremo in scelera simul ac dedecora prorupit, postquam, re-
moto pudore et metu, suo tantum ingenio utebatur.

éut même dans son frère Drusus un rival heureux de popularité.
Mais l'époque la plus critique de sa vie fut celle de son mariage
avec Julie, forcé qu'il était d'endurer ou de fuir les désordres de sa
femme. Ensuite, étant revenu de Rhodes, il vécut douze ans dans le
palais d'Auguste, et régna près de vingt-trois ans sur les Romains.
On vit dans ses mœurs des vicissitudes pareilles : une vie et une réputation irréprochables, tant qu'il fut homme privé ou qu'il com-
manda sous Auguste ; des vices adroits et secrets, des vertus apparentes, pendant la vie de Germanicus et de Drusus ; un mélange de
bien et de mal jusqu'à la mort de sa mère : de l'atrocité dans ses bar-
baries, mais du mystère dans ses débauches, tant qu'il aima ou
craignit Séjan ; et enfin un débordement général de crimes et d'infamies, lorsque, libre de honte et de crainte, il ne suivit plus que
ses propres inclinations.

mox Cæsares	puis les Césars
Caius Luciusque	Caïus et Lucius
viguere;	furent-en-crédit ;
etiam frater ejus Drusus	même le frère de lui Drusus
erat amore prosperiore	était *l'objet* d'une affection plus heureuse
civium.	des (de la part des) citoyens.
Sed egit maxime	Mais il vécut surtout
in lubrico,	dans une *position* glissante (critique),
Julia accepta	Julie ayant été reçue *par lui*
in matrimonium,	en mariage,
tolerans aut declinans	endurant ou fuyant
impudicitiam uxoris.	l'impudicité de *son* épouse.
Dein, regressus Rhodo,	Ensuite, étant revenu de Rhodes,
obtinuit duodecim annis	il occupa pendant douze ans
penates vacuos principis,	les pénates vides du prince,
mox ferme viginti et tribus	puis environ pendant vingt et trois *ans*
arbitrium rei Romanæ.	le gouvernement de l'empire romain.
Tempora quoque morum	Les époques aussi des mœurs
diversa illi :	*furent* diverses à lui :
egregium	*une* remarquable
vita famaque,	par *sa* vie et *sa* réputation,
quoad fuit privatus	tant qu'il fut *homme* privé
vel in imperiis sub Augusto;	ou dans les dignités sous Auguste;
occultum ac subdolum	*une autre* obscure et perfide
fingendis virtutibus,	à feindre des vertus,
donec superfuere	tant que vécurent
Germanicus ac Drusus.	Germanicus et Drusus.
Idem mixtus	Le même *prince fut* partagé
inter bona malaque,	entre le bien et le mal,
matre incolumi ;	*sa* mère vivant *encore;*
intestabilis sævitia,	exécrable par la cruauté,
sed libidinibus obtectis,	mais de débauches cachées,
dum dilexit	tant qu'il aima
timuitve Sejanum;	ou redouta Séjan;
postremo prorupit	à la fin il se jeta
in scelera simul	dans les crimes à la fois
ac dedecora,	et dans les infamies,
postquam, pudore et metu	lorsque, la honte et la crainte
remoto,	étant écartées,
utebatur tantum	il usait seulement
suo ingenio.	de son naturel.

NOTES

SUR LE SIXIÈME LIVRE DES ANNALES.

Page 220 : 1. *Cn. Domitius*. Tibère lui avait fait épouser Agrippine,
fille de Germanicus. Il était fils de Domitius le censeur et d'Antonia,
fille du triumvir Antoine. Suétone (*Vie de Néron*, v) nous le représente comme un des plus méchants hommes de son siècle. « D'Agrippine et de moi, dit-il lorsqu'on vint lui apprendre la naissance de
Néron, il ne peut naître qu'un monstre, un fléau pour le genre humain. » — *Camillus Scribonianus*. Le même qui, dix ans après, sous
prétexte de rétablir l'ancienne république, se fit proclamer empereur
par les légions de Dalmatie. L'imbécile Claude trembla dans Rome,
et délibérait déjà s'il ne céderait point l'empire. Mais, alarmées d'un
mauvais présage, les mêmes légions massacrèrent Camillus au bout
de cinq jours.

Page 224 : 1 *Junium Gallionem*. Frère de Sénèque. Voy. *Annales*,
XV, LXXIII.

— 2. *In quatuordecim ordinibus sedendi*. L'an 686, le tribun Roscius Othon fit rendre une loi qui réservait aux chevaliers les quatorze premiers siéges au théâtre, immédiatement après les sénateurs.
Mais cette loi ne fut pas toujours respectée, et il fallut un décret
d'Auguste pour la remettre en vigueur. Gallion proposait donc d'as-
similer aux chevaliers les prétoriens vétérans.

— 3. *Quos neque dicta... neque præmia*. La seconde négation est
de trop, et ne saurait s'expliquer d'une manière raisonnable. Mais
il vaut mieux la conserver, en la considérant comme une négligence
de style, que de supprimer avec quelques-uns *imperatoris* dans le
premier membre de phrase.

Page 226 : 1. *Domibus magistratuum*. C'était, comme nous l'avons
déjà dit, le mode d'emprisonnement usité pour les citoyens de quelque
distinction, et en général pour tous les sénateurs. Mais cette captivité,

pour être plus honorable, n'en était pas moins rigoureuse. Dion dit que ce Gallion fut traité comme l'avait été Gallus, et voici les détails qu'il donne sur la détention de ce dernier. On ne lui laissait pas seulement un esclave pour le servir ; pas un ami n'avait la liberté de le voir. On ne lui parlait même jamais que pour le contraindre à prendre un peu de nourriture, et cette nourriture était tout juste ce qu'il fallait pour ne pas le faire mourir de faim.

Page 226 : 2. *Paconianum*. Il fut étranglé plus tard dans la prison pour des vers satiriques contre le prince. Voy. plus bas, ch. xxxix.

Page 228 : 1. *C. Cæsarem*. Il faut lire ici *Caiam Cæsarem* et non *Caium Cæsarem*. En lisant *Caium*, la phrase est défectueuse et vide de sens. Qu'on lise au contraire *Caiam*, elle devient très-intelligible, et contient un mot sanglant et bien mérité.

— 2. *Incestæ* équivaut à *non castæ*. Horace, *Odes*, III, II :

> Sæpe Diespiter
> Neglectus incesto addidit integrum.

Properce, *Élégies*, III, x, 39 :

> Incesti meretrix regina Canopi.

Page 230 : 1. *Novemdialem*. La solennité des funérailles durait neuf jours chez les Romains, et finissait par un repas que l'on appelait *epulæ novemdiales*. Il est impossible de deviner au juste ce que l'on trouvait de criminel dans le mot de Messalinus. On y vit peut-être une allusion maligne aux nombreuses exécutions ordonnées par Tibère et au deuil où elles plongeaient toute la ville.

Page 232 : 1. *Præstantissimus sapientiæ*. Socrate. Tacite fait allusion à un passage du *Gorgias* de Platon, où Socrate parle du jugement des âmes par Rhadamanthe. Voyez encore le livre IX de la *République* du même auteur, où les mêmes idées sont longuement développées.

— 2. *L. Arruntii*. Allusion à des faits que Tacite avait sans doute rapportés dans la partie du livre V que nous n'avons plus. La mort d'Arruntius est racontée plus bas, ch. xlviii.

— 3. *Sanctissimis Arruntii artibus*. Sur la vie d'Arruntius, voy. *Annales*, I, xiii, III, ii.

Page 234 : 1. *Indicibus accessere*. C'était le moyen d'échapper à la condamnation. Ainsi plus haut, ch. iii : *Summum supplicium decernebatur, nisi professus indicium foret.*

Page 236 : 1. *Fortunæ quidem meæ.* Il y a une ressemblance frappante entre ce discours et celui que Quinte Curce fait tenir à Amyntas dans une occasion semblable.

— 2. *Collegam patris.* Voy. *Annales*, I, XXIV.

Page 238 : 1. *Claudiæ et Juliæ domus partem.* Allusion à l'union anciennement arrêtée entre la fille de Séjan et le fils de Claude, et à celle que Tibère avait promise à Séjan lui-même avec une femme de sa famille. Voy. *Annales*, IV, XXXIX et XL.

Page 240 : 1. *Satrium.* Accusateur de Crémutius Cordus (Voy. *Annales*, IV, XXXIV), et depuis dénonciateur de Séjan, son ami. — *Pomponium.* Le même qui est signalé plus bas (ch. XVIII) comme un délateur et un esprit turbulent.

Page 242 : 1. *Annius Pollio.* On retrouve ce Pollion dans la conjuration contre Néron. Voy. *Annales*, XV, LVI.

— 2. *Vinicianus.* Il conspira contre Claude avec Scribonianus. Voy. Dion, LX, XV.

— 3. *Qua.* Synonyme de *quatenus.* Virgile, *Énéide*, XII, 147 : *Qua visa est fortuna pati.*

— 4. *Fufii Gemini.* Il avait été consul l'année où mourut Augusta. Voy. *Annales*, V, I.

Page 244 : 1. *Curtium Atticum.* C'était le seul chevalier romain, avec Séjan, qui eût suivi Tibère lors de son départ pour la Campanie. Tacite avait sans doute raconté sa mort dans ce qui nous manque du cinquième livre.

— 2. *L. Piso.* Fils de L. Pison, censeur en 704 avec Appius Claudius Pulcher : ce furent les deux derniers censeurs nommés par le peuple. Sa vie, au rapport de Sénèque (*Lettres*, LXXXIII), fut une ivresse continuelle, ce qui n'ôta rien à son activité.

— 3. *Patrem ei censorium fuisse memoravi.* Tacite en parlait peut-être en racontant la chute de Séjan.

— 4. *Recens continuam.* Le préfet de Rome n'était autrefois nommé que pour un temps, *in tempus deligebatur.* Voy. plus bas, ch. XI.

Page 246 : 1. *Bellis civilibus.* En 718, pendant la guerre de Sicile. Voy. Dion, XLIX, XVI.

— 2. *Viginti per annos.* Erreur évidente, puisque Pison fut nommé par Tibère, et qu'à l'époque où il mourut Tibère n'était empereur que depuis sept ans. L'erreur provient sans doute d'un copiste. Voy. Suétone, *Vie de Tibère*, ch. XLII.

— 3. *De libro Sibyllæ.* On connaît l'histoire des trois livres de prétendus oracles vendus si chèrement à Tarquin le Superbe par une femme que le peuple crut être la Sibylle de Cumes. Le roi en confia la garde à deux citoyens du plus haut rang. Le nombre des gardiens fut porté à dix en 387. Enfin Sylla voulut qu'il y en eût quinze, afin de rendre sans doute la corruption plus difficile; ce qui n'empêcha pas que César, ambitionnant le titre de roi, ne trouvât un collége de quindécemvirs prêt à déclarer que les Romains ne pouvaient être vaincus que par un roi. L'autorité des livres sibyllins dura autant que le paganisme. Vers la fin du IVe siècle, Stilicon, qui régna sous le nom de l'imbécile Honorius, les fit jeter au feu. Les huit livres que nous avons sous le titre d'*Oracles sibyllins* n'ont rien de commun que le nom avec l'ancienne collection.

Page 248 : 1. *Per discessionem.* Les sénatus-consultes se rendaient de deux manières. Si les opinions étaient suffisamment formées, les partisans de la proposition passaient d'un côté de la salle, et les adversaires se rangeaient de l'autre. Ce mode s'appelait *per discessionem.* Si la chose était encore douteuse, on demandait les voix individuellement, et chacun opinait en motivant son avis. C'est ce qu'on appelait *per exquisitas sententias,* ou *per relationem.* Voy. Aulu Gelle, XIV, VII.

— 2. *Per magistros.* Nom donné au chef ou président dans les colléges de prêtres.

— 3. *Sociali bello.* Ce fut réellement dans la guerre civile entre Sylla et Marius, en 671, que le Capitole fut brûlé. Voy. *Histoires,* III, LXXII. Il y a donc ici une inadvertance de l'écrivain ou du copiste, à moins que Tacite n'ait donné le nom de *guerre sociale* à celle où le parti de Marius était soutenu d'une grande partie des populations italiques.

— 4. *Erythris.* Ville célèbre d'Ionie, vis-à-vis de l'île de Chio, aujourd'hui *Éréthri.*

Page 250 : 1. *Gravitate annonæ.* Voy. *Annales,* XI, IV.

— 2. *Conjurationis.* La conjuration de Séjan.

Page 252 : 1. *Longinquæ peregrinationis.* Depuis Jules César, une loi défendait à tout citoyen au-dessus de vingt ans de s'absenter plus de trois ans, à l'exception de ceux qui servaient dans les armées. Les fils même des sénateurs ne pouvaient entreprendre de voyage hors de l'Italie sans être accompagnés de quelque magistrat.

— 2. *Servio Galba, L. Sulla, consulibus.* C'est à ce consulat que se rapportent la mort et la résurrection de Jésus-Christ.

Page 252 : 3. *Vinicium.* M. Vinicius Quartinus, consul en 783. Il fut empoisonné par Messaline, dont il avait repoussé les avances. C'est à lui que Velléius Paterculus adresse son histoire. Voy. Dion, LX, XXVII

Page 254 : 1. *Ambigens.* Mot qui exprime l'incertitude morale de Tibère, plus encore que l'idée de *tourner autour* de Rome. *Ambiens*, que proposent quelques éditeurs, n'exprimerait que ce dernier sens.

—— 2. *Adversum legem dictatoris Cæsaris.* Les dettes des citoyens s'étaient singulièrement accrues pendant les guerres civiles ; on ne payait plus, et le crédit était anéanti. De là cette loi, qui eut deux objets, de faire acquitter les dettes anciennes, et d'empêcher qu'il ne s'en contractât de nouvelles. A cet effet, les débiteurs furent contraints de céder leurs possessions à leurs créanciers, jusqu'à ce que toutes leurs dettes fussent acquittées, et on défendit de garder en argent comptant plus de soixante mille sesterces (11,671 livres de notre monnaie). Tout le reste devait être placé en biens-fonds, avec lesquels il est clair qu'on ne pouvait trafiquer comme avec l'argent comptant, qu'on prêtait généralement à des intérêts exorbitants.

—— 3. *Duodecim Tabulis sanctum.* Montesquieu, *Esprit des Lois*, XXII, XXII : « L'an 398 de Rome, les tribuns Duellius et Ménénius firent passer une loi qui réduisait les intérêts à un pour cent par an. C'est cette loi que Tacite confond avec la loi des Douze Tables, et c'est la première qui ait été faite chez les Romains pour fixer le taux de l'intérêt. Dix ans après, cette usure fut réduite à la moitié ; dans la suite on l'ôta tout à fait ; et si nous en croyons quelques auteurs qu'avait vus Tite Live, ce fut sous le consulat de C. Martius Rutilius et de Q. Servilius, l'an 413 de Rome. »

—— 4. *Unciario fœnore.* Quelques commentateurs veulent que ces mots signifient *l'intérêt à un pour cent par mois*, ce qui porterait par an l'intérêt à douze pour cent. Cette interprétation est inadmissible ; car il n'est pas vraisemblable que la loi des Douze Tables, rédigée surtout pour apaiser ces querelles interminables entre les patriciens et les plébéiens, lesquelles provenaient surtout de l'énormité de l'usure, eût elle-même consacré une usure aussi excessive. Quant à l'expression *unciarium fœnus*, il faut considérer : 1° que l'intérêt se comptait, comme chez nous, à tant pour cent du capital, et se calculait par mois ; 2° que, dans les calculs, on prenait pour unité le centième du capital; 3° que cette unité est représentée en latin par le mot *as*; 4° enfin que *uncia* est le douzième de l'*as*.

Page 256 : 1. *Rogatione tribunicia.* En 408, sous les consuls T. Manlius et C. Plautius.

— 2. *Vetita versura.* Quelques-uns, sans raison plausible, proposent de lire *usura* au lieu de *versura.* *Versura solvere* signifie s'acquitter d'une dette au moyen d'un nouvel emprunt. Cicéron, *Lettres à Atticus*, V, XV : *Ut verear ne illud, quod tecum permutavi, versura mihi solvendum sit.*

— 3. *Fœnoris* signifie ici, le capital prêté à intérêt. — *Collocaret.* Le sénatus-consulte ordonnait de plus aux débiteurs d'acquitter sur-le-champ les deux tiers de leurs dettes.

— 4. *In solidum appellabant.* Sous-entendu *debitores suos.* Ils exigeaient leurs dettes en entier, comme ils en avaient le droit, d'après la loi de César, qu'on oublia apparemment d'abroger en cette partie.

Page 258 : 1. *Distrahebant.* Ce verbe est pris ici pour *vendre* en général, et non dans son acception particulière de *faire plusieurs lots et les vendre à plusieurs.* Voy. Suétone, *Vie de Vespasien*, XVI.

— 2. *Mensas. Mensa*, comptoir, banque, bureau de change. On appelait *mensarii* les officiers publics chargés des opérations qui s'y faisaient. Voy. Cicéron, *Plaidoyer pour Flaccus*, XIX ; et Tite Live, XXIII, XXI. — *Millies sestertio.* Cent millions de sesterces, c'est-à-dire, 19,483,561 fr. de notre monnaie.

Page 260 : 1. *Theophanem Mitylenæum.* Théophane de Mitylène, ami et historiographe du grand Pompée, qui rendit aux Lesbiens, sur sa demande, la liberté qu'ils avaient perdue pour avoir embrassé le parti de Mithridate. C'est en reconnaissance de ce bienfait que les Lesbiens décernèrent les honneurs divins à Théophane après sa mort. Voy. Strabon, XIII, II.

— 2. *Incestasse filiam.* La cause du meurtre de Marius était ses mines d'or; le prétexte, l'éloignement de sa fille, qui était d'une grande beauté, et qu'il avait voulu soustraire aux violences de Tibère. Voy. Dion, LVIII, XXI.

Page 262 : 1. *Jacuit immensa strages.* Suétone, *Vie de Tibère*, LXI, dit que vingt malheureux, parmi lesquels étaient des femmes et des enfants, furent traînés aux Gémonies en un seul jour.

Page 264 : 1. *Neque meliorem unquam servum.* « Ces deux choses sont assez liées, dit Montesquieu; car la disposition d'esprit qui fait qu'on a été vivement frappé de la puissance illimitée de celui qui com-

mande fait qu'on ne l'est pas moins lorsque l'on vient à commander soi-même. »

Page 268 : 1. *Cujus clara documenta.* Tacite, on le voit, ne
croyait pas sans restriction à l'astrologie, mais il ne la repoussait
pas non plus comme une chimère.

— 2. *In tempore memorabitur.* On ne trouve aucune autre mention
de ce fait dans ce qui nous reste de Tacite. Voy. Dion, LXI, II.

Page 270 : 1. *Asinii Galli mors.* Il était mort empoisonné.

— 2. *Drusus.* Fils de Germanicus.

— 3. *Mandendo e cubili tomento.* Suétone, *Vie de Tibère*, LIV :
*Druso autem adeo alimenta subducta, ut tomentum e culcita tentaverit
mandere.*

Page 272 : 1. *Nurum filiumque fratris.* Ellipse de *interfecisset* ou
de tout autre verbe semblable, dont l'idée est contenue implicitement
dans *cædibus complevisset.*

Page 274 : 1. *Provixisse.* Synonyme de *vitam produxisse.* Mot dont
il n'y a pas d'autre exemple connu.

Page 276 : 1. *Precibus Augustæ.* Voy. *Annales*, III, XVII.

Page 278 : 1. *Ælii Lamiæ.* Le même qui est célébré par Horace,
Odes, I, XXVI, et III, XVII.

— 2. *Flacco Pomponio.* Il avait gagné les bonnes grâces de Tibère
et le gouvernement de la Syrie dans l'orgie d'un festin. Voy. Suétone,
Vie de Tibère, XLII.

Page 280 : 1. *Collocavi* a le même sens que *commemoravi.* Le verbe
ponere est plus souvent employé avec cette acception.

— 2. *Qui eadem familia corruptis moribus.* Allusion au triumvir
Lépide et au père du triumvir, M. Émilius Lépidus, qui, consul
après la mort de Sylla, recommença la guerre civile avec les débris
du parti de Marius, et se fit battre par son collègue Catulus.

— 3. *Avis phœnix.* Cet oiseau merveilleux n'est qu'un symbole de
la renaissance et du renouvellement des temps dans des cycles déterminés. Voy. M. Guigniaut, *Religions de l'antiquité*, I, 473.

Page 282 : 1. *Tentato* équivaut à *quum prius tentaverit;* c'est un
ablatif absolu, comme Tacite en emploie souvent. Voy. *Annales*, I,
VI. Quelques-uns le rapportent à tort à *pondere* qui précède.

Page 284 : 1. *Retuli.* Voy. *Annales*, IV, XLVII.

— 2. *Criminum urgebatur* équivaut à *criminibus urgebatur.* Cette
locution ne se rencontrant pas ailleurs, on a substitué dans plusieurs
éditions *arguebatur* à *urgebatur.* Du reste, le sens n'est pas douteux.

Page 286 : 1. *Tragœdiæ a Scauro scriptæ.* Suivant Dion, LVIII, IV, cette tragédie était intitulée *Atrée.* « Il a fait de moi un Atrée, dit Tibère qui crut s'y reconnaître, je ferai de lui un Ajax. » Scaurus se tua en effet de ses propres mains.

— 2. *Lentulo Gætulico.* Consul en 779. Voy. *Annales,* IV, XLVI.

Page 288 : 1. *Effusæ clementiæ, modicus severitate.* Nouvel exemple du goût de Tacite pour les brusques changements de construction. Ainsi plus bas, ch. XLVIII : *Vetustis honoribus et illustris studiis.*

— 2. *L. Apronium.* Voy. *Annales,* IV, LXIII.

Page 290 : 1. *Metu Germanici.* Voy. *Annales,* II, III, LVIII.

— 2. *Senectutem Tiberii... despiciens.* Si l'on en croit Suétone, *Vie de Tibère,* LXVI, Artaban écrivit à Tibère une lettre sanglante, dans laquelle il lui reprochait ses parricides, ses meurtres, sa lâcheté et ses débauches, et lui conseillait en ami de se faire justice par une mort prompte qui délivrât ses concitoyens d'un monstre qu'ils détestaient.

— 3. *Artaxia.* Roi donné à l'Arménie par Germanicus. Voy. *Annales,* II, LVI.

— 4. *Vonone.* Voy. sur ce personnage, *Annales,* II, I-IV, LVIII, LXVIII.

Page 292 : 1. *Regis Phraatis filium.* Le roi Phraate avait envoyé à Auguste comme otages quatre de ses fils, Séraspadane, Rodaspe, Phraate et Vonon, deux de ses brus et quatre de ses petits-fils.

Page 294 : 1. *Adulatorii dedecoris.* On peut lire dans Suétone, *Vie de Vitellius,* II, et dans Crevier, liv. VII et VIII, le récit des bassesses de L. Vitellius. Pendant qu'il gouvernait l'Orient, son fils, qui fut depuis empereur, partageait à Caprée les débauches de Tibère.

Page 296 : 1. *Sceptuchi.* Du grec Σκηπτοῦχος, porte-sceptre.

— 2. *Caspia via.* Il s'agit ici d'un des passages du Caucase, qui s'élève comme une muraille immense entre la mer Caspienne et le Pont-Euxin, et auxquels les anciens ont donné le nom de *portes :* *Portes caucasiennes, albaniennes, ibériennes.*

— 3. *Mare.* La mer Caspienne.

— 4. *Etesiarum.* Voy. sur ces vents Pline l'Ancien, II, XLVII.

Page 300 : 1. *Quo brevius valent.* « Les Sarmates, laissant leur arc *qui ne porte pas aussi loin,* » et non « *dont ils font moins d'usage,* » comme traduit Dureau de Lamalle, qui explique *brevius, breviter, non diu.* Tacite a dit que les Parthes « cherchaient de l'espace pour leurs coups. » Les Sarmates, au contraire, abandonnent leurs armes de

trait, qui portent moins loin que celles des Parthes, et en viennent à
l'arme blanche, *contis gladiisque*. L'opposition est évidente. Elle est
d'ailleurs expliquée par les monuments, qui nous ont conservé la figure des arcs immenses des Parthes et des arcs très-petits des Sarmates, et par ce passage de Frontin (*Stratagèmes*, II, II) : *Adeo se
admovit* (Ventidius), *ut sagittas* (Parthorum), *quibus ex longinquo usus
est, cominus applicitus, eluderet.*

Page 302 : 1. *Occultos consilii*. De même, *Annales*, IV, VII : *Occultus odii; ambiguus consilii*. Les exemples de cette construction sont
assez nombreux chez Tacite.

Page 304 : 1. *Absentium æquos*. C'est peut-être un exemple unique
de l'emploi de l'adjectif *æquus* avec le génitif.

— 2. *Suovetaurilia*. Mot formé de *sus, ovis, taurus*. On n'immo-
lait dans ce sacrifice que des animaux mâles. Voy. Varron, *de l'Agri-
culture*, II, I. — *Equum*. Le cheval, chez les Perses, était consacré
au Soleil. Voy. Justin, IV, X ; Xénophon, *Cyropédie*, VIII, III.

Page 308 : 1. *Fulcinius Trio*. Voy. *Annales*, II, XXVIII ; V, XI ;
VI, IV.

Page 310 : 1. *Lege eadem*. La loi de lèse-majesté.

— 2. *Dispares*. Ce mot se rapporte à ce qui précède : Trébelliénus
se tua comme Granius, et Paconianus fut mis à mort comme Tatius.
— *Trebellieni Rufi*. Le même qui avait été donné par le sénat pour
tuteur aux enfants de Cotys, roi de Thrace. Voy. *Annales*, II, LXVII ;
III, XXXVIII. — *Sextii Paconiani*. Voy. plus haut, ch. III.

— 3. *Urbem juxta*. A Tusculum, ou sur le territoire d'Albe. Voy.
Dion, LVIII, XXIV.

— 4. *Poppæus Sabinus*. Aïeul maternel de la fameuse Poppée.
Voy. *Annales*, XIII, XLV.

Page 312 : 1. *L. Aruseius*. Il y a ici, dans le texte, une lacune d'un
ou de plusieurs noms propres.

— 2. *C. Galba*. Frère de celui qui fut empereur.

— 3. *Æmilia Lepida*. Son mariage avec Drusus, fils de Germanicus, était sans doute raconté dans la partie du cinquième livre qui
est perdue.

Page 314 : 1. *Clitarum*. Peuple qui habitait la partie monta-
gneuse de la Cilicie.

— 2. *Nicephorium*. Ville bâtie par ordre d'Alexandre sur le bord
de l'Euphrate, aujourd'hui *Racca*. — *Anthemusiada*. Entre l'Euphrate
et le Tigre.

Page 316 : 1. *Halum*. Ville d'Assyrie, aujourd'hui *Galoula*. — *Artemitam*. Ville connue au VIIe siècle sous le nom de *Dastagerda ;* c'est peut-être celle qu'on nomme aujourd'hui *Dascara el Melik*.

— 2. *Seleucenses*. Séleucie, fondée par Séleucus Nicator, sur la rive droite du Tigre, à quelques lieues au-dessous de Bagdad.

Page 318 : 1. *Ctesiphon*. Ville bâtie par les Parthes sur la rive gauche du Tigre, pour contrebalancer la puissance de Séleucie.

Page 320 : 1. *Falsos in amore, odia non fingere*. Ce n'est point là une maxime générale, comme l'ont voulu quelques critiques : Tacite veut exprimer uniquement ce qu'Artaban pensa des dispositions de ceux qui venaient de le rappeler au trône.

Page 322 : 1. *Pudore proditionis omnes exsolvit*. La même pensée est exprimée dans les mêmes termes, *Histoires*, III. LXI.

— 2. *Insularum*. On appelait *insula* une maison ou une réunion de maisons isolées de toutes parts et servant à la demeure de plusieurs familles.

Page 324 : 1. *Perfecta*. Au dire de Suétone, *Vie de Tibère*, XLVII, et *Vie de Caligula*, LXXXI, ce fut Caligula qui acheva ces monuments, laissés imparfaits par Tibère.

Page 326 : 1. *De tradenda republica*. Non que l'empire fût héréditaire, mais le sénat était trop servile pour ne pas ratifier le choix de Tibère, comme il avait déjà ratifié celui d'Auguste.

Page 328 : 1. *Occidentem deseri, orientem spectari*. Plutarque, *Vie de Pompée*, ch. XXII, prête la même pensée à Pompée.

— 2. *Alterius*. Caïus.

— 3. *Occides hunc tu*. Caïus fit mourir en effet le jeune Tibère, dès la première année de son règne. Voy. Suétone, *Vie de Caligula*, XXIII.

Page 330 : 1. *Cn. Domitius*. Le gendre même de Tibère, le mari d'Agrippine, mère de Néron. — *Vibius Marsus*. Voy. *Annales*, II, LXXIV, LXXIX; IV, LVI. — *L. Arruntius*. Le même qu'Auguste, près de mourir, avait déclaré digne du rang suprême.

— 2. *Supra memoravi*. Voy. *Annales*, IV, LXXV.

Page 334 : 1. *Ad ea*. Allusion au commerce incestueux de Papinius avec sa mère.

— 2. *Genua advolveretur*. *Genua* au lieu de *genibus*. La même construction se retrouve, *Annales*, I, XIII ; XV, LXXI, etc.

— 3. *Deserebat*. Tite Live, I, XXV : *Romanas legiones jam spes tota, nondum tamen cura deseruerat*.

Page 336 : 1. *Instaurari epulas jubet*. Il fait recommencer le repas. Suétone, *Vie de Tibère*, LXXII, dans le récit de cette scène, confirme ce sens : *Cœnamque protraxit.*

Page 338 : 1. *Cæsar*. Caïus.

Page 340 : 1. *Tolerans aut declinans*. Tibère toléra les mœurs dissolues de sa femme, pendant son séjour à Rome ; il s'y déroba, lorsqu'il partit pour Rhodes.

LIBRAIRIE DE L. HACHETTE ET Cie.

RUE PIERRE-SARRAZIN, 14, A PARIS

(Près de l'École de Médecine).

LES
AUTEURS LATINS

EXPLIQUÉS

D'APRÈS UNE MÉTHODE NOUVELLE PAR DEUX TRADUCTIONS FRANÇAISES,

L'une littérale et *juxtalinéaire*, présentant le mot à mot français en regard des mots latins correspondants; l'autre correcte et précédée du texte latin; avec des Sommaires et des Notes en français; par une Société de Professeurs et de Latinistes. Format in-12.

Cette collection comprendra les principaux auteurs qu'on explique dans les classes

EN VENTE :

LES
AUTEURS GRECS

EXPLIQUÉS

D'APRÈS UNE MÉTHODE NOUVELLE PAR DEUX TRADUCTIONS FRANÇAISES,

L'une littérale et *juxtalinéaire*, présentant le mot à mot français en
regard des mots grecs correspondants; l'autre correcte et précédée
du texte grec; avec des Sommaires et des Notes en français; par une
Société de Professeurs et d'Hellénistes. Format in-12.

Cette collection comprendra les principaux auteurs qu'on explique dans les classes.

EN VENTE :

LES AUTEURS ANGLAIS

EXPLIQUÉS

D'APRÈS UNE MÉTHODE NOUVELLE PAR DEUX TRADUCTIONS FRANÇAISES

L'une littérale et *juxtalinéaire*, présentant le mot à mot français en
regard des mots anglais correspondants ; l'autre correcte et précédée
du texte anglais; avec des Sommaires et des Notes en français; par
une Société de Professeurs et de Savants. Format in-12.

EN VENTE :

SHAKSPEARE : *Coriolan*, par M. Fleming, ancien professeur de langue anglaise
à l'Ecole polytechnique. Broché.. 6 fr.

LES AUTEURS ALLEMANDS

EXPLIQUÉS

D'APRÈS UNE MÉTHODE NOUVELLE PAR DEUX TRADUCTIONS FRANÇAISES,

L'une littérale et *juxtalinéaire*, présentant le mot à mot français en
regard des mots allemands correspondants ; l'autre correcte et précédée du texte allemand ; avec des Sommaires et des Notes en français,
par une Société de Professeurs et de Savants. Format in-12.

EN VENTE :

LESSING : *Fables* en prose et en vers, par M. Boutteville, professeur suppléant de
langue allemande au lycée Bonaparte. Broché....................... 2 fr. 50 c

SCHILLER : *Guillaume Tell*, par M. Th. Fix, professeur de langue allemande au
lycée Napoléon. Broché.............................. .... 6 fr.

— *Marie Stuart*, par le même. .... 6 fr.

LES AUTEURS ARABES

EXPLIQUÉS

D'APRÈS UNE MÉTHODE NOUVELLE PAR DEUX TRADUCTIONS FRANÇAISES,

L'une littérale et *juxtalinéaire*, présentant le mot à mot français en regard des mots arabes correspondants, l'autre correcte et précédée du
texte arabe.

EN VENTE :

HISTOIRE DE CHEMS-EDDINE ET DE NOUR-EDDINE, *extraite des Mille
et une Nuits*, par M. Cherbonneau, professeur d'arabe à la chaire de Constan-
tine.. 5 fr.

LOKMAN : *Fables*, avec un dictionnaire analytique des mots et des formes difficiles
qui se rencontrent dans ces fables, par M. Cherbonneau. 1 vol. in-12. Prix, broché.. 3 fr.

Ch. Lahure, imprimeur du Sénat et de la Cour de Cassation
(ancienne maison Crapelet), rue de Vaugirard, 9.